ANDREW KLAVAN

Sag' kein Wort!

Buch

Dr. Nathan Conrad, Psychiater in New York, gehört zu jenen Menschen, die von einem Zwang beseelt sind, anderen zu helfen. Darum kann er nicht ablehnen, als ihm der Fall einer gewissen Elizabeth Burrows angetragen wird. Sie ist angeklagt, einen Mann ermordet und fürchterlich zugerichtet zu haben. Conrad soll entscheiden, ob die Patientin verhandlungsfähig ist oder nicht. Für Conrad ist das ein klarer Fall: Elizabeth ist eine psychisch schwer gestörte Frau, die unter einer paranoiden Schizophrenie leidet. Zufrieden geht er nach Hause zu seiner Frau und seiner kleinen Tochter. Am nächsten Morgen ist das Kind verschwunden. Als die verzweifelten Eltern die Polizei anrufen wollen, wird Conrad statt dessen mit einem Mann namens Sport verbunden. Er behauptet, die Wohnung genau unter Beobachtung zu haben. Und er erteilt Conrad einen Auftrag: »Wenn Sie Ihr Kind lebend wiedersehen wollen, dann gehen Sie zu Elizabeth Burrows und stellen ihr eine ganz einfache Frage: *Wie lautet die Zahl*?«

Autor

Andrew Klavan studierte an der Universität Berkeley, Kalifornien, und arbeitete danach eine Zeitlang als Radio- und Zeitungsreporter. Unter dem Namen Keith Peterson schrieb er eine Serie von Detektivromanen, von denen mehrere mit Preisen ausgezeichnet wurden. Klavan lebt heute mit seiner Frau und seinen Kindern in Santa Barbara, Kalifornien. Ein weiterer Roman von Andrew Klavan ist bei Goldmann in Vorbereitung.

Von Andrew Klavan außerdem bei Goldmann lieferbar:

Die Stunde der Schatten. Roman (43401)
Ein wahres Verbrechen. Roman (43823)

Andrew Klavan

Sag' kein Wort!

(Die Augen der Nacht)

Aus dem Amerikanischen
von Michael Kubiak

GOLDMANN

Die Originalausgabe erschien 1991
unter dem Titel »Don't Say a Word«
bei Pocket Books, a division of Simon & Schuster,
New York

Dieser Roman ist bereits unter dem Titel
»Die Augen der Nacht« erschienen.

Umwelthinweis:
Alle bedruckten Materialien dieses Taschenbuches
sind chlorfrei und umweltschonend.

Der Wilhelm Goldmann Verlag, München, ist ein
Unternehmen der Verlagsgruppe Random House GmbH

Sonderausgabe Januar 2002

Umschlaggestaltung: Design Team München

Druck: Elsnerdruck, Berlin
Verlagsnummer: 45316
AL · Herstellung: Sebastian Strohmaier
Made in Germany
ISBN 3-442-45316-X
www.goldmann-verlag.de

1 3 5 7 9 10 8 6 4 2

Für Richard Friedmann

Den folgenden Personen
bin ich außerordentlich zu Dank verpflichtet

Maureen Empfield, M.D., und Howell Schrage, M.D.,
die mich großzügig mit Informationen über die
Behandlung von Geisteskrankheiten, die Verwaltung
einer psychiatrischen Institution, die Anwendung
von Psychopharmaka und so weiter versorgt haben;

Tim Scheld, einem der besten und rührigsten
Radioreporter New Yorks, der mir Zutritt zu einigen
gewöhnlich nicht zugänglichen Stätten
in New York verschaffte;

Richard Schofield, M.D.,
für seine Freundlichkeit, literarischen Figuren
kostenlosen medizinischen Rat zu geben;

meiner Frau Ellen, wie immer, für ihre Geduld
und ihre Ratschläge.

PROLOG

Der Mann namens Sport

Das geeignete Apartment zu finden war schwierig, darum ermordeten sie die alte Dame. Der Mann namens Sport klopfte an ihre Tür. Er war mit einem grünen Overall bekleidet, so daß er aussah wie ein Installateur. Maxwell stand ein Stück entfernt neben ihm, im toten Winkel des Türspions der alten Dame. Maxwell war ebenfalls mit einem grünen Overall bekleidet, aber er sah überhaupt nicht aus wie ein Installateur. Niemand würde für Maxwell seine Tür öffnen.

Sport hingegen konnte sich sehen lassen. Er war jung, und sein glattes braunes Haar fiel ihm in einer jungenhaften Tolle in die Stirn. Er zeigte gerne sein strahlendes, freundliches Lächeln, und er hatte intelligente braune Augen.

Die alte Dame hieß Lucia Sinclair. Als sie Sports Klopfen hörte, öffnete sie die Tür nicht.

»Wer ist da?« erkundigte sie sich. Sie hatte eine hohe, flötende Stimme. Es war die Stimme einer reichen Frau. Sport gefiel sie überhaupt nicht. Damals, in Jackson Heights, als er noch ein Kind war, hatte er samstags als Laufbursche für den A-&-P-Supermarkt gearbeitet. Lucia Sinclair hatte die gleiche Stimme wie die Frauen damals, wenn sie ihm befahlen, die Einkaufstüten in die Küche zu stellen. Manchmal sahen sie ihn nicht einmal an.

»Hier ist der Installateur«, antwortete Sport gutgelaunt.

Er hörte, wie der kleine Stahldeckel vom Türspion geschoben wurde. Er zeigte Lucia Sinclair sein gewinnendes Lächeln.

Er hörte, wie die Klappe des Türspions geschlossen wurde. Dann wurde das Kettenschloß entriegelt. Er sah zu Maxwell hoch. Maxwell lächelte erwartungsvoll. Maxwell geriet allmählich in Erregung.

Die Tür öffnete sich, und da stand Lucia Sinclair. Gar nicht schlecht für eine alte Krähe, dachte Sport. Sie war klein und schlank. Sie hatte ein herzförmiges Gesicht; die Wangen waren schmal, aber nicht schlaff und faltig. Ihr kurzes silbergraues Haar trug sie in einer altmodischen Frisur. Bekleidet war sie mit einer weitgeschnittenen Flanellbluse und hellblauen Jordache Jeans. Teure Jeans, wie bei den Frauen, denen er früher immer die Einkaufstüten nach Hause brachte. Sie beugten sich immer über ihre Portemonnaies und zeigten ihre Hintern her. »Stell die Tüten in die Küche«, sagten sie. Dabei würdigten sie ihn keines Blickes.

Prima, dachte Sport. Mit der müßte Maxwell eigentlich seinen Spaß haben.

Lucia Sinclair trat zurück, um Sport hereinzulassen. Sie lächelte und ordnete ihre Frisur.

»Ich fürchte, ich sehe etwas unordentlich aus«, sagte sie. »Ich hab' ein wenig im Garten gearbeitet.« Sie vollführte eine anmutige Geste. Am anderen Ende des langen Salons standen gläserne Schiebetüren offen. Sie führten auf einen kleinen Balkon hinaus. Auf dem Balkon standen mehrere Topfpflanzen und Blumenkästen. »Es ist zwar nur ein winziger Garten, muß ich zugeben«, zwitscherte Lucia Sinclair weiter. »Aber man macht sich genauso schmutzig wie ...«

Sie verstummte. Es belustigte Sport, wie ihr die Worte geradezu auf den Lippen einfroren. Sie stand da, und ihr Mund klappte auf. Ihr Blick wurde starr, und Sport sah in ihren Augen graue Flecken der Angst. Sie blickte Maxwell an.

Maxwell kam herein und schloß die Tür hinter sich. Sport konnte sich noch gut daran erinnern, wie er Maxwell zum erstenmal gesehen hatte. Es war in der Strafanstalt für Männer auf Rikers Island gewesen. Sport hatte dort als Angestellter des Strafvollzugs gearbeitet; er war Gefängniswärter. Es war früher Nachmittag, und er ruhte seine Füße aus. Er saß in einem Holzsessel, den er in der Nähe von Schlafsaal C gegen die unverputzte Wand des Wärterreviers gelehnt hatte. Als sie Maxwell hereinführten, klappte Sports Mund halb auf. Sports Sessel kippte nach vorne, bis die Vorderfüße auf den Betonfußboden knallten.

»Ach du Scheiße«, flüsterte er.

Und er dachte: Das ist ein Mann, den du zum Freund haben willst.

Maxwell war über eins achtzig groß. Seine Schultern fielen nach vorne, und seine muskulösen Arme hingen an den Seiten herab. Er hatte die Figur eines Grizzlybären: eine massige, unförmige Gestalt; dazu der schlurfende Gang, vor Kraft strotzend. Den Kopf hatte er vorgeschoben wie ein Bär oder ein Höhlenmensch. Seine mächtige Brust spannte seinen Gefängnisdrillich. Er erweckte den Eindruck, als würde er jeden Moment aus seinen Sachen herausplatzen.

Und sein Gesicht ... Das war es, was Sports Aufmerksamkeit auf Anhieb fesselte. Seine Miene. Das Gesicht war klein, quadratisch, mit dünnem blondem Haar, das in die Stirn hing. Eine große, breite Nase wie bei einem Neger und auch die entsprechenden wulstigen Lippen und dazu tiefliegende Augen – braune Augen, so weit eingesunken, daß sie einen aus den schattigen Höhlen irgendwie traurig anblickten, als wären sie darin gefangen.

Mein Gott, dachte Sport, das ist überhaupt kein männliches Gesicht. Nicht das Gesicht eines Menschen und auch nicht das eines Tiers. Es war wie ein Säuglingsgesicht, das jemand auf diesen massigen Bärenkörper gesetzt hatte. Ein Berg vernichtender Kraft.

Denn in diesem Moment, als er den Saal betrat, hatte Maxwell Angst. Sport erkannte es. Er hatte Angst, weil er im Gefängnis war. Die Mundwinkel waren herabgezogen, als würde er gleich weinen.

Seine Blicke wanderten hin und her über die Reihen von Betten und Spinden – und über die Männer, vorwiegend Farbige, die sich zu ihm umwandten und ihn mit bösen, argwöhnischen Augen anstarrten.

Er war, wie sich nachher herausstellte, das erste Mal im Gefängnis. Er hatte sich gerade sechs Monate dafür eingehandelt, daß er sich auf einem Kinderspielplatz unsittlich entblößt hatte. Sein Anwalt hatte es geschafft, den Vorwurf der Unzucht zu entkräften.

Und Sport erkannte auf den ersten Blick, daß in diesem Mann sehr viel mehr steckte als nur das.

Lucia Sinclair stand da und sah Maxwell jetzt an und brachte keinen Ton hervor. Sport las in ihren Augen die dämmernde Erkenntnis, daß sie einen Fehler gemacht hatte. Er konnte ihre Gedanken geradezu hören: Wenn ich doch nur nicht die Tür geöffnet hätte, hätte ich es doch niemals getan.

Zu spät, Fotze, dachte Sport.

Er lächelte wieder freundlich. »Wenn Sie uns jetzt mal Ihr Badezimmer zeigen würden, Ma'am.«

Lucia Sinclair zögerte, während sie krampfhaft nach einem Ausweg suchte. Die Haut um ihre Lippen zitterte. »Ja, natürlich«, sagte sie schließlich. »Ich will nur eben ...«

Sie drehte sich zur Wohnungstür um, machte einen Schritt. Versuchte, sich an Maxwell vorbeizudrängen, streckte die Hand nach dem Türknauf aus.

Maxwell packte ihr Handgelenk. Hielt es fest.

»Nehmen Sie Ihre Hände –« begann sie den Satz.

Dann riß sie vor Schmerz den Mund auf. Tränen füllten ihre Augen. Maxwell umklammerte ihr dünnes Handgelenk. Er drehte ihren Arm langsam von der Tür weg. Ein knappes, seltsames, verträumtes Lächeln spielte um seine Lippen.

Lucia Sinclair brachte kaum ein Hauchen zustande. »Bitte ...«

Maxwell ließ sie los. Sie stolperte rückwärts und stürzte. Auf dem Boden rutschte sie von ihnen weg bis zur Wand. Sie stand nicht auf. Sie blieb auf den Knien. Sport gefiel das. Jetzt war sie kein eingebildetes Luder mehr. Sie kauerte dort und massierte die gerötete Haut an ihrem Handgelenk. Sie starrte zu Maxwell hoch. Maxwell beugte sich über sie. Er atmete schwer; seine mächtigen Schultern hoben und senkten sich.

Sports Stimme klang ganz ruhig. »Vielleicht könnten Sie ihm jetzt das Badezimmer zeigen, Ma'am.«

Die alte Frau drehte sich zu Sport um. Ihre Augen waren weit aufgerissen. »Bitte«, sagte sie. Der flötende Ton war verschwunden. Jetzt war es nur noch die gebrochene, zittrige Stimme einer alten Frau. »Bitte, Sie können mitnehmen, was Sie wollen.«

»Max«, sagte Sport.

Lucia Sinclair stieß einen Schmerzensschrei aus, als Max sich bückte und sie ergriff. Er packte sie mit einer einzigen riesigen Hand unter der Achselhöhle. Die alte Frau mußte sich mühsam auf die Füße kämpfen, um zu vermeiden, daß Max ihr den Arm auskugelte. Sie schaute zu Sport, flehte ihn an. Sie mußte begriffen haben, daß Bitten bei Maxwell nichts ausrichteten.

»Bitte«, sagte sie wieder. »Tun Sie mir nichts. Er soll mir nicht weh tun.«

Sport hob eine Hand. Er sprach mit einem leisen, beruhigenden Murmeln. »Er tut Ihnen nicht weh, Ma'am. Gehen Sie nur mit ihm ins Badezimmer.«

»Bitte«, sagte Lucia Sinclair. Sie weinte jetzt. Tränen glänzten auf ihren Wangen. Ihre Lippen bebten. Ihr ganzes Gesicht schien eingesunken zu sein und hatte sich grau verfärbt.

Max zog sie hinter sich her durch die kurze Diele zur Badezimmertür. Sie redete noch immer mit Sport.

»Bitte. Ich kann Ihnen doch nichts tun. Ich rufe nicht einmal die Polizei.«

Max erreichte die Badezimmertür. Er stieß sie grob durch die Öffnung. Er folgte ihr hinein.

Sport hörte sie noch einmal wimmern. »Bitte.« Und dann drang ein heiserer Schrei tief aus ihrer Kehle: »O Gott!«

Und die Badezimmertür fiel langsam ins Schloß.

Natürlich gab es nichts mehr, was Maxwell jetzt noch hätte aufhalten können. Nicht wenn er diesen Ausdruck im Gesicht hatte, dieses verträumte Lächeln. Das war das besondere an Max: Er tat es gerne; es machte ihn richtig scharf. Genauso wie damals, als sie den Freak erledigten. Max hatte einen Ständer gehabt, eine richtige Erektion, nur weil er dem Burschen die Kehle durchschnitt. Der Freak wand sich auf dem Fußboden, zuckte umher und gab gurgelnde Laute von sich. Er faßte sich an den Hals, und das Blut spritzte zwischen seinen Fingern hervor. Und da war Maxwell; er beugte sich über ihn, die Augen funkelnd, die Lippen halb geöffnet, während ihm der Speichel vom Kinn troff – und in der Hose ein echter Ständer wie ein Fahnenmast. Sport war überzeugt, daß Max ihn am liebsten gleich ausgepackt hätte. Um sich einen runterzuholen, während der Kerl unter ihm herumrutschte und zitterte. Aber Sport packte Maxwells Schulter und brüllte ihm ins Ohr. »Wir müssen abhauen! Los, komm schon!« Schließlich nickte Maxwell mit einem dümmlichen Grinsen und fuhr sich mit der Hand durch sein dünnes blondes Haar.

Trotzdem harrte er noch einen Moment lang aus. Er blieb zurück, um zuzusehen, wie der Freak starb.

Während Max mit der alten Dame im Badezimmer war, schlenderte Sport durch das Wohnzimmer. Es war schon eine eindrucksvolle Bleibe, die die alte Dame hatte. Sehr elegant. Sehr gediegen. Kaum direkter Sonnenschein, aber jede Menge frühherbstliches Tageslicht, das durch die gläsernen Balkontüren hereindrang. Wunderschöne kupferrote Teppiche auf dem Parkettfußboden. Ein Eßtisch aus Glas mit silbernen Kerzenständern darauf. Schwere Sessel aus altem Holz mit verschnörkelten Armlehnen und Füßen und Polsterbezügen mit einem Muster aus Früchten und Blumen. Bücherschränke aus altersdunklem Holz mit alten, voluminösen Büchern darin. Und Regale und Vitrinen aus echtem Rosenholz mit wertvollem Nippes hinter den Glastüren: silberne Kelche; Bierseidel aus Zinn; kleine Elfenbeinskulpturen von Pferden und Buddhas; Fotos in silbernen Rahmen von einem lächelnden Paar, einem Haus in ländlicher Umgebung, einem kleinen, fröhlich lachenden blonden Mädchen, einem kleinen wuschelhaarigen Jungen.

Sport blieb vor den Vitrinen stehen, als er durch den Raum wanderte. Er beugte sich vor, die Hände auf dem Rücken verschränkt, und betrachtete den Schnickschnack hinter dem Glas. Das war wahre Klasse, und wie, dachte er. Hier ist alles echt.

Als er draußen in Heights noch ein Junge war, hatte er immer Sänger werden wollen. Nicht einer von diesen schwulen Rock-Schreihälsen, sondern ein richtiger Nachtclubsänger. Ein Julio Iglesias oder ein Tom Jones oder gar ein Sinatra. Er träumte davon, in einem Smoking aufzutreten und Balladen zu singen. Das Mikrofon in der einen Hand zu halten und die andere dem Publikum entgegenzustrecken. Die Frauen seufzten und kreischten. Der Rauch der Zigarette hüllte ihn ein. Und dies war die Wohnung, von der er damals ebenfalls geträumt hatte. Eigentlich hatte er sich eher ein Haus vorgestellt, einen Wohnsitz in Hollywood, in der gleichen Straße, in der auch Johnny Carson wohnte. Aber auch genauso vornehm wie diese Wohnung mit eleganten, reichverzierten Möbeln, die die Leute bewunderten.

Sport verharrte vor dem Bücherschrank und beugte sich zu einer Ausgabe von *Little Dorrit* mit einem braunen, gerippten Ledereinband hinab. Dann richtete er sich mit einem Seufzer wieder auf.

Unglücklicherweise hatte er es niemals geschafft, einen Smoking zu tragen oder in einem Nachtclub mit einem Mikrofon aufzutreten. Und die einzige Frau, die er in seinem Leben schreien gehört hatte, war seine Mutter gewesen. Er konnte sich manchmal daran erinnern – gelegentlich spürte er es sogar –, wie der fleckige Mond, dem ihr Gesicht glich, auf ihn eindrang. Er spürte ihren heißen Atem und roch den sauren Bierdunst, der über sein Gesicht strich.

»Ich furze ja besser, als du singen kannst«, hatte sie ihm mal erklärt, und ihre Stimme klang dabei wie die einer Katze, die in den Küchenmixer geraten war. Und dann hatte sie es ihm demonstriert. »Hörst du das? Das bist du, wenn du singst. So gut singst du!« Sie hatte erneut einen Furz gelassen. »Ich singe auch«, hatte sie gekreischt. »Hört alle gut zu! Ich singe mit dem Arsch!« Und ihr gackerndes Gelächter hüllte ihn ein in eine Wolke aus stinkendem Bierdunst.

Ein Geräusch im Badezimmer riß Sport aus seinen Überlegungen. Sport blickte über die Schulter in die Diele. Er war sich nicht sicher, was für ein Geräusch es gewesen war. Ein dumpfer Schlag; vielleicht war etwas hingefallen. Oder ein hohles, wortloses Grunzen; ein Stöhnen. Er wurde an etwas erinnert, das Maxwell ihm erzählt hatte, als sie sich draußen auf Rikers etwas besser kannten. Eines Nachts, als sie nach dem Löschen der Lampen zusammen auf der Toilette hockten und sich flüsternd unterhielten, hatte Maxwell ihm ein schüchternes, fast rührendes Geständnis gemacht. Am liebsten schneide er Katzen die Zunge heraus, meinte er, und bräche ihnen die Beine und höre ihnen zu, wenn sie zu schreien versuchten.

Sport schüttelte den Kopf und lächelte, als er weiterging. Dieser Maxwell. Ein verrückter Kerl.

Er schlenderte jetzt zu den Glastüren zum Balkon. Er blieb davor stehen und schaute hinaus. Er federte auf den Füßen vor und zurück und hatte die Hände wieder auf dem Rücken verschränkt.

Der eigentliche Balkon war sehr klein. Nicht viel mehr als ein dreieckiger Betonsims. Die wenigen Pflanzen und Blumenkästen, mit denen die Dame sich beschäftigt hatte, nahmen den größten Platz ein. Von seinem Standort aus konnte Sport über die Balustrade blicken und den Hof fünf Stockwerke tiefer sehen. Es war ein länglicher, schmaler Rasenstreifen mit einigen künstlich angelegten und mit Büschen bepflanzten Hügeln darauf. Hier und da waren Holzbänke aufgestellt worden. Und es gab einen mit Steinplatten ausgelegten Weg, der durch die Parklandschaft führte. Der Weg erstreckte sich von einer Baumgruppe auf einem kiesbestreuten Platz unter einem mit wildem Wein umrankten Spaliergitter auf der linken Seite bis zu einem rechteckigen Fischteich rechts von Sport. Die vierte Begrenzungsmauer des Hofs wurde von der Rückwand der Kirche gebildet. Ihre Klinkerwand mit den Buntglasfenstern grenzte direkt an den Fischteich.

Sport löste seinen Blick von dem Hof. Er schaute hinüber

zum gegenüber liegenden Gebäude. Lucia Sinclairs Apartment befand sich im hinteren Teil des Gebäudes in der Fünfunddreißigsten Straße Ost. Das Haus jenseits des Hofs stand in der Sechsunddreißigsten. Es war nicht weit entfernt, höchstens zwanzig Meter. Auf jeden Fall nahe genug.

In diesem Moment erklang hinter ihm ein Klirren. Die Nippessachen erzitterten in ihren Vitrinen. Maxwell, so dachte er, leistete offenbar schwere Arbeit. Er wandte sich um und betrachtete wieder die Wohnung. Schwere Arbeit, dachte er, diese Behausung zu mieten.

Es war ein Trick, den Sport von einem Drogendealer auf Rikers übernommen hatte. Ein absoluter Spitzenmann; ein wahrer Könner namens Mickey Raskin. Mickey hatte Sport mit der raffinierten Kunst der kurzfristigen Wohnungssuche bekannt gemacht. Zuerst, meinte Mickey, lies die Todesanzeigen. Such dir einen Toten, am besten ohne Hinterbliebene. Dann mach dich an den Hauseigentümer oder den Verwalter heran und steck ihm einen Umschlag mit der Jahresmiete zu. Erklär ihm, daß du die Wohnung für einen, höchstens zwei Monate brauchst und keine dummen Fragen beantworten willst. Das einzige Risiko, sagte Mickey, bestünde darin, daß man auf einen ehrlichen Vermieter trifft. Mit anderen Worten, das System war narrensicher.

Es war eine gute Methode, gab Sport zu. Aber die Vorbereitung mit den Todesanzeigen war etwas mühsam. Sport brauchte nicht irgendeine Wohnung. Er brauchte genau diese oder eine direkt daneben. Daher konnte er nicht auf das Erscheinen einer Todesanzeige warten, sondern er mußte sozusagen selbst für eine sorgen. Und einen Tag oder zwei, nachdem die »Todesanzeige« erschienen wäre, würde er in dem Haus auftauchen und um ein Gespräch mit dem Verwalter bitten. Ich habe in der News von dem schrecklichen Mord an der alten Dame gelesen, würde er sagen, und ich möchte ihre Wohnung für einen Monat mieten, wenn die Polizei ihre Untersuchungen abgeschlossen hat. Zuerst würde der Verwalter mit Abscheu reagieren, vielleicht sogar mit einem gewissen Mißtrauen. Aber dann würde Sport ihm einen Briefumschlag in die Hand drücken. Und wenn der Verwalter dann darauf blickte und sähe, wie dick der Umschlag war, dann fände er es überhaupt nicht mehr ekelhaft, und auch sein Mißtrauen würde verfliegen. Und wenn die Polizei fertig wäre – in einer Woche, höchstens in zwei –, gehörte die Wohnung ihm.

Sport hörte, wie die Badezimmertür geöffnet wurde. Schwere Schritte erklangen. Maxwell erschien in der Tür am Ende des Wohnzimmers.

Die Brust des massigen Mannes hob und senkte sich heftig. Sein vorgeschobener Kopf nickte auf und nieder. Das Lächeln hatte seine dicken Lippen verlassen, und seine Augen waren glasig und leer. Die schweren Arme pendelten an seinen Seiten. Die dicken Finger waren dunkel von Blut. Er zupfte verlegen am Stoff seines Overalls herum. Der Overall war ebenfalls mit dunklen Flecken übersät. Maxwell ließ den Kopf hängen und scharrte schüchtern mit einem Fuß auf dem Boden herum.

»Alles klar, mein Junge?« fragte Sport mit einem fröhlichen Grinsen.

Maxwell nickte scheu und antwortete atemlos: »Ja.«

Ehe er zu ihm ging, wandte Sport sich um und warf einen letzten Blick durch die Glastüren. Er nickte. Es war wirklich perfekt. Mit einem anständigen Feldstecher würde er durch die Fenster genau gegenüber blicken können.

Direkt in die Wohnung von Dr. Nathan Conrad.

ERSTER TEIL

Der Psychiater der Verdammten

Dr. Nathan Conrad war allein. Er legte die Hände auf die Armlehnen des Ledersessels. Er lehnte sich zurück. Er schaute hinauf zu der Zierleiste, die zwischen Decke und Wand verlief. Er dachte: Scheiße.

Kopfschmerzen kündigten sich an. Rote Punkte blitzten auf und flossen wie Tintenkleckse vor seinem defekten rechten Auge auseinander. Sein Magen fühlte sich hohl und schwer an. Es bestand kein Zweifel: Es war eine deprimierende Sitzung gewesen.

Wieder mal Timothy. Timothy Larkin. Siebenundzwanzig Jahre alt. Ein begabter Choreograph mit einer vielversprechenden Karriere vor sich. Er hatte bereits als Assistent bei zwei Broadwayshows gearbeitet. Und vor einem Jahr hatte er den Posten des Chefchoreographen für eine Freiluft-Tanzdarbietung innerhalb des Sommerprogramms des World Trade Centers bekommen. Etwa einen Monat danach hatte er festgestellt, daß er an AIDS litt.

Während der vergangenen sechs Monate hatte Conrad zusehen müssen, wie der junge Mann allmählich verfiel. Die Figur des Tänzers, einst geschmeidig und muskulös, wurde zittrig und zerbrechlich. Das ausdrucksvolle, markante Gesicht war schlaff geworden und in sich zusammengesunken. Er hatte sich Strahlentherapien gegen seine verschiedenen Krebsarten unterzogen, und sein volles schwarzes Haar war ihm längst ausgefallen.

Conrad massierte sein Auge, um die roten Wolken zu vertreiben. Seufzend erhob er sich mühsam aus seinem Sessel. Nach einer Stunde im Sitzen war sein lädiertes Bein, das rechte, steif geworden. Er mußte durch das winzige Büro zu dem kleinen Tischchen neben der Toilettentür humpeln. Eine Mr.-Coffee-Maschine stand auf dem Tischchen. Sein geliebter Mr. Coffee. Der Ehrenwerte Mr. Coffee. Sir Coffee. Saint Coffee.

Seine Tasse stand neben der Maschine. Es war eine schwarze Tasse mit einer weißen Aufschrift: GENIESSE DEIN LEBEN, ES IST SPÄTER ALS DU DENKST. Er nahm die Kaffeekanne aus der Halterung. Er schüttete den Rest aus der Kanne in den Rest in seiner Tasse. Er stellte die Kanne weg und trank.

»Aah!« seufzte er laut.

Es schmeckte wie Kaffeesatz. Er schüttelte den Kopf und kehrte mit der Tasse in seinen Sessel zurück. Es war an diesem Morgen die dritte Tasse von dem Zeug. Er konnte kaum glauben, daß die Uhr erst Viertel nach neun zeigte.

Conrad hatte Timothy auf Bitten der Gay and Lesbian Health Alliance angenommen. Die Internistin der Alliance, eine Frau namens Rachel Morris, hatte ihn überwiesen.

»Wissen Sie, ich kann mir euch nicht mehr leisten«, hatte Conrad ihr gesagt.

»Schön, aber Sie haben Ihren Namen in die Liste eingetragen, Nathan«, sagte sie.

»Ja, und Sie haben mir nicht verraten, daß das Blatt für die Namen ansonsten leer war.«

Sie lachte. »Was soll ich dazu sagen? Sie haben sich bei den städtischen Hilfsdiensten für die schwierigeren Fälle einen gewissen Ruf erworben.«

»Ach ja? Und was ist mein Ruf? Jetzt will ich was Schönes hören.«

»Man nennt Sie den Psychiater der Verdammten.«

Conrad hielt den Telefonhörer in der einen Hand und stützte den Kopf in die andere. »Ich bin geschmeichelt, Rachel. Zutiefst gerührt. Aber ich bin jetzt ein gefragter Gehirnschlosser von der Upper East Side. Ich habe eine Frau und ein Kind und einen Mercedes Benz, die ich am Leben erhalten muß.«

»O Nathan, das haben Sie nicht.«

»Na schön, ich habe Frau und Kind. Und ich hätte längst einen Mercedes, wenn ihr endlich aufhören würdet, mich ständig anzurufen.«

»Und Ihre Frau kann sich selbst ernähren.«

»Kann sie das? Kann sie mir einen Mercedes kaufen?«

»Nathan!« hatte Rachel schließlich ausgerufen. »Er hat kein Geld, seine Versicherung übernimmt diese Kosten nicht. Er ist selbstmordgefährdet und weiß nicht, an wen er sich sonst wenden soll. Er braucht Sie.«

Conrad überlegte noch einen Moment lang. Dann stimmte er ein verzweifeltes Geheul an.

Conrads Büro befand sich in einem verschachtelten gotischen Apartmenthaus an der Central Park West zwischen Zweiundachtzigster und Dreiundachtzigster Straße. Er hatte sein Büro im hinteren Teil im Parterre. Sein einziges Fenster ging auf den düsteren Lichtschacht hinaus, den sein Gebäude sich mit dem verschachtelten gotischen Apartmenthaus an der Ecke Dreiundachtzigste teilte. Das Fenster hielt er stets mit Holzläden verschlossen. Kein Tageslicht drang hindurch – man konnte kaum feststellen, daß überhaupt ein Fenster existierte. Das Büro sah immer irgendwie kahl aus, fade und künstlich.

Das Büro war in ein Wartezimmer und in ein Behandlungszimmer unterteilt. Beide waren klein. Das Wartezimmer war nicht mehr als ein rechteckiges Handtuch. Dort gab es gerade genügend Platz für zwei Bücherregale, zwei Stühle und einen kleinen Beistelltisch, auf dem Conrad für seine Patienten Exemplare der *New York Times* und von *Psychology Today* bereitlegte. Er selbst las keine der beiden Publikationen.

Das Behandlungszimmer war etwas größer, aber es war überfüllt. Es gab ein Fenster in der Nordmauer und ein Bad mit Toilette an der Südseite. Dafür war jede verfügbare freie Wandfläche mit Bücherregalen bedeckt, in denen verwitterte Ausgaben von *Sexualität im Kindesalter, Psychopharmakologie* und Sigmund Freuds *Gesammelte Werke* in mehreren Bänden standen. Es gab auch in einer Ecke ein Rollpult. Dieses war geöffnet, und seine Schreibfläche war mit Schriftstücken und Fachzeitschriften bedeckt. Irgendwo unter diesem Durcheinander waren das Telefon und der Anrufbeantworter versteckt. An der äußersten Ecke stand ein Reisewecker.

Schließlich gab es noch die unentbehrlichen Möbel: Conrads Platz – der lederne Lehnsessel –, die Couch für die Patienten und der große gelbe Sessel für die Patienten, die sich in einer Therapie befanden.

Als Timothy heute in diesem Sessel saß, hatte dieser ihn schier erdrückt. Seine dünnen Arme lagen müde auf den Armlehnen. Seine knochigen Hände zitterten leicht. Sein Kopf schwankte, als könnte sein Hals ihn nicht mehr tragen. Eine Baseballmütze der Mets, mitleiderregend groß, saß schief auf seinem Kopf; sie sollte seinen kahlen Schädel bedecken.

Während er ihn betrachtete, mußte Conrad sich selbst durch eine Wolke von Mitleid kämpfen. Mußte er seinem traurigen und niedergeschlagenen Gesicht einen gleichgültigen Ausdruck verleihen. Er atmete langsam, drückte die Luft mit seinem Zwerchfell heraus. Er wartete darauf, daß sein Geist in jenen ruhigen, dumpfen Zustand der konzentrierten Rezeption abglitt. Keine Urteile, keine Interpretationen. Die Verbindungen sollten von selbst zustandekommen. Der Weg des Tao ist einfach, zitierte er in Gedanken, trenne dich von all deinen Überzeugungen.

»Wissen Sie«, sagte Timothy leise, »die Schuld ist schlimmer als die Angst. Ich meine damit, wenn man es genau betrachtet, dann komme ich mir eher schlecht vor ... aber ich fürchte mich eigentlich nicht vor dem Sterben.«

Conrad hörte schweigend zu. Timothy sprach schon seit einigen Wochen darüber: über die Schuld und die Scham, die genauso schwer auf ihm lasteten wie das Wissen um den nahen Tod. Er kannte bereits deren Ursachen. Nun versuchte er zu einer Erklärung für diese Erkenntnisse zu gelangen.

Er hob müde den Kopf. Sah Conrad eindringlich mit seinen großen, eingesunkenen schwarzen Augen an. »Was ich hasse, ist dieses Gefühl, daß ... Gott mich bestraft. Daß AIDS eine Art Gottesurteil ist. Eine Strafe für meine Sünden.«

Conrad veränderte etwas seine Haltung im Lehnstuhl.

»Welche Sünden sollten das denn sein, Tim?« fragte er leise.

»O ... das wissen Sie.« Timothy holte tief und mühsam Luft. »Die altbekannten Sünden. Mein Leben, mein Lebensstil. Meine Sexualität.« Und dann, mit einiger Anstrengung: »Ich denke, das ist es nun mal, womit man bestraft wird, weil man mit Männern Sex macht, oder?«

Und Conrad fragte: »Ist es das?«

Die Augen des jungen Mannes füllten sich mit Tränen. Er blickte zur Decke. »Ich habe das Gefühl, als steckte irgendwo in meinem Geist eine Art fundamentalistischer Prediger, wissen Sie das? Wie in diesem Woody-Allen-Film. Es ist so, als ob ein Geistlicher in meinem Bewußtsein lebt und mir gelegentlich mit dem Finger droht und sagt: ›Siehst du? Gott läßt seiner nicht spotten, Timothy. Das hast du nun davon, daß du mit anderen Jungen schlimme Dinge tust.‹«

Conrad lächelte mit aller Liebenswürdigkeit, die er aufbringen konnte. »Ich möchte jetzt nicht wie ein Psychiater klingen«, sagte er, »aber dieser Prediger – er sieht nicht zufälligerweise aus wie Ihr Vater, oder doch?«

Ohne zu lachen, nickte Timothy matt. »Ich glaube, er würde tatsächlich so denken. Mein Vater, meine ich. Wenn ich mit ihm redete, dann würde er es wahrscheinlich nicht laut aussprechen, aber ich bin überzeugt, er würde meinen, daß ich dafür ... bestraft würde, schwul zu sein.«

»Das ist ein interessanter theologischer Aspekt«, sagte Conrad. »Wenn AIDS eine Strafe für Homosexualität ist, als Strafe wofür könnte man dann die Leukämie bei Kindern ansehen? Daß sie ihr Spielzeug nicht mit anderen teilen wollen?«

Timothy antwortete wieder mit einem leisen Lachen.

»Wenn es regnet, dann immer auf die Gerechten und die Ungerechten«, sagte Conrad sanft.

»Oh, prima.« Stöhnend legte Timothy den Kopf nach hinten auf den Sessel. »Wer hat das gesagt? Sigmund Freud?«

»Wahrscheinlich. Bestimmt einer von uns cleveren Juden.«

Für einen weiteren langen Moment saß Timothy so da, seine dürre Gestalt im Sessel ausgestreckt, den Kopf auf der Rückenlehne. Dann sah Conrad, wie Tränen an seinen Schläfen herabrannen. Sie tropften auf die Sessellehne, befeuchteten den gelben Polsterbezug und hinterließen dunkle Flecken.

Conrad schaute zur Uhr auf dem Rollpult. Es war 9:13. Gott sei Dank, dachte er. Gott sei Dank, es ist bald vorbei.

Für einen Augenblick spürte er, wie Mitleid in ihm hochwallte. Er konnte es kaum ertragen. Mit Macht verdrängte er dieses Gefühl.

Er sah wieder auf seinen Patienten. Timothy blieb in seiner Haltung sitzen, hatte den Kopf zurückgelegt und ließ seinen Tränen freien Lauf. Beeil dich, Timbo, dachte Conrad, du bringst mich noch um.

Und schließlich richtete der Tänzer seinen Blick wieder auf den Psychiater. Die Tränen waren versiegt. Er preßte die Lippen zusammen. Erschüttert verfolgte Conrad, wie die Augen des jungen Mannes hart wurden.

»Ich bin froh, daß ich die Menschen, mit denen ich zusammen war, geliebt habe«, sagte Timothy. »Ich möchte nicht mit Scham sterben. Ich bin sehr froh.«

Dann zitterten seine Lippen, gaben nach. Er begann wieder zu weinen.

Conrad beugte sich vor und redete mit sanfter Stimme. »Unsere Zeit ist abgelaufen«, sagte er. »Wir müssen jetzt Schluß machen.«

Timothy wird sich bald besser fühlen, dachte Conrad. Er lehnte sich in seinem Sessel zurück und inhalierte den aus der Kaffeetasse aufsteigenden Dampf. Wenn er Zeit hätte, sich intensiv darum zu kümmern, dann würde Timothy mit seiner Schuld und seiner Krankheit ins Reine kommen. Er würde sich auf wundervolle Art erfrischt fühlen; im Frieden mit sich selbst.

Und dann würde er sterben – langsam, qualvoll, schrecklich, allein.

Scheiße. Conrad schüttelte den Kopf. Eine tolle Einstellung, Nathan, lieber Freund. Und es war erst zwanzig nach neun. Er konnte es sich nicht leisten, schon jetzt so deprimiert zu sein. Da war immer noch June Fefferman zu überstehen: eine reizende, völlig unselbständige kleine Maus von einer Frau, deren Ehemann, ein Flugzeugpilot, im vergangenen Jahr bei einem Autounfall auf der Rückfahrt vom Flughafen ums Leben gekommen war. Dann, nach ihr, käme Dick Wyatt, ein vor Leben sprühender fünfundvierzigjähriger leitender Angestellter, der eines Morgens in der Vorhalle seines Apartmenthauses in Brooklyn ausgerutscht und seitdem vom Hals an abwärts gelähmt war. Und dann, vielleicht der schlimmste Fall von allen, war da noch Carol Hines, deren fünf Jahre alter Sohn an einem Gehirntumor gestorben war. Conrads Tochter, Jessica, war ebenfalls gerade fünf. Er beschäftigte sich höchst ungern mit Carol Hines.

Conrad kniff krampfhaft die Augen zu. Er gab einen Laut von sich, halb Seufzer, halb Stöhnen. Psychiater der Verdammten, dachte er. Mein Gott, wo waren denn all diese wohlhabenden Allerweltsneurotiker der Upper West Side, von denen er soviel gehört hatte? Das Beste, was er für seine Patienten tun konnte, war, ihre Wahnvorstellungen zu kurieren, damit sie ihre Alpträume ausleben konnten.

Er hörte, wie draußen knarrend die Wartezimmertür geöffnet wurde, sich dann mit einem dumpfen Laut schloß. Er sah auf die kleine Uhr: 9:25. Mrs. Fefferman und ihr toter Ehemann waren fünf Minuten zu früh gekommen. Fünf Minuten. Er hatte noch etwas Zeit, sich zu entspannen, ehe die Sitzung begann. Er faßte dankbar den Henkel seiner Tasse an. Er führte sie an die Lippen. Atmete den Geruch ihres Inhalts ein.

Das Telefon klingelte. Ein Blatt Notizpapier balancierte darauf, rutschte herab und segelte auf den Fußboden. Das Telefon war ein schwarzes Tastenmodell. Es klingelte wieder: ein lautes, schrilles Scheppern.

»Ach – was willst du schon wieder?« murmelte Conrad.

Das Telefon klingelte erneut.

Fluchend rollte Conrad mit dem Sessel zum Schreibtisch. Er stellte seine Kaffeetasse auf seinen in Arbeit befindlichen Aufsatz über Kummerreaktionen bei Kindern. Dann nahm er den Hörer ab.

»Dr. Conrad«, meldete er sich.

»Hallo, Nate. Jerry Sachs hier.«

Conrad krümmte sich. Damit war seine Pause wieder mal zum Teufel.

»Hi, Jerry«, sagte er so freundlich er es vermochte. »Wie geht's?«

»Na, du weißt ja. Ich mach zwar nicht das dicke Geld wie einige Leute auf der Central Park West, aber ich komme zurecht. Und wie ist es mit dir?«

»Ach«, meinte Conrad. »Gut, danke.«

»Hör mal, Nate«, kam Sachs zur Sache, »ich habe hier etwas, das meines Erachtens in dein Gebiet fällt.«

›Nate‹ schüttelte den Kopf. Er konnte sich Sachs am anderen Ende der Leitung vorstellen. Wie er hinter seinem überdimensionalen Schreibtisch in der Impellitteri Municipal Psychiatric Facility saß. In seinem Sessel lümmelnd, die großen Füße auf den Tisch gelegt und mit der freien Hand auf seinen Bauch klopfend. Dabei hatte er den riesigen eiförmigen Schädel so weit nach hinten geneigt, daß seine schwarzen Brillengläser das Licht der Deckenlampe reflektierten. Und vor ihm stand das schwarze Onyxschild: JERALD SACHS, M.D., DIREKTOR. Das Schild war mindestens einen Meter lang.

Doch dann sagte sich Conrad, daß Sachs es verdient hatte. Die Beförderung auf den Posten des Direktors war das Ergebnis fast zehn schwerer Jahre der Arschkriecherei bei Ralph Juliana, dem Präsidenten der Verwaltung von Queens. Conrad hatte Juliana in den Fernsehnachrichten gesehen: einen stämmigen Parteistrategen mit einem teuren Maßanzug und einer billigen Zigarre. Vor ihm Männchen zu machen konnte unmöglich angenehm gewesen sein. Sachs hatte den größten Teil der zehn Jahre damit verbracht, über die Witze dieses Knilchs zu lachen. Zu seinen Partys zu gehen. Bei ihm den »angesehenen Psychiater« zu spielen, mit dem er bei seinen Freunden Eindruck machte. Ganz zu schweigen von seinen Gutachten in Gerichtsprozessen, an denen Juliana ein besonderes Interesse hatte. Und schließlich hatte er es geschafft, zum Direktor von Impellitteri ernannt zu werden. Stolzer Herrscher über die grün gestrichenen Backsteinmauern, die sparsam möblierten Krankensäle, die tristen Aufenthaltsräume. Der furchtlose Anführer eines Stabes weggelobter Ärzte und halbgebildeter Therapiehelfer und kampferprobter Krankenschwestern mit finsteren Mienen. Die Königspython in der Schlangengrube der City.

Und für all das war Conrad ihm einiges schuldig. Er hatte Sachs vor rund fünfzehn Jahren kennengelernt, als sie beide am NYU Medical Center arbeiteten. Damals hatte er ihn auch nicht besonders gemocht. Aber vor fünf Jahren behandelte Conrad einen manisch-depressiven Teenager namens Billy Juarez. Billy war völlig mittellos und zunehmend gewalttätig. Er hatte bereits einen Lehrer verprügelt, der ihn nach einer Entschuldigung für sein Fehlen gefragt hatte. Er redete häufiger davon, sich eine Pistole zu kaufen. Billy mußte in ein Krankenhaus eingewiesen und behandelt werden, und er hatte kein Geld, um das zu bezahlen. Conrad fürchtete, daß er deshalb in einer der öffentlichen Institutionen landen und dort untergehen würde. Dann begann der Staat mit einem Testprogramm, in dessen Verlauf Patienten von Impellitteri in ein angenehmes Privatsanatorium in der Nähe von Harrison verlegt wurden. Das Programm sah außerdem eine Behandlung mit Lithium vor. Conrad hatte Jerry Sachs angerufen und ihn an ihre gemeinsame Zeit erinnert. Er hatte um einen Platz für Billy Juarez gebeten, und Sachs hatte entsprechende Schritte unternommen.

Daher war er ihm etwas schuldig. Und so meinte er: »Etwas auf meinem Gebiet, häh?« Er schaffte es nicht, seine Stimme begeistert klingen zu lassen, aber er machte in der Richtung weiter. »Also das interessiert mich, Jerry. Ich bin zwar im Augenblick beschäftigt, aber ich –«

»Komm schon, Nate!« meinte Sachs in einem barschen, kumpelhaften Ton, den Conrad verabscheute. »Du kannst doch nicht dauernd da drüben auf der CPW hocken und nur die reichen Schnepfen behandeln, denen es zu langweilig ist, ihr Geld zu zählen. Obgleich ich so eine Ahnung habe, daß ihr Privatgelehrten für solche Fälle genau die richtige Therapie wißt.«

Ja, genauso wie ihr politischen Speichellecker wißt, was man gegen Berufsethos tun muß, dachte Conrad. Aber er schwieg. Nach einer Weile hörte Sachs auf, über seinen eigenen Witz zu lachen, und fuhr fort.

»Aber mal ernsthaft, Nathan, es geht um eine aufregende Sache. A 330-20.«

»Eine gerichtliche Angelegenheit?«

»Sie ist gerade durch die Zeitungen und durchs Fernsehen gegangen.«

»Aha«, sagte Conrad freudlos. »Sie war also schon in den Zeitungen und so weiter.«

»Ja, natürlich. Vor etwa drei Wochen. Erinnerst du dich an den Elizabeth-Burrows-Fall? Erzähl mir nur nicht, daß du schon so weit darüber stehst, daß du noch nicht mal mehr die Schlagzeilen liest, oder?«

»Äh ...«

»Also, das Gericht hat sie uns für dreißig Tage zur Beobachtung geschickt, um zu prüfen, ob ihr der Prozeß gemacht werden kann. Sie ist achtzehn. Die Diagnose lautet auf paranoide Schizophrenie. Sie leidet unter auditiven Halluzinationen, schweren Wahnvorstellungen, und außerdem neigt sie zu Gewaltausbrüchen.«

»Das klingt mir nach einer Drogensüchtigen.«

»Wir können nichts Derartiges feststellen.«

»Tatsächlich. Aber sie ist gewalttätig.«

»Und wie.« Sachs stieß einen leisen Pfiff aus. »Und jetzt hör zu. Ich fange also an, ihr Fragen zu stellen, klar? Alles läuft prima, besser als prima. Sie mag mich, sie hört gar nicht auf zu reden. Und dann, plötzlich, der große Knall. Sie bekommt, wie es so schön heißt, einen manischen Schub. Das heißt, sie flippte völlig aus, Mann. Stürzte sich auf mich. Erwürgte mich fast, ehe jemand mir zu Hilfe kam und sie ruhigstellte. Dabei ist sie nur eine kleine Frau, Nate. Wirklich, du würdest ihr diese Kraft niemals zutrauen. Vier Leute waren nötig, sie wegzubringen und einzuschließen, plus zwei weitere, um sie zu fesseln. Als wir sie wieder rausließen, war die ganze Zeit zur Sicherheit eine Helferin bei ihr, ein Brocken von zweihundert Pfund Lebendgewicht, und selbst die hatte eine heillose Angst vor der Kleinen. Schließlich, nachdem wir genügend Drogen in unsere Miss Crazy Lady gepumpt haben, um einen Elefanten schlafen zu legen, bringe ich sie in eine dieser forensischen Einzelzellen. Und was passiert? Sie wird schlagartig katatonisch. Bewegt sich nicht mehr, redet nicht, sitzt nur da und starrt vor sich hin ...«

Conrad schnaubte. »Prima, Jerry. Ich komme sofort mit meinem Großen Wahnvorstellungs-Vernichter vorbei. Mal ernsthaft, was soll ich mit ihr machen?«

»Nichts. Wir versuchen nicht, sie zu heilen, Mann. Wir brauchen jemanden, der sie zum Reden bringt. Der entscheidet, ob sie vor Gericht gestellt werden kann, und der darüber einen Bericht schreibt.«

»Dann schick doch einen deiner forensischen Typen zu ihr. Dafür sind die doch da. Hör mal, in einer Minute habe ich eine Patientin. Können wir nicht …?«

»Ach, sag ihr, sie soll ihr Höschen noch für einen Moment anbehalten«, sagte Sachs. Er kicherte. »Nein, im Ernst. Wirklich … Du warst doch an den Untersuchungen an der Columbia Press vor drei Jahren beteiligt, nicht wahr? Über Katatoniker. Gleiche und ähnliche Fälle; du hast tolle Ergebnisse erzielt. Die *Science Times* hatte darüber geschrieben, Nathan. Du hast einen hervorragenden Ruf …«

Eine Pause entstand. Conrad saß schweigend da und schüttelte den Kopf.

Dann meinte Sachs: »Es ist ein großer Fall, Nate. Was meinst du denn, warum ich damit befaßt bin? Die Bosse beobachten mich. Die Zeitungen ebenfalls. Du hast den Namen, der der Angelegenheit in deren Augen ein ganz anderes Gewicht verleiht.« Und als Nathan noch immer nicht antwortete, sagte Sachs: »Du würdest mir einen Gefallen tun, Nate. Ganz bestimmt. Wirklich.«

Conrad sah wieder auf die Uhr: 9:34. Mrs. Fefferman wurde sicherlich schon unruhig. Er fuhr sich mit der Hand durch die Haare. »Weshalb, äh … wegen was wurde sie verhaftet?«

Sachs brach in lautes Gelächter aus – halb triumphierend, halb erleichtert. »Junge, du liest wirklich keine Zeitungen, was? Der Burrows-Fall. Elizabeth Burrows? Sie hat einen Mann umgebracht. Hat ihm die Kehle durchgeschnitten. Gütiger Himmel, sie hat das arme Schwein regelrecht zerlegt.«

Agatha

Conrad war ein zierlicher Mann, klein und dünn mit abfallenden Schultern. Er hatte ein rundes, melancholisches Gesicht: tiefe, sanfte braune Augen und kräftige, an den Winkeln nach unten gezogene Lippen, die ihm einen nachdenklichen und ernsten Ausdruck verliehen. Ein paar Strähnen strohblonden Haares lagen schlaff quer über seinem Kopf, doch die meisten Haare waren längst verschwunden. Er war vierzig Jahre alt.

Er spürte diese Jahre, jedes einzelne. Abgesehen von seinem einstündigen Fußweg jeden Morgen zur Arbeit betätigte er sich niemals körperlich. Er fühlte sich oft müde; als knirschten seine Gelenke. Nach einem Leben, in dem er stets gut gegessen hatte, ohne zuzunehmen, entwickelte er nun einen deutlichen Bauch. Und manchmal – nun, sehr oft – na ja, so gut wie fast jeden Tag – ertappte er sich dabei, wie er in seinem Lehnsessel einschlief, nachdem er den Joghurt und die Nüsse verzehrt hatte, die seine Frau ihm immer zum Mittagessen einpackte.

An einem Tag wie diesem konnte es besonders hart sein. Angefangen mit Timothy, hatte er von acht Uhr morgens bis halb acht abends fast ständig nur in seinem Lehnsessel gehockt. Er hatte den ganzen Tag ohne nennenswerte Pausen dazwischen seinen Patienten zugehört. Das hatte ihn geschafft.

Nach dem Essen hatte er zwei Aspirin geschluckt. Daraufhin hatte das Blinken in seinem Auge aufgehört, und der Kopfschmerz war verflogen. Aber sein rechtes Bein: das hatte zu schmerzen begonnen. Als er Feierabend machte und das Gebäude verließ, humpelte er.

Er ging zum Gehsteigrand und wartete auf ein Taxi. Der Verkehr floß zügig über die Central Park West. In der Kühle des Oktoberabends funkelte das Grün der Verkehrsampeln die ganze breite Straße hinauf. Auf der anderen Straßenseite, im Park, schüttelten die Äste der Platanen ihr welkendes Laub gegen den Himmel. Einige Blätter fielen auf den Gehsteig oder taumelten und tanzten über der Parkmauer durch die Luft. Conrad hielt inne und schaute ihnen zu.

Die Schmerzen in seinem Bein waren wieder schlimm, dachte er. In seinem Knie pochte es. Er mußte daran denken, tagsüber öfter aufzustehen, herumzugehen, es zu strecken.

Es war eigentlich Agathas Schuld, dieses Knie, dachte er. Sie war es, die ihn derart zum Krüppel gemacht hatte.

Aber der Gedanke daran ließ ihn lächeln, während er den fallenden Blättern zusah.

Er hatte Agatha kennengelernt, als er siebzehn war. Damals hatten sie zum erstenmal seine Mutter abgeholt. Mutter war gerade mit einer vollen Einkaufstüte aus der Grand Union gekommen. Sie war über irgend etwas gestolpert – vielleicht war sie auch zusammengebrochen. Egal wie, auf jeden Fall war sie hinter dem Parkplatz auf den Gehsteig gestürzt. Dabei hatte sie die Einkaufstüte fallengelassen. Rote Tomaten, gelbe Zitronen und silberne Thunfischdosen waren herausgepurzelt und funkelten in der Sonne. Eine andere Frau und die Kassiererin aus dem Eisenwarenladen nebenan waren herausgelaufen, um ihr zu helfen. Aber Mom hatte nur dagelegen und gezittert. Ihr Mund klaffte auf, Speichel rann an der Seite heraus, und sie starrte in die braune Papiertüte, die auf dem Bürgersteig vor ihr lag. Sie starrte auf den Eierkarton darin. Sie sah die zerbrochenen Eierschalen herausbaumeln. Sie sah, wie das Eigelb auf dem braunen Papier auseinanderfloß. Und sie begann zu schreien.

Die Hausfrau versuchte sie zu beruhigen. Die Kassiererin versuchte sie festzuhalten. Aber Mom wand und krümmte sich und schrie und stöhnte furchtbar. Als sie in die Tüte blickte, hatte sie einen Karton voller Augen gesehen. Sie hatte gesehen, wie diese Augäpfel vor ihr aufgeplatzt waren. Blut war aus ihnen herausgelaufen – zähflüssig, rot –, gefolgt von schwarzen Spinnen, die aus den zerbrochenen Pupillen kletterten. Mom schrie und schrie. Sie war mit solchen Dingen nicht vertraut. Soviel sie auch in den vergangenen zwölf Jahren getrunken hatte, dies war das erste Mal, daß sie das Delirium tremens erlebte.

Der siebzehnjährige Nathan erschien als erster im Krankenhaus. Er war gerade erst aus der Schule gekommen, als er angerufen wurde. Er hatte noch nicht einmal Zeit gehabt, seinen Mantel auszuziehen. Er sprang sofort wieder in seinen uralten Chevy, für den er den ganzen Sommer lang gearbeitet hatte, und raste zum Krankenhaus. Er war es auch, der dann am Bett seiner Mutter saß und ihr zuhörte, als sie vor Angst und Scham weinte. Er saß da und strich ihr das Haar aus dem grauen Gesicht – diesen schmalen, einst edlen Zügen mit der schlanken, geraden Patriziernase. Sie war so stolz auf ihre Nase. Es war keine jüdische. »Mein Vater hat es nicht zugelassen, daß wir unter Juden lebten«, sagte sie würdevoll. Und sie reckte dabei ihr Kinn in die Luft, zeigte ihren schwanengleichen Hals und ihre schlanke Gestalt.

Nathan hielt ihre Hand. Ihre Haut war so blaß, daß er die dunkle Nadel der intravenösen Kanüle in ihrer Vene sehen konnte. Sie weinte in einem fort, während Nathan bei ihr saß.

Der gute alte treue Nathan. So nannte sein Vater ihn immer. Sein Dad – der sich eine Stunde lang nicht blicken ließ. Nathan vermutete, daß Dad sich bewußt Zeit ließ, seine Praxis zu verlassen. Er war ein vielbeschäftigter Mann, ein Zahnarzt, aber dennoch ... Dad erwartete von Nathan, daß er bereits die wichtigsten Dinge geregelt hatte, ehe er selbst am Ort des Geschehens erschien. So könnte Dad dann, wenn er endlich eintraf, erleichtert lächeln und Nathan auf die Schulter klopfen. »Na siehst du, so schlimm ist es ja gar nicht«, würde er sagen. Dabei würde sein blasses Gesicht ein Grinsen zeigen, und seine kleinen Augen würden hinter den großen Brillengläsern funkeln. »Kein Grund zur Panik, nicht wahr?«

Und Nathan würde krampfhaft schlucken und erwidern: »Stimmt schon, Dad.« Und Dad würde wieder müde lächeln und sich dann traurig abwenden.

Nach einer Stunde traf Dad schließlich ein. Nathan ließ ihn an Moms Bett zurück und ging in die Krankenhauscafeteria, um eine Tasse Kaffee zu trinken. Er setzte sich an einen Tisch in einer Ecke und starrte brütend auf den fleckigen Becher aus dem Automaten. Nach etwa zehn Minuten hob er den Kopf. Und da war Agatha.

Sie trug die rot-weiß gestreifte Tracht der freiwilligen Krankenhaushelferinnen. Und als reichte ihre lebhaft gemusterte Kleidung nicht aus, hatte sie auch noch eins der fröhlichsten Gesichter, die Nathan je gesehen hatte. Runde Wangen, die sich röteten, während sie lächelte, und strahlend blaue Augen, die noch stärker leuchteten. Ihr braunes Haar hatte sie unter ihre rot-weiße Haube gesteckt, doch Nathan konnte erkennen, wie kräftig und voll es war. Er konnte sich vorstellen, wie es ihr Gesicht einrahmte und ihren Teint hervorhob, der genauso rot und weiß war wie ihre Kleidung.

Nathan war ein schüchterner Junge; manche hätten ihn sogar für verschlossen gehalten. Er hatte nur einen einzigen

Freund – Kit, seinen treuen Gefährten seit der Grundschule. Er hatte noch nie eine Freundin gehabt. Er hatte sich einige Male hintereinander mit Helen Stern verabredet und war mit ihr ausgegangen, doch sie hatte die Beziehung abgebrochen, als er es ›zu ernst‹ meinte. Im großen und ganzen hielt er die Vertreterinnen des anderen Geschlechts für ziemlich albern und mehr als unzuverlässig.

Er hatte Agatha noch nie gesehen, und er hatte keine Ahnung, was sie so interessiert betrachtete. Ihr Lächeln und der offene Blick dieser Augen verunsicherten ihn. Beinahe hätte er über die Schulter geschaut, um sich zu vergewissern, daß sie nicht doch jemand anderen ansah.

Aber Agatha – so lautete der Name auf dem schwarzen Schild auf ihrer Brust, das er kaum zu betrachten wagte, aus Angst, daß sein Blick dann wie festgesaugt auf der vollen Wölbung ihrer rot-weißen Bluse hängenblieb –, aber Agatha sprach ihn direkt an.

»Weißt du, du kannst sie nicht retten«, sagte sie. »Niemand erwartet von dir, daß du das schaffst.«

Die Worte trafen so genau ins Schwarze, daß er den inneren Drang verspürte, ihre Richtigkeit zu leugnen. Er starrte auf seine Plastiktasse und murmelte dumpf: »Ich versuche ja gar nicht, irgend jemanden zu retten.«

Zu seiner Überraschung streckte sie eine Hand aus und legte sie auf sein Handgelenk. Ihre Finger waren kühl und weich. »Du versuchst jeden zu retten«, sagte sie leise. »Ich habe dich schon oft gesehen. Ich gehe auch auf die North. In die elfte Klasse. Ich habe dich im letzten Semester mit Mr. Gillian über diesen Jungen diskutieren hören, der im Sport durchgefallen ist.«

»Ach, Gillian ist ein Widerling«, murmelte Nathan. »Er hat den Jungen fast zum Weinen gebracht.«

»So, wie du ihn beschimpft hast, hättest du von der Schule

fliegen können. Und dann habe ich dich auch auf dem Hof beobachtet – kurz vor den Osterferien –, da hast du zwischen Hank Piasceki und einem viel kleineren Jungen gestanden. Hank Piasceki ist mindestens doppelt so groß wie du. Und er kann gut boxen.«

Nathan mußte gegen seinen Willen lächeln. Das war von ihm tatsächlich sehr tapfer gewesen. Aber er versuchte es als unbedeutend abzutun. »Ich hatte nicht vor, mich mit ihm zu prügeln. Piasceki kann mich gut leiden. Ich hab' ihm im vergangenen Jahr bei der Biologieprüfung geholfen.«

Agatha lächelte ihn wieder an, und in ihren blauen Augen schien ein Funke zu tanzen. »Siehst du, was ich meine?« fragte sie.

Nathan sah sie an. Sie lachte. Er lachte auch.

Conrad wuchs in Great Neck auf Long Island auf, etwa fünfzehn Meilen von Manhattan entfernt. Es war ein sauberer und hübscher Vorort mit ausgedehnten grünen Rasenflächen und großen weißen Häusern. Die meisten Menschen, die dort wohnten, waren wohlhabend und Juden, so wie er. In ihren politischen Ansichten waren sie gemäßigt liberal und verhielten sich im großen und ganzen konservativ. Was freie Liebe, Drogen und die Antikriegsbewegung betraf, so drangen diese Erscheinungen erst ganz zaghaft durch die ersten Risse der Gesellschaft herein, obgleich man sich in der Mitte der sechziger Jahre befand. Sie waren anfangs nur für einige Rebellen interessant, für Problemkinder, Ausgestoßene, mehr nicht.

Nathan interessierte sich jedoch nicht dafür. Er wollte nichts davon wissen. Er wollte Arzt werden – Chirurg. Er hatte keine Zeit für irgendwelche Modeerscheinungen oder anderen Unfug. Als er zum erstenmal einen älteren Studenten in Jeans mit ausgestellten Hosenbeinen sah, grinste er spöttisch und schüttelte abfällig den Kopf und blickte hilfesuchend zum Himmel – und eilte dann nach Hause und setzte sich hinter seine Bücher. Die meisten seiner Klassenkameraden dachten und verhielten sich genauso – zumindest vorerst.

Aber Agatha war anders. Zum einen war sie keine Jüdin. Und zum anderen war sie bei weitem nicht so wohlhabend. Ihr Vater arbeitete im städtischen Straßenamt, und die Familie wohnte in der Steamboat Road. Die Steamboat war eine lange, kurvige Zeile aus heruntergekommenen Baracken, kleinen Geschäften, Läden für Autoersatzteile, Bars und ähnlichem. Die Hausmädchen der Stadt wohnten dort, sehr viele von ihnen, und die Tankstellenhelfer, die Gärtner: kurz, die Neger. Und am Ende, unweit des Kings Point Park, hatte sich eine kleine Enklave von polnischen und irischen Familien zusammengefunden. Dort stand Aggies grünes, zweistöckiges, mit Schindeln gedecktes Haus.

Nathan achtete damals wenig auf kulturelle Unterschiede. Alle Kinder gingen zur Schule und waren für ihn im großen und ganzen gleich. Es war auch nicht so, daß er eins von ihnen besonders gemocht hätte. Daher dauerte es mehrere Monate, bis ihm bewußt wurde, daß Agathas Nachname O'Hara lautete und sie wahrscheinlich irische Vorfahren hatte. Der Gedanke ging ihm kurz durch den Kopf und war gleich wieder vergessen.

Aber was ihm auffiel, war, daß das Leben bei den O'Haras in der Steamboat Road nicht genauso war wie das Leben bei den Conrads in der Wooley's Lane. Aggies ältere Schwester, Ellen, war zum Beispiel tatsächlich von der High School abgegangen. Sie hatte einfach aufgehört und wohnte nicht mehr zu Hause und arbeitete als Kosmetikerin in der Middle Neck Road. Und Mr. O'Hara, ein massiger rauher Bursche mit silbernem Haar, meinte manchmal, wenn er ein oder zwei Bier getrunken hatte, daß Mr. President Lyndon Johnson nichts anderes sei als ein mieses, verlogenes Arschloch und daß John F. Kennedy, möge er in Frieden ruhen, auch nicht viel besser gewesen sei! Woraufhin Mrs. O'Hara dann schrie – sie schrie tatsächlich aus der Küche: »Unterlaß das unflätige Gerede vor den Kindern!« Und ihr Mann brüllte dann zurück: »Wer hat dich denn gefragt?« und stürmte aus dem Haus und knallte die Verandatür hinter sich zu.

Nathan summte der Kopf. Weiß Gott, seine Mutter trank eine Menge. Aber niemand in seiner Familie brüllte jemals. Oder brach einfach die Schule ab. Oder wählte die Republikaner. In was war er da hineingeraten?

Und dann war da Agatha selbst. Wenn sie nicht ihre gestreifte Tracht trug, dann zog sie, wie sich herausstellte, nicht nur Jeans an, sondern auch batik-gefärbte T-Shirts. Und Wildlederwesten, die ihren Bauch freiließen. Und manchmal nicht mal einen Büstenhalter, obgleich ihre Brüste groß und rund und schwer waren und er ihre nackten Brustwarzen sehen konnte, die sich, um Himmels willen, durch den Stoff ihrer Bluse drückten.

Sie rauchte Zigaretten – mit sechzehn, direkt vor ihren Eltern. Und mit ihm allein in dem kleinen Apartment über der Familiengarage, in dem sie wohnte, bot sie ihm seine erste Kostprobe Marijuana an – die Nathan entschieden ablehnte.

Aber er reagierte nicht so tugendhaft, als sie, während er ihr den ersten Gutenachtkuß gab, seine Hand in ihre Bluse schob. Oder als sie, nur zwei Monate, nachdem sie angefangen hatten, sich regelmäßig zu sehen, vorschlug, miteinander zu schlafen.

Sie waren beide noch unberührt. Aber Aggie hatte eine Menge Erfahrung und eine ältere Schwester, die sie aufgeklärt hatte. An jenem ersten Nachmittag, oben in ihrem Garagenapartment, war sie sehr ruhig – gelassen –, während sie sich vor ihm auszog. Nathan saß auf der Kante eines alten Sessels und hatte die Hände zwischen die Oberschenkel geklemmt. Er erschauerte, als er ihr zusah.

Agatha war ein kleines Mädchen, sogar noch kleiner als er. Doch sie war stämmig und rund, mit breiten Hüften und diesen Brüsten, wundervollen Brüsten, mit lachsfarbenen Warzenhöfen, groß wie Silberdollars. Bis zu diesem Tag konnte Conrad sich an die fließende Weichheit ihres Fleisches und an den Geruch von Ammens Babypuder und ihre kleinen, einladenden Küsse erinnern. Er entsann sich jenes Nachmittags in allen Einzelheiten – und an all die anderen Nachmittage ihres ersten gemeinsamen Frühlings. An das kleine Zimmer mit der niedrigen Decke. An das alte Klappsofa, das sich in ein Bett verwandeln ließ. An die Schreie, die sie mit dem Handrücken erstickt hatte. An das Gezwitscher der Spatzen, die sich auf der rostigen Schaukel im kleinen Hof versammelten.

Vorwiegend jedoch erinnerte er sich an das Klappsofa. An diese verdammte Bettcouch.

Es war ein Castro-Modell; uralt, wie es schien, noch aus grauer Vorzeit. Die Matratze war schmuddelig. Sie war dünn. Sie knarrte und war durchgelegen. Nathan konnte die Sprungfedern und die stählernen Stützstangen des Klappmechanismus deutlich spüren. Vor allem spürte er die Stahlstange, die sich direkt durch die Mitte des Möbels spannte. Ganz gleich, wo Aggie lag – egal, wie er sie verschob oder wohin er sie drehte –, sobald er sich auf sie rollte, schnitt diese Stange in sein Knie.

Es schien nur ein geringer Preis zu sein, den er zahlen mußte. Für die Berührung dieser Lippen, für die Süße dieser Brüste. Für das Gefühl intensiver Wärme in dem vibrierenden Tal zwischen ihren Beinen. Manchmal war sein Knie so wund, daß er es kaum schaffte, die kurze Treppe zu der kleinen Wohnung hinaufzusteigen. Aber er brachte es doch immer wieder fertig. Und nur wenige Augenblicke später lag er schon wieder auf ihr, in ihr, stieß zu, während sie aufschrie, und er achtete nicht mehr darauf, daß er, ganz gleich, wie er es arrangiert hatte, in die einzige Position gerutscht war, die die alte Matratze erlaubte, nämlich mit dem Knie auf der gottverdammten Stange.

Dreiundzwanzig Jahre später, als das Taxi vor ihm am Bordstein hielt, mußte Dr. Nathan Conrad sich rückwärts in den Sitz sinken lassen und das rechte Bein nachziehen.

Das Taxi fädelte sich in den zügig fließenden Verkehr ein. Der Fahrer, ein dunkelhäutiger Mann mit verkniffenen Lippen, sah ihn durch den Rückspiegel fragend an.

»Sechsunddreißigste«, sagte Conrad. »Zwischen Park Avenue und Madison.«

Conrad lehnte sich müde zurück und schaute aus dem Fenster. Er sah die Parkmauer vorbeihuschen und die spinnenartigen Äste der Bäume darüber. Geistesabwesend massierte er sein schmerzendes Knie. Er versuchte es zu strecken, bewegte seinen Fuß in dem begrenzten Raum, der ihm zur Verfügung stand, vor und zurück. Er mußte wirklich daran denken, öfter aufzustehen und umherzulaufen. Es wurde immer dann so schlimm, wenn er den ganzen Tag im Sessel zubrachte.

Er hatte sich einfach nicht von Agatha fernhalten können, das war der Punkt. Er hatte das Bett nicht austauschen können. Er hatte kein anderes Zimmer gefunden. Oder etwas anderes tun können, das die Zeit verkürzt hätte, die er mit ihr verbrachte.

Am Ende, kurz vor seinem achtzehnten Geburtstag, war sein Knie angeschwollen. Als er endlich seine Scham überwand und zum Arzt ging, hatte es die Größe eines kleinen

Kürbisses und wuchs noch weiter. Der gute alte Dr. Liebenthal. Er hatte Nathan schon immer behandelt – hatte ihm bei seinen ersten Zähnen geholfen, ihm die Platzwunde an der Stirn genäht, als er aus seinem Tarzanbaumhaus abgestürzt war, und so weiter. Er hatte sich das Knie angeschaut und das Kinn gerieben und ratlos den Kopf geschüttelt.

»Das sieht aus wie eine ganz schlimme Schleimbeutelentzündung«, hatte er gesagt. »Allerdings findet man so etwas meistens bei älteren Leuten. Leuten, die häufig knien, wie zum Beispiel Putzfrauen oder Handwerker, weißt du? Und du meinst, du hast keine Ahnung, wie es dazu gekommen ist?«

Und Nathan hatte die Hände gespreizt und den Kopf geschüttelt. »Es ist mir ein totales Rätsel, Doc.«

Später hatten er und Aggie auf dem Fußboden gesessen und gelacht, bis sie Bauchschmerzen hatten. Und dann waren sie wieder ins Bett gekrochen und hatten sich erneut aufeinander gestürzt.

Das Taxi gelangte zum Ende des Parks. Conrad gewahrte die marmorne Columbia – eine heroische Frauengestalt, die im Bug eines Schiffs stand –, wie sie ihn grüßte, als er am Maine Memorial vorbeifuhr. Dann rollte das Taxi durch die dunkle Einfahrt in den Broadway, ein kurzes, schäbiges Straßenstück vor dem gleißenden Neongewitter des Times Square.

An der Dreiundfünfzigsten Straße stoppte das Taxi vor einer roten Ampel. Conrad, der sein Kinn in eine Hand stützte, betrachtete geistesabwesend durch das Fenster ein Prostituiertentrio. Eine war schwarz, die beiden anderen weiß. Alle drei trugen Lederröcke, die kaum die Oberschenkel bedeckten. Alle trugen sie auch hautenge, glitzernde T-Shirts, die, wie Conrad es vorkam, für das kühle Herbstwetter viel zu dünn waren.

Farouk blickte hoffnungsvoll in den Rückspiegel.

»Hey, Mister«, sagte er. »Wollen Sie 'ne Nummer machen?«

Conrad betrachtete weiterhin die Nutten. Er dachte an Agatha. Er lächelte.

»Ja, das möchte ich«, sagte er leise. »Fahren Sie mich nach Hause.«

Jessie

Das Taxi setzte ihn in der Sechsunddreißigsten Straße Ost ab. Es war ein eleganter Block zwischen Madison und Park Avenue. Die nördliche Seite wurde von der J.-P.-Morgan-Bibliothek eingenommen. Es war ein langgestreckter, stattlicher tempelähnlicher Bau mit einem palladianischen Portalvorbau, der von steinernen Löwinnen flankiert wurde. Seine Scheinwerfer, die soeben eingeschaltet worden waren, verstärkten in der Abenddämmerung den reliefartigen Charakter der Fassade. Friese und Skulpturen leuchteten durch die Platanen, die den Gehsteig säumten.

Conrad betrat das gegenüberliegende Gebäude auf der anderen Straßenseite: einen verwitterten, vor dem Krieg erbauten Klinkerturm, einen halben Block lang und vierzehn Stockwerke hoch. Der alte Portier erhob sich mühsam von seiner Bank, als Conrad durch die Glastüren trat.

»Guten Abend, Doc.«

Conrad lächelte und humpelte an ihm vorbei. Am Ende der Halle sah er, daß eine der Fahrstuhltüren offenstand.

»Ich fahre mit rauf!« rief er. Und er lief darauf zu, wobei ihm der Aktenkoffer gegen das Bein schlug.

Die Türen glitten zu, doch eine Hand schob sich dazwischen und stoppte sie. Conrad trat ein. Die Türen schlossen sich.

Er stand mit einem jungen Mann im Fahrstuhl. Etwa Mitte zwanzig. Groß, kräftig gebaut, gutaussehend. Er hatte ein glattes, regelmäßiges Gesicht und wohlfrisiertes schwarzes Haar. Ein zurückhaltendes Lächeln, aber wache, grimmige Augen; er trug einen teuren Sergeanzug, dunkelblau mit Nadelstreifen: Conrad stufte ihn als Wall-Street-Nachwuchs ein.

Als Conrad auf den Knopf für den fünften Stock drückte, sprach der junge Mann ihn an. »Nun, ich glaube, dann sind wir Nachbarn«, sagte er. Er hatte eine wohlklingende, selbstsichere Stimme. Ein leichtes Näseln des mittleren Westens schwang darin mit.

Conrad lächelte höflich. Der junge Mann streckte ihm die Hand entgegen. »Billy Price. Ich bin gerade erst eingezogen. In Fünf-H am Ende des Flurs.«

Conrad ergriff die Hand des jungen Mannes und drückte sie. »Nathan Conrad«, sagte er.

»Ach ja. Der Doktor, der Gehirnklempner. Ich glaube, ich sollte lieber aufpassen, was ich sage, wenn Sie in der Nähe sind, nicht wahr?«

Conrad brachte ein Lächeln zustande, als hätte er diesen Scherz noch nie gehört. Dann kamen sie in der fünften Etage an, und die Türen glitten auf. Sie verließen die Kabine, und jeder schlug eine andere Richtung ein, Price nach links, Nathan nach rechts.

»Wir sehen uns bestimmt noch«, sagte Price.

Conrad winkte ihm über die Schulter zu.

Es war fast acht Uhr, als Conrad seine Wohnung betrat. Er rechnete mit dem Abendessen. Er hatte sich darauf eingestellt, daß er zu Abend essen und daß seine Frau bei ihm sitzen und sich mit ihm unterhalten würde. Er hörte ihr gerne zu. Er liebte den Klang ihrer Stimme. Außerdem war er viel zu müde, um selbst viel zu reden.

Sie würden zu Abend essen, und sie würde erzählen, und dann würden sie miteinander schlafen. Und dann, nach einem Nickerchen, würde er aufstehen und bis ein Uhr an seinem Aufsatz über Kummer bei Kindern arbeiten. So hatte er es sich vorgestellt.

Dann öffnete er die Wohnungstür und trat ein.

»Daddy!«

Das kleine Mädchen kam aus der Küche herangestürmt. Sie rannte mit ausgebreiteten Armen auf ihn zu, während ihre langen Haare hinter ihr herflatterten.

»Daddy-Daddy-Daddy. Daddy-Daddy-Daddy. Daddy-Daddy-Daddy-Daddy-Daddy!«

O nein, dachte Conrad. Und dann prallte das Kind aus vollem Lauf gegen sein lädiertes Bein. Sie schlang die Arme darum, drückte ihre Wange dagegen und schloß die Augen.

»Daddy!« seufzte sie selig.

»Hallo, kleine Freundin!« Conrad versuchte zu lächeln, doch es war eher eine Grimasse. »Oh, au. Ach, Liebling. Jessica, Schatz, Kleines, bitte. Mein Bein. Ooh.«

Sanft löste er ihre Umarmung. Sie ergriff seine Hand und begann auf und ab zu hüpfen.

»Mommy hat mich wegen dir aufbleiben lassen.«

»Hey. Super«, sagte Daddy. Ich bringe sie um, dachte er. Zuerst esse ich zu Abend, dann bringe ich sie um, dann gehen wir ins Bett ...

»Weil du«, sagte Jessica dann, »versprochen hast, mit mir Paulchen Panther zu spielen, eh' ich ins Bett gehe.«

»Ach ... habe ich das? Na ja ... Also, schön, das ist prima.«

»Deshalb hat Mommy gemeint, es wäre in Ordnung, weil du es versprochen hast.«

»Na schön. Ja, nun. Das ist dann wirklich in Ordnung«, sagte Conrad. »Gut für Mommy.« Zuerst würde er sie umbringen, dann erst würde er Abendbrot essen ...

Er stellte seinen Aktenkoffer hin, während Jessica ihn

durch die Wohnung zur Küche zog. Sie hatten die Tür fast erreicht, als seine Frau herauskam.

Dreiundzwanzig Jahre, nachdem sie sich kennengelernt hatten, gab es bei Agatha noch immer dieses selige Lächeln, das ihre runden Wangen rötete und ihre blauen Augen strahlen ließ. Ihr kastanienbraunes Haar trug sie jetzt ein wenig kürzer, doch es floß immer noch in atemberaubenden Locken auf ihre Schultern herab. Und ihre runde Gestalt war noch ein wenig runder geworden. Er konnte ihre Kurven sogar unter ihrem weiten schwarzen Pullover und der weiten Khakihose erkennen.

»Hi, Doc«, begrüßte sie ihn. Und sie kam auf ihn zu und hauchte ihm einen Kuß auf die Lippen. Der Geruch von Brathuhn, zerlassener Butter und Knoblauch drang aus der Küche hinter ihr.

Vielleicht gehe ich zuerst mit ihr ins Bett, dachte er.

Er konnte sich nicht mehr erinnern, was er als zweites tun wollte.

Das Paulchen-Panther-Spiel schien endlos zu dauern. Jessica zog langsam zählend mit ihrem Stein über das Spielbrett: »E-i-n-s, z-w-e-i, d-r-e-i ...« Dann ließ sie ein Feld aus, verzählte sich – »O ... warte mal, einen Moment. Wo war ich?« Und dann stellte sie den Stein wieder auf den Ausgangspunkt und begann von vorne: »E-i-n-s, z-w-e-i, d-r-e-i«, während Conrad dachte: Vier, fünf! Vier, fünf, um der Gnade Gottes willen, Kind! Es ging in dieser Weise endlos weiter.

Nach einer Weile brachte Aggie ihm ein Glas Sprudelwasser und ein paar Cracker. Das dämpfte seinen Hunger und seine Müdigkeit etwas, und er begann sich ein wenig zu entspannen.

Er und Jessie lagen auf dem kastanienbraunen Teppich in der Mitte des Wohnzimmers. Jessica hockte in Indianerhaltung da und beugte sich über das Spielbrett. Nathan hatte sich ausgestreckt und stützte den Kopf in eine Hand. Er trank von seinem Sodawasser und schaute ihr zu, wie sie die Spielscheibe drehte und wieder langsam und mühevoll zu zählen begann. »E-i-n-s, z-w-e-i ...«

Jessie hatte strohblondes Haar wie er – oder wie seins mal gewesen war. Ihr Haar war kräftig und lang – sie trug es zu einem Zopf geflochten, damit ihre Mutter nicht jeden Abend die Knoten auskämmen mußte –, aber die Farbe war die gleiche. Alles übrige an ihr war reinste Agatha. Die Apfelbäckchen und die blauen Augen und das strahlende Lachen. Margaret, ihre Lehrerin im Friends Seminary, meinte, sie sei künstlerisch begabt, genauso wie Agatha. Ganz gewiß machte es ihr den gleichen Spaß wie ihrer Mutter. Fast jeden Tag kam sie aus der Quäker-Privatschule mit einem neuen Bild nach Hause. Entweder war es ein rechteckiges Haus mit einem dreieckigen Dach oder eine Strichmännchenfrau in einem dreieckigen Kleid oder ein Wellenmeer oder Dauerlutscherbäume oder irgend etwas anderes, worüber Conrad und Aggie begeistert in die Hände klatschen konnten. Die besten Bilder wurden in Jessies eigenem Metropolitan Museum aufgehängt: dem kurzen Dielenstück zwischen Küche und Kinderzimmer. Conrad hatte keine Ahnung, ob die Bilder gut waren oder nicht. Aber er stand manchmal in der kleinen Diele und beglückwünschte sich dafür, wie bunt und normal sie waren. In ihnen war keine Tendenz zu wirren Abstraktionen zu erkennen, die er in Bildern gesehen hatte, die von emotional gestörten Kindern gemalt worden waren. Das eine oder andere Mal hatte er sogar davorgestanden und sich bei dem Gedanken ertappt: »Wie schön, sie wird niemals einen Psychiater nötig haben.« (Nicht daß irgend etwas besonders schlimm daran war, einen Psychiater aufzusuchen. Aber warum sollte sie? Ihre Mutter war keine Alkoholikerin.

Ihr Vater war kein Feigling. Es gab absolut keinen Grund, warum sie nicht das glücklichste, ausgeglichenste menschliche Wesen seit Anbeginn der Zeit sein sollte. Stimmt's?)

Nun, wie dem auch sei, das Kind schien tatsächlich Agathas vergnügtes Wesen zu haben. Ihre Großzügigkeit. Ihr Bedürfnis, anderen zu helfen. Eine ihrer »besten Freundinnen« war ein nettes, aber häßliches und unbeholfenes Mädchen, das Jessie auf dem Spielplatz kennengelernt hatte, wo es von anderen Kindern herumgestoßen und zurückgewiesen worden war. Jessie hatte das Kind, Adrienne, eingeladen, doch mit ihr und ihrer anderen besten Freundin, Lauren, zu spielen. Seitdem kümmerte Jessie sich um Adrienne. Es war genau das, was Agatha auch getan hätte.

Doch während Jessie eine Menge von ihrer Mutter geerbt hatte, gab es einige Eigenschaften, kleine Merkmale, in denen Conrad sich selbst zu erkennen glaubte. So war sie zum Beispiel sehr leicht zu erschrecken, und die geringste Kritik brachte sie den Tränen nahe. Conrad hatte als kleiner Junge genauso reagiert, und er hoffte, daß sie niemals gezwungen würde, sich eine harte Schale zuzulegen, ihre Ängste so weit wie möglich zu verdrängen und genauso umfassend wie er die Kontrolle über sein Leben zu ergreifen. (Aber warum sollte sie? Ihre Mutter war keine Alkoholikerin. Ihr Vater war kein Feigling. Es gab absolut keinen Grund, warum sie nicht das glücklichste, ausgeglichenste …

Aber das war keine Garantie.)

Außerdem, ganz gleich, wie freundlich und liebevoll Jessie sich gegenüber ausgestoßenen Klassenkameradinnen verhalten konnte, so war sie nichtsdestoweniger vehement darauf bedacht, von den allgemein beliebteren Mädchen akzeptiert zu werden. Sie hatten sie abgewiesen – einige von ihnen –, weil sie sich mit Mädchen wie Adrienne anfreundete. Aber Jessica hatte sie weiterhin zum Spielen und zu Partys eingeladen in der Hoffnung, sie sich wieder gewogen zu stimmen. Darin erkannte Conrad eine Spur von seinem eigenen Ehrgeiz: ruhig, unausgesprochen und unermüdlich.

»E-i-n-s ... z-w-e-i, d-r-e-i ...« Sie wanderte mit ihrem Spielstein langsam über das Brett. Ihr Kopf war vorgebeugt, der Zopf fiel über ihre Schulter. Ihre blauen Augen konzentrierten sich auf ihre Aufgabe.

Conrad lächelte. Er war nicht mehr ungeduldig. Sie strengte sich so sehr an. Zu zählen, nur bis fünf zu zählen, nahm ihre ganze Konzentration in Anspruch. Sie war noch so klein, dachte er, und die Welt zu begreifen war so schwierig.

Er streckte die Hand aus und gab mit dem Finger ihrer Nase einen sanften Stubs.

»Oink«, sagte er.

»Daddy! Jetzt hab' ich mich verzählt.«

»Weißt du was?«

»Ja.« Sie blickte hoch. »Du liebst mich. Stimmt's?«

Conrad lachte. »Richtig. Woher weißt du das?«

»Das sagst du doch immer.«

»Entschuldige. Ich sag's nie mehr wieder.«

»Daddy. Du mußt es sagen. Du bist mein Daddy.«

»Ach ja, das hatte ich fast vergessen.«

Das Kind seufzte müde. »Na ja, ich glaube, ich muß mit dem Zählen wieder von vorne anfangen. Wo war ich?«

Er zeigte ihr die Stelle. Sie begann wieder zu zählen. Ihr Stein stand nun auf der vorletzten Spielreihe.

»O neeiin«, rief sie.

Conrad sah auf das Spielbrett. Jessicas Stein war auf einer Rutsche gelandet. Nicht nur auf irgendeiner Rutsche, sondern auch noch auf der längsten des ganzen Spiels. Ihr Stein rutschte bis hinunter in die dritte Reihe.

Conrads Lächeln verging. Das Spiel, dachte er, hört sicher niemals auf.

Um halb neun war es schließlich doch zu Ende. Conrads Bein ging es mittlerweile besser, und er trug seine vor Vergnügen kreischende Tochter ins Kinderzimmer, wobei er sie an seinen ausgestreckten Händen schaukeln ließ. Er packte sie in ihr Bett. Dann gab er ihr einen Kuß auf die Stirn und vollzog das allabendliche Verabschiedungsritual. Danach kam Agatha herein, um ein Gutenachtlied zu singen, und Conrad war von seinen Pflichten befreit.

Er ging ins Wohnzimmer. Es war ein länglicher Raum, den Agatha in drei Bereiche aufgeteilt hatte. Das erste Drittel, an der Tür, war ein kleiner Arbeitsplatz, ein Schreibtisch für Aggie tagsüber und für Conrad abends. Das mittlere Drittel des Raums war die Spielzone – der rote Teppich – mit einem zur Seite geschobenen ausziehbaren Eßtisch. Das hintere Ende, vor den Glastüren zum Balkon, war der Wohnbereich mit einer Sitzgruppe. Zwei voluminöse braune Lehnsessel und ein langes braunes Sofa, die um einen Rauchtisch aus weißem Marmor arrangiert waren und auf einem Perserteppich standen.

Conrad holte sein Sodawasser und ging mit dem Glas zur Sitzgruppe. Er ließ sich in einen der Sessel sinken, verdrehte dabei seinen Körper etwas, so daß er durch die Glastüren schauen konnte. Er sah durch die hereinbrechende Nacht auf die erleuchteten Fenster des Gebäudes auf der anderen Seite des Hofs. Eine Frau in der Küche. Ein Mann im Unterhemd, der Bier trank und vor dem Fernsehapparat saß. Eine ältere Frau mit silbergrauem Haar in einem Kittel, die an einem Tisch saß und etwas aus Ton modellierte.

Ihm genau gegenüber befand sich auch ein dunkles Fenster. Es gehörte zu der Wohnung, in der vor einigen Wochen die alte Dame ermordet worden war. Geistesabwesend blickte Conrad dieses Fenster an. Und ebenso geistesabwesend hörte er Aggie singen.

»Wer hat die schönsten Schäfchen? Die hat der goldne Mond, der hinter unsern Bäumen am Himmel droben wohnt ...«

Jessie war dafür wohl schon etwas zu alt, dachte er. Aber es gehört nun mal zu dem Einschlafritual; schwer, darauf zu verzichten. Conrad selbst fand es beruhigend und anheimelnd: der Klang von Aggies Stimme, lieblich und perlend wie ein kleiner sprudelnder Gebirgsbach.

Er dachte wieder daran, wie Jessica gezählt hatte, und lächelte vor sich hin. Er fühlte sich jetzt besser; sein Bein, sein Kopf. Er fühlte sich einfach wieder gut. Es gab eben nichts Besseres, als mit seinem Kind zu spielen, um die Last des Tages abzustreifen.

Er hörte nicht, wie Agatha mit dem Gesang aufhörte. Er erschrak leicht, als er in der Glastür ihr Spiegelbild gewahrte, während sie sich von hinten näherte. Sie legte ihm die Hände auf die Schultern. Er legte seine Hand auf ihre.

»Schläft sie?« fragte er.

»Wie ein Murmeltier. Ich war mit ihr und Lauren nach der Schule auf dem Waterside-Spielplatz. Sie ist völlig schachmatt. Ich wundere mich sowieso, daß sie so lange wach blieb und auf dich gewartet hat.«

Er lächelte wieder. Zog ihre Hand an sich, preßte sie gegen seinen Mund und küßte sie.

Aggie setzte sich auf die Sessellehne. Küßte seinen Scheitel. Ihre braunen Haare fielen nach vorne, und er spürte, wie sie über seine nackte Haut strichen. Er konnte sie riechen, ihr nach Blumen duftendes Parfüm. Er schloß die Augen und atmete den Geruch ein.

»Und was ist los, Doc?« fragte sie leise.

»Hm?«

»Du bist deprimiert. Das merke ich genau. Also was ist los?«

»Nein, nein, nein.« Er legte den Kopf nach hinten, so daß er in ihr rundes, freundliches Gesicht blicken konnte. »Es ist nur der Donnerstag. Ich habe einfach zu viele schwere Fälle an den Donnerstagen. Allmählich entwickle ich so etwas wie die große Donnerstags-Depression.«

»Ah, ich verstehe. Und wie unterscheidet sie sich von der Mittwochs-Depression, die du gestern hattest?«

»Äh ... die Mittwochs-Depression ist, farblich ausgedrückt, etwas lila mit aquamarinblauen Flecken. Am Donnerstag ist es ein stumpfes Blau mit hellblauen Streifen.«

Agatha lachte ihn von oben an, und ihre Augen funkelten. »Doktor, Doktor. Lieber Mr. Medizinmann. Jetzt erzählen Sie Ihrer treusorgenden Ehefrau und Indianersquaw aber einen ziemlichen Unfug.«

Er wich ihrem Blick aus und schaute in das gedämpft erleuchtete Zimmer. »Nein, wirklich nicht«, beteuerte er. »Es sind nur die Donnerstage.«

Agatha strich ihm über seine letzten Haarsträhnen. »Nathan, in letzter Zeit ist doch ständig Donnerstag.«

»Hab' ich dir das nicht bei unserer Hochzeit versprochen? Daß bei uns jeder Tag ein Donnerstag sein wird?«

»Du hast mir versprochen, daß jeder Tag ein Feiertag würde.«

»Ach so. Wirklich?«

»Nathan.« Sie nahm sein Ohrläppchen zwischen Daumen und Zeigefinger. »Ich hasse es, wenn du so reagierst.«

»Wie denn?«

»Als würdest du sagen, ich bin Psychiater und höre nur zu und habe selbst keine Probleme. Ich helfe den Menschen, aber mir braucht niemand zu helfen. Diese Art hasse ich. Und wenn du mir nicht sofort erzählst, was dich bedrückt, dann malträtiere ich solange dein Ohrläppchen, bis dir der Schädel platzt.«

»Aaah, wie ich sie liebe, diese kleinen grausamen Liebesspiele. Sie bringen mein Blut in Wallung. Aua!«

»Rede! Was ist los, Doc?«

»Nun, zuerst einmal tut mein Ohr weh.«

»Du wirst es als Gehirnklempner schwer haben, wenn du taub bist. Erzähl.«

»Ja, in Ordnung.« Conrad bog ihre Hand von seinem Ohr weg. Mit einem leisen Stöhnen stand er auf und ging zur Balkontür. Im Glas sah er, wie Agatha von der Sessellehne heruntterglitt und sich auf seinen Platz setzte. Ihr weiter schwarzer Pullover rutschte dabei bis zu ihrem Bauchnabel hoch. Sie zog ihn wieder herunter. Er blickte auf die andere Seite des Hofs in das Fenster, hinter dem die alte Frau saß und Ton formte.

»Ich kann ihnen nicht helfen«, hörte er sich plötzlich weitaus rauher, härter sagen, als er es beabsichtigt hatte. »Ich kann ihnen nicht helfen. In Ordnung? Können wir jetzt essen?«

»Du kannst deinen Patienten nicht helfen?«

Er wandte sich zu ihr um. »Du weißt, daß ich solche Gespräche hasse, Aggie, es bringt wirklich nichts –«

»Ich weiß, ich weiß«, sagte Aggie und hob die Hand. »Reg dich nicht auf, sondern sprich einfach.«

Er verdrehte die Augen. Wandte sich um, sah wieder zum Fenster. Er hob die Schultern. »Ja, meine Patienten. Ich bin nur ... ich kann ihnen nicht helfen. Niemand kann es, jedenfalls nicht dieser Art von Patient. Ich scheine mittlerweile so etwas wie ein Experte für traumatische Neurosen geworden zu sein. Niemals habe ich es mit Leuten zu tun, die reinkommen und sagen: ›Oh, Doktor, mein Leben ist wunderbar, warum fühle ich mich so schlecht?‹ Verstehst du? Sie erzählen in einem fort, ein Jahr, drei Jahre, fünf Jahre lang, und dann haben sie Tränen in den Augen und schütteln dir die

Hand und sagen: ›Vielen Dank, tausend Dank, Doktor, Sie haben mein Leben verändert.‹ Niemand schickt solche Leute zu mir. Ich werde – wie – Hiob. Wenn Hiob leben würde, wäre ich sicherlich sein Psychiater.«

Agatha lächelte, legte den Kopf schräg. »Wenn ich eine Psychiaterin wäre, weißt du, dann würde ich sagen – wenn du schon soviel Erfahrung mit traumatischen Neurosen hast, dann muß es genau das sein, was du gewollt hast.«

Er nickte dem Fenster zu. »Ja. Ja, das ist es, was ich mir wünsche. Ich habe es mir eigentlich schon immer gewünscht. Schließlich bin ich darin ganz gut. Die Leute kommen zu mir, und ihre Kinder sind tot, und sie haben sich den Hals gebrochen, und ihr Vieh hat die Beulenpest oder was immer. Und sie unterhalten sich mit mir, und sie lernen wieder zu leben.«

»Das klingt doch ganz gut, Doc.«

»Ach.« Er kam sich ziemlich dumm vor, als er weiterredete. »Was haben sie denn davon? Ihre Kinder sind noch immer tot. Ihr Vieh hat immer noch die Beulenpest.«

Er war dankbar, daß Aggie ihn nicht auslachte. Er schaute ins Fenster, als sie auf ihn zuging. Sie schlang die Arme um seine Taille und legte den Kopf auf seinen Rücken.

»Habe ich dir eigentlich schon gesagt, daß du die Welt nicht retten kannst?« fragte sie. »Deine Mutter ist tot, und du kannst sie nicht retten, und du kannst auch nichts für die Welt tun.«

»Bitte«, sagte er, aber nicht ungehalten. »Ich habe zehn Jahre Analyse hinter mir. Ich verstehe alles.« Er drehte sich in ihren Armen um. Er drückte sie an sich, schmiegte seine Wange in ihr Haar. »Dabei verstehe ich überhaupt nichts«, gestand er.

Sie hob ihm ihr Gesicht entgegen, küßte ihn sanft. »Das klingt ja, als vermißtest du die alten Zeiten, in denen du nur in die Sonne geschaut hast.«

Er verzog das Gesicht zu einer Grimasse. Nein, diese Zeiten vermißte er nicht, überhaupt nicht. Sie waren auf dem College gewesen, beide, Nathan in Berkeley, Aggie am San Francisco State. Gewohnt hatten sie in dem schmuddeligen Einzimmerapartment in der Telegraph Avenue. Nathan hatte sich die Haare bis auf die Schultern wachsen lassen und trug einen langen, strohblonden Bart, der ihn aussehen ließ wie eine Kreuzung zwischen Charles Manson und Jesus Christus. Manchmal zog er sogar batikgefärbte T-Shirts an, und seine Jeans waren immer fast weißgewaschen. Eigentlich sollte er sich auf seinen Arztberuf vorbereiten, jedoch verbrachte er einen großen Teil seiner Zeit mit dem Studium orientalischer Religionen; er war eher Zen-Student, sagte Aggie immer. An den wärmeren Nachmittagen stieg er hinauf zum Seminary Hill auf der Nordseite des Campus. Dort saß er dann in einer halben Lotushaltung auf den Felsen oberhalb der San Francisco Bay. Er beobachtete, wie die rote Sonnenkugel das funkelnde Wasser orange und die dahinziehenden Wolken violett färbte. Dabei meditierte er, zählte seine Atemzüge, atmete langsam, drückte die Luft mit seinen Bauchmuskeln und seinem Zwerchfell hinaus und wartete darauf, daß sein Geist in den tiefen, dunklen Zustand totaler Öffnung und Konzentration absank. Keine Meinungen, keine Interpretationen. Die logischen Verbindungen sollten sich von selbst ergeben. Der Weg des Tao ist einfach. Gib alle Standpunkte und Meinungen auf.

Er hatte gedacht, daß er sich selbst zu neuen Ebenen des Bewußtseins erhob. Er hatte bis zu dem Tag, an dem seine Mutter starb, bis zu dem Zeitpunkt, an dem er beinahe erblindet wäre, nicht erkannt, daß er, um es rein technisch auszudrücken, dabei war, die Tassen aus seinem Schrank zu verlieren.

»Zumindest dachte ich damals, daß ich etwas wußte«,

sagte er und legte seine Hand gegen die Seite von Aggies Gesicht. Er schaute in ihre blauen Augen. »Diese Leute – meine Patienten. Ihre toten Kinder; ihre schlimmen Wunden. Ich meine, es ist so ... so furchtbar, Aggie. Es ist ... eine ganz schlimme Sache, an der überhaupt nichts Gutes ist. Und du kannst von Gott oder Erleuchtung oder Katharsis oder sogar Politik reden, soviel du willst, doch die Wahrheit ist die, daß es dich quält und du es nicht erklären kannst, du kannst es nicht lindern oder dich herausreden. Kinder sterben, und Menschen werden verletzt, und es ist schlimm. Und wenn sie mich ansehen und sagen: ›Vielen Dank, Doktor, jetzt kann ich endlich damit leben!‹, dann fühle ich mich schuldig. Ich komme mir vor, als hätte ich sie betrogen, sie hereingelegt. Denn wie können sie damit leben? Wie kann irgend etwas für sie jemals wieder Bedeutung haben? Wie schaffen sie es, um Gottes willen, sich damit auseinanderzusetzen?«

Indem sie zu ihm aufsah, lächelte Aggie. »Wie *sie* das können?« fragte sie leise.

Conrad schloß die Augen und stieß einen Seufzer aus. »Wie kann das überhaupt jemand?« fragte er. Und dann fügte er hinzu: »Wie soll ich das können?«

Sie schwiegen beide für einen Moment. Dann hob Aggie ihm wieder ihr Gesicht entgegen, küßte ihn sanft und legte ihm eine Hand in den Nacken.

»Das ist eine sehr wichtige Frage«, sagte sie zu ihm. »Komm, laß uns bumsen.«

Conrad verschloß die Wohnungstür für die Nacht: das Bolzenschloß, die Zusatzverriegelung und die Kette. Dann wartete er im Schlafzimmer vor dem Fenster auf Aggie.

Das Schlafzimmer war nicht so lang wie das Wohnzimmer. Aggie hatte es nur einmal teilen können. In der ersten Hälfte, bei der Tür, standen ihr Hocker und ihr Zeichentisch. Zeichnungen, Gemälde und Muster waren auf dem Tisch ausgebreitet oder auf dem Fußboden aufgestapelt oder an die Wände geheftet. Die Umschlagskizze für *Sams Windvogel;* die in Wasserfarben ausgeführten Illustrationen für *Ein Tag bei Santa Claus;* Bleistiftzeichnungen für *Wie viele Hasen siehst du?;* andere noch unfertige Skizzen.

In der anderen Zimmerhälfte standen das Bett, ein Fernseher, ein Fernsehsessel. Und dort war auch die Fensterwand. Conrad stand vor diesen Fenstern und sah hinaus. Er nahm nicht mehr bewußt wahr, was in dem Gebäude auf der anderen Hofseite geschah. Er dachte an seine eigenen Worte, spulte sie in seinem Kopf noch einmal ab.

Wie können sie mit etwas so Schlimmem leben, wie können sie sich damit abfinden? Wie kann ihnen überhaupt irgend etwas jemals wieder was bedeuten?

Mein Gott, er klang genauso, als steckte er mitten in einer Midlife Crisis. Nicht mehr lange, und man träfe ihn in irgendeinem Motel in New Jersey an, wo er mit einer Sechzehnjährigen tanzte und auf dem Kopf einen Lampenschirm trug. Warum hatte sie ihn bloß zum Reden animiert? Es gab nichts Schlimmeres, als sich selbst klagen zu hören über ...

Etwas erregte seine Aufmerksamkeit. Ein Licht in einem der Fenster des Gebäudes auf der anderen Seite. In einem der dunklen Fenster genau gegenüber. Es war kein elektrisches Licht; eher das Aufzucken einer Flamme, ein auflodierndes Zündholz. Nur für eine knappe Sekunde. Ein orangener Blitz. Der schnell wieder verschwand, so als hätte jemand eine Hand davorgehalten oder es ausgeblasen.

Die Badezimmertür hinter ihm öffnete sich. Conrad sah über die Schulter. Aggie war herausgekommen, eingehüllt in seinen weißen Frotteebademantel. Er war viel zu groß und bauschte sich um ihre Ohren wie ein hoher Stehkragen. Ihre blauen Augen funkelten ihn fröhlich an.

»Liebling?« fragte er. »Ist das da drüben nicht die Wohnung, wo die alte Dame umgebracht wurde?«

»Wo?« Aggie, die für jeden Klatsch zu haben war, ging sofort darauf ein. Sie trat neben ihn, während er auf das dunkle Fenster zeigte. »Ja, das ist sie. Lucia Sinclairs Apartment. Oder das ›Todeshaus in der Park Avenue‹, wie die treuen Leser der *Post* es nennen. Warum?«

»Ist dort schon wieder jemand eingezogen?«

»Nicht daß ich wüßte. Und ich hätte es sicherlich gehört.«

»Na ja«, sagte Conrad. »Ich dachte, ich hätte gerade gesehen, wie jemand am Fenster ein Streichholz angezündet hat.«

Aggie schüttelte den Kopf energisch. »Der Mord ist gerade erst passiert. Ich kann mir nicht vorstellen, daß die Polizei die Wohnung schon zum Vermieten freigegeben haben soll.« Sie rümpfte die Nase. »Ich kann nicht glauben, daß überhaupt jemand sie mieten möchte, wenn man bedenkt, was sie der armen Frau angetan haben. In den Zeitungen stand, sie hätten sie am Leben gelassen, während sie sie ...«

Conrad lachte und drehte sich vollends zu ihr um und hob abwehrend die Hand. »Tut mir leid, daß ich gefragt habe.« Er berührte seine rechte Schläfe. »Mein Auge hat mir heute Schwierigkeiten gemacht. Wahrscheinlich war es nur ein Reflex.«

»Okay«, sagte Aggie. »Wenn du nicht scharf darauf bist, die letzten Neuigkeiten aus der Nachbarschaft zu hören ...« Mit einer einzigen eleganten Bewegung ließ sie den Bademantel von ihren Schultern gleiten. Er sank zu ihren Füßen hinab. Conrads Blicke tasteten sich langsam über ihren Körper. »Vergiß die Sache einfach«, sagte sie leise. »Und zieh die Vorhänge zu.« Sie trat aus dem Mantel, der als Bündel ihre Füße bedeckte, heraus. Sie kam auf ihn zu. Dabei flüsterte sie: »Man weiß nie, wer einen gerade beobachtet.«

Die Frau im Sessel

Die Impellitteri Municipal Psychiatric Facility war ein paar Blocks vom Queens Boulevard entfernt. Das Bezirksgefängnis war ganz in der Nähe. Von kleinen Scheinwerfern beleuchtet, erschien das Gebäude wie ein riesiger grauer Würfel, der durch die Dunkelheit trieb. Der Regen lief über die Lampen, und die Schatten der perlenden Regentropfen wischten über die Fassade des Gebäudes. Als Conrad auf den Parkplatz fuhr, kam es ihm so vor, als schwankte und schaukelte das Gebäude unter den Fluten des Wolkenbruchs.

Er hatte Jerry Sachs versprochen, er käme an diesem Freitag um halb acht vorbei. Es war genau halb acht, als er seinen Corsica – eine leuchtend blaumetallicfarbene Limousine – auf einem der für die Ärzteschaft reservierten Parkplätze vor der Eingangstür parkte. Als er den Motor ausschaltete, verstärkte sich schlagartig das Trommeln der Regentropfen auf dem Wagendach.

Er wünschte sich, er wäre wieder zu Hause und spielte mit seiner Tochter.

Er hob den Aktenkoffer hoch, der im Fußraum gestanden hatte, legte ihn auf seinen Schoß und klappte ihn auf. Er holte sein kleines Sony-Diktiergerät heraus. Indem er auf die rote Aufnahmetaste drückte, hielt er sich das Gerät mit dem eingebauten Mikrofon vor den Mund.

»Freitag, der zwölfte Oktober«, sagte er. »Erste Sitzung mit Elizabeth Burrows.«

Er spulte das Band zurück, spielte es einmal ab. Seine

Stimme war deutlich zu verstehen »... Sitzung mit Elizabeth Burrows.« Er verstaute den Kassettenrecorder in der Innentasche seines Jacketts. Er sah aus dem Fenster durch den strömenden Regen auf die vom Dunst umwogte Fassade des Krankenhauses.

Sie hat einen Mann umgebracht, Nathan. Hat ihm die Kehle durchgeschnitten. Allmächtiger Gott, sie hat den armen Teufel regelrecht zerlegt.

Conrad atmete tief aus. »O Junge«, sagte er laut.

Er faßte den Griff des Aktenkoffers, stieß die Wagentür auf und rannte durch den Regen die Stufen zum Hospitaleingang hinauf.

»Ich fürchte, sie ist nicht gerade eine deiner typischen Matronen von der Upper West Side«, sagte Sachs. »Seit ihrem zehnten Lebensjahr wandert sie sozusagen von Heim zu Heim. Und es hat in der Zeit einige von Gewalt geprägte Vorfälle gegeben, und zwar sowohl in den Heimen als auch draußen. Aus ihrer Akte des Children's Center in Manhattan geht hervor, daß sie einem anderen Kind mit einem Küchenmesser das Gesicht verstümmelt hat. Und der Distriktstaatsanwalt erzählte mir, die Polizei habe sie schon zweimal wegen Körperverletzung verhaftet. Bei der kommst du noch echt ans Arbeiten, Nate.«

Sachs kippte in seinem Sessel nach hinten und gestattete sich ein breites Grinsen. Er war eine ziemlich große Erscheinung, mindestens einen halben Kopf größer als Conrad. Sein Gesicht war breit und fett. Seine Schultern spannten sein weißes Oberhemd, und der Bauch stemmte sich über der Gürtellinie gegen den Stoff. Wenn er sich mal bewegte, dann atmete er schnaufend, und er schien am ganzen Körper zu schwitzen. Dunkle Flecken waren unter seinen Armen zu sehen, und sein Kopf – groß, kahl und rosig – glänzte feucht.

Seine dicken schwarzen Brillengläser hatte er sich nach oben auf die Stirn geschoben. Conrad wartete unwillkürlich darauf, daß sie auf dem Schweißfilm abwärts auf seine Nase rutschten.

Sachs lachte, laut, freudlos. »Einmal«, erzählte er, »hat sie sogar einen holländischen Matrosen verprügelt. Wirklich. Sie spazierte offenbar über den Times Square, und der arme Teufel versuchte wohl, mit ihr anzubändeln.« Er lachte wieder mit krächzender Stimme. »Sie brach ihm beide Arme und zertrampelte ihm einen seiner Hoden zu Brei. Damals war sie sechzehn Jahre alt. Und sie ist außerdem ein zierliches kleines Ding; warte nur, bis du sie selbst zu sehen bekommst. Drei Cops waren nötig, um sie von dem Holländer wegzuziehen. Und als sie sich wieder beruhigt hatte, schien sie total verblüfft zu sein. Sie sagte, nicht sie sei es gewesen, die das getan hatte. Es sei jemand anderer gewesen, ihr heimlicher Freund.«

Conrad lehnte sich vor. Die Kante der Rückenlehne hatte sich schmerzhaft in seinen Rücken gedrückt. »Ihr Freund?« fragte er. »Du meinst, eine andere Persönlichkeit?«

»Nee, eher nur eine Stimme, eine Art auditive Steuerung, die ihr Befehle gibt; allerdings scheint auch eine visuelle Komponente beteiligt zu sein. Was immer es ist, auf jeden Fall versetzt es sie in den höchsten Erregungszustand. Sie dreht durch; sie entwickelt phantastische Kräfte und ist in diesem Zustand zu ganz schlimmen Dingen fähig. Und das ist vermutlich bei diesem anderen armen Teufel passiert, diesem Fahrkartenschaffner, den sie in Streifen geschnitten hat. Sie meinte, ihr ›heimlicher Freund‹ wäre auch dafür verantwortlich.« Er kicherte, wobei sein massiger Kopf auf und nieder hüpfte. »Ich kann dir flüstern, Nate, du wirst dir noch sehnlich wünschen, wieder in der Park Avenue zu sitzen …«

Conrad lächelte. »Das tue ich bereits, Jerry, das kannst du mir glauben.« Er veränderte seine Haltung auf seinem Platz – dieser Sessel brachte ihn um. Dabei sah Sachs' Büro recht gemütlich aus. Ein großer Raum mit braunem Linoleumfußboden und hellen orangenen Wänden. An der Wand, links von Conrad, stand ein braunes Sofa. Ein kleiner Bürokühlschrank in einer Ecke, eine Garderobe mit Conrads triefnassem Mantel in der anderen. Und hinter dem überladenen Ungetüm von Schreibtisch und vor einem breiten Fenster, durch das man auf den Parkplatz hinunterschauen konnte, befand sich Sachs' imposanter lederner Sessel. Die Rückenlehne war so hoch, daß das dicke Kopfpolster den glänzenden Schädel des Direktors überragte. Er sah außerordentlich gemütlich aus.

Aber der Sessel vor dem Schreibtisch – Conrads Sessel – war aus Holz. Klein, mit stark gewölbter Rückenlehne und hart. Es gab in der Sitzfläche eine gesäßförmige Ausbuchtung. Vielleicht sollte sie dafür sorgen, daß das unnachgiebige Holz sich etwas gemütlicher anfühlte. Conrad spürte nicht viel davon, sondern ihm drängte sich der Eindruck auf, als säße er auf einem Ameisenhügel. Es gab jedenfalls keine angenehme Stelle.

»Dieser Schaffner«, stöhnte er gepeinigt, »das ist doch der aktuelle Fall.«

»Ja. Die gleiche Situation wie bei dem Matrosen. Dieser Bursche, dieser ...« Sachs beugte sich über den Schreibtisch, fuhr mit seiner schweren Hand über einige Papiere. »Robert Rostoff. Er hatte Elizabeth offensichtlich überredet, ihn in ihre Wohnung mitzunehmen. Aber als er sich dann an sie heranmachen wollte: Bumms.« Sachs putzte sich die Nase. »Sie hat ihn gründlich zersäbelt. Hat ihm ein Auge rausgeholt, den Schwanz abgeschnitten. Bob hatte jedenfalls wenig Freude an diesem Abend.«

Conrads Gesäß suchte nach einer weichen Stelle in der Höhlung der Sitzfläche. Er glaubte nicht, daß er das einen Monat lang würde aushalten können.

»Und sie hat keine Drogen genommen?« fragte er.

»Laut unseren Berichten nicht.«

»Hatte sie sonst irgend etwas genommen, Medikamente vielleicht?«

Sachs wies wieder auf seine Papiere. »Haldol, ja. Aber nur zehn Milligramm, fünf Einheiten pro Tag. Sie bekam das Zeug seit zwei Jahren als ambulante Patientin. Ich habe die Dosis jetzt verdreifacht.«

Conrad nickte.

»Die Sache ist die, daß sie tatsächlich Fortschritte zu machen schien«, fuhr Sachs fort. »Sie lebte allein, besuchte regelmäßig ihren Psychiater und hatte irgendeinen kleinen Job in einer Alternativeinrichtung oder so unten im Village. Alles war piccobello, du weißt, was ich meine. Dann, plötzlich – gibt Bobby den Löffel ab. Und schon ist sie wieder da, in alter Frische.« Sachs hustete – und endlich rutschte die Brille auf seiner Stirn nach unten und landete auf der Nase. Dabei sickerte ein Schweißtropfen über seine Wange. »Sie nahm offensichtlich damals auch noch ihre Medikamente.«

»Der alte Zustand ist also einfach wieder durchgebrochen? Gab es irgendwelche Anzeichen? Dystonien? Anfälle? Irgendwas?«

Sachs schüttelte den Kopf. »Nein. Allerdings hatte ich kaum Gelegenheit, ihr viele Fragen zu stellen, ehe sie sich auf mich stürzte.«

»Und jetzt ist sie katatonisch. Hat sie gegessen? Geschlafen? Ist sie mal aufgestanden, um auf die Toilette zu gehen?«

»Wir können sie oral füttern. Sie ist eingeschlafen. Sie war nicht auf der Toilette. Sie hat auf ihrem Stuhl uriniert. Wir haben sie gesäubert – wir wollten dir nicht zuviel zumuten.«

Er versuchte es wieder mit seinem herzlichen Kichern, doch es erstarb in seiner Kehle. Conrad kam es so vor, als ginge ihm allmählich der Schwung aus.

»Du gibst ihr noch immer Medizin«, stellte Conrad fest.

»Ja, als Injektion.« Sachs spreizte die Hände, ließ sie klatschend auf seine Oberschenkel fallen. Sein Lächeln war noch immer breit und entwaffnend, jedoch wirkte es allmählich etwas angespannter. Ein Schweißrinnsal suchte sich seinen Weg über seine rosige Wange und in seinen allmählich grau werdenden Hemdkragen. »Der Punkt ist der, daß sie nicht reden will. Dabei ist sie eine willige Patientin, Nate. Sie hat sehr gute Erfahrungen mit ihrem letzten Arzt gemacht, diesem staatlichen Medizinmann, der sie aus der Psychiatrischen Klinik in Manhattan herausgeholt und sie stabilisiert hat. Sie war sehr pflegeleicht, Mann. Bereit zu reden. Sie wollte es. Und jetzt, auf einmal, kein einziges Wort mehr.« Er wischte sich mit der Handfläche den Schweiß von den Lippen. »Also, wie findest du das, Nate?«

Für einen langen Moment konnte Conrad den Mann nur ansehen. Den Kürbiskopf, die glänzende Glatze. Die dunklen Augen, die irgendwie verzweifelt hinter den dicken Brillengläsern blinzelten. Conrad vermutete, daß es nicht besonders angenehm war, wenn einem der Chef der Verwaltung von Queens dauernd im Nacken saß. Wenn man nur dreißig Tage Zeit hatte, einen spektakulären Fall zu lösen und das Objekt plötzlich verstummt war und taub geworden zu sein schien.

Conrad bückte sich und griff nach dem Aktenkoffer, der auf dem Fußboden neben seinem Sitz stand. »Sehen wir sie uns einmal an«, sagte er schließlich.

Er hätte in diesem Moment alles getan, nur um aus diesem furchtbaren Holzsessel herauszukommen.

Ein Fahrstuhl brachte sie in die vierte Etage: die gerichtsmedizinische Frauenabteilung. Eine weibliche Wache war dort anzutreffen. Sie saß hinter einem Schreibtisch vor der Doppeltür zur Abteilung. Die fette farbige Frau richtete stechende dunkle Augen auf die Ausweiskarte, die an Sachs' Revers angeheftet war. Sie nickte, und Sachs trat vor, um die Türen mit einem großen Hauptschlüssel aufzuschließen.

Conrad folgte Sachs in die Abteilung.

Ein langer Flur lag vor ihnen, höhlenartig und düster. Einige Leuchtstoffröhren flackerten bläulich an der Decke, und andere hingen grau und tot da. Während die beiden Ärzte nebeneinander hergingen, bedeckten ihre Schatten die hinteren Wände des Saals. Der Korridor schien in einer klebrigen Dunkelheit zu verschwinden.

Es war gerade Mittagszeit. Als sie an der Cafeteria vorbeigingen, sah Conrad die Frauen bei ihrer Mahlzeit. Etwa zehn farbige Frauen beugten sich tief über ihre Plastiktabletts. Formlose Frauen in der formlosen, schäbigen Straßenkleidung, die die Stadt ihnen zur Verfügung gestellt hatte. Sie schaufelten Brot und Kartoffeln in ihre schlaffen Münder und ließen die Krümel achtlos von ihren Lippen rieseln.

Hier draußen, auf dem Flur, war es ruhig. Nur Pfleger waren zu sehen, und sie eilten still hin und her. Schwarze Frauen, graue Gestalten, die nacheinander aus den Schatten vor ihnen auftauchten. Sie nickten Sachs zu, ohne etwas zu sagen oder zu lächeln. Sie tauchten hinter ihnen wieder in die Schatten ein, als Conrad ihnen einmal über die Schulter nachsah.

Sachs blieb vor einer Tür mit einer ›3‹ darauf stehen: eine dicke Holzbohlentür, deren kleines Querfenster mit Drahtgeflecht gesichert worden war. Sachs schaute Conrad an; kicherte leise, schüttelte den Kopf. Conrad erkannte, daß es gewinnend sein sollte.

Sachs schob den Hauptschlüssel ins Schloß. Die Tür schwang auf, und Sachs trat ein. Als Conrad ihm folgte, blieb der größere Mann in der Mitte des Raums stehen.

Es war ein kleiner Raum, eigentlich nur eine Zelle. Es herrschte Halbdämmer, unzureichend durch eine einzige nackte Glühbirne an der Decke erhellt. Ein eisernes Bettgestell war links von Conrad an die Wand geschoben worden. Gegenüber stand eine kleine Waschschüssel auf einem Plastiktisch. Es gab in einer Ecke eine größere Nische – wahrscheinlich für eine Toilette, vermutete Conrad. Zu seiner Linken, in der anderen Wand nach außen, gab es ein großes Doppelfenster mit einer schweren Armierung vor den Glasscheiben.

In einem Sessel vor dem Fenster saß eine junge Frau.

Conrad blieb abrupt stehen, als er ihrer ansichtig wurde. Sein Mund klaffte auf. Mein Gott, dachte er.

Sachs begrüßte sie, indem er eine Hand hob, ähnlich einem Butler, der die förmliche Vorstellung der fremden Besucher übernommen hatte.

»Das ist Elizabeth Burrows«, sagte er ernst. Nathan stand schweigend da.

Mein Gott, dachte er. So etwas gibt es doch nicht.

Wollen Sie mich nicht anfassen?

Sie hatte ein Gesicht wie auf einem Gemälde, das Gesicht eines Engels. Ihr rötliches Haar fiel glatt und seidig bis auf ihre Schultern. Es umrahmte ihre hohen Wangenknochen und ihre hohe Stirn, beide wie aus Alabaster und helleuchtend. Ihre großen, kristallklaren, grünen Augen blickten auf nichts Bestimmtes.

Sie saß sehr still auf einem Holzstuhl. Sie hielt sich sehr gerade, den Kopf aufrecht. Sie trug eine zerknitterte braune Cordhose und ein kurzärmeliges Herrenhemd. Doch selbst in der von der Stadt bereitgestellten Kleidung wirkte ihre Gestalt schlank und anmutig: Sie hatte von dem stärkereichen Krankenhausessen noch nicht zunehmen können. Ihre nackten Arme waren sehr weiß. Ihre weißen Hände lagen gefaltet in ihrem Schoß.

Langsam atmete Conrad aus. Mannomann, dachte er. Er blinzelte und straffte sich. Er zwang sich zum Sprechen.

»Hallo, Elizabeth«, sagte er, »wie geht es Ihnen heute?«

Sie erwiderte nichts. Sie rührte sich nicht. Sie blickte starr geradeaus. Conrad kniff seine Augen zusammen, während er sie genau beobachtete.

Drei Jahre zuvor war er gebeten worden, an einer Untersuchung am Columbia Presbyterian Hospital teilzunehmen. Sie testeten eine neue Behandlungsmethode für Rückzugsreaktionen, die er und ein anderer Arzt, Mark Bernstein, entwickelt hatten. Das Grundprinzip bestand darin, sich weniger auf Medikamente zu verlassen als darauf, eine

Art Wechselbeziehung mit einem Therapeuten herzustellen. Indem er eine Kombination von Medikamenten und aktiven, sogar radikalen Beziehungstechniken einsetzte, konnte Conrad mehrere Patienten sehr schnell zu einer neuen Beziehung mit der Wirklichkeit animieren. In ein oder zwei Fällen konnte er sogar bedeutende Remissionen verzeichnen.

Im Verlauf der Untersuchung hatte Conrad sehr intensiv mit über einem Dutzend introvertierter oder katatonischer Patienten gearbeitet. Er hatte erlebt, wie ein zweiundvierzig Jahre alter Mann tagelang in einer fötalen Haltung verharrte. Er hatte ein halbwüchsiges Mädchen gesehen, das völlig regungslos mit ausgebreiteten Armen und einem erhobenen Bein posierte, wie eine Ballerina, die darauf wartet, hochgehoben zu werden. Er hatte Patienten gesehen, die erzitterten wie eine gezupfte Bogensehne, und Patienten, die regungslos vor sich hinstarrten und sabberten. An eine Frau konnte er sich besonders gut erinnern. Sie hieß Jane und war als Kind vergewaltigt worden. Sie wanderte umher und sagte in einem fort mit Nachdruck: »Nein«, und das in Intervallen von genau drei Sekunden.

Aber Conrad hatte noch nie jemanden wie Elizabeth Burrows gesehen.

Es war nicht nur ihre Schönheit. Es war ihre Gelassenheit, ihre scheinbare Ruhe. Ihre Hände lagen so friedlich in ihrem Schoß, ihre Arme waren biegsam und schlank. Ihr Blick war entrückt, doch ihre Augen hatten Tiefe. Conrad hatte den spontanen Eindruck, daß er sie darin erkennen konnte, immer noch wachsam, immer noch bewußt wahrnehmend.

Er wandte sich an Sachs und zwang sich zu einem Lächeln. »Warum läßt du mich und Elizabeth nicht allein, damit wir einander kennenlernen können?« fragte er.

Sachs zögerte eine Sekunde lang. Für ihn bedeutete dieser Fall sehr viel, das konnte Conrad deutlich erkennen. Aber er hatte keine Wahl. Er rang sich selbst ein knappes Lächeln ab.

»Melde dich, wenn du Hilfe brauchst oder ...«

Er drückte Conrad den Zimmerschlüssel in die Hand und ging hinaus und schloß die Tür hinter sich.

Conrad wandte sich, immer noch lächelnd, zu Elizabeth um. »Ich schalte nun ein Tonbandgerät ein«, sagte er. Er holte den Apparat aus seiner Sakkotasche. Er drückte auf den Startknopf und legte es neben die Waschschüssel auf den Tisch. Dann durchquerte er das Zimmer mit zwei Schritten. Er legte seinen Aktenkoffer auf das Bett und klappte ihn auf. Er sah Elizabeth nicht an, als er darin herumsuchte, doch er glaubte zu spüren, wie ihr Blick sich veränderte und auf ihn richtete. Er glaubte – er spürte –, daß sie ihn betrachtete.

Er nahm eine Bleistiftleuchte aus dem Koffer. Als er sich ihr wieder zuwandte, saß sie still und starrte ins Leere.

Conrad näherte sich ihr. »Entschuldigen Sie«, sagte er. Er beugte sich vor und zog sanft und geschickt eines ihrer Augenlider mit dem Daumen hoch. Er richtete den Lichtstrahl auf ihre Augen, erst aufs rechte, dann aufs linke. Die Pupillen zogen sich zusammen, als das Licht auf sie fiel. Er spürte die normalen Blinzelreflexe unter seinen Fingern.

Er verstaute die Lampe wieder in der Tasche und ergriff ihr rechtes Handgelenk. Die weiße Haut fühlte sich warm an. Der Pulsschlag unter seinem Daumen war stetig und gleichmäßig. Er hob den Arm etwa bis in Höhe ihrer Schulter. Er beobachtete ihr Gesicht. Er ließ den Arm los.

Die Hand der jungen Frau sank ein wenig herab und blieb dann unentschlossen in der Luft stehen. Ihre fahlen Lippen spannten sich. Dann sank ihre Hand langsam zurück in ihren Schoß. Sie umklammerte sie mit der anderen. Sie saß wieder völlig still und blickte vor sich hin.

Am anderen Ende des Bettes stand ein weiterer Holzstuhl.

Conrad holte ihn und stellte ihn vor ihr auf. Er drehte ihr die Lehne zu und setzte sich rittlings darauf. Er stützte sich auf die Rückenlehne und lächelte sie an.

»Eigentlich hätte er in der Luft stehenbleiben müssen«, sagte er. »Ihr Arm, meine ich. Echte Katatoniker weisen im allgemeinen in ihren Gliedmaßen das auf, was wir eine wächserne Beweglichkeit nennen. Sie verharren in der Position,in die man sie versetzt.«

Er wußte, daß er ein Risiko einging. Er konnte sich auch täuschen. Selbst wenn er mit seiner Vermutung recht hatte, konnte trotzdem ein gewalttätiger Schub ausgelöst werden. Sie war ein kleines, fast zerbrechliches Mädchen, wie Sachs sie beschrieben hatte. Aber wenn ihr ›heimlicher Freund‹ zu ihr kam, dann zweifelte Conrad nicht daran, daß sie ihn ins Krankenhaus, wenn nicht sogar ins Leichenschauhaus befördern könnte.

Zuerst jedoch reagierte sie überhaupt nicht. Die Worte hingen zwischen ihnen im Raum. Er beobachtete sie. Sie bewegte sich nicht.

Dann, langsam, drehte Elizabeth den Kopf in seine Richtung. Conrad hörte geradezu den heftigen Herzschlag in seinen Ohren, während die tiefgründigen grünen Augen ihn erfaßten und zunehmend aufmerksamer musterten. Die hübschen Gesichtszüge, eingerahmt von dem herabhängenden Haar, fingen scheinbar an sich zu beleben. Ein rosiger Schimmer legte sich allmählich auf die weiße Haut. Für den oberflächlichen Betrachter, dachte Conrad, sah sie aus wie eine Schaufensterpuppe, die zum Leben erwachte.

Sie hob die Hand hoch zu ihrem Hals, knöpfte ihr Hemd auf und entblößte ihre Brüste für ihn.

»Sie dürfen mich anfassen«, flüsterte sie, »wenn Sie mich anschließend in Ruhe lassen.«

»Oh ...«, sagte Conrad. Das war alles, was er hervorbrachte. Gegen seinen Willen wanderten seine Blicke über ihren Körper. Ihre Haut war glatt und weiß. Ihre Brüste waren klein, aber anmutig geformt, und die rosigen Spitzen hätten ihn unter anderen Umständen glatt nervös gemacht, wenn er sich hätte gehenlassen.

Aber er sah ihr nun direkt in die Augen. »Knöpfen Sie Ihre Bluse wieder zu, Elizabeth«, sagte er.

Ihre Lippen öffneten sich halb. Ihre Augen verengten sich. »Wollen ... wollen Sie mich nicht anfassen?«

O Junge, dachte Conrad, was für eine Frage. »Ich will Ihnen helfen«, erwiderte er ernst. »Und ich glaube nicht, daß dies der beste Weg ist. Bitte, knöpfen Sie das Hemd zu.«

Ihn immer noch verwirrt musternd, schlug Elizabeth die beiden Fronthälften des Hemdes übereinander. Conrad schaute zur Seite, als hätte er Angst, sie noch länger zu betrachten.

Der arme Teufel hat sich an sie herangemacht, und sie hat ihn verprügelt. Er konnte Sachs und sein wieherndes Gelächter hören. Und Robert Rostoff, er wollte auch was von ihr, und Peng! Sie zerlegte ihn fachgerecht.

Und was hast du mit ihr gemacht, Jerry? dachte Conrad. Was wolltest du von ihr, so daß sie auch dich angefallen hat?

Wollen Sie mich nicht anfassen?

Als er sie wieder ansah, nahm er zu seiner Erleichterung zur Kenntnis, daß sie das Hemd wieder zugeknöpft hatte. Ihre Hände lagen wieder in ihrem Schoß. Sie fixierte ihn mit einem wachsamen, aber auch neugierigen Blick.

Conrad beugte sich vor und formulierte seine Worte sorgfältig. »Elizabeth ... Sie werden des Mordes beschuldigt. Verstehen Sie das?«

Sie antwortete nicht sofort. Sie schüttelte kaum merklich verneinend den Kopf. »Ich ... ich will nicht mit Ihnen reden«, sagte sie. In ihrer Stimme lag ein vage automatenhafter Singsang. Sie erschien dadurch wie entrückt, als bezöge sie sich auf Ereignisse, die sie überhaupt nicht betrafen. »Ich möchte nicht mit Ihnen sprechen. Sie könnten auch einer von ihnen sein.«

Conrad nickte und erwiderte nichts darauf.

Die junge Frau preßte ihren Rücken gegen die Stuhllehne. »Ich meine, sie tun anfangs alle so, als wären sie unheimlich nett. Manchmal täuschen sie mich. Aber ich weiß, was sie wirklich wollen. Ich weiß es.«

Sie sah aus ihrer betont aufrechten Haltung auf ihn herab. Sie lächelte überlegen im Bewußtsein, sein Geheimnis zu kennen.

»Na schön«, sagte Conrad, »was wollen sie denn?«

Sie beugte sich zu ihm vor. »Sie wollen meine Mutter herausholen.«

»Ihre Mutter«, meinte Conrad mit einem aufmunternden Nicken.

»Ja. Das hat mir Robert Rostoff gesagt.«

»Robert Rostoff. Der Mann, der getötet wurde.«

»Ja. Er hat es mir gesagt, er hat mich gewarnt. Daß sie genau das tun wollen.«

»Und das hat Sie wütend gemacht.«

Elizabeth begann zu nicken, hielt aber inne. »O nein«, sagte sie vorsichtig. »Nicht ich wurde wütend. Es war der Heimliche Freund. Er geriet in Zorn. Er machte etwas Schlimmes. Etwas sehr Schlimmes. Deshalb bin ich hier. Aber nicht ich bin es gewesen. Es war der Heimliche Freund.«

Conrad wartete einen Moment ab, ob sie noch mehr sagen würde, aber sie schwieg. Sie starrte an ihm vorbei und kaute auf ihrer Unterlippe. Sie schien sich an irgend etwas erinnern zu wollen.

Conrad gab ihr einen Anstoß, weiterzureden. »Der Heimliche Freund wollte nicht, daß sie Ihre Mutter herausholen.«

»Ja. Das stimmt. Ja.«

»Warum nicht, Elizabeth?«

»Wie bitte?« Sie blinzelte und fixierte ihn wieder. »Weil mittlerweile Würmer aus ihren Augen herauskommen«, erklärte sie einfach. »Würmer und ... Knochenfinger, die aus ihrem Fleisch dringen.« Sie verzog das Gesicht zu einer Grimasse und schüttelte sich. »Und ihr Fleisch wäre so wie Lumpen, aus denen Knochen herausragen, und dann wären da ihre leeren Augen mit den Würmern ...«

Conrad hatte das Gefühl, als legte sich eine eisige Hand auf seinen Nacken. Er warf tatsächlich einen Blick über die Schulter, um sich zu vergewissern, daß niemand hinter ihm war und sich an ihn heranschlich. (Niemand, aus dessen Augen sich Würmer ringelten.) Da war nur die gedämpft erleuchtete kleine Zelle. Die Holztür mit dem schmalen Querfenster. Die Waschschüssel, deren Schatten verzerrt auf den Plastiktisch fiel. Das gemachte und leere Bett.

Er räusperte sich und sah sie wieder an. »Ihre Mutter ist tot, meinen Sie«, sagte er.

»Ja. O ja. Und wenn sie sie herausholen, wissen Sie, dann könnte ihre Seele davonfliegen. Und dann wäre nichts mehr von ihr übrig.« Sie schüttelte traurig den Kopf. Sah ihn dann eindringlich an. »Sehen Sie, jeder hat eine Seele. Alle Menschen. Sogar ich. Ich kann meine manchmal spüren. Ich möchte nicht, daß sie wegfliegt. Ich spüre sie in mir drin.«

Elizabeth nahm die Hände aus ihrem Schoß. Sie hob sie bis in Schulterhöhe und legte dann die Arme über Kreuz auf ihre Brust. Für einen kurzen Moment hegte Conrad die Befürchtung, daß sie sich wieder ausziehen würde. Doch stattdessen umschlang sie sich mit den Armen und schüttelte sich. Sie schloß die Augen. Sie drehte ihr Gesicht dem Licht entgegen, schaukelte darunter hin und her.

»Ich kann sie jetzt spüren. Meine Seele«, murmelte sie. »Sie ist immer noch dort. Ich bin noch da.«

Conrad saß da, ohne sich zu rühren. Er beobachtete sie. Er konnte seine Blicke nicht von ihr lösen. In einem fort wiegte sie sich selbst im Licht der Deckenlampe und umarmte sich. Und dann, vor Conrads Augen, veränderte sich der Ausdruck ihres Gesichts. Ihre Mundwinkel sanken herab, ihr Kinn bekam Fältchen. Ihre Lippen fingen an zu zittern, als würde sie jeden Moment in Tränen ausbrechen ...

Mit einem abrupten, heftigen Seufzer schlug sie die Augen auf und sah ihn an. Conrad empfand den Blick wie einen heftigen Schlag. Er wich auf seinem Stuhl unwillkürlich zurück. Diese Augen, diese kristallklaren, grünen Seen ließen ihn bis auf ihren Grund schauen. Er sah dort ihre Qual. Nackt und grell: das verzehrende Feuer des Schmerzes tief in ihrem Innern.

»O Gott.« Sie brachte kaum ein Flüstern zustande. »Ich bin noch hier.« Eine ihrer Hände streckte sich nach ihm aus, ergriff seine Hand. Er spürte die Hitze, den verzweifelten Druck ihrer Finger auf seiner Handfläche. »O Gott, o Gott«, weinte sie leise. »Bitte. Bitte, Doktor. Ich bin noch hier drin.«

Der Friedhof

Am Abend suchte Conrad den Friedhof auf. Es war ein enger und verkommener Ort. Die alten Grabsteine und keltischen Kreuze standen windschief und blind im violetten Dämmerlicht. Ein kalter Nebel, angefüllt mit dem Gestank der Stadt, umschlang mit seinen Tentakeln die Gräber.

Die Stelle, zu der er hinwollte, lag im hinteren Teil, unweit des schiefen Eisenzauns. Gekennzeichnet wurde sie von der Statue einer trauernden Frau. Eine mit Kapuze verhüllte Gestalt beugte sich über die Grabstätte und wies mit einer Hand darauf. Conrad ging darauf zu und bewegte sich durch den Nebel zwischen den Grabsteinen.

Als Conrad sich dem Punkt näherte, gewahrte er, daß das Grab unterhalb der Statue noch nicht aufgefüllt worden war. Das hatte er erwartet. Dennoch, als er an seinen Rand trat, hatte er ein eisiges Gefühl in der Magengrube. Er schaute in den Schacht hinunter und erkannte den Sarg, der auf dem Grund lag. Es war eine schwere graue Kiste, in deren Deckel ein Kreuz eingeschnitzt war. Er hob den Blick und gewahrte zum erstenmal an der Statue über ihm etwas Merkwürdiges. Die trauernde Frau lächelte. Sie schaute mit einem wahnsinnigen, strahlenden Lachen auf ihn herab. Die Angst in Conrads Magengrube wuchs. Seine Gliedmaßen fühlten sich plötzlich schwach und weich wie Gummi an.

Und dann drang ein Geräusch vom Sarg in der Grube herauf.

Conrad wollte weglaufen. Er konnte es nicht. Er wollte nicht hinsehen. Er mußte es. Er richtete seine Blicke auf das offene Grab. Das Geräusch ertönte erneut: ein fernes, fragendes Murmeln. Conrad wußte, daß der Sarg sich jeden Moment öffnen würde – er hatte es schon Dutzende Male im Kino gesehen. Aber er konnte noch immer nicht wegrennen; er schaffte es nicht einmal, sich umzudrehen. Er stand hilflos da, als der Deckel sich langsam, aber stetig hob. Stöhnlaute der Angst drangen über seine Lippen. Conrad begann zu zittern.

Der Sarg öffnete sich, und er sah sie. Er schrie auf. Sie streckte ihre Arme nach ihm aus: zwei Stümpfe aus verfaultem Fleisch. Sie lächelte ihn an, wobei ihre Augen aufplatzten wie Eier und die Spinnen durch die Risse herauskrabbelten.

»Ich bin noch hier, Nathan«, flüsterte sie. »Möchtest du mich nicht anfassen?«

Mit einem Schrei richtete Conrad sich in seinem Bett auf. Das Herz hämmerte in seiner Brust. Er rang nach Luft. Selbst jetzt noch dauerte es einige Sekunden, bis er begriff, daß es nur ein Traum gewesen war. Die Umrisse des Fernsehapparates schälten sich aus der Dunkelheit. Die Falten des Vorhangs, sein Schwingen, der Geruch des Oktoberregens. Er sah seine Frau neben sich unter der Decke und legte eine Hand auf die Wölbung ihrer Hüfte.

»Schei-ße«, sagte er leise. Er ließ sich nach hinten auf sein Kissen sinken und spürte den Schweiß auf seinem Rücken. »Schei-ße.«

Der Traum blieb den ganzen Vormittag über in seinem Bewußtsein haften. Der Traum – und die junge Frau. Es war Samstag; und er war an der Reihe, Jessica zum Geigenunterricht zu bringen. Die ganze Zeit, während er sie anzog und fertig machte, während er mit ihr im Bus auf dem Weg zur Elften Straße herumalberte und scherzte und sich schließlich anhörte, wie sie mit den anderen Kindern ihrer Gruppe musizierte, dachte er an den Traum und an Elizabeth.

Conrad besuchte die Gruppe sehr gerne. Ihm gefiel die alte Musikschule. Er liebte es, durch die Flure zu schlendern und die Musikfetzen zu hören, die aus den einzelnen Unterrichtsräumen herausdrangen. Die holprigen Klavierläufe, die kratzigen Geigentöne. Er liebte es auch, einen Blick in den Tanzsaal zu werfen und die Mädchen in ihren Trikots zu beobachten, wie sie ihre Fußhebeübungen vor dem Spiegel an der Stange ausführten. Kinder, die Musik und Tanz erlernten: Ihm wurde dabei richtig warm ums Herz.

Er selbst hatte nie ein Instrument erlernt. Er konnte sich noch gut daran erinnern, wie seine Mutter, als er gerade zehn war, einmal sagte: »Warum möchtest du denn kein Musikinstrument spielen, Nathan?« Er sah sie noch in dem alten Lehnsessel im Wohnzimmer im hinteren Teil des Hauses vor sich sitzen. Das Fenster befand sich hinter ihr. Durch den Kirschbaum vor dem Haus sah er seine Mutter vor einem Hintergrund aus rosigen und weißen Blüten. Sie trank ein Glas Grapefruitsaft – Grapefruitsaft, der heimlich mit Wodka getauft war –, und sie schmollte mit ihm. Und sie sagte: »Warum lernst du denn nun kein Instrument?« Es war der übliche Tonfall in ihrer Stimme, den sie für solche Fragen und Ermahnungen reservierte. Dieser gleiche jammernde Tonfall, in dem sie auch meinte: »Warum treibst du keinen Sport, Nathan?« oder: »Warum bist du in keinem Schulclub?« Diese matte, ferne, wenig hilfreiche Stimme.

Und dann blickte sein Vater, der auf dem Sofa saß, von seiner Zeitung hoch. Und äußerte seinen Kommentar: »Ich denke, daß man, wenn man etwas nicht hundertprozentig beherrschen kann, gar nicht erst damit anfangen soll.« Ja, und das war sein typischer belehrender Ton; die tiefe, wohlüberlegte Stimme eines weisen Mannes. Es war die Stimme, mit der er auch manchmal mit seiner Frau sprach. »Natürlich möchte ich, daß du mit dem Trinken aufhörst, Liebes. Ich meine nur, daß du es nicht zu abrupt tun solltest. Trink jedesmal etwas weniger, das ist das Geheimnis des Erfolges.« Ja, er steckte voller guter Ratschläge, der liebe alte Dad.

Aber Tatsache war, daß es überhaupt keinen Unterschied machte, ob sie etwas sagten oder nicht oder wie sie es sagten. Es hätte überhaupt nichts geändert, wenn seine Mutter ihm eine Stradivari gekauft und sie ihm mit den besten Wünschen überreicht hätte oder wenn sein Vater einen Arm um seine Schultern gelegt und gemeint hätte: »Geh hin, mein Sohn, streng dich an und hab Erfolg.« Nathan hätte trotzdem kein Musikinstrument erlernt; er hätte trotzdem nicht mit einer sportlichen Betätigung begonnen oder wäre einem Schulclub beigetreten. Er hätte nichts davon begonnen, denn dies hätte ihn noch länger von Zuhause ferngehalten. Seine Mutter hätte noch mehr allein sein müssen. Allein mit ihren nicht mehr ganz so heimlichen Wodka- und Ginflaschen. Waren die nicht auch der eigentliche Grund, weshalb sie ihre Vorschläge geäußert hatte? Um ihn loszuwerden? Damals dachte er so.

Und nun machte es ihm Spaß, seine Tochter in die Musikschule zu begleiten. Er freute sich für sie mit – und er war auch ein wenig eifersüchtig auf sie, allerdings auf eine stolze, angenehme Art und Weise. Er saß mit verschränkten Beinen auf dem Holzboden des oberen Tanzsaals, einem großzügigen Raum mit Spiegeln an den Wänden. Die Kinder versammelten sich mit ihren Violinen in einem Kreis um die freundliche junge Frau, die sie unterrichtete. Sie sägten sich dann durch *»Twinkle, Twinkle, Little Star«* und *»Go Tell Aunt Rhody«* und *»Song of the Wind«*. Und Conrad beobachtete seine Tochter und nickte begeistert. Er achtete sorgfältig darauf, diese Begeisterung auch in seiner Miene zu zeigen; denn manchmal, während sie spielte, sah sie zu ihm hinüber. Sie schickte ihm einen verstohlenen Blick; dann unterdrückte sie ein zufriedenes Lächeln, wenn sie ihn nicken sah.

Aber heute wanderten seine Gedanken umher. Sie kehrten immer wieder zu dem Traum zurück und zu dem Mädchen. Er konnte sich deutlich an die feuchtkalte Angst erinnern, die ihn durchrieselt hatte, als er am Grab stand. Daran erinnerte er sich deutlich – und dachte dann an den eisigen Schauer, den er verspürt hatte, als Elizabeth Burrows das erste Mal ihre Mutter beschrieb.

Sie hätte jetzt leere Augen voller Würmer.

Das Kribbeln des irrationalen Zweifels. Das seltsame Gefühl, mit dem Wahnsinn in Berührung zu kommen.

Er nickte und lächelte schnell, als Jessica ihm einen Blick zuwarf. Die Gruppe spielte gerade »*Oh, Come, Little Children*«. Es war eines der etwas schwierigeren Anfängerstücke. An bestimmten Stellen forderte es einen komplizierten Doppelstrich mit dem Bogen. Vergangene Woche hatte Jessie zu denen gehört, die aussetzen mußten, während die etwas fortgeschritteneren Schüler es spielten. Aber sie hatte die ganze Woche über fleißig geübt. Nun, während immer noch ein paar Kinder sitzen mußten, stand und spielte sie mit den anderen. Conrad zwinkerte ihr zu, als sie zu ihm herübersah. Sie unterdrückte ein Lächeln und konzentrierte sich wieder voll und ganz auf ihre Geige.

Conrad beobachtete sie, aber mit einem fernen, vagen Blick. Er dachte wieder an Elizabeth.

Sie wollen meine Mutter herausholen. Das ließ meinen Heimlichen Freund in Zorn geraten. Er machte etwas Schlimmes.

Da war immer, nach Conrads Erfahrung, dieser kleine Schauder, dieses Frösteln, wenn man zum erstenmal die Welt einer dem Wahnsinn verfallenen Person betrat. Es war wie ein Vorwagen in fremdes Gelände – und dann der plötzliche Schritt in einen Treibsandstrudel ...

Oh, jetzt würden sich Würmer aus ihren leeren Augen ringeln. Und Knochenfinger würden aus dem Fleisch ragen ...

Man stellte fest, wie man in einem unterirdischen Dschungel versank, hinabtauchte in eine Welt aus bedrohlichen Formen und Schatten, hornhäutigen Vampiren, die sich im Morast aufbäumten und nach einem griffen ...

Und ihr Fleisch wäre wie Lumpen, aus denen die Knochen herausschauen, und dann wären da noch ihre leeren Augen mit den Würmern darin ...

Und dennoch, diese Welt, dieser Dschungel – alles bestand aus dem gleichen Stoff wie die eigene Welt. Es war lediglich eine innere Welt. Und deren Logik war ebenso umfassend und einleuchtend. Daher machte es einem angst, denn man wurde daran erinnert, daß man ebenfalls in einem Zustand der Unwissenheit lebte, die sehr wohl Wahnsinn sein konnte ...

Der Heimliche Freund hat etwas Schlimmes gemacht. Deshalb bin ich hier.

Das Kinderlied klang aus. Conrad kehrte gerade noch rechtzeitig in die Gegenwart zurück, um Jessica mit dem aufwärts gerichteten Daumen zu zeigen, wie gut es ihm gefallen hatte. Sie hüpfte auf den Zehenspitzen voll ausgelassener Freude über ihre Leistung.

»Erzählen Sie mehr«, sagte er zu ihr. »Erzählen Sie mir mehr über diesen heimlichen Freund.«

Er hatte nicht vorgehabt, Elizabeth noch vor dem Mittwoch aufzusuchen. Doch Mr. Blum, der immer um halb fünf seine Sitzung hatte, war eine weitere der vielen Krankheiten eingefallen, die ihm halfen, eine Erklärung dafür zu finden, daß seine Frau ihn betrogen und verlassen hatte. Er hatte am Vormittag angerufen und sein Erscheinen abgesagt. Conrad hatte aus einem Impuls daraufhin umgehend Mrs. Halliway, seine Halb-sechs-Patientin angerufen. Er verlegte ihre Sitzung auf den Dienstag um sieben Uhr und hatte auf diese Art und Weise einen freien Abend gewonnen. Fast über sich selbst überrascht, ertappte er sich dabei, wie er hinausfuhr zur Impellitteri-Klinik.

Er fand Elizabeth in der gleichen Verfassung vor wie am Freitag. Sie trug die gleiche Kleidung, saß auf ihrem Stuhl am Fenster, hatte die Hände im Schoß und blickte in die Ferne. Sachs hatte Conrad davon informiert, daß sie seit ihrer Sitzung mit ihm kein Wort gesprochen hätte. Sie habe jedoch angefangen, selbst zu essen, und sie sei aufgestanden, um auf die Toilette zu gehen; allerdings sei sie schnellstens wieder auf ihren Stuhl zurückgekehrt. Sachs habe nicht gewagt, sie noch einmal aufzuregen. Er habe den Pflegern aufgetragen, sie aufmerksam zu beobachten, sie jedoch ansonsten in Ruhe zu lassen, es sei denn, sie bäte um etwas. Conrad betrachtete diese Entscheidung als einen für Sachs' Verhältnisse ungewöhnlich einfühlsamen und intelligenten Schritt. Dieser Knilch war offenbar überaus erpicht darauf, diese Angelegenheit zu erledigen und zum erfolgreichen Abschluß zu bringen.

Was Conrad betraf, so erwartete er nicht viel. Es freute ihn, daß seine Patientin das Schweigen ihm gegenüber gebrochen hatte, doch er stellte sich vor, daß Wochen paranoider Duelle und abschweifender Monologe vor ihm lägen. Tatsächlich zweifelte er sogar daran, daß er mehr als das würde aus ihr herausholen können.

Doch als er den Raum betrat, warf sie ihm einen kurzen Blick zu. Und wenn sie auch nicht eindeutig lächelte, so glaubte Conrad in ihren Augen ein gewisses erfreutes Flackern wahrnehmen zu können.

Er nahm seinen Kassettenrecorder aus der Tasche, drückte auf die rote Taste und stellte ihn auf den Tisch. Dann schob er seinen Stuhl vor sie und nahm wie schon vorher rittlings darauf Platz. Er lächelte. »Wie alt sind Sie heute, Elizabeth?«

Sie sah ihn wieder an; dann schaute sie schnell weg. Sie gab keine Antwort.

»Ihr Haar ist sehr schön«, sagte er. Er bemerkte, daß sie es gebürstet und gekämmt hatte. Die glatt herabfallende rote Flut glänzte und schimmerte.

Und auch diesmal registrierte er Freude über dieses Kompliment. Aber sie wollte nicht reden.

Nach ein paar Sekunden meinte er daher: »Sie wollen nicht mit mir sprechen, nicht wahr?«

Diesmal musterte sie ihn etwas länger. Es war immer noch ein wachsamer Blick, doch nun, so dachte Conrad, lag auch etwas Verspieltes darin.

»Sie könnten auch einer von ihnen sein.« Die Stimme des Mädchens klang leise, fast flüsternd. »Jeder könnte dazugehören. Ich weiß es nicht.«

»Ist das der Grund, weshalb Sie das ganze Wochenende nicht gesprochen haben?«

Sie hob ihr Kinn leicht an. »Dr. Sachs ist einer von ihnen. Ich weiß das. Und die anderen ... die kenne ich nicht.« Sie verstummte, preßte die Lippen zusammen, als wollte sie verhindern, daß sie noch mehr verriet. »Er kennt Sie«, sagte sie dann.

»Wen meinen Sie?«

»Er. Sie wissen schon.«

»Ihr heimlicher Freund.«

Sie nickte.

»Und was hat Ihr heimlicher Freund Ihnen über mich erzählt?« fragte Conrad.

Nun lächelte sie ganz offen. Und das raubte Conrad für einen winzigen Moment fast den Atem. Das rosige Schimmern an den Innenseiten ihrer blassen Lippen, die leichte Röte unter der weißen Haut. Die Art und Weise, wie ihre makellosen Gesichtszüge sich aufhellten. Elizabeth senkte schüchtern den Blick.

»Sie haben mich nicht angefaßt«, sagte sie.

»Das stimmt.«

»Er kommt nicht, wenn Sie da sind. Sie machen ihn nicht wütend. Sie wollen es nicht ...« Sie erwiderte seinen Blick, doch ihre Stimme verging.

»Was will ich nicht, Elizabeth?«

»Sie wollen meine Mutter nicht herausholen.«

»Das ist richtig. Deshalb bin ich keiner von ihnen?«

»Nein. Ich glaube ... ich glaube nicht.«

Conrad nickte für einige Sekunden nachdenklich. Er zauderte. Er versuchte abzuschätzen, wie weit er gehen konnte. Endlich, aus einer Eingebung heraus, beugte er sich ein Stück weiter vor und sagte: »Erzählen Sie mir mehr. Erzählen Sie mir von Ihrem heimlichen Freund.«

Es dauerte lange, ehe sie antwortete. Sehr lange. Elizabeth betrachtete ihn sinnend. Conrad wartete gespannt, welche Richtung sie einschlagen würde. Wahrscheinlich, so dachte er, würde sie sich weiterhin mit ihm ein verbales Gefecht liefern. Oder sie würde verstummen; sie würde verschlagen lächeln und ihre Zwangsvorstellungen für sich behalten und sie vor ihm schützen, als wären es ihre Kinder.

Vielleicht aber ...

Conrad spürte einen leichten Adrenalinstoß, während er sie beobachtete. Durchaus möglich, daß diese Bitte der Auslöser war, dachte er. Vielleicht würde sie ihren Heimlichen Freund heraufbeschwören.

Er hatte eine kurze, undeutliche Vision, wie sie von ihrem Stuhl hochsprang und sich auf ihn stürzte. Die Zähne gefletscht, die Finger zu Klauen gekrümmt, die Hände nach seiner Kehle zielend. Er atmete ruhig und gleichmäßig, bediente sich zum Ausatmen seines Zwerchfells.

Und dann tat Elizabeth genau das, womit er überhaupt nicht gerechnet hatte.

Sie begann, ihre Geschichte zu erzählen.

Der Heimliche Freund

Als er zum erstenmal erschien, war er ein kleiner Junge (erzählte sie). Er verändert sich, wissen Sie. Er ist immer anders. Beim ersten Mal war er ein kleiner Junge mit einem gestreiften Hemd und mit roten Haaren und Sommersprossen. Billy lautete sein Name. Er spielte mit mir in der Sonnenschule und besuchte mich dann zu Hause. Damals lebte ich mit meiner Mutter zusammen.

Ich spielte gerne mit ihm in der Sonnenschule. Ich war sehr einsam. Meine Mutter und ich wohnten in keiner hübschen Wohnung, und niemals kam jemand Nettes zu Besuch. Es gab dort überhaupt keine anderen Kinder. Manchmal ging ich eine Etage tiefer zu Katie Robinson, aber die war schon alt. Es waren keine anderen Kinder da, und ich kam kaum aus dem Haus, außer wenn meine Mutter mit mir ins Kaufhaus ging und ihre Freundinnen traf.

Das Haus war immer dunkel. Es roch schlecht. Und sehr oft, so kann ich mich erinnern, sah ich dort sogar Ratten. Sie hausten unten, direkt unter der Treppe.

Unser Zimmer oben war auch dunkel. Die einzigen Fenster gingen hinaus auf eine Klinkerwand. Und es war dort ständig schmutzig. Der Mülleimer war dauernd voll, und Abfall lag um ihn herum und vor dem Spülbecken verstreut auf dem Fußboden. Benutzte Teller, Essensreste. Und es gab Kakerlaken und Wasserwanzen.

Vor allem die haßte ich. Sie waren so groß. Einmal, als meine Mutter eine mit ihrem Schuh erwischte, knackte es ganz laut. Gelblicher Schleim spritzte nach allen Seiten. Ich ekelte mich davor.

Ich hatte kein Bett. Meine Mutter hatte eine Liege vor dem Fenster. Doch ich schlief auf dem Fußboden, in einem Schlafsack, auf der anderen Seite des Zimmers. Deshalb haßte ich die Wanzen, denn sie krochen und krabbelten direkt vor meinen Augen herum. Ich hatte Angst, daß irgendwann auch die Ratten kämen, doch das geschah nie.

Wie dem auch sei, mit Billy fing es an der Sonnenschule an, wie ich sagte. Dort ging ich hin, wenn Mutter mit Männern zusammen war. Ich meine, ich habe sie mir eigentlich zusammengeträumt – die Schule, meine ich –, aber Billy kam von dort. Ich möchte am liebsten nicht darüber nachdenken.

Die Sache ist die, daß die Männer kamen und meine Mutter, na ja, mit ihnen schlief oder Sex hatte oder wie man das nennt. Meine Mutter sagte immer, ich solle solange schlafen. Ich drehte mich dann auf die andere Seite und starrte die Wand an. Sie sagte dann, daß ich schlief, aber das stimmte nicht. Sie gaben furchtbare Geräusche von sich, wie wilde Tiere im Urwald.

Wenn sie fertig waren, dann rauchten sie Rauschgift. Hat man Ihnen erzählt, daß meine Mutter das tat? Sie hat es getan. Sie rauchte Rauschgift, und sie ... ich weiß nicht, wie das genannt wird ... spritzte es sich auch mit einer Nadel in den Arm. Sie injizierte diese Drogen. Die Männer gaben ihr sehr oft Drogen. Ich glaube, deshalb hat sie auch Sex mit ihnen gehabt.

Manchmal jedoch ... manchmal wollte ein Mann ihr kein Rauschgift geben, es sei denn, sie gestattete ihm, mich anzufassen. Dann erlaubte meine Mutter es. Sie ging ein Stück weg oder sah aus dem Fenster. Ich weinte dann. Ich bat sie, es nicht zuzulassen. Aber sie schaute über die Schulter und sagte: »Sei still. Sei einfach nur still.« Und die Männer steckten dann ihre

Hände in mich. Sie wissen, wohin. Ich fühlte mich dabei ganz schlimm. Aber ich denke nicht mehr daran. Das ist aber das einzige, woran ihr Ärzte interessiert seid, deshalb erzähle ich es Ihnen. Sogar die Frauen wollen es immer wieder hören. Ich für meinen Teil finde es einfach nur widerlich.

Aber egal, eigentlich wollte ich Ihnen erzählen, wie ich in der Sonnenschule anfing. Damals besuchte ich keine richtige Schule. Für einige Zeit ging ich auf eine, doch dann meinte meine Mutter, meine Lehrer würden sich nicht um ihre eigenen Angelegenheiten kümmern. Später zogen wir dann in die neue Wohnung in der Avenue A um, und ich besuchte überhaupt keine Schule mehr. Das fand ich schade. Denn die Schule gefiel mir. So kam es, daß ich mich immer dann, wenn meine Mutter mit Männern zusammen war, in meinem Schlafsack zur Wand drehte und die Augen schloß und eine Schule besuchte, die ich mir in der Phantasie vorstellen konnte.

Wie ich schon sagte, hieß sie Sonnenschule. Es gab einen großen grünen Schulhof, und dort spielte ich mit anderen Kindern. Meine Mutter war die Lehrerin, und sie stand auf der Seite und sah uns zu und lächelte. Billy – der kleine Junge mit den roten Haaren und dem gestreiften Hemd –, er war auch dort. Wir spielten miteinander Nachlaufen. Er sah aus wie ein Junge, den ich an der anderen Schule, der alten, kannte. Ich hatte ihn gern.

Billy hatte mich ebenfalls gern. Deshalb wurde er an diesem Abend auch so wütend. An diesem Abend – es war der Abend, als Billy zu mir nach Hause kam – hat einer von Mutters Männern mir ganz schlimm weh getan. Es war ein kleiner Mann mit einem fettigen Schnurrbart. Er hatte auch so einen seltsamen, fremden Akzent. Er kam an dem Abend und machte, Sie wissen schon, Sex mit meiner Mutter oder wie man das nennt. Aber er konnte ihr nicht die Drogen geben, die sie haben wollte. Er sagte, er wolle auch mit mir etwas tun.

Ich war damals neun. Ich erinnere mich so gut daran, weil der Tag vorher mein Geburtstag gewesen war. Als ich hörte, was der Mann sagte – daß er mich anfassen wolle –, stellte ich mich schlafend. Meine Mutter sagte sogar zu ihm: »Ach, laß sie in Ruhe, sie schläft.« Doch der Mann wollte ihr das Rauschgift nicht geben, und am Ende erlaubte sie es ihm. Er kam herüber und stieß mich an und meinte, ich solle aufwachen. Ich fing an zu weinen. Ich bat meine Mutter, ihn zurückzuhalten, doch sie meinte nur, wie immer, ich solle still sein. Aber der Mann war roh. Er faßte mich nicht nur an. Er steckte dieses Ding in mich, Sie wissen, seinen Penis oder wie man es nennt. Es tat sehr weh. Ich meine, es ist überhaupt nicht toll. Ich denke schon gar nicht mehr daran. Damals jedoch tat es sehr weh, und ich weinte. Aber meine Mutter drehte sich einfach weg. Sie wollte es nicht sehen.

Jedenfalls war das, so glaube ich, der Grund, warum der Heimliche Freund erschien.

Der Mann war mittlerweile weggegangen. Er gab meiner Mutter die Drogen und verschwand. Meine Mutter spritzte sich die Drogen in den Arm, und dann legte sie sich ins Bett, so als wollte sie schlafen. Ich ging ins Bad, um mich zu säubern. Ich ließ die Wanne vollaufen und lag lange darin.

Als ich fertig war, zog ich mein Nachthemd an. Ich hatte nicht mehr solche Schmerzen, aber ich weinte und schniefte noch ein bißchen. Ich kam leise aus dem Badezimmer, damit meine Mutter mich nicht sah. Sie wurde manchmal wütend auf mich und schimpfte, wenn ich weinte oder mich wegen irgend etwas beschwerte.

Wie dem auch sei, ich ging also durch die Tür – und er redete mich an. Ich konnte seine Stimme direkt in meinem Ohr hören.

»Deine Mommy hat etwas Schlimmes getan«, sagte er. Er war wütend. Das hörte ich an der Art, wie er redete.

Ich schüttelte den Kopf. Dann flüsterte ich ihm zu: »Das war nicht Mommy«, erklärte ich ihm. »Sie mußte tun, was der Mann von ihr verlangte. Wegen der Drogen, weil sie die Drogen so dringend braucht.«

Aber der Heimliche Freund sagte: »Deine Mommy ist schlecht. Du mußt sie bestrafen.«

Aber ich sagte: »Nein, nein, Billy.« Denn ich wußte, es war Billy. Ich wußte, daß er da war und das gleiche blau-weiß gestreifte Hemd trug wie immer. Und einen Fußball unter dem Arm hatte. (Manchmal spielten wir in der Sonnenschule Fußball mit den anderen Kindern.) Ich sagte: »Nein, Billy. Mommy kann manchmal auch richtig gut und lieb sein. Wirklich. Das kann sie.«

Aber Billy wollte nicht hören. »Dann werde ich sie bestrafen«, sagte er. »Und dann geht es ihr schlecht, und ihr wird alles noch leid tun.«

Ich konnte nichts machen. Ich schloß die Augen, damit ich es nicht sah, aber nicht einmal das funktionierte. Ich konnte alles mit ansehen. Ich sah, wie Billy zum Bett meiner Mutter ging. Meine Mutter lag dort auf dem Rücken und starrte irgendwie lächelnd zur Decke. Ich sagte: »Billy, bitte, tu's nicht.« Aber Billy hörte nicht. Er ließ den Fußball fallen, und der Ball hüpfte quer durch den Raum von ihm weg. Dann zog er das Kopfkissen unter dem Kopf meiner Mutter hervor. Ich konnte gar nichts machen. »Bitte, Billy!« flehte ich. Er drückte das Kissen auf das Gesicht meiner Mutter. Ganz fest drückte er zu und er – er hielt es dort fest. Meine Mutter versuchte aufzustehen. Sie wollte das Kissen wegstoßen. Ich sah, wie ihre Füße zappelten, wie sich ihr ganzer Körper verdrehte und krümmte. Sie erwischte Billys Arme, und sie schlug und kratzte ihn. Ich dachte, Billy würde loslassen; ich erwartete, daß er nicht gegen sie ankäme. Aber er war so stark, mein Billy – er war so stark. Er hatte so eine Art ... ganz besonderer Kräfte. Meine Mutter konnte nicht aufstehen. Sie wehrte sich zwar, aber sie schaffte es nicht. Und Billy drückte ihr einfach nur das Kissen aufs Gesicht. Er war rasend. Er wollte sie ein für allemal bestrafen. Ich sagte: »Billy!« Aber ich konnte nichts machen.

Dann, nach einer Weile, hörte Mutter auf sich zu wehren. Sie versuchte nicht mehr aufzustehen. Ihre Hände fielen aufs Bett. Sie lag einfach da.

Dann erst ließ Billy sie los. Er schob das Kissen wieder unter meine Mutter. Meine Mutter lag da und hatte den Mund offen. Auch ihre Augen waren geöffnet. Sie sah aus, als starrte sie erstaunt die Decke an.

»Jetzt tut es ihr leid«, sagte Billy.

Danach ging er weg.

Ich kroch in meinen Schlafsack und schlief ein.

Conrads Gesichtsausdruck veränderte sich nicht. Er stützte sich auf die Rückenlehne seines Stuhls. Er studierte Elizabeths Gesicht. Er selbst bemühte sich, sein Gesicht völlig ruhig und entspannt aussehen zu lassen. Er wirkte gleichgültig, aber dennoch mitfühlend, intellektuell distanziert, aber zugleich auch verständnisvoll. Im stillen dachte er: Heiliger Bimbam! Mein Gott! O Jesus, heiliger ... o mein ... Nein!

Sie hatte die ganze Zeit in einem eintönigen Singsang gesprochen. Mit kindlicher Stimme; fast süß hatte es geklungen. Ihre Augen waren dabei groß und leer und unschuldig gewesen. Als sie sagte: »Und dann, nach einer Weile, hörte Mommy auf sich zu wehren«, zuckte sie andeutungsweise die Achseln und zeigte sogar ein nervöses vages Lächeln. Sie schien das Ganze eher für einen ziemlich seltsamen Unfall zu halten, der jemand anderem, Fremdem, zugestoßen war.

Sie legte jetzt den Kopf auf die Seite und sah ihn an. Musterte ihn mit einem Blick, als erwartete sie von ihm eine Bemerkung über das Wetter.

»Ich verstehe«, sagte er leise. O Junge. Mein Gott, Jesus, dachte er. »Und wann sahen Sie den Heimlichen Freund das nächste Mal?«

»Oh, kurz danach«, meinte Elizabeth bereitwillig. »Oder, ich glaube, ein paar Tage später. Er saß in dem Wagen, der zum Friedhof hinausfuhr.«

»Erzählen Sie mir davon«, sagte er. Er versuchte gleichmäßig zu atmen, drückte die Luft mit seinem Bauch hinaus. Er mußte aber nach einer Weile aufhören. Er wurde davon ganz benommen.

(Elizabeth fuhr fort:) Nun, am Vormittag, an dem Vormittag, nachdem ... nachdem Billy da gewesen war, ging ich nach unten, um Katie Robinson zu besuchen. Katie war eine alte farbige Frau, die auf der Etage unter uns wohnte. Sie war immer, wenn ich zu ihr kam, nett zu mir. Ein- oder zweimal gab sie mir sogar einen Dauerlutscher oder ein kleines Spielzeug. Ich klopfte an ihre Tür, und als sie antwortete, sagte ich: »Meine Mutter will nicht aufstehen. Ich glaube, sie ist tot.« Ich erinnere mich, wie Katie Robinson sagte: »O mein Gott.« Dann rief sie die Polizei.

Während sie das tat, lief ich weg. Ich wußte, daß die Polizei mir die Geschichte mit Billy nicht glauben würde. Ich dachte, sie stecken mich ins Gefängnis. Ich rannte hinaus zum Zeitungskiosk und drückte mich bei den Videospielen herum. Ich hatte keinen Vierteldollar, aber ein Junge war da, der gerade Space Invaders spielte. So stand ich da und sah ihm zu, bis er aufhörte und zur Schule ging. Als ich zurückkehrte, standen immer noch Polizeiwagen vor dem Haus, deshalb versteckte ich mich in der Gasse. Es gab nämlich direkt neben dem Haus eine Gasse, wo der Hauswirt das Gerümpel stapelte. Abgesperrt wurde der Platz durch ein Tor, aber ich konnte mich zwischen den Gitterstäben hindurchzwängen. Ich versteckte mich hinter einigen alten Mülltonnen, doch es kam sowieso niemand, der nach mir suchte. Während ich mich dort versteckte, weinte ich manchmal. Das mit meiner Mutter tat mir schrecklich leid.

Es war Frühling, es war warm, ich fand es nicht schlimm, dort draußen zu bleiben. Ich kehrte nicht eher ins Gebäude zurück, als bis es fast tiefe Nacht war. Die Polizei war mittlerweile abgerückt. Ich ging wieder zu Katie Robinson. Sie machte sich große Sorgen. Sie sagte, die Polizei hätte mich überall gesucht. Ich meinte, ich wolle nicht mit der Polizei mitfahren, sie würden mich ins Gefängnis werfen. Aber Katie Robinson lachte und meinte, das wäre doch albern. Sie sagte, sie würden keine kleinen Mädchen ins Gefängnis stecken. Sie sagte, sie würden jemand anderen suchen, der sich um mich kümmern würde. Danach fühlte ich mich etwas besser.

Mittlerweile war ich sehr hungrig geworden. Ich hatte zum Frühstück zwei Orangen aus einem Gemüseladen gestohlen, aber ich hatte seitdem nichts gegessen, und nun war Abendbrotzeit. Katie Robinson ließ mir ein paar von ihren Corn-flakes übrig. Sie sagte, ich könne die Nacht über bei ihr bleiben, und am Morgen würde sie noch einmal die Polizei anrufen. Ich holte meinen Schlafsack von oben aus der Wohnung und brachte ihn zu ihr herunter.

In dieser Nacht, als ich gerade im Begriff war einzuschlafen, fragte ich Katie Robinson: »Wohin haben sie meine Mutter gebracht? Wo ist sie jetzt?«

»Also«, sagte Katie Robinson, »im Augenblick ist sie wahrscheinlich drüben im Bellevue Hospital, in der Leichenhalle dort.«

»Bleibt sie dort für immer?« wollte ich wissen.

»O nein«, antwortete Katie. »Nach einer Weile bringen sie sie sicherlich raus zur Insel. Hart Island heißt sie, und es ist ein wunderschöner Ort, und es gibt dort einen Friedhof für Leute wie uns, die nicht viel Geld für Beerdigungen und so was haben. Die Stelle heißt Potter's Field, und sie veranstalten für deine Mutter eine richtig schöne Beerdigung und betten sie dort zur ewigen Ruhe. Ganz bestimmt.«

»Kann ich hin?« fragte ich sie. Ich wollte die Beerdigung meiner Mutter sehen. Ich wollte ihr sagen, daß es mir leid täte, was Billy getan hatte, und ich wollte ihr Lebewohl sagen. Aber Katie Robinson erklärte, eigentlich dürften keine Leute nach Hart Island. Da war ich wieder ganz traurig. In dieser Nacht, als ich eigentlich schlafen sollte, war ich wach und weinte. Ich hatte Angst, daß meine Mutter glaubte, ich hätte ihr das angetan, und daß sie es jedem im Himmel erzählen würde. Ich wollte ihr das mit Billy erklären, nämlich daß ich ihn nicht hatte aufhalten können.

Am nächsten Morgen, ehe Katie Robinson aufwachte, kroch ich leise aus meinem Schlafsack und schlich mich weg. Ich wußte, wie das Bellevue aussah, denn meine Mutter war einmal dort gewesen. Sie hatte damals ganz schlimm geblutet. Sie wissen schon, ihr Frauenbluten. Es war ihre Periode, oder wie man das nennt. Jedenfalls wußte ich noch, wie das Bellevue aussah. Daher brauchte ich nur Mr. Garcia im Gemüseladen zu fragen, in welcher Richtung es sich befand, und dann würde ich schon hinkommen. Es war direkt auf der First Avenue, der breiten großen Straße, die an der Schnellstraße und am Fluß vorbeiführt.

Es war ein weiter Weg zu Fuß, doch es war noch immer ziemlich früh, als ich das Krankenhaus erreichte. Es war kein besonders schönes Gebäude. Es war groß und schmutzig; braun und dunkel und richtig gespenstisch. Ich war schließlich noch ein kleines Kind, wissen Sie, und für mich sah es aus wie ein riesiges Monster, das im Gras kauert. Die Leichenhalle lag etwas abseits und hinter dem Hauptbau. Es war ein moderneres Gebäude, nur ein Kasten aus Glas und grünen Steinen.

Vor dem Eingang befand sich ein Parkplatz. Ich überquerte ihn. Ich wollte hineingehen und fragen, wo meine Mutter wäre. Aber während ich über den Parkplatz ging, hörte ich jemanden, einen Mann, etwas über Hart Island erzählen. »Schon wieder eine Ladung für die Insel«, sagte er. Die Stimme kam von hinter dem Gebäude.

Ich ging zur Hausecke. Ich schlich mich heran und warf einen vorsichtigen Blick dahinter. Ein weißer Wagen parkte dort, ein kleiner weißer Wagen mit einem Kastenaufbau hinten – ein Lieferwagen, und auf der Seite stand ›Bellevue Hospital‹. Der Wagen stand mit der Rückseite vor dem Gebäude, und zwar genau vor einer Stahltür. Die Tür war offen, und auch die Hecktür des Lieferwagens war geöffnet. Ich konnte immer noch die Stimmen der Männer hören. Sie erklangen im Innern des Gebäudes. Dann, eine Sekunde später, kamen die Männer heraus.

Sie waren zu zweit. Einer trug nur blaue Sachen, erinnere ich mich; ein blaues Arbeitshemd und Jeans. Der andere trug ein kariertes Hemd. Sie kamen durch die Stahltür. Sie trugen eine Kiste. Ich wußte sofort, daß es ein Sarg war.

Sie hoben die Kiste in den Wagen. Dann meinte der Mann in Blau: »Das ist der letzte, Mike. Komm noch mit rein zum Unterschreiben, und dann kannst du losfahren.« Die beiden Männer kehrten durch die Tür ins Gebäude zurück.

Ich wußte, was im Gange war – das heißt, ich konnte es erraten. Sie brachten die Armen hinaus nach Hart Island, um sie dort zu begraben. Ich dachte auch, daß meine Mutter sicherlich in dem Lieferwagen war. Während ich an der Ecke stand und auf den Platz hinter der Leichenhalle schaute, wurde ich plötzlich furchtbar aufgeregt. Mein Herz begann heftig zu schlagen. Ich hatte das Gefühl, als würde ich gleich irgend etwas tun.

Zuerst rührte ich mich nicht. Ich hatte zuviel Angst. Ich wußte, daß die beiden Männer jeden Moment wieder herauskommen würden. Ich wollte mich eigentlich überhaupt nicht bewegen. Doch dann, sehr leise, hörte ich, wie jemand mich rief. »Elizabeth.« Genau so: sehr leise. Es kam aus dem Lieferwagen.

Ich hatte keine Zeit zum Nachdenken. Ich rannte los, so schnell ich konnte. Der Lieferwagen war viel zu hoch für mich, aber ich war so aufgeregt, daß ich nach der Kante der Ladefläche faßte und einfach hineinsprang. Etwa ein Dutzend Kisten standen dort. Särge. Ich schaute mich um. Aber ich sah niemanden. Ich hörte auch die Stimme nicht mehr.

Dann tauchten die Männer wieder auf. Ich sah einen von ihnen – den in dem karierten Hemd – zum Tor der Leichenhalle kommen. Er wandte sich halb um, blickte über die Schulter und winkte. »Bis später, Lou«, rief er. Ich stand dort wie erstarrt und blickte ihn an.

Aber dann hörte ich die Stimme wieder. »Elizabeth.« Das war alles, was sie sagte. So leise. Aber irgendwie wußte ich, was ich tun sollte. Ich duckte mich, versteckte mich hinter zwei Kisten, die aufeinandergestapelt worden waren. Ich hörte die Schritte des Mannes auf dem Parkplatz näherkommen, zurück zum Lieferwagen. Dann hörte ich das Poltern der Hecktür. Im Lastwagen wurde es dunkel. Ich wollte aufspringen, wollte ihm etwas zurufen: »Warten Sie, ich bin noch hier drin!« Aber ich tat es nicht. Ich konnte nicht. Ich weiß auch nicht warum.

Und die Tür schloß sich endgültig. Und es war stockfinster. Nur die Kisten waren noch da. Es war unheimlich.

Ich erinnere mich, daß ich einmal etwas rief. Ich versuchte es zumindest. Ich sagte nur: »Hilfe. Hilfe. Ich bin noch hier drin.« Aber in diesem Moment wurde der Motor angelassen. Er war sehr laut, und ich glaube nicht, daß irgend jemand mich hätte hören können. Ich wollte gegen die Rückwand trommeln, aber vor der waren die Kisten aufgestapelt. Und denen wollte ich nicht zu nahe kommen. Der Wagen setzte sich in Bewegung. Ich ließ mich auf der Ladefläche nieder. Ich weinte. Ich raufte mir die Haare und schluchzte: »Mommy. Mommy. Mommy …«

Das Unheimlichste daran damals war, daß ich nichts sehen konnte. Ich wußte, daß die Kisten direkt neben mir standen, aber ich konnte sie nicht erkennen. Ich konnte auch nicht sehen, was mit ihnen geschah. Ich glaube, ich meine … ob sie noch alle geschlossen waren. Ich hatte Angst, daß irgendwer heraussteigen würde. Sie waren ja nur aus Holz, einfach zusammengehämmert und mit zwei Brettern oben verschlossen. Es wäre einfach gewesen, die Bretter wegzustoßen. Für jemanden, der darin lag, wäre es ein Leichtes gewesen, herauszusteigen. Sogar für meine Mutter. Meine Mutter könnte durchaus aus einer der Kisten kommen. Vielleicht wäre sie böse mit mir. Sie dachte sicherlich, daß ich ein schlimmes Kind bin. Und es war einfach zu dunkel, um sie zu sehen, ehe sie direkt bei mir war, mir ihr totes Gesicht zeigte und grinste. Ich schrie und weinte. Ich flüsterte: »Bitte, bitte, bitte.«

Dann begann ich ein wenig besser zu sehen. Schatten. Formen. Umrisse. Ich konnte die Kisten erkennen, etwa ein Dutzend, vielleicht auch fünfzehn, die vor und hinter mir an den Seitenwänden des Lieferwagens aufgeschichtet waren. Einige waren sehr klein. Ich meine, nicht größer als Zigarrenkisten. Ich drehte mich hin und her, betrachtete sie und achtete darauf, daß keine sich bewegte oder gar öffnete. Ich weinte noch immer. Mein Gesicht war ganz naß, und Rotz lief mir aus der Nase in den Mund.

Und dann flüsterte jemand direkt in mein Ohr: »Elizabeth.«

Ich schrie auf und wirbelte herum. Ich konnte sie in der Dunkelheit nicht sehen, aber ich wußte, daß sie da war, daß sie direkt neben mir saß. Mommy. Meine Mommy. Sei mir nicht böse, Mommy, ich war es nicht, es war Billy. Das war es, was ich sagte. Aber Mommy sagte nichts mehr. Sie saß nur da, in der Dunkelheit unsichtbar. Und ich konnte spüren, wie sie mich anstarrte.

Ich wich zurück, drückte mich mit dem Rücken gegen die Särge. O Mommy, bitte ...

»Elizabeth.« Sie flüsterte wieder meinen Namen. »Elizabeth.«

Ich drehte mich in einem fort hin und her, versuchte sie zu finden. Ich wußte, daß sie da war. Ihr Haar umwehte ihr Gesicht wie Seetang. Ihre Augen waren wie Glas und starrten mich ständig an. Ich wußte es. Sie lächelte. Es war ein weiches, verträumtes Lächeln. Ich konnte nichts sagen. Ich wischte mit dem Ärmel meine Nase ab und erschauerte. Mein ganzer Körper zitterte, und meine Zähne schlugen klappernd aufeinander.

Doch dann – geschah etwas. Mommy – meine Mutter – veränderte sich. Ihre Stimme wurde anders, der Klang. Plötzlich war da ein ... Unterschied. Sie klang nun eher wie in der Sonnenschule. Wenn sie neben dem Schulhof stand und den Kindern beim Spielen zusah und ihnen manchmal etwas zurief. Ich meine, sie war freundlich. Ihre Stimme klang richtig lieb, und sie sagte: »Hab keine Angst, Elizabeth. Ich bin es. Ich bin hier.«

Und es war seltsam. Also es war schon komisch. Sie war es, es war ihre Stimme. Aber es war auch wie – es war auch

Billys Stimme, die ich hörte. Sie kam von der gleichen Stelle. Es war so, als spräche eine Person in meinem Kopf mit unterschiedlichen Stimmen, direkt in meinem Ohr. Und die Stimme sagte, meine Mutter sagte, sie sagte unheimlich freundlich: »Hab keine Angst, Elizabeth. Mach dir keine Sorgen. Du bist nicht mehr allein. Ich bin da. Ich bin dein Freund. Von jetzt an. Ich bin dein heimlicher Freund.«

Danach fühlte ich mich besser, ein wenig. Ich saß in dem dunklen Lastwagen und hatte nicht mehr soviel Angst. Nach einer Weile kroch ich herum – kroch von einem Fleck zum anderen, während der Wagenboden unter mir bockte und hüpfte. Ich kroch umher und betrachtete die Kisten etwas genauer. Jede trug einen weißen Zettel, der am Ende aufgeklebt war. Auf dem Zettel standen ein Name und eine Nummer, und es war Platz gelassen für das Alter der Person und für ihre Religion. Ich las alle Zettel und suchte den Namen meiner Mutter, aber ich konnte ihn nicht finden. Zuerst dachte ich, daß sie vielleicht gar nicht da war und daß Katie Robinson sich geirrt hatte, als sie mir erzählte, was sie mit ihr machen würden.

Aber dann – dann sah ich eine Kiste – mit der Aufschrift UNIDENTIFIZIERTE WEISSE FRAUENLEICHE. Ich sehe es noch immer ganz deutlich in meinem Geist: den Namen und die Nummer daneben und dann die Fragezeichen in den Sparten für Alter und Religion. Ich begriff, daß dies die Gesuchte war. Sie konnten ihren Namen nicht kennen, weil ich nicht dagewesen war, um ihn zu nennen. Also mußte in dieser Kiste meine Mutter liegen, und sie brachten sie nun weg, um sie zu begraben.

Ich legte meinen Kopf auf den Sargdeckel. Ich preßte die Wange gegen das rauhe Holz. Der Lastwagen schaukelte dahin, und ich umarmte die Kiste. Und die Stimme sprach zu mir aus dieser Kiste.

»Ich bin bei dir, Elizabeth«, sagte sie. »Ich bin noch immer bei dir. Ich bin noch hier drin.«

Allmächtiger Gott, dachte Conrad. Er nickte mitfühlend.

Das Mädchen hatte die Arme um sich geschlungen und wiegte sich sanft und lächelte. »Ich bin bei dir«, murmelte sie wieder. Immer noch rannen ihr die Tränen über die Wangen. »Ich bin immer bei dir.«

Conrad wartete einen Moment, bis ihr Kinn auf ihre Brust sank und ihre Tränen versiegten. Dann fragte er: »Und was geschah dann?«

Langsam hob Elizabeth den Blick. Sie trocknete ihre Wangen mit der Handfläche ab. Dann atmete sie zischend aus. »Ach ja ... Wir sind gefahren und gefahren. Es schien sehr lange zu dauern«, erzählte sie. »Dann hörte ich polternde Geräusche und Stimmen ... Ich glaube, wir waren auf einem Schiff, auf der Fähre, mit der man auf die Insel gelangt. Schließlich öffnete der Mann in dem karierten Hemd die Hecktür. Das Licht war so hell. Ich mußte mir die Hände vor die Augen halten. Und der Mann – er fing einfach an zu schreien. ›O Jesus! Heilige Muttergottes! O Gott! O Gott!‹ Ich glaube, er hielt mich für ein Gespenst.«

Darüber lachte Elizabeth. Ein seltsam normaler Laut. Ihre Wangen röteten sich mit dem Lachen. Ihr Haar wellte sich und geriet in Schwingung, als sie ihren Kopf nach hinten warf. Wie er sie beobachtete, spürte Conrad die Reaktionen seines Körpers. Es versetzte ihm einen Stich, als er diesen kurzen Eindruck von der Frau gewann, die sie hätte sein können.

Ich bin noch hier drin.

Sie fuhr fort. »Andere Männer kamen herübergerannt. Einer von ihnen, ein Weißer, kletterte auf den Lastwagen und holte mich vorsichtig herunter.

Wir befanden uns auf einem Schuttplatz am Ende eines alten Piers. Das Wasser erstreckte sich hinter mir und vor mir, und durch die Bäume konnte ich in einiger Entfernung ein paar graue Baracken erkennen, die von einem dichten Stacheldrahtzaun umgeben waren.

Da waren weitere Männer, die sich herandrängten – vorwiegend schwarze Männer in dunkelgrüner Kleidung. Und dann waren da auch ein paar weiße Männer, nur trugen die weiße Hemden und blaue Hosen. Die weißen Männer hatten außerdem Abzeichen an ihren Hemden, und an den Hüften trugen sie Halfter mit schweren Waffen.

Alle Männer veranstalteten einen großen Wirbel um mich. Es waren Gefangene – die Männer in den grünen Anzügen, meine ich –; sie waren Häftlinge aus einem der Stadtgefängnisse. Sie waren die Männer, die auf dem Friedhof arbeiteten. Sie waren es auch, die die Leichen der Armen begruben. Die anderen Männer, die mit den Waffen, waren ihre Wächter.

Ich erzählte den Männern, daß ich mitgekommen war, um bei der Beerdigung meiner Mutter dabei zu sein. Ich erklärte, daß sie in der Kiste mit der Aufschrift ›unidentifizierte weiße Frauenleiche‹ läge, und ich nannte ihnen die Nummer der Kiste; ich hatte sie während der Fahrt so oft gelesen, daß ich sie auswendig kannte. Die Männer sahen sich gegenseitig an. Ein Mann – dieser kleine Weiße mit einem kugelrunden Kopf und einem seltsam aussehenden Auge –, ich glaube, er war der Mann, der den Oberbefehl hatte. Sein Name lautete Eddie. Er übergab mich einem der anderen Wächter und kletterte auf den Lastwagen, auf dem er sich für einige Zeit allein aufhielt. Als er wieder herunterstieg, ergriff er meine Hand und führte mich zu einem Baum am Rand des Platzes. Er forderte mich auf, mich hinzusetzen und zu warten.

Ich saß da und schaute zu, wie die Gefangenen den Lastwagen ausluden. Sie hoben die großen Kisten zuerst herunter, dann die kleinen, die so groß wie Kartons waren. Eddie schrieb Namen und Nummern auf die Seitenfläche jedes Sarges. Dann luden die Gefangenen sie auf einen anderen Lastwagen, einen Kipper, und sie fuhren damit eine schmale Asphaltstraße hinunter. Ich wartete unter dem Baum. Einer der Wächter blieb bei mir.

Nach einer Weile kam Eddie mit dem Kipper zurück. Er half mir, ins Führerhaus zu steigen, und fuhr mit mir ebenfalls die Asphaltstraße hinunter. Auf der einen Seite der Straße befand sich das Ufer, ein steiniger Strand, der vom Wasser überspült wurde. Auf der anderen Seite, dort wo die Insel war, standen nur Bäume, grüne Bäume mit dicken Stämmen, die umwuchert wurden von Sträuchern und Unkraut und Schlingpflanzen. Manchmal sah ich hinüber und erkannte ganz hinten Gebäude, alte Ziegelbauten, die von den Bäumen abgeschirmt wurden. Sie waren verlassen. In den Fensterrahmen hingen vereinzelt noch Reste der Scheiben. Sie waren wie tote Augen, die durch die Äste zu mir herüberschauten.

Und dann waren die Bäume verschwunden. Wir gelangten auf ein freies Feld. Und ich erblickte einen Graben.

Es war eine längliche Grube mit einem Wall aus Erde und Unkraut auf der einen Seite. Sämtliche Särge waren hineingehievt worden. Man hatte sie aufeinandergestapelt, und zwar immer zu dritt. Eddie erklärte mir, sie hätten die Kiste mit meiner Mutter zuoberst gestellt, so daß ich sie sehen konnte. Er stand neben mir und hielt meine Hand fest, und wir schauten zu, wie sie die Särge mit Erde zudeckten.«

Ein Bild entstand in Conrads Geist: eine Erinnerung an seinen Traum. Für nur eine einzige Sekunde sah er das Lächeln des trauernden Engels wieder. Er sah, wie der Sarg sich öffnete. Er rieb sich die Augen und vertrieb das Bild.

Elizabeth fuhr fort: »Eddie sagte ein paar Dinge. Ein Gebet, glaube ich. Er bat Gott, gut für meine Mutter zu sorgen, denn ich müßte sie sehr geliebt haben, wie er meinte, da ich den weiten Weg nach Hart Island herausgekommen war.

Und während er redete, schaute ich auf den Sarg meiner Mutter. Und ich dachte ... ich dachte, daß ich froh war. Ich war froh, daß Billy getan hatte, was er für nötig gehalten hatte. Denn jetzt, wissen Sie, jetzt war Mutter richtig nett. Jetzt war Mutter meine heimliche Freundin. Nicht so wie vorher, als da Männer und Drogen waren und als sie so böse war. Nun war sie nett. Sie wäre nun für immer nett und freundlich. Verstehen Sie?«

Sie nickte ernst. Sie fixierte ihn. Sie beugte sich auf ihrem Stuhl zu ihm hinüber, als wollte sie ihm ein großes Geheimnis mitteilen. »Deshalb wurde der Heimliche Freund so wütend«, flüsterte sie. »Verstehen Sie? So, wie sie jetzt ist, ist meine Mutter viel besser. Und wenn sie zurückkäme, dann wäre sie vielleicht wieder schlecht und böse. Das muß auch der Grund gewesen sein, warum er diesen Mann, diesen Robert Rostoff, mit dem Messer angriff. Deshalb erstach er ihn ... und schnitt ihn – zerschnitt seine Augen und seinen Hals und seine Brust; sein Gesicht und seinen Bauch und sein Ding und ...« Sie verstummte. Luft entwich zischend ihrem Mund.

»Ich glaube ...« Conrad mußte sich räuspern. Er sagte: »Ich glaube, das ist für heute genug.«

Guten Morgen, Dr. Conrad

»Ich muß es dir ganz ehrlich gestehen: ich weiß keine Antworten.«

Es war mittlerweile Freitag abend. Conrad saß wieder auf dem, was er mittlerweile den Thron der Qualen getauft hatte. Irgendwie hatte Sachs es geschafft, ihn erneut hineinzubugsieren. Die gekrümmte Oberkante zerschnitt seine Schulterblätter. Der Holzsitz peinigte seine Oberschenkel wie ein ganzes Volk roter Ameisen. Conrad rutschte von einer Seite auf die andere, als führte er einen Tanz im Sitzen auf.

Auf der anderen Seite des Schreibtisches, ihm gegenüber, nickte Sachs ständig mit seinem mächtigen kahlen Schädel. Fast so, als höre er tatsächlich zu, dachte Conrad.

»Zuerst, bei dir, wollte sie überhaupt nicht reden«, fuhr Conrad fort. »Und dann, plötzlich, in zwei Sitzungen, erzählt sie mir alles. Sie schildert mir ihre gesamte Herkunft – ziemlich schizo das Ganze, aber auf seine eigene Art und Weise schlüssig und einleuchtend. Ich ... ich weiß nicht, was davon alles stimmt, wieviel ihrer Phantasie entspringt – und wieviel, wenn überhaupt etwas, bloß zusammenphantasiert ist, um nicht ins Gefängnis gehen zu müssen. Ich meine ...« Er seufzte. »Sieh mal, Jerry. Betrachtet man die Vorgeschichte, dann scheint die Diagnose einer paranoiden Schizophrenie unausweichlich zu sein. Aber wieviel an der Geschichte über ihre Mutter den Tatsachen entspricht ...« Er zuckte die Achseln. »Da hänge ich fest. Und hier habe ich nur eine vage Vermutung anzubieten, nämlich daß Elizabeth durch den Tod ihrer Mutter ein schweres Trauma erlitt, welches wiederum zu einem ersten frühen Ausbruch der Krankheit führte. Was die Episode angeht, daß sie zusammen mit dem Sarg ihrer Mutter in einem Lastwagen eingeschlossen wurde – nun, das klingt sehr stark nach Phantasie, aber ... Ich kann dazu nur bemerken, daß es eine Erklärung für ihre Fixationen darstellen kann. Sie objektiviert ihre eigene Sexualität mit Hilfe der Leiche ihrer Mutter. Und sie betrachtet jeden Versuch, ihre Sexualität zu wecken, als eine Exhumierung der Leiche ihrer Mutter – ein Komplott, ihre Mutter aus der Erde hervorzuholen. Und das wiederum scheint ihre Wut über die Weigerung ihrer Mutter anzustacheln, sie vor den Mißhandlungen und Schändungen und Vergewaltigungen zu bewahren – und so drückt ihre Wut sich darin aus, daß sie ihren toten Elter wieder auferstehen läßt, damit er die Beschützerrolle spielt: als den Heimlichen Freund.«

Sachs nickte wieder ernst. Er nahm die Brille, die er auf den Kopf geschoben hatte, herunter und gestikulierte damit. Conrad verlagerte sein schmerzendes Gesäß und seinen verspannten Rücken und betete insgeheim um ein baldiges Ende.

»Nun, der wesentliche Punkt ist in diesem Fall, ob sie fähig ist, einen Prozeß durchzustehen«, sagte Sachs. »Ist ihr Gedächtnis in Ordnung?«

»Ja, das scheint hervorragend zu sein. Ich habe sie Geschichten nacherzählen lassen, und die Details sind stets die gleichen. Aber ihre Erregung ist völlig fehl am Platze, ist total unverhältnismäßig; ihr kommen die paranoiden Zwangsvorstellungen geradezu aus den Ohren ...«

Sachs lehnte sich in seinem Sessel nach vorn. »Kann sie zu ihrer eigenen Verteidigung etwas beitragen, Nathan?«

Conrad wollte darauf eine Antwort geben, doch irgend etwas in Sachs' Haltung – sein Eifer, seine Gespanntheit – ließ ihn zögern. Dann, endlich, sagte er: »Nein. Verdammt noch mal, nein. Sie ist akut schizophren, Jerry. Paranoid und schizophren. So lautet meine Diagnose. Nein, was einen Prozeß angeht.«

»Und das würdest du bezeugen?«

Erneut zögerte Conrad. Doch dann sagte er: »Ja. Ja, sicher würde ich das. Es ist meine Meinung, daß sie nicht vor Gericht gestellt werden kann. Unmöglich.«

Das war offensichtlich die Antwort, die der Direktor von Impellitteri sich gewünscht hatte. Er lehnte sich in seinem hohen – und weichen – Sessel zurück. Er schob die Brille wieder auf seinen voluminösen Schädel. Dann verschränkte er die Hände auf seinem voluminösen Bauch. Ein rosiges Lächeln spielte um die Winkel seines breiten Mundes.

»Gut«, sagte er. »Gut.«

Conrad konnte es nicht mehr ertragen. Er stand auf. Er atmete aus, während das Blut in seine gepeinigte Rückseite strömte. »Nun ... ich muß jetzt gehen, aber ...«

Sachs sprang regelrecht auf die Füße. Er streckte ihm eine mächtige Hand entgegen. »Schön, hervorragende Arbeit, Nate«, sagte er. »Der große Nate, so werden wir dich in Zukunft immer nennen.« Conrad krümmte sich, als seine eigene Hand in der riesigen Tatze beinahe zerquetscht wurde. »Das Tolle an der ganzen Sache ist, daß die Kleine tatsächlich Vertrauen zu dir gefaßt hat, nicht wahr? Sie redet jetzt sogar ab und zu mit den Pflegern. Sie nimmt ihre Medikamente, und sie ißt auch ausreichend. Als nächstes hast du es noch mit einer kleinen romantischen Transferenzneurose zu tun, und dann bist du wirklich ein Glückspilz.« Er lachte und schlug Conrad auf den Arm. »Sie ist ein hübsches Ding, Nate«, sagte er grinsend.

Ehe Conrad darauf etwas erwidern konnte, hatte Sachs ihm schon seinen massigen Arm um die Schultern gelegt und steuerte ihn schnell zur Tür.

Als nächstes hast du es noch mit einer kleinen romantischen Transferenzneurose zu tun, und dann bist du wirklich ein Glückspilz. Sie ist ein hübsches Ding, Nate.

Mein Gott, dachte Conrad, dieser Mann ist unerträglich.

Er lenkte den kleinen Corsica über die Brücke der Neunundfünfzigsten Straße und fuhr zurück nach Manhattan. Die dichtgedrängten Wolkenkratzer von Midtown erstrahlten vor ihm in der hereinbrechenden Dunkelheit. Andere Fahrzeuge überholten ihn, wischten an seinem offenen Seitenfenster vorbei.

Eine kleine romantische Transferenzneurose ...

Mein Gott.

Er ließ sich mit dem Verkehr mittreiben. Dabei hielt er sich vorwiegend auf der rechten Spur. Er beobachtete die Rücklichter der anderen Fahrzeuge, die vor ihm hin und her schwangen. Die kalte Herbstluft fächelte über sein Gesicht. Er dachte an Elizabeth.

Er hatte sich in dieser Woche jeden Tag mit ihr unterhalten. Am Dienstag hatte er erneut seine Tagestermine umgeschichtet, um sie aufzusuchen. Desgleichen am Donnerstag. Er hatte zugehört, wie Elizabeth von ihrer Kindheit erzählte. Von Waisenhäusern und Pflegeheimen. Von streitsüchtigen Kindern, die sie hänselten und schlugen. Und von den Stimmen, die zu ihr sprachen, während niemand sonst sie hören konnte.

Er hatte gelauscht, wie sie vom Heimlichen Freund erzählte, von den Dingen, die der Heimliche Freund getan hatte.

Da war zum Beispiel der Vorfall im Children's Center von

Manhattan. Elizabeth war dort sehr einsam gewesen, genauso wie sie es von ihrem Zuhause kannte. Sie hatte sich flüsternd mit Billy unterhalten, dem rothaarigen Jungen aus ihrer eingebildeten Sonnenschule. Billy war, genauso wie sie, älter geworden. Seine Persönlichkeit hatte sich jedoch nicht entscheidend verändert.

Es gab da ein farbiges Mädchen im Heim, das Elizabeth ständig zugesetzt hatte – jedenfalls erzählte Elizabeth es so. Das farbige Mädchen hatte Elizabeth gezwungen, irgendwelche Arbeiten für sie auszuführen, und sie hatte etwas von ihrem Essen gestohlen. Eines Tages hatte das schwarze Mädchen von Elizabeth verlangt, sich »betatschen« zu lassen. Das hatte Billy – den Heimlichen Freund – in Rage gebracht. Billy entwendete aus der Cafeteria ein Messer. Er griff an diesem Abend das farbige Mädchen an und schlitzte ihm die Wange auf. Damals war Elizabeth elf Jahre alt. Laut den Berichten in den Akten waren vier männliche Wärter nötig, um sie niederzuringen und ihr das Messer aus der Hand zu nehmen.

Ein anderes Mal hatte einer der Wärter versucht, nachts zu Elizabeth ins Bett zu kriechen. Elizabeth erzählte, daß der Heimliche Freund sich in einen Löwen verwandelt und ihn verprügelt hätte. Als man den Löwen endlich hatte bändigen können, war das Gesicht des Wärters nur noch eine blutige Fläche. In den Heimberichten stand, daß zwischen Elizabeths Zähnen Partikel von seinem Fleisch gefunden wurden.

Was dann den holländischen Matrosen betraf, so war Elizabeths verstorbene Mutter zurückgekehrt, um ihm eine Lektion zu erteilen.

Sie brach ihm beide Arme und zertrampelte einen seiner Hoden zu Brei. Drei Polizisten waren nötig, um sie von dem Burschen zu trennen.

Conrad hatte sich all diese Geschichten angehört. Er hatte einige Zeit damit verbracht, über sie nachzudenken und die Akten der jungen Frau zu lesen. Er hatte versucht, die Wirklichkeit von den Wahnvorstellungen und Halluzinationen zu trennen. Aber seine Gedanken waren abgeirrt. Immer wieder dachte er an andere Dinge. Er hörte den Klang von Elizabeths Stimme. Sah sie manchmal vor sich.

Sie wurde in seiner Gegenwart jetzt etwas lebhafter. Sie redete nicht mehr in jenem monotonen Singsang. Gelegentlich benutzte sie auch ihre rauchige Flüsterstimme. Und manchmal lachte sie auch. Und wenn sie lachte, dann bekamen ihre weißen Wangen einen rosigen Hauch, und ihre grünen Augen glitzerten. Der Klang ihrer Stimme und ihr Aussehen in solchen Momenten raubten ihm fast den Atem.

Sie ist ein hübsches Ding, Nate.

Jedesmal, wenn er zu Impellitteri fuhr, hoffte er, sie so zu hören und zu sehen: murmelnd, lachend.

Dann bist du ein Glückspilz.

Und er hatte wiederum von ihr geträumt. Mittwoch nacht. Er hatte geträumt, sie stünde im Eingang eines Hauses. Sie hatte ihm gewunken, und er war auf sie zugegangen. Während er sich näherte, stellte er fest, daß es sich um das Haus handelte, in dem er aufgewachsen war. Er wußte, daß sich in dem Haus etwas Furchtbares befand, doch er hatte seinen Weg fortgesetzt. Sie verschwand im Innern, und er wußte, daß er ihr folgen mußte. Doch ehe er die Tür erreichte, wachte er auf. Sein Herz raste. Sein Kissen war schweißdurchtränkt.

Dann, am Tag darauf, Donnerstag, gestern, hatte er eine Vision. Er war hellwach gewesen, als es geschah. Er unterhielt sich gerade mit einer Patientin: Julia Walcott. Julia saß im Sessel und sprach über die Amputation ihres Beins. Conrad atmete ruhig und gleichmäßig und konzentrierte sich ausschließlich auf ihre Worte. Und dann glitt er ab. Er dachte an Elizabeth. Er stellte sich vor, wie sie nackt auf einem Bett lag. Ihre weißen Arme streckten sich ihm entgegen. Sie war ihm dankbar, daß er sie geheilt hatte. Sie wollte ihm ihre Dankbarkeit beweisen. »Willst du mich nicht anfassen?« flüsterte sie. Conrad hatte Mühe, seine Gedanken wieder auf Mrs. Walcott zu konzentrieren.

Und nun, in seinem Wagen, rutschte er in seinem Sitz unbehaglich hin und her. Wie er sich an diese Vision erinnerte, bekam er eine Erektion.

Der Corsica verließ die Brücke und fädelte sich in den dichten Verkehrsstrom auf der Second Avenue ein. Conrad schaltete schnell das Radio an. Während er das letzte Stück seines Heimwegs zurücklegte, hörte er die Nachrichten.

Als Conrad die Wohnung betrat, fand er Agatha am Tisch im Eßzimmer sitzen. Sie war vornübergebeugt, und ihr schien es nicht sehr gut zu gehen. Ihr braunes Haar hing herab. Sie hatte den Kopf in ihre Hände gelegt.

»Maa-mii ...« Ein jammernder leiser Ruf drang durch die Kinderzimmerwand hinter ihr.

»Liebling, schlaf ein«, sagte Agatha. Sie preßte es zwischen zusammengebissenen Zähnen hervor.

»Aber ich kann nicht schlafen«, antwortete Jessica weinerlich.

»Dann mach die Augen zu und liege ganz still«, meinte Aggie nun etwas sanfter. Diese Geduld klang durchaus überzeugend, dachte Conrad.

Conrad schloß die Tür. Agatha blickte auf und sah ihn an. »Oh, Gott sei Dank, die Kavallerie ist da«, sagte sie. Conrad brachte ein Lächeln zustande. »Würdest du bitte reingehen und unser Kind umbringen? Was du gerade erlebst, dauert bereits anderthalb Stunden.«

Conrad nickte müde. Er stellte den Aktenkoffer ab und verschwand in Jessicas Zimmer.

Das Kinderzimmer war Agathas Meisterstück. Sie hatte es wunderschön ausgemalt. Die Wände waren himmelblau. Auf eine Wand hatte sie einen Regenbogen gemalt, auf die andere einen Palast aus Glas. Rundum waren Wolken und Einhörner zu sehen. Zur Decke hin wurden die Wände dunkler. Die Decke selbst war schwarz. Sie war übersät mit Sternen und den schwachen, geisterhaften Umrissen ferner Himmelskonstellationen.

Unter diesen Sternen lag Jessica. Sie befand sich in ihrem Hochbett, das etwa Conrads Kinnhöhe erreichte. Als er das Zimmer betrat, lag seine Tochter auf der Seite und hatte die Beine angezogen. Ihre Bibo-Decke lag als Bündel vor ihren Füßen. Sie trug ein pinkfarbenes Nachthemd und hielt eine ebenfalls pinkfarbene Stoffschildkröte unter dem Arm. Es war ihr Lieblingstier und hieß, wie Conrad sich entsinnen konnte, Moe. Jessica hielt Moe ganz fest. Sie machte ein finsteres Gesicht. Tränen glänzten in ihren Wimpern.

»Hallo, Daddy«, sagte sie klagend.

Nun mußte Conrad gegen seinen Willen lächeln. Er zog Jessicas Bibo-Decke hoch und drapierte sie unter ihrem Kinn. Er gab ihr einen zärtlichen Kuß auf die Stirn.

»Was macht denn dieses kleine wache Kind in meinem Haus?« flüsterte er.

»Ich kann nicht schlafen.«

»Also, weißt du, wir müssen morgen schon ganz früh aufstehen. Wir wollen nämlich einen Ausflug machen. Aufs Land fahren und uns ansehen, wie die Blätter an den Bäumen sich bunt färben.«

»Ich weiß. Aber ich habe Angst«, sagte Jessica.

»Wovor hast du denn Angst?«

Sie schniefte mitleiderregend. »Ich habe Angst vor Frankensteins«, sagte sie. »Auf dem Disneykanal gab es ein Halloweenprogramm, und da kamen Frankensteins vor, und jetzt habe ich Angst vor ihnen.«

»A-ha«, sagte Conrad.

»Und Mommy hat mir schon erzählt, daß es im richtigen Leben gar keine Frankensteins gibt. Aber im richtigen Leben habe ich auch keine Angst vor ihnen.«

»Oh. Und wo hast du vor ihnen Angst?«

»In meinen Gedanken.«

»Aha.«

Eine einzelne Träne sickerte aus dem Auge des Mädchens. Sie perlte über ihre Nase und wurde von der dicken Plüschhaut Moes aufgesogen. »Mommy sagt, sie sind nur in meinen Gedanken. Und wenn ich die Augen zumache, dann kann ich sie dort sehen. Und davor habe ich Angst.«

Für einen Moment konnte Conrad sie nur ansehen und nicken.

»Donnerwetter«, sagte er schließlich. »Das ist aber eine ganz schwierige Sache.«

»Ich weiß. Und ich kann nicht schlafen.«

»Hmm.« Conrad kratzte sich nachdenklich am Kinn. »Wie wäre es, wenn ich dir ein Lied vorsinge?«

»Du kannst nicht singen, Daddy.«

»Ach ja, das hatte ich vergessen. Na schön. Laß mich mal überlegen.« Er kratzte sich wieder am Kinn. Seine Tochter beobachtete ihn ernst. Moe schluckte eine weitere Träne. »In Ordnung«, sagte Conrad schließlich. »Ich hab's. Wir verjagen die Monster.«

Jessica schniefte. »Wie kannst du Monster verjagen, die es nur in meinen Gedanken gibt?«

»Das ist sehr einfach«, sagte Conrad, »aber es kostet dich hundertfünfundzwanzig Dollar die Stunde, okay?«

»Okay.«

»Gut, dann mach jetzt die Augen zu.«

»Aber dann sehe ich doch die Monster.«

»Sicher, aber du mußt doch die Monster sehen, wenn du sie verjagen willst, oder?«

Sie nickte. Und schloß die Augen.

»Siehst du sie?« fragte Conrad.

Sie nickte wieder.

»Und jetzt«, sagte Conrad, »stell dir eine Fackel vor.«

Sie schlug die Augen auf. »Ich weiß nicht, was das ist.«

»Das ist ein Stock mit Feuer an der Spitze.«

»Oh. O ja.« Sie schloß wieder die Augen. »Okay.«

»Schön, und jetzt fuchtel mit der Fackel herum, als wolltest du die Monster damit schlagen.«

»Warum?«

»Weil Frankensteins Feuer hassen. Sie rennen immer weg, wenn sie Feuer sehen.«

»Woher weißt du das?«

»Ich hab' den Film gesehen.«

»Oh.«

»Und jetzt halt ihnen die Fackel ins Gesicht. Siehst du sie wegrennen?«

Allmählich, immer noch mit geschlossenen Augen, begann Jessica zu lächeln. »Ja«, sagte sie. »Ja.«

Conrad beugte sich vor und küßte sie noch einmal auf die Stirn. »Gute Nacht, Liebling«, flüsterte er.

»Gute Nacht, Daddy.«

Er kehrte ins Wohnzimmer zurück. Agatha hob den Kopf und ließ die Hände sinken. Sie sah ihren Mann kopfschüttelnd an. »Du bist mein Held«, sagte sie.

»Weil ich imaginäre Monster verjage?«

Sie lächelte träge. »Man kann davon leben.«

In dieser Nacht schlief er mit ihr und hatte dabei ein Gefühl quälender Sehnsucht.

Er hatte niemals mit einer anderen Frau geschlafen. Er hatte genug auf der Straße gesehen und beobachtet. Er hatte seine Visionen gehabt, hatte phantasiert, so dachte er, daß alle nackt waren und nach ihm riefen. Es gab Tage während des Frühlingsbeginns, da glaubte er, sterben zu müssen, wenn er nicht eines dieser jungen Wesen haben könnte, das gerade in seinem neuen geblümten Rock an ihm vorbeischwebte. Aber wenn es dann geschah, war es stets mit Agatha. Es waren ihre Augen, einladend und leicht amüsiert. Ihre Brüste, das Gefühl, wenn er sie berührte, die in ihm den heftigen Wunsch nach den alten Zeiten weckten. Es war die Art und Weise, wie sie zischend einatmete und die Luft anhielt, wenn sie ihren Höhepunkt erreichte, und die Art und Weise, wie ihre Augen sich veränderten. Wenn es geschah, dann war es für ihn gewöhnlich ausreichend.

In dieser Nacht jedoch, da schlief er mit ihr, und der Schmerz, die Sehnsucht, wollten nicht vergehen. Er küßte sie, flüsterte ihren Namen. Ihre Finger strichen über seinen Nacken, gruben sich in seinen Rücken. Und er fühlte sich leer, empfand fast so etwas wie Heimweh. Als gäbe es etwas, das sich ihm während seines ganzen bisherigen Lebens entzogen hatte. Etwas, das er sich verzweifelt wünschte, aber niemals bekommen konnte.

Agatha spannte sich, bäumte sich auf, sog zischend die Luft ein. Ihre Augen füllten sich. Die Tränen liefen über. Und Conrad, der einen erschreckten Laut ausstieß, spürte, wie seine Erektion nachließ.

Er schien instinktiv zu wissen, was er tun mußte. Er schloß die Augen. Er murmelte: »Aggie. Ich liebe dich.« Und er dachte an Elizabeth. Er dachte an den weißen Schimmer ihres Fleisches, die Röte ihrer Wangen. Die plötzliche Nacktheit ihrer makellosen Brüste, als sie das Hemd aufknöpfte und auseinanderzog ... »*Wollen Sie mich nicht anfassen?*«

Mann und Frau kamen gemeinsam zum Höhepunkt und umarmten sich keuchend.

Es war kurz nach zehn. Trotz geschlossener Augen wußte Conrad es genau. Er konnte Mr. Plotkin spucken hören.

Leo Plotkin war ein im Ruhestand lebender Textilarbeiter, der die Wohnung direkt über den Conrads bewohnte. Er war ein verschrobener alter Jude, der nicht mehr mit Conrad gesprochen hatte, seit er ihn dabei beobachtet hatte, wie er einen Christbaum in den Fahrstuhl stellte. Um eine Minute nach zehn, so pünktlich wie eine Uhr, konnten Aggie und Conrad ihn spucken hören. Sein lautes Husten drang durch den Heizungszug von seinem Badezimmer in ihres. Conrad nannte es die Zehn-Uhr-Schwindsucht. Man konnte seine Uhr danach richten.

»Darf ich dir mal eine wirklich dumme Frage stellen?« sagte er nach einer Weile.

Agatha hatte ihren Kopf auf seine Brust gelegt. Sie spielte zärtlich mit seiner Brustwarze. Er atmete den Duft ihres Haars ein.

»Das kommt darauf an«, flüsterte sie. »Darf ich dich anschließend verspotten und auslachen?«

»Ich wäre enttäuscht, wenn du es nicht tätest.«

»Dann schieß los.«

Conrad holte tief Luft. Dann begann er: »Glaubst du – ich meine, wenn man mal die Sache mit Gott und alles andere übernatürliche Zeug beiseite läßt –, glaubst du, daß Menschen eine Seele haben?«

»O je«, sagte Agatha. »Weißt du, ich habe sehr viel mit Leuten aus dem Verlagsgewerbe zu tun – aber ich glaube, es ist theoretisch möglich. Was genau meinst du denn?«

»Also, ich meine, glaubst du, man könnte bei einer Person wie einem Psychotiker oder jemandem, der am Alzheimer-

Syndrom im fortgeschrittenen Zustand leidet – oder sagen wir, bei einer Person mit mehreren Persönlichkeiten – jemand, dessen Ich soweit zerstört ist, daß man es nicht mehr als solches erkennen kann – trotzdem etwas grundlegend Individuelles finden? Irgendein – Selbst –, das sich trotz allem erhalten hat?«

»Nee.«

Conrad lachte. »Oh.«

Sie wandte ihm ihr Gesicht zu und hauchte ihm einen Kuß unter das Kinn. »Wenn du noch einmal durchdrehst und mich wie ein Tier anfällst«, flüsterte sie, »dann nehme ich den Wagen und die Wohnung.«

Er nickte lächelnd.

Und Agatha sagte leise: »Es gibt keine Seele. Man stirbt einfach. Du bist erst vierzig. Das Leben ist hart. Schlaf endlich.« Sie küßte ihn wieder. Dann drehte sie sich auf die andere Seite. Schon nach wenigen Sekunden verlangsamten sich ihre Atemzüge und wurden tiefer, und er wußte, daß er allein war.

Er hörte auf zu lächeln. Und starrte zur Decke.

Wenn du noch einmal durchdrehst.

Es war seltsam, wie es passierte, dachte er. Wenn man durchdreht, zusammenbricht. Es war seltsam, wie es einem vorkam, daß man älter und weiser wurde. Daß man neue Erkenntnisse über das Wesen der Welt gewann. Daß man litt, aber gleichzeitig eine neue Stufe der Erleuchtung erreichte. Und die ganze Zeit verharrte man im Grunde auf der Stelle. Man rührte sich nicht, bewegte sich nicht vom Fleck, während sich die würgende Schlinge der eigenen Neurose um den Hals zuzog.

Am Tag, nachdem seine Mutter gestorben war, hatte er sich recht gut gefühlt. Tatsächlich sogar stark. Der Nathan jener Zeit – der langhaarige Collegestudent in den bunten T-Shirts – hatte das Gefühl gehabt, sich über solche grundlegenden Empfindungen wie Trauer erhoben zu haben. Na schön, sicher, er hatte sich nicht völlig von billigen Gefühlen gelöst. Er ärgerte sich zum Beispiel, daß sein Vater so lange gewartet hatte, ehe er ihn anrief. (Dad meinte, er habe keinen Sinn darin gesehen, ihn wegen einer schlechten Nachricht so früh aus dem Bett zu scheuchen.) Und natürlich war er ... traurig über den Verlust seiner Mutter. Aber Trauer? Das war etwas für die Unerleuchteten.

Mom war in die Küche getaumelt, um sich mitten in der Nacht eine Tasse Tee aufzubrühen, hatte Dad ihm erzählt. Sie war natürlich betrunken gewesen. Sie trug ein weites Seidennachthemd. Nathan erinnerte sich: Es war weiß mit aufgedruckten violetten Chrysanthemen. Sie habe den Gasherd angezündet, erzählte Dad. Und sie habe den Arm ausgestreckt, um den Wasserkessel aufzusetzen. Dabei sei die Gasflamme hochgezuckt und habe ihren losen, flatternden Ärmel erwischt. Dad sagte, das Nachthemd müsse in Flammen aufgegangen sein wie Zunder. Aber Nathan konnte den Gedanken nicht verdrängen, daß sie, wenn sie nüchtern gewesen wäre, vielleicht eine Chance gehabt hätte, es abzustreifen, sich daraus zu befreien. Vielleicht, wenn jemand anderer als Dad zugegen gewesen wäre ...

Dad erzählte weiter, daß Mom die Nacht noch überlebt habe. Nathan wollte nicht darüber nachdenken. Er wollte auch nicht mehr daran denken, wie es geklungen hatte, als sein Vater am Telefon weinte. Aber abgesehen davon fühlte er sich stark. Er sei mit sich im Frieden, erzählte er der skeptischen Agatha. Er sei völlig ruhig. Durch seine Meditationen, durch seine Beschäftigung mit der Zen-Philosophie, erkannte er den Dualismus von Leben und Tod, so erklärte er ihr. Die Zeit selbst, in der seine Mutter dahingeschieden war, sei nichts als eine Illusion. Das könne doch jeder erkennen.

Ehe er mit dem letzten Zug nach New York zurückfuhr, stieg er noch auf den Seminary Hill, um zu meditieren.

Es war seine Lieblingszeit des Tages. Kurz vor Sonnenuntergang. Die Sonne fiel auf einem Polster aus Wolken hinunter in die Bucht. Die Wolken waren rot und blaßlila und grün. Sie wallten und wogten und drehten sich im Wind. Nathan saß auf einem großen flachen Felsen. Er verschränkte seine Beine zu einer halben Lotushaltung – der richtige Lotussitz war Gift für sein Knie und mit zu starken Schmerzen verbunden. Er zählte seine Atemzüge, drückte die Luft mit dem Zwerchfell aus. Er ließ seinen Geist versinken. Er blickte in die Sonne. Er tauchte ein in *samadhi,* den Zustand perfekter Konzentration.

Es dauerte eine halbe Stunde, ehe jemand ihn fand. Eine Dozentin für Südstaatenliteratur, eine attraktive junge Frau, war es. Sie hatte einen Spaziergang auf den Hügel unternommen, um zu beobachten, wie die Sterne herauskamen. Sie blieb auf der grasbewachsenen Kuppe stehen, als sie ihn entdeckte. Sie nahm an, daß er betrunken war. Er stolperte im Dämmerlicht herum und hatte die Hände vor sich ausgestreckt. Leicht verärgert, aber diskret, wollte die Dozentin schon wieder den Rückweg antreten und zur Straße hinuntergehen. Doch da hörte sie seinen Ruf. Es war ein schriller Schrei voller Qual. Sie blieb stehen und lauschte, versuchte, im Dämmerlicht etwas zu erkennen. Sie hörte ihn schluchzen. Sie machte einen weiteren Schritt auf ihn zu.

»Ist mit Ihnen alles in Ordnung?« rief sie.

»Meine Augen!« schrie er ihr zu. »Mein Gott! Meine Augen!«

Die junge Lehrerin ließ alle Vorsicht fahren. Sie rannte zu ihm hin, faßte ihn bei den Schultern.

»Oh, meine Mutter«, hatte Nathan geschluchzt. »O Gott. O Herr. Meine Augen.«

Zwei Tage lang war er vollkommen blind. Er nahm an der Beerdigung seiner Mutter teil und hatte den Kopf mit Bandagen umwickelt. Agatha mußte ihn am Arm zum Grab führen. Er hatte in die offene Grube geschaut und nichts gesehen. Er mußte sich den Sarg vorstellen. Und seine Mutter in dem Sarg. Und die offenen Augen seiner Mutter, mit denen sie ihn ansah.

Ich bin noch hier drin.

Nun in seinem Bett liegend, streckte Conrad eine Hand aus und tätschelte die Hüfte seiner Frau. Arme Aggie, dachte er. Selbst damals hatte sie Wochen gebraucht, um ihn davon zu überzeugen, daß er einen Psychiater aufsuchen müsse. Als er es schließlich tat, hatte es sechs weitere Monate gedauert, bis er zugab, daß es ein Nervenzusammenbruch gewesen war. Danach brauchte er zehn Jahre, um endlich das Gefühl zu haben, daß er ihn überwunden hatte. Aber da war er natürlich selbst schon Psychiater.

Und das Auge, ebenso wie das Knie, machte sich gelegentlich noch störend bemerkbar. Anstrengende Tage und zu wenig Schlaf bewirkten heftige Schmerzen. Dann sah er rötliche Reflexe – wie die Nachbilder von den Wolken, die die untergehende Sonne umgaben.

Wenn du wieder mal durchdrehst ...

Er ließ seine Hand von Aggie heruntergleiten. Er starrte die Decke an. Bis es passierte, bis er zusammengebrochen war, hatte er es nicht gewußt. Er hatte nicht begriffen, daß irgend etwas nicht ganz in Ordnung war.

Er schloß die Augen. Er atmete langsam. Da war sie. Vor ihm. Ihr langes seidiges Haar war wie Gold. Dazu ihre hohen Wangen, ihre weiße, weiche Haut. Das aufklaffende Hemd. Elizabeth.

Wollen Sie mich nicht anfassen?

Sie war so schön, dachte Conrad. Er begann nach und nach in den Schlaf hinüberzudämmern.

Sie war so schön.

Der Radiowecker rührte sich um acht Uhr. Ein Nachrichtensprecher meldete, daß ein Privatflugzeug in einer Wohngegend in Houston abgestürzt sei. Conrad schaltete das Radio aus. Er richtete sich im Bett auf.

Er hatte gut geschlafen. Sein Knie war steif. Er streckte es und verzog schmerzhaft das Gesicht. Vorsichtig schob er es über die Bettkante. Er stand auf und humpelte mühsam ins Bad. Er nahm eine Dusche und ließ das warme Wasser auf sein Knie prasseln. Er hatte einen anderen Traum gehabt, erinnerte er sich. Irgend etwas mit einem Krankenhaus. Er versuchte, sich zu entsinnen, aber die Bilder zerstoben wie Wolken im Sturm.

Er stieg aus der Dusche. Trocknete sich ab und schlang sich das Badetuch um die Hüften. Er kam aus dem Badezimmer, und da war Agatha und wartete schon. Sie lächelte ihn mit halbgeschlossenen Augen an.

Er küßte sie. »Wie hast du geschlafen?«

»Mmm, gut. Den Schlaf der sexuell Befriedigten.«

Sie ging an ihm vorbei ins Bad. Er kehrte ins Schlafzimmer zurück. Sein Knie fühlte sich jetzt etwas besser an.

Er sah durch die Fenstervorhänge des Schlafzimmers nach draußen. Der Tag war grau verhangen, aber es regnete nicht. Das wäre schon ganz gut, wenn wenigstens der Regen wegblieb. Er ging zu seinem Schrank und zog sich an, während Agatha duschte. Er zog eine Jeans und ein pfirsichfarbenes Cowboyhemd mit Buttondown-Kragen an. Vielleicht sollte er für den Ausflug aufs Land lieber noch ein Sweatshirt anziehen, dachte er. Aber er fühlte sich in Sweatshirts nicht besonders wohl. Eigentlich fühlte er sich in gar nichts richtig wohl, außer in grauen Anzügen.

Während er sein Hemd zuknöpfte, kehrte er zum Fenster zurück. Er zog die Vorhänge auf.

Aggie kam aus dem Badezimmer. Er wandte sich um und erhaschte noch einen kurzen Blick auf sie, als sie an der Tür vorbeiging. Sie wollte in die Küche und band sich dabei den Gürtel ihres weißen Bademantels um. Einen Moment später hörte er ihre Stimme. »Wach auf, Schlafmütze. Der Tag wartet.«

Er ging ins Wohnzimmer. Agatha stellte gerade die Cornflakeskartons auf den Eßtisch. Haferflocken mit Rosinen für ihn, Granola für sie. Rice Krispies für das Kind. Sie kehrte in die Küche zurück und rief dabei: »Aufstehen, Langschläferin! Wir wollen nicht in den Verkehrsstau geraten!«

Conrad setzte sich an den Tisch. Aggie erschien mit den Schüsseln und der Milch. »Diese verdammten Frankensteins haben sie so lange wach gehalten«, sagte sie. »Es wird bestimmt Mittag, ehe wir wegkommen.« Sie ging zum Kinderzimmer. »Liebling. Wach endlich auf.«

Conrad lächelte. Er schüttete Rosinenflocken in seine Schüssel.

»Nathan?« Aggies Stimme erklang hinter ihm. »Ist Jessie schon wach?«

»Was meinst du?« Er griff nach der Milch. Er roch daran, um sich zu vergewissern, daß sie noch nicht sauer war.

»Sie liegt nicht in ihrem Bett«, sagte Agatha.

Conrad goß Milch über seine Rosinenflocken. »Was meinst du?«

»Ich meine, sie ist nicht in ihrem Bett«, sagte Agatha. Sie ging durch das Wohnzimmer zum Bad. »Ist sie schon aufgewacht? Jessie?« rief sie.

Conrad stellte den Milchbehälter auf den Tisch und

lauschte. Er hörte Aggies Stimme aus dem Badezimmer. »Jessie!« rief sie erneut.

Conrad schob den Stuhl zurück. Er stand auf und ging zum Kinderzimmer. »Was meinst du, sie ist nicht in ihrem Bett«, murmelte er. »Wo soll sie denn sonst sein?« Er hörte Aggie nun im Schlafzimmer rufen: »Jessie? Bist du hier?«

Conrad betrat das Schlafzimmer. Das Hochbett war leer. Jessicas Bibo-Decke war bis zum Fußende heruntergezogen. Die Stoffschildkröte war verschwunden.

Sie ist sicher in ihrem Schrank, dachte Conrad. Manchmal verkroch sie sich darin, um ungestört zu spielen.

Er ging zum Schrank und schaute hinein. Auf dem Boden war eine Stelle freigeräumt, wo sie immer hockte. Der Platz war von Stofftieren umringt. Doch Jessie war nicht da.

Er kehrte ins Wohnzimmer zurück. Agatha wartete schon.

»Hast du sie gefunden?« fragte sie.

»Nein, hast du im Schlafzimmer nachgeschaut?«

»Ja. Da ist sie nicht.« Agatha lächelte verwirrt. »Wo ist sie hin?«

»Sie muß im Schlafzimmer sein«, sagte Conrad. »Wo sonst?«

Conrad ging nun selbst in den Schlafraum. Agatha folgte ihm. Sobald er hineingeschaut hatte, wußte er, daß das Zimmer leer war. Trotzdem warf er einen Blick in den Kleiderschrank. Er sah auch auf der anderen Bettseite unter dem Fenster nach. Er schaute hoch zu seiner Frau, ratlos.

»Nathan?« hauchte sie.

»Wo ist sie?« fragte Conrad.

Dann klappte Agathas Mund auf. »O mein Gott, der Balkon«, stieß sie hervor.

»Sie weiß, daß sie nicht allein dort hinaus darf«, sagte Conrad. Doch als seine Frau aus dem Zimmer eilte, folgte er ihr schnell.

Aggie war zuerst dort und öffnete die Glastüren. Sie trat hinaus auf den Balkon. Conrad war dicht hinter ihr. Er sah, wie sie tief Luft holte, während sie zum Geländer trat und sich darüber beugte. Sie schaute hinunter in den Hof. Conrad stand hinter ihr. Er wartete darauf, daß sie sich endlich aufrichtete, sich umdrehte, und er hatte Angst davor.

Als sie sich endlich umwandte, atmete er bei ihrem Gesichtsausdruck auf.

»Nein«, sagte sie. »Es ist alles in Ordnung.« Dann sah sie ihn fragend an. »Wo ...?«

Sie gingen zusammen in den Wohnraum zurück. Sie drehten sich ratlos auf der Stelle, schauten ziellos umher.

»Jessica!« rief Aggie. »Versteckst du dich?«

»Jessica!« rief Conrad. Er sah hinter den Sesseln nach. Aggie ging zum Schrank im vorderen Teil und öffnete ihn.

»Jessica«, sagte Aggie, »versteck dich nicht, Liebling. Du machst Mommy angst.« Sie wandte sich vom Schrank ab. Conrad sah, daß ihr Gesicht einen angespannten Ausdruck annahm. Sie runzelte die Stirn. Ihre Lippen preßten sich aufeinander. »Jessica.«

Aus einer Eingebung bückte Conrad sich und schaute unter den Eßtisch. Er erwartete, daß Jessica da unten kauerte, grinsend, ihre Schildkröte im Arm. Er rechnete damit, daß sie laut »Buuh!« rief und zu kichern begann.

Sie war nicht dort.

»Jessica«, sagte Aggie erneut.

Conrad hörte, wie ihre Stimme zitterte. Dieser Laut ließ ihn krampfhaft schlucken.

»Liebes«, sagte sie, »versteck dich nicht, ja? Wirklich, Liebling, es reicht. Du machst mir angst.«

Sie sah Conrad wieder an. Sie raffte ihren Bademantel vorne zusammen und schloß ihn bis zum Hals. »Meinst du, sie ist auf den Flur hinausgelaufen, oder ...?«

Dann verstummte sie. Ihr Blick war weitergewandert. Von ihm zur Wohnungstür. Conrad sah, wie ihre Wangen aschgrau wurden. Er sah in ihrem Gesicht einen Ausdruck von derart nacktem, wahnsinnigem Entsetzen, daß sein eigenes Herz in seiner Brust zu rattern begann wie ein altersschwacher Motor. Seine Gliedmaßen waren plötzlich völlig kraftlos.

»Was?« fragte er. »Was zum ...«

»Nathan.« Das Wort drang kaum über ihre Lippen. »O mein Gott ... Nathan ...«

Conrad drehte sich. Er drehte sich ganz um und folgte Aggies Blick. Er sah auf die Tür.

»Jesus Christus«, hauchte er.

Die Sicherheitskette hing herab. Sie bestand aus zwei Hälften. Sie war durchgeschnitten worden.

Conrad spürte, wie seine Kehle immer enger wurde.

»Nathan ...« Agatha brachte auch diesmal kaum seinen Namen heraus.

Conrad rannte zur Tür. Er legte die Hand auf den Knauf. Die Tür schwang auf. Die anderen beiden Schlösser waren ebenfalls geöffnet worden. Conrad sah hinaus auf den Flur. Nichts. Dort war niemand. Hinter ihm erklang Aggies Stimme, zitternd, schrill.

»Jessie! Jessie, komm jetzt her, Liebling! Bitte, mein Schatz! Du machst Mommy große Angst! Bitte ...«

Mit einem wilden Ausdruck in den Augen drehte Conrad sich zu ihr um. Eine ihrer Hände hielt noch immer den Bademantel zusammen. Die andere bedeckte ihren Mund. Sie starrte ihn an.

»O Gott«, sagte sie. »O Gott, Nathan. Mein Baby. Ruf die Polizei. O Gott.«

Ihre Knie gaben nach. Sie streckte schnell die Hand aus. Stützte sich auf eine Stuhllehne.

Conrad rannte zurück ins Zimmer. Er eilte zum Telefon auf dem Tisch an der Seite.

»O Gott«, sagte Aggie.

Conrad griff nach dem Hörer. Streckte die andere Hand nach den Wähltasten aus. Doch er hielt inne. Er hörte kein Freizeichen. Wo, zum Teufel, war das Freizeichen? Schnell drückte er auf die Wähltasten. Kein Laut. Zur Hölle, was sollte das ...?

Und dann hörte er ein Geräusch. Da war eine Stimme. Im Telefon, in seinem Telefon. Es war eine klare, kräftige Stimme. Sie sprach ihn gelassen, ruhig an. Sie schwankte kein bißchen.

Und sie sagte nur: »Guten Morgen, Dr. Conrad.«

Sagen Sie nichts

Es war einfach gewesen, das Kind zu holen. Überhaupt kein Problem.

Kurz nach drei Uhr morgens hatte Sport die Sinclair-Wohnung verlassen. Er war mit dem Fahrstuhl in den Keller hinuntergefahren. Er hatte die Tür zum Hof mit einem Nachschlüssel geöffnet, den er vorher angefertigt hatte. Draußen schlenderte er über den Hof zum Haus der Conrads. Er stellte fest, daß es eine schöne Nacht war. Die Luft war kühl, der Himmel klar. Sterne funkelten an dem schmalen Streifen Himmel zwischen den beiden Gebäuden; er summte eine Melodie, als er zu ihnen hinaufsah.

Das Schloß in der Hoftür des anderen Gebäudes war das einzige, das ihm etwas mehr Mühe machte. Der Bolzen war zu schwer. Mit dem Haken allein konnte er ihn nicht bewegen. Er mußte eine Zange als Hebel einsetzen. Er summte ein Lied, während er sich mit dem Schließriegel abmühte. Das Lied war »All or Nothing at All«, und für Sports Geschmack hatte Sinatra diesen Titel völlig verhunzt. Der Riegel glitt zurück, der Bolzen hob sich. Das Ganze hatte nicht länger gedauert als sechzig Sekunden.

Er betrat den Keller und knipste eine kleine Taschenlampe an. Er folgte dem Lichtstrahl zum Telefonverteilerkasten. Dolenko, der für die Elektronik zuständig war, hatte ihm einen kleinen Sender mitgegeben. Es war eine kleine Plastikbox, etwa handtellergroß. Daran befanden sich zwei Krokodilklemmen. Dolenko hatte ihm erklärt, wie sie an Conrads

Leitung befestigt werden mußten. Es erwies sich als einfach. Die Klemmen im Verteilerkasten waren genau bezeichnet: 5D. Der Sender paßte perfekt. So simpel war das.

Nachher benutzte Sport die Treppe und mied den Portier in der Halle. Er stieg schnell in die fünfte Etage hinauf.

Er hatte sich für dunkle Kleidung entschieden: schwarze Hose und eine marineblaue Windjacke. Die Taschen der Jacke waren ausgebeult und schwer von seinem Werkzeug. Außerdem trug er eine Decke unter dem Arm. Trotzdem, so glaubte er, sah er ausreichend normal aus. Falls ihn jemand auf der Treppe sah, dann würde er dem Betreffenden einfach zuwinken und lächeln. Natürlich war die Gefahr einer solchen Begegnung um drei Uhr morgens nicht allzu groß. Und tatsächlich traf er auf seinem Weg nach oben niemanden.

In der fünften Etage verließ er das Treppenhaus und ging schnell zur Tür der Conrads. Jetzt, so dachte er, konnte es etwas heikel werden, während er ungedeckt auf dem Flur stand und sich an den Türschlössern zu schaffen machte. Doch auch diesmal gab es keine Probleme. Die Verriegelung war gut geölt und schnappte schnell zurück. Das Sicherheitsschloß war ein Witz. Es öffnete sich, kaum daß er den Haken eingeführt und gedreht hatte. Er drückte die Tür vorsichtig auf, um an die Sicherheitskette heranzukommen. Dafür hatte er einen schweren Bolzenschneider mitgenommen.

Er schob das Werkzeug durch den Türspalt. Vorsichtig nahm er ein Kettenglied zwischen die Backen. Er drückte die Hebel mit den Händen kraftvoll zusammen. Die Kette brach. Es war wie ein Gewehrschuß – überraschend laut.

»Scheiße!« flüsterte Sport.

Er hielt den Atem an. Irgend jemand mußte es doch gehört haben. Er kauerte im Korridor. Die Kettenhälften baumelten leise klirrend herab. In der Wohnung der Conrads blieb alles still. Nach einer Weile atmete Sport schnaufend durch und zuckte die Achseln. Wahrscheinlich nicht, dachte er. Er trat ein.

Er schloß die Tür leise hinter sich. Huschte zum Kinderzimmer. Er fand die Kleine in ihrem Hochbett, schlafend. Sie lag auf der Seite und wandte ihm ihr Gesicht zu. Ihr Mund stand offen. Sie hatte irgendein pinkfarbenes Stofftier unter dem Arm. Ein hübsches Mädchen, dachte Sport. Wie für ihn bestimmt. Er lächelte. Die Vorstellung, sie mitzunehmen, während ihre Mami nur ein paar Meter entfernt im Bett lag und schlief, amüsierte ihn.

Er nahm ein Marmeladenglas aus der Jackentasche. Eine klare Flüssigkeit schwappte darin: Chloroform. Er holte einen Waschlappen hervor und tauchte ihn in das Glas. Als er dem Mädchen den Lappen auf den Mund legte, wachte es für eine Sekunde auf. Die Augen öffneten sich flatternd. Sie blickten ihn schläfrig an. Dann mußte sie das Gefühl bekommen haben zu ersticken, denn ihre Augen weiteten sich und bekamen einen ängstlichen Ausdruck. Sport grinste und hielt den Lappen fest. Dann fielen die Augen des Mädchens zu. Sport spürte, wie sie unter seiner Hand schlaff wurde. Er lachte lautlos.

Er breitete seine Decke auf dem Fußboden aus. Dann hob er das Mädchen aus dem Bett und legte es auf die Decke. Das Stofftier legte er daneben. Damit konnte man sie beruhigen und bei Laune halten, bis sie sie töten konnten. Er wickelte die Decke um sie. Sie hüllte das Mädchen von Kopf bis Fuß ein.

Dann hievte Sport sich das Mädchen auf die Schulter. Er hatte entschieden, daß Maxwell in der Sinclair-Wohnung auf ihn warten sollte. Der riesige Mann bewegte sich in etwa so leise wie ein ganzes Panzerbataillon. Außerdem bestand die Gefahr, daß er, sobald er das kleine Mädchen in die Finger bekam, übermäßig erregt wurde und am Ende doch noch alles ruinierte. Aber nun wünschte er sich, er hätte den unheimlichen Kerl mitgenommen. Mein Gott, war das Kind schwer. Wenn er sich nicht vorsah, verrenkte er sich am Ende noch den Rücken.

Er trug das Mädchen durch den Flur. Als er wieder das Treppenhaus erreichte, keuchte er unter dem Gewicht.

Am Fuß der Treppe mußte er sogar für einen Moment verschnaufen. Er befand sich nun innerhalb des Treppenhauses im Kellergeschoß. Er lehnte das in die Decke gewickelte Kind an die Wand des Treppenhauses. Er selbst lehnte sich auch dagegen. Er schwitzte und rang nach Luft. Nach ein paar Sekunden griff er nach dem Knauf der Treppenhaustür. Dabei hörte er das Rauschen einer Toilettenspülung – im Keller, draußen, direkt auf der anderen Seite der Wand.

Sport erstarrte. Es war der Portier. Er mußte heruntergekommen sein, um die Toilette aufzusuchen. Plötzlich begann Sports Herz zu rasen. Mit weit aufgerissenen Augen starrte er die Treppenhaustür an. Schweißperlen sammelten sich auf seiner Stirn, rannen ihm in die Augen. Er hörte die Schritte des Portiers jenseits der Tür. Er griff in seine rechte Jackentasche, tastete nach seinem Springmesser. Er ergriff es, aber das machte seine Situation nur noch schlimmer. Denn nun begann er auch noch zu zittern.

Verdammter Feigling, dachte er. Er dachte es mit der Stimme seiner Mutter, diesem Katzengejaule. Verdammter jämmerlicher Heulsusenfeigling.

Die Schritte des Portiers kamen näher. Sport stellte sich vor, wie er das Messer in den Bauch des Mannes rammte. Er stellte sich vor, wie es sich anfühlte. Wie das Fleisch sich sträubte und dann doch nachgab. Das Blut. Sein Arm war plötzlich schwach und weich wie Gummi. Er konnte es nicht tun. Er wußte, daß er es nicht konnte.

Die Schritte des Portiers gingen an der Tür vorbei. Einen Moment später hörte Sport, wie sich draußen die Fahrstuhltüren öffneten. Er hörte, wie sie wieder zuglitten. Dann herrschte Stille. Sport atmete tief durch. Er stieß die Tür auf, warf einen Blick durch den Spalt. Der Keller war leer.

Sport grinste. Er ließ das Messer los. Während er die Tür mit dem Fuß aufhielt, lud er sich wieder das Mädchen auf die Schulter. Er schleppte sie hinaus auf den Hof und zu dem gegenüber liegenden Gebäude.

Kurz darauf war er wieder in der Sinclair-Wohnung – seiner Wohnung –, siebzehn Minuten nachdem er sie verlassen hatte. So einfach war es gewesen.

Sie waren in der Wohnung zu dritt, abgesehen von dem Kind: Sport, Maxwell und Dolenko. Der Freak hatte Dolenko in die Sache eingeweiht. Dolenko war mit dem Freak befreundet gewesen, als der Freak noch am Leben war, das heißt, bevor Maxwell ihn tötete. Dolenko hatte den Freak in einer dieser Bars kennengelernt, die der Freak so gerne besuchte. Früher, in den alten Zeiten, hatte der Freak Sport in diese Bars mitgenommen. Dort traf man nur einen Haufen Schwule in Lederjacken, soweit Sport es beurteilen konnte. Typen, die mit nichts als einem Suspensorium am Leib dort herumtanzten. Manchmal gab es sogar Sexshows auf einer kleinen Bühne. Einmal hatte Sport gesehen, wie sie direkt auf der Bar nacheinander ein Mädchen bumsten. Die Hände des Mädchens waren gefesselt, und ihr Kopf war mit einer Lederkapuze bedeckt. Jeder in der Bar klatschte Beifall. Sport konnte nur den Kopf schütteln, als er das sah. Verdammte Schwuchteln, dachte er; die sind wirklich zu allem fähig. Aber der Freak liebte solche Dinge.

Nachdem sie durch die Bars gezogen waren, kehrten Sport und der Freak nach Flushing zurück, wo sie wohnten. Damals hatten der Freak und Sport sich ein Haus geteilt, nur sie beide. Sie waren in ihr Haus zurückgekehrt und hatten sich dort die Zeit vertrieben und hatten sich über die Schwulen lustig gemacht, die sie gesehen hatten. Sie tanzten in der Unterwäsche oder sogar ganz nackt herum, so wie sie es bei den Schwulen gesehen hatten. Es machte Sport großen Spaß, sie zu imitieren. Sport fühlte sich wohl, wenn er mit dem Freak zusammen war.

Doch dann hatte der Freak in einer Bar Dolenko kennengelernt. Dolenko war Elektriker und arbeitete bei den städtischen Verkehrsbetrieben. Er war mager und muskulös. Wenn er das Hemd auszog, dann konnte man sehen, wie sich jede Sehne unter seiner Haut abzeichnete. Er sah aus, als stünde er permanent unter Spannung. Sein hageres Gesicht sah genauso aus. Die kurzen graumelierten Haare standen hoch. Die Sehnen an seinem Hals waren deutlich zu erkennen. Seine Augen quollen hervor, und sein Mund zuckte und verzerrte sich ständig.

Das lag zum Teil daran, daß Dolenko eine Koksnase war. Er war ewig high, stand ständig unter Strom. Aber der Freak hatte viel für ihn übrig. Und sehr bald waren der Freak und Dolenko fast nur noch zusammen. Der Freak kam immer seltener zu Sport zurück.

»Was bist du eigentlich? Auch so ein Schwuler?« fragte Sport den Freak einmal. »Dauernd hängst du mit dem herum.«

Aber der Freak reagierte mit einer seiner typischen gleichgültigen Kopfbewegungen, mit denen er sein kräftiges rotes Haar zurückwarf, und sagte: »Du kannst mich mal. Er ist in Ordnung. Ich mag ihn.« Und das war alles.

Das war teilweise der Grund, weshalb Sport sich mit Maxwell zusammengetan hatte: um sich beim Freak dafür zu revanchieren, daß er immer mit Dolenko zusammen war. Nachdem Maxwell nach Rikers gekommen war, hatte Sport alles mögliche angestellt, um sich mit dem neuen Gefangenen anzufreunden. Maxwell haßte das Zuchthaus: die Gitter, den ständigen Lärm, die gemeinen Blicke der Männer. Er war wie ein verängstigtes Tier in einem Käfig, und er war froh, einen Gefängniswärter zu kennen, der freundlich mit ihm umging. Sport meinte zu Maxwell, er solle sich bei ihm melden, wenn er seine Strafe abgesessen hätte. Und genau das hatte Maxwell getan. So kam es, daß Sport, während der Freak und Dolenko zusammen herumzogen, immer öfter mit Maxwell zusammen war.

»Sieh dir nur mal diesen Kerl an«, hatte der Freak gesagt, als er Max kennenlernte. »Er ist das reinste Monster, Sport. Frankenstein, wie er leibt und lebt, Mann. Man könnte meinen, du rennst mit Boris Karloff durch die Gegend.«

»Ich mag ihn«, hatte Sport lächelnd erwidert. »Er ist in Ordnung. Du weißt schon, was ich meine.«

Anfangs war die Atmosphäre zwischen ihnen ziemlich gespannt gewesen. Doch nach einer Weile gab sich das. Eines Tages erzählte Sport dem Freak, was Maxwell am liebsten mit Katzen anstellte. Der Freak hielt das für ungeheuer spaßig. Er kaufte Max eine Katze und versammelte Sport und Dolenko am Frühstückstisch, während Maxwell das Tier tötete. Maxwell schnitt der Katze die Zunge heraus, damit sie nicht jaulen konnte; dann brach er ihr nacheinander die Beine, dann erwürgte er sie. Doch der größte Spaß war, daß der Freak ihn dazu gebracht hatte, sich die Hose auszuziehen. Dann, als Maxwell richtig erregt war, griff der Freak nach Maxwells kurzem, dickem Glied und rieb es, bis Max aufschrie und quer durch das Zimmer spritzte.

»Ihr schwulen Säue«, hatte Sport sie angebrüllt. Doch auch er hatte gelacht. Und der Freak lachte, bis er keine Luft mehr bekam.

Danach wurden sie doch noch gute Freunde.

Nun waren nur noch drei von ihnen übrig. Sport tat das sehr leid. Er vermißte den Freak. Er bedauerte, daß Maxwell ihm die Kehle hatte durchschneiden müssen. Dazu wäre es nie gekommen, dachte er, wenn der Freak nicht angefangen hätte, dauernd mit Dolenko zusammenzusein.

Als Sport von den Conrads zurückkam, brachte er das Mädchen ins Schlafzimmer. Er hatte für das Sinclair-Apartment nicht viele Möbel besorgt, doch es gab im Schlafzimmer eine Matratze und einen Fernsehapparat. Dicke Vorhänge verdeckten die Fenster. Auf dem Fußboden stand eine kleine Lampe. Sie erzeugte lange Schatten auf den weißen Wänden.

Er legte das Mädchen auf die Matratze und wickelte es aus. Die Kleine lag regungslos auf der Seite. Sie trug ein langes Flanellnachthemd. Es hatte am Hals rote Bänder, und es war mit Gutenachtwünschen in allen Sprachen bedeckt. Das Nachthemd war bis über ihre Hüfte hochgerutscht. Darunter war das Mädchen nackt. Der Anblick ihrer Nacktheit machte Sport nervös. Er zog das Nachthemd herunter. Er schüttelte den Kopf und legte das pinkfarbene Stofftier neben sie.

Die ganze Zeit stand Maxwell hinter ihm und sah zu. Dolenko war nicht da. Er war losgezogen, um einiges in Conrads Praxis vorzubereiten, und bisher noch nicht zurückgekommen. Maxwell blickte über Sports Schulter. Seine mächtigen Grizzlybärarme pendelten unruhig hin und her. Er hatte diesen seltsamen Ausdruck im Gesicht, dieses verträumte Lächeln. Sport gefiel das nicht. Wenn Maxwell erst einmal in Erregung geriet, dann war er nicht mehr aufzuhalten.

Daher wandte Sport, als er das Mädchen versorgt hatte,

sich eindringlich an ihn. »Hör zu, Max«, sagte er. Er mußte seinen Hals verrenken, um ihn anzusehen. Er wies mit dem Finger auf das kleine Kindergesicht mit den eingesunkenen Augen und den trotzig vorgestülpten Lippen. »Du mußt sie vorerst noch in Ruhe lassen, klar? Du kannst sie noch nicht haben. Das würde alles verderben. Hast du verstanden?«

Maxwell rieb sich die Handflächen. Er starrte das Kind auf dem Bett an. Er wirkte verlegen. »Ich könnte sie doch nur mal anfassen«, wandte er ein. »Das würde nichts verderben.«

»Nein«, meinte Sport mit Nachdruck. Es war so, als unterhielte er sich mit einem Hund. »Du darfst sie nicht berühren. Du würdest dich nur aufregen und völlig die Kontrolle verlieren. Es wäre alles vorbei, ehe du überhaupt begreifst, was geschieht. Du weißt doch, daß ich recht habe, oder? Das weißt du doch?«

Für einen kurzen Moment schwenkte Maxwells Blick von dem Mädchen weg und zu ihm herüber. Sport stellten sich dabei die Nackenhaare auf. Er dachte an den Freak und daran, wie er sich auf dem Fußboden herumwarf und um sich schlug und mit den Füßen trat und verblutete, während Maxwell ihm dabei zusah. Maxwell mit seinem Ständer.

Aber dann wandte Maxwell sich ab. »Ich pass' aber auf sie auf«, sagte er.

»Braver Junge«, sagte Sport und klopfte ihm auf die massige Schulter. »Du darfst sie für mich bewachen, in Ordnung? Aber laß die Tür offen. Ich leg mich hin und versuch, etwas zu schlafen.«

Maxwell nickte dankbar. Er stellte einen Stuhl vor die Wand und ließ sich darauf nieder. Mit hochgezogenen Schultern und massigen Händen, die zwischen seinen Beinen herabhingen, beugte er sich vor und betrachtete das Mädchen. Sport ging ins Wohnzimmer. Die Verbindungstür ließ er offen. Trotzdem beschloß er, lieber auf Dolenkos Rückkehr zu warten, ehe er sich schlafen legte.

Im Wohnzimmer standen zwei Sofas, ein Couchtisch und drei Klappstühle. Außerdem zwei Stehlampen. Ansonsten befand sich auf dem weiten Parkettboden nichts weiter. Alle Möbel Lucia Sinclairs waren verschwunden. Die vornehmen Sessel und die eindrucksvollen Bücherschränke. Die Vitrinen aus Rosenholz mit ihrem Porzellanschnickschnack. Darum hatte Lucia Sinclairs Enkel sich gekümmert. Er war von San Francisco herübergeflogen, hatte an der Beerdigung teilgenommen und war noch ein paar Tage geblieben, um die Möbel zusammenzupacken. An dem Tag, an dem die Polizei das gelbe Absperrband am Tatort entfernte, hatte er die Wohnung ausgeräumt. Nur zehn Tage nach dem Tod der alten Dame war ihr elegantes Apartment leer. Einen Tag später waren Sport, Maxwell und Dolenko eingezogen.

Als Dolenko aus Conrads Praxis zurückkam, legte Sport sich auf eins der beiden Sofas. Er schloß die Augen und versuchte zu schlafen. Er stellte sich vor, wie er in einem Nachtclub als Sänger auftrat. Das war eine gute Technik, um seinen Geist zu entspannen. Er sah sich in einem Smoking und mit Zigarette, und er sang »*All or Nothing at All*«. Frauen saßen an den Tischen und seufzten sehnsuchtsvoll. Ihre Männer beobachteten ihn mit grimmiger Bewunderung. Nach einer Weile verwirrten Sports Gedanken sich. Er versuchte immer noch, in dem Nachtclub zu singen, doch nun furzte er laut. Es war furchtbar. Es klang wie eine Trompete. Das Publikum lachte ihn aus. Die Frauen hielten sich die weißen Hände vor die Münder mit den roten Lippen. Die Männer schlugen mit den flachen Händen auf die Tische und wieherten vor Lachen. Er konnte nicht aufhören. Dann rüttelte Dolenko an seiner Schulter.

»Sie wacht auf, Sporty«, sagte Dolenko. Er schüttelte Sport erneut.

Sport öffnete die Augen und richtete sich abrupt auf. »Wie bitte?«

»Sie wacht auf, Mann.«

»Oh. Okay. Okay.«

Sport rieb sich das Gesicht mit beiden Händen. Er schaute benommen zu Dolenko hoch. Dolenko stand da, leicht über ihn gebeugt, und wippte auf den Zehenspitzen. Er nickte heftig ohne besonderen Grund. Er kaute angestrengt auf seinem Kaugummi. Die Muskeln an seinem Kinn arbeiteten heftig und zuckten unter der Haut. Seine kokainglänzenden Augen flitzten hektisch hin und her.

»Danke, Dolenko. Danke«, sagte Sport. Er sah auf die Uhr. Es war Viertel nach fünf.

Er stand auf und ging ins Schlafzimmer.

Das Mädchen bewegte sich auf dem Bett. Sie hatte sich auf den Rücken gedreht und rieb sich mit einer Hand die Augen. Maxwell hatte sich von seinem Stuhl erhoben. Er starrte mit großen Augen auf sie hinunter. Sport konnte seinen schweren Atem hören.

Das Mädchen schlug die Augen auf und sah sich um. Sie blinzelte. »Mommy?« fragte sie. Dann drehte sie den Kopf und entdeckte Sport und Maxwell. »Wo ist Mommy? Mommy.« Sie versuchte sich hinzusetzen. »Autsch!« sagte sie. Sie hielt sich den Kopf mit einer Hand. Sie sah zu den beiden Männern hoch. Ihre Unterlippe begann zu zittern. Ihre Wangen röteten sich.

»Es ist schon gut, Liebling«, sagte Sport. Sein jungenhaftes Gesicht verzog sich zu einem Ausdruck von Güte und Freundlichkeit.

»Wo ist meine Mommy?« fragte das kleine Mädchen.

Sport schenkte ihr sein typisches strahlendes Lächeln.

»Paß mal auf, Schätzchen, deine Mommy kann im Augenblick nicht hier sein, klar? Aber wir kümmern uns schon um dich. Wir haben hier einen Fernseher und alles, was nötig ist. Es wird ganz prima.«

»Ich will zu meiner Mommy. Bitte.« Das Mädchen begann zu weinen. »Wo ist sie?«

Scheiße, dachte Sport. Er lächelte weiter. »Du brauchst aber nicht zu weinen. Wir sorgen schon für dich«, sagte er. »Sollen wir nicht mal den Fernseher einschalten und ...«

Aber das Mädchen jammerte jetzt lauter und weinte. Sie atmete heftig. Sie schrie auf: »Mommy! Mommy!«

»O Scheiße«, murmelte Sport.

Schnell ging er ins angrenzende Zimmer, um das Chloroform zu holen. Er konnte das Mädchen hinter sich plärren hören. Sie schluchzte so heftig, daß sie kaum das Wort hervorbringen konnte: »Mommy! Mommy!« Sie sagte nichts anderes.

Sport benetzte den Waschlappen und kam damit ins Schlafzimmer. Als er es betrat, stand Maxwell dicht neben der Matratze. Er hatte die Hände leicht erhoben. Er atmete heftig; dabei erzeugte er ein merkwürdiges Geräusch in der Kehle. Das Mädchen drückte sich angstvoll an die Wand und umklammerte das pinkfarbene Stofftier in ihrem Arm. Sie starrte Maxwell wie gebannt an und weinte so heftig, daß sie überhaupt nicht mehr reden konnte. Als Sport wieder auftauchte, drehte sie sich zu ihm und schaffte es, schluchzend hervorzubringen: »Bitte. Bitte. Ich will nur zu meiner Mommy.«

Sport trat auf sie zu. Sie wich zurück, duckte sich, doch er legte eine Hand in ihren Nacken. Er versuchte, mit der anderen Hand den Waschlappen auf ihren Mund zu drücken. Doch sie krümmte sich und schüttelte den Kopf.

»Nein. Nein«, schluchzte sie. »Bitte.«

Sport preßte mit Gewalt den Waschlappen auf ihren Mund. Sie drehte erneut den Kopf zur Seite. Sie keuchte, rang nach Luft, schluchzte. Sport zog heftig ihren Kopf an seine Brust und wollte ihr nun den Lappen in den Mund stopfen. Aber sie kippte nach vorne. Sie erbrach sich auf das Bett, in einem großen gelben Schwall.

»O Scheiße!« sagte Sport. Er wich für einen Moment zurück, um nicht bespritzt zu werden.

»O nein«, weinte das kleine Mädchen und starrte auf das Erbrochene. »O nein.« Ihre Lippen bluteten. Sie schluchzte wieder.

Sport stieß ihren Kopf erneut gegen den Lappen. »Nun sei endlich still«, sagte er.

Diesmal konnte das Mädchen nicht ausweichen. Sie sah Sport über den Lappen hinweg an. Die Tränen rannen aus ihren Augen. Dann fielen die Augen zu, und sie wurde schlaff. Sport ließ sie auf das Bett zurückfallen. Er wedelte mit der Hand vor ihrem Gesicht herum, um den Geruch nach Erbrochenem zu vertreiben.

Fluchend zerrte er die besudelte Decke unter dem Mädchen hervor. Er rollte sie mit dem Erbrochenen zusammen und schleuderte sie in eine Ecke. Dann schaute er hoch und sah Maxwell.

Maxwell hielt noch immer die Hände vorgestreckt. Seine Wangen waren gerötet. Er stand reglos da, wie festgeschweißt. Und sieh mal an, dachte Sport, mit einem Ständer wie ein Fahnenmast.

Er straffte sich und schlug auf Max' Schulter. Dabei versuchte er, sich seinen Ärger nicht anmerken zu lassen. »Komm schon«, sagte er.

Sie verließen das Kind im Schlafzimmer und schlossen die Tür.

Als der Morgen anbrach, saß Maxwell noch immer vor der Tür und starrte sie an. Er hatte sich auf einen der Klappstühle gesetzt. Er hielt sich vornübergebeugt und rieb sich die Hände. Dabei fixierte er unverwandt die Tür.

Sport und Dolenko hielten sich auf der anderen Seite des Zimmers auf, bei den Glastüren, die auf den Balkon hinausführten. Sport saß auf einem Klappstuhl und hatte ein tragbares Telefon auf dem Schoß. Dolenko stand neben ihm. Er hielt ein Fernglas vor seine Glupschaugen. Er richtete es auf eine Fensterreihe im Gebäude auf der anderen Hofseite. Er hüpfte auf den Zehenspitzen auf und ab.

Dolenko kicherte, während er durch das Fernglas sah. Sein Kichern klang so schrill wie das eines Mädchens: Hii hii hii. »Seht euch das an. Sie haben noch keine Ahnung. Er setzt sich hin, um zu frühstücken.« Sogar seine Stimme klang sehnig und angespannt. »Oh, das ist wunderbar. Die Titte geht ins Kinderzimmer.« Hii hii hii: Er kicherte wieder. »Sie suchen nach ihr. Wo ist sie, Pa? Keine Ahnung, Ma. Wo könnte sie denn sein?« Hii hii hii.

Sport schnaubte. Er hörte sich Dolenkos seltsamen Sinn für Humor kopfschüttelnd an, doch er mußte gleichzeitig lächeln. Er saß zusammengekauert auf seinem Stuhl und blickte durch die Glastüren. Sogar ohne Fernglas konnte er die Conrads deutlich erkennen: ihre beiden kleinen Gestalten, die durch die Wohnung gegenüber wanderten. Sie bewegten sich schneller und hektischer.

Dolenko hüpfte nun aufgeregter. »Sie sehen die Tür! Sie sehen die Tür!« rief er.

Sport legte eine Hand auf den Hörer des Telefons. Was immer man über Dolenko sagen konnte, in Elektronik kannte er sich aus. Ursprünglich hatte Sport Conrads Wohnung verwanzen wollen. Er dachte sogar an einige versteckte Kameras. Als sich das jedoch als undurchführbar erwies, war

Dolenko auf die Idee mit dem Sender gekommen. Nun war Conrads Telefon direkt an Sports tragbares Gerät angeschlossen. Sport konnte ihn anrufen oder sich einschalten – aber Conrad konnte niemand anderen als ihn erreichen.

Sport nahm den Hörer ans Ohr.

Einen Moment später sah er Conrad zu seinem Telefon gehen. Er hörte das Klicken, als der Doktor den Hörer abnahm. Er hörte den Doktor auf die Tasten drücken, dann die Gabel betätigen. Dann herrschte für einen Moment Stille.

Sport atmete einmal tief durch und begann mit ruhiger Stimme. Er war aufgeregt, aber er versuchte, seine Stimme gelassen und fest klingen zu lassen. »Guten Morgen, Dr. Conrad«, sagte er. »Mein Name ist Sport.«

Eine Pause trat ein. Dann platzte Conrad heraus: »Was, zum Teufel –«

Sport unterbrach ihn. »Hören Sie zu. Sagen Sie nichts. Ich habe Ihre Tochter.«

Diesmal war die Pause etwas länger. Dann: »Wer sind Sie? Verdammt noch mal, wer sind Sie?«

»Ich habe mich einige Tage mit Ihrer Wohnung beschäftigt, Dr. Conrad. Ich habe dort Kameras installiert – ich kann genau sehen, was Sie tun. Ich habe auch Mikrofone eingebaut, und ich kann hören, was Sie sagen. Zum Beispiel tragen Sie im Augenblick ein hübsches Hemd.« Sport kniff die Augen zusammen. »Orange steht Ihnen gut. Und dann sollten Sie ruhig öfter mal Jeans tragen.«

»Seht doch! Seht ihn euch an: Er sucht die Kameras«, flüsterte Dolenko. Hii hii hii. »Er sieht sich um: Wo, Scheiße! Wo sind sie?« Er lachte.

Sport winkte ihm zu, er solle still sein. Er behielt das Fenster gegenüber im Auge, beobachtete Conrads Gestalt. »Wenn Sie rausgehen sollten«, redete Sport weiter, »wenn Sie versuchen, irgend jemanden in irgendeiner Form zu benachrichtigen, dann bringe ich Ihre Tochter um. Wenn Sie versuchen sollten, meine Geräte zu suchen und zu entfernen, wenn Sie irgend etwas Verdächtiges tun, dann stirbt sie.«

»Sie Schwein. Wo ist meine Tochter? Ich will sofort mit ihr reden und –«

»Autsch«, sagte Sport. Er lächelte. »Das war ein Fehler. Wenn Sie noch einmal einen solchen Fehler machen, wird Ihre Tochter darunter leiden. Wenn Sie danach einen weiteren Fehler machen, ist Ihre Tochter tot.« Er wartete einen Moment. Er wollte hören, ob der reiche Park-Avenue-Doktor jetzt noch einmal seinen großen Mund riskierte.

»In Ordnung«, sagte Conrad nach einigen Sekunden. »Was wollen Sie?«

Sports Lächeln wurde breiter. Seine Augen leuchteten. »Jetzt begreifen Sie allmählich, woher der Wind weht, Doktor. Hören Sie: Haben Sie heute irgendwelche Termine? Erwarten Sie irgendwelche Anrufe?«

Die Leitung blieb still. Dann: »Nein. Nein.«

»Sagen Sie es mir lieber jetzt gleich, denn falls nachher etwas in dieser Richtung passieren sollte, dann hat das wenig erfreuliche Folgen für unsere liebe kleine Jessica.«

»Nein. Wir wollten ... Es gibt nichts. Nein.«

»Gut. Ich will, daß Sie jetzt dort bleiben, wo Sie gerade sind, und daß Sie nichts unternehmen. Sie können essen, und Sie können scheißen – und auch wenn Sie scheißen, beobachte ich Sie. Um sieben Uhr heute abend rufe ich Sie wieder an. Dann erkläre ich Ihnen, was Sie tun müssen, um Ihre Tochter lebendig wiederzusehen.«

»Hören Sie –«, sagte Conrad.

Sport legte den Hörer zurück auf das tragbare Gerät. Er lachte leise. Hii hii hii machte Dolenko neben ihm.

Maxwell kauerte in seinem Sessel und starrte auf die Schlafzimmertür.

Hart bleiben

Langsam legte Conrad den Hörer zurück.

»Nathan?«

Er holte tief Luft.

»Nathan, was ...«

Endlich schaffte er es, sich zu ihr umzudrehen, sie anzusehen.

»O mein Gott, Nathan«, sagte sie, »was ist los?«

Aggie beugte sich zu ihm vor, hatte die Hände vor ihrer Brust in den Bademantel gekrallt. In ihren Augen lag ein wilder, verzweifelter Blick, aber sie weinte nicht. Sie schien ihn anzuflehen. »Nathan?«

Es dauerte einen Moment, ehe er weiterreden konnte. Er räusperte sich. »Jemand hat sie mitgenommen.«

»Mitgenommen ...?«

»Hör gut zu, Aggie.« Er trat auf sie zu. Faßte ihre Schultern.

»Mitgenommen? Mein Baby? Warum haben sie ...?«

»Ich weiß es nicht. Aggie, hör mir zu, ich weiß es nicht.«

»Sie müssen sie zurückbringen! Wollen sie Geld? Wir können es ihnen geben, sie können unser ganzes Geld haben, Nathan. Hast du es ihnen gesagt? Du mußt es ihnen sagen, damit sie sie zurückbringen. Nathan ...«

»O Gott!« Conrad schlang die Arme um sie, preßte sie an sich. Tränen traten in seine Augen, doch er wehrte sich dagegen. Er hielt sie fest. Sie zitterte in seiner Umarmung. Und redete gegen seine Brust.

»Sie können doch nicht einfach hier reinkommen, oder? In unser Heim? Unsere Wohnung? Und mein Baby mitnehmen. Sie wollen ihr doch wohl nichts antun, oder? Überleg doch, sie ist nur ein kleines Kind.«

»Psst«, flüsterte Conrad ihr ins Ohr. Küßte sie verzweifelt auf die Wange. »Psst.«

»Sollen wir die Polizei benachrichtigen? Vielleicht kann die Polizei ...«

»Das können wir nicht. Sie beobachten uns, hören uns ab. Irgendwie haben sie ... Sie haben Kameras in unserer Wohnung eingebaut. Mikrofone. Sie können beobachten, was wir tun, sie können uns hören ...«

»Aber wir müssen ... wir müssen etwas tun ...«

»Wir sollen warten. Dieser Mann – Sport –, er ruft uns um sieben Uhr an. Er wird uns dann sagen, was wir tun müssen. Wenn wir nicht abwarten ... wenn sie sehen, daß wir irgend etwas unternehmen ... dann ... dann tun sie ihr etwas an, Aggie ...«

»O nein. O Gott.«

Conrad machte die Augen zu und hielt sie fest. »Psst«, flüsterte er ihr ins Ohr. »Psst.«

Nach einem Moment löste Agatha sich allmählich von ihm. Sie sah zu ihm hoch. Sie weinte noch immer nicht. Aber ihre Augen waren geweitet wie die Augen von jemandem, dem soeben voller Wucht in den Magen geboxt worden war. Sie schüttelte den Kopf, erforschte sein Gesicht, suchte nach einem Zeichen, nach Hilfe, nach irgendwas.

Conrad streichelte die Wange seiner Frau. »Es wird alles gut«, sagte er.

»Warum passiert das? Nathan? Warum?« Schließlich begannen doch die Tränen zu fließen. »O Jesus Christus. Mein kleines Mädchen. Jessie. O Gott.«

Sie weinte, zitternd, preßte die Hand auf den Mund. Blind

mit der anderen Hand umhertastend, fand sie einen Stuhl. Sie zog ihn zu sich heran und sank darauf nieder. Sie saß nun am Eßtisch und weinte. Immer noch in seinen weißen Bademantel gehüllt, das Haar zerzaust und herabhängend und die runden Wangen fleckig und feucht, wirkte sie uralt und verloren. Sie hatte die Hände vor sich auf den Tisch gelegt und rieb sie gegeneinander.

Conrad wandte den Blick von ihr ab. Er fuhr sich mit den Fingern durch sein dünnes Haar. Sie weinte weiter und wrang die Hände. Er konnte sie nicht ansehen. Nach einigen weiteren Sekunden verließ er den Raum. Er ging schnell ins Schlafzimmer. Sein Arztkoffer stand auf dem Boden seines Kleiderschranks. Er kniete sich hin und öffnete ihn. Wühlte darin herum, bis er ein Fläschchen Xanax fand.

Unbeholfen schüttelte er zwei Tabletten auf seine Handfläche. »Das hilft sicher«, flüsterte er. Die Tabletten waren dunkelrot und oval: ein Milligramm. Er schraubte den Deckel auf das Fläschchen. Dann öffnete er ihn wieder und schüttelte noch eine dritte Tablette heraus.

Er füllte im Badezimmer ein Glas mit Wasser. Mit dem Glas und den Tabletten kehrte er zu Aggie zurück. Sie saß noch immer am Eßtisch und starrte die Wand an. Sie schwieg, aber die Tränen rannen ihr über die Wangen, und sie knetete ständig die Hände.

»Da«, sagte Conrad. Er stellte das Wasserglas vor ihr auf den Tisch und legte die Tabletten daneben. Er sah sie nicht an. Er schaute zur Tür, wo die Kettenhälften herabbaumelten. »Das wird dir helfen«, meinte er dann.

Aggie blickte geistesabwesend zu ihm auf. »Was ist das?«

»Es ist Medizin. Es hilft dir.«

Aggie musterte die roten Tabletten. Sie sah wieder zu ihm hoch. Immer noch weinend; dann lachte sie. Dann hörte sie auf zu lachen. Plötzlich, als meinte sie sein Gesicht, schlug sie mit der Hand gegen das Wasserglas. Es flog vom Tisch und landete auf dem kastanienbraunen Spielteppich. Das Wasser spritzte auf den Teppich und hinterließ einen dunklen Fleck. Das Glas rollte klirrend über den Fußboden.

»Verdammt, Nathan«, sagte Aggie. Mit einer Stimme, die Conrad zuvor noch nie bei ihr gehört hatte. Kehlig, vibrierend. »Verdammt.«

Als sie zu ihm hochsah, hatte Conrad ein hohles Gefühl in der Magengegend. Seine Beine waren ganz schwach geworden. Er sank in einen Sessel, der ihr gegenüber stand. »Es tut mir leid. O Gott, es tut mir so leid, Aggie.« Er streckte den Arm aus, um ihre Hand zu ergreifen, doch sie zog sie weg. Sie wollte ihn nicht ansehen. Conrads Kehle fühlte sich ganz eng an. Er mußte schon wieder gegen Tränen ankämpfen. »Ich konnte es nicht ertragen, daß du ...«, sagte er. »Ich konnte es nicht ...«

Er war nicht fähig weiterzureden. Er starrte auf den Tisch. Nach einigen Sekunden beugte Agatha sich zu ihm vor. Ihre Tränen waren versiegt. Sie sah müde aus, hielt sich gebückt vor Erschöpfung. Sie ergriff die Hand ihres Mannes. Conrad griff mit beiden Händen zu und hielt ihre Hand fest.

»Ich weiß«, sagte sie leise. »Ich weiß.«

In der ersten Stunde, nachdem er mit Sport gesprochen hatte, glaubte Conrad, er würde den Verstand verlieren. Er und Agatha saßen in der Wohnung. In ihrer eigenen Wohnung. Und starrten die Wände an. Sahen die Fenster an wie Gefangene. Sie sprachen kein Wort. Sie wußten nicht, was sie sagen sollten. Sie wollten nicht, daß sie – Sport; wer auch immer – sie hörten. Sie saßen einfach da. Auf dem Sofa. Und hielten sich bei den Händen. Conrad dachte nach. Über Sport.

Er dachte an Sports Stimme.

Wenn Sie einen Fehler machen ...

Der Klang von Sports Stimme. Er dachte an ihren einschmeichelnden, unbeschwerten, spöttischen Charme ...

... dann hat das wenig erfreuliche Folgen für unsere liebe kleine Jessica ...

Er erkannte die Stimme nicht; er konnte sie nirgendwo unterbringen. Aber er glaubte, den Tonfall gut zu kennen. Er glaubte, diesen Klang schon ein- oder zweimal gehört zu haben. In den geschlossenen Krankenhausabteilungen. Aus den schattenlosen Nischen von verriegelten weißen Zimmern.

Wenn Sie einen Fehler machen ...

Nach einer Weile stand Conrad auf. Er begann auf und ab zu gehen. Er mußte nachdenken. Er mußte sich über Sport klarwerden. Er mußte sich noch einmal durch den Kopf gehen lassen, was Sport gesagt hatte.

Guten Morgen, Dr. Conrad.

Er hatte ihn mit Doktor angesprochen. Er hatte gewußt, wer er war. Vielleicht handelte es sich um einen früheren Patienten. Vielleicht war es jemand, der nichts anderes wollte als ein wenig Aufmerksamkeit. Oder Drogen – vielleicht glaubte er, daß ein Doktor ihm dabei helfen könne, Drogen zu beschaffen. Er mußte irgend etwas wollen. Drogen. Geld. Irgendwas.

Conrad ging auf und ab. Er dachte an sieben Uhr, wenn Sport und er wieder miteinander reden würden.

Dann begann Agatha zu weinen. Er unterbrach seine Wanderung. Er setzte sich und hielt sie fest. Sie hielten sich gegenseitig. Sie drängten einander, ruhig zu bleiben, zu essen, stark zu sein. Sie aßen nicht. Sie konnten es nicht. Sie warteten. Die Zeiger von Conrads Uhr schienen sich nicht zu rühren. Das graue Tageslicht am Fenster schien sich nicht zu verändern.

Die Erstarrung der Zeit verursachte Conrad geradezu körperliche Qualen. Es gab Momente, in denen er sich am liebsten die Haut aufgerissen hätte, um die Zeit anzutreiben. Er wollte zur Tür hinausstürmen, die Polizei rufen. Er wollte durch die Telefonleitung greifen und sich diesen Sport packen, ihn schütteln: »Wo ist meine Tochter?« Es gab sogar einen kurzen Augenblick, nach etwa zwei Stunden dieses Wartens, als er eine flüchtige Vision hatte, in der er nach einem Küchenmesser griff und seine Frau und sich selbst tötete. Nur um dieser Tortur ein Ende zu machen.

Aber das war der schlimmste Moment, der absolute Tiefpunkt. Danach, so schien es, veränderte sich der Tag. Der Charakter der Zeit wechselte. Sie beschleunigte ihren Lauf, wurde schneller. Mann und Frau gingen ins Schlafzimmer. Sie setzten sich auf die Bettkante und schalteten den Fernseher ein. Einen Nachrichtensender. Alle halbe Stunde die neuesten Meldungen. Aufstände in Osteuropa. Ein brennender Tanker im Persischen Golf. Der Tag schien halbstundenweise vorbeizugehen. Conrad verfolgte teilnahmslos die Nachrichten. Er dachte an Sport. Er rief sich Sports Stimme in Erinnerung – und er besann sich auf seine eigene Stimme. Sie hatte ängstlich geklungen; er hatte auch tatsächlich Angst gehabt, und er hatte es zugelassen, daß diese Empfindung sich in seine Stimme schlich.

Bei dem Gedanken biß er knirschend die Zähne aufeinander. Er starrte auf den TV-Schirm. Der Schauspieler Mel Gibson hatte mit den Dreharbeiten zu einem neuen Film begonnen. In den Staaten im Westen war Schnee gefallen. Auch im Osten wurde das Wetter kälter.

Das Licht im Fenster veränderte sich; es wurde stahlblau. Conrad und Aggie legten sich aufs Bett. Sie schlief für eine Weile ein, und er hielt sie im Arm. Er starrte die Decke an. Und dachte an Sport. Und an sieben Uhr.

Als Aggie erwachte, beschloß sie, sich anzuziehen. Sie stand dabei in einer Zimmerecke, und Conrad schirmte sie ab, indem er vor ihr den Bademantel hochhielt. Schnell schlüpfte sie in eine Jeans und ein Sweatshirt mit dem Emblem des Mohonk Mountain House. Während sie sich anzog, sah sie sich im Zimmer um und suchte die Kameras. Als sie die Toilette benutzte, bedeckte sie ihren Schoß mit einem Handtuch. Dennoch brannten ihre Augen vor Scham.

Um fünf Uhr aßen sie zu Abend. Sie standen an der Eßbar in der Küche. Sie bereiteten sich Sandwiches: Schinken und Käse. Agatha schnitt Weißbrotscheiben ab, als sie die Fassung verlor und wieder zu weinen begann. Fast hätte Conrad sie mit einer wütenden Bemerkung zum Schweigen gebracht. Er wollte brüllen: Hör auf! Merkst du denn nicht, daß du mich quälst? Statt dessen legte er einen Arm um ihre Schultern. Weinend schnitt sie weiter Brot.

Am Ende verlangsamte die Zeit sich wieder. Sie schien fast stehenzubleiben. Das Licht vor dem Fenster erlosch, und die Nacht brach herein. Bis zu diesem Moment hatte Conrad auf das Licht geachtet. Wenn es dunkel ist, hatte er sich gesagt; wenn es dunkel ist, dann ruft er an. Dann, als das Licht erloschen war, gab es nichts mehr zu beobachten. Während dieser letzten halben Stunde saßen er und Aggie am Eßtisch. Sie schoben die Teller von sich, obgleich sie nicht leergegessen waren. Sie ergriffen sich bei den Händen. Sie versuchten zu lächeln.

Um fünf vor sieben ergriff Agatha mit beiden Händen die seinen. Sie versuchte zu lächeln, aber es wurde nur ein Weinen daraus. »Sag ihnen, Nathan ...«, brachte sie hervor. »Sag ihnen ... wir tun alles. Vergiß nicht, es ihnen zu sagen.«

Bitte, dachte er. Bitte hör auf. Doch er tätschelte ihre Hände und versuchte ebenfalls zu lächeln.

»Es wird schon alles gut werden«, sagte er heiser. Agatha versuchte zu nicken.

Er sah auf die Uhr. Es war genau sieben Uhr. Das Telefon klingelte.

Conrad ging zum Telefon. Aggie war neben ihm. Er holte tief Luft. Das Telefon klingelte erneut. Er nahm den Hörer ab. Am anderen Ende herrschte Stille. Er sagte nichts. Und wartete.

»Melden Sie sich nicht mal, Doktor?« fragte Sport. »Sie sollten sich bessere Manieren angewöhnen.«

Conrad wartete einen Moment, ehe er reagierte. Er hatte fast elf Stunden Zeit gehabt, sich darauf vorzubereiten. Er wollte es richtig machen.

»Hallo, Sport«, sagte er. Und es war gut. Es klang ruhig und stark. Der Arzt ist da und bereit. »Hallo, Sport. Reden wir über meine Tochter.«

Ein Zögern. Conrad konnte es deutlich hören. Dann sagte Sport: »Ich habe einen Vorschlag, Doktor. Ich rede. Sie hören zu. So ist es doch immer bei euch Gehirnklempnern, nicht wahr? Ich rede, Sie hören zu?« Er kicherte leise. »Also hören Sie zu, und ich erkläre Ihnen genau, was Sie tun werden –«

»Nein«, sagte Conrad. Er drückte den Hörer gegen sein Ohr. Er schob seine freie Hand in seine Hosentasche, so daß der Hurensohn sie nicht zittern sah. »Nein«, sagte er. »Ich fürchte, so wird es nicht gehen, Sport.«

»Nathan!« flüsterte Agatha aufgeregt.

Er wandte ihr den Rücken zu. Preßte den Hörer noch fester gegen sein Ohr.

Am anderen Ende der Leitung wurde die glatte Stimme hart und düster. »Vorsicht, Doktor. Denken Sie daran, was ich Ihnen über Fehler erklärt habe.«

»Ich denke daran, Sp...« Conrad mußte innehalten,

schlucken, um seine Stimme wiederzufinden. »... Sport. Trotzdem, ehe wir weitermachen, ehe Sie mir erklären, was getan werden muß, will ich, daß Sie mich mit meiner Tochter reden lassen.«

»Hey, Doktor. Ich glaube nicht, daß Sie mich richtig verstanden haben. Was Sie wollen, interessiert überhaupt nicht. Was Sie wollen, ist Scheiße.«

»Schön, ich verstehe, daß Sie so denken, Sport. Und dennoch –«

Und plötzlich kreischte Sport. »Kommen Sie mir nicht mit diesem Psychiater-Scheiß, Sie Schwanzlutscher, Sie Wichser, mit diesem Ich-weiß-alles-Scheiß, ich schlitz' ihr den Bauch auf wie 'nem Fisch, ich hol' ihr genauso die Eingeweide raus, hören Sie, Dr. Arschloch! Verstehen Sie mich?«

Conrad konnte jetzt kaum noch sprechen. Sein Mund öffnete sich, aber nur ein leiser, wortloser Laut drang heraus. Er schloß den Mund wieder. Er biß die Zähne aufeinander. Er quetschte die Worte hindurch. »Wenn ich ... Wenn ich nicht mit ihr reden kann ... Sport ... dann muß ich annehmen, daß sie tot ist.«

Aggie stieß einen leisen Schrei aus. Conrad fuhr fort.

»Und wenn sie tot ist, dann gehe ich zur Polizei.«

»Ja, Scheiße, kleiner Mann, hören Sie zu, was Sie sich gerade eingehandelt haben –«

Nathan legte den Hörer auf.

Er stand da, ließ die Hand auf dem Hörer liegen. Er stand da und starrte ihn an. Ich muß jetzt loslassen, dachte er. Sie sehen mich. Ich muß loslassen. Seine Hand entspannte sich, öffnete sich allmählich. Er zog sie vom Telefon weg.

»Nathan!« Aggie fand endlich ihre Stimme wieder. »Nathan, mein Gott, was hast du ...«

»Hör zu.« Er drehte sich um, packte ihre Schultern. Er blickte ihr beschwörend in die entsetzten Augen.

»Nathan, mein Gott, mein Gott ...« Sie plapperte schrill und flüsternd.

Conrad redete jetzt laut und deutlich. Er wollte sicher gehen, daß Sport ihn hören konnte. »Hör zu, Aggie. Wir gehen zur Polizei. Wir müssen zur Polizei gehen.«

Klingel! dachte er. Du widerliches Schwein! Ruf zurück. Klingel!

Er hatte fast elf Stunden Zeit gehabt zu überlegen. Er hatte sich genau überlegt, was er tun sollte. Wer sie auch waren, sie hatten etwas Verzweifeltes getan. Was immer sie wollten, sie mußten es ganz verzweifelt wünschen. Drogen ... Geld ... ärztliche Fürsorge ... irgend etwas, das er hatte, etwas, das sie sich von ihm holen mußten. Was immer das war, es stellte sein einziges Unterpfand dar, sein einziges Tauschkapital. Wenn er es nicht einsetzte, wenn er nicht darauf bestand, mit Jessica zu reden – welchen Grund sollten sie dann haben, sie am Leben zu lassen?

»Wir müssen zur Polizei gehen«, wiederholte er.

Das Telefon blieb stumm. Aggie starrte ihn an, schüttelte den Kopf: nein, nein ...

»Wir müssen.« Er ließ sie los. Er schlug den Weg zur Wohnungstür ein.

Das Telefon klingelte.

Conrad blieb stehen. Er drehte sich langsam um. Das Telefon klingelte erneut. Aggie stand stocksteif da und starrte es an.

Conrad kehrte zu ihr zurück. Gerade als das Telefon ein drittes Mal zum Klingeln ansetzte, nahm er den Hörer ab. Er vergrub wieder eine zitternde Hand in der Hosentasche.

»Was ist?« fragte er.

Die Stille am anderen Ende kam ihm vor wie ein Highway in Texas; es schien, als wollte sie niemals aufhören. Dann, zuerst leise und dann allmählich lauter werdend, begann Sport wieder zu lachen. Es war ein böses, perlendes Kichern.

»Oho«, sagte er. »Oho, wie hart. Der harte Doktor. Der starke Daddy. O ja. Wie wäre es denn, wenn ich sie ans Telefon hole und ein bißchen schreien lasse? Wie würde Ihnen das gefallen?«

»Nein«, sagte Conrad. Deutlich und ruhig. »Was immer Sie wollen, Sie bekommen es nicht, wenn Sie ihr etwas antun.«

Sport lachte weiter. »Ich höre. Ich höre genau zu, ich fange an zu verstehen. Sie sind ein richtig harter kleiner Dr. Dad, wirklich.« Eine kurze Pause trat ein. »Wissen Sie, eigentlich gefällt mir das sogar«, redete er dann weiter. »Das ist wirklich mein Ernst. Das erinnert mich an mich selbst. Wissen Sie das? Ich denke, Sie und ich würden unter anderen Umständen sicherlich gut miteinander auskommen.«

Die Hand in Conrads Tasche ballte sich zur Faust. Ich hab' ihn, dachte er.

»Okay«, sagte Sport. »Bleiben Sie dran, harter Bursche.«

Ein Klicken ertönte, und dann ein leises Summen. Conrad lauschte angestrengt, aber es ertönte kein anderes Geräusch.

»Nathan ...«, flüsterte Aggie. »Was ist los?«

Er drehte sich, legte ihr eine Hand auf die Schulter. Ihr Gesicht war blaß und angespannt; in den Augen lag noch immer ein hektischer Ausdruck. Ihr Haar war zerzaust. Er lächelte sie an.

Im Telefon ertönte ein Klicken. »Daddy?«

»Jess?«

»Daddy.« Sie fing an zu weinen. »Ich hab' Angst, Daddy.«

Tränen traten in Conrads Augen. »Ich weiß, Baby. Es wird alles gut.«

»Ich will nicht hierbleiben, Daddy. Es sind böse Männer.

Warum darf ich nicht nach Hause kommen? Ich will weg von hier und zurück zu euch.«

»Es wird alles wieder gut, Jessie. Du bist bald wieder zu Hause.« Er kniff krampfhaft die Augen zu.

»O Gott, Nathan, bitte …« Aggie streckte beide Hände nach dem Telefonhörer aus.

Aber Conrad hielt ihn außerhalb ihrer Reichweite. Er konnte Jessica bereits aufschreien hören: »Nein! Ich will mit meiner Mommy sprechen. Ich will meine Mommy. Bitte. Bitte … Daddy!« Und dann wurde ihr wortloses Schluchzen leiser, als sie vom Telefon weggetragen wurde.

»Und nun«, sagte Sport einen Moment später, »hören Sie sich an, was Sie tun sollen, Doktor.«

Conrad legte sich eine Hand auf die Augen. Er wußte, daß sie ihn beobachteten, wußte, daß die Kamera auf ihn gerichtet war und lief, aber er konnte nicht anders. Ein Zittern ließ seinen Körper erbeben, während er die Tränen abwischte.

»Sie werden eine Ihrer Patientinnen aufsuchen«, sagte Sport. »Eine Frau namens Elizabeth Burrows …«

Eine einfache Frage

Sie werden verfolgt. Jeden Moment werden Sie beobachtet.

Conrad schlüpfte in seinen Trenchcoat. Er ging mit Agatha zur Tür.

Ich töte sie, wenn Sie stehenbleiben. Ich töte sie, wenn Sie die falsche Richtung einschlagen. Wenn Sie irgendeinen Trick versuchen, wenn Sie einen Laut von sich geben, wenn Sie einen Fehler machen ... ist sie tot.

An der Tür sah Agatha ihn an. Sie fragte ihn nicht, ob alles wieder gut würde. Sie schaute nur. Ihre Augen waren leer und dunkel.

Er streichelte ihre Wange. Er beugte sich zu ihr und preßte seine Lippen auf ihren Mund.

»Laß sie nicht sehen, wie du weinst, Aggie«, sagte er.

Sie lächelte verkniffen. Und schüttelte den Kopf. »Nein.«

»Mach für niemanden die Tür auf.«

Sie konnte nicht reden.

»Ich bin bald wieder zurück.«

Sie nickte mit feuchten Augen.

Er machte einen tiefen Atemzug und trat hinaus auf den Korridor. Er hörte, wie die Wohnungstür sich hinter ihm schloß.

Auf dem ganzen Weg wird jemand hinter Ihnen sein, hatte Sport ihm erklärt. *Wer weiß jemand. Es könnte der Portier sein, vielleicht sogar Ihr bester Freund. Der Metzger oder der Bäcker. Aber irgend jemand ist da.*

Conrad ging langsam zum Fahrstuhl. Er drückte auf den Knopf. Die Lichtanzeige über der Tür wanderte vom Penthouse herab: 12 ... 11 ... 10 ... Conrad stand vor der Tür und blickte in den Flur. Niemand war zu sehen. Seine Blicke blieben an der Tür von Apartment 5 C hängen. Seine Nachbarn. Scott und Joan Howard wohnten hinter dieser Tür; ein Juwelier, der sich zur Ruhe gesetzt hatte, und seine Frau. Die Tür schien Conrad magisch anzuziehen. »Rufen Sie die Polizei, Scott.« Er konnte es sich sagen hören. Sein ganzer Körper wendete sich sogar der Tür zu, während er auf den Fahrstuhl wartete.

Doch dann faßte er sich wie ein Erstickender an die Kehle.

Sie haben ein sehr hübsches Hemd an. Orange steht Ihnen gut.

Und hinter ihm öffnete sich eine andere Tür. Conrad fuhr herum. Billy Price erschien aus seinem Apartment, in jeder Hand einen Karton. Conrad erinnerte sich, daß er ihn im Fahrstuhl kennengelernt hatte: sein neuer Nachbar; der Wall-Street-Typ mit dem seltsamen Humor.

Der junge Mann reagierte mit einem schüchternen Lächeln. »Hey, Doc. Wie läuft's denn so?«

Conrad erwiderte das Lächeln und nickte.

»Schon wieder ein Samstag zum Teufel«, sagte Price. Er öffnete die Tür zum Müllschlucker, hielt sie mit der Schulter offen. »Können Sie sich vorstellen, daß ich noch immer Umzugskartons auspacke?« Er warf die Kartons hinein.

Conrad betrachtete ihn. Nein, dachte er. Nein, ich weiß nicht, ob ich mir das vorstellen kann. Er behielt sein Lächeln bei.

»Wo ist denn Ihre Kleine?« fragte Price.

Conrad gab sich Mühe, ihn nicht zu auffällig anzustarren. »Äh ... weg, sie ... ist mit Freunden ... unterwegs ...«

»Aha«, sagte Price. »Na ja, wir sehen uns sicher mal wieder. Oder?« Er zwinkerte ihm zu und schlenderte langsam zu seinem Apartment zurück.

Die Fahrstuhltür glitt auf. Conrad betrat schnell die Kabine.

»Ja, ja«, sagte er.

Jemand ist auf dem ganzen Weg hinter Ihnen. Es könnte der Portier sein, aber auch Ihr bester Freund. Der Metzger oder der Bäcker. Irgend jemand ist immer da.

Allein im Fahrstuhl verfolgte Conrad die Leuchtanzeige über der Tür: 5 ... 4 ... 3 ... Wenn jemand ihn beobachtete, dann würde er sofort bemerken, wenn er den Fahrstuhl anhielt, wenn er ausstieg.

Er tat es nicht. Er fuhr hinunter bis in die Halle.

Dort verließ er die Kabine und ging auf den Portier zu. Heute versah Ernie den Dienst. Ein hochgewachsener, magerer Hispano mit einem breiten, zähneblitzenden freundlichen Lächeln. Ernie zog die Glastür auf. Während Conrad an ihm vorbeiging, lächelte Ernie ihn an und zwinkerte ihm zu.

»Schönen Tag, Doc«, sagte er.

Conrad erwiderte das Lächeln.

Draußen war der Abend kalt und feucht. Dunst verschleierte die Fassade der Morgan-Bibliothek auf der anderen Straßenseite. Die Scheinwerfer, die sie anstrahlten, ließen die Friese reliefartig hervortreten und vertieften die Schatten der Nischen und Winkel. Der Lichtschein der Scheinwerfer hing in den Platanen, in ihrem welken Laub.

Leute eilten unter den Bäumen dahin. Ein Schwarzer in einer Lederjacke mit einem Mädchen im Arm, ausgelassen lachend; ein Mann mit silbergrauem Haar in einem dunklen Anzug; eine alte Frau mit rot gefärbtem Haar spazierte mit ihrem Cockerspaniel vorbei. Ein junger männlicher Obdachloser hockte auf den Eingangsstufen der Bibliothek und hatte den Kopf auf seine angezogenen Knie gelegt.

Conrad blieb für einen kurzen Moment stehen und betrachtete sie. Er spürte, wie Schweiß sich an seinen Schläfen sammelte. Ein Tropfen perlte die Wange hinunter, verschwand unter seinem Kinn.

Ich töte sie, wenn Sie stehenbleiben. Ich töte sie, wenn Sie die falsche Richtung einschlagen. Wenn Sie einen Trick versuchen, wenn Sie irgend etwas sagen, wenn Sie einen Fehler machen ... dann ist sie tot.

Er setzte sich wieder in Bewegung und ging zur Garage nebenan.

»Wie läuft's denn, Doc? Wieder mal Zeit, den alten Rolls anzuschmeißen?«

Conrad blickte in das Gesicht des Garagenhelfers. Er hieß Lar. Ein vertrautes Gesicht: Boxernase, glänzende Wangen wie ein Weihnachtsmann. Lar hatte meistens die Abendschicht. Er salutierte immer, wenn er Agatha sah. Und wenn Jessie dabei war, dann tat er immer so, als würde er ihr die Nase wegnehmen. Und nun, als Conrad in seine kleinen, blinzelnden Augen schaute, erwiderten die Augen seinen Blick, funkelten dabei wie dunkle Glasmurmeln.

»Das wäre nett«, sagte Conrad.

Lar salutierte und watschelte in die Garagenhalle.

Conrad wartete, die Hände in den Taschen seines Trenchcoats vergraben. Nervös schaute er über die Schulter. Sein Herz schien ein, zwei Schläge zu überspringen.

Auf der anderen Straßenseite, direkt neben einem Gingkobaum, stand eine Gestalt und sah zu ihm herüber. Conrads Mund öffnete sich. Er starrte wie gebannt die Gestalt an.

Langsam, lässig wandte die Gestalt sich um und schlenderte weiter.

Mit quietschenden Reifen kam Conrads silbern-blauer Corsica aus der Garage heraufgeschossen. Er stoppte direkt vor ihm. Der Helfer stieg aus.

»Vielen Dank, Lar«, sagte Conrad heiser. Er schob sich hinter das Lenkrad.

Also, Doktor, Sie haben folgendes zu tun. Wir haben jetzt fünf nach sieben. Sobald Sie den Hörer aufgelegt haben, ziehen Sie Ihren Mantel an und verlassen die Wohnung. Sie fahren direkt zum Impellitteri-Irrenhaus. Für die Fahrt brauchen Sie zwanzig, allerhöchstens fünfundzwanzig Minuten.

Der Corsica rollte mit mäßiger Geschwindigkeit über die Sechsunddreißigste Straße in Richtung Midtown Tunnel. An der Ecke Lexington Avenue blieb Conrad vor einer Ampel stehen. Ein grüner Grand Am schob sich neben ihn. Sein Motor brummte bedrohlich. Conrad wandte den Kopf und sah einen muskulösen jungen Mann hinter dem Lenkrad. Der junge Mann hatte einen Bürstenhaarschnitt und trug ein weißes T-Shirt. Er schaute zu Conrad herüber und grinste geringschätzig. Er trat aufs Gaspedal und ließ den Motor aufbrüllen.

Das Ampellicht wechselte. Er gab Gas. Fuhr auf den Tunnel zu.

Okay, hatte Sport gesagt. *Wir haben also sieben Uhr dreißig. Sie gehen ins Irrenhaus und begeben sich sofort zu Elizabeth. Gehen Sie direkt hinein. Reden Sie mit niemandem, vergeuden Sie keine Zeit. Sie haben nämlich keine, Doktor, verstehen Sie, was ich meine? Sie gehen sofort zu Elizabeth. Unterhalten sich mit ihr. So wie Sie es immer tun. Keine Drogen, das funktioniert nicht, ihre Gedanken müssen total klar sein. Reden Sie mit ihr, damit sie sich völlig entspannt. Bringen Sie sie dazu, sich mit Ihnen zu unterhalten. Dafür gebe ich Ihnen eine halbe Stunde, vielleicht sogar fünfundvierzig*

Minuten, wenn Sie so lange brauchen. Okay, damit wäre es Viertel nach acht. Sie redet, sie ist völlig entspannt und ausgeglichen, sie vertraut Ihnen. Und in diesem Moment – wenn alles in Ordnung, alles optimal ist, klar? –, in genau diesem Moment stellen Sie ihr eine ganz einfache Frage.

Mehrere Straßen vereinigten sich vor der Einfahrt in den Tunnel. Der Corsica wurde von dem eiligen Strom der Wagenschlange aufgesogen. Und schon Sekunden später blickte Conrad blinzelnd in den grellen Lichtschein der Tunnelbeleuchtung. Punktleuchten auf den schmuddeligen gelben Fliesen der Tunnelwände. Auf der Gegenfahrbahn kamen ihm Scheinwerfer entgegen. Vor ihm rote Rück- und Bremslichter.

Ein Straßenarbeiter schlurfte über den Fußweg rechts von ihm; er sah herüber, als Conrads Wagen an ihm vorbeifuhr. Ein Coca-Cola-Laster schob sich von hinten fast auf Tuchfühlung an Conrad heran. Vor ihm richtete der Mann in dem blauen Chevy sich etwas auf und warf einen Blick in den Rückspiegel; Conrad konnte seine Augen erkennen.

»Elizabeth, wie lautet die Zahl?« Das ist die Frage. Das ist alles, was Sie sagen müssen. Sobald Sie sie beruhigt und zum Reden gebracht haben, sobald sie zu erzählen anfängt, beugen Sie sich einfach ein Stück vor, sind ganz freundlich und verständnisvoll, wie die Gehirnschlosser nun mal so sind, und sagen: »Elizabeth, wie lautet die Zahl?« Ganz harmlos. Ganz simpel.

Er tauchte aus dem Tunnel auf und fuhr wieder durch den dunstigen Abend. Schob sich schrittweise in der Wagenschlange vor dem Mautschalter vorwärts. Fuhr durch die Sperre und gelangte auf den Long Island Expressway. Er umklammerte krampfhaft das Lenkrad. Er konnte jetzt spüren, wie der Schweiß durch sein Oberhemd drang, wie er den Stoff auf seinem Rücken, unter den Armen benetzte. Der

Corsica rollte zügig über die breite Schnellstraße. Umgeben von Automobilen. Sie überholten ihn. Fädelten sich hinter ihm ein. Fuhren auf gleicher Höhe neben ihm her. Die Fahrer hinter den Lenkrädern waren nur dunkle Schemen.

Die Scheinwerfer waren wie lauernde Augen. Die Augen der Nacht.

Die Uhr zeigte fünf nach halb acht, als er den Wagen auf den Impellitteri-Parkplatz lenkte. Er hinkte fünf Minuten hinter Sports Zeitplan her.

Neun Uhr. Dann müssen Sie wieder zurück sein. Keine Minute später. Nicht eine Sekunde nach neun. Ich warte keine Sekunde, Doktor. Neun Uhr und wenn Sie nicht da sind, dann ist es aus mit Ihrer Tochter. Vergessen Sie das niemals.

Conrad parkte den Wagen auf dem reservierten Platz vor der Mauer des Gebäudes. Er klopfte prüfend auf die Innentasche seines Mantels, spürte den Kassettenrecorder. Er hatte ihn mitgenommen, damit sein Besuch bei ihr so normal wie immer aussah.

Elizabeth, wie lautet die Zahl? Eine ganz einfache Frage.

Er schwang sich aus dem Wagen und schloß die Tür.

Hier draußen, weit weg von den schützenden Bauten Manhattans, war der Abend kalt. Der Nebel lag eisig auf seiner Haut, kühlte sein schweißfeuchtes Haar ab. Er fröstelte.

Er blieb für einen kurzen Moment stehen und versuchte sich zu sammeln. Seine Hände zitterten jetzt heftig. Er konnte nicht einmal seinen Atem beruhigen. Langsam, während er mit der Zunge seine Lippen befeuchtete, hob er den Blick und betrachtete das Gebäude des Impellitteri.

Der Uhrenturm. Das hatte Sport ihm erklärt. *Sobald sie Ihnen die Zahl genannt hat, kommen Sie zum Uhrenturm in der Leonard Street. Kennen Sie ihn? Er ist mitten in der City, also rechnen Sie mit mindestens einer halben Stunde, um dorthin zu kommen. Das heißt, Sie müssen das Impellitteri spätestens um halb neun verlassen. Lassen Sie sich die Zahl nennen und brechen Sie um acht Uhr dreißig auf. Dann haben Sie genügend Zeit. Neun Uhr. Dann müssen Sie am Treffpunkt sein. Nicht eine Minute nach neun. Keine Sekunde.*

Schweratmend betrachtete Conrad den massigen Würfel aus Stein, der grau durch die Nacht schimmerte. Dünne Nebelschwaden trieben an ihm vorbei. Regentropfen tanzten durch die Lichtkegel der Punktstrahler. Dort, wo hinter den Fenstern Licht war, konnte man die Gitterstrukturen erkennen, die das Glas armierten. Dort, wo kein Licht zu erkennen war, starrten die Fenster wie tote Augen auf ihn hinab.

Ich will nicht hierbleiben, Daddy. Es sind böse Männer. Warum kann ich nicht nach Hause zurückkommen? Ich will zu euch.

»O Gott«, flüsterte Conrad. Sie hatte solche Angst.

Warum kann ich nicht nach Hause kommen, Daddy?

Sie hatte solche Angst, und er wußte nichts. Er wußte nicht, wer sie entführt hatte oder warum. Er begriff noch nicht einmal, was sie von ihm wollten.

Ich will nicht hierbleiben, Daddy.

Mein Baby, dachte er. Mein kleines Mädchen.

Und dann verdrängte er gewaltsam diesen Gedanken. Er mußte sich konzentrieren. Mußte ruhig sein, professionell, kompetent. Der Doktor ist da und bereit. Er preßte die Hände gegen seine Oberschenkel, um ihr Zittern zu dämpfen.

Elizabeth, dachte er, *wie lautet die Zahl?*

Eine einfache Frage. Das war alles, was er in Erfahrung bringen mußte.

Er betrat das Krankenhaus.

Die Halle war von Schatten erfüllt.

An der Decke knisterten und summten die roten Leuchtstoffröhren. Die Schwester hinter dem Empfangspult, der Hauswächter am Halleneingang – beide waren nicht mehr als schemenhafte Gestalten.

Reden Sie mit niemandem. Vergeuden Sie keine Zeit.

Conrad holte seinen Krankenhausausweis hervor. Er zeigte ihn der Empfangsschwester, als er an ihr vorbeiging. Sie nickte ihm zu, ohne zu lächeln. Sah ihm nach, als er vorüber war. Er befestigte die Karte am Revers seines Trenchcoats. Damit hatte er etwas zu tun, während er seinen Weg unter den aufmerksamen Blicken des Hauswächters fortsetzte.

Er erreichte den Fahrstuhl, die breite, silbern glänzende Tür. Er drückte auf den Rufknopf.

»Hallo.« Eine Stimme erklang in dem schwach erleuchteten Flur. »Hallo, Nate.«

Scheiße! dachte Conrad. Er wandte sich nicht um. Die Fahrstuhltür öffnete sich. Er trat in die Kabine.

»Nate. Hey. Nate! Warte doch!«

Reden Sie mit niemandem ...

Conrad brauchte seinen Passepartout, um mit dem Fahrstuhl in die vierte Etage zu fahren. Er suchte nach der Schlüsselkette. Nun komm schon, dachte er. Komm!

Vergeuden Sie keine Zeit.

Jerry Sachs' Stimme wurde lauter, während er im Flur näherkam.

»Nath-an! Warte mit dem Fahrstuhl!«

Die Fahrstuhltür glitt zu. Conrad schob den Schlüssel in den Schlitz und drehte ihn. Er blickte nach oben zu den beleuchteten Nummern.

Dann öffneten die Fahrstuhltüren sich wieder. Jerry Sachs erschien.

Der massige Mann war völlig außer Atem. Schweiß glänzte auf seiner kahlen Schädelplatte. Die Vorderfront seines rosafarbenen Hemdes war dunkel vor Feuchtigkeit. Desgleichen die Achselhöhlen seines erbsengrünen Anzugs.

»Mein Gott, Nathan. Hast du mich nicht gehört? Drück für mich auf die Drei, ja? Puh!« Er atmete pfeifend aus und wischte sich mit seiner großflächigen Hand durch das breite Gesicht.

»Tut mir leid, Jerry. Ich war ...« Conrads Stimme verstummte. Er drückte auf den Knopf für die dritte Etage. Die Fahrstuhltür schloß sich wieder. Er begann seine Fahrt.

Conrad betrachtete aufmerksam die erleuchteten Ziffern, während sie langsam aufstiegen. 1 ... 2 ... Sachs sah ihn belustigt an.

»Soso«, sagte er. »Ein Samstagsrendezvous, oder? Ein spätes Date mit Nate. Ich wette, ihr Typen von der Central Park West seid an solche Termine nicht gewöhnt.« Er lachte schallend.

Conrad drehte sich um und sah zu ihm hoch. Sah durch die dicken dunklen Gläser in die großen Augen, die von den Brillengläsern verzerrt wurden. Dumme Augen, erkannte er plötzlich. Korrupt und ungehobelt, ja – aber vorwiegend dumm und voller Furcht vor der cleveren und komplizierten Welt.

»Jerry«, sagte Conrad scharf. Meine Tochter wurde gekidnappt. Mein Zuhause steht unter Beobachtung. Bitte. Du mußt die Polizei benachrichtigen.

Aber er sagte es nicht. Er brachte die Worte nicht heraus.

Irgend jemand ist die ganze Zeit in Ihrer Nähe. Wenn Sie irgendwelche Tricks versuchen, wenn Sie reden, wenn Sie irgendeinen Fehler machen ... dann ist sie tot.

»Ich denke, es ist schon ein bißchen spät«, sagte er leise.

Der Fahrstuhl stoppte in der dritten Etage. Die Tür glitt auf.

»Bis später, Nate.«

Sachs stieg aus. Conrad fuhr allein in die vierte Etage.

Es war nun Viertel vor acht. Ihm blieben fünfzig Minuten, um seine Aufgabe zu erledigen. Er ging an der Strafvollzugsbeamtin vorbei – dieser kräftigen Frau –, die an ihrem Schreibtisch saß. Er schloß die Tür der Abteilung auf. Dann ging er durch den Flur zu Zimmer Nummer 3.

Assistentinnen kamen ihm im dunklen Flur entgegen. Andere folgten und gingen vorbei. Conrad mied ihre Blicke. Er umklammerte die Schlüsselkette. Er starrte angestrengt auf den schweren Hauptschlüssel.

Wie lautet die Zahl? wiederholte er ständig in Gedanken ... *Eine ganz einfache Frage.*

Er erreichte die Tür und schob den Schlüssel ins Schlüsselloch ...

Und während er das tat, wallte Panik in ihm hoch. Sein Gesicht wurde klebrig. Seine Hände zitterten plötzlich so heftig, daß die Kette klirrend gegen den Knauf schlug.

Ich kann nicht ... ich kann es nicht. Unmöglich.

Er bekam keine Luft mehr. Er sah sich um, und der Flur, die Lampen, die schattenhaften Menschen schienen plötzlich zu verblassen ...

Ich kann nicht. Aggie ...

Er hatte sie allein gelassen ...

Aggie.

Er hatte seine Frau allein gelassen.

Mit ihnen.

Mit *ihnen* – und wer, zum Teufel, *waren* sie? Sie beobachteten sie, belauschten sie. Und sie könnten sogar einfach reinkommen. Sie könnten die Schlösser öffnen, wie sie es vorher schon getan hatten. Himmel, sie brauchten nur zu klopfen – Aggie würde alles tun, was sie von ihr verlangten. Sie wäre zu allem bereit, um ihr Baby zu beschützen. Wie hatte er sie nur dort zurücklassen können? Was für ein Mann war er eigentlich ...?

Ich kann nicht ...

Und nun war er im Begriff, eine Patientin aufzusuchen. Eine erheblich gestörte junge Frau, die angefangen hatte, ihm zu vertrauen. Er würde ihr eine Frage stellen – und er wußte ... überhaupt nichts. Ob sie sie kannten, ob sie ihr helfen konnten ... Ob ihre Frage sie verletzte oder in Raserei geraten ließ. Sie könnte durchaus das beschädigen und vernichten, was von ihrer Normalität, ihrer Vernunft noch übrig war – und er wußte es nicht. Er hatte keine Ahnung.

Welche Zahl? Warum Elizabeth? Warum ich?

Um Gottes willen, warum ich?

Ich möchte nicht hierbleiben, Daddy. Es sind böse Männer. Warum kann ich nicht nach Hause kommen?

Er hätte sich weigern sollen. Er hätte die Polizei rufen sollen. Er hätte verhandeln ...

Seine Sicht trübte sich. Seine Hand zitterte immer noch. O mein Gott, dachte er, sie werden meine Tochter töten.

Und er konnte ihr nicht helfen. Er war ihnen gegenüber machtlos, er war nichts, er konnte nicht helfen, konnte nicht ...

»Verdammt, verdammt, verdammt!« flüsterte er.

Er starrte auf seine Hand, versuchte sich zu konzentrieren. Er kämpfte darum, die Kontrolle über seine Atmung zurückzugewinnen, die Luft mit seinem Bauch auszustoßen. Der Doktor ... Der Doktor ist da und bereit.

»Verdammt noch mal!«

Er wischte sich hastig und wütend den Schweiß in seinem

Gesicht, die Tränen in seinen Augen ab. Er umklammerte den Schlüssel, bis seine Kanten sich schmerzhaft in seine Finger gruben. Bis das Zittern seiner Hand sich zu einem regelmäßigen Zucken verlangsamte.

Wie lautet die Zahl, Elizabeth? Das war alles – alles, was er zu sagen hatte, alles, was er sie fragen mußte. Das war zu schaffen. Er konnte sich so lange im Griff behalten, um all das zu tun. Zum Uhrenturm in der Leonard Street zu fahren und ihnen die Zahl mitzuteilen. Dann würden sie ihm seine Tochter lebendig zurückgeben.

Ganz einfach.

Mit einer heftigen Willensanstrengung verdrängte er alles aus seinen Gedanken, was ihn bei seinem Vorhaben stören konnte. Er drehte den Schlüssel, bis sich auch der Knauf drehte. Die schwere Holztür ging nach innen auf und schwang in Elizabeths Zimmer hinein. Er zog den Schlüssel heraus. Die Tür fiel hinter ihm mit einem hohlen Laut zu.

Und dann blieb er abrupt stehen. Kaum über die Schwelle, hob er den Kopf und verharrte. Sein Mund klappte auf. Seine Hände wurden eiskalt.

O Gott. O Gott. O Gott.

Der Raum war leer.

Mutter

Der große Schrank im Kinderzimmer war Jessicas privater Spielplatz. Agatha hatte den Boden zu diesem Zweck freigeräumt. Jessica setzte sich gerne dorthin, wenn sie mal allein sein wollte. Sie zeichnete dann oder legte Puzzles. Oder sie ließ ihre Puppen leise miteinander Gespräche führen, ganz vertieft in ihre Geschichte.

Aufgereiht vor den Schrankwänden, wie ein Publikum, saßen ihre Stofftiere. Teddybären, Krokodile, Marsmännchen, Clowns. Kermit der Frosch. Goofy, Fozzy Bär. Ihre Freunde – so nannte sie sie.

Agatha stand nun vor der Schranktür. Sie sah hinab auf Jessicas Freunde. So viele saßen da, sicherlich Dutzende. Jessica konnte sie nicht wegwerfen. Und wenn sie zu einem hochschaute, mit zitternden Lippen, und sagte: »Oh, wirf meinen Freund nicht weg, Mommy« – nun, was sollte man da tun?

Aggie lächelte darüber – sie lächelte gedankenverloren, ohne daß es ihr bewußt war. Es sah wirklich so aus, als hätten sie jedes Wesen behalten, das sie jemals gekauft hatten. Goofy – er war fast sechs Monate lang Jessicas Liebling gewesen, als sie drei war. Und Miss Piggy, ganz vorne – sie hatte während fast des ganzen vergangenen Frühlings mit Jessica das Bett teilen dürfen. Und dann war da Schneeflocke. Ganz hinten im Schrank. Schneeflocke.

»Neehocke«, sagte Agatha laut.

Es war ein kleiner Teddybär, mittlerweile grau, an einigen Stellen sogar schwarz. Ein orangefarbenes Auge fehlte. Aus der rechten Pfote quoll Schaumstoff heraus. Eine rote Stopfnaht verunzierte eine Seite – es war eine Notoperation gewesen, und damals hatte Aggie nur rotes Nähgarn übrig gehabt. Dennoch, es war traurig, die alte Schneeflocke so weit hinten zu sehen. Halb begraben unter Sebastian Krabbe und einem jungen Stoffhund. Ersetzt von einem Dutzend anderer Figuren, die Jessica im Fernsehen oder in den Kinderzimmern anderer Kinder gesehen hatte.

Schneeflocke war zuerst dagewesen, vor allen anderen. Er war tatsächlich das erste Tier gewesen. Aggies Mutter hatte ihn ins Krankenhaus mitgebracht, als sie Aggie am Tag von Jessies Geburt besuchte. Sie hatte ihn Aggie unter den Arm geklemmt, während sie im Bett lag. Sie hatte gesagt: »Es wurde auch Zeit«, und hatte dann einmal heftig mit dem Kopf genickt. Aggie konnte als Reaktion darauf nur müde den Kopf schütteln. Sie war die erste aus ihrer gesamten Sippe, die nach vier Jahren College die Abschlußprüfung geschafft hatte; sie hatte eine triste Laufbahn als Sozialarbeiterin abgebrochen, um ein wenig Glanz und Geld und sogar ein wenig Ruhm als Künstlerin zu erlangen; sie hatte das geheiratet, was für ihre Mutter das Ideal an Respektabilität gewesen war – einen jüdischen Arzt –, und diesmal, in diesem Moment, geschah es zum erstenmal, daß die mürrische, enttäuschte alte Frau eine winzige Reaktion von Stolz oder gar Interesse an der Entwicklung ihrer jüngsten Tochter gezeigt hatte.

Ein Teddybär. Schneeflocke.

Natürlich interessierte sich das Baby anfangs überhaupt nicht für den Bär. Mehr als anderthalb Jahre saß die treue Kreatur namenlos und völlig unbeachtet in einer Ecke ihres Laufstalls. Aber eines Sonntags, kurz nach Weihnachten, als Jessica neunzehn Monate alt war, kam seine Zeit. Nathan saß lesend in einem der Sessel. Aggie lag auf dem Sofa und las die Fragen des Kreuzworträtsels in der *Times* vor. Jessica hockte auf dem Fußboden und »kritzelte« mit einem Malstift auf einem von Aggies Skizzenblöcken herum.

Plötzlich blickte das Kind auf. Die Augen weiteten sich, der Mund klappte auf. Ihr Finger zuckte vor und wies aufgeregt auf die Balkontüren.

»Das iss ...? Das iss ...?« rief die Kleine. »Das iss ...?«

Nathan sah hinüber zu der Tür. Er grinste. »Hey! Das ist Schnee. Schnee.«

»Nee!« sagte Jessie. Sie sprach das Wort staunend aus. Sie senkte die Hand und starrte die großen Flocken an, die vom Himmel herabtaumelten. »Nee!«

»Ja«, sagte Nathan. »Hübsch, nicht wahr?«

»Nee!« Jessie kämpfte sich ganz auf die Füße. Sie trippelte so schnell sie konnte zu ihrem Laufstall hinüber. Agatha lachte. Wenn sie sich so beeilte, dann sah sie aus, so sagte Nathan, wie ein Roboter, der bergab stürmt. Aber sie erreichte den Laufstall, griff hinein und holte ihren treuen alten Teddybären heraus. Sie hielt ihn Nathan hin. Ihre Stimme klang angespannt vor Konzentration. »Nee!« krähte sie.

»Ja, das stimmt!« Nathan lachte. »Schnee ist weiß. Schneeflocken.«

»Neehocke!« rief Jessica triumphierend. »Neehocke!« Und sie drückte den Teddybär heftig an sich. Wiegte ihn vor und zurück und umarmte ihn voller Innigkeit und summte ihm ständig ins Ohr: »Neehocke. Neehocke.«

Von diesem Zeitpunkt an – mindestens ein Jahr lang – hatte sie den Bären überallhin mitgenommen. Sie hatte Schneeflocke die neuen Worte beigebracht, die sie gelernt hatte. Sie hatte ihm die Bilder in ihren Büchern gezeigt. Sie hatte ihn für kleine Nickerchen ins Bett gepackt. Hatte ihn unterm Arm festgehalten, wenn sie schlafen ging. Aggie erinnerte sich sogar daran, daß sie dem Bären jeden Abend einen Gutenachtkuß geben mußte, wenn sie das Kind in sein Kinderbettchen legte.

Aggie bückte sich jetzt im Schrank nach ihm. Sie ging vor ihm in die Hocke, kniete sich hin. Sie wollte ihn ein wenig reparieren. Wollte Sebastian Krabbe und die anderen Figuren von ihm wegnehmen. Vielleicht würde sie ihn sogar ein Stück weiter nach vorne holen. Nicht zu viel. Nicht so viel, daß Jessica es bemerken würde ... Das heißt, wenn sie nach Hause kam ... Wenn Nathan sie zurückbrachte ...

Agatha unterdrückte ein Aufschluchzen und nahm den alten Teddybären in die Arme. Sie drückte ihn an sich. Sie rieb ihre Wange an dem abgewetzten, fleckigen grauen Pelz.

»Neehocke«, sagte sie zu ihm.

Ihre Augen füllten sich mit Tränen. Die Umgebung verschwamm. Sie drückte den einäugigen Bären an ihre Brust. Sie konnte sich an das warme Gewicht des Neugeborenen auf ihrem Arm erinnern – konnte es geradezu körperlich spüren. Der Arzt hatte es ihr auf ihre angeschwollenen Brüste gelegt wie einen soeben gefangenen Fisch. Aggie war von den Wehen und den Anstrengungen der Geburt noch außer Atem gewesen. Sie hatte in einem fort gemurmelt: »Oh. Ein Baby. Oh. Ein Baby.« Immer und immer wieder. Sie hatten so lange warten müssen. Bis bei Nathan alles in Ordnung war. Bis er seine Praxis eingerichtet hatte. Bis endlich Geld im Hause war. Bis er sich seiner Existenz sicher war. Sie hatte nach oben geschaut, und da hatte Nathan gestanden. Er hatte geweint und gleichzeitig gelacht. »Oh«, hatte sie zu ihm gesagt. »Oh, Nathan. Ein Baby.« Und dann, später, war ihre Mutter ins Krankenhaus gekommen und hatte ihr den Teddybären geschenkt. Schneeflocke.

Aggie schniefte und verdrängte die Tränen. Sie trocknete

sich die Augen mit einem Bärenohr ab. Laß nicht zu, daß sie dich weinen sehen, dachte sie. Sie konnte die Kameras überall um sich herum spüren – auf ihr, wie die Hände eines Fremden. Sie konnte sie sich vorstellen – schemenhafte Gestalten mit glühenden, weißen Augen –, wie sie sie beobachteten. Jede ihrer Bewegungen verfolgten.

Wer seid ihr, ihr Schweine? Warum tut ihr uns das an?

Es dauerte einige Sekunden, ehe sie den Teddybär loslassen konnte. Dann setzte sie ihn behutsam auf seinen Platz auf dem Schrankboden. Seinen Platz ganz hinten. Ein Stück von den anderen Tieren entfernt. Sie lehnte ihn gegen die Rückwand, so daß er aufrecht saß.

Mach dir keine Sorgen, sagte sie in Gedanken zu ihm. Nathan holt sie wieder zurück. Er wird sie finden und herbringen, ganz bestimmt. Er ist schon unterwegs.

Das hatte sie sich hundertmal, tausendmal in der halben Stunde gesagt, seit er sie verlassen hatte. Nathan war irgendwo dort draußen, holte sie, in diesem Augenblick, jetzt. Er hatte ihr nicht gesagt, wohin er wollte. Das hätten sie ihm verboten, hatte er erklärt. Aber was immer sie von ihm verlangten, er würde es tun; wer immer sie waren, was sie auch von ihm haben wollten, er würde es ihnen geben und sein Kind nach Hause zurückbringen. Sie sagte sich das ständig vor. Bald, dachte sie – in nur zwei Stunden – spätestens um halb zehn würde er hereinkommen, mit ihrer Tochter auf dem Arm.

Sie blickte noch einmal auf den abgewetzten grauen Bären. Es wird alles wieder gut, dachte sie. Halte durch. Nathan bringt sie zurück.

Alles wird so sein wie früher …

Und in diesem Moment schlug die Türklingel an.

Aggies Atem stockte. Zuerst rührte sie sich gar nicht.

Öffnen Sie für niemanden die Tür.

Die Türklingel ertönte ein zweites Mal.

Aggie hob den Blick, suchte die Schrankdecke ab, als wollte sie die dort verborgenen Kameras um Hilfe anflehen. Was sollte sie tun? Was wollten sie von ihr? Wie sollte sie sich verhalten?

Nun klopfte es. Leise, aber stetig und drängend. Wenn sie es nun waren? Wenn sie hereinkommen wollten? Wenn sie wütend wurden, weil sie nicht sofort zur Tür gekommen war?

Das Klopfen hörte auf. Die Türklingel war wieder zu hören. Dann wieder ein hartnäckiges Klopfen.

»Mrs. Conrad?« Es war eine Männerstimme, die sie rief.

Langsam richtete Aggie sich auf. Sie verließ das Kinderzimmer und bewegte sich wie in Trance. Ihre Füße bewegten sich, als würden sie von irgendeiner geheimnisvollen Kraft gesteuert. Ihre Blicke zuckten hin und her. Suchten nach Kameralinsen. Schauten zum Telefon: Meldet euch, ihr Schweine. Sagt mir, was ich tun soll. Verratet mir endlich, was ihr wollt. Um Gottes willen, ich werde es tun, nur ruft endlich an.

»Mrs. Conrad?« Das leise, stetige Klopfen dauerte an.

Agatha erreichte die Tür. Sie blieb davor stehen, fuhr sich mit den Fingern durchs Haar. Was wollen sie? Wie soll ich mich jetzt verhalten? Sie konnte sich nicht entscheiden.

Ganz langsam hob sie die Hand. So leise es ging, schob sie die Klappe des Türspions beiseite. Sie beugte sich vor, sah hindurch.

Der Mann auf dem Flur winkte ihr zu. Es war ein attraktiver junger Bursche mit glattem schwarzem Haar. »Hi, Mrs. Conrad«, sagte er. »Ich bin's.«

Zuerst konnte sie ihn nirgendwo einordnen. Dann fiel

es ihr wieder ein. Price. Es war der neue Nachbar, Billy Price, aus 5 H. Sie hatte noch nie mit ihm gesprochen außer einem gelegentlichen Gruß am Fahrstuhl. Der Klatsch im Haus wollte wissen, daß er fünfundzwanzig Jahre alt, von Beruf Börsenmakler und aus Topeka, Kansas, war. Ledig. Studium in Harvard. Drei jüngere Brüder; die Eltern lebten noch.

»Äh …? Hallo …?« Sie mußte sich räuspern. Sie trat dicht an die Tür heran und sagte: »Können Sie nicht etwas später noch mal wiederkommen, Billy? Im Augenblick paßt es mir nicht. Ich bin nicht angezogen.«

»Das macht mir nichts aus«, sagte Billy Price. Er lachte jungenhaft. »Kommen Sie schon, Mrs. Conrad. Agatha, nicht wahr? Sie müssen mich reinlassen. Ich weiß, daß Sie allein sind, aber …? Wirklich.«

Aggie gab keine Antwort. Sie schaute auf das Telefon, dann wieder zur Tür. Ruft endlich an, dachte sie. Helft mir. Was soll ich tun?

Sie müssen mich reinlassen.

Warum bestand er in dieser Weise darauf? Und wie konnte er wissen, daß sie allein war? Vielleicht hatte er Nathan weggehen gesehen, aber …? Er hatte sie schon mal mit Jessica angetroffen; daher wußte er, daß sie eine Tochter hatte. Woher konnte er wissen, daß Jessica im Augenblick nicht anwesend war?

»Oh, A-ga-tha.« Diesmal schien er ihren Namen zu singen. Es klang drohend, gefährlich.

Wenn er nicht zu ihnen gehörte, warum riefen sie dann nicht an?

»Lassen Sie mich re-iin, A-ga-tha.«

Ohne nachzudenken, streckte Aggie die Hand aus. Öffnete die Tür.

Billy Price trat sofort ein. Aggie mußte einen Schritt zurückweichen, um ihm nicht den Weg zu versperren. Er lächelte schüchtern und schloß die Tür hinter sich.

»Hallo. Erkennen Sie mich? Billy Price? Vom Ende des Korridors?« Seine Blicke tasteten sie von Kopf bis Fuß ab. Sie trug immer noch Jeans und Sweatshirt. Sie hatte keinen Büstenhalter an. Als er sie ansah, spürte sie ihre nackten Brüste unter dem Sweatshirt. Er hatte wieder dieses schüchterne Lächeln im Gesicht, doch als er seinen Blick nach oben wandern ließ und sie direkt ansah, konnte sie sehen, daß seine Augen überhaupt nicht schüchtern blickten. Sie waren heiß, begehrlich; sie lachten sie aus. »Es tut mir wirklich leid«, fuhr er fort. »Ich wollte mir nur das Branchentelefonbuch ausborgen. Ich habe meins nämlich noch nicht bekommen. Und ... ich will ganz ehrlich sein, ich wußte, daß Sie allein zu Hause sind und ich ... Nun, ich hatte noch keine Gelegenheit, Sie richtig kennenzulernen, deshalb dachte ich ... ich dachte, ich komme einfach mal vorbei. Sie verstehen?«

»Also, ich ...« Aggie versuchte, einen zusammenhängenden Satz zu sagen, doch ihre Gedanken rasten. War er einer von ihnen? Warum spielte er mit ihr? »Es ist – in der Küche. Das Telefonbuch. Ich hole es schnell.«

»Oh, ich hab's nicht eilig«, sagte Billy Price. Er machte einen weiteren Schritt auf sie zu. Er war ihr jetzt so nahe, daß sie seinen warmen Atem in ihrem Gesicht spüren konnte. »Wirklich. Ich dachte, wissen Sie ... Ich meine, ich hab' Sie in der Halle gesehen, Agatha, und ich dachte ... na ja, wo doch Ihre Familie aus dem Haus ist, da könnten wir uns ein bißchen, äh, zusammensetzen, uns unterhalten. Einander etwas besser kennenlernen.«

Dann, mit dem durchdringenden Kreischen einer Säge, die sich durch Gestein frißt, klingelte hinter ihr das Telefon.

Aggie zuckte zusammen. Sie atmete zischend ein. »Mein Gott!« stieß sie hervor. Sie wirbelte herum.

Das Telefon klingelte erneut.

Schwer atmend sah sie zu Billy Price. Er starrte sie an. Sie zwang sich zu einem Lächeln.

»Das Telefon«, sagte sie. »Entschuldigen Sie mich für einen Moment?«

Ihr Herz hämmerte gegen ihren Brustkorb, während sie zum Apparat stolperte. Sie wandte Price den Rücken zu. Sie nahm den Hörer ab.

»Ha ... Hallo ...?«

Und eine Stimme kreischte hysterisch in ihr Ohr. »Wer ist das, du Fotze! Ich hab' dir gesagt, daß niemand reinkommen soll! Ich schlitze sie auf, ich schneide dein kleines Mädchen in Stücke, du dämliche Fotze! Los, sag schon, wer ist das, wer wer wer!«

»Ich ... Wie kann ich ...? Ich ...«

»Na schön, Fotze!« Und dann sagte der Mann: »Hol das Kind her.«

»Nein, ich ...«

Durch einen Schleier des Grauens hörte Aggie die Stimme ihrer Tochter im Hintergrund: »Laß mich los! Nein! Bitte. Bitte ...« Sie begann zu weinen.

»Bitte«, flüsterte Aggie. »Ich weiß einfach nicht, was ich machen soll ...«

Die Stimme des Mannes klang plötzlich ruhiger, kontrollierter. Aggie konnte noch immer Jessica weinen hören. Aber es war ein Weinen der Angst – das konnte Aggie erkennen; sie hatte keine Schmerzen. Noch nicht.

»Jessie«, flüsterte sie.

»Hören Sie«, sagte der Mann am Telefon atemlos. »Ich bin Ihre Freundin. Okay? Ich bin Ihre Freundin Louise. Sie verstehen? Sie sagen: ›Oh, hallo, Louise.‹«

»Oh, hallo ...« Agathas Stimme krächzte. Sie versuchte es erneut. »Hallo, Louise.«

»Gut. Und nun sagen Sie: ›Ich ruf' dich gleich zurück, Louise. Der und der ist gerade aus dem und dem Grund hier.‹«

»Ich ... ich ...«

»Sag's schon, du blöde Schnalle!«

»Ja, äh, ich ... ich ruf' dich gleich zurück, Louise. Äh ... Billy Price, ein Nachbar auf unserer Etage, er ... ist gerade hier, um sich ein Telefonbuch auszuleihen. Er will nur ein Telefonbuch holen.«

»Gut«, sagte der Mann. »Und jetzt sieh zu, daß du diesen miesen Wichser in Nullkommanichts aus der Bude verscheuchst, Fotze, Schnalle, dreckiges Fickloch. Du hast genau sechzig Sekunden Zeit. Dann hole ich das Messer raus.« Er knallte den Hörer auf die Gabel.

Agatha legte ebenfalls auf. Sie wandte sich zu Billy Price um. Price starrte sie noch immer etwas verwirrt an.

»Ich hole das Telefonbuch«, flüsterte sie.

»Äh ... also«, sagte Price ein wenig unsicher. »Wirklich, es eilt überhaupt nicht.«

»Doch«, sagte Agatha. »Doch. Das tut es.«

Sie ließ ihn einfach stehen und stürzte in die Küche.

Das Telefonbuch lag stets dort – Aggie telefonierte meistens vom Nebenapparat in der Küche aus. Diesmal hatte sie das Buch auf die Fensterbank gelegt. Es war begraben unter der großen Keksdose, einer Tüte Cracker und einer halbleeren Tüte Salzbrezeln. Diesen ganzen Stapel hielt sie mit einer Hand fest. Mit der anderen begann sie das Buch, das zuunterst lag, herauszuziehen.

Wer ist das, du Fotze! Ich hab' dir gesagt, daß niemand reinkommen darf!

Sie hatte die Stimme immer noch im Ohr. Sie brannte in ihrem Kopf, versengte ihr Denken.

Sag mir wer es ist, wer wer wer wer!

Sie hatte das Buch draußen. Die Keksdose und die restlichen Tüten kamen auf der Fensterbank zur Ruhe. Sie wandte sich um, wollte mit dem Buch ins Wohnzimmer zurückgehen.

Warum wußte er nicht Bescheid?

»Jesus Christus«, flüsterte sie halblaut. Aber sie blieb nicht stehen. Das konnte sie nicht. Dazu hatte sie keine Zeit. Sie ging auf die Küchentür zu, hielt das Telefonbuch in der Hand.

Aber warum, dachte sie. Warum wußte er nicht, wer es war? Price hatte es gesagt, er hatte sich vorgestellt. *Hi. Erkennen Sie mich? Billy Price? Vom Ende des Flurs?* Er hatte es in dem Moment gesagt, als er eintrat. Warum hatte der Mann am Telefon ihn nicht gehört? Warum hatte er es durch seine Mikrofone nicht mitbekommen?

Sie verließ die Küche, ging durch die kurze Diele.

Vielleicht hatte er nicht zugehört. Vielleicht war er nicht in der Nähe seiner Geräte gewesen ...

Nun betrat sie das Wohnzimmer. Da stand der arme Price und machte einen verwirrten Eindruck. Er hatte die Hände in den Hosentaschen vergraben, scharrte mit den Füßen, und sein Blick irrte ziellos über die Wände.

Er war hysterisch gewesen – der Mann am Telefon. Geradezu in Panik. Er hatte nicht gewußt, wer es war, weil ...

Sie hob das schwere Buch mit beiden Händen hoch. So hielt sie es, als sie auf Price zuging. Sie brachte ein freundliches Lächeln zustande. »Da ist es«, sagte sie.

Es gibt keine verdammten Mikrofone, dachte sie. Es gibt Kameras – sehen kann er uns. Er sah, wie Billy Price hereinkam. Er kann beobachten, was wir tun. Aber er kann uns nicht hören. Er konnte nicht hören, wie wir uns durch die Tür unterhalten haben – deshalb hat er nicht sofort angerufen. Er meldete sich erst, als er Price sah. Er mußte anrufen, mußte mich durch das Telefon anschreien, um in Erfahrung zu bringen, was hier vorging. Er konnte nicht einfach zuhören und sich selbst ein Bild machen. Es gibt überhaupt keine Mikrofone.

»Oh … äh … also, danke«, sagte Billy Price. »Danke, äh …« Als sie vor ihm stand, streckte er die Hand nach dem Buch aus. Er sah ihr in die Augen und versuchte noch einmal sein Glück. »Ich vermute, das bedeutet, daß ich nicht zum Tee bleiben darf, oder?«

Agatha lächelte noch freundlicher, offener. Legte dabei den Kopf auf nette, freundliche Art und Weise etwas schief wie bei einem harmlosen nachbarschaftlichen Flirt. »Passen Sie gut auf, Sie schmieriger kleiner Lustmolch«, sagte sie. »Ich will, daß Sie sofort wieder verschwinden und mir helfen. Meine Tochter wurde gekidnappt. Meine Wohnung wird überwacht. Rufen Sie die Polizei. Melden Sie das. Sofort.«

Price' Lächeln haftete wie erstarrt in seinen Zügen. Er blickte sie verständnislos an. Dann, allmählich, zerfloß das Lächeln. Sein Mund klappte auf.

»Sehen Sie lieber zu, daß Sie diesen dämlichen Ausdruck aus Ihrem Gesicht bekommen, Kleiner, man kann Sie nämlich beobachten«, sagte Aggie und lächelte freundlich. »Lächeln. Und nehmen Sie endlich das Buch.«

Sie schob ihm das Telefonbuch in die Hände. Er hielt es fest. Sie gab ein belustigtes, perlendes Nachbarnlachen von sich.

»Glauben Sie ja nicht, daß ich Witze mache«, sagte sie. »Am besten denken Sie überhaupt nicht. Sondern kehren Sie in Ihre Bude, oder wie Sie es nennen, zurück und wählen Sie die 911, als ob das Leben eines kleinen Mädchens davon abhinge.« Sie schob ihn jetzt zur Tür – stützte sich dabei gegen das Telefonbuch, so daß er gezwungen war, rückwärts zu gehen. Price hatte es immerhin geschafft, ein fahles Grinsen in seine Miene zu zaubern, und er starrte sie mit glasigen Augen an.

Sie griff um ihn herum und öffnete die Tür.

»Wenn die Polizei herkommt, dann stirbt meine Tochter. Sagen Sie ihnen das. Sorgen Sie dafür, daß sie das begreifen. Und jetzt sagen Sie: ›Danke und auf Wiedersehen, Mrs. Conrad.‹«

»Danke und auf Wiedersehen, Mrs. Conrad«, sagte Price tonlos. Sie drängte ihn hinaus auf den Flur und machte die Tür vor seiner Nase zu.

Agatha drehte sich um und fixierte das Telefon. Wenn sie sich irrte – wenn es doch Mikrofone gab – wenn sie das wirklich hatten hören können –, dann würde es klingeln. Plötzlich war ihr, als müßte es einfach klingeln, als müßte sie sich irren. Es war alles so schnell passiert; es war keine Zeit geblieben, sich alles gründlich zu überlegen, es durchzudenken.

Es gab so viele andere Möglichkeiten. Natürlich irrte sie sich. Natürlich würde es klingeln. Es würde klingeln, und sie würde diese furchtbare Stimme wieder hören, diesen schlimmen Mann. Sie würde auch ihre Tochter weinen hören. Schreien. Sie starrte das Telefon an. Der Apparat blieb stumm. Aber wenn sie sich geirrt hatte ... Wenn ihre Vermutung falsch gewesen war ...

Und immer noch meldete das Telefon sich nicht.

Sie ging zurück durch das Zimmer. Auf Zehenspitzen, als wollte sie vermeiden, die schlafende Bestie – das stumme Telefon – zu wecken. Sie bewegte sich langsam, wagte kaum zu atmen. Zurück durch die Diele. Ins Kinderzimmer. Sie wollte sich so weit wie möglich vom Telefon entfernen. Wenn sie es weit hinter sich lassen konnte, vielleicht erwischten sie sie dann nicht.

Und auch jetzt klingelte das Telefon nicht. Immer noch kein Laut. Sie hatte recht gehabt. Sie *konnten* sie nicht hören ... Es gab keine Mikrofone. Nur Kameras. Sie hatte recht gehabt. Und nach und nach wich die grauenvolle Angst. Ihre Gedanken ordneten sich, klärten sich; sie konnte sich wieder konzentrieren. Sie begab sich ins Kinderzimmer. Sie ging zum Schrank. Irgendwie fühlte sie sich dort, inmitten von Jessicas Freunden, viel sicherer. Sie fühlte sich vor dem Telefon geschützt.

Sie beugte sich in den Schrank. Bückte sich und hob den alten grauen Teddybären hoch. Sie drückte ihn an sich, wiegte ihn wie ein Baby.

Wir haben es geschafft, alte Schneeflocke, dachte sie. Wir haben die Polizei benachrichtigt. Sie verhaften diese Männer. Sie bringen Jessie zurück. Ich weiß es.

Sie hielt den Bären fest, drückte ihn. »Lieber Herrgott im Himmel«, betete sie flüsternd, »bitte hilf uns.«

Im anderen Zimmer begann das Telefon zu klingeln.

Straßenkleidung

Conrad blickte entsetzt in den leeren Raum. Er glaubte in diesem Moment, die Zeit zu spüren – zu erleben, wie sie ihm davoneilte, während er reglos dastand. Es war ... was? Sieben Uhr einundvierzig? Zweiundvierzig? Aus irgendeinem Grund konnte er nicht auf seine Uhr sehen. Aber er wußte, daß er bis acht Uhr dreißig draußen sein mußte, unterwegs. Und während er dastand, den leeren Raum mit seinen Blicken durchkämmte, konnte er körperlich spüren, wie dieser Moment unaufhaltsam auf ihn zukroch. Er betrachtete die Waschschüssel, die unberührt auf dem Plastiktisch stand. Auf den leeren Stuhl vor dem vergitterten Fenster. Auf das leere Bett, dessen Decke glattgezogen war. Er spürte die Zeit wie eine Lokomotive, die im Begriff war, ihn zu überrollen.

Was machte er nun? Wo war Elizabeth? Wo zur Hölle könnte sie sein? Sie war immerhin eine gewalttätige Patientin in einer gerichtsmedizinischen Abteilung. Und Sport hatte gesagt, er habe bereits angerufen, um dem Krankenhaus mitzuteilen, daß Conrad unterwegs war. Eigentlich hätte sie dasein müssen.

Er fuhr zur Tür herum und streckte die Hand nach dem Türknauf aus.

Und dann ging die Tür vor ihm auf. Und Elizabeth war da.

Sie betrat das Zimmer und hielt inne. Sie stand stolz vor ihm. Sie posierte für ihn und hatte ein verschmitztes, stolzes Lächeln auf ihren Zügen. Sie war anders gekleidet, das war der Punkt. Sie trug Straßenkleidung – keine von der Stadt ausgegebenen Sachen – ihre eigene Kleidung. Es war nichts Besonderes. Nur ein altes rosafarbenes Kleid, das sie formlos umwallte. Aber das Landstreicherhafte der zerknitterten Cordhose und des Hemdes war verschwunden. Und ihr Haar war mit einem hübschen schwarzen Band zusammengerafft. Ihre Lippen waren mit einem orangeroten Lippenstift geschminkt, der gut zu ihrer hellen Haut paßte. Und ein dezenter Lidschatten betonte die Tiefe und Unergründlichkeit ihrer grünen Augen. Sogar Conrad, selbst in diesem Moment, konnte es erkennen: nicht einmal ein liebeskranker Mann hätte sie erfinden können – so schön war sie.

Eine Therapieassistentin erschien hinter ihr. Eine kleine, hübsche Lateinamerikanerin. Sie hielt sich abseits, damit Elizabeth sich ungehindert zeigen konnte. Als Conrad nichts sagte, meinte die Schwester: »Sie hat sich für Sie so herausgeputzt. Sie freute sich darauf, daß Sie kommen wollten. Sie ist sehr hübsch, nicht wahr?«

»Äh ... was?« Conrad blinzelte, schüttelte den Kopf. »Ja. Ich meine, ja, natürlich. Elizabeth, Sie sehen ... reizend aus. Wirklich. Sie sehen einfach ... wunderschön aus.«

Elizabeth lächelte, und ihre Wangen röteten sich. »Das sind nur meine alten Kleider. Die, die ich trug, als ich herkam.«

»Wirklich, Sie sind eine ... Schönheit. Ganz ehrlich«, brachte Conrad mühsam heraus.

Elizabeth lachte. Sie schien noch etwas sagen zu wollen. Doch sie hielt inne und sah auf die Assistentin.

»Ist ja schon gut, ich gehe«, erklärte die Frau.

»Wie bitte?« fragte Conrad. »Oh. Ja. Bitte. Danke sehr.«

Die Schwester entfernte sich und zog die Tür zu.

Aber Elizabeth sagte noch immer kein Wort. Und Conrad stand etwas ratlos vor ihr. Er rieb seine Hände.

»Nun … ja … also …«, sagte er.

Reden Sie mit ihr: So wie Sie es immer tun. Reden Sie mit ihr, damit sie sich entspannt. Bringen Sie sie dazu, mit Ihnen ein Schwätzchen zu halten. Dafür gebe ich Ihnen etwa eine halbe Stunde.

»Na … also, Elizabeth«, sagte er noch einmal.

»Doktor«, antwortete sie. Sie holte tief Luft. »Herr Doktor, ich bin zu einer Entscheidung gelangt.«

Conrad wartete. Er fühlte wieder das Vorbeirasen der Zeit. Mit langsamen, festen Schritten ging Elizabeth an ihm vorbei zu ihrem Sessel am Fenster. Conrad drehte sich um und sah hinter ihr her. Er verfolgte stumm, wie sie sich in dem Sessel niederließ. Sie nahm ihre übliche Haltung ein: den Kopf erhoben, die Hände im Schoß gefaltet. Conrad spürte, wie sich ein Schweißtropfen aus seinem Haar löste und seitlich an seinem Hals hinabperlte. Na komm schon, dachte er.

Ich gebe Ihnen etwa eine halbe Stunde.

»Ich habe mich entschlossen, Ihnen von Robert Rostoff zu erzählen«, sagte Elizabeth.

»Robert …?«

»Ja. Von dem Mann, den … er tötete, den der Heimliche Freund … umbrachte. Ich meine die Sache, wegen der ich hier bin.« Sie sah zu ihm hoch. Ihr Mund hatte einen entschlossenen Zug, ihre Augen blickten ernst. »Ich habe es bis jetzt niemandem erzählt«, sagte sie. »Nicht die ganze Geschichte. Ich habe mich entschlossen, sie Ihnen zu erzählen.«

Conrad starrte sie verblüfft an; sein Mund öffnete sich halb. »Sie haben sich entschlossen …« Und seine Gedanken rasten: Wie lautet die Zahl? Hat sie etwas mit dieser Sache zu tun, mit diesem Robert Rostoff, ist das möglich? Warum meine Tochter, Elizabeth? Warum ich?

Nun sah er nach unten auf seine Uhr: 7:46. Er wischte sich mit der Hand über die Lippen.

Reden Sie mit ihr. So wie Sie es immer tun. Reden Sie mit ihr, damit sie sich entspannt.

»Nun ... ja ...«, sagte Conrad langsam. »Ich ... möchte natürlich alles darüber hören, Elizabeth, sicher.«

Er wandte sich von ihr ab, bekam seine Gesichtszüge in seine Gewalt. Er ging zu dem Holzstuhl in der Ecke des Zimmers. Er brachte ihn herüber, stellte ihn rückwärts ihr gegenüber auf.

So wie Sie es immer tun.

Lässig zog er seinen Trenchcoat aus und legte ihn auf das Bett. Er sah, wie Elizabeth ihn erstaunt musterte.

»Es ist Samstag«, sagte er lächelnd. Aber er fühlte sich ohne seinen Anzug und seine Krawatte ein wenig nackt.

Er setzte sich rittlings auf den Stuhl. Verschränkte die Arme und stützte sie auf die Rückenlehne. Er glaubte, nun einen lockeren und aufmerksamen Eindruck zu machen. Er versuchte, ihn beizubehalten. »Dann erzählen Sie mal, Elizabeth«, sagte er.

Aber sie zögerte, musterte ihn prüfend. Und dann sagte sie: »Der Punkt ist der ... ich habe entschieden ... Sie sind keiner von ihnen. Das ist der Punkt, klar? Ich wollte Ihnen nicht ... mißtrauen ... aber Sie müssen mich verstehen: es ist so schwierig festzustellen ... ich kann es niemals mit Sicherheit sagen. Die Leute sind so nett zu mir, und plötzlich ... verändern sie sich. Verstehen Sie?«

Conrad nickte ernsthaft. »Ja, ich verstehe.«

»Dann ist ja gut.« Sie schob entschlossen ihr Kinn vor. »Schön.« Sie sah zu ihm hoch. »Wollen Sie Ihre Maschine nicht einschalten?«

»Wie bitte? Oh.« Scheiße, dachte er. Er erhob sich von dem Stuhl. Er holte den Kassettenrecorder aus seiner Manteltasche und stellte ihn auf den Tisch. »Dann fangen Sie an«, forderte er sie auf. Er setzte sich wieder rittlings auf den Stuhl.

»Ist gut«, sagte sie. »In Ordnung.«

Ich gebe Ihnen etwa eine halbe Stunde. Conrad hörte Sport in seinem Kopf reden, als wäre er tatsächlich in diesem Raum anwesend.

Zwanzig Uhr dreißig, dachte er. Um halb neun muß ich hier fertig und wieder unterwegs sein.

Es war Viertel vor acht.

»Erzählen Sie«, sagte er.

Und Elizabeth begann.

ZWEITER TEIL

Die Ermordung Robert Rostoffs

Er ist immer anders. Der Heimliche Freund, meine ich. Ich glaube, das habe ich Ihnen bereits geschildert, aber es ist ein wichtiger Punkt. Er ist niemals gleich. Das müssen Sie stets bedenken. Dr. Holbein hat es nicht verstanden. Er war mein Arzt im staatlichen Krankenhaus. Nachdem der Heimliche Freund sich auf den Matrosen gestürzt hatte – den Matrosen, der mich angefaßt hat ... angefaßt oder was immer er getan hat ... danach wurde ich ins staatliche Krankenhaus gesteckt. Dort gaben sie mir Medizin, und Dr. Holbein arbeitete mit mir. Dr. Holbein war gut, er war nett. Er war ein wenig wie Sie, nur älter, und er hatte einen grauen Bart. Und er hatte kein so trauriges Gesicht wie Sie – er lachte die ganze Zeit. Wie dem auch sei, er kam aus Kalifornien, darum ist er jetzt nicht mehr da. Aber ich konnte ihn gut leiden.

Seine Medizin machte mich müde, aber nach einer Weile fühlte ich mich auch besser. Ich war nicht mehr so verwirrt. Und der Heimliche Freund erschien nicht mehr – zumindest nahm ich das an. Denn ganz sicher kann man sich eigentlich nie sein. Ich versuchte, das Dr. Holbein zu erklären: daß man es nie mit Sicherheit sagen konnte, weil er niemals gleich war.

Aber Dr. Holbein sagte, ich könne auch außerhalb des Krankenhauses leben. Lucy – meine Sozialarbeiterin – half mir, einen Job im Liberty Center for Children zu bekommen. Das war eine wohltätige Einrichtung für die Kinder der Armen, ein Versorgungszentrum. Meine Arbeit bestand darin, abends die Räume sauberzumachen. Die Cafeteria und die Zimmer und die Fenster. Es war viel Arbeit. Man mußte an eine Menge Dinge denken. Aber es gefiel mir. Es gefiel mir, viel Zeit in der Nähe von Kindern zu verbringen, auch wenn sie gewöhnlich nicht mehr da waren, wenn ich hinkam. Es reichte mir schon, daß ich dort sein durfte, wo sie immer waren. Besonders gerne ging ich in einen Klassenraum, wenn niemand da war, und setzte mich auf einen Platz, verstehen Sie? Ich saß dann da und stellte mir vor, in der Schule zu sein, in der Sonnenscheinschule. Aber nicht auf irgendeine verrückte Weise oder so. Es war einfach angenehm.

Dann, der andere Punkt, das beste überhaupt, war, daß ich ein eigenes Zimmer bekam – ein Apartment – für mich ganz allein. Es befand sich in einem Klinkerbau in der Einundachtzigsten Straße unweit der Columbus Avenue. Ein Sozialarbeiter wohnte im Parterre. Ronnie. Er kam oft herauf und besuchte mich. Aber die übrige Zeit war ich allein. Es war nur ein Zimmer, aber dazu gehörten eine Kochnische und ein Bad und eine Couch, die ich für die Nacht zu einem Bett aufklappen konnte. Ich liebte es. Ich wünschte, ich wäre immer noch dort, wirklich, das wäre schön. Ich glaube aber, nach dem, was passiert ist, werde ich wohl nie mehr dorthin zurückkehren.

Aber das war die glücklichste Zeit meines Lebens. Sie dauerte etwa sieben oder acht Monate. Ich arbeitete abends im Center und lebte ansonsten in meinem Apartment. Ich fühlte mich wunderbar. Ich war nicht verwirrt. Aber das einzige Problem war, daß ich mich so glücklich fühlte, daß ich, wissen Sie, mir große Sorgen machte ... ich machte mir Sorgen, daß der Heimliche Freund zurückkommen würde. Man wußte es ja nicht, er war immer ... Na ja, das habe ich Dr.

Holbein erzählt. Aber er meinte, ich solle mich beruhigen und mich nicht verrückt machen. Er meinte, daß der Heimliche Freund sich für immer zurückgezogen habe.

Aber ich machte mir Sorgen. Ich dachte oft daran. Eigentlich ständig.

Also, das Liberty Center, der Betrieb, wo ich arbeitete, befand sich in einer kleinen Straße im Village. Eine schmale, gepflasterte Straße mit so einer altmodischen Straßenlaterne. Das Haus selbst war ein Ziegelbau; der eine ganze Seite der Gasse einnahm, und auf der anderen Seite befand sich die Mauer einer Kirche. Manchmal, wenn ich mich auf der Straße aufhielt, schlugen die Glocken der Kirche, oder sie spielten sogar ein Lied.

Wenn ich Feierabend hatte und nach Hause ging, immer so gegen elf Uhr, dann war die Straße dunkel und völlig verlassen. Nur eine Straßenlaterne brannte auf der gegenüber liegenden Seite. Und es war niemand zu sehen, außer drüben in der MacDougal Street, wo die Gasse endete.

Dann, eines Abends, verließ ich das Center, und da war jemand. Ich erinnere mich, daß ich aus der Tür trat und daß die Kirchenglocken läuteten, und ich dachte, also ... daß ich jemanden sah. Eine Gestalt hinter der Lampe, die sich im Licht dieser Lampe verbarg. Ich konnte ihn dort spüren. Wie er da stand. Und mich ansah ...

Nun, ich ... ich hatte Angst. Ich fürchtete mich, aber ich versuchte, ihn nicht zu beachten. Ich entfernte mich von ihm, ging in Richtung MacDougal Street. Ich machte – ich weiß es nicht genau – vier Schritte. Und in genau diesem Moment schlug die Kirchenglocke die Stunde. Und das Echo der Glocke erstarb, und es war völlig still. Und ich hörte die Stimme eines Mannes hinter mir, direkt in meinem Ohr. Und er sagte: »Elizabeth.«

Ich blieb stehen und drehte mich um.

»Geh weg«, sagte ich – laut. »Geh weg. Ich will dich hier nicht.«

Aber er war da. Er war da und kam auf mich zu. Ich sah sein Gesicht, das rote Haar, die weiße Haut, seine Sommersprossen. Er trug einen dunklen Mantel, und er hatte die Hände in den Taschen verborgen.

»Geh weg!« rief ich. »Nein!«

Aber er kam auf mich zu. Und ich hörte wieder seine Stimme: »Elizabeth.«

Ich drehte mich um und rannte weg.

Ich lief durch die Gasse, so schnell ich konnte. Ich lief zur MacDougal. Dort waren Menschen, junge Leute von der Universität und aus der Nachbarschaft. Und da war Licht von den Straßenlaternen und den Restaurants und den Geschäften. Ich rannte, so schnell ich konnte, auf die Lichter zu. Ich schaute über die Schulter, um zu sehen, ob er hinter mir war ... und während ich das tat, geriet ich vom Gehsteig hinunter.

Links von mir ertönte das schrille Quietschen von Bremsen. Eine Hupe kreischte. Ich erinnere mich, wie ich mich umdrehte und den Kühler eines Taxis vor mir sah, der aussah wie ein riesiges Monster, das mich verschlingen wollte. Ich schrie und schlug die Hände vors Gesicht.

Und plötzlich packte mich jemand. Ein Arm legte sich um meine Taille. Er zog mich zurück auf den Gehsteig. Das Taxi raste an mir vorbei.

Doch der Arm hielt mich weiter fest. Und ich dachte: Er ist es. Sehen Sie? Ich dachte: Er ist es. Er hat mich erwischt. Daher wehrte ich mich. Ich schlug ihn. Ich schlug auf seinen Arm. Ich trat ihn und bäumte mich auf und ich schrie ihn an: »Laß mich los. Bitte.«

»Na schön, na schön«, sagte er. Er stellte mich behutsam auf die Füße und sah mich an. Er lachte. Und er sagte mit so einer belustigt klingenden Stimme: »Ich nehme an, das ist die typische New Yorker Dankbarkeit.«

Denn, sehen Sie, er war es überhaupt nicht. Es war ein anderer Mann. Ein junger Mann, sehr attraktiv. Mit so einem runden, jungenhaften Gesicht. Braunes Haar, das ihm in die Augen fiel. Und er hatte ein nettes Lächeln – obgleich ich wußte, daß er mich auslachte –, ein nettes Lächeln.

Ich schaute über seine Schulter und in die Gasse. Der rothaarige Mann war verschwunden. Ich stand vor dieser neuen Person, diesem Fremden, ganz außer Atem und verlegen.

»Es tut mir leid«, sagte ich. »Ich wußte nicht ...«

Ich wußte nicht, was ich sagen sollte. Ich war völlig durcheinander. Ich ging los, weg von ihm, doch er kam mir nachgelaufen.

Er sagte: »Warten Sie doch mal einen Moment. Ich stehe schon den ganzen Tag an dieser Ecke und hoffe darauf, daß ein hübsches Mädchen vor ein Taxi läuft, damit ich sie retten kann. Jetzt erklären Sie mir nur nicht, daß alles umsonst war.«

Nun, das war ziemlich lustig, was er da sagte. Ich wußte nicht ... ich hatte keine Ahnung, was ich darauf erwidern sollte. Ich eilte weiter zur nächsten Straßenecke.

Und er meinte: »Nein, warten Sie. Bitte.« Er griff nach meinem Arm. Ich blieb stehen und sah ihn an. Er sagte – er sagte: »Wissen Sie, die Japaner sagen, wenn ein Mann einer Frau das Leben rettet, dann muß er ihr einen Autoladen kaufen. Oder vielleicht war es auch nur ein Drink. Wer, zum Teufel, kann schon so gut Japanisch?«

Ich jedenfalls nicht ... Ich meinte nur: »Japanisch?«

Er lachte wieder – er hatte ein sehr nettes Lachen. Er schüttelte den Kopf. Und er erklärte, daß er mir einen Drink spendieren wolle; jedenfalls sagte er das.

Nun, ich ... ich sah ihn nur an und fragte: »Warum?«

Und er wiederholte: »Warum?« Dann fuhr er fort: »Nun, mal überlegen. Weil Sie eine der schönsten Frauen sind, die ich je in meinem ganzen Leben gesehen habe, und ich habe gerade Ihnen das Leben gerettet. Und so etwas passiert mir vielleicht viele Stunden nicht mehr. Ich meine, es ist das mindeste, was ich tun kann, um mich zu bedanken.«

Nun ja ... ich sagte ihm: »Ich trinke nicht.« Sehen Sie, ich wollte ihm nicht verraten, daß ich gerade verschiedene Medikamente einnahm. Daher schickte ich hinterher: »Aber ich könnte ja ein Glas Sodawasser trinken.«

Und er sagte: »Nun, ich weiß nicht so recht. Es ist Donnerstag, und in diesen Dingen sind die Vorschriften und Regeln ziemlich streng. Aber es ist ja nur dieses eine Mal. Das Zentralkomitee wird es niemals erfahren.«

»Das Zentralkomitee?« fragte ich.

Er lachte. Und meinte: »Kommen Sie schon, Weltraumprinzessin.«

Er ging mit mir in ein kleines Café namens The Alamo in der Sixth Avenue. Wir tranken ein Glas Cola und dazu so einen – wie nennt man ihn? – seltsamen Cocktail. Er war sehr lecker. Und dann erzählte er mir, daß er – also, er sagte mir, er heiße Terry Somerset. Er sei Schauspieler, sagte er. Er erzählte weiter, er trete in einem Stück im MacDougal Playhouse auf. Ich kannte dieses Theater. Ich ging auf dem Weg zur U-Bahn jeden Abend daran vorbei. Ich hatte mir schon immer mal gewünscht, hineinzugehen. Er sagte, er arbeite dort und erledige für sie gelegentlich Schreibarbeiten am Computer. Ich erzählte ihm, daß ich in einem Kinderhort arbeite. Ich glaube, es klang, als wäre ich eine von den Kindergärtnerinnen, wissen Sie. Ich vermute, ich wollte Eindruck auf ihn machen.

Er meinte: »Sie arbeiten aber lange.«

Und ich antwortete: »Ja.« Ich sagte: »Ja, ich arbeite sehr oft so lange.«

Und er meinte: »Sie sind aus der Gasse herausgerannt, als sei jemand hinter Ihnen her gewesen ...«

Und ich erwiderte: »Also ...« Ich sagte schnell: »Es war schließlich dunkel.« Ich sagte weiter: »Und es war wirklich jemand da. Ich hatte plötzlich Angst, mehr nicht.«

Terry meinte, man könne in New York nicht vorsichtig genug sein. Dann unterhielten wir uns über andere Dinge.

Als wir unsere Drinks in dem Café geleert hatten, war es sehr spät. Terry setzte mich in ein Taxi und bezahlte für mich. Ich war selig, nach Hause gefahren zu werden. Ich hatte noch nie einen Mann wie Terry kennengelernt. Ich hatte auch noch nie ein Rendezvous oder so etwas gehabt. Es machte großen Spaß. Ich habe es richtig genossen.

Ich hörte einige Tage lang nichts mehr von Terry, doch am Montag rief er mich an. Er lud mich zum Essen ein. Ich log und sagte, ich müßte wieder Überstunden machen. Ich wollte ihm nicht verraten, daß ich jeden Tag so lange arbeitete; ich meine, ich war schließlich nur die Putzfrau im Liberty Center. Das sei nicht schlimm, sagte Terry, er erwarte mich auf jeden Fall nach der Arbeit im Alamo.

Den ganzen Tag über machte ich mir Sorgen. Dr. Holbein hatte mir erzählt, daß der Heimliche Freund immer dann auftauchte, wenn ich Angst vor ... Sie wissen schon, vor Sexdingen hatte. Oder wie man diese Sachen auch nennen mag. Aber ich sagte mir die ganze Zeit, mach dir nichts vor, es war nur ein Glas Sodawasser. Schließlich hat Terry bei mir nichts versucht. Warum also sollte der Heimliche Freund in Zorn geraten? Trotzdem machte ich mir Sorgen.

Ich hörte an diesem Abend etwas früher auf – so gegen Viertel vor elf. Ich trat durch die Tür hinaus auf die Gasse – und der rothaarige Mann packte mich.

Er erwischte meinen Arm. Ich versuchte mich loszureißen. Aber er bückte sich zu mir herab und brachte sein Gesicht ganz dicht an meins. Und seine Stimme war überall, in meinem Kopf, um mich herum.

»Halt dich von ihm fern, Elizabeth«, sagte er. »Er will nur deine Mutter herausholen. Das mußt du erkennen. Er will deine Mutter herausholen. Bleib von ihm weg.«

Ich schrie auf. »Nein!« Aber er sagte Dinge, schreckliche Dinge über Terry, über meine Mutter. Er sagte sie immer wieder. Ich schrie erneut auf und wich vor ihm zurück. Ich rannte – ich rannte durch die Gasse, so schnell ich konnte.

Ich ging zu dem Café, ich wollte zu Terry, aber ich war sehr aufgeregt. Terry fragte mich, was nicht in Ordnung sei. Ich meinte, es sei nichts. Ich wechselte das Thema. Ich erzählte ihm, ich hätte mir schon immer mal gewünscht, das MacDougal Street Playhouse zu besuchen. Und er meinte, wissen Sie, nun, warum tun wir es dann nicht? Nachdem wir ein Glas Sodawasser getrunken hatten, ging er mit mir hin. Das Theater war mittlerweile geschlossen, aber er hatte einen Schlüssel. Wir gingen hinein, und er zeigte mir, wo sein Bild an der Wand hing. Es gab ein Plakat für ein Schauspiel namens ›Schatten‹, und an einem Anschlagbrett in der Halle hingen die Bilder der Mitwirkenden. Terrys Bild befand sich genau in der Mitte. Er war der attraktivste von allen, dachte ich.

Dann ging er in den großen Saal, und wir stiegen zusammen auf die Bühne. Es war aufregend. Es sah aus wie in einem Wohnzimmer, nur waren die Möbel mit Laken zugedeckt. Terry sagte ein paar Textzeilen auf, als wirkte ich in dem Bühnenstück mit. Ich fand es sehr lustig und mußte schallend lachen.

Aber dann fragte er mich: »Was ist los, Elizabeth? Was beschäftigt Sie schon den ganzen Abend?«

Nun, ich mußte darauf etwas antworten, daher sagte ich:

»Wissen Sie, es war wieder dieser Mann. Der schon vorher mal in der Gasse aufgetaucht war. Er hat mich belästigt und schlimme Dinge zu mir gesagt.«

Terry machte ein richtig wütendes Gesicht. Er sagte, er würde mich von jetzt an direkt am Center abholen. Er sagte, für den Mann wäre es besser, wenn er ihn nicht dabei erwischte, wie er mir Angst einjagte. Es täte mir leid, sagte ich zu Terry, aber es war auch schön, Terry so reden zu hören, daß er mich beschützen wolle und so weiter. Dann legte er seine Hände auf meine Schultern und küßte mich. Mitten auf der Bühne. Es war sehr romantisch. Als wären wir ein Liebespaar in einem Theaterstück.

Am nächsten Tag sollte ich die Klinik aufsuchen, um meine Medikamente abzuholen. Der dortige Arzt fragte mich, ob alles in Ordnung sei, ob ich irgendwelche Stimmen höre oder Dinge sehe.

Ich wollte ihm die Wahrheit sagen. Aber ich hatte Angst. Ich hatte Angst, er würde mich sofort wieder ins Krankenhaus stecken, so daß ich Terry nicht mehr sehen konnte. Ich meinte daher, alles sei in bester Ordnung. Er gab mir meine Medikamente und ließ mich wieder gehen.

Dann, am Samstag, waren Terry und ich zum Abendessen verabredet. Er fuhr mit mir zu einem Steakhouse in Chelsea. Wir sahen uns einen Film an und tranken dann in einem Café eine Tasse Kaffee und unterhielten uns über den Film. Terry sprach über die verschiedenen Schauspieler und ob sie gut waren oder nicht. Danach unternahmen wir noch einen Spaziergang.

Mittlerweile war es schon ziemlich spät geworden. Etwa elf Uhr. Und wir gingen durch eine Gegend, die nicht besonders schön war. Es gab dort große, leerstehende Gebäude – Lagerhäuser – wohin man sah. Und in den Einfahrten und Eingängen drückten sich Männer herum. Und Obdachlose hatten sich um Ölfässer versammelt, aus denen Flammen hochzüngelten. Es war Ende September, und die Luft hatte sich erheblich abgekühlt, vor allem dort, wo wir unterwegs waren, nämlich direkt am Fluß.

Schließlich blieben wir vor einem alten Sandsteinbau stehen, nur einen Block vom Hudson River entfernt, in einer kleinen Straße namens Houses Street. Es war dort sehr dunkel. Ich konnte gerade den Schatten eines großen Lagerhauses und den Sandsteinbau und einen freien Platz erkennen. Es gab keine Straßenbeleuchtung, und das Haus, vor dem wir standen, nämlich der Sandsteinbau, war das einzige, in dem ein Licht brannte.

Terry sagte: »Wir sind da. Hier wohne ich. Möchtest du mit hereinkommen?«

Er sah mich an und wartete ab, was ich wohl antworten würde. Ich war nervös. Ich hatte Angst. Ich befürchtete, daß irgend etwas Schlimmes passieren würde. Aber ich wollte, daß alles schön und angenehm war. Wie es bei normalen Menschen üblich ist, Sie wissen schon. Daher war ich einverstanden. Ich sagte, in Ordnung, ich komme mit.

Wir betraten das Haus. Im Treppenhaus brannte kein Licht, und ich war sehr nervös. Aber dann – wenn wir erst einmal oben wären – wenn wir erst einmal in Terrys Apartment wären, dachte ich, dann würde alles schon in Ordnung sein. Ich dachte ständig: Alles wird gut.

Das Apartment befand sich in der zweiten Etage. Es war ein kleines Ding und nicht besonders schön. Es war ... ich weiß nicht: schmuddelig. Aber ... es war irgendwie männlich. Können Sie sich denken, was ich meine? Es gab da ein wackeliges altes Sofa und zwei ausgeleierte, abgewetzte Sessel. Illustrierte über Sport und Elektronik lagen überall herum. Und an einer Wand stand eines dieser kleinen Hollywoodbetten.

Terry sagte: »Eines Tages, wenn ich am Broadway ein großer Star bin, dann schaue ich auf all das zurück und muß weinen.«

Aber es gefiel mir. Ich war gerne dort.

Es gab keine Küche, sondern nur einen kleinen Kühlschrank und eine Kochplatte. Aber Terry fand im Kühlschrank noch eine Cola. Wir saßen auf dem Sofa und teilten uns die Dose. Dann stellte Terry die Dose beiseite und rückte nah an mich heran. Wir küßten uns wieder. Heftig und lange. Er schob die Zunge in meinen Mund. Er legte seine Hände auf mich, auf meine Brüste und wer weiß wohin. Aber es machte mir nichts aus. Wirklich. Es war ein gutes Gefühl. Ich fand es ganz in Ordnung. Nach einer Weile schob er seine Hand sogar unter meinen Rock. Er tastete sich mit den Fingern in meine Unterhose.

In diesem Moment schlug ich die Augen auf und sah ihn.

Er war am Fenster – der rothaarige Mann. Er starrte durch das Fenster im zweiten Stock zu uns herein. Seine Augen waren ganz groß und blickten wie im Wahnsinn. Sein Gesicht war eine wilde und wahnsinnige Fratze.

Ich schrie und sprang auf und wich vor Terry zurück.

»Was ist?« fragte er. »Was ist los?«

»Wir müssen gehen! Wir müssen ganz schnell weg von hier!« kreischte ich. »Bitte! Ich muß gehen!«

»Gehen? Elizabeth, was ist los?« Terry stand auf. Er faßte nach meinen Schultern. »Elizabeth, um Gottes willen, du mußt mir sagen, was los ist, was nicht in Ordnung ist!«

»Das verstehst du doch nicht. Du bist in Gefahr. In schrecklicher Gefahr ...«

»Gefahr? Wovon redest du?«

»Von dem rothaarigen Mann. Er ist es. Er ist wieder da.«

Ich wies zum Fenster. Terry drehte sich um und schaute nach. »Wer? Dort ist niemand.«

»Bitte.« Ich hatte zu weinen begonnen, ich konnte nicht aufhören. »Bitte, du mußt mich nach Hause bringen. Du mußt mich schnellstens von hier wegbringen.«

»Verdammt noch mal, Elizabeth, du mußt mir endlich erklären, was hier im Gange ist.«

»Ich kann nicht!« kreischte ich. Ich schluchzte noch lauter. »Ich kann nicht.«

Und dann rannte ich weg. Ich hatte solche Angst. Ich hatte solche Angst, daß der Heimliche Freund ihm weh tun würde. Ich rannte aus dem Apartment hinaus. Die Treppe hinunter. Ich stürmte durch die Tür. Ich stolperte die Stufen zum Bürgersteig hinunter.

Ich hörte Terry hinter mir rufen: »Elizabeth!« Aber ich blieb nicht stehen. Ich rannte. Durch die Dunkelheit, an den finsteren Männern vorbei. Ich weiß nicht einmal, wie ich nach Hause gekommen bin. Ich glaube, ich bin einfach weitergerannt, bis ich einen Eingang zur U-Bahn fand. Ich erinnere mich noch, daß ich in einem U-Bahn-Zug saß, und dann ... Als nächstes erinnere ich mich daran, daß ich zu Hause war. Ich knipste die Beleuchtung an und verriegelte die Tür. Ich legte mich ins Bett. Ich lag dort, zitterte und weinte.

Ich glaube, es dauerte lange, bis ich einschlief.

An dieser Stelle hielt Elizabeth für einen Moment inne. Conrad schaute auf seine Uhr. Es war nun vier nach acht. Er mußte sie bald bremsen. Er durfte die Geschichte nicht zu lange dauern lassen.

Aber er dachte nach – er hörte zu und überlegte: vielleicht war da irgend etwas. Irgend etwas. Über die Zahl. Über seine Tochter. Über einen Mann namens Sport. Irgend etwas, das ihm helfen könnte. Etwas, das er brauchte.

Wie lautet die Zahl, Elizabeth? Warum ich?

Er sah sie an. Er lächelte beruhigend. Er nickte aufmunternd.

Elizabeth fuhr fort.

Ich setzte mich abrupt auf. Mein Herz schlug heftig. Ich hatte ein Geräusch gehört. Es erklang erneut. Der Summer der Haussprechanlage unten. Er war so laut wie eine Feuersirene.

Ich schaute mich um, blinzelnd, verwirrt. Das Zimmer war dunkel. Ich war mir nicht einmal sicher, wo ich war.

Und dann erklang der Summer erneut. Ich stieg aus dem Bett. Die Uhr auf meinem Nachttisch zeigte zwei Uhr morgens. Ich stolperte zur Sprechanlage. Drückte auf den Sprechknopf.

»Ja? Bitte?«

»Elizabeth. Elizabeth, ich bins.« Es war Terry. »Bist du in Ordnung?«

»Mir ... geht es gut. Ich habe schon geschlafen. Was willst du ...?«

»Laß mich rein. Laß mich raufkommen. Ich muß mit dir reden.«

Ich wollte ihm eine Antwort geben – als sich eine Hand auf meinen Mund legte.

Ich wurde von der Sprechanlage weggezogen. Ich sah, wie die weiße Hand vor mir sich ausstreckte. Ich schnappte danach. Versuchte sie aufzuhalten. Aber er war zu stark. Er drückte auf den Knopf, der die Haustür öffnete.

Ich wehrte mich. Ich versuchte zu schreien. Aber er umschlang meine Taille und zog mich zurück. Ich hörte seine Stimme in meinem Ohr, heiser und atemlos.

»Es ist gut, Elizabeth. Ich beschütze dich vor ihm. Ich sorge mich um dich. Ich bin dein Freund.«

Ich kratzte seine Hand. Ich versuchte zu rufen: »Nein!

Bitte! Laß mich los!« Aber die Hand auf meinem Mund erstickte die Schreie. Die Hand um meine Taille hielt mich fest. Ich wurde zum Badezimmer geschleppt.

Nun klopfte es an der Tür. Ich hörte draußen Terrys Stimme: »Elizabeth? Mach auf, ich bin's. Ist alles in Ordnung?«

»Terry! Lauf weg!« Ich versuchte, es zu rufen, zu schreien. Ich brachte einen Laut heraus. Aber er erstickte meine Stimme. Seine Hand brachte mich zum Schweigen.

Und dann wurde ich ins Badezimmer gestoßen. Ich stürzte schwer auf den harten Fliesenboden. Die Tür wurde geschlossen. Ich kämpfte mich auf die Füße. Ich warf mich wieder gegen die Tür. Ich versuchte sie zu öffnen. Sie rührte sich nicht. Irgend etwas war von der anderen Seite dagegen gestemmt worden. Ich trommelte mit den Fäusten gegen die Tür.

»Terry! O Terry! Bitte, mein Gott, nein! Tu ihm nicht weh! Jesus Christus, Terry, lauf weg!«

Ich schlug beide Hände vors Gesicht. Ich riß mir mit den Fingernägeln die Stirn auf. Ich wollte den Wahnsinn aus mir herausreißen. Ich mußte es aufhalten, es abstellen, ehe Terry noch verletzt wurde. Das Blut lief mir in die Augen. Ich schrie weiter: »Terry, komm nicht rein! O Gott, nein! Tu ihm nicht weh! Herrgott im Himmel, Terry, renn weg!«

Und dann – es war so, als käme es aus einer anderen Welt, aus einem anderen Land, jedenfalls von weit, weit her, durch einen Nebel – hörte ich einen Mann schreien. »Nein!« Und dann ertönte ein Geräusch. Ein furchtbares – ich weiß nicht – Würgegeräusch. Und ich sah nach unten. Ich sah nach unten, und an meinen Händen war Blut. Blut. Überall Blut. Und ich war nicht mehr im Badezimmer. Ich war draußen, ich war in der Dunkelheit. Und ich weinte, und das Blut und die Tränen rannen über meine Wangen. Und dann, plötzlich … plötzlich fühlte ich ihn dort. Ich lag irgendwie auf dem Fußboden, und ich konnte ihn unter mir spüren. Und ich spürte das Blut. Das Blut überall. Oh, Blut. Und Leute schrien. Leute schrien meinen Namen. Und dann flammte die Beleuchtung auf. Ich war geblendet. Lichter in meinen Augen. Und Leute schrien und riefen. Und ich war bedeckt. Von Kopf bis Fuß bedeckt mit Blut.

Ich sah nach unten. Er war da. Er lag unter mir. Er hatte überall Messerstiche … Seine Augen, Jesus Christus. Seine Augen, er war tot; ich wußte, daß er tot war. Und ich wußte, was passiert war. Schließlich und endlich. Ich wußte jetzt alles. Sehen Sie?

Denn es war nicht Terry. Es war nicht Terry, der tot dort lag, Dr. Conrad.

Er war es. Es war der rothaarige Mann. Es war Robert Rostoff.

Terry hatte ihn getötet. Terry war der Heimliche Freund.

Wie lautet die Zahl?

Conrad sah von seiner Uhr hoch. »Wie bitte?«

Elizabeth saß vor ihm und weinte stumm. Sie hatte den Kopf gesenkt. Die Tränen fielen in ihren Schoß und auf ihre gefalteten Hände.

Conrad schüttelte den Kopf, versuchte seine Gedanken zu ordnen, sich zu konzentrieren. Es ist so spät, war das einzige, was ihm ständig durch den Kopf ging. Es war alles, woran er denken konnte.

Acht Uhr zwölf. Noch achtzehn Minuten blieben ihm. Er mußte sie fragen. Er mußte die Zahl erfahren. Er konnte sich auf nichts anderes konzentrieren, konnte an nichts anderes mehr denken.

Trotzdem, als sie endete, sah er sie blinzelnd an. »Was haben Sie gesagt?«

Elizabeth antwortete mit tränenerstickter Stimme. »Ich sagte, es war der rothaarige Mann. Nicht Terry.«

»Aber wie ist das möglich? Ich dachte ...«

»Sie erzählten mir ... die Polizei, meine ich ... die teilten mir mit, er wäre irgendein Fahrkartenschaffner gewesen, in der U-Bahn. Sie sagten, er hätte sich mit mir getroffen und daß ich ...« Ihre Tränen ließen nach. Sie hob den Kopf und betrachtete ihn mit nassen Augen. »Ich habe versucht, ihnen von Terry zu erzählen. Ich ging mit ihnen zum MacDougal Street Playhouse. Ich wollte ihnen sein Bild zeigen ... das an der Wand, Sie wissen schon.« Sie schluckte, schüttelte den Kopf. »Aber da war kein Bild von ihm. Und die anderen

Leute, die übrigen Mitglieder der Truppe ... sie haben noch nie von ihm gehört.«

»Oh ... Elizabeth.« Conrad bremste sich, mehr zu sagen.

Sie senkte wieder den Kopf. »Dann ... habe ich ihnen erzählt, ich sei in diesem Haus gewesen. Ich nannte ihnen die Adresse. Sie sahen mich nur an. Sie sagten, die Häuser in dem Block stünden alle leer. Sie fuhren mich sogar hin. Sie zeigten es mir. Da ist das Sandsteinhaus, sagten sie. Nummer zwohundertzweiundzwanzig. Und das Haus war leer ... nichts drin als bloß Gerümpel und Abfall.«

Conrad sah die Frau an und schüttelte wieder den Kopf.

»Er ist immer anders«, sagte sie unglücklich. »Der Heimliche Freund. Er ist niemals gleich.«

Für ein paar weitere Sekunden betrachtete er sie. Ihre Augen waren nicht zu sehen. Ihr rotgoldenes Haar floß über ihre Wangen bis fast hinunter in ihren Schoß. Die Tränen tropften nicht mehr so stark. Conrad hörte seinen Pulsschlag in seinen Schläfen. Er wußte, daß er keine Zeit mehr hatte.

»Elizabeth«, sagte er leise. Er erhob sich von seinem Stuhl. Schwang sein Bein darüber und stand vor ihr. Ohne aufzuschauen, hob sie eine Hand und wischte sich ihre Wange ab. Er hörte sie leise schluchzen. Er räusperte sich. »Elizabeth«, sagte er, »ich muß Ihnen eine Frage stellen.«

Langsam richtete sie den Kopf auf und sah ihn an. Selbst durch den Tränenschleier schienen ihre großen Augen bis auf den Grund seines Herzens zu blicken. Er sah die Bitte in ihnen, das Flehen. Er schaute weg.

»O Scheiße«, flüsterte er. Er holte tief Luft. Sah sie wieder an. »Hören Sie zu. Ich kann Ihnen helfen. Okay?«

»Oh ... können Sie das?« Ihre Hände streckten sich ihm entgegen. Sie ergriff die seinen. »Können Sie das?«

»Ja. Und ich werde Ihnen helfen, Elizabeth.«

»Weil ich weiß, daß schlimme Dinge passiert sind. Aber es könnte auch gute Dinge geben«, sagte sie. »Eine Zeitlang ging es mir ganz gut. Nach dem Staatlichen Krankenhaus. Im Liberty Center. Es ging mir viel besser. Wirklich. Ich versuchte es Dr. Holbein zu erklären: Er ist immer anders. Er kann zurückkommen, weil er sich verändert. Sie verstehen mich, nicht wahr? Er wollte mir nicht glauben. Aber Sie glauben mir. Nicht wahr?«

Conrad hielt ihre Hände krampfhaft fest. Er machte einen kleinen Schritt näher zu ihr hin. »Hören Sie zu. Bitte.«

»Sie halten ihn von mir fern. Das weiß ich. Auch ich könnte gute Dinge tun. Ich weiß es ...«

»Elizabeth.«

Er sagte es mit einer gewissen Schärfe. Seine Patientin hörte auf, zusammenhanglos zu reden. Sie betrachtete ihn erwartungsvoll. Er redete weiter, so sanft er konnte.

»Elizabeth ...« Er hielt weiterhin ihre Hände fest. »Ich kann Ihnen helfen. Ich werde Ihnen helfen. In Ordnung?« Sie nickte eifrig. »Aber heute«, fuhr er fort, »heute muß ich Sie bitten, mir zu helfen. Ich muß Ihnen eine Frage stellen, Elizabeth. Und es ist für mich sehr wichtig, daß Sie so gut wie möglich darauf zu antworten versuchen. Haben Sie verstanden? Es ist notwendig, daß Sie ... diese Frage sorgfältig und genau beantworten, ja?«

Erneut nickte sie. »Und was?« fragte sie. »Was wollen Sie wissen?«

Conrad holte erneut tief Luft. Es war nicht leicht, da sein Herz wie wild in seiner Brust raste. »Elizabeth«, sagte er schließlich, »wie lautet die Zahl?«

Das Flehen in ihren Augen hielt ihn in Bann. Er sah, wie die Tränen über ihre bleichen Wangen perlten. Ein schwaches, hoffnungsvolles Lächeln spielte um ihre Lippen.

Und dann trafen die Worte sie.

»Wie lautet die Zahl?« fragte er. Und ihr Gesicht wurde aschgrau. Sie wich zurück, preßte sich gegen die Rückenlehne ihres Sessels. In ihren Augen tobte plötzlich ein heftiger Sturm. Sie wurden dunkel und ausdruckslos. Ihr Mund klappte auf. Er konnte ihren Atem hören, der pfeifend und rasselnd ein und aus strömte.

»Elizabeth?« fragte er.

»Mein Gott«, flüsterte sie. Sie riß ihre Hände von ihm weg. »Mein Gott.«

Oh ... Junge, dachte Conrad. »Elizabeth, hören Sie ...«

Sie biß sich auf die Finger. Sie schüttelte den Kopf. »O nein. O mein Gott, nein.« Und plötzlich schrie sie auf. »Nein!« Sie sprang zurück. Ihr Sessel fiel um. Er kippte gegen die Bettkante und polterte auf den Fußboden.

Conrad näherte sich ihr, die Hände ausgestreckt. »Elizabeth, es ist in Ordnung. Bitte ...«

Aber sie schreckte vor ihm zurück, schüttelte den Kopf, wich zum Fenster aus. »Nein. O nein, o Gott, o Gott.«

»Bitte, Elizabeth, wenn Sie mir nur mal kurz zuhören würden ...«

Das Metallgitter erbebte und klirrte, als ihr Rücken gegen das Fenster stieß. Sie schaute nach rechts, nach links, als suchte sie nach einer Fluchtmöglichkeit, nach einem Ausweg. Ihre Hände zuckten vor ihr hoch, um ihn abzuwehren.

Conrad machte einen weiteren Schritt auf sie zu.

Und sie sprach wieder – und sein Herz wurde zu Eis. Der Klang ihrer Stimme – fern und zitternd. Ihre Blicke irrten umher, als suchten sie nach einer unsichtbaren Zuflucht, nach Rettung.

»Nein, das ist er nicht«, krächzte sie und dehnte die Worte. »Er ist gut. Er ist gut. Wirklich.«

Sie redete mit dem Heimlichen Freund.

Oh, dachte Conrad. Er erstarrte mitten in der Bewegung. Und sah sie an. Oh, ich stecke so verdammt tief in der Klemme.

Elizabeth begann jetzt zu flüstern, stieß halblaut eine Flut von Worten hervor. »O nein, o Gott, laß ihn, nicht, bitte …« Sie schien untrennbar mit dem Fenster hinter sich verbunden zu sein, konnte sich nicht davon lösen. Sie schüttelte heftig den Kopf, hin und her. Weiße Schaumbläschen zerplatzten in ihren Mundwinkeln. Sie flogen durch die Luft, als sie den Kopf schüttelte. »O Gott, bitte nicht, ich möchte, Gott, nein … einer von ihnen … bleib weg … weg … Ihr alle gehört zu ihnen. Alle zusammen. Alle, du hast ja recht. Ich weiß.« Ihr Kopf kippte nach hinten. Sie verdrehte die Augen. Sie ächzte.

Conrad schaute über die Schulter …

Einmal hat sie einen holländischen Matrosen halbtot geschlagen. Sie brach ihm beide Arme und trampelte einen seiner Hoden zu Brei. Dabei ist sie nur ein zierliches kleines Ding …

Er schätzte, daß er von der Tür nur vier Schritte entfernt war. Und er mußte sie außerdem aufschließen, sobald er sie erreicht hatte.

Elizabeth kreischte. »Ihr alle! Ihr alle! Ihr steckt alle unter einer Decke!«

Sie stieß sich von der Wand ab. Ihre glühenden Augen fixierten ihn. Der Schaum brodelte zwischen ihren Lippen und tropfte zu Boden.

Conrad wich vor ihr zurück. Er hob beide Hände. »Äh … bitte. Sie müssen mich anhören.«

»Bitte. Sie müssen mich anhören.« Elizabeth wiederholte seine Worte als gespenstisch flüsterndes Echo. Sie schaute nach rechts und nach links. Sie wedelte heftig mit den Händen vor ihrem Gesicht herum. »Ich muß gehorchen. Dr. Conrad, er hilft mir. Er kann mir helfen …« Aber dann knurrte sie tierhaft, schlich leicht geduckt auf ihn zu, hatte die Hände zu Klauen gekrümmt. »Nein. Nein. Nein. Er ist genauso wie der andere. Wie der andere. Wie lautet die Zahl? Zuerst tun sie so als ob, sie sagen: ›Ja, Elizabeth, sprechen Sie mit dem Arzt‹, dann fragen sie einen, sie fragen ... Sie gehören alle dazu.«

Sie kam langsam auf ihn zu. Conrad wich einen weiteren Schritt zurück. Er sah wieder zur Tür. Noch ein Schritt – vielleicht zwei –, und er konnte sie erreichen – unter Umständen sogar seinen Schlüssel ins Loch schieben. Er griff in die Tasche. »Elizabeth«, sagte er hastig. »Ich will Ihnen helfen. Ich versuche ...« Dann versagte ihm die Stimme. Er blieb stehen. Und fixierte sie.

»Der andere?« fragte er. Woher wußte sie Bescheid? Woher wußte sie, daß ich komme?

»Genauso wie der andere«, wiederholte Elizabeth. Sie kam ihm immer näher, hatte die Hand drohend erhoben. Ihre Augen funkelten hart.

»Der andere Doktor?« fragte Conrad sie. Sie hat sich für mich herausgeputzt. Woher wußte sie Bescheid?

»Sie behaupten, sie seien Ärzte«, sagte sie. Ihre Stimme wurde brüchig von Schmerz und Kummer. »Oh, sie sagen, sie seien nett. Sie sagen, sie seien freundlich. Dann fragen sie dich. Sie fragen.«

»Ein anderer Doktor hat Sie also nach der Zahl gefragt«, meinte Conrad.

»Wie lautet die Zahl?« Sie schob sich unaufhaltsam auf ihn zu und stieß die Worte als wütendes Knurren hervor. Er konnte sie riechen. Er spürte die Hitze ihres Atems. »›Wie lautet die Zahl?‹ hat er mich gefragt.«

Conrad war nur noch einen Schritt von der Tür entfernt und ging nicht weiter. »Der andere Doktor«, sagte er. »Dr. Sachs. Jerry Sachs?«

»Sachs. Ja«, erwiderte sie. »›Wie lautet die Zahl?‹«

»Er hat Sie das gefragt? So war es doch, oder? Deshalb hatten Sie einen Wutanfall. Das war der Grund, warum Sie anfangs gar nicht reden wollten. Mein Gott, Sie hatten recht. Sachs ist einer von ihnen.«

Und Elizabeth begann wieder zu kreischen: »Ich bringe Sie um! Ich töte Sie!«

Conrad machte einen letzten Schritt rückwärts – und stieß mit dem Rücken gegen die Tür. Elizabeth machte Anstalten anzugreifen.

»Ich hasse Sie!« schrie sie. »Ich hasse Sie dafür!«

»Elizabeth, nein, verdammt noch mal!«

Aber sie war nicht mehr aufzuhalten. Sie hatte ihn fast erreicht. Stieß ihre Hände seiner Kehle entgegen.

»Elizabeth!« Er hob verzweifelt die Hände. Er krallte sie in die Vorderfront ihres Kleids. »Bitte! Um Gottes willen!« rief er. »Helfen Sie mir! Helfen Sie mir! Sie haben meine Tochter!«

Sie war nun bei ihm. Ihre Hände umschlossen seinen Hals. Er spürte die heißen Finger, die zudrückten. Die Fingernägel gruben sich in sein Fleisch. Er versuchte sie abzuwehren, sie von sich fernzuhalten. Er schüttelte sie. Preßte sein Gesicht an ihres. Tränen standen in seinen Augen.

»Um Gottes willen, Herrgott im Himmel, bitte!« brüllte er. »Bitte, helfen Sie mir doch!«

Elizabeth blinzelte. Sie starrte ihn verblüfft an.

»Sie haben mein kleines Mädchen«, sagte Conrad. »Begreifen Sie doch. Bitte. Sie müssen es versuchen. Sie haben meine Tochter.«

Elizabeth stand stocksteif da, ihr Kopf wackelte haltlos, die Augen blickten ins Leere. Ihr Mund bewegte sich stumm. Sie schaute hoch und legte Conrad mit einer heftigen Geste eine Hand auf den Mund.

»Bitte«, sagte er. Er schmeckte ihre Finger.

»Ihre Tochter?« fragte Elizabeth.

»Bitte. Ich brauche Ihre Hilfe.«

»Meine Hilfe?«

»Ja.«

»Wegen ihnen? Wegen der bösen Männer?«

»Ja.«

Sie wich stolpernd vor ihm zurück. »Sie meinen ... Sie sind echt?« Sie legte die Hände gegen die Schläfen, als wollte sie verhindern, daß ihr der Schädel platzte. »Ich ... ich ... ich ... Es gibt sie wirklich?«

Atemlos folgte Conrad ihr. Er lehnte sich erschöpft gegen die Tischkante. »Ja«, sagte er. Es war kaum ein Flüstern. »Bitte. Sie müssen mir erzählen, wer sie sind. Sie müssen mir erklären, was sie wollen.«

Elizabeth erschauerte. Sie schlang die Arme um sich. »Ich verstehe das nicht. Ich verstehe nicht, was jetzt geschieht. Überhaupt nicht.«

»Mein kleines Mädchen ...«, sagte Conrad. Er schaute auf die Uhr. Es war zwei Minuten vor halb neun. »O Gott. Mein Kind.«

Er sah zu ihr hoch. Sie starrte ihn ratlos an, die Arme krampfhaft um ihren Oberkörper geschlungen und den Kopf schüttelnd. Sie mußte es verstehen, dachte er. Mehr Zeit war nötig, Zeit, um es ihr begreiflich zu machen.

Auf einmal ertönte ein heftiges Pochen an der Tür. Eine Stimme rief ihnen etwas zu.

»Hey, Nate? Nate! Ist da drin alles in Ordnung?«

Conrad wirbelte herum. Er sah Sachs' rundes, eiförmiges Gesicht, das sich gegen das kleine Fenster in der Tür preßte.

Er schloß die Augen.

Und im nächsten Moment hörte er den Türknauf knirschen, als Sachs' Schlüssel ins Schlüsselloch glitt.

D'Annunzio

Agatha lag auf der Couch. Sie betrachtete die Decke. Es war eine weiße Decke. Ein langer, y-förmiger Riß in der Farbe befand sich direkt über ihr.

Agathas rechter Arm ruhte auf ihrer Stirn. Der linke Arm bedeckte ihren Leib. Der alte Teddybär, Schneeflocke, lag in ihrer linken Armbeuge. Sie starrte die Decke an und träumte von der Polizei.

Es war eine halbe Stunde her, seit Billy Price gegangen war. Seit sie ihn aufgefordert hatte, die Polizei anzurufen. Seit sie ihn aus der Wohnung geschoben und die Tür vor seinem ratlosen, dummen Gesicht zugemacht hatte. Es war eine halbe Stunde her, seit sie im Kinderzimmer vor dem Kleiderschrank gestanden und den alten grauen Bären betrachtet hatte; seit das Telefon im Zimmer nebenan immer und immer wieder geklingelt hatte.

Sie hatte das Telefon gehört, und sie hatte ihre Angst regelrecht auf der Zunge geschmeckt. Es war ein kupferartiges Aroma, das aus ihrer Kehle auf die Zunge gekrochen war. Sie war sicher gewesen – sie hatte gewußt –, daß sie alles verloren hatte. Es gab tatsächlich Mikrofone. Sie konnten sie hören. Sie hatten sie gehört – sie hatten gehört, was sie zu Billy Price gesagt hatte.

Nun riefen sie sie an, um ihr mitzuteilen, daß sie ihre Tochter getötet hatten. Sie wollten sie zwingen, zuzuhören, wie Jessie im Todeskampf schrie.

Während sie zum Telefon ging, hatte sie Zeit gehabt, darüber nachzudenken. Sie hatte auch Zeit gehabt, sich noch mehr durch den Kopf gehen zu lassen. Dieser Weg, diese Schritte von einem Zimmer ins andere, es schien ewig zu dauern. Das Telefon klingelte in einem fort. Aggie ging darauf zu. Sie hielt den Teddybären krampfhaft unter dem Arm fest. Sie dachte daran, daß sie gleich ihre Tochter schreien hören würde.

Warum hatte sie angenommen, daß keine Mikrofone da waren? Weil dieser Mann – dieser schreckliche, böse Mann, den Nathan mit Sport angeredet hatte –, weil er Billy Price' Namen nicht gehört hatte? Um Himmels willen. War das alles? Mehr hatte sie nicht? Warum hatte sie es nicht auf Anhieb erkannt: Billy Price könnte durchaus einer von ihnen sein. Sie hatten sie vielleicht getestet. Oder es hatte bei ihren Abhöranlagen eine kleine Panne gegeben. Es gab so viele einleuchtende Erklärungen. Wie hatte sie nur auf die Idee kommen können, durch eine in wenigen Sekunden getroffene Entscheidung das Leben ihrer Tochter aufs Spiel zu setzen – das Leben ihres lieben kleinen Babys preiszugeben – auf eine Vermutung, auf eine vage Ahnung hin, mit vollem Risiko?

Das Telefon klingelte erneut, und Aggie ging hin. Und dann lag ihre Hand auf dem Hörer. Sie nahm ihn ans Ohr. Sie konnte Jessie weinen hören – Mommy! Sie konnte das erstickte Schluchzen, das halblaute Jammern hören, als Hände sich auf ihren Mund legten, sie ergriffen. Sie konnte all das ganz deutlich in ihren Gedanken verfolgen.

Dann drückte sie den Hörer ans Ohr.

»Ja«, flüsterte sie.

Es war die selbe Stimme wie vorher. Die Stimme des Kidnappers. Aber nun klang sie ruhiger, weicher. Die Wut war verflogen. Sie war jetzt kontrolliert und glatt, beinahe freundlich.

»Gut gemacht, Mrs. Conrad«, sagte sie.

Agatha erwiderte nichts darauf. Sie wagte nicht einmal zu atmen.

»Sie haben genau richtig reagiert«, sagte der Mann.

»Ja«, flüsterte Aggie. »Ich habe nur getan, was Sie von mir verlangt haben.«

»Richtig. Ganz genau. Und Ihre Tochter ist froh, daß Sie so reagiert haben, Mrs. Conrad. Das können Sie mir ruhig glauben. Sie ist sehr, sehr froh.«

»Oh ...« Dieser kleine Seufzer der Erleichterung rutschte ihr heraus. Sie verschluckte ihn halb. Keine Mikrofone. Sie hatte recht gehabt. Keine gottverdammten Mikrofone.

»Und jetzt verhalten Sie sich weiter so und versuchen keine Tricks mit mir, Baby und alles wird bestens laufen, verstanden?«

»Ja«, sagte Agatha. »Ja.«

»Wer weiß – wenn Sie richtig gut sind, dann komme ich vielleicht mal rüber und statte Ihnen einen kleinen Besuch ab. Wie wäre das? Das würde Ihnen doch gefallen, oder etwa nicht?«

Der Mann stieß ein boshaftes, gemeines Lachen aus – und Aggie hatte einen völlig verrückten Gedanken: wie im Kino, wie ein Bösewicht im Film. Als spielte er eine Rolle ...

Dann wurde die Leitung wieder unterbrochen.

Aggie legte langsam den Hörer zurück. Oh. O Gott, dachte sie. Das war der Moment, als sie zur Couch gegangen war. Sie hatte sich darauffallen lassen, hatte einen Arm auf die Stirn gelegt. Sie blickte zur Decke. Zur weißen Decke mit dem y-förmigen Riß.

Sie hatte angefangen, von der Polizei zu träumen.

Sie spielte die Szene in Gedanken immer wieder aufs neue durch. Nathan war da. Er stand auf dem Dach eines wolkenkratzerhohen Apartmenthauses. Der Kidnapper und seine gesichtslosen Komplizen hielten Jessie über den Rand ins Leere. Sie drohten damit, sie fallenzulassen. Plötzlich, mit Geschrei, brach die Polizei durch die Tür zum Dach. Nathan stürmte los. Heldenhaft riß er das Kind dem Kidnapper aus den Händen. Und dann eröffnete die Polizei das Feuer.

Sie konnte nicht aufhören, darüber nachzudenken. Sie stellte sich vor, wie die Polizei zu schießen begann. Sie sah vor ihrem geistigen Auge, wie die Kidnapper zurückwichen, stolperten, stürzten. Wie der Aufprall der Kugeln sie regelrecht tanzen ließ. Blut und Fleischfetzen wurden aus ihren Körpern gerissen. Schmerz lag in ihren Augen – Schmerz und dieses brennende, nicht nachlassende, unerträgliche Grauen. Sie stürzten schreiend über die Dachkante. Sie brauchten sehr lange, um zu sterben.

Aggie lag auf der Couch und stellte es sich vor. Sobald die letzte Szene dieser Sequenz verblaßte, begann sie wieder von vorn und spulte noch einmal alles ab. Langsam ließ sie Punkt für Punkt ablaufen. Sie baute an der Stelle, als die Polizei erschien und zu schießen begann, richtig genüßlich die Spannung auf, verweilte lange bei den Bildern von den Kidnappern in ihrem Blut und ihrer Qual – und der grauenhaften Angst, die im Augenblick sie selbst durchleiden mußte.

Aggie lag auf der Couch und starrte die Decke an. Sie sah vor ihrem geistigen Auge die Polizei, hörte die Gewehrsalven. Und sie lächelte unmerklich.

Und dann machte jemand sich mit einem Schlüssel an der Wohnungstür zu schaffen. Die Tür schwang auf. Ein Mann kam herein.

Aggie stockte der Atem, und sie setzte sich auf. Sie wollte »Nathan?« fragen. Doch das Wort erstarb auf ihren Lippen. Sie schaute über die Rückenlehne der Couch und sah den Mann hereinkommen. Er schloß die Tür hinter sich.

Es war ein junger Mann, ungefähr dreißig, vielleicht auch etwas jünger. Bekleidet war er mit einem grünen Overall. In einer Hand trug er einen Werkzeugkasten.

Als Aggie sich aufrichtete, drehte er sich um und entdeckte sie. Er blieb verblüfft stehen.

»O – Himmel, ich ... es tut mir leid«, sagte er. »Ich ... Roger, der Hausmeister, sagte, es sei niemand hier. Er gab mir den Schlüssel. Ich ... ich bin der Installateur.«

Aggie starrte ihn mit offenem Mund an.

»Bei den Colemans unten, in der Wohnung ...«, fuhr er fort. »Bei denen kommt das Wasser durch die Decke. Im Badezimmer. Es könnte von Ihnen kommen. Ich wollte nur mal nachsehen. Was dagegen? Roger meinte, die Wohnung sei zur Zeit leer.«

Aggie sah ihn noch einige Sekunden lang an. Dann drehte sie sich um und betrachtete das Telefon. Lange fixierte sie es. Aber das Telefon klingelte nicht.

»Äh ... darf ich?« fragte der Installateur wieder. Er wies mit dem Daumen auf die Diele.

Aggie sah ihn an. Sie betrachtete sein Gesicht, stumm. Es ist kein Installateursgesicht, dachte sie unsicher. Er hatte eine rauhe Arbeiterstimme, aber sie kam nicht aus einem Arbeitergesicht, dachte sie. Das Gesicht des jungen Mannes war rund und glatt und jungenhaft. Er sah gut aus, hatte kräftiges braunes Haar, das ihm widerspenstig in die Stirn fiel. Und da waren diese Augen: Sie waren intelligent, wachsam, klug. Keine Installateursaugen. Irgendwie anders ...

Sie blickte wieder auf das Telefon. Es klingelte nicht. Sie öffnete den Mund. »Ich ... ich weiß nicht ...«

»Es dauert nur eine Minute«, sagte der junge Mann. Und er ging durch die Diele.

Eine Sekunde zu spät rief Agatha ihm nach: »Mich hat niemand angerufen. Gewöhnlich melden die sich und kündigen an, wenn jemand raufkommt. Die Portiers unten in der Halle.«

»Was meinen Sie?«

Agatha erhob sich vollends von der Couch. Der Teddybär blieb liegen. Agatha verschränkte die Arme unter ihren Brüsten. Sie warf wieder einen Blick auf das Telefon.

»Es ... es ist so spät«, rief sie. Sie sah auf die Uhr. »Schon nach acht.«

»Was meinen Sie?« fragte der Installateur erneut. Ein lautes Hämmern – Metall auf Metall – drang aus dem Badezimmer.

Aggie durchquerte den Raum. Sie ging zum Ende der Diele. Sie blickte durch den Gang dorthin, wo sich das Badezimmer befand. Sie sah das Licht durch die offene Tür fallen. Sie hörte das metallische Hämmern. Sie fuhr sich mit einer Hand durch ihr Haar. Und wieder faßte sie das Telefon ins Auge. Warum klingelte es nicht? Warum rief er nicht an?

Das Hämmern hörte auf. Agatha hielt die Luft an. Sie legte eine Hand auf die Brust und blickte in die Diele.

»Mrs. Conrad?« rief der Installateur.

Agatha gab keine Antwort.

»Entschuldigen Sie.« Er rief etwas lauter: »Mrs. Conrad!«

»Äh ... ja.« Agathas Stimme zitterte. »Ja, was ist?«

»Könnten Sie mal für einen kurzen Moment herkommen, Mrs. Conrad?«

Agatha blieb stehen, wo sie gerade war. Sie schüttelte den Kopf: nein. Sie wischte sich den Schweiß ab, der sich auf ihrer Oberlippe gesammelt hatte. »Ich ... ich weiß nicht ... Sie haben nicht angerufen«, sagte sie matt. »Und gewöhnlich melden sie Besucher an ...«

Ihre Stimme versiegte. Eine Pause trat ein, Stille. Dann sagte der Installateur: »Mrs. Conrad. Ich finde wirklich, Sie sollten lieber mal herkommen.«

Diesmal war es nicht mißzuverstehen. Es war eine Anweisung. Ein kalter, strenger Befehl. Während Aggie dastand, jeden Atemzug bewußt ausführend, tauchte eine seltsame Erinnerung in ihren Gedanken auf. Ihre Sozialkundelehrerin – Mrs. Lindsay – in der siebten Klasse, Great Neck North Junior High: eine ältliche Jungfer mit Froschgesicht und rot gefärbten Haaren. Sie stand vor einer vergrößerten Replika der Verfassung der Vereinigten Staaten. Sie war an ein Anschlagbrett geheftet, und sie zeigte darauf. Sie musterte die Klasse mit ihren Froschaugen. Und sie verkündete mit scharfer Stimme: »Freiheit ist mühsamer als Sklaverei. Keine Wahl zu haben ist immer einfacher.«

Agatha hätte bei dieser Reminiszenz beinahe laut aufgelacht. Sie atmete zitternd aus. Sie hielt sich eine Hand vor den Mund, um den traurigen Laut zu ersticken, der dabei entstand. Keine Wahl ist am einfachsten, dachte sie wieder. Sie ging durch die Diele zum Badezimmer.

Sie trat in die Türöffnung und konnte ihn sehen. Er kniete neben der Badewanne. Den Rücken hatte er ihr zugewandt. Sie konnte erkennen, daß er einen Schraubenschlüssel in der Hand hielt. Er klopfte damit gegen den inneren Rand des Abflusses.

Sie stand da, beobachtete ihn und sagte nichts. Dann fiel ihr Blick auf seine Werkzeugkiste.

Die Kiste stand auf dem weißen Kachelboden direkt neben seinen Füßen. Sie war offen. Und leer. Kein anderes Werkzeug lag darin. Kein Schraubenzieher, nicht einmal eine dieser Spiralen, mit denen Installateure gelegentlich verstopfte Abflußrohre durchstießen. Da war nichts.

»Oh ...« Aggie hielt sich wieder die Hand vor den Mund. Sie musterte den Mann. Er setzte sein Klopfen fort.

Einen Moment später drehte er sich halb um und sah über die Schulter. Er bemerkte, daß ihr Blick immer wieder zu dem leeren Werkzeugkasten zurücksprang. Er lächelte sie an. Es war ein gewinnendes, charmantes Lächeln. Es schien beinahe Funken zu sprühen.

»Sie haben recht«, sagte er. »Ich weiß überhaupt nicht, was ich tue.« Er konzentrierte sich wieder auf den Abfluß. »Der Punkt ist«, sagte er, »daß ich eigentlich gar kein Installateur bin.« Er klopfte mit dem Schraubenschlüssel nachlässig gegen das Abflußrohr. »Ich heiße Doug D'Annunzio«, fuhr er fort. »Detective D'Annunzio, Midtown South. Ich würde Ihnen ja meine Marke zeigen, doch Ihr Nachbar, Billy Price, meinte, daß die bösen Jungs Sie beobachten. Stimmt das?«

Agatha gab keine Antwort. Sie schüttelte leicht den Kopf. Sie schaute in die Diele. Das Telefon klingelte nicht. Sie betrachtete den Mann, der auf dem Fußboden kniete. Es war nicht dieselbe Stimme, dachte sie; es war nicht die Stimme des Kidnappers. Und warum sollte er einen Polizeibeamten spielen? Die Kidnapper könnten jeden Moment rüberkommen. Sie konnten alles tun, was sie wollten. Sie hatten ihre Tochter. Warum sollten sie sich verstellen?

»Sie gehören wirklich zur Polizei?« fragte sie ihn schließlich. »Sie sind ...?« Sie verstummte. Irgendwie ergab das alles plötzlich für sie einen Sinn. Es entsprach dem Mann. Die Arbeiterstimme, die intelligenten, klugen und wachsamen Augen. Kein Installateursgesicht. Das Gesicht eines Cops.

Der Mann klopfte weiterhin gegen das Abflußrohr. »Wollen Sie, daß ich Ihnen meine Marke zeige?«

»Nein«, sagte sie schnell. »Nein, nein. Das geht nicht.«

D'Annunzio stöhnte und veränderte seine Lage auf dem Fußboden. »Himmel noch mal. Was haben sie getan? Kameras eingebaut?«

Agatha nickte seinem Rücken zu. »Ja. Kameras. Sie haben uns gesagt, hier seien Kameras.« Sie schaute zur Badezimmerdecke. Sie konnte die Kameras nicht sehen. »Sie können uns beobachten«, sagte sie. Sie schaute wieder zu ihm hinab. Dabei massierte sie mit den Fingern ihre Stirn. »Das hätten Sie nicht tun sollen. Sie hätten nicht so einfach herkommen sollen.«

»Ja, sicher ... Wir mußten irgendwas tun, Madam«, sagte D'Annunzio. »Ich meine, diese Burschen klangen gefährlich. Kameras und solchen Scheiß – entschuldigen Sie meine Sprache. Aber, wissen Sie, ich habe solche Dinge schon früher gesehen. Wenn sie sich die Mühe machen, Kameras zu benutzen, dann weiß man, daß man es mit gefährlichen Leuten zu tun hat.«

Agatha schaute in die Diele. Sie wrang die Hände. »Sie hätten aber nicht ... Ich ... ich ...«

»Schon gut, schon gut, keine Panik«, sagte D'Annunzio. Mit einem weiteren angestrengten Stöhnlaut kam er auf die Füße. Er strich mit der Hand über die Wand der Duschkabine, als suchte er nach etwas. »Das müßte ganz echt aussehen. Lächeln. Sie halten gerade ein freundliches Schwätzchen mit dem Installateur.«

Agatha lächelte nicht. Sie betrachtete den Mann. Studierte seinen Rücken. Ja, dachte sie. Er könnte ein Cop sein. Er könnte.

»Ich sollte auch nicht zu lange hier bleiben«, sagte D'Annunzio. »Erzählen Sie mir, was Sie wissen, und zwar so schnell wie möglich.«

Agatha knetete ihre Hände. Sie fühlten sich kalt und feucht an. Noch einmal warf sie einen Blick in die Diele. Sie holte tief Luft. In Ordnung, dachte sie. In Ordnung. Keine Wahl zu haben ist am einfachsten.

Sie nickte. Sie lächelte – betont nett –, so wie sie Billy Price angelächelt hatte. Sie schluckte krampfhaft. »Sie haben meine Tochter geholt«, sagte sie lächelnd. »Letzte Nacht. Sie kamen einfach rein ... Sie beobachten uns. Sie können per Telefon mit uns reden. Sie sagen, daß sie uns belauschen, daß sie Mikrofone haben, aber das glaube ich nicht. Jedoch können sie uns ganz gewiß sehen. Sie haben mich hier regelrecht in der Falle.«

»Reden Sie weiter«, forderte D'Annunzio sie auf. »Wie sieht Jessica aus? Wie alt ist sie?« Er tastete weiter die Wände ab.

Agatha zwang sich wieder zu einem Lächeln. »Sie ist fünf. Sie hat langes, hellblondes Haar, blaue Augen, ein rundes Gesicht. Sie ist sehr hübsch. Sie trug ein Nachthemd mit einem bunten Muster ...« Sie konnte nicht mehr weiterreden. Fast hätte sie zu weinen begonnen.

»Was ist mit den Kidnappern?« wollte D'Annunzio wissen. »Haben Sie mit ihnen gesprochen?«

»Ja. Mit einem von ihnen. Er ist sehr ... grausam. Wütend.«

»Irgendeine Ahnung, wo er sich aufhalten könnte? Ein Geräusch in der Telefonleitung? Ein Versprecher?«

Sie überlegte einen Moment lang. Sie blickte durch die Diele auf das stumme Telefon. »Nein. Schauen Sie, Sie sollten nicht länger hierbleiben. Sie sollten jetzt gehen. Ich halte es für besser.«

D'Annunzio wandte sich zu ihr um. Er betrachtete sie mit freundlichen, melancholischen, mitfühlenden Polizistenaugen. Er nickte einmal.

»In Ordnung«, sagte er.

Er kniete sich hin und legte den Schraubenschlüssel in die Werkzeugkiste. Er schloß den Deckel und verriegelte ihn.

»Wo ist Ihr Mann?« fragte er.

»Ich weiß es nicht. Er mußte weg. Er sagte, er habe etwas zu erledigen, und dann würden sie ihm unsere Tochter zurückgeben. Sie wollten nicht ... Sie verlangten von ihm, daß er mir auf keinen Fall erzählte, wo er hin wollte ... Aber er sagte, er würde sich mit ihnen treffen« – sie mußte sich räuspern –, »um neun Uhr.«

D'Annunzio nickte. Er lächelte und zwinkerte ihr zu. Es war so, als meinte er: Kein Wasserrohrbruch, Madam, Sie haben Glück gehabt. Alles paletti. Okey-dokey.

Statt dessen meinte er: »Gut. Wir suchen ihn und heften uns an seine Fersen.«

Agatha nickte und erwiderte sein Lächeln. »Seien Sie vorsichtig. Um Gottes willen, passen Sie auf, bitte.«

D'Annunzio verließ das Badezimmer als erster. Agatha folgte ihm durch die Diele. Er öffnete die Wohnungstür und winkte ihr zu. Er grinste.

»Wir bringen sie Ihnen schon zurück, Mrs. Conrad. Darauf gebe ich Ihnen mein Wort. Tun Sie nichts, was Sie verdächtig machen könnte. Und versuchen Sie, ganz ruhig zu bleiben.«

Tränen überschwemmten Agathas Augen. Sie sagte nichts. Sie behielt ihr albernes Lächeln bei. Sie ging zur Tür, während D'Annunzio auf den Flur hinaustrat.

Sie schaute ihm nach, während er sich entfernte. Einen Schritt, dachte sie. Nur einen Schritt über die Schwelle, und sie wäre frei.

Sie lächelte D'Annunzio ein letztes Mal zu, während er davonging. Dann drückte sie die Tür ins Schloß und schloß sich wieder in ihrer Wohnung ein.

Sie drehte sich zum Telefon um. Es klingelte nicht.

Der Handlanger

In dem Augenblick, nachdem er die Wohnung der Conrads verlassen hatte, streifte Sport sich den Installateursoverall ab. Er rannte durch den Flur zum Apartment am Ende, 5 H. Er schaute über die Schulter, um den leeren Flur zu überprüfen. Um sich zu vergewissern, daß Aggie Conrad sicher in ihrem Gefängnis blieb.

Oho, dachte er, das war eine raffinierte Fotze. Er schälte sich den grünen Anzug von den Armen. Das war keine Frage. Sie war eine ganz schön gerissene kleine Mommy. Tat so, als sei sie eine brave kleine Hausfrau, die keiner Fliege etwas zuleide tun konnte. Und die ganze Zeit ging es in ihrem Kopf herum. Die ganze Zeit überlegte sie, wie sie einen erwischen, wie sie einen an den Eiern packen konnte. Sport kannte diesen Typ; er haßte ihn. Mit dem Doktor war es nicht so schlimm. Irgendwie mochte er ihn sogar. Der Doktor war auf seine Art hart und zäh. Davor konnte Sport Respekt haben. Aber die Kleine ... Sie war raffiniert und gerissen. Wartete darauf, daß der andere einen Fehler machte. Nein, mit der wollte er sich nicht zu lange herumschlagen.

Nun ja, dachte er. Es war seine eigene Schuld. Es war sein eigener verdammter Fehler, der ihr Spielraum verschafft hatte. Er wußte, daß er Mist gebaut hatte, als er das erste Mal bei ihr den Hörer aufgelegt hatte. Nachdem er sich halbwegs beruhigt hatte, wurde ihm klar, daß er sich soeben verraten hatte. Er hatte sie durch das Fernglas beobachtet, hatte abgewartet, ob sie es bemerkt hatte. Und sie hatte es bemerkt, natürlich. Eine schlaue, raffinierte kleine Schnalle. Sport konnte es im Gesicht dieses Jungen, Billy Price, deutlich erkennen. Sie erzählte ihm alles, sagte ihm, er solle die Polizei rufen. Sie hatte begriffen, daß es keine Mikrofone gab.

Er erreichte die Tür von 5 H und klopfte leise. Während er wartete, schlüpfte er vollends aus seinem Overall. Seine Lippen bewegten sich stumm, während sein Kopf erfüllt war von wütenden Gedanken.

Das war es, was er die ganze Zeit zu vermeiden versucht hatte. Der springende Punkt bei der gesamten Unternehmung war der gewesen, jeglichen persönlichen Kontakt mit allen zu meiden, so daß selbst für den Fall, daß er erwischt würde, niemand existierte, der ihn identifizieren konnte. Aber er hatte herausbekommen müssen, was diese Conrad-Schlampe wußte – und nun hatte sie ihn gesehen.

»Scheiße«, flüsterte er halblaut.

Nun würden sie auch noch umziehen müssen. Sobald eine so gerissene Schnalle wie die wußte, daß es gar keine Mikrofone gab, würde sie sich dann auch sehr bald fragen, warum sie auch keine Kameras sehen konnte. Sie käme wahrscheinlich auf den Gedanken, daß sie sie von der gegenüberliegenden Hofseite aus beobachteten. Und dann – falls sie es wirklich schaffte, sich an die Cops zu wenden – dann hätten sie wirklich ernste Probleme.

Nein, sie würden noch ein wenig warten, Sport genügend Zeit lassen, sich aus dem Staub zu machen – und dann konnte Maxwell das Kind zu dem alten Schlupfwinkel zurückbringen.

Er klopfte wieder an die Tür, lauter diesmal. Er hatte den Overall endlich ganz ausgezogen. Er trug wieder Sakko und Krawatte. Seine D'Annunzio-Kluft. Ein marineblaues Sportsakko, ein blaues Oberhemd, eine gestreifte Krawatte.

Der klassische amerikanische Cop. Er hatte diese Ausstattung schon vorher eingesetzt, um in Price' Apartment hineinzukommen. Er wickelte den Overall um seinen Werkzeugkasten. Das Bündel klemmte er sich unter den Arm. Er schüttelte den Kopf.

Die ganze Sache hätte niemals so weit kommen dürfen. Alles, was er wollte, war, endlich aus dem Strafvollzug aussteigen zu können. Er wollte kein Wächter mehr sein, wollte endlich seine Gesangskarriere in Angriff nehmen, ein neues Leben beginnen. Das war alles. Es war dafür genug Geld da. Nach seinem Unfall, nachdem er sich mit der Stadt geeinigt hätte, wäre genug Geld dafür und für noch mehr vorhanden gewesen. Aber er hatte besonders schlau sein wollen. Er mußte ausgerechnet an Eddie, den Trickser, geraten und sich seine Geschichten anhören. Herrgott im Himmel! Was hatte ihn nur dazu getrieben? Dieser alte Mann, der versoffene Eddie. Er hatte in der alten Harbor Bar gesessen, wo die Wächter von Rikers sich seit drei Monaten regelmäßig trafen – seit er aus dem Gefängnis herausgekommen war. Er hatte die gleiche Geschichte immer und immer wieder jedem erzählt, der höflich oder besoffen genug war, um sie sich anzuhören: »Oh, als ich noch Wärter war, so wie ihr, da war ich nicht dumm, ich nicht. Ich hatte den Drogenhandel in der Abteilung fest im Griff und hab' nebenbei auch noch ein Sümmchen einkassiert, und wie. Und als die Regierungsjungs kamen, haben sie was davon erwischt, haben sie irgendwas davon gefunden? Nein, und nochmals nein. No, Sir. Ich hab' sie alle reingelegt.« Jeden Abend, Tag für Tag, redete er darüber. Niemand glaubte ihm richtig, niemand achtete auf ihn. Bis Sport plötzlich diese Idee hatte, plötzlich eine Entscheidung traf – hey, vielleicht stimmte, was er sagte. Und danach war es nichts als eine wilde Jagd nach Phantomen, ein beschissenes Abenteuer, die reinste Schatzsuche …

Er hörte, wie der Deckel des Türspions beiseite geschoben wurde. Er atmete tief durch, gab sich Mühe, ein ruhiges, friedliches Gesicht zu machen. Dann öffnete die Tür von Billy Price' Wohnung sich einen Spaltbreit. Sport trat ein.

Maxwell schloß die Tür hinter ihm. Der große Mann stand vor ihm, die mächtigen Schultern nach vorn gezogen, das kleine, kindliche Gesicht vorgeschoben. Es war dieser Schlechte-Gewissen-Blick, den er nachher immer hatte. So nervös Sport sich fühlte, er konnte diesem Burschen eigentlich nicht richtig böse sein.

»Hat er den Cop noch mal angerufen?« fragte Sport.

»Ja«, antwortete Maxwell. Er lachte, als er das sagte. Seine Augen glänzten. »Ja. D'Annunzio war auch noch da. Er meinte zu ihm, er brauche nicht mehr zu kommen. Er sagte ihm, sie hätten das Mädchen gefunden.«

»Gut«, sagte Sport.

Maxwell lachte wieder. Es war fast ein Kichern. »Ich hab' ihm die Hose ausgezogen. Ich hab' seine Eier festgehalten.«

Sport schnaubte verächtlich. »Ich nehme an, das hat ihn überzeugt.«

»Ich meinte, ich ließe ihn in Ruhe, wenn er seine Sache richtig machte.« Ein kindisches Lachen drang abgehackt über seine Lippen.

Sport verzog den Mund zu einem angedeuteten Grinsen. Er betrachtete das Monster und schüttelte den Kopf. Was für ein verdammter Bursche, dachte er.

Beinahe widerstrebend verließ Sport den Vorraum und ging weiter in das Apartment hinein. Mal sehen, dachte er, was wir hier geleistet haben.

Das Apartment war noch nicht vollständig möbliert. An den Wänden hingen noch keine Bilder. Kein Teppich lag auf dem Parkettboden. Einige Kartons standen noch ungeöffnet in den Ecken. Doch die Bücherschränke aus Glas und Stahl waren bereits aufgestellt worden. Fotografien standen darin und Bücher und irgendwelcher Krimskrams. Und am Fenster befand sich eine Sitzgruppe: ein Couchtisch, ein Sofa aus Korbgeflecht, einige Breuer-Sessel.

Billy Price saß in einem der Breuer-Sessel. Er trug ein schwarzes Sweatshirt. Von der Taille abwärts war er nackt. Sein Mund war mit Klebestreifen zugepflastert. Die Hände waren auf dem Rücken gefesselt, ebenfalls mit Klebestreifen. Sein Kopf lag schlaff auf einer Seite wie bei einer Lumpenpuppe. Die Augen waren weit aufgerissen.

Seine Kehle war zerquetscht worden – regelrecht zermanscht. Sport stieß einen leisen Pfiff aus, als er das sah. Es sah aus, als wäre eine Eisenbahn oder sonst etwas Schweres über den Hals des Burschen gefahren. Sport ließ seinen Blick abwärts bis in Price' Schoß wandern. Mein Gott, dachte er kopfschüttelnd. Dieser total verrückte Maxwell.

Maxwell wartete hinter ihm, die Schultern nach vorn gezogen, das Kinn vorgereckt. Er beobachtete Sport gespannt, erwartungsvoll. Sport wandte sich zu ihm um, lächelte ihn breit an und zwinkerte. Er streckte die Hand aus, tätschelte ihm mit der Hand die massige Schulter.

»Zeit, abzuziehen, mein Junge. Es sieht gut aus«, sagte er.

Maxwell nickte. Sport schaute sich noch einmal schnell in dem Raum um.

»Okay. Dann nichts wie weg.«

Maxwells Lächeln schwankte. »Was ist denn mit dieser Conrad-Tante? Sollen wir die nicht auch erledigen?«

Sport schüttelte den Kopf. »Sie hat keine Ahnung. Sie weiß nicht, wer wir sind. Sie denkt noch immer, daß wir Kameras in der Wohnung haben.«

Maxwell seufzte und straffte sich. Er nickte trübsinnig.

Sport lachte mitfühlend. »Das war doch die Hauptsache, verstehst du? Nun meint sie, die Cops wären dagewesen.

Jetzt wartet sie ab. Sie wird nichts tun, ehe wir mit allem fertig sind.«

»Wenn sie tot ist, tut sie auch nichts«, sagte Maxwell.

Sport lachte wieder. Vielen Dank, Professor Spatzenhirn, dachte er. »Nein, nein«, sagte er. »Sieh doch, so brauchen wir uns wegen des Doktors keine Sorgen zu machen. Er ist schlau, und er weiß, was läuft. Er hat mich dazu gebracht, daß ich ihn mit dem Mädchen reden ließ. Er könnte so eine Nummer noch mal durchziehen. Wenn er erfährt, daß seine Frau oder sein Kind tot sind, dann sind wir ihn los, dann sieht es für uns schlecht aus. Du verstehst, was ich damit meine?«

Maxwell, der ihn wie ein Berg überragte, schaute zu ihm herab. Begreift er, was ich sage? fragte Sport sich. Was für eine dämliche Frage. Dieser Kerl könnte ohne Gebrauchsanleitung nicht mal 'ner Fliege die Flügel ausreißen.

Sport gab Maxwell einen freundschaftlichen Klaps auf den massigen Arm. »Hey«, sagte er. »Hey. Du willst doch reich werden, oder nicht? Willst du nicht weg von hier?«

Maxwell wackelte mit dem Kopf.

»Du möchtest doch so viele Jungen und Mädchen haben, wie du willst, und nicht ins Gefängnis gehen müssen, stimmt's?«

»Ja«, sagte der riesige Mann dumpf.

»Schön, dann sollten wir jetzt Gas geben, Kumpel. Ich habe nur zwanzig Minuten Zeit, um zum Uhrenturm zu hetzen. Und du mußt noch zusammenpacken. Wir bringen dich zurück an den alten Platz.«

»Ooch«, sagte Maxwell.

»Mein Gott, es ist doch nur für ein paar Stunden. Nur für den Fall, daß die Frau sich einiges zusammenreimt. Das mit den Mikrofonen war ganz schön schlau von ihr.«

»Sie wäre nicht mehr so schlau, wenn sie tot wäre«, murmelte Maxwell.

Sport lachte und schüttelte wieder den Kopf. Er schüttelte ihn sogar noch, während er zur Tür ging. Maxwell schlurfte hinter ihm her.

Das Kind

Sie hatten Jessica auf dem Bett liegenlassen. Sie hatten ihr die Hände mit Klebeband auf dem Rücken gefesselt. Sie hatten, ebenfalls mit Klebeband, auch ihre Beine an den Knöcheln zusammengebunden. Und sie hatten ihr den Mund zugeklebt. Den Fernseher hatten sie eingeschaltet gelassen. »Dann hat sie etwas Beschäftigung«, hatte Sport dazu erklärt. Das Zimmer war dunkel bis auf den flimmernden Schein des Bildschirms.

Das kleine Mädchen lag auf der Seite. Sie versuchte die Augen offenzuhalten. Trotzdem fielen sie ihr immer wieder halb zu. Das Blau ihrer Augen wirkte verhangen, matt, als wäre das Licht in ihnen erloschen. Ihr Gesicht, ihre runden Wangen, waren fleckig, stellenweise rot und dann wieder kreideweiß. Ihre Mutter hatte ihr das Haar zu einem Zopf geflochten, damit es sich nachts nicht verknotete, doch der Zopf hatte angefangen, sich allmählich aufzulösen.

Jessica fühlte sich krank und matt. Das Chloroform verursachte ihr Bauchschmerzen. Sie hatte Angst, sich zu übergeben. Sie dachte, sie müßte dann das Erbrochene wegen des Klebebandes auf dem Mund wieder hinunterschlucken. Sie hatte auch ihre Matratze naßgemacht und schämte sich deswegen. Aber sie konnte nichts dafür. Sie hatte es solange wie möglich festgehalten, doch am Ende war es trotzdem herausgelaufen. Nun mußte sie auf dem nassen Bett liegen. Und ihr ganzes Nachthemd, das mit den Gutenachtwünschen, das sie so gerne trug, war völlig durchnäßt. Nach einer Weile begann sie wieder zu weinen. Sie hatte ein Gefühl, als würde sie ersticken. Es machte sie benommen. Schläfrig. Sie schloß die Augen.

Sie schlief ein, doch ihr war trotzdem heiß. Als sie erwachte, stand ihr der Schweiß auf der Stirn. Sie fühlte sich wie damals, als sie Windpocken und starkes Fieber gehabt hatte. Am liebsten wäre sie wieder eingeschlafen, doch ihr war zu schlecht.

Sie schaute auf den Fernseher. Zwei Männer unterhielten sich dort. Sie hoffte, daß ihr Daddy bald käme. Er hatte ihr am Telefon versprochen: Du bist bald wieder zu Hause. Sie dachte, daß er eigentlich bald erscheinen müßte, um sie zu holen. Sie stellte sich vor, daß er sehr laut an die Tür klopfen würde – so laut, daß die bösen Männer es mit der Angst bekämen und ihn hereinlassen müßten. Und dann würden die bösen Männer ihn sehen, und dann hätten sie noch viel schlimmere Angst, denn er wäre ganz furchtbar wütend. Er würde ein ganz finsteres Gesicht machen und mit dunkler Stimme sprechen wie damals, als sie auf den hohen Felsen im Central Park geklettert war, obwohl er ihr das verboten hatte. Und Daddy würde sie hauen. (Daddy meinte, daß Hauen nicht richtig war – deshalb haute er sie auch niemals –, aber in diesem Fall würde er eine Ausnahme machen.) Er würde die bösen Männer mitten auf die Nase boxen. Vielleicht würde er den Großen sogar mit einem Stock hauen oder ihn mit einer Pistole erschießen. Und dann würde Jessica hingehen und sie ebenfalls hauen.

Oh, aber jetzt war ihr furchtbar schlecht. Ihr war so übel. Sie mußte bestimmt gleich brechen. Der Klebestreifen auf dem Mund drohte sie zu ersticken. Tränen sprangen ihr in die Augen. Mommy! dachte sie. Plötzlich, in einer Reaktion wütender Hilflosigkeit, versuchte sie, die Hände auseinanderzureißen. Sie rollte sich heftig auf dem Bett hin und her.

Sie weinte. Sie wollte Luft holen, konnte es aber nicht. Ihre Augen verdrehten sich. Sie blieb still liegen. Ihr war so heiß, und sie war wie betäubt.

Nach einer kleinen Weile erwachte sie wieder. Sie fühlte sich noch schlechter als vorher, und die Hitze war sogar schlimmer geworden. Sie weinte wieder, und sie konnte auch diesmal kaum Luft bekommen. O Mommy, dachte sie. Sie riß heftig an einer Hand.

Die Hand löste sich und war frei.

Anfangs wurde Jessica dies überhaupt nicht bewußt. Sie langte einfach nach oben und riß an dem Klebeband über ihrem Mund. Es tat weh, aber das war ihr gleichgültig. Jeden Augenblick würde sie brechen. Sie würgte. Die Zunge hing ihr aus dem Mund. Aber es kam nichts hoch. Sie streckte sich wieder auf der Matratze aus, rutschte jedoch von dem feuchten Fleck fort. Sie lag ganz still und machte tiefe Atemzüge.

Und dann bemerkte sie es: Ihre Hände waren frei.

Sie zog die Arme nach vorne. Sie waren steif, schmerzten. Sie rieb ihre Handgelenke. Ihr war immer noch schlecht, aber die Benommenheit war etwas verflogen, und es war auch nicht mehr so heiß wie vorher.

Während sie ihre Hände betrachtete, wurde sie unruhig. Sie schaute zur Tür. Vielleicht sollte sie lieber versuchen, das Klebeband wieder auf ihren Mund zu drücken, dachte sie. Die bösen Männer würden sicherlich wütend, wenn sie sahen, daß sie es abgenommen hatte. Eigentlich hatte sie es ja auch gar nicht tun wollen. Es war einfach so passiert. Weil sie nicht atmen konnte. Aber dafür hatten sie wahrscheinlich kein Verständnis. Sie meinten vielleicht, daß sie etwas Unartiges getan hatte.

Schon möglich, aber sie konnte warten. Sie hatte die bösen

Männer vor einer Weile weggehen hören. Vielleicht konnte sie warten, bis sie wieder zurückkamen, und dann schnell das Band wieder festkleben, ehe sie sie sahen. Es war immer noch um eine Hand gewickelt. Sie brauchte die andere Hand nur in die Schlinge zu schieben. Und den Streifen wieder auf ihren Mund zu kleben.

Moe, die kleine Schildkröte, lag auf der Matratze neben ihr. Sport hatte sie dort zurückgelassen. »Die leistet dir Gesellschaft«, hatte er gesagt, nachdem er sie gefesselt hatte. Jessica streckte die Hand aus und griff nach Moe. Sie zog das Stofftier zu sich heran und lehnte ihre Wange dagegen. Sie begann an ihrem Daumen zu lutschen. Sie wußte, daß das etwas für Babys war, aber sie konnte in diesem Moment nicht anders. Sie blickte auf den Fernsehschirm. Ein Werbespot lief gerade. Kleine Jungen und Mädchen rannten auf einem Spielplatz umher. Einer der Jungen stürzte und machte sich das ganze Hemd schmutzig. Seine Mommy mußte es in die Waschmaschine stecken.

Jessica wünschte sich, ihre Mommy wäre bei ihr.

Jessica schlief eine kurze Weile – sie wußte nicht, wie lange. Als sie erwachte, liefen wieder Werbespots im Fernsehen. Für einen kurzen Moment war sie froh, weil ihr nicht mehr so schlecht war wie vorher.

Aber dann dachte sie: Wenn nun die bösen Männer zurückgekommen waren, während sie schlief? Sie sah zur Tür. Sie lauschte. Sie konnte außer dem Fernseher nichts anderes hören.

Zuerst, so überlegte sie, sollte sie lieber wieder das Klebeband auf ihren Mund pappen. Vielleicht, wenn sie ganz leise war, könnte sie hinausschauen und nachsehen, ob die bösen Männer immer noch weg waren.

Und genau das tat sie.

Sie richtete sich auf, behielt die Tür im Auge, um sicher zu gehen, daß niemand sie überraschte. Vorsichtig entfernte sie das Klebeband von ihren Füßen. Dort tat es nicht so weh wie an ihrem Mund. Anschließend legte sie das Klebeband auf ihr Bett, damit sie es später wieder benutzen konnte, wenn die bösen Männer zurückkamen. Dann stieg sie von der Matratze herunter. Indem sie sich Moe unter den Arm klemmte und ihren Daumen in den Mund steckte, ging sie langsam auf die Tür zu.

Sie ging sehr leise, bewegte sich auf Zehenspitzen. Der blaue Lichtschimmer des Fernsehers geisterte über den Fußboden. Sie spürte den nassen Fleck in ihrem Nachthemd an ihrem Bein. Das gefiel ihr gar nicht. Sie hatte sich so verzweifelt angestrengt, es festzuhalten. Mommy würde es sicher verstehen, wenn sie es ihr erzählte, aber sie haßte es trotzdem.

Als sie die Tür erreichte, nahm sie den Daumen aus dem Mund und faßte dafür den Türknauf an. Sie drehte ihn langsam, langsam – so leise sie konnte.

Das Türschloß klickte, und die Tür schwang nach innen. Jessica preßte ihr Gesicht in den Spalt. Der Raum draußen war dunkel. Niemand schien dort zu sein. Sie zog die Tür ein kleines Stück weiter auf, schob ihren Kopf nach draußen. Sie blickte nach rechts, überschaute den Raum. Er war dunkel und still. Sie sah die schwachen Umrisse der Stühle. Sie sah auch die Glastüren zum Balkon. Die Vorhänge waren davorgezogen.

Sie drehte sich nach links. Dort bewegte sich auch nichts. Sie war schon im Begriff, den Kopf wieder zurückzuziehen, als sie die Wohnungstür entdeckte.

Sie wußte, daß es die Wohnungstür war, denn sie sah genauso aus wie die Wohnungstür bei ihr zu Hause. Sie war groß und stabil, und sie hatte zwei Schlösser und eine Kette.

Sie war gar nicht so weit weg. Sie hätte hinlaufen können. Sie könnte tatsächlich hinlaufen, dachte sie. Sie könnte sie öffnen und hinausgehen. Dann könnte sie mit dem Fahrstuhl nach unten fahren und den Portier um Hilfe bitten. Der Portier würde ihren Daddy anrufen und ihm erklären, wo sie wäre. Das war vermutlich auch der Grund, warum Daddy noch nicht da war, dachte sie. Wahrscheinlich wußte er gar nicht, wo sie war. Der Portier würde es ihm sagen.

Das ist es! dachte sie. (In den Zeichentrickfilmen, die sie im Fernsehen sah, gab es immer kleine Mädchen, die Abenteuer erlebten und in Gefahr gerieten. Und immer wenn es besonders schlimm aussah für sie, hatten sie immer eine gute Idee. Sie schnippten einfach mit den Fingern und sagten: »Das ist es!« Aber Jessica wußte nicht, wie man mit den Fingern schnippte.)

Daher dachte sie nur: Das ist es! Und sie schlüpfte aus dem Schlafzimmer.

Doch da draußen war es dunkel. Dicht hinter der Schlafzimmertür blieb sie stehen. Es war so furchtbar groß und dunkel. Sie sah die Umrisse der Möbel in der Finsternis. Und wenn die bösen Männer da sind? dachte sie. Wenn sie sich in der Dunkelheit versteckten? Oder wenn sie einen großen Hund zurückgelassen hatten, um sie zu bewachen, und wenn er plötzlich aus der Dunkelheit auf sie zusprang, sie wütend anbellte und seine Augen rot funkelten?

Moe noch fester unter ihren Arm klemmend, zog Jessica sich einen Schritt in Richtung Schlafzimmer zurück. Aber sie schaute weiterhin zur Wohnungstür. Sie war immer noch da, nur wenige Schritt entfernt. Und ihr Daddy wußte vielleicht wirklich nicht, wo sie gerade war. Wenn er es gewußt hätte, dann wäre er trotz allem sicherlich längst dagewesen, um sie zu holen.

Sie verharrte in ihrem Rückzug. Sie ließ ihre Blicke durch

die Schatten gleiten. Ihr war nicht mehr schlecht, aber in ihrem Magen war ein anderes, ein unangenehmes Gefühl. Sie fröstelte und umklammerte haltsuchend ihre violette Schildkröte. Dann biß sie die Zähne aufeinander und zog die Schultern hoch, um sich so klein wie möglich zu machen. Sie begann auf Zehenspitzen zur Wohnungstür zu schleichen.

Sie setzte ihre Schritte vorsichtig und langsam. Das Holz unter ihren nackten Füßen fühlte sich eisig kalt an. Ihr Bauch war ebenfalls kalt und völlig hohl. Sie schaute über die Schulter zurück. Sie dachte daran, daß irgend etwas aus der Dunkelheit auf sie zugekrochen kommen könnte. Sie sah wieder zur Wohnungstür. Irgendwie kam sie ihr nicht mehr so nah vor. Sie schien sehr lange zu brauchen, um dorthin zu gelangen. Und als sie sich zum Schlafzimmer umdrehte, schien auch das plötzlich in weite Ferne gerückt zu sein. Zu weit jedenfalls, um durch die Dunkelheit hinzurennen.

Sie ging schneller. Sie überwand das letzte Stück. Sie erreichte die Wohnungstür. Der Knauf befand sich etwa in Höhe ihrer Augen. Indem sie Moe mit der einen Hand festhielt, streckte sie die andere Hand aus und legte sie um den Knauf. Sie drehte ihn. Er bewegte sich ein kleines Stück, dann blieb er hängen. Sie drehte fester, wackelte daran. Er rührte sich nicht. Das Schloß wollte nicht aufgehen.

Das kleine Mädchen stöhnte. »Nein.« Die Tür war abgeschlossen.

Sie blickte nach oben. Auf die Tür, die vor ihr aufragte. Die Kette hing lose herab. Die beiden anderen Schlösser waren hoch oben zu erkennen. Das eine hatte einen Schlüssel wie bei einem Spielzeug mit Aufziehmotor. Das andere Schloß bestand aus einer großen Messingplatte mit einem Knauf daran. Sie sahen aus, als wäre es besonders schwierig, sie aufzuschließen, aber sie wußte genau, was sie tun mußte. Sie hatte es zu Hause schon einige Male ausprobiert. Allerdings hatte ihr Mommy immer dabei helfen müssen.

Sie reckte sich zu dem unteren Schloß mit dem Schlüssel hoch. Sie versuchte ihn zu drehen. Es war zu schwer. Sie war nicht stark genug. Sie bückte sich und setzte Moe auf den Fußboden. Sie faßte nun den Schlüssel mit beiden Händen. Diesmal gab er nach und drehte sich. Sie hörte ein Klicken.

»Jaaa«, flüsterte sie.

Sie wußte jetzt, daß sie es schaffen würde. Sie streckte sich nach dem anderen Schloß. Ihre Finger berührten die untere Kante der Messingplatte. Der Knauf jedoch – sie konnte den Knauf nicht erreichen – er war zu hoch. Sie stand auf Zehenspitzen. Ihre Finger berührten die Oberfläche des Knaufs, seinen Rand. Sie versuchte ihn zu drehen, aber sie fand keinen richtigen Halt ...

Dann, draußen auf dem Flur, hörte sie das Zischen der Fahrstuhltür, als diese sich öffnete. Sie vernahm Männerstimmen.

»... denk nur daran, daß du das Telefon mitnimmst, klar? Merkst du dir das?« sagte eine der Stimmen.

Jessica wußte, daß es die bösen Männer waren.

Sie streckte sich nach dem unteren Schloß, um es wieder zu verriegeln, damit sie nichts bemerkten. Aber das würden sie hören. Sie mußte es so lassen.

»Ja, ich denk' schon dran«, sagte der böse Mann. Er stand direkt vor der Tür.

Jessica wirbelte herum und rannte zurück ins Schlafzimmer. Sie mußte die Klebestreifen wieder befestigen, damit sie nicht sahen, daß sie etwas Verbotenes getan hatte. Sie wären sicherlich sehr böse, wenn sie feststellten, daß sie unartig gewesen war. Sie hatte es auch eigentlich nicht gewollt. Sie hatte nur keine Luft mehr bekommen ...

Während sie durch den Spalt der Schlafzimmertür

schlüpfte, hörte sie hinter sich einen Schlüssel ins Schloß gleiten. Sie drehte sich um und sah, wie der Knauf des oberen Schlosses sich drehte.

Dann fiel ihr Blick auf den Fußboden, und sie gewahrte Moe. Die violette Schildkröte lag immer noch dort. Sie konnte sie als dunklen Schatten vor der Wohnungstür erkennen.

Jessie verzog in angestrengtem Nachdenken das Gesicht. Sie wußte nicht, was sie tun sollte. Beide Schlösser waren nun entriegelt, jeden Moment würde die Tür aufgehen. Aber wenn sie Moe dort liegen sahen ...

Sie stürzte aus dem Schlafzimmer. Rannte auf Zehenspitzen zur Wohnungstür. Sie hörte den Schlüssel im zweiten Türschloß. Sie bückte sich und hob die Stoffschildkröte auf. Der Schlüssel wurde über ihrem Kopf umgedreht. Sie hörte den bösen Mann gegen die Tür drücken.

Dann hörte sie seine Stimme: »Scheiße! Hast du etwa vergessen abzuschließen?«

Er hatte wieder abgeschlossen. Denn er hatte nicht gewußt, daß Jessica den Schlüssel bereits gedreht hatte.

Jessica rannte zurück ins Schlafzimmer. Sie hörte wieder das Knirschen des Schlosses, das diesmal tatsächlich geöffnet wurde. Im Laufen drehte sie sich um.

Und sie prallte gegen die Kante der Schlafzimmertür und stürzte. Die Tür knallte gegen ihren Fußknöchel. Ein dumpfer Laut ertönte, und sie fiel aufs Gesicht.

»Au!« schrie sie auf.

Moe purzelte vor ihr auf den Boden. Sie selbst prallte hart auf und dämpfte ihren Sturz mit Händen und Armen.

Die Wohnungstür sprang auf. Eine Lampe ging an. Weinend, auf dem Bauch liegend, drehte Jessica sich um. Sport starrte auf sie herab. Maxwell stand hinter ihm und versuchte über ihn hinwegzuschauen.

Jetzt kommt mein Daddy, dachte Jessica. Gleich kommt mein Daddy und haut sie.

Sports Gesicht wurde zur Grimasse. Seine Augen schienen richtig pechschwarz zu werden. »Verdammter Mist!« schimpfte er. Er spuckte die schlimmen Worte regelrecht aus. »Verdammte Fotze. Dreckiges Luder!«

Er ging auf sie zu. Maxwell schloß die Tür.

Jessica weinte verzweifelt. »Ich wollte nichts Schlimmes«, schluchzte sie.

Sport bückte sich und packte ihren Arm. Er zog brutal daran.

»Au!« schrie Jessica.

Er zerrte sie vom Fußboden hoch. Er schlug sie, mit aller Kraft, mitten ins Gesicht. Der Schlag schleuderte ihren Kopf zur Seite, so daß er auf den Fußboden krachte. Jessica kreischte und weinte.

Jetzt, Daddy, jetzt komm, komm doch, Daddy, Daddy, dachte sie.

»Du und deine verdammte Mutter, du kleines Luder«, sagte Sport. »Ich hab' sie umgebracht, wie findest du das? Deine Mutter ist tot, du kleine Fotze!«

»Das ist nicht wahr!« schluchzte Jessica.

»Aber ja. Sie ist zu gerissen, diese Schlampe, deshalb.«

»Mein Daddy kommt bald!« schrie Jessica ihn an und verschluckte sich an ihren eigenen Tränen. »Er kommt her und haut euch! Er kommt und wirft euch aus dem Fenster!«

Sport sah über die Schulter. Maxwell stand reglos an der Tür. Er starrte Jessica verlangend an.

»Hol das Chloroform«, befahl Sport.

Jessica stieß einen Schrei aus. »Nein!« Und dann jammerte sie: »Nein ... Mommy ...« Und dann konnte sie nur noch schluchzen und sich die Hand vors Gesicht halten, als Sport wieder auf sie zukam.

Der Folterstuhl

»Halli-hallo, Psycho-Fans und -Freunde«, sagte Dr. Jerry Sachs. Er betrat Elizabeths Isolationszelle und schloß die Tür hinter sich. »Ist hier alles in Ordnung?«

Conrad konnte ihn nur wortlos anglotzen.

Er ist einer von ihnen.

Er konnte ihn nur anstarren und denken: *Ich muß ... ich muß ... irgendwas tun.*

Aber es gab nichts zu tun. Noch wußte er die Zahl nicht. Und Elizabeth war noch immer hochgradig erregt, vielleicht sogar am Beginn eines gewalttätigen Schubes ... Und es war vier Minuten vor halb neun, und Sachs ...

Sachs musterte Elizabeth durch seine dicken dunklen Brillengläser. Seine Augen bewegten sich schnell, zu ihr, zurück zu Conrad. Er redete weiter in seinem jovialen Tonfall, doch etwas Hastiges und Unsicheres lag ebenfalls darin. Sein Lächeln – sein feuchtes, rotes Lächeln – schien ziemlich brüchig zu sein; fast schien es, als müßte es jeden Moment versagen, ihn im Stich lassen. »Gibt es hier etwa ein Problem? Stimmt etwas nicht? Wir wollen doch nicht, daß zwischen euch beiden alten Freunden irgend etwas schiefläuft, nicht wahr?« Er sah Conrad fragend an. Seine Augen, verzerrt durch die dicken Brillengläser, schienen in ihrer eigenen Flüssigkeit zu ertrinken. »Ist was, Nate?« fragte er verzweifelt.

Conrad starrte ihn an, fixierte den großen rosigen Schädel, der vor Schweiß geradezu troff.

Acht Uhr achtundzwanzig. Ich muß ...

Die Worte wanderten durch seinen Geist wie schwarze Blitze. Ohne nachzudenken, flüsterte er: »Du Hurensohn.«

Aber Sachs kam einfach zu ihm herüber. Dabei sah er auf seine Uhr und meinte: »Ich dachte, es wird allmählich spät, nicht wahr? Ich meine – Donnerwetter! Sieh doch mal – es ist fast halb neun. Es ist tatsächlich schon spät.« Erneut flehten die ertrinkenden Augen Conrad an. »An deiner Stelle würde ich mich beeilen, Nate. Und wie ich das würde.«

Und mit diesen Worten wandte er sich hastig zur Tür.

Conrads Hand schoß vor. Er ergriff Sachs am Ellbogen. »Du Hurensohn«, zischte er. Er konnte nicht aufhören, ihn anzustarren. »Du bist einer von ihnen ... Weißt du, was sie getan haben? Weißt du das?«

Die feuchten Lippen des größeren Mannes klafften auf. In den großen Augen flackerte die Angst. »Hey, Moment. Hallo, ich meine, niemand hat etwas gesagt von ... ich meine, wer hat dir das erzählt? Sie sollten dir nichts verraten. Sie sollten eigentlich zu niemandem darüber reden.«

»Um Gottes willen, Jerry, wie konntest du?«

Sachs' Mund schloß sich. Er verzog sich zu einem Ausdruck des Trotzes. Mit einer ärgerlichen Armbewegung schüttelte er Conrads Hand ab. »Paß mal auf, verschon mich mit diesem Sermon, klar? Nicht jeder ist der Bürgermeister von Central Park West. Klar? Nicht jeder hat es so dick, daß er ein gutes Angebot, einen Batzen Geld, ausschlagen kann.« Allmählich geriet er außer Atem. Er schluckte einmal. Seine Augen wanderten wieder umher, zu Elizabeth, zurück zu Conrad. Er fuhr fort, in einem halben, um Vertraulichkeit bemühten Flüstern. »Sieh mal, ich hatte keine Ahnung, daß sie so weit gehen würden, hörst du? Ich sagte ihnen zwar, du würdest kein Geld annehmen, aber ... ich habe nicht geahnt, daß es dazu kommen würde.« Er sah wieder auf seine Uhr. Er schüttelte den Kopf. »Hör doch

... Du mußt dich wirklich sputen. Diesen Jungs ist es verdammt noch mal ernst, todernst, klar? Wir müssen den Zeitplan einhalten.« Er streckte die Hand nach dem Türknauf aus.

»Sie!«

Das Wort stoppte ihn; das tiefe, kehlige Knurren. Seine Hand am Türknauf wurde schlaff. Seine Lippen sanken herab. Er drehte sich um. Auch Conrad fuhr herum. Beide Männer sahen Elizabeth an.

Bis zu diesem Moment hatte sie wie vom Schlag getroffen dagestanden. Die Hände am Kopf, den Mund offen, die Augen wild funkelnd. Sie hatte dagestanden und von einem Arzt zum anderen geblickt. Dabei hatte ihr Kopf sich hin und her gedreht, als wollte sie sagen: Nein, nein, nein.

Aber jetzt – jetzt hatte sie einen Arm sinken lassen, wies mit einem Finger auf Sachs' Gesicht. Die andere Hand lag noch an ihrem Kopf, wo die Finger sich in das rotblonde Haar wühlten.

»Sie«, knurrte sie wieder. »Sie sind echt!«

Sie erstarrten für einen kurzen Moment: Elizabeth mit ausgestrecktem Finger, Sachs, wie er auf sie herabsah, mit schweißüberströmtem Gesicht. Conrad hatte plötzlich das Gefühl, als striche ihm ein eisiger Hauch über den Nacken.

Ich muß ... etwas tun ... Ich muß ...

Sachs nickte schließlich kurz. »Schön, Elizabeth, äh ... ich sehe, daß Sie ... gute Fortschritte machen«, sagte er. »Und ich denke, ich sollte jetzt wieder gehen. Es gibt noch viel zu erledigen. Bis dann.«

Sie trat vor, immer noch den Finger auf ihn richtend. »Sie sind der Böse. Sie sind einer von ihnen.«

Sachs' Augen weiteten sich. Er warf Conrad einen gehetzten Blick zu. »Du hast es ihr gesagt? O mein Gott!«

Conrad hob abwehrend die Hand. »Elizabeth. Nicht!«

Sie sah ihn noch nicht einmal an. »Dr. Conrad ist der Gute«, stellte sie fest. Sie machte einen weiteren Schritt auf Sachs zu. Sachs rührte sich nicht, war völlig verwirrt, unfähig zu einer Reaktion. »Ich wußte es. Ich hatte recht. Dr. Conrad ist der Gute, und Sie ... Sie haben seine Tochter entführt. Sie haben seine kleine Tochter geholt, damit er tut, was Sie wollen.«

Sachs' Mund klappte auf. »Oh ... Jesus Christus ...«

»Sie haben Dr. Conrads Tochter geholt. Und es stimmt alles. Und ... Nicht ich bin es. Es geht nicht nur um mich.«

»Elizabeth, das reicht jetzt.« Conrad trat zwischen sie. Er umfaßte Elizabeths Arm. Er streichelte ihn. Er redete sanft auf sie ein. »Das reicht. Bitte.«

»Aber Sie sind gut«, sagte sie leise. »Sie haben es mir gesagt: Die bösen Männer, es gibt sie tatsächlich.«

»Bitte«, sagte Conrad. »Bitte. Seien Sie still.«

Er schob sie zum Bett zurück. Sie schüttelte erneut den Kopf. Sie legte ihre Hände an die Lippen. Ihre Augen füllten sich mit Tränen. »Ich will nicht ...«, schluchzte sie. »Ich kann nicht ...«

Conrad brachte sie dazu, daß sie sich auf das Bett setzte. »Es ist schon in Ordnung«, sagte er zu ihr. »Alles wird wieder gut.«

Und dann ergriff Sachs das Wort. »Mein Gott, Nathan ... Du hast es ihr gesagt. Du hast ihr alles erzählt.«

Conrad fuhr zu ihm herum. Der massige Mann stand vor der Tür. Sein Unterkiefer war noch immer heruntergeklappt. Er starrte Conrad an.

»Ich meine, Nathan, es ist Scheiße«, sagte er. »Du durftest niemandem etwas verraten. Niemand sollte irgend etwas darüber sagen. Das war der Grundgedanke.«

Conrad spürte, wie ihm nun der Schweiß auf die Stirn trat – der Schweiß und eine eisige Kälte, die seinen ganzen

Körper einzuhüllen schien. Er straffte sich neben dem Bett. »Jerry ...«, sagte er.

Sachs näherte sich ihm, entfernte sich dabei von der Tür. »Um Gottes willen, Nathan. Du durftest verdammt noch mal niemandem auch nur eine Andeutung machen.«

»Jerry, hör doch, wir können aus dieser Sache herauskommen, wenn wir zusammenhalten.«

»Ich meine, haben sie nicht genau das ständig betont? Reden Sie mit niemandem! Sagen Sie nichts!«

»Wir können aus dieser Sache –«

»Ich nicht!« Seine Augen weiteten sich hinter den Brillengläsern. »Ich komme da nicht raus. Sie wird reden. Du könntest reden. Und die anderen ...«

»Mein Gott, Jerry«, sagte Conrad.

»Weißt du, die Scheiß-Polizei ist mir egal. Mein Job auch. Aber was ist mit denen? Weißt du ... sie werden durchdrehen.« Sachs wischte sich mit seiner plumpen Hand über den Schädel. »Heilige Scheiße, Nathan. Absolute Scheiße, verstehst du, was ich damit sagen will? Du solltest ihr die verdammte Frage stellen. Warum konntest du nicht einfach nach der verdammten Zahl fragen und verschwinden?«

»Jerry«, sagte Conrad eindringlich. »Sie haben meine Tochter. Wir müssen uns zusammentun. Wir brauchen ihnen von dieser Situation hier nichts zu erzählen.«

»Ihnen nichts erzählen?« Sachs' Stimme bekam einen hohen, schrillen Klang. »Ihnen nichts erzählen? Sie werden sich hier melden. Sie werden hier anrufen, um sich zu vergewissern, daß du wieder weg bist. Ich muß es ihnen sagen. Sie müssen das irgendwie in Ordnung bringen ... sonst wird die Polizei, mein Job, ich ...«

»Wenn du ihnen etwas verrätst ... Wenn du etwas verrätst«, setzte Conrad neu an, »dann bringen sie meine Tochter um.«

»Wie schön.«

»Sie töten sie, Jerry!«

»Na prima. Toll. Willst du denn, daß sie mich umbringen? Sollen sie etwa auf die Idee kommen, ich verschweige ihnen etwas, ich betrüge sie? Na, hör mal, Freundchen. Weißt du, nichts zu machen. An dem Tag, an dem das passiert, möchte ich lieber in der Haut eines anderen stecken, wenn du weißt, was ich damit sagen will.«

»Verdammt noch mal«, stieß Conrad hervor. Er starrte Sachs an. *Ich muß los,* dachte er. *Ich muß ...* »Verdammt«, wiederholte er leise, »sie bringen sie um, Mann. Sie ist doch erst fünf Jahre alt. Sie ist ein kleines Mädchen. Sie geht in den Kindergarten. Sie ist fünf.«

»Scheiß auf sie!« Sachs brachte sein Gesicht dicht an das des kleineren Mannes heran. Conrad roch seinen säuerlichen Atem. »Daran hättest du denken sollen, als du zu reden anfingst, als du es allen erzählen mußtest.« Er faßte sich mit der Hand an den Kopf, drehte sich weg. Er sah sich in dem Zimmer um, als suchte er einen Ausweg. »Vielleicht können wir sie betäuben«, murmelte er. »Genau, das ist es. Wir sagen ihnen ... Wir setzen sie unter Drogen, bis alles vorbei ist. Vielleicht lassen sie sich darauf ein. Dann können sie sie haben. Dann haben sie es nur noch ... mit ihr zu tun.«

Conrad machte einen Schritt rückwärts, von ihm weg. *Ich muß ... Ich muß* ... Er wischte sich den Mund mit der Hand ab. Der kalte Schweiß schien ihm aus allen Poren zu dringen. Ich muß ihn aufhalten, dachte er. Er wich weiter zurück. Seine Beine stießen gegen seinen Stuhl, den Stuhl, auf dem er saß, wenn er sich mit Elizabeth unterhielt.

Sachs plapperte weiter. »Paß auf, Nathan, vielleicht klappt es so. Okay? Vielleicht lassen sie sogar das Kind laufen, man weiß ja nie. Das kann man nie sagen. Aber das Wesentliche ist, daß wir sie nicht in Rage bringen dürfen.

Wir müssen mit offenen Karten spielen und hoffen, daß sie diese Situation im Griff behalten. Klar? Wenn sie anrufen, dann sagen wir nur: ›Also, er hat es ihr gesagt, aber wir haben sie betäubt, und Sie können später vorbeikommen und ...‹ Mehr nicht. Okay? Wir verraten es ihnen einfach.«

Conrad blickte nach unten. *Ich muß* ... Seine Hand ruhte auf der Rückenlehne des Stuhles. Ich muß ihn zusammenschlagen, dachte er verzweifelt. Ich muß ihn mit dem Stuhl erwischen.

Erstaunt sah er zu Elizabeth. Sie starrte ihn vom Bett aus an. Ihre Augen waren riesengroß; sie schien ebenfalls erstaunt zu sein.

Mit diesem Stuhl? dachte er. Wie kann ich ...? Wie soll ich ...?

Sachs sah auf die Uhr. »Oh, Jesus Christus. Schon fast fünf nach halb. Sie rufen in fünf Minuten an. Okay. Okay. Du mußt jetzt los. Weißt du die Zahl? Du mußt von hier verschwinden. Ich laufe runter. Warte auf den Anruf. Klar? Genau so machen wir's.«

Conrad packte die Stuhllehne mit beiden Händen. Er fixierte sie. Stuhl, dachte er. *Ich muß* ... *ich* ... Er hob ihn hoch.

»Nun mach schon!« sagte Sachs. »Was willst du? Hast du die Zahl? Gehen wir!«

Und Conrad stürzte sich auf ihn.

Er holte mit dem Stuhl aus. Er machte zwei Schritte. Sein lädiertes Knie gab nach. Er stöhnte auf. Der Schmerz raste durch sein Bein. Das Gelenk schien zu versagen. Er machte mit dem anderen Bein einen verzweifelten Schritt. Unbeholfen ließ er den Stuhl auf Sachs heruntersausen.

Elizabeth stieß einen Schrei aus. Sachs sagte: »Hey!« Er wich zurück, riß die Arme vor seinem Gesicht hoch. Der Stuhl prallte schwach auf seine Schulter.

»Au«, stieß er hervor. Er taumelte gegen die Wand. »Was machst du da, Nathan?«

Der Aufprall schlug Conrad den Stuhl aus den Händen. Er polterte auf den Fußboden und blieb dort liegen.

Conrad stand atemlos da. Er verzerrte das Gesicht. Der Schmerz schien sein Knie zu zersprengen. Die Arme hingen an seinen Seiten herab. Der Kopf war gesenkt, das Kinn lag auf der Brust.

Was tue ich eigentlich, dachte er. Was, zum Teufel, tue ich?

»Herrgott, Nathan.« Sachs stieß sich von der Wand ab. Er massierte seine Schulter. »Also wirklich, mein Gott! Du hättest mich umbringen können.«

Conrad fuhr sich mit der Hand über sein schütteres Haar. Er wackelte mit dem Kopf. Er starrte benommen zu Boden. »Es ... tut mir leid. Ich weiß nicht, was ich ... Ich mache mir Sorgen, ich ...« Automatisch bückte er sich und hob den Stuhl auf. Er stellte ihn aufrecht vor sich hin. »Mein Gott, ich bin am Ende der Fahnenstange. Ich kann nicht mehr ...«

»Ja«, sagte Sachs und rieb seinen Arm. »Aber – *au!* Herrgott, wirklich, das hat weh getan. Sag mal, benehmen sich so seriöse Ärzte?«

»Nein, nein, ich ... ich muß den Verstand verloren haben.« Conrad betrachtete den Stuhl. Er konnte nicht fassen, was er getan hatte.

Indem er seinen Arm streckte und ihn massierte, schaute Sachs wieder auf die Uhr. »Na schön. Autsch – verdammt noch mal. Okay paß auf, wir müssen uns beeilen. Wenn wir ihre Anweisungen genau befolgen wollen, dann müssen wir jetzt wirklich schnell machen.«

Conrad nickte müde. Er hob den Stuhl hoch und schlug erneut damit auf Sachs ein.

Diesmal hob er ihn in einer einzigen Bewegung vom Fußboden hoch. Er hielt ihn an Sitz und Lehne. Vollführte damit einen schnellen, wirkungsvollen Bogen. Die stabilen Stuhlbeine erwischten Sachs voll seitlich an seinem dicken rosigen Kopf. Sein Kopf wurde brutal herumgerissen. Schweißtropfen flogen funkelnd durch das bläuliche Licht der Neonröhren. Die Brille flog hinterher. Sie prallte gegen die Wand und landete auf dem Fußboden.

Conrad verlor erneut den Stuhl aus den Händen. Er polterte auf den Fußboden und drehte sich und blieb dann auf der Seite liegen. Conrad stolperte, fing sich, blieb auf den Füßen.

Er blickte auf. Auch Sachs stand immer noch. Die nackten Augen des Mannes waren starr, und sein Blick war leer. Sein Mund öffnete und schloß sich wie das Maul eines Fisches. Seitlich am Kopf hatte er eine tiefe Platzwunde.

Während Conrad ihn anstarrte, färbte der Riß sich scharlachrot. Blut wallte heraus. Es lief über Sachs' Auge, seine Wange.

»Also weißt du, Nathan. Wirklich ...«, stammelte Sachs.

Dann gaben seine Knie nach. Er kippte nach vorne. Er stürzte mit einem dumpfen Laut auf den Boden und blieb reglos liegen.

Er ist unterwegs

Elizabeth war aufgesprungen. Sie starrte verblüfft auf Sachs. Sie hatte eine Hand am Mund und zeigte mit der anderen auf Sachs.

»Sie haben ihn mit dem Stuhl niedergeschlagen«, sagte sie.

Keuchend betrachtete auch Conrad sein Werk. Sein Mund schnappte nach Luft. Die Augen waren weit aufgerissen. »Ich ...«

»Sie haben ihn mit dem Stuhl am Kopf erwischt«, sagte Elizabeth.

»Ich mußte ihn aufhalten. Wenn er alles erzählt hätte, dann hätten sie ... sie getötet.«

»Aber Sie haben ihn mit dem Stuhl geschlagen. Haben ihn auf ...«

»In Gottes Namen, Elizabeth, das weiß ich.«

Elizabeth zuckte vor seiner heftigen Reaktion zurück. Ihre Hand sank herab. Sie schlang die Arme um ihren Oberkörper. Und musterte ihn stumm.

Immer noch etwas außer Atem, wischte Conrad sich den Schweiß aus dem Gesicht. »Kommen Sie«, sagte er, nun etwas leiser. »Helfen Sie mir, ihn zu fesseln.«

Er ging zum Bett. Schob seinen Trenchcoat auf den Fußboden. Zog die Decke herunter, holte sich dann die Laken. Er zog den Bezug vom Kopfkissen ab. Mit Laken und Kissenbezug ging er zu Sachs.

Sachs lag verkrümmt auf dem Fußboden, den Kopf auf die Seite gedreht. Das Blut bedeckte die obere Hälfte seines

Gesichts. Von dort tropfte es auf den Fußboden und bildete eine klebrige Pfütze. Das Tropfen verursachte ein leises Pochen.

Conrad ging neben Sachs in die Knie und zuckte von dem aufflammenden Schmerz in seinem Gelenk zusammen. Er zog Sachs' rechten Arm nach hinten auf den Rücken. Der Arm war schwer. Die Hand war schlüpfrig von Schweiß. Er wickelte das Laken um das Handgelenk. Dann zog er den linken Arm hoch. Die schlüpfrige Hand rutschte weg. Der Arm platschte auf den Fußboden. Conrad stieß zischend die Luft aus und packte ihn erneut. Er fesselte auch das andere Handgelenk. Er hatte keine Ahnung von speziellen Knoten. Er tat nichts anderes, als die Laken mehrmals um die Hände zu wickeln und zu verknoten.

Er blickte zur Tür, zu dem kleinen Sichtfenster darin. Niemand schaute zu ihnen herein. Er sah zu Elizabeth. Sie stand hinter ihm, die Arme um die Brust geschlungen, und beobachtete ihn. Vielleicht ist das nicht gerade die beste Therapie für sie, dachte er. Er lächelte freudlos. Er ging um Sachs' Körper herum zu dessen Füßen. Dort ergriff er die Fußknöchel und zog die Beine gerade.

Er fesselte Sachs' Füße mit dem unteren Laken. Danach machte er einen tiefen und leicht zittrigen Atemzug. Er mußte den Kissenbezug um Sachs' Mund befestigen: Ein Knebel. Er drehte Sachs' Kopf, damit der Kopfkissenbezug darunter lag. Blut verschmierte seine Hände und die Manschetten seines Hemdes. Das Blut war warm und klebrig. Als er Sachs' Kopf drehte, floß Blut, das sich im Ohr gesammelt hatte, heraus. Es tropfte in schneller Folge auf den Fußboden. Conrad schluckte krampfhaft. Selbst während seines Medizinstudiums hatte er kaum Blut sehen können. Er wickelte den Kopfkissenbezug um Sachs' Gesicht. Der Stoff wollte sich nicht in seinen Mund stopfen lassen. Conrad zwängte ihn zwischen Sachs' Zähne. Er spürte Sachs' feuchte Zähne an seinen Knöcheln. Er zog den Kissenbezug stramm und verknotete ihn.

»Kann er ersticken?« wollte Elizabeth flüsternd wissen.

»Wie?« fragte Conrad. »Was?«

Elizabeth wiederholte die Frage nicht.

Conrad stand auf.

»Herr Doktor!«

Er streckte die Hand nach ihr aus, stürzte. Sein Knie hatte wieder nachgegeben. Gleichzeitig zuckte ein schneidender Schmerz durch seine Stirn. Rote Explosionswolken wallten hinter seinem rechten Auge. Er sah die vertrauten Wolkenformationen des Sonnenuntergangs vom Seminary Hill.

Er spürte, wie Elizabeth seinen Arm mit beiden Händen erwischte. Er faßte nach ihrer Schulter, stützte sich ab.

»Es geht schon wieder«, sagte er schnell.

»Sind Sie in Ordnung?«

»Wie bitte? Ja. Ist schon gut. Ich schaffe es.«

Die roten Funken verschwanden nach und nach. In seinem Knie pulsierte ein dumpfer Schmerz. Er straffte sich, ließ Elizabeth los. Sie gab seinen Arm frei.

Indem er sich langsam und kontrolliert bewegte, kehrte er zu Sachs' Füßen zurück. Er bückte sich und hob sie hoch. Er drehte den schweren Körper herum, bis die Beine zum Bett wiesen. Dann, ächzend und stöhnend, zerrte er den Körper zum Bett. Sachs' Kopf schleifte durch die Blutpfütze. Er hinterließ eine breite Schmierspur, als Conrad den Körper durch das Zimmer zog.

Nun lag Sachs neben dem Bett. Conrad kniete sich neben ihn und stöhnte schmerzerfüllt auf. Sachs' blutige Gesichtszüge starrten ihn an. Seine Augen waren halb offen. Die Zähne bissen auf den Kopfkissenbezug.

Benehmen sich so zwei seriöse Ärzte?

Conrad stieß gegen Sachs' Schulter. Die weiche Fleischmasse bewegte sich nicht. Conrad verstärkte den Druck. Er drehte sich zu Elizabeth um. Sie stand hinter ihm, knetete ihre Hände.

»Helfen Sie mir«, bat er sie.

Für einen weiteren Moment stand sie da und bewegte nur die Hände. Dann kniete sie sich neben Conrad und schob ebenfalls.

Sie drückten gegen Sachs' Schulter und seinen Oberkörper, dann gegen seine Beine, dann wieder gegen seine Schulter. Stück für Stück rutschte Sachs' Körper unter das eiserne Bettgestell; als er ganz darunter lag, mußte Conrad die Beine anwinkeln, damit die Füße nicht herausragten.

Dann stand Elizabeth auf. Sie half Conrad, sich aufzurichten. Er hängte sich an ihre Schulter und zog sich hoch, wobei er sein Bein langsam und vorsichtig streckte.

»Danke«, sagte er. »Versuchen Sie mal, das Blut wegzuwischen.«

Elizabeth nickte und ging zur Waschschüssel. Sie tauchte ein Handtuch ins Wasser. Dann kniete sie sich wieder auf den Fußboden und begann die blutige Schmierspur zu entfernen. Ihr rotgoldenes Haar mit dem schwarzen Band fiel nach vorne. Sie strich es mit einer schnellen Handbewegung nach hinten über die Schulter.

Conrad legte unterdessen die Decke auf das Bett. Er versuchte es so aussehen zu lassen, als sei das Bett gemacht, doch er ließ einen Teil der Decke an der Seite herunterhängen, um Sachs zu verbergen.

»Das kann ich nicht«, sagte Elizabeth.

Er sah sie an, wie sie vor ihm kniete und zu ihm aufblickte. Sie hatte die Blutspur entfernt. Doch die Stelle, wo das Blut sich zu einer Pfütze gesammelt hatte, hatte sie nicht angerührt.

»Das würde ich nur noch weiter verschmieren«, sagte sie. »Ich brauche dazu einen richtigen Aufnehmer.«

»Äh ... das reicht schon. Legen Sie das Handtuch darauf, und dann lassen Sie uns verschwinden«, meinte Conrad.

Er sah auf die Uhr. Zwanzig vor neun.

»Alles klar«, sagte Elizabeth.

Er hörte, wie ein Schlüssel ins Türschloß geschoben wurde.

»Mein Gott«, stieß er hervor.

Er sah sich gehetzt um. Elizabeth erstarrte. Die Tür schwang auf, und die Therapieschwester schaute herein. Sie lächelte.

»Ist hier alles in Ordnung?« erkundigte sie sich.

Conrad beobachtete sie vom Bett aus. Elizabeth beschäftigte sich angelegentlich mit dem Fußboden.

»Prima«, krächzte Conrad. »Keine Probleme.«

»Wo ist Dr. Sachs? Ist er schon wieder gegangen?«

»Ja.« Conrad verschränkte die Hände schnell auf dem Rücken, um die Blutflecken zu verbergen.

»Schön. Ich wollte nur mal nachschauen«, sagte die Schwester aufgeräumt.

Sie schickte sich an, die Tür zu schließen. Dann hielt sie inne. Sie schob den Kopf wieder ins Zimmer. Sie betrachtete mißtrauisch den Fußboden. Sie zog die Augenbrauen hoch.

»Ist das Ihre Brille?« fragte sie.

»Oh«, erwiderte Conrad. Seine Stimme klang brüchig. Er sah zur Wand am anderen Ende des Raumes, wo Sachs' Brille lag. »Ach, da ist sie ja.«

»Seien Sie lieber damit vorsichtig«, sagte die Schwester. Sie verließ den Raum und schloß die Tür.

Conrad bückte sich und nahm seinen Trenchcoat vom Bett. Er zog ihn an. Elizabeth stand auf. Sie beobachtete ihn aufmerksam.

»Kommen Sie schon«, sagte er.

Elizabeth starrte ihn an. »Ich?«

»Ich kann Sie schlecht hier zurücklassen. Sie müssen mich begleiten. Beeilen Sie sich.«

Er faßte nach ihrer Schulter. Er führte sie zur Tür. Und er warf einen letzten Blick zurück.

Die Brille.

Er ging hinüber, hob sie auf und verstaute sie in seiner Tasche. Er stand auf. Und er sah den Kassettenrecorder auf dem Tisch.

»Na Mahlzeit«, sagte er.

Er schnappte ihn sich und steckte ihn in die Tasche.

Dann nahm er Elizabeths Arm und verließ mit ihr den Isolationsraum.

Er eilte mit ihr durch den Korridor. Dabei hielt er sie untergefaßt und ging ziemlich schnell. Elizabeth mußte immer wieder ein paar Laufschritte einlegen, um mithalten zu können. Er mußte ein wenig mit dem rechten Bein humpeln, um sein Knie zu entlasten. Schwestern begegneten den beiden im dämmrigen Korridor. Die Stationsschwester sah ihnen über die Schulter nach, als sie vorüberliefen.

Als sie durch die Tür kamen, saß die Strafvollzugsbeamtin an ihrem Schreibtisch. Die füllige Frau schaute von einer Zeitung hoch. Sie sah in Conrads Gesicht und nickte einmal, ohne zu lächeln. Dann widmete sie sich wieder ihrer Zeitung.

Conrad führte Elizabeth zu den Fahrstühlen. Er drückte auf den Rufknopf. Er wartete mit ihr und hörte, wie die Wärterin ihre Zeitung umblätterte.

Als sie schließlich im Fahrstuhl standen, waren sie allein. Conrad hielt Elizabeth weiterhin untergehakt. Er stand mit dem Gesicht zur Tür. Er spürte, wie die Frau sich zu ihm umdrehte. Er spürte dann, wie sie mit ihren grünen Augen sein Profil studierte. Er dachte daran, wie Sachs' Gesicht ausgesehen hatte, als er ihn unter das Bett schob.

Die Fahrstuhltür glitt auf, und er eilte mit Elizabeth hinaus.

In der Halle im Parterre war alles still. Conrad ergriff jetzt Elizabeths Hand und zog sie hinter sich her. Er humpelte ziemlich stark mit seinem rechten Bein. Er steuerte auf Sachs' Büro zu.

Es war acht Uhr zweiundvierzig, als sie die Tür erreichten. Sie stand offen. Im Zimmer war es still. Sachs' Telefon stand in der Nähe der Schreibtischkante. Direkt neben seinem Schild mit der Aufschrift JERALD SACHS, M.D., DIREKTOR. Ein Wust von Papieren lag außerdem auf der Platte.

Conrad betrachtete das stumme Telefon für einen Moment.

»Na schön«, sagte er. »Wir können nicht warten.«

Das Telefon klingelte.

Conrad machte ein paar schnelle humpelnde Schritte. Er nahm den Hörer ab, ehe das Telefon ein zweites Mal klingelte. Er redete sehr leise und sprach aus dem Mundwinkel.

»Sachs«, meldete er sich.

»Wo, zum Teufel, waren Sie?« Conrad straffte sich. Er erkannte die Stimme. Sie gehörte wirklich Sport. »Ich mußte zweimal versuchen, Sie blöder Wichser.«

Conrads Herz schlug heftig. Er redete noch leiser. »Es ist alles in Ordnung«, murmelte er. »Er ist unterwegs.«

»Blöder Wichser«, wiederholte Sport. Er knallte den Hörer auf die Gabel.

Conrad legte mit zitternder Hand auf. Einige Sekunden lang stand er da und musterte des Telefon. Er könnte den Hörer abnehmen und die Polizei benachrichtigen.

Dazu ist keine Zeit. Zuviel könnte schiefgehen. Es ist noch

nicht einmal genügend Zeit vorhanden, um alles ausführlich zu erklären.

Er drehte sich um. Er sah Elizabeth, die noch immer in der Türöffnung stand.

Sie fixierte ihn. Sie hatte eine Hand immer noch zur Stirn erhoben und massierte sie.

»Sind Sie es?« fragte sie.

Conrad schüttelte den Kopf. »Was?«

»Ich meine, sind Sie es? Der Heimliche Freund? Sind Sie der Heimliche Freund?«

Conrad lachte. Er ging schnell zu ihr hinüber. Er lachte noch – kicherte richtig ausgelassen –, während er ihren Arm nahm.

»Gehen wir«, sagte er.

Er hatte achtzehn Minuten Zeit, um zum Uhrenturm zu gelangen.

Todeszeit

Neun Uhr. Dann müssen Sie zurück sein. Keine Minute nach neun. Nicht eine Sekunde.

Es war Samstag abend. Zwar herrschte dichter Verkehr, doch er rollte auf dem East River Drive zügig in die Stadt. Der Corsica schlängelte sich geschickt hindurch wie ein Fisch durch ein Gewirr von Wasserpflanzen. Conrad umklammerte krampfhaft das Lenkrad. Sein Kopf dröhnte. In seinem Knie tobte ein pochender Schmerz. Das grelle Licht der entgegenkommenden Scheinwerfer peinigte sein lädiertes Auge. Er lenkte den Wagen mit schnellen, ruckartigen Bewegungen und nahm kaum einmal den Fuß vom Gaspedal. Dabei zuckten seine Blicke hin und her – zur Windschutzscheibe, zum Innenspiegel, zum Außenspiegel, zur Uhr im Armaturenbrett.

Unter ihm war der Straßenbelag rauh und uneben. Es wimmelte von Schlaglöchern und Bodenwellen. Der Corsica hüpfte und klapperte. Automobile bremsten plötzlich vor ihm. Rote Bremsleuchten glühten auf, und der Verkehr verdichtete sich und wurde langsamer. Conrad bremste nicht. Der Corsica tanzte zwischen den Fahrspuren hin und her. Conrads Augen zuckten umher: Windschutzscheibe, Innenspiegel, Außenspiegel, Armaturenbrett – die Uhr: zehn vor neun. Und erst jetzt überquerte er die Zweiundvierzigste Straße.

Wie lautet die Zahl? dachte er. Wie heißt die verdammte Zahl?

Vom Sitz neben ihm drang ein leiser Laut an seine Ohren. Elizabeth sang halblaut vor sich hin.

»Fort-nine bottles of beer on the wall, forty-nine bottles of beer. One of those bottles should happen to fall, forty-eight bottles of beer on the wall ...«

Sie hatte eine angenehme klare Stimme.

Conrad betrachtete sie von der Seite. Sie saß so, wie sie immer saß. Aufrecht, ruhig, den Blick geradeaus gerichtet, die Hände im Schoß gefaltet.

Wie heißt die Zahl?

Sein Mund öffnete sich leicht. Er wollte sie erneut fragen. Wenn sie jetzt reagierte, wenn sie durchdrehte und ihn bei dieser Geschwindigkeit, bei diesem Verkehr angriff ...

»... one of those bottles should happen to fall, forty-seven bottles of beer on the wall ...«

Er schaute wieder nach vorn. Die Straße war jetzt auf einem längeren Stück frei. Durch das Seitenfenster sah er den East River, in dem sich die Lichtflut von Brooklyn spiegelte. Auf dem anderen Ufer erzeugte der schwache, kalte Dunst kleine Lichthöfe. Die Wolken waren weiß und rot von den Lichtern der City.

»... one of those bottles should happen to fall ...«

Der Klang ihrer Stimme ließ ihn erschauern.

Sind Sie der Heimliche Freund?

Conrads Blicke wanderten zum Innenspiegel und zu den Scheinwerfern, die dort reflektiert wurden. Verfolgten sie ihn noch? Hatten sie gesehen, wie er das Krankenhaus zusammen mit Elizabeth verließ? Conrad glaubte es nicht. Er dachte, daß sie ihn wahrscheinlich für einige Zeit in Ruhe ließen. Warum hätte Sport sonst im Krankenhaus angerufen? Nein, er hatte bei Sachs nachfragen müssen. Es bestand eine reelle Chance, dachte Conrad, daß er im Augenblick in Ruhe gelassen wurde. Dennoch ...

Selbst wenn sie ihn nicht verfolgten, wären sie sicherlich am Uhrenturm, würden sie dort auf ihn warten. Dort würden sie sie sehen. Und dort könnten sie sie in ihre Gewalt bringen. Sie würden sie foltern, bis sie von ihr erfuhren, was sie wissen wollten. Sie würden sie töten. Dann ihn. Dann Jessica.

»... *Forty-five bottles of beer. One of those bottles should happen to fall ...*«

»Elizabeth«, sagte er.

Ihr Gesang hörte auf. Er konnte sie nicht ansehen. Er konzentrierte sich auf das Lenkrad, während das schwarze Pflaster unter ihm dahinjagte.

»Elizabeth«, sagte er wieder, »können Sie mir helfen? Können Sie mir jetzt helfen?«

Er erhielt keine Antwort.

»Sie müssen mir erzählen, was sie von Ihnen wollen. Sie müssen mir helfen, meine Tochter zurückzubekommen. Diese Zahl, die sie wissen wollen – ist es eine Telefonnummer? Eine Adresse? Eine ... Safekombination? Kennen diese Leute Sie? Wissen Sie, wer sie sind oder ...?«

»Hat Ihre Tochter ein schönes Zimmer?« fragte Elizabeth plötzlich.

»Wie bitte?« Conrad starrte nach vorn, während die Heckleuchten eines schnellen Cadillac vor ihm auftauchten und sich dann entfernten.

»Gibt es dort Bilder an den Wänden? Ich wette, sie hat Bilder an den Wänden. Ich wette, sie hat ein Bild von Micky Maus. Oder von Bibo. Sie lieben doch Bibo, die Kinder, nicht wahr?«

Conrad nickte langsam. »Ja. Bibo. Sie hat ... da sind Bibos auf ihrer Decke, auf dem Bettbezug. Ich weiß nicht ...«

»Mutter ist nett«, sagte Elizabeth. »Jetzt kommt sie herein und sagt gute Nacht. Mutter ist sehr lieb.«

Conrad wartete. Er sagte nichts. Nach ein paar Sekunden hörte er ihre Stimme wieder:

»*Forty-four bottles of beer on the wall, forty-four bottles of beer ...*«

Jetzt, schließlich, sah er wieder zu ihr hinüber. Er sah sie steif und mit leeren Augen dasitzen. Sie blickte in den wogenden Verkehr und die Nacht hinaus, während ihr eigenes Spiegelbild sie von der Windschutzscheibe ansah. Es war seltsam, dachte er. Gestern, abends, vor weniger als vierundzwanzig Stunden, hatte er an sie gedacht, während er mit seiner Frau schlief. Er war mit dem Gedanken an sie eingeschlafen. Er hatte sich auf weitere Sitzungen mit ihr gefreut; auf den Klang ihres Lachens, die plötzliche Vernunft in ihrem Blick.

Ich bin noch hier.

Und nun war all das nicht mehr vorhanden, war es eisig kalt. Er konnte sich erinnern, daß er etwas derartiges empfunden hatte, aber er konnte sich nicht mehr erinnern, wie es war. Er konnte sich nicht daran erinnern, wie es war, etwas anderes zu empfinden als diese furchtbare Angst. Für einen kurzen Moment dachte er an Timothy, seinen an AIDS erkrankten Patienten: Er war allein, verängstigt und aus Fleisch und Blut – und sonst war an ihm nichts Besonderes. Das hier war ganz genauso, dachte Conrad: die Abscheu vor der Zeit, vor der Spürbarkeit der Zeit, vor der Zeit, die knapp wurde und verging.

Ich warte keine Sekunde, Doktor. Neun Uhr, und für Sie ist es aus, für Ihre Tochter ebenfalls. Denken Sie daran.

Conrad massierte sein Knie. Er mußte den Fuß auf dem Gaspedal stehen lassen. Dadurch schmerzte sein Knie noch heftiger. Er kurbelte am Lenkrad, dirigierte den Wagen durch den Verkehr. Auf die linke Spur, als der Verkehr sich auf der rechten Spur vor der Ausfahrt zur Vierzehnten Straße staute. Auf die Mittelspur, als der Verkehr auf der linken zu bremsen begann. Er schlängelte sich durch den Verkehrsstrom. Achtete auf die Spiegel, auf die Uhr. Sechseinhalb Minuten vor neun ...

»*Forty-three bottles of beer on the wall, forty-three bottles of beer ...*«

Elizabeth saß aufrecht und blickte durch die Windschutzscheibe. Sie sang völlig emotionslos. Ihre Stimme war so rein und klar wie ein elektronisches Zeitzeichen.

Ihm blieben noch vier Minuten, als er die Canal Street erreichte. Und dort staute der Verkehr sich. Ein typischer Samstagabend in Chinatown. Dicht gepackte Autoschlangen schoben sich hustend an den grünen Ampellichtern vorbei oder sammelten sich vor den roten. Draußen auf den Gehsteigen flanierten die Leute an Banken und Restaurants mit Pagodendächern und chinesischen Fassaden vorbei. Junge chinesische Paare, alte chinesische Frauen, alte Männer; Gruppen weißer Teenager, die aus den Wohnbezirken hergekommen waren, junge schwarze Familien – alle bei ihrem Samstagabendbummel. Sie hatten Zeit genug, Zeit, die sie gedankenlos vergeuden konnten.

Drei Minuten vor neun.

»*Thirty-two bottles of beer on the wall, thirty-two bottles of beer ...*«

»Gottverdammt!« brüllte Conrad in hilfloser Wut.

Aber dann waren sie in der Lafayette Street. Hier floß der Verkehr etwas zügiger. Er fuhr in Richtung Innenstadt. Schaltete seine Warnblinkanlage ein. Betätigte die Hupe. Fuhr bei Rot über Kreuzungen. Er hatte Nummernschilder mit dem Arztsymbol an seinem Wagen und wußte, daß die Polizei ihn nicht anhalten würde. Er hoffte, daß auch jeder andere ihm bereitwillig Platz machte.

Der Wagen jagte weiter. Vorbei an den jungen Leuten, die

ausgelassen über die breite Avenue schlenderten. Vorbei an den verschnörkelten Bürogebäuden, den kleinen Haushaltswarenläden, den Wänden, die mit verschlungenen Graffiti verziert waren. Vorbei an den Menschentrauben, die sich um die Kartenspieler und die Schwarzmarkthändler versammelt hatten, die Pullover und Armbanduhren und Kofferradios anboten. Dann, links von ihm, stand das »Grabmal«. Der Steinkoloß des Gefängnisses starrte mit seinen vier Betontürmen auf ihn herab. Er hatte noch zwei Minuten Zeit.

Er bog nach rechts, gegen die vorgeschriebene Fahrtrichtung, in die Franklin Street ab. Es war eine dunkle, schmale Gasse, die an der stumpf-schwarzen Granitmauer des Familiengerichts entlangführte. Hier herrschte kein Verkehr. Ein Paar kam an ihnen vorbei, das die Straße als Abkürzung auf dem Weg nach Chinatown benutzte. Dann war die Straße wieder wie ausgestorben. Conrad hoffte, Elizabeth hier verstecken zu können. Der Corsica kam mit quietschenden Reifen neben einem Halteverbotsschild zum Stehen.

Dann führten Conrads Hände einen hektischen Tanz auf. Sie zogen den Zündschlüssel heraus, knipsten die Scheinwerfer aus, lösten den Sicherheitsgurt ...

Elizabeth drehte sich langsam zu ihm um und blinzelte. »Sind wir da?«

»Warten Sie hier auf mich«, sagte er. »Rühren Sie sich nicht vom Fleck. Reden Sie mit niemandem. Wenn die Polizei vorbeikommt, dann sagen Sie einfach, Sie warteten auf einen Arzt, der gerade einen Notfall versorgt.«

»Gehen Sie hin?«

»Ich muß. Sie tun sonst meiner Tochter etwas an. Ich muß mich mit ihnen treffen.«

Sie betrachtete ihn schweigend.

Er stieß die Tür auf. Die Innenbeleuchtung flammte auf, und er sah ihr Gesicht. Den Ausdruck in ihren Augen.

Er hielt inne, einen Fuß auf dem Pflaster, den anderen noch im Wagen.

»Elizabeth«, sagte er. Sie wartete. Sie sah ihn an. Er schüttelte den Kopf. »Es tut mir leid.«

Sie rührte sich nicht. Leise sagte sie zu ihm: »Fünf-fünfundfünfzig, drei-dreizehn.«

»Wie bitte?«

»Fünf-fünfundfünfzig, drei-dreizehn.«

Conrad preßte die Lippen zusammen. Er streckte die Hand aus, legte sie auf ihren Arm. Elizabeth betrachtete seine Hand.

»Ich komme zurück«, sagte er heiser.

Er stieg aus dem Wagen und schlug die Tür zu.

Ihm blieben noch etwa sechzig Sekunden.

Elizabeth schaute ihm nach. Eine kleine, schlanke Gestalt, die hastig in die nebelhafte Dunkelheit humpelte. Er wirkte irgendwie lächerlich, dachte sie, weil er so mühsam zu rennen versuchte. Trotzdem hoffte sie inständig, daß er seine Tochter zurückbekam.

Sie lächelte, lachte lautlos. Er hatte Dr. Sachs mit dem Stuhl niedergeschlagen. Sie war sich ziemlich sicher, daß es tatsächlich passiert war. Er hatte ihm damit mitten auf den Kopf geschlagen. Er war genauso wie der Heimliche Freund. Er war der Heimliche Freund. Nur gab es ihn wirklich, er war real. Auch dessen war sie sich ziemlich sicher.

Sie sah ihn davonhumpeln. Sie dachte an sein Gesicht. Er hatte ein trauriges Gesicht. Eine Art Armsündergesicht. Die Augen waren die eines alten Mannes, traurig und müde. Seine Stirn war ständig gefurcht, sein blondes Haar war fast völlig verschwunden. Elizabeth saß im Wagen, die Hände im Schoß gefaltet. Sie sah ihm nach und dachte an sein Gesicht. Sie lächelte. Sie hatte dabei ein warmes Gefühl.

Er würde ihr helfen, dachte sie. Er hatte es gesagt. Alles wäre nun nicht mehr so unklar, so ungewiß. Sie würde sich besser fühlen, genauso wie zu der Zeit, als sie noch im Wohlfahrtszentrum gearbeitet hatte. Dort hatte es ihr gefallen. Dr. Holbein hatte ihr das vermittelt. Auch Dr. Holbein war gut gewesen.

Und Dr. Conrad war gut. Dessen war sie sich sicher. Dieses Gefühl machte sie ruhiger, zufriedener. Es hüllte sie ein wie ein wärmendes Licht.

Dann sah sie seine Gestalt um die Ecke humpeln, und das Licht erlosch. Ihr Lächeln erstarb. Plötzlich war sie ganz allein. Allein in diesem dunklen Wagen in dieser dunklen Straße ...

Reden Sie mit niemandem. Rühren Sie sich nicht vom Fleck. Warten Sie auf mich.

Elizabeth fröstelte. Gänsehaut bildete sich auf ihren Armen. Sie rieb sie mit den Händen, bis ihr etwas wärmer wurde. Sie blickte durch die Windschutzscheibe auf die Stelle, wo sie Dr. Conrad das letzte Mal gesehen hatte. Sie sang leise vor sich hin.

»*Twenty-six bottles of beer on the wall, twenty-six bottles of beer.*«

Ein Mann richtete sich auf der Sitzbank hinter ihr auf.

Elizabeth spürte ihn. Sie wollte sich umdrehen. Sie erhaschte einen flüchtigen Eindruck von dem Alptraum eines angespannten Gesichts, zuckender Lippen und weißer, hervorquellender Augen. Sie wollte aufschreien, doch seine Hand schoß vor, legte sich wie eine Klammer auf ihren Mund. Er riß sie nach hinten, brutal, und preßte sie gegen den Sitz. Elizabeths Arme ruderten wild und hilflos umher. Sie hörte hinter sich ein hohes, quiekendes Kichern: Hii hii hii.

Und dann spürte sie etwas Kaltes an ihrem Hals.

Sie erkannte schnell, daß es ein Messer war.

Die Zeit wird knapp

Das Strafgericht befand sich in einem reichverzierten und imposanten Gebäude. Es nahm einen gesamten Block ein, und seine weiße Marmorfassade schien bis weit in den rotvioletten Abendhimmel zu ragen. Es war eine lange Mauer mit hohen Bogenfenstern und reicher Steinmetzarbeit. Am Dachrand kauerten steinerne Adler auf einem Balkon, schauten nach Norden zum Empire State Building und nach Süden zu den Zwillingstürmen und der Wall Street. Darüber, im Kontrast beinahe schäbig, erhob sich ein quadratischer, schmuddelig weißer Turm mit zwei Zifferblättern auf gegenüberliegenden Seiten. Das war der Uhrenturm.

Conrad rannte humpelnd, beinahe hüpfend darauf zu. Die feuchte Luft fing sich in seinem offenen Trenchcoat. Die Sekunden verbrauchten sich wie Sauerstoff in einem hermetisch verschlossenen Raum. An der Ecke bog er in die Leonard Street ein.

Die enge Straße lag verlassen vor ihm. Das ungleichmäßige Muster des alten Kopfsteinpflasters glänzte im Schein einer vereinzelten Straßenlampe. Das Gebäude ragte wuchtig vor ihm auf. In der gesamten Wand mit ihren Bogenfenstern, die den Himmel auszufüllen schien, brannte nicht ein einziges Licht. Das Gebäude wirkte verlassen und leer. Verschlossen.

Er rannte zur Tür und zog heftig daran. Sie öffnete sich bereitwillig. Er trat in die Halle.

Der weite Raum war voller Schatten. Der grandiose Schwung von zwei Marmortreppen. Wohlgeformte Geländerstangen als Streifenmuster in der Dunkelheit. Ein kitschiger kugelförmiger Kronleuchter über ihm. Alles still und kalt. Conrad glaubte die Kälte spüren zu können, die in Wellen von den Steinen auf ihn herunterstrahlte.

Er eilte unter den Treppen hindurch zu den Fahrstühlen. Er kannte den Weg. Er und Aggie waren oft im Uhrenturm-Museum gewesen, ehe Jessica geboren wurde. Sie waren den Turm hinaufgestiegen und hatten da oben wie wild herumgeschmust ... doch daran dachte er in diesem Moment nicht. Er rannte.

Er drückte auf den Rufknopf des Fahrstuhls. Eine Tür glitt auf. Das grelle Licht in der Kabine ergoß sich nach draußen auf den Fußboden der Halle. Conrad stieg ein und betätigte den obersten Knopf, Nummer zwölf.

Seine Zeit ging zur Neige, während der Fahrstuhl aufwärts fuhr. Er sah auf die Uhr, wo der Minutenzeiger bereits auf der Zwölf lag. Er spürte, wie seine Kehle eng wurde. Sie mußten warten.

Nicht eine Minute nach neun.

Ja, wartet.

Nicht eine Sekunde.

Der Fahrstuhl bewegte sich schnell nach oben. Eine Glocke ertönte bei jedem Stockwerk, das er durchlief. Sieben ... acht ... neun ... Conrad schaute flehend zur Decke der Fahrstuhlzelle und hob unwillkürlich die Hände.

Neun Uhr, und mit Ihnen ist es aus und mit Ihrer Tochter ebenfalls. Denken Sie daran.

Bitte, dachte er. Bitte.

Die Fahrstuhltür öffnete sich, und Conrad stürzte hinaus.

Vor ihm befand sich eine gewundene Treppe, ein hölzerner Balkon, der sich nach oben schraubte. Conrad griff nach dem Geländer und stieg, mühsam sein Bein nachziehend, hinauf in die Dunkelheit. Er gelangte auf den letzten Absatz. Stolperte durch einen Korridor mit verschlossenen grauen Türen. Er konnte den Minutenzeiger an der vollen Stunde vorbeigleiten spüren, als befände der Uhrenmechanismus sich in seinem Innern. Nach Luft ringend, hustend rannte er auf die Tür am Ende des Korridors zu. Sie schien ihm aus der Dunkelheit entgegenzukommen. Die graue Farbe war fleckig. Er las die Aufschrift DURCHGANG VERBOTEN. Und eilte hindurch.

Eine Nottreppe. Diesmal ein kürzeres Stück aus Holzstufen. Er gelangte am Ende zu einer roten Stahltür. Mehr noch als den eisigen Hauch der Betonwände fühlte er nun die Kälte draußen, die nach ihm griff. Er keuchte und würgte vor Anstrengung.

»Gnädiger Gott!«

Er stieß die rote Tür auf. Er trat hinaus auf das Dach.

Die Luft und der Lärm überfielen ihn schockartig. Das Pfeifen des Windes und das Summen und Zischen des Verkehrs in den Straßenschluchten. Das schwache, gelegentliche Hupen tief unten.

Er stolperte eine kleine stählerne Rampe zum Aussichtsbalkon empor. Die Steinadler kauerten auf den Mauern ringsum. Die weißen, roten und grünen Lichter der Stadt breiteten sich im Dunst vor seinen Augen aus. Die goldene Krone des Turms der Stadtverwaltung ragte vor ihm auf und schien den sternenlosen Himmel zu berühren.

Nach Luft ringend sah er auf die Uhr. Sein Magen drehte sich um. Drei Minuten nach neun. Er machte einen Schritt auf dem Balkon. Er hörte einen Gong.

Er klang gewichtig und laut. Der Verkehrslärm wurde davon zugedeckt und setzte sich nach und nach wieder durch, als der Gongschlag verhallte. Conrad legte den Kopf in den Nacken und blickte nach oben.

Die Uhr des Uhrenturms war genau vor und über ihm. Ein Marmorblock mit einem erleuchteten Zifferblatt. Und auf dem Zifferblatt die großen schwarzen Zeiger auf den römischen Ziffern. Der Stundenzeiger stand auf der Neun, und der Minutenzeiger hatte soeben die Zwölf erreicht.

Die Uhr ging nach.

Der zweite Gong ertönte.

Es war noch Zeit! Genug Zeit!

Dann, während er die Uhr fixierte, tauchte eine schwarze Silhouette – die schwarze Silhouette eines Mannes – hinter dem beleuchteten Zifferblatt auf. Der Gong ertönte ein drittes Mal.

Conrad stolperte zur Tür des Uhrenturms.

Erneut dröhnte der Gong. Conrad zog die Tür auf und stürzte sich in die Finsternis des Turms. Eine schmale gewundene Treppe verlor sich im Nichts.

Der fünfte Gongschlag folgte. Hier drin war die Luft eisig. Conrad umklammerte das Geländer und begann hinaufzusteigen.

Er zog sich mühsam nach oben, biß die Zähne zusammen, als der Schmerz in seinem Knie explodierte. Wieder der Gong. Er zog das rechte Bein hinter sich her. Es kam ihm vor wie ein nutzloser Betonklotz, in dem ein alles versengender Blitz herumtobte. Der Gong, das siebte Mal. Er wurde lauter, als er sich dem Ende der Treppe näherte. Sein Kopf dröhnte davon.

Keine Minute. Nicht eine Sekunde.

Zeit genug! schrien seine Gedanken. Zeit genug!

Er zog sich um die letzte Biegung der Treppe herum. Über sich erkannte er eine Öffnung, die zu der Uhrenkammer führte. Der Gong erklang ein achtes Mal. Er war oben, stieg durch die Öffnung. Er machte noch einen Schritt, einen zweiten. Er verließ die Treppe und stand auf dem ebenen Fußboden.

Dort, in der engen Kammer hinter dem Uhrwerk, ließ der letzte Gongschlag die Luft vibrieren wie das Gitter eines Käfigs. Conrad spürte die Schwingungen mit seinem ganzen Körper. Die roten Wolken des Sonnenuntergangs deckten seine Sicht zu, flackerten auf, flimmerten, trieben vorbei. Er schloß krampfhaft das rechte Auge, wehrte sich gegen dieses Trugbild. Allmählich verging das Dröhnen des Gongs. Conrad stand mit hängenden Schultern und gesenktem Kopf da und hechelte leise. Vor ihm, in der Mitte der winzigen Kammer, bewegten sich die Stangen und Walzen und Räder des mechanischen Uhrwerks. Sie summten und klirrten. Eine Stange, die sich vom Mechanismus bis zu den Zeigern der Uhr erstreckte, drehte sich ruckartig. Der Minutenzeiger verließ seinen Standort auf der vollen Stunde mit einem Sirren und einem abschließenden Klicken.

Vor der weißen Fläche des Zifferblattes erschien der Schatten eines Mannes, der hinter dem Uhrwerk hervortrat.

Im Uhrenturm

»Das war aber verdammt knapp, Doc«, sagte er. »Auf meiner Uhr ist es fast fünf nach.«

»Ihre Uhr geht vor, Sport.« Conrad war noch immer außer Atem. Aber er bemühte sich, seine Stimme fest und selbstsicher klingen zu lassen. Ruhig. Entschlossen. Der Doktor ist da und bereit.

Sport kicherte belustigt. »Meine Uhr geht vor«, sagte er. »Das gefällt mir. Meine Uhr geht vor.«

Plötzlich blitzte ein rotes Licht auf. Conrad spürte, wie der Schmerz durch sein rechtes Auge schnitt. Er drehte das Gesicht halb weg. Das Licht verblaßte zu einem gelben Schimmer. Der Mann namens Sport hatte ein Streichholz angezündet. Er hielt die Flamme an eine Zigarette.

Als die Flamme erneut hochzüngelte, sah Conrad den Kidnapper deutlich. Mein Gott, dachte er, der ist ja noch ganz jung. Ende zwanzig; dreißig höchstens. Schlank und durchtrainiert, in Jeans und einem Tweedsakko mit Lederbesätzen. Und attraktiv dazu, mit einem runden, jungenhaften Gesicht und einem kräftigen braunen Haarschopf, der ihm ungebändigt in die Augen fiel. Und diese Augen; ein verzehrendes schwarzes Feuer brannte in ihnen, ein düsteres Leuchten, das auf Intelligenz hinwies. Es waren die Augen eines Künstlers oder eines Gelehrten oder ...

Sport wedelte mit der Hand hin und her und löschte das Streichholz. Sein Gesicht versank wieder im Schatten.

»Was ist los, Doc?« fragte er. »Sie sehen ein bißchen mitgenommen aus. Sie hatten es doch nicht etwa wegen mir so eilig, oder?« Er lachte. Conrad gab keine Antwort. Sport winkte mit der Zigarette. »Nur ein Witz. Es war nur ein Scherz, Doc. Regen Sie sich mal nicht auf. Ich habe es Ihnen doch schon mal gesagt: Sie können sich auf mich verlassen. Wirklich.«

Conrad blieb stumm. Er kämpfte darum, daß sein Atem sich endlich beruhigte. Er straffte die Schultern. Der Doktor ist da und bereit.

Sport lachte wieder – ein wenig nervös, wie es Conrad vorkam. »Na schön, in Ordnung, er redet also nicht mit mir, unser großer Mr. Seelenklempner. Ich werde glatt nervös. Dieses Schweigen ist ja furchtbar. Darum gleich zur wichtigsten Frage: Wie heißt denn nun diese b-lö*öde* alte Zahl? Ich meine, wenn Sie nicht mit mir reden, dann können wir auch ohne Umschweife zur Sache kommen, nicht wahr?«

Jetzt redete Conrad: langsam, fest. »Wo ist sie? Wo ist meine Tochter, Sport?«

In der Dunkelheit sah er den anderen Mann den Kopf schütteln. Er hörte ihn wieder kichern. »Psychiater«, sagte Sport. »Immer beantworten sie Fragen mit Gegenfragen.« Conrad sah das rote Leuchten der Zigarette auf sich gerichtet. »Zuerst unterhalten wir uns über die Zahl, dann über das Kind. Verstanden? Erst die Zahl, dann das Kind. Das ist wirklich einfach, wenn man es erst einmal begriffen hat.«

»Nein.« Jetzt brach ihm der Schweiß aus. Conrad spürte, wie er sich in seinen Haaren sammelte, wie er über seinen Rücken herabperlte, an seinen Armen, an seinen Seiten. »Nein, Sie sagten, sie wäre hier. Ich würde Ihnen die Zahl nennen, und Sie würden mir meine Tochter geben. So lautete die Vereinbarung.«

»Oho«, sagte Sport. »O Doktor. Doktor, Doktor, Doktor. Bin ich ein Idiot? Ein Schwachkopf? Nein, nein, nein, mein Freund.« Er steckte eine Hand in die Hosentasche. Mit der Zigarette in der anderen Hand führte er eine lässige Geste aus. »Ich brauche einige Stunden, um festzustellen, ob diese Zahl überhaupt die ist, die ich wissen wollte. Wenn ich mir dessen sicher sein kann, dann bekommen Sie Ihre Tochter zurück. Ich würde sagen, spätestens um Mitternacht.«

»Nein«, sagte Conrad wieder. Sein Atem ging jetzt regelmäßig, doch der Puls in seiner Schläfe klopfte hart und schnell. »Ich hätte keine Garantie, daß –«

»Doktor.« Plötzlich klang Sports Stimme angespannt. Er redete mit zusammengebissenen Zähnen. Er machte einen Schritt vorwärts. »Ich habe es wohl nicht richtig erklärt. Okay? Der Punkt ist: Ich bin eigentlich ein harmloser Kerl. Ich möchte eigentlich niemanden töten. Überhaupt nicht, klar? Aber ich will diese Zahl. O ja. Ich will diese Zahl derart dringend, daß ich sofort Ihr Kind in Streifen schneiden würde, um sie zu bekommen. Verstehen Sie? Ich würde das Mädchen, Ihre Frau, Ihre ganze Familie töten, die Schwiegereltern, den lästigen Onkel mit der versoffenen Stimme, die ganze Bagage. Klar? Nun – Sie denken, Sie haben mich schon einmal ausgetrickst. Vielleicht klappt es noch einmal. Und tatsächlich, dafür bewundere ich Sie. Das habe ich Ihnen ja schon gesagt. Doch nun sind wir an einem ganz anderen Punkt angelangt, jetzt liegen die Dinge etwas anders. Klar? Wir sind nämlich jetzt mittendrin, und ich muß reagieren, so oder so. Die Frage ist verdammt einfach: Wie lautet die verdammte Zahl? Sie haben dreißig Sekunden Zeit, darauf zu antworten. Daran läßt sich nichts ändern. Es gibt keine Uhren, die nachgehen, keine zweite Chance, keine Wiederholungen. Dreißig Sekunden, und dann gehe ich von hier weg, und Ihre Tochter ist Hundefutter.«

Conrad befeuchtete seine Lippen mit der Zungenspitze. Er machte einen unsicheren Schritt auf den Mann zu. »Das reicht mir nicht. Sie hätten sie schon längst töten können.« Er versuchte, seine Stimme unter Kontrolle zu halten.

Und Sport sagte: »Fünfundzwanzig.«

»Oder Sie könnten Sie nachher töten. So geht es nicht, Sport.«

»Zwanzig.«

»Oder Sie könnten mich hier oben töten«, sagte Conrad.

»Sie haben recht. Das könnte ich. Fünfzehn.«

Conrads Auge flatterte, schloß sich wieder. Seine Schläfe pulsierte. Ich muß es ihm beweisen, dachte er. Ich muß kehrtmachen und weggehen. »Sie müssen mich mindestens mit ihr reden lassen, sonst läuft nichts«, sagte er.

»Zehn Sekunden, Doc«, sagte Sport. Seine Zähne schimmerten grau in der Dunkelheit, als er sie in einem spöttischen Grinsen entblößte.

Dann, plötzlich hatte Conrad die Fäuste geballt. Er schrie, der Speichel flog von seinen Lippen. »Du Stück Scheiße! Du verkommener Haufen Dreck! Abschaum! Du mieses Schwein!«

»Fünf – vier – drei ...«

»Na gut«, sagte Conrad.

»Eins.«

Conrads Hände sanken herab. Er wandte den Blick von dem anderen Mann ab. »Fünf fünfundfünfzig, drei-dreizehn«, sagte er. »Das hat sie mir gesagt. Fünf fünfundfünfzig, drei-dreizehn.«

Das Uhrwerk summte. Der Minutenzeiger sirrte, als er sich unmerklich bewegte. Für einen langen, endlosen Moment war von den beiden Männern in dem winzigen Raum nichts anderes zu hören als ihr heftiges Atmen.

»In Ordnung«, sagte Sport dann heiser. Er ließ seine Zigarette fallen und zertrat sie mit dem Fuß. Er ging, bis er dicht vor Conrad stand. Conrad sah ihn an. Ihre Gesichter waren nur wenige Zentimeter voneinander entfernt. Sie waren etwa gleichgroß, und ihre Augen befanden sich ungefähr auf gleicher Höhe. Conrad konnte das Glitzern in den Augen des Jüngeren erkennen. Er sah, wie seine Lippen sich kräuselten.

Sport schnaubte leise. »Wer ist denn nun das Stück Scheiße?« fragte er. »Wer ist der Haufen Dreck? Na? Großer Mann. Großschnauze. Ich dachte, du wärest so ein harter Bursche. Der große Gehirnschlosser, der große Mr. Seelenheil. Du großer Wichser mit deiner raffinierten Fotze von einer Frau. Ohne dein beschissenes Gelaber und dein Geld, deine tollen Urkunden, nur Mann gegen Mann – was bist du dann? Hörst du? Was bist du dann?«

Sport spuckte ihn an. Conrad zuckte zurück, aber der Speichel traf seine Wange, dicht unter dem rechten Auge. Conrad wischte ihn mit zitternder Hand weg.

»Wer ist das miese Schwein?« fragte Sport leise.

Er entfernte sich. Er ging zur Wendeltreppe. Leicht vornübergebeugt, die Hände in den Hosentaschen, blieb er dort stehen. Er drehte sich um.

»Sie warten hier fünf Minuten«, befahl er Conrad. »Bis um Viertel nach auf der großen Uhr. Denken Sie daran: Wir beobachten Sie immer noch. Um Viertel nach gehen Sie runter, steigen in Ihren Wagen und fahren in Ihre Praxis. Gehen Sie hinein und bleiben Sie dort. Wenn Sie weggehen sollten, dann sehen wir das. Und wenn wir Sie sehen ...« Er führte eine Hand quer über seinen Hals. »Dann muß die Kleine dran glauben.« Er lachte. Beinahe hätte er wieder losgekichert. »Aber ernsthaft: Wenn Sie ein braver Junge sind, dann können Sie um Mitternacht rauskommen. Das Mädchen steht dann auf dem Gehsteig vor dem Haus.«

Er machte ein paar schnelle Schritte, stieg die Treppe hinunter, bis nur noch sein Kopf zu sehen war.

Dann hielt er inne. Und grinste.

»Denken Sie daran«, sagte er. »Warten Sie fünf Minuten. Bis Viertel nach neun. Auf dieser Uhr.«

Als er allein war, rührte Conrad sich nicht. Er starrte auf die Stelle, wo Sport verschwunden war.

Ich hab' Angst, Daddy.

Er lauschte dem Summen der Uhr, dem Klang seines eigenen Atems.

Ich will nicht hierbleiben. Ich fürchte mich.

Minuten verstrichen, und er bewegte sich nicht, sondern stand nur da und starrte ins Leere.

Daddy?

Er erschauerte. Er blinzelte, hob den Kopf, sah sich um. Für einen kurzen Moment glaubte er, Tränen auf seinen Wangen zu spüren. Er hob die Hand, um sie wegzuwischen. Doch es war nur der Speichel Sports, der ihn getroffen hatte. Er war längst eingetrocknet, aber er konnte ihn immer noch spüren.

Er beobachtete die Zeiger der großen Uhr. Von hinten betrachtet war das Zifferblatt spiegelverkehrt. Der Minutenzeiger bewegte sich entgegen dem Uhrzeigersinn auf die römische Drei zu. Er schien langsam weiterzuwandern.

Daddy, ich hab' Angst.

»Jessie«, flüsterte er. »Es tut mir so leid.«

Der Minutenzeiger berührte die Drei. Conrad wandte sich ab. Er ging zur Treppe. Begann hinunterzugehen.

Er hatte sich entschlossen, die Polizei zu benachrichtigen.

Wenn sie ihn tatsächlich beschatteten, warum hatte Sport dann erst bei Sachs nachgefragt? Wenn sie ihm tatsächlich gefolgt waren, warum hatte Sport nichts von Elizabeth gewußt – daß sie draußen war, daß sie mit ihm hergekommen war?

Conrad humpelte durch den dunklen Gang. Er stand am Fahrstuhl, lehnte sich an die Wand, wartete auf eine Kabine.

Und wenn sie ihn nicht verfolgten, dann mußte er sich an die Polizei wenden. Er konnte nicht anders. Es war die einzige Möglichkeit, wie er sie retten konnte. Mit dieser Sache wurde er nicht allein fertig.

Während er mit dem Fahrstuhl nach unten fuhr, starrte er die rot erleuchteten Ziffern an. Sie verschwammen. Conrad mußte sich über die Augen wischen. Die Tür öffnete sich und ließ ihn in die Halle hinaustreten. Er ging unter den Marmortreppen hindurch. Hinaus auf die Leonard Street, in die Nacht.

Sie hatten keine Ahnung von Elizabeth, wiederholte er in Gedanken. Und da sie das nicht wußten, war es auch wahrscheinlich, daß sie ihn gar nicht beobachteten. Und da sie ihn nicht beobachteten, mußte er die Polizei rufen.

Ich hab' Angst, Daddy.

Er mußte es.

Er mußte ihr irgendwie helfen.

Er humpelte um die Ecke, heftig atmend, sah sich um, ob er verfolgt wurde. Er entdeckte niemanden. Er gelangte zur Lafayette, wo der Verkehr vorbeijagte, wo ihn die Lichter blendeten. Er eilte weiter. Er spürte die Feuchtigkeit der Luft in seinem Gesicht, die Kälte auf jener Stelle an seiner Wange. Er knirschte mit den Zähnen. Er bog in die Franklin ein. Ging an der schwarzen Mauer des Gerichtsgebäudes entlang.

Der Corsica stand dort, wo er ihn geparkt hatte. Er stand still und dunkel in der stillen und dunklen Straße. Conrad überquerte sie eilig. Er mußte die Polizei anrufen. Er mußte es riskieren. Und sie mußten sie retten. Irgendwie. Wenn sie es nicht taten, wenn niemand es tat, wenn Jessie starb ... o

Gott, wenn sie starb ... dann würden er und Aggie ... dann wäre alles ...

Er blieb mitten auf der Fahrbahn stehen. Und stieß einen hilflosen, verzweifelten Laut aus.

Der Wagen war leer.

Starrend – glotzend – trat er vor, machte er ein paar steife Schritte. Er erreichte den Wagen, steckte den Schlüssel ins Türschloß.

»Oh ...«, flüsterte er.

Die Tür schwang auf. Conrad atmete zischend ein. Er sah Blut – eine lange Blutbahn – auf der Lehne des Beifahrersitzes. Er drehte sich etwas. Und sah etwas auf dem Armaturenbrett liegen. Seine Blicke tasteten sich darüber. Es dauerte einige Sekunden, ehe er begriff, was es war.

Es war Papier; ein zerknüllter Notizzettel. Er starrte ihn lange an, ehe er begriff.

Worte standen darauf. Worte in roter Tinte:

Wir beobachten Sie noch immer: Gehen Sie in Ihre Praxis. Warten Sie dort.

DRITTER TEIL

Zehn Uhr

Spatzen und Zikaden sangen im Efeu. Agatha war in der Küche und stand am Herd. Sie trug eine orange und weiß gestreifte Schürze, die sonst ihre Mutter trug. Sie rührte in einer Schüssel mit einem Holzlöffel Eierteig an. Sie summte leise eine Melodie und lächelte versonnen. Die Vögel schienen in ihren Gesang einzustimmen.

Aber draußen verlor die weiße Nelke sich in einem Feld von Wildblumen. Die Vorstellung störte sie. Schließlich stellte sie die Schüssel ab und ging zur Tür des Häuschens. Sie schritt hinaus auf das Feld.

Sehr schnell war sie bis in die Mitte vorgedrungen. Die Hütte lag weit hinter ihr. Die Wildblumen bildeten um sie herum einen dichten Blütenteppich. Sie spürte die weichen Blüten an ihren Beinen, die kühlen Stengel unter ihren Zehen. Sie wünschte sich, sie hätte das Haus nicht verlassen, dachte, daß es lieber nicht so weit entfernt wäre.

Dann fand sie die weiße Nelke. Vor ihren Füßen, fast unter ihr. Sie erschrak, denn sie hätte beinahe daraufgetreten. Sie bückte sich, um sie aufzuheben ...

Doch während sie das tat, färbte die weiße Nelke sich rosa. Die Farbe schien von innen zu entstehen. Das Rosa wurde zu Hellrot, dann zu Scharlachrot.

Und dann wurde das Scharlachrot intensiver, und während Aggie das Geschehen voller Entsetzen verfolgte, tropfte es von den Blütenblättern herab, fiel auf die Erde, wurde dort aufgesogen, obgleich die Erde im Rot zu ertrinken schien und es in schillernden, zähflüssigen Pfützen wieder hervorwürgte ...

»Jessie!« Aggie fuhr vom Sofa hoch. Sie blickte sich gehetzt um. Der Teddybär ihrer Tochter lag direkt neben ihr. »O Gott«, flüsterte sie. Sie war eingeschlafen. Wie war es nur möglich, daß sie ...?

Sie sah schnell auf die Uhr. Es war zehn vor zehn. Nur für eine Minute. Sie war nur für eine Minute eingeschlafen ... Sie drehte den Kopf, ließ ihren Blick durch das lange Zimmer wandern. Über ihren Arbeitstisch an der Tür, den Eßtisch an der Wand, den leeren Spielbereich ... Nichts war geschehen, nichts hatte sich verändert. Niemand war hereingekommen, das Telefon hatte nicht geklingelt.

Aber warum nicht? Warum hatte niemand angerufen?

Aggie rieb sich die Augen. Sie schüttelte heftig den Kopf, um ihren Geist zu klären. Sie mußte aufstehen, mußte sich bewegen. Sie hatte sich lange nicht gerührt. Seit D'Annunzio gegangen war – der Mann, den sie für Detective D'Annunzio gehalten hatte –, seit er sich vor anderthalb Stunden verabschiedet hatte, versuchte sie, ihre Bewegungen auf ein Minimum zu beschränken. Sie hatte Angst, daß sie vielleicht irgend etwas tat, womit sie das Mißtrauen der Kidnapper erregen könnte. Sie befürchtete, sich zu einer Geste der Hoffnung oder der Ungeduld oder der Zuversicht hinreißen zu lassen. Daß sie irgend etwas tat, was in ihnen den Verdacht weckte, daß der Installateur – D'Annunzio – in Wirklichkeit ein Polizist gewesen war; daß sie es geschafft hatte, direkt vor ihren Augen, die Polizei zu benachrichtigen; daß die Polizei nun Jagd auf sie, die Kidnapper, machte.

Es war eine schöne – eine tröstende – Vorstellung: die Polizei, an der Arbeit. Ihr Heer von Profis. Im Einsatz. Sie wissen, was sie tun müssen, dachte sie.

Aber warum schwieg das Telefon?

Sie brachte die störende Stimme in ihrem Innern zum Schweigen. Sie stand auf. Sie fuhr sich mit der Hand durch das Haar. Sie war immer noch leicht benebelt.

Sie ging in die Küche. Eine typische Stadtküche, eng, weiß. Dennoch holte sie einen Teil des Traums wieder in ihr Bewußtsein zurück. Sie war in der Küche gewesen und hatte die Schürze ihrer Mutter getragen ... An den Rest konnte sie sich nicht mehr erinnern.

Sie füllte ein Glas mit Wasser aus der Leitung. Sie lehnte sich an die Spüle, während sie das Glas leertrank.

Warum hatte das Telefon nicht geklingelt? Als D'Annunzio hier war? Warum hatte es nicht genauso geklingelt wie bei Billy Price?

Sie war etwas außer Atem vom hastigen Trinken. Sie schloß die Augen.

Mach dich nicht verrückt, sagte sie sich. Alles wird jetzt gut. Die Polizei ist eingeweiht. Detective D'Annunzio. Er ist da draußen. Und seine Freunde. *Na los, Leute,* konnte sie ihre tiefen Stimmen hören, *suchen wir das Mädchen!* Das war es, was sie sagten. Sie hörte das Scharren der Stühle, als sie sie zurückschoben. Sie sah, wie sie entschlossen ihre Pistolen in ihre Schulterhalfter steckten.

Sie stellte das Glas auf die Eßbar. Es klirrte leise, als es in ihrer zitternden Hand die Kunststoffoberfläche berührte.

Aber warum hatte das Telefon nicht geklingelt?

Stop! Hände hoch! Sie konnte ihre harten, entschlossenen Stimmen hören. *Blam! Blam!* Die Kidnapper schreckten zurück, die Augen hohl vor Entsetzen und die Münder weit aufgerissen. *Gerettet!* würde die Schlagzeile der *Daily News* von morgen lauten. Und auf der Titelseite wäre ein Foto von Aggie, die kniete und Jessica im Arm hielt, Jessica, die sie an sich drückte, mit ihren Armen umschlang und ...

Agatha schluchzte. Sie hob ihre zitternde Hand und wischte sich damit über den Mund.

Ja, aber, verzeihen Sie? Entschuldigen Sie – Mrs. C.? Äh – warum hat das Telefon nicht geklingelt?

»Sei still«, murmelte sie.

Sie verließ die Küche. Der Raum erschien ihr zu eng, zu abgeschottet. Sie ging schnell in den Wohnraum. Sie durchquerte ihn, erreichte einen Bücherschrank. Sie wandte sich um, wollte auf dem gleichen Weg zurückkehren – blieb jedoch stehen.

Bleib stehen ... Sie sollen nicht sehen, wie ... Zeige nicht, daß ...

Sie blieb stehen, wo sie gerade war. Das Ding, das auf und ab gehen wollte, bewegte sich noch in ihr, sprang umher, drängte sie, weiterzugehen. Sie machte ein paar tiefe Atemzüge und versuchte, es zum Schweigen zu bringen: Der Grund ist ganz einfach der, daß sie sie nicht beobachteten, mehr nicht, dachte sie. Deshalb klingelte das verdammte Telefon nicht. Sie waren nicht zu Hause gewesen, als D'Annunzio bei ihr war. Sie waren draußen gewesen, hatten vor dem Fernseher gesessen, ich weiß es nicht. Oder die Kameras waren defekt. Oder der Installateur hatte sie nicht mißtrauisch gemacht. Es gibt eine ganze Menge von Gründen, gute Gründe, weshalb sie nicht angerufen haben, weshalb sie mir nicht drohten wie bei Billy Price ...

Zum Beispiel, weil D'Annunzio überhaupt kein Polizist ist? Weil D'Annunzio tatsächlich zu ihnen gehört? Weil Price – vielleicht sogar Price – ebenfalls einer von ihnen ist?

Sie preßte ihre Hand gegen die Schläfe, massierte sie. Sie hatte Kopfschmerzen. Wo war Nathan? Er wollte sich um neun Uhr mit den Kidnappern treffen. Warum war er noch nicht nach Hause gekommen? Warum hatte er Jessica nicht mitgebracht?

Gute Fragen. Und noch etwas anderes, da wir uns gerade mit diesem Thema beschäftigen: Warum hat das verdammte Telefon nicht geklingelt?

»Oh ...«, sagte sie.

Das Ding, das auf und ab gehen wollte, hüpfte und plapperte und tanzte in ihrem Innern herum wie diese mexikanische Maus in den Zeichentrickfilmen, die Jessica sich so gerne ansah. Aggie wollte sich selbst in den Magen boxen, um es endlich zum Schweigen zu bringen. Sie wollte sich die Haare raufen. Sie wollte die Antworten nach und nach selbst herauskratzen. D'Annunzio ist da draußen, wiederholte sie sich immer wieder. Er ist mit den anderen Detectives im Einsatz. Sie werden mein Baby retten. *Stop! Hände hoch!* werden sie rufen. *Peng.*

Sie stand schwankend am Bücherschrank. Sie hatte Mühe, nicht in Tränen auszubrechen. Sie wollte nicht, daß sie sie weinen sahen. Sie wurde allmählich hysterisch, dachte sie. Sie mußte sich zusammenreißen, sich konzentrieren. Sie versuchte, an D'Annunzio zu denken. An sein jugendliches, intelligentes Gesicht. An seine wachen, vertrauenerweckenden Augen. Seine Polizistenstimme, seine Polizistenfragen.

Wie sieht Jessica aus? Wie alt ist sie? Was ist mit dem Kidnapper? Irgendwelche Hinweise, wo sie sich aufhalten könnten? Ein typisches Geräusch in der Leitung? Ein Ver ...

»... sprecher«, flüsterte Agatha.

Woher hatte er gewußt, daß sie Jessica heißt?

Ein seltsames Flattern war in ihrem Magen. Ihre Knie wurden weich. Sie streckte die Hand aus und stützte sich am Bücherschrank ab.

Hatte sie ihm Jessicas Namen genannt? Sie konnte sich nicht daran erinnern. Nein. Nein. Oder vielleicht doch, vielleicht hatte sie es getan, sie konnte es nicht mit Sicherheit sagen. Vielleicht hatte sie ihn Billy Price gegenüber erwähnt. Ja, natürlich, das war es. Sie hatte es Billy Price gesagt, nur ... nur sie hatte es nicht getan, nicht zu Beginn und auch nicht, während sie ihn zur Tür drängte. Sie war viel zu sehr in Panik gewesen, um daran zu denken.

Meine Tochter wurde entführt. Meine Wohnung wird überwacht. Benachrichtigen Sie die Polizei.

Nein, aber ... Agatha dachte angestrengt nach.

Ja, dachte sie. Ja, natürlich. Price hatte Jessica am Fahrstuhl getroffen. Sie hatte sie miteinander bekannt gemacht. Das ist meine Tochter, Jessica, hatte Aggie gesagt. Sicher. Das ist es. Und als Price D'Annunzio angerufen hatte, wird D'Annunzio sicherlich gefragt haben: »Und wie ist der Name des Kindes?« Und Price hatte geantwortet: »Lassen Sie mich mal überlegen. Sie hat es mir mal gesagt ... O ja: Jessica. Stimmt. Ihr Name lautet Jessica.«

Aber hätte D'Annunzio nicht auch sie gefragt? Hätte er sich bei ihr nicht Gewißheit verschafft? Hätte er nicht gesagt: Und ihr Name ist Jessica, nicht wahr? Wäre das nicht das Normale gewesen?

Und hey, das wirft eine weitere Frage auf: Warum hat das Telefon nicht geklingelt, während er hier war?

Das Ding, das auf und ab gehen wollte, schien in ihr durchzudrehen. Agatha konnte nicht länger stillstehen. Sie begann zu gehen, anfangs so langsam, wie sie es gerade vermochte. Sie ging zum Schlafzimmer. Ihre Blicke sprangen dabei von Punkt zu Punkt, während sie ging: Tisch, Stehlampe, Tür, Telefon ...

»Nathan«, sagte sie leise, während sie ging.

Wo war er? Warum war er nicht zurückgekommen? Er sollte sich um neun Uhr mit ihnen treffen, und dann wollten sie ...

Stop! Peng.

... dann wollten sie ihm ihr Baby zurückgeben. Das sollte längst passiert sein. Es war fast ... Sie schaute auf die Uhr. Es war fast ...

Agatha ging nicht weiter.

Sie stand am Eingang zur Diele. Vor ihr gab es zwei Türen: rechts ins Schlafzimmer und links ...

Zehn, dachte sie. Es war fast zehn. Fast zehn Uhr. Zehn Uhr, denn der Minutenzeiger näherte sich der Zwölf.

Agatha ging durch die Diele. Sie versuchte, ruhig zu gehen. Ein Schritt, zwei Schritte, nicht rennen ... Gleich war es soweit.

Sie wandte sich nach links. Ins Badezimmer. Sie knipste das Licht an, blieb vor dem Waschbecken stehen. Sie stand vor dem Waschbecken, und sie ... Sie mußte irgend etwas tun. Irgend etwas, damit sie nicht mißtrauisch wurden. Sie nahm einen Waschlappen aus dem Wandregal. Sie ließ Wasser laufen, feuchtete eine Ecke an. Jeden Moment wäre es soweit. Sie betrachtete sich im Spiegel.

Mein Gott, dachte sie. Ihr Gesicht war verzerrt, fast aschgrau. Ihr braunes Haar umrahmte es in schlaffen, schweißfeuchten Strähnen. Ihre runden Wangen waren fleckig und eingesunken. Ihre Lippen war fast weiß.

Wie eine Fieberkranke, dachte sie. Als läge ich schon seit Wochen mit schwerem Fieber darnieder.

Mit einer zitternden Hand begann sie ihr Gesicht zu waschen. Sie konzentrierte sich auf ihren Augenwinkel, als gäbe es dort etwas besonders Störendes. Sie rieb sorgfältig an der Stelle herum. Sie mußte sich Zeit lassen, genügend Zeit, bis ...

Na komm schon, dachte sie. Mach weiter. So ist es gut. Es reicht jetzt.

Sie wischte mit dem Waschlappen um das Auge. Sie beugte

sich zum Spiegel vor und untersuchte die Stelle. Na los doch, dachte sie. Mach weiter. Sie rieb sorgfältig.

Und dann hörte sie es. Genau auf dem Punkt: 10:01 Uhr.

Es begann als ein tiefes, feuchtes Rollen. Dann folgten eine Reihe kehliger, verschleimter kurzer Laute. Am Ende spuckte er aus – sie konnte ihn durch das Gitter der Heizung hören. Er spuckte, und der dicke Schleimklumpen landete klatschend in der Toilettenschüssel.

Sie schloß erleichtert die Augen. »Die Zehn-Uhr-Schwindsucht«, flüsterte sie. Sie mußte ein hysterisches Lachen unterdrücken.

Mr. Plotkin fing wieder an. Ein Stöhnen drang durch den Heizungszug, gefolgt von einem weiteren tiefen, feuchten Rumpeln.

Agatha wusch weiter ihr Auge, widmete sich weiterhin der Stelle in ihrem Augenwinkel.

»Mr. Plotkin«, sagte sie laut.

Er hustete wieder: *öhh, öhh, öhh.* Beim dritten Mal schaffte er es. Er spuckte aus. Sie hörte das Klatschen im Toilettenwasser.

Sie unterdrückte ein Kichern. »Mr. Plotkin«, sagte sie. Der Waschlappen betupfte zitternd ihren Augenwinkel.

Und der alte Mann ächzte und keuchte weiter. »*Öhöhhöhh-öhh* ... höh? Höh?« machte er. »Was?«

Aggie holte tief Luft. Ihre Hand zitterte so heftig, daß sie sie auf das Waschbecken stützen mußte. »Mr. Plotkin ...« Sie schluckte. Auch ihre Stimme zitterte.

»Hallo? Hallo? Wie bitte?« drang seine Stimme durch das Gitter.

»Mr. Plotkin, können Sie mich hören?« fragte Aggie. Ein längeres Schweigen folgte. Sie zwang sich, den Waschlappen wieder zu heben. Sie berührte damit ihre Lippen. »Können Sie mich hören?« wiederholte sie nun etwas lauter.

»Ob ich Sie hören kann? Was ist das, ein Test der Notfall-Sprechverbindungen?« Die krächzende Stimme des alten Mannes hatte ihren jiddischen Akzent verloren, doch die alte Sprachmelodie war noch vorhanden. »Ich kann Sie hören. Sie können mich hören. Wir können uns gegenseitig im Badezimmer hören. Wer ist da?«

Aggie atmete aus. Sie hatte das Gefühl, als hätte sie minutenlang die Luft angehalten. Sie starrte ihr Spiegelbild an, sah ihre glasigen, entsetzten Augen.

»Hallo?« sagte Mr. Plotkin. »Hallo?«

»Hier ist Aggie Conrad«, sagte sie.

Eine weitere Pause entstand. Dann: »Oh.« Es war ein knapper, ausdrucksloser Laut. Er rief ihr das runde, bartlose Gesicht des alten Mannes ins Bewußtsein. Seine Haltung, seinen Ausdruck, sein Schweigen, wenn sie sich im Fahrstuhl begegneten. Das angedeutete Lächeln, mit dem er Jessica ansah, wenn sie ihn grüßte. »Wie bitte? Sie belästigen einen alten Mann, nur weil er mal ausspucken muß? Glauben Sie mir, Mrs. Unbekannt, mir macht das auch keinen Spaß.«

»Mr. Plotkin«, sagte Aggie. »Ich brauche Hilfe.« Tränen traten ihr in die Augen. Sie wischte sie mit dem Waschlappen weg. »Ich brauche Hilfe. Bitte.«

Der Ausdruck in der Stimme des alten Mannes veränderte sich sofort. »Wieso? Sind Sie krank? Was ist los? Schaffen Sie es nicht bis zum Telefon, brauchen Sie einen Arzt? Was ist?«

»Ich brauche die Polizei«, sagte Aggie. Nun flossen die Tränen schneller, reichlicher. Sie legte sich den Waschlappen auf die Augen. »Rufen Sie Detective D'Annunzio in Midtown South an. Wenn er nicht da ist, dann verlangen Sie jemand anderen. Meine kleine Tochter wurde entführt. Die Kidnapper beobachten meine Wohnung. Sagen Sie Detective

D'Annunzio, daß ich ihn sprechen muß ... vielleicht weiß er sogar schon Bescheid, daß ich ... Nur ... Sagen Sie ihm, er soll nicht hierherkommen, er soll zu Ihnen kommen und mit mir durch dieses Heizungsrohr reden ... Und, Mr. Plotkin ...« Sie mußte für einen Moment innehalten, als sie in ihren Waschlappen weinte. »Mr. Plotkin, seien Sie vorsichtig; denn ich weiß nicht, was hier vorgeht, ich weiß nicht, wem ich trauen kann, und es sind gefährliche ... Männer, sie ...«

Sie konnte nicht weiterreden. Sie schluchzte, bedeckte ihr Gesicht mit dem Waschlappen. Keine Antwort erfolgte von oben, durch das Heizungsgitter. Es schien, als verstrichen mehrere Minuten in diesem Schweigen, während sie weinte.

Dann hob sie das Gesicht. Sie blickte zur oberen Ecke der weißgekachelten Wand. Tränen rannen ihr nun über die Wangen. Sie starrte durch diesen Schleier auf das Gitter. Sie bohrte ihre Blicke in die Dunkelheit hinter dem grauen Schachbrettmuster aus Stahl. Sie versuchte, den alten Mann auf der anderen Seite zu erkennen.

Schließlich hörte sie ihn wieder reden. Seine Stimme war ein leises, sanftes Murmeln.

»Halten Sie aus, Ag-ela«, sagte er. »Die Hilfe ist schon unterwegs.«

Weltmeister

Detective Doug D'Annunzio lehnte sich von seiner Schreibmaschine zurück. Sein Drehsessel knarrte unter seinem Gewicht. D'Annunzio legte seinen schweren Körper ein Stück zur Seite und ließ einen Furz. Diese verdammten Fünfer, dachte er.

Seit anderthalb Stunden füllte er bereits die DD-5-Formulare für den Überfall auf das Bekleidungshaus aus. Er war es allmählich satt. Er wollte endlich raus, wollte etwas geschafft bekommen. Er sah auf die Digitaluhr an seinem dicken Handgelenk: 10:06. Wenn er sich beeilte, hatte er gerade noch genug Zeit, zum Deuce zu fahren und bei Snake-Eye Jones abzukassieren.

»Mein Gott, D'Annunzio.« Sergeant Moran stand am Aktenschrank. Er wedelte mit einer Hand vor seinem Gesicht herum und verteilte die Luft. »Wenn sie deinen Hintern an eine Pipeline anschließen würden, könnten sie Millionen kostenlos mit Gas versorgen.«

»Hey, l. m. a. A.«, murmelte D'Annunzio. Er stieß seinen Sessel zurück und stand auf.

Er watschelte durch den schäbigen Revierraum zur Kaffeemaschine. Er kippte sich den Rest der Brühe in einen frischen Pappbecher. Er trank das schwarze körnige Zeug und blickte nachdenklich durch den langen Raum, betrachtete die verstreut stehenden Stahlschreibtische, die zerschlissenen Drehsessel, die abgeschabten Holzwände, die mit Notizzetteln bedeckt waren, und die schmutzstarrenden Fenster.

Es war schon eine Weile her, seit er sich Snake-Eye vorgenommen hatte. Der kleine Nigger müßte mittlerweile wieder ein paar Scheine zusammengerafft haben. Er hatte in den Hinterzimmern von Deuce' Pornoladen die reinste Geldmaschine laufen. Er verhökerte Cracktrips an die Typen in der Peepshow. Zur Hölle, ein Tausender müßte mindestens drin sein.

Er trank seinen Kaffee und ließ einen weiteren lautlosen Furz ziehen. Dieses dauernde Brüten über den DD-5ern – das verursachte einem Blähungen. Ganz zu schweigen von dem Kalbsschnitzel, das er sich als kleinen Imbiß nach dem Abendessen erlaubt hatte. Doch im wesentlichen war es die ständige Herumsitzerei, die einem auf die Verdauung schlug.

»Oh. Herrgott im Himmel, D'Annunzio, hab doch etwas Erbarmen«, jammerte Moran. Er und Levine waren die einzigen anderen im Raum. Levine saß ganz hinten an seinem Schreibtisch und telefonierte.

D'Annunzio ignorierte Moran. Er stellte seinen Becher ab, kehrte zu seinem Schreibtisch zurück, um sein Jackett zu holen. Er könnte sich um Snake-Eye kümmern und zurücksein, um die Formulare vollständig auszufüllen, ehe seine Schicht beendet war. Vielleicht ließ er es auch etwas langsamer angehen und schaffte ein paar Überstunden. Er schlenderte langsam durch den Raum. Er atmete schnaufend.

Seine Wampe umgab ihn, wenn er sich vorwärtsbewegte, wie ein Hofstaat; mit seinen achtunddreißig Jahren war er aufgedunsen und knorrig zugleich. Sein lebhaft gemustertes Hemd blähte und spannte sich fast bis zum Platzen über dem Bund seiner zeltgroßen dunkelblauen Hose. Sein Hals glich einer Säule; sein Kragenknopf ließ sich nicht mehr schließen, und der Knoten seiner goldfarbenen Krawatte hing auf Halbmast. Sein Gesicht war rund, seine Wangen waren ballonartig aufgeblasen, doch seine Haut war fleckig und rauh wie Sandpapier. Kurze braune Haare wuchsen über einer wie versteinert wirkenden Stirn. Marmorharte schwarze Augen blickten aus schattigen Fleischfalten heraus.

Er erreichte seinen Schreibtisch. Er nahm sein Jackett von der Lehne seines Sessels herunter.

Das Telefon klingelte.

Moran blickte von seinen Akten auf. »Hey«, sagte er, »Mister Gasfabrik. Hör mal für einen Moment auf zu furzen und nimm das Gespräch an, ja?«

D'Annunzio seufzte leidgeprüft, doch er sagte nichts. Mit Moran sollte man sich lieber nicht anlegen. Er war der Meister der spektakulären Verhaftung, der scharfe Hund des Reviers, der Liebling seines Chefs.

Scheiße, dachte er. Damit war Snake-Eye wohl gestorben. Er zwängte seine fetten Arme in die Jackettärmel. Er seufzte erneut, diesmal etwas lauter, und griff nach dem Telefonhörer.

»Detective D'Annunzio«, meldete er sich.

»Guten Abend, Detective D'Annunzio. Hier ist Leo Plotkin. Ich habe einen Job für Sie.«

D'Annunzio schickte einen schicksalsergebenen Blick zur Decke. Er parkte seinen massigen Hintern auf der Schreibtischkante. »Wie kann ich Ihnen behilflich sein, Sir?« fragte er.

»Nun ... offen gesagt, wenn Sie nicht wissen, wie ich meine Angina wegbekomme, können Sie nicht viel für mich tun. Es geht um meine Nachbarin, Aggie Conrad. Sie braucht Ihre Hilfe.«

»Aggie Conrad«, sagte D'Annunzio. Er brauchte nur eine Sekunde, um den Namen unterzubringen. »Das ist doch die, deren Kind angeblich entführt wurde.«

»Sie wissen bereits Bescheid?«

»Ja, ja, ich wurde vor zwei Stunden angerufen. Sie glaubten, das Kind sei verschwunden, dann fanden sie die Kleine im Treppenhaus, wo sie sich versteckt hatte, stimmt's?«

»Das kommt für mich aber überraschend«, sagte die rauhe Stimme am anderen Ende der Leitung. »Wahrscheinlich auch für die Mutter des Kindes, die mir vor nicht mal zwei Minuten durch das Heizungsrohr zwischen unseren Wohnungen folgendes mitteilte: Hilfe, Hilfe, rufen Sie die Polizei, mein Kind wurde entführt.«

D'Annunzio schüttelte müde den Kopf. Diese verdammte Kinderliebe. Er haßte diese alten Knacker. »Wollen Sie damit sagen, daß sie ihr Kind immer noch als vermißt melden will?«

»Ich sage Ihnen, daß ich sie habe weinen hören. Klingt das vielleicht nach einer glücklichen Mutter? Sie sagt, daß ihre Wohnung beobachtet wird, daß Sie nicht selbst hinkommen sollen, sondern in meine Wohnung im Stockwerk darüber. Von dort aus können Sie mit ihr durch den Heizungsschacht reden. Das ist eine Erfahrung, die Sie nie vergessen werden.«

»Einen Moment mal.« D'Annunzio kratzte seine graue Nase. »Ich glaube, ich verstehe nicht richtig.«

Der Mann gab einen verzweifelten Seufzer von sich. »Und ausgerechnet den sollte ich anrufen«, murmelte er. »Sie scheinen nicht richtig zu begreifen. Ich mache Ihnen einen Vorschlag, Mr. Superdetective. Kommen Sie her und ermitteln Sie ein bißchen. Es ist schließlich ein richtiger ›Fall‹; immerhin sind Sie ja Polizist. Dann können Sie sich selbst ein Bild machen. Wie wäre das?«

Nachdem der alte Mann aufgelegt hatte, blieb D'Annunzio auf seinem Schreibtisch sitzen und starrte auf den Linoleumboden. Er erinnerte sich, daß der erste Anrufer – Billy Price – gesagt hatte, daß der Vater des Kindes Psychiater sei. Vielleicht war das irgend so ein kritischer Fall: daß einer der leicht gestörten Patienten des Gehirnschlossers sich irgendeinen üblen Scherz erlaubte. Wenn nicht, na ja ... Wenn das Kind nun tatsächlich entführt worden war und man versucht hatte, ihn mit einem fingierten Anruf von der Sache abzulenken ...

»Oh, Boy«, stöhnte er, während er sich erhob. Herr Jesus Christus, irgend etwas schien da nicht ganz zu stimmen.

»Ich verschwinde mal«, knurrte er.

»Gott sei Dank«, sagte Sergeant Moran. »Und grüß Snake-Eye Jones von mir.«

D'Annunzio fuhr mit seinem eigenen Wagen zur East Side. Er parkte den fünf Jahre alten Pontiac in der Sechsunddreißigsten, dicht hinter der Madison Avenue. Den halben Block bis zum Haus der Conrads ging er zu Fuß.

Während er schnaufend durch die Straße spazierte, sah er sich um und entdeckte die Morgan-Bibliothek. Ihre griechische Fassade hinter den herbstlichen Platanen. Das Fries mit der Göttin der Wahrheit. Das reizvolle Schattenspiel der Scheinwerfer auf dem Marmor.

Ach ja, dachte er. Hier in der Nähe wurde doch diese alte Schachtel umgebracht. Wie hieß sie noch? Mrs. Sinclair. Das war auch so ein beschissener Fall. Kein Motiv, keine Spuren. Und Moran arbeitete daran. Junge, Junge, er hatte bisher auch nichts zutage gefördert.

Er lächelte gedankenverloren. Er machte unter dem Vordach des Gebäudes kehrt und stieß die Glastür auf.

Er zeigte dem Portier nicht seine Marke. Es war besser, unauffällig aufzutreten, bis er sich darüber im klaren war, wie die Dinge lagen. Er sagte lediglich seinen Namen, D'Annunzio, und daß er zu Leo Plotkin wolle. Der Portier sagte Plotkin über die Haussprechanlage Bescheid und schickte D'Annunzio dann in den sechsten Stock hinauf.

Nachdem er aus dem Fahrstuhl gestiegen war, stampfte D'Annunzio schwerfällig zu Plotkins Tür. Er klopfte an und wartete und versuchte in der Zeit, sein Hemd in die Hose zurückzustopfen. Sekunden später öffnete Plotkin.

Der typische alte Itzig, dachte D'Annunzio. Wie aus dem Buch. Klein, mager, gebückt. Etwa siebzig. Ein völlig kahler runder Schädel, und nur ein Hauch von grauen Bartstoppeln am faltigen Kinn. Feuchte Augen, die einen prüfend musterten. Feuchte, rote Lippen, zu einem schwachen Lächeln verzogen. Er trug ein weißes Hemd, das am Hals offenstand und einen Blick auf krause graue Brusthaare gestattete. Seine graue Hose war ihm zu groß geworden, da er mit zunehmendem Alter eingeschrumpft war.

Nun erst holte D'Annunzio seine Dienstmarke und seinen Ausweis hervor. »Detective D'Annunzio, Mr. Plotkin«, stellte er sich vor.

Der alte Mann sagte nichts. Er beugte sich vor. Er warf einen Blick auf das Abzeichen. So verharrte er für einige Sekunden und sagte kein Wort. Als versuchte er den Text auf der Marke auswendig zu lernen. Dann machte er kehrt und entfernte sich.

»Hier drüben«, sagte er.

D'Annunzio hob die Schultern und folgte ihm.

Das Apartment roch nach altem Mann; ein schaler, muffiger Geruch. Die Polsterbezüge der Sessel waren blankgewetzt. Der goldfarbene Teppich auf dem Fußboden war nahezu durchgeschlissen. Staub, eine ganze Menge davon, lag auf dem Kaminsims, in den Regalen und auf den Tischen. Und es gab alte, vergilbte Fotografien: eine Frau mit einem Kopftuch; ein Wald; die alte Heimat.

Was fangen die eigentlich mit all ihrem Geld an, fragte D'Annunzio sich, während er hinter Plotkins krummem Rücken herwatschelte. Er vermutete, daß der alte Jude wahrscheinlich Hunderttausende Dollars in Marmeladengläsern und unter Matratzen und an ähnlichen Orten versteckt hatte.

Plotkin führte ihn ins Badezimmer. Hier war der Geruch noch schlimmer. Beißend riechende Medizin, dumpfer Schmerz; Verfall. D'Annunzio ließ seinen Blick flüchtig über die fleckige Badewanne und das schmuddelige Waschbecken gleiten. Dann, indem er Plotkins Geste folgte, sah er zu dem Heizungsgitter hoch.

»Na los«, sagte Plotkin. »Lassen Sie sich durch mich nicht stören.«

D'Annunzio sah Plotkin an. Plotkin zuckte die Achseln. D'Annunzio schaute wieder zu dem Gitter, dann zurück zu Plotkin, dann wieder zum Gitter. Schließlich zuckte er ebenfalls die Achseln. Er räusperte sich.

»Mrs. Conrad?«

Er wartete. Keine Antwort. Er sah zu Plotkin. Er kam sich vor wie ein verdammter Idiot: Unterhielt er sich doch tatsächlich mit einem beschissenen Heizungsgitter!

Er holte Luft und versuchte es erneut. »Mrs. Conrad?«

»Ja?« Die Stimme, die antwortete, vibrierte und war sehr leise, aber er konnte sie deutlich hören.

Diesmal, als sein Blick zu Plotkin abschwenkte, vollführte der alte Mann eine Geste, die wohl ausdrücken sollte: Habe ich es Ihnen nicht gesagt? D'Annunzio nickte. Er schob die Hände in die Hosentaschen. Und er wandte sich wieder an das Heizungsgitter.

»Mrs. Conrad, hier spricht Detective D'Annunzio vom New York City Police Department. Haben Sie versucht, sich mit uns in Verbindung zu setzen?«

Ein kurze Pause trat ein. Dann sagte eine leise Stimme: »Ist Mr. Plotkin da?«

»Ich bin da«, meldete Plotkin sich. »Er ist da, ich bin da.

Die ganze Nachbarschaft drängelt sich in meinem Badezimmer.«

»Mr. Plotkin, würden Sie mir sagen, wie er aussieht?« fragte die Frauenstimme. »Der Detective? Können Sie ihn für mich ... beschreiben?«

Plotkin betrachtete D'Annunzio, wiegte den Kopf, zuckte wieder die Achseln. »Was gibt's da zu beschreiben? Er ist ein großer Dicker mit einem ziemlich wüsten Gesicht.«

»O mein Gott«, sagte sie. Ihre Stimme wurde undeutlich. D'Annunzio hörte deutlich, daß sie zu weinen begann. »O Gott. Da war ein anderer Mann ... Ein anderer Mann, der Ihren Namen benutzte. Er muß wohl ... O mein Gott ... Es tut mir leid. Ich habe solche Angst. Mein Baby ...«

D'Annunzio hörte das unterdrückte Schluchzen deutlich. Junge, Junge, du erzielst tatsächlich eine durchschlagende Wirkung, das steht außer Frage.

»Mrs. Conrad«, sagte er. Er hob eine Hand, schien dem Gitter ein Zeichen geben zu wollen. »Es würde mir entschieden weiterhelfen, wenn Sie in groben Zügen erläutern würden, worum es überhaupt geht. Meinen Sie, dazu wären Sie in der Lage?«

»Ich weiß nicht.« Sie mußte gegen die Tränen ankämpfen, um reden zu können. »Ich ... Sie kamen einfach hier rein. Nachts. Sie nahmen ... mein kleines Mädchen mit. Sie haben meinen Mann weggeschickt, irgend etwas erledigen. Er konnte mir nicht sagen, was. Er meinte nur, er würde sich um neun mit ihnen treffen. Aber jetzt ist es schon so spät, ich ...« Sie verstummte.

»Okay, okay.« D'Annunzio versuchte, seiner Stimme einen tröstenden Klang zu verleihen. »Unterhalten wir uns mal über diese Überwachung. Ja? Sie meinen also, sie beobachten Ihre Wohnung?«

Er hörte die Frau schluchzen. »Sie meinen ... Sie sagen,

sie hätten hier Mikrofone versteckt. Und Kameras. Sie sagen, daß sie uns überwachen, daß sie uns belauschen ... Ich glaube, mit den Mikrofonen haben sie gelogen, aber ich weiß nicht ... Ich weiß überhaupt nicht mehr, was ich glauben soll.«

D'Annunzio schnaubte. Dämliche Tussi, dachte er. »Sie sagen, sie hätten Kameras bei Ihnen? Ma'am, können Sie etwas Derartiges sehen? Irgendwelche Drähte, Leitungen? Irgendwas?«

»Na ja ... Nein.«

Ein leises Lachen drang über D'Annunzios Lippen. »Äh, Ma'am, ich ... ich glaube, das mit den Kameras ist auch gelogen.«

»Nein, aber ...«

»Mikrofone zu verstecken ist schwierig«, sagte D'Annunzio. »Kameras sind, also ... Ich meine, sie brauchen dafür praktisch irgendeinen geheimen Raum. Sie haben keine Kameras und keine Mikrofone versteckt. Das ergäbe einfach keinen Sinn.«

»Aber sie können uns sehen«, sagte die Frau hastig. »Ich weiß, daß sie uns sehen können. Sie haben's mir gesagt, sie haben gesehen ... was wir tun, welche Kleidung wir tragen ...«

»Schön, haben Sie nicht irgendein Fenster? Könnten sie nicht einfach durch ein Fenster zu Ihnen hereinschauen?«

»Ich ... Ich ... Ich weiß nicht. Ich nehme an, wenn sie ...«

D'Annunzio schüttelte den Kopf, lächelte knapp. Oberdämliche Tussi, dachte er. Wenn man ihr erzählte, daß sich in ihrem Apartment eine Footballmannschaft versteckt habe, würde sie sogar das glauben. Die denkt einfach nicht an das verdammte Fenster. Wahrscheinlich hängt gerade jetzt ein Nigger auf ihrer Fensterbank und starrt ihr in den Ausschnitt.

»Mein Gott«, stieß die Frau plötzlich hervor.

Aha, dachte er, jetzt hat sie ihn entdeckt.

»Mein Gott«, sagte sie wieder. »Mrs. Sinclair.«

Das Lächeln in D'Annunzios Gesicht war wie weggewischt. »Wie bitte? Mrs. Sinclair? Sie meinen die alte ...«

»Die alte Frau, die ermordet wurde«, sagte Aggie Conrad durch das Gitter. »Sie kennen sie?«

»Jaja, sicher. Was hat das denn damit zu tun ...?«

»Nun ja, ich ... Ich meine, Sie haben wegen der Fenster gefragt, Fenster, durch die man in unsere Wohnung sehen kann, und ... ihr Fenster liegt genau gegenüber, und ... vor einer Weile hat mein Mann etwas bemerkt ... in ihrem Apartment ... In Mrs. Sinclairs Apartment ... Er dachte, er hätte dort jemanden gesehen. Ich glaubte es nicht ... Aber das Fenster. Das Fenster liegt uns genau gegenüber, und die Wohnung ist seitdem leer, und ... O Gott.«

Ihre Stimme versagte. Doch er konnte sie noch immer krampfhaft weinen und schluchzen hören. Der Detective sah zu dem Gitter hoch, verzog den Mund. Er leckte sich über die Lippen. Er dachte: Mrs. Sinclair.

Sein Herz klopfte heftig. Doch er dachte, also, Moment mal, ganz ruhig jetzt. Die Frau ist offensichtlich hysterisch. Sie weiß nicht, was sie redet. Dennoch ... Wenn die Sinclair-Wohnung tatsächlich leer war und wenn sie genau gegenüber lag, wie sie meinte. Dann war es durchaus möglich. Dann könnte es so sein.

Oh, dachte Detective Doug D'Annunzio. Oh, wenn er den Sinclair-Fall lösen würde, nachdem Moran ihn in den Sand gesetzt hatte.

»Was war denn mit diesem Billy Price?« fragte er das Heizungsgitter. »Erst ruft er mich an, sagt, es habe eine Entführung stattgefunden, dann meldet er sich erneut und bläst alles ab. Ich meine, was hatte das zu bedeuten?«

»Ich ...« Er hörte, wie sie sich bemühte, ihr hysterisches Schluchzen zu unterdrücken. »Ich weiß es nicht. Ich weiß nicht, er ... Vielleicht gehört er zu ihnen. Ich sagte ihm, er solle Sie anrufen, und dann tauchte dieser Mann auf, dieser andere Mann, und er nannte Ihren Namen, ich weiß nicht ... Ich ...«

O-weh, dachte D'Annunzio. Das klang gar nicht gut. Im Gegenteil, das klang sogar sehr, sehr schlecht.

Er atmete pfeifend aus. Er schaute auf das Gitter und hörte die Frau weinen.

»Mrs. Conrad«, sagte er. »Halten Sie noch ein paar Minuten aus. Ich bin gleich wieder da, okay?«

»Bitte, suchen Sie mein kleines Mädchen«, schluchzte sie. »Sie dürfen ihr nichts tun. Sie ist doch erst fünf ...«

D'Annunzio wollte etwas sagen, das sie beruhigte. Doch ihm fiel nur ein weiteres »Halten Sie durch« ein. Er wandte sich um und nickte Plotkin mit dem Kopf zu. »Warten Sie hier«, sagte er.

Der alte Mann nickte ebenfalls. Dann verzog er sein bartloses Gesicht. »Puh«, machte er. »Das ist ein Ding.«

Niemand reagierte, als D'Annunzio an der Tür des Price-Apartments klingelte. Der Detective stand lange davor. Er ging durch den Korridor und stoppte vor Aggie Conrads Tür. Dann kehrte er zum Price-Apartment zurück und klingelte erneut und wartete, während niemand öffnete. Natürlich, dachte er. Es ist Samstag abend. Durchaus möglich, daß der Mann ausgegangen war.

Aber er entschied, nach unten zu fahren und sich den Wohnungsschlüssel zu holen.

Der Portier machte ihm keine Schwierigkeiten. Er war ein hochgewachsener, gutaussehender Latino mit kräftigem schwarzem Haar und einem dicken Schnurrbart. Er sagte, er habe einen Cousin bei der Polizei unten in Brooklyn. D'Annunzio erklärte ihm, daß er sich wegen des Mieters in 5 H Sorgen mache. Der Portier händigte D'Annunzio den Schlüssel ohne Umschweife aus.

D'Annunzio trottete zurück zum Fahrstuhl. Er fuhr hoch in den fünften Stock. Er schob den Schlüssel ins Schloß. Drehte um. Dann stieß er die Tür auf, steckte den Schlüssel in die Tasche und betrat die Wohnung.

Billy Price saß nicht mehr im Breuer-Sessel. Er war herausgerutscht. Er lag auf der Seite auf dem nackten Holzfußboden. Sein Gesicht hatte sich bläulichgrau verfärbt. Seine Augen waren offen und starrten ins Leere. Der weiße Klebestreifen befand sich noch immer quer über seinem Mund. So wie er da lag, konnte man aus der Diele seinen Kopf sehen.

D'Annunzio stoppte, als er ihn entdeckte. Er zog die Pistole aus seinem Gürtelhalfter. Langsam bewegte er sich vorwärts. Doch die Wohnung war leer. Das spürte er sofort.

Die Waffe nach unten haltend, blieb er erneut stehen. Seine Blicke wanderten über Price' halbnackten Körper. Als er sah, was von den Genitalien des Mannes übrig war, mußte er den Kopf abwenden. Er stieß einen leisen Pfiff aus und schluckte ein Würgen hinunter.

Nach einem Moment sah er wieder hin. Er betrachtete Price' Gesicht. Er sah die seltsame Form seines Halses, sah, wie er zerquetscht war.

Reg dich nicht auf, hämmerte er sich ein. Das alles ist kein Beweis. Nichts ist damit bewiesen.

Doch während er den Toten betrachtete, verzog sein Gesicht sich zu einem rauhen Grinsen. Irgend etwas – ein sechster Sinn – sagte ihm, daß er soeben den Schlüssel zur Lösung von Morans Sinclair-Fall gefunden hatte.

Er kicherte laut in dem stillen Apartment. »Verdammte Scheiße«, sagte er glücklich.

Bandaufnahme

Conrads metallic-blauer Corsica rollte langsam durch die Lafayette Street. Schnittige Automobile und Taxis schossen rechts und links von ihm vorbei. Ständig tauchten weitere grelle Schweinwerferpaare in seinem Rückspiegel auf, folgte ein zischender Windhauch und wurden die Rücklichter mit zunehmender Entfernung kleiner. Der Corsica behielt sein langsames Tempo bei. Die Colonnade Row wanderte mit ihrer langen Reihe verfallender Säulen auf der linken Seite vorbei. Das Public Theater war zur Rechten zu sehen mit seinen luftigen Rundbögen und dem Pausenpublikum, das im Nebel umherspazierte. Der Corsica ließ sich dadurch nicht stören und schlich weiter.

Der Wagen gelangte zum Astor Place. Dort herrschte mehr Betrieb auf den Gehsteigen. Abgerissene Straßenhändler säumten die Straße. Ihre alten Kleider und Bücher und Illustrierten waren auf zerschlissenen Decken auf dem Erdboden ausgebreitet. Junge Männer mit Bürstenfrisuren eilten nach Osten zum St. Mark's Place, bewegten sich mit rhythmischem Hüftschwung zu einer imaginären Musik. Junge Frauen, künstliche Blondinen, allesamt schwarz gekleidet, begleiteten sie.

Der Corsica stoppte vor dem Rotsignal einer Ampel. Auf dem Bürgersteig auf der anderen Seite der Kreuzung verhandelten zwei Polizisten mit einem Straßenhändler. Der Händler, ein junger Weißer, saß auf dem Gehsteig und lehnte sich an die Gebäudewand. Er war betrunken oder stand unter

Drogen. Er blickte mit leerem Blick und offenem Mund zu den Polizisten hoch. Sie redeten von oben herab auf ihn ein, ernst und unerschütterlich.

Conrad starrte zu den Streifenpolizisten hinüber. Er umklammerte das Lenkrad und beugte sich weiter vor. Sein Gesicht war teigig und grau, klebrig von Schweiß. Sein Mund stand halb offen, schlaff. Seine Augen fixierten die beiden Beamten sehnsuchtsvoll.

Auf dem Platz, auf dem Elizabeth gesessen hatte, war immer noch Blut zu sehen. Die Nachricht, der zerknüllte Notizzettel, lag noch auf dem Armaturenbrett.

Wir beobachten Sie immer noch. Gehen Sie in Ihre Praxis. Warten Sie dort.

Das Ampellicht wechselte die Farbe. Aus Rot wurde Grün. Conrad sah es aus dem Augenwinkel. Er löste langsam seinen Blick von den Polizisten. Er schaute wieder geradeaus. Er setzte seinen Fuß auf das Gaspedal und trat es durch.

Der Corsica rollte über die Kreuzung.

Conrad brauchte lange, um zur Upper West Side zu gelangen. Es war kurz vor zehn, als er den Wagen in der Zweiundachtzigsten Straße parkte. Er ging um die Ecke zur Central Park West. Er schlurfte müde dahin, den Blick zu Boden gerichtet. Sein Rücken war gebeugt. Sein rechtes Bein schleifte etwas nach. Er gelangte zu dem Haus, in dem er seine Praxis hatte, und betrat es durch die Drehtür.

Der Portier begrüßte Conrad, als er an ihm vorbeiging.

»Hallo, Doc«, sagte er.

Conrad brachte ein verkniffenes Lächeln zustande. Er humpelte durch die Halle und den Flur hinunter zu seiner Praxis.

In dem Augenblick, als er die Tür öffnete, blieb er wie erstarrt stehen. Sein Mund hatte einen müden, niedergeschlagenen Ausdruck. Er schüttelte etwas ratlos den Kopf, hin und her.

Im Behandlungszimmer brannte Licht. Er konnte es deutlich erkennen, da es durch den Schlitz an der unteren Türkante drang. Er schüttelte immer noch den Kopf. Conrad schlurfte vollends herein. Die Tür fiel hinter ihm ins Schloß. Das Wartezimmer lag wieder im Dunkeln.

Conrad humpelte langsam auf das Behandlungszimmer zu. Er würde die Tür öffnen, und dann würde er Elizabeth sehen. Er hatte das Bild bereits vor Augen, wie sie tot im Zimmer lag, ausgebreitet auf dem Fußboden, wo das rotgoldene Haar ihren Kopf umrahmte wie ein Heiligenschein. Er humpelte zur Tür. Nein, nicht Elizabeth. Es wäre Jessica. Das kleine Mädchen lag in seinem bunten Nachthemd auf dem Bauch. Das Gesicht war ihm zugewendet. Ihre toten Augen starrten ihn an.

Warum bist du nicht gekommen, Daddy?

Conrad erreichte die Tür des Behandlungszimmers. Er schluckte krampfhaft und öffnete sie.

Sämtliche Lampen brannten: die Deckenlampe, die Stehlampe und die Schreibtischlampe. Aber das Zimmer war leer. Er ging langsam in die Mitte des Raums und sah sich eingehend um. Die Analysecouch, der Therapiesessel, sein eigener Lehnsessel. Das Rollpult mit dem Durcheinander von Papieren darauf. Das Badezimmer. Er ging zur Badezimmertür, schaute hinein. Doch auch dort war niemand.

Er wandte sich um und betrachtete erneut das Zimmer. Sein Blick fiel auf das Rollpult, und da begriff er, was passiert war.

Das Telefon war verschwunden. Es war entfernt worden. Die Papiere und Zeitschriften, die es bedeckt hatten, umrahmten nun die freie Fläche, wo es gestanden hatte. Conrad tat einen Schritt zum Pult, kopfschüttelnd, und blieb dann stehen. Er starrte darauf, und ihn schauderte. Sie sind hiergewesen, dachte er. Und ihm war, als könnte er sie immer noch riechen. Als ob ihre dunklen Gestalten noch immer am Rand seines Gesichtsfeldes lauerten.

Er bückte sich und schob einige Papiere beiseite. Er legte den Anrufbeantworter frei. Er hielt die Luft an. Die Kontrolllampe des Geräts blinkte.

Conrads Finger zitterten, als er den Abspielknopf betätigte. Er verfolgte, wie die Maschine klickte und surrte. Dann erklang die Stimme. Eine neue Stimme, nicht die von Sport. Sie war hoch und hechelnd und hektisch.

»Herzlich willkommen, Dr. C.« Dann folgte ein schrilles Kichern: Hii, hii, hii. »Nun sind Sie also endlich da. Und wir sind auch da, Mann. Wir sind nämlich verdammt noch mal überall. Ätsch!« Hii, hii, hii. Conrad wandte den Blick ab und schloß die Augen. »Also, wie dem auch sei, Sie bleiben jetzt hier, klar? Bis zwölf Uhr. Geisterstunde. Dum-di-dum-dum! Wenn nicht – dann wissen Sie, was passiert. Also, gehen Sie nicht durch die Tür, Marshal Dillon, denn wir haben Sie genau im Visier. So, und das wär's dann, Leute.« Hii, hii, hii. Und die Maschine schaltete sich mit einem Klicken aus.

Conrad ließ pfeifend die Luft aus seinen Lungen strömen. Er zog seinen Trenchcoat aus. Er legte ihn über die Rückenlehne seines Sessels. Er ging hinüber zur Couch und ließ sich daraufsinken. Er schlug die Hände vors Gesicht und begann zu weinen.

Er ließ seinen Tränen freien Lauf. Er schluchzte. Er schaukelte hin und her. Die Tränen liefen zwischen seinen Fingern hindurch. Er schniefte.

»Mein kleines Mädchen«, sagte er leise. »Mein liebes kleines Mädchen.«

Eine halbe Stunde lag er auf der Couch und starrte blind die Decke an.

Ohne dein Scheißgelaber und dein Geld, deine schicken Urkunden, nur von Mann zu Mann – was bist du denn? Hörst du? Was bist du?

Er spürte die getrockneten Tränen auf seiner Wange an der Stelle, wo Sport ihn bespuckt hatte. Er schloß die Augen.

Mit geschlossenen Augen sah er seine Tochter. Er sah sie tot auf dem Fußboden liegen. Er sah ihren starrenden leeren Blick.

Warum bist du nicht gekommen?

Er stellte sich nun vor – er sah es vor sich –, wie der kleine Kindersarg ins offene Grab hinabgelassen wurde. Er hörte ihre Stimme aus dem kleinen Kasten.

Daddy?

Er preßte die Lippen zusammen.

Dann, für einen Moment, sah er seine Tochter lebendig. Er sah sie auf einem Bett liegen, die Hände auf dem Rücken gefesselt. Der Mann, der sich Sport nannte, ging auf sie zu. Er hatte ein Messer in der Hand. Jessica schrie ...

Ihm stockte der Atem, und seine Augen öffneten sich schnell. Er hustete und wischte sich mit den Händen die Wangen ab. Zitternd starrte er zur Decke.

Er fixierte den grellen Schein der Deckenlampe auf dem weißen Putz. Er sah den gekrümmten Schatten unweit der Wand. Er sah einen winzigen Wasserfleck in der Ecke. Er sah, wie der Kasten in die Erde gesenkt wurde. Der Körper des Kindes befand sich in dem Kasten, schaukelte hin und her, während der Kasten hinabsank. Ihre Hände lagen gekreuzt auf ihrer Brust. Es war dunkel im Sarg. Sicherlich wünscht sie sich ein Nachtlicht, dachte Conrad. Er hörte das dumpfe Poltern, als Erde auf den Sargdeckel prasselte.

Daddy?

Doch nun war sein Gesicht hart, seine Augen waren kalt. Als die Erde auf den Deckel schlug, grinste er sogar ein wenig. Er stand auf dem gepflegten Rasen. Er blickte über den Rand des offenen Grabes. Schaufelladung für Schaufelladung verschwand der Sarg unter der Erde. Agatha erzählte später, seine Augen hätten ausgesehen wie Steine, während er den Vorgang beobachtete. Sie umschlang ihren Oberkörper mit ihren Armen und erschauerte. »Wie Steine, Nathan.«

Aber das war doch die Beerdigung seines Vaters gewesen, nicht wahr? Und zu diesem Zeitpunkt hatte er sich seinem Vater seit Jahren völlig entfremdet. Am Ende hatte er ihn im Krankenhaus nur deshalb besucht, weil Aggie darauf bestanden hatte. Als Nathan das Krankenzimmer betrat, lag der alte Mann unter einem einzigen Laken. Sein Gesicht, früher einmal rund und blaß, war nun schmal und sehr, sehr weiß. Bedeckt mit dem Laken, schien sein Körper kaum mehr zu existieren.

»Nathan«, sagte er schwach. Er hatte seine Hand gehoben. Nathan war vorgetreten und hatte sie ergriffen. Sein Vater hatte mit fahlen Lippen gelächelt. Seine Hand war kalt. »Danke ... daß du gekommen bist.«

»Es ist schon gut. Dad«, hatte Nathan gesagt. Er hatte den alten Mann ausdruckslos betrachtet.

Sein Vater hatte mühsam Luft geholt. »... Wollte die Gelegenheit nutzen, dir ... dir zu sagen«, hatte er geflüstert, »... Ich ... liebe dich.«

»Ich liebe dich auch, Dad«, antwortete Nathan automatisch. Er wußte, daß er sich später sehr schlecht fühlen würde, wenn er es nicht sagte. Was hatte es für einen Sinn, den alten Mann jetzt noch traurig zu machen? Er schaute auf ihn hinab.

Sein Vater schloß die Augen. »Ich konnte ...«, flüsterte er.

Dann stöhnte er pfeifend vor Schmerz auf. »Ich … konnte ihr nicht helfen, Nathan. Konnte nicht …«

Conrad betrachtete ihn. Einer seiner Mundwinkel verzog sich zu einem harten, häßlichen Lächeln. Er dachte an seine Mutter. Daran, wie sie auf dem Küchenfußboden gelegen hatte. An ihren Kampf und an ihre Schreie, als ihr Nachthemd brannte. Das seidene Nachthemd mit den roten Chrysanthemen. Er dachte an all die Male, als sein Vater zu ihr sagte: »Na schön, nimm die Flasche in dein Zimmer mit, aber nur diese eine.« Oder: »Na schön, ich geb' dir das Geld, aber nur, damit du nicht in den Laden gehst und stiehlst.« Oder das sattsam bekannte: »Weißt du, versuch nicht, von heute auf morgen aufzuhören. Trink nur etwas weniger, schränk dich langsam ein.«

»Ich konnte ihr nicht helfen«, flüsterte sein Vater wieder.

Conrads Mund verzerrte sich. Er hielt die kalte Hand seines Vaters. Er schaute auf ihn hinab.

»Deine Augen waren wie Steine«, erzählte Agatha nach der Beerdigung. Sie hatte die Arme um sich geschlagen und fröstelte. »Wie Steine.«

Conrad richtete sich auf. Er stand von der Couch auf. Er ging mit unsicheren Schritten ins Badezimmer. Er beugte sich über die Toilettenschüssel, sein Magen revoltierte. Er würgte; würgte erneut. Dann übergab er sich, spuckte einen dünnen Faden Galle aus. Er hatte den ganzen Tag kaum etwas gegessen.

Er wischte sich den Mund mit dem Handrücken ab. Er richtete sich auf. Seine Wangen hingen schlaff herab. Er ging zum Waschbecken und spritzte sich Wasser ins Gesicht. Er hob den Kopf. Und blickte in den Spiegel.

Ich konnte ihr nicht helfen. Ich konnte ihr nicht helfen.

Die traurigen braunen Augen blickten ihm aus einem teigigen Gesicht entgegen. Seine Wangen waren schlaff, die Falten darin überdeutlich zu erkennen. Mit seinem hellblonden Haar, das verschwitzt an seinem Kopf klebte, erschien er fast völlig kahl. Er sah aus wie ein alter, alter Mann.

Ich konnte ihr nicht helfen.

Seine Augen füllten sich mit Tränen. Eine Träne lief über, rann an seiner Wange herab. Er konnte den Anblick nicht ertragen. Er senkte den Kopf. Ließ ihn hängen. »Ich konnte ihr nicht helfen«, sagte er leise.

»Ich konnte ihr nicht helfen«, flüsterte er, während er ins Behandlungszimmer zurückschlurfte. »Ich konnte es nicht.«

Er humpelte langsam zu seinem Sessel. Er ließ sich hineinfallen. Er schloß das rechte Auge. Es hatte wieder zu zittern begonnen, als er sich übergab. Die Lichtflecken waren wieder da. Rote Wolken trieben durch sein Gesichtsfeld. Der Sonnenuntergang vom Seminary Hill.

Er lehnte sich im Sessel zurück, schloß wieder beide Augen.

Ich konnte ihr nicht helfen.

Er dachte an Elizabeth. Daran, wie er sie an diesem Abend erlebt hatte. So stolz auf ihre eigene Kleidung, fast ausgelassen. Stolz auf ihr Make-up und das schwarze Band in ihrem Haar.

Ich kann Ihnen helfen. Das hatte er zu ihr gesagt. Er erinnerte sich daran, wie ihre Hände sich ihm entgegengestreckt hatten. Die verzweifelte Geste, mit der sie seine Hände ergriffen hatte.

Können Sie es? Können Sie mir helfen? Weil ich weiß, daß schlimme Dinge passiert sind. Aber es könnten auch gute Dinge sein.

»Oh ...« Conrad stöhnte laut. Er preßte sich die Hände auf die Augen. Wiegte sich vor innerer Qual in seinem Sessel hin und her.

Es könnte auch gute Dinge geben.

»Ah, Blut, das Blut.« Er ballte die Fäuste. So saß er da, vornübergebeugt, sein ganzer Körper verkrampft, zusammengeballt, sein Gesicht eine Fratze. »Ich konnte ihr nicht helfen.«

Dann erschlaffte er. Er sank nach hinten in seinen Sessel. Die roten Wolken trieben vor ihm dahin. Seine Hände rutschten nach unten, blieben seitlich neben ihm liegen.

Conrad veränderte seine Lage. Er griff in die Innentasche und holte seinen Kassettenrecorder hervor. Er drückte auf die Rückspultaste. Betrachtete das kleine Kästchen, während das Band zurücklief.

Kurz vor dem Anfang betätigte er die Abspieltaste. Blechern und seltsam fern hörte er Elizabeths Stimme.

Er ist immer anders. Der Heimliche Freund, meine ich. Ich glaube, das habe ich Ihnen bereits geschildert, aber es ist ein wichtiger Punkt.

Conrad lehnte sich in seinem Sessel wieder bequem zurück. Mit dem Recorder auf dem Bauch lauschte er dem leisen Stimmengemurmel.

Es gefiel mir, viel Zeit in der Nähe von Kindern zu verbringen, auch wenn sie gewöhnlich längst nicht mehr da waren, wenn ich hinkam. Es reichte mir schon, daß ich dort sein durfte, wo sie immer waren.

Er dachte an ihr Gesicht. An dieses rosen- und alabasterfarbene Gemälde von einem Gesicht, das umrahmt war von rotgoldenem Haar.

... der Betrieb, wo ich arbeitete, befand sich in einer kleinen Straße im Village. Eine schmale, gepflasterte Straße ...

Er dachte an ihre Hände, die nach ihm griffen. Verzweifelt. Verzweifelt nach Hilfe, nach Hoffnung. Ihre Stimme redete weiter. Es tat ihm weh, sie zu hören. Es war ein bohrender Schmerz.

Dann, eines Abends, verließ ich das Center und da war jemand ...

Er dachte an sie, wie sie in seinem Wagen gesessen, an die Art und Weise, wie sie sich verhalten hatte, als sie nach Manhattan fuhren. Er dachte an ihre ruhige, klare, kristallene Stimme, die das Lied von den Bierflaschen sang. Der tote Klang der Stimme, wie ein Wind, der durch eine Ruine pfeift. Ihre Stimme auf dem Band redete weiter.

Ich sah sein Gesicht. Das rote Haar, die weiße Haut, seine Sommersprossen. Er trug einen dunklen Mantel, und er hatte die Hände in den Taschen verborgen ...

Das Band lief weiter. Er hielt es auf seinem Bauch fest. Er dachte an Elizabeth in diesem letzten Moment. In jenem Moment, als er halb in der Wagentür innegehalten hatte. Als sie ihn angesehen und er sie tief unten in ihren Augen wiedergefunden hatte. Wie ein Gespenst, das in den Ruinen seiner eigenen Hülle auftaucht. Eine einsame Seele, die dort gefangen ist.

Und dennoch hatte sie sich aufgerafft, hatte sie den Sprung gewagt und ihm gegeben, was er so dringend brauchte. Sie hatte ihm die Zahl genannt. Ihre Stimme erklang.

... *Ich drehte mich um und rannte weg. Ich rannte durch die Gasse, so schnell ich konnte. Ich lief zur MacDougal ... Und plötzlich packte mich jemand ...*

Er lag im Sessel und hatte die Augen geschlossen. Und er dachte an das Blut. An die Blutspur auf dem Sitz, wo Elizabeth gesessen hatte. Auch das tat ihm weh. Daran zu denken und ihre Stimme zu hören. Er lächelte bitter. Es schmerzte, ja. Er behielt die Augen geschlossen, dachte weiterhin an Blut. Ließ zu, daß der Schmerz immer heftiger, immer quälender wurde. Deshalb hatte er auch das Tonband eingeschaltet.

Elizabeths Stimme fuhr fort:

Ich dachte: Er ist es. Er hat mich erwischt. Daher wehrte ich mich ... Ich trat ihn und bäumte mich auf ...

Er stellte mich behutsam auf die Füße ... Er lachte ...

Denn, sehen Sie, er war es überhaupt nicht. Es war ein anderer Mann. Ein junger Mann, sehr attraktiv. Mit so einem runden, jungenhaften Gesicht.

Conrad ließ die Stimme auf sich einwirken, ihn quälen, in ihn eindringen. Er sah genau, was sie beschrieb. Die Straße im Village. Die dunkle Gasse hinter ihr. Der Arm, der sich plötzlich um ihre Taille schlang, und dann: das Gesicht. Das runde, jungenhafte Gesicht. Es erschien vor ihm; war irgendwie vertraut ...

Braunes Haar, das ihm in die Augen fiel, sagte Elizabeth ... *Und er hatte ein nettes Lächeln – obgleich ich wußte, daß er mich auslachte ...*

Das Gesicht wurde in Conrads Gedanken deutlicher. Er sah es wie aus tiefen Schatten auf sich zukommen.

Ich schaute über seine Schulter und in die Gasse ...

Und dann, plötzlich, wie das Aufflammen eines Streichholzes, wurde das Gesicht von einem orangenen Schein erhellt: das braune Haar, das ihm in die Augen fiel, sein charmantes Lächeln ...

Ich stand vor dieser neuen Person, diesem Fremden, ganz außer Atem und verlegen ...

Conrad richtete sich ruckartig auf.

»Wie bitte?« sagte er. »Was?«

Er starrte seinen Recorder an. Plötzlich tanzten seine Finger über die Tasten. Er betätigte die Stopptaste. Elizabeths Stimme verstummte.

Er drückte die Rücklauftaste, dann die Abspieltaste.

Ich rannte durch die Gasse ...

»Scheiße!«

Schneller Vorlauf. Abspieltaste.

... er war es überhaupt nicht. Es war ein anderer Mann.

Conrad hielt sich den Kassettenrecorder ans Ohr.

Ein junger Mann, sehr attraktiv. Mit so einem runden, jungenhaften Gesicht. Braunes Haar, das ihm in die Augen fiel. Und er hatte ein nettes Lächeln ...

»Mein Gott«, sagte Conrad. Terry: der junge Schauspieler. Der Mann, in den sie sich verliebt hatte. Der Mann, der verschwunden war. Ihr imaginärer Liebhaber.

Er schaltete das Band wieder ab. Er ließ das Gerät in seinen Schoß sinken. Er betrachtete es, starrte es von der Seite an, als erwartete er, daß es ihn ansprang.

Ein junger Mann, sehr attraktiv. Mit so einem runden, jungenhaften Gesicht.

»Sport«, flüsterte Conrad.

Sport war Terry. Ihr Heimlicher Freund.

Inseln im Nebel

Der Dunst trieb und wallte über den Fluten der Meerenge. Das Wasser dort draußen war schwarz, schwarz und unruhig. Die kalte Oktoberluft steigerte sich zu einem starken Wind, und die Wellen bekamen weiße Kronen. Sport konnte sie gegen die Befestigungen des alten Piers schlagen hören.

Die Hütte der Strafvollzugsbehörde stand auf einem Platz dicht vor dem Pier. Es war ein ramponierter blauer Wohnanhänger, dunkel bis auf den flackernden Lichtschein eines Fernsehapparats in einem Fenster. Sich in seinem Anorak verkriechend, stand Sport an der Tür und klopfte leise.

Der Fernseher im Wohnwagen verstummte. Das Fenster verdunkelte sich. Sport wartete, hörte im Innern schlurfende Schritte.

Einen Moment später ging die Hüttentür auf. Eine hochgewachsene, breitschultrige Gestalt stand im Schatten, ein Mann mit einem Bürstenhaarschnitt über einem kantigen, flachen, brutalen Gesicht. Er trug eine grau-blaue Uniformhose, doch sein Hemd stand offen, und sein Unterhemd bändigte kaum seinen aus dem Hosenbund quellenden Schmerbauch.

Sport fröstelte im kalten Wind vom Meer. »Seid ihr Kerle bereit?« fragte er.

»Klar doch, Sporty«, sagte der Mann in der Türöffnung.

Sport nickte. »Dann los.«

Sie fuhren mit dem Kreuzer der Behörde los: Sport, der Wächter und der Maschinist. Der Maschinist saß in der Kabine. Er war ein kleiner Mann mit nach vorn fallenden Schultern. Sein Gesicht war voller Runzeln und Falten wie das Gesicht eines Bassethundes. Er sah durch die Scheiben und rauchte nervös eine Zigarette.

Der Wächter stand am Ruder, lenkte den Kreuzer das kurze Stück zu Hart Island über die Wellen. Sport blieb draußen, an der Heckreling. Er lugte durch den Wind, sah zurück zu City Island, auf den Pier, die weißen Häuser; auf die gezackten schwarzen Konturen ihrer Bäume, die im Dunst versanken.

Sports Fuß klopfte nervös auf die Decksplanken. Seine Finger verknoteten sich und lösten sich wieder. Der schlaue, unbeschwerte Ausdruck seiner Augen, sein Lächeln – beides war verschwunden. Er starrte eindringlich die verschwindende Küste an. Der Wind ließ sein Haar auf seiner Stirn tanzen.

»*All or nothing at all*«, sang er verkrampft vor sich hin. »*La-da-da. Dada-da-daa ...*«

Er hielt inne, holte tief Luft. Er wischte sich den Mund mit der Hand ab.

Alles oder überhaupt nichts, dachte er. Alles oder verdammt noch mal gar nichts ...

Er murmelte diesen alten Song, bis er nur noch ein melodieloses Geräusch war, zugedeckt vom Tuckern des Fährenmotors und dem Pfeifen des Windes.

»*... la-da-da-da ... nothing at all.*«

Du Idiot. Du Idiot, dachte er.

Verdammter Freak, dachte er. Es war die Schuld des verdammten Freaks. Es hatte eigentlich alles gar nicht so weit kommen dürfen: dieser Scheiß mit dem Kind; der verdammte Mord ... Das Ganze war nur ein Scherz. Mehr nicht ...

Sport summte noch einen Takt von dem Song. Dann atmete er lautlos aus. Er schüttelte den Kopf.

»Verdammter Freak«, murmelte er.

Es war alles die Schuld des Freaks. Es war seine Schuld, daß die Dinge sich derart verwirrt hatten. Sogar seine eigene verdammte Schuld, daß Maxwell ihn hatte umbringen müssen. Zuerst hatte er angefangen, mit Dolenko herumzumachen. Und dann, als Elizabeth kam, drehte er völlig durch. Alles war von Anfang an seine Schuld gewesen.

Sie wollten eigentlich nur die Zahl von ihr erfahren, mehr nicht. Es sollte recht lustig werden. Es war immerhin mal etwas anderes. Der Plan sah vor, daß Sport sie kennenlernte und bei ihr seine charmante Nummer abzog. All die kleinen Schlampen liebten seine charmante Nummer. Danach wollten sie zu einem alten, verlassenen Haus gehen. Dolenko erzählte, daß er und seine Freunde dort gelegentlich ihre Partys feierten. Er wisse, wie er dort an elektrischen Strom herankäme; er hätte es schon früher getan. Sie würden eines der Zimmer zurechtmachen und so tun, als wäre es Sports Wohnung. Dann könnte Sport mit Elizabeth dorthin gehen und sie bumsen, bis ihr das Gehirn rausfiel. Danach würde er sich nach ihrer Vergangenheit erkundigen ... Schließlich könnte er sie ganz beiläufig nach ihrer Mutter und nach der Zahl fragen. Sobald es vorüber war, würde er haben, was er wollte, und sie würde nicht einmal wissen, daß er es bekommen hatte. Dann, wenn sie nach ihm suchte, wäre er spurlos verschwunden.

Selbst wenn sie die Zahl nicht bekämen, sollte das Ganze ein Riesenspaß werden.

Und das war die ganze Idee. So weit sollte es gehen.

Aber dann sah der Freak sie. Und von diesem Moment an lief alles falsch ...

Sie fanden sie im Telefonbuch. Sport und der Freak hatten sich ihr Wohnhaus auf der Upper West Side angesehen. Sie warteten fast eine Stunde lang auf der gegenüberliegenden Straßenseite. Alles, was sie von ihr wußten, war ihre Haarfarbe.

Aber als sie durch die Tür trat, wußten sie sofort, daß sie die Gesuchte war.

»Ist sie das?« fragte Sport.

»Mein Gott«, sagte der Freak. »Sieh sie dir an. Himmel, guck doch mal!«

»Das muß sie sein.«

»Heiliger Himmel«, sagte der Freak. »Ehrlich – Gott. Allmächtiger, sieh sie dir an. Sie ist ja der reinste Engel!«

Das reichte völlig aus. Ein einziger Blick. Danach hörte der Freak nicht mehr auf, von ihr zu reden. Sie folgten ihr ins Village bis zu dem Wohlfahrtscenter, wo sie arbeitete. Und selbst als sie längst wieder zu Hause waren, sprach der Freak nur über sie.

»Mein Gott, wie sie aussah. Einfach unglaublich. Hast du so was schon mal gesehen?«

Allmählich wurde Sport ungehalten. »Was ist los mit dir, hast du dich in sie verliebt?« fragte er.

Der Freak schüttelte den Kopf. Er fuhr sich mit den Fingern durch sein kräftiges rotes Haar. »Also«, sagte er, »ich weiß nicht so recht. Ob ich bei dieser Sache mitmachen soll, meine ich. Eigentlich ist das Ganze doch sowieso ausgemachter Blödsinn. Was Eddie der Trickser uns erzählt hat ... Überleg doch mal, Sporty. Schön, er war ein großer Drogendealer vor dem Herrn, als er noch im Strafvollzug beschäftigt war. Gut. Aber glaubst du denn wirklich, daß dieser alte Säufer ein Vermögen zusammengekratzt hat – eine verdammte halbe Million? Und daß er sie vor den Jungs vom FBI versteckt hat und daß sie immer noch da ist? Ich frag' mich, warum holt er sie nicht? Das sind doch alles Ammenmärchen, mein Gott. Wir sollten die ganze Angelegenheit vergessen, hörst du?«

»Das glaub ich nicht«, sagte Sport. »Du siehst eine Fotze ein einziges Mal, und plötzlich hast du einen stehen, oder was ist sonst mit dir los? Eigentlich bist du doch total schwul, oder?«

Danach hatte der Freak nichts mehr gesagt. Eine ganze Zeitlang nicht. Er hing nur den ganzen Tag im Haus herum, schlechtgelaunt, streitsüchtig. Dann, am Abend, machte er plötzlich wieder den Mund auf und meinte: »Hör mal, vergiß das alles, klar? Streich mich von deiner Liste. Ich will mit dieser Sache nichts zu tun haben.«

Sport hatte daraufhin einen Tobsuchtsanfall bekommen, hatte ihn angebrüllt. Seine Freunde wegen einer solchen kleinen Schnalle sausen zu lassen. Seinen Mitbewohner auf diese Weise im Stich zu lassen. Aber der Freak wollte es sich nicht anders überlegen. Als sie dann nach Manhattan zogen, um die Vorbereitungen in dem Wohnhaus zu treffen, war der Freak nicht mitgekommen.

Zumindest sagte er so. Tatsächlich war etwas ganz anderes im Gange. Während Sport darüber nachdachte, wie er sich am unauffälligsten an die Kleine heranmachen könnte, ging der Freak heimlich zu ihr und versuchte sie zu warnen. Zum großen Unglück für den Freak ergab sich für Sport eine ideale Chance. Eines Tages, als er gerade im Begriff war, durch die Gasse zu der Adresse zu gehen, wo das Mädchen arbeitete, rannte die Kleine an ihm vorbei und genau vor ein Taxi. Sport riß sie zurück in Sicherheit: ein perfekter zufälliger Kontakt. Er selbst hätte es nicht besser planen können. Dann zog er seine Nummer ab, die er sich ausgedacht hatte, von wegen, er sei Schauspieler und so weiter. Er nahm sie sogar in ein Theater in der Nähe mit und zeigte ihr sein Bild an der Wand (er hatte heimlich eines der Pressefotos angebracht, die er sich hatte anfertigen lassen, um seine Karriere als Sänger vorzubereiten). Sehr schnell faßte sie volles Vertrauen zu ihm.

Als Elizabeth ihm erzählte, daß ein Mann sie belästigt habe, dachte Sport nicht einmal entfernt an die Möglichkeit, daß es der Freak sein könnte. Der Freak hatte zwar aus dem Projekt aussteigen wollen, aber er würde sie doch nicht verraten, niemals. Nicht der Freak. Nicht für eine kleine Schlampe.

Aber als das Mädchen meinte, der Mann sei wieder aufgetaucht, begann Sport sich zu fragen, ob irgend jemand bei seinem Coup mitmischen wollte. Dann folgte Sports und Elizabeths zarte Liebesszene in dem Haus in der Houses Street. Elizabeth war ausgeflippt. Hatte geschrien. Hatte Sport gewarnt, er sei in Gefahr. Dann war sie in die Nacht hinausgerannt.

Das beunruhigte Sport nun doch. Und er geriet allmählich in Wut. Was, zur Hölle, war da im Gange? In welcher Gefahr befand er sich? Und von wem ging diese Gefahr aus?

Sport holte Maxwell, der sich eine Etage höher versteckt hielt. Zusammen machten sie sich auf den Weg zur Upper West Side, zu Elizabeths Wohnung.

Es war ziemlich schwierig gewesen, das Mädchen zu überreden, ihn einzulassen. Als sie es endlich tat, ging Sport zu ihrer Apartmenttür, während Maxwell im Flur wartete. Sport klopfte an. Die Tür wurde geöffnet ... und Sports Unterkiefer sackte herab.

Vor ihm stand der Freak. Der verdammte Freak. Er stand mitten in der Wohnung der Kleinen. Er hatte ein Metzgermesser in der Hand und einen Ausdruck in den Augen, als hätte er ein Feuer im Bauch.

»Das wär's dann, Sporty. Es ist aus«, sagte er. »Ich bleibe bei ihr. Wo immer sie ist, da bin ich auch. Verstanden? Laß sie verdammt noch mal in Ruhe, klar?«

Unterdessen hatte er die Kleine im Badezimmer verbarrikadiert und einen Stuhl gegen die Tür gestellt. Sie trommelte gegen die Tür und schrie. Und der Freak fuchtelte mit dem Messer in der Luft herum und sagte:

»Bleib ja weg von ihr, Sport. Ich pass' auf sie auf. Also nimm dich in acht.«

Sport war wütend, er raste vor Zorn. War das tatsächlich der Freak, der so mit ihm zu reden wagte? Der verdammte Freak?

Er wollte den Arm des Freaks packen, ihn festhalten. Und der Freak wollte ihn wirklich mit dem Messer erwischen. Er schlug zu und hätte ihm beinahe den Arm abgesäbelt.

Doch dann tauchte Maxwell als Retter in der Not auf.

Die riesige Kreatur stürmte durch die Tür. Er packte das Handgelenk des Freaks, und Sport hörte den Knochen brechen. Sekundenbruchteile später hatte Max schon das Messer in der Hand. Mit einem einzigen wuchtigen Hieb bohrte er es so tief in den Hals des Freaks, daß sein Kopf nach hinten kippte, als wollte er die Decke betrachten. Eine Blutfontäne schoß in den Raum.

Und Maxwell hörte an dieser Stelle nicht auf. O nein. Jetzt fand ein Schlachtfest statt. Sport stand mit offenem Mund da und schaute Max zu. Es war wie bei der Katze: Max war einfach zu erregt. Nichts konnte ihn aufhalten.

Und genaugenommen war Sport sich auch gar nicht so sicher, ob er ihn überhaupt aufhalten wollte. Immerhin hatte der Freak sie ja verraten. Und nur wegen einer Fotze? Nur weil irgendeine Schnalle ihm schöne Augen gemacht hatte? Das war totaler Wahnsinn, wenn es nach Sport ging.

Wie dem auch sei, schon nach wenigen Sekunden war es

vorbei. Der Freak stürzte zu Boden, zuckte dort und wand sich. Seine Arme ruderten herum, und er schlug den Stuhl von der Badezimmertür weg. Das Mädchen taumelte heraus und stolperte über den sterbenden Freak.

Sport und Maxwell hatten jedoch keine Zeit mehr, um guten Tag zu sagen. Mittlerweile war das ganze Gebäude erwacht. Leute brüllten durch die Flure. Totale Panik brach aus. Sport wußte, daß sie schnellstens verschwinden mußten. Er mußte zurück ins Haus, wo sie die Wohnung eingerichtet hatten, und alles ausräumen, ehe die Cops erschienen. Er mußte auch sein Bild aus dem Theater entfernen. Und dann mußte er schnellstens nach Flushing zurückkehren, damit er, wenn die Polizei vorbeikäme, um ihm mitzuteilen, daß sein Mitbewohner – Robert Rostoff, genannt der Freak – tot sei, fest schlief wie jeder anständige Bürger um diese Zeit.

Sport mußte Maxwell regelrecht durch das Fenster auf die Feuerleiter zerren. Der riesige Idiot wollte nichts anderes, als den Freak sterben sehen. Sich einen runterholen und zusehen, wie der Freak in seinen letzten Zuckungen lag und starb.

Und so mußten sie an die Zahl herankommen. Es war die einzige Möglichkeit, wie sie fliehen, das Land hinter sich lassen konnten. Mit der Zahl – das heißt, mit dem Geld – würde alles wieder ins Lot kommen; sie würden tun und lassen können, was sie wollten. Er hatte es mit Dolenko und Maxwell besprochen, und sie hatten ihm zugestimmt. Zur Hölle, sie hatten sogar noch mehr Angst als er. Maxwell war praktisch wahnsinnig vor Angst. Er wollte nie mehr ins Gefängnis zurück. Und Sport erklärte ihnen, sie kämen nur dann ungeschoren aus der Sache heraus, wenn es ihnen gelänge, die Zahl in Erfahrung zu bringen. Mit der Zahl wären sie frei.

Und auch dann sah es so aus, als wäre alles recht einfach. Das Mädchen kam ins Irrenhaus, und als Sport sich an den dortigen Direktor, Sachs, heranmachte, kippte der Bursche sofort um. Ein bißchen Geld und die Aussicht auf noch viel mehr – das reichte aus, um ihn mitmachen zu lassen. Unglücklicherweise erwies der Kerl sich am Ende als Riesenarschloch. Als er das Mädchen nach der Zahl fragte, flippte sie wieder aus. Sie wolle mit niemandem reden, meinte Sachs. Sie redete überhaupt nicht mehr.

Sport war wütend. Er ging mit Maxwell zu Sachs. Das Mädchen solle lieber schnell den Mund aufmachen, meinte Sport. Sachs geriet in Panik. Er meinte, der einzige, den er kenne und der die Kleine in verhältnismäßig kurzer Zeit zum Reden bringen könnte, sei der berühmte Dr. Nathan Conrad ...

»Hey!«

Der halblaute Ruf des Wächters holte Sport in die Gegenwart zurück. Er sah über die Schulter und sah den Wächter hinter dem Ruder des Kreuzers. Der Wächter nickte andeutungsweise mit dem Kopf. Sport umrundete die Kabine des kleinen Schiffs und blickte über die Reling.

Er hielt die Luft an bei dem Anblick, der sich ihm bot. Er schob sich eine Zigarette zwischen die Lippen, zündete sie aber nicht an. Er stand da, die Zigarette im Mundwinkel, eine Hand in der Hosentasche, die andere auf der Reling. Er verfolgte, wie die Dunstschwaden sich vor dem Bug des Bootes teilten und der dunkle Schatten von Hart Island näher und näher rückte.

Skeeter und McGee

»Jetzt«, sagte D'Annunzio.

Der langhaarige Kriminalbeamte in Zivil stieß die Tür auf und sprang zurück. D'Annunzio drückte sich an die Wand und hielt sich außer Sicht. Hinter ihm tat der Kriminalbeamte namens Skeeter das gleiche. Alle drei hatten ihre Pistolen im Anschlag und schußbereit.

Sie warteten, lauschten. In der Wohnung war es dunkel und still.

»Okay«, flüsterte D'Annunzio heiser.

Schnaufend stürmte er in die Wohnung. Er hielt seine .38er halbhoch. Skeeter und der langhaarige Beamte – McGee – hielten sich hinter ihm.

Skeeter wandte sich nach links, McGee nach rechts.

Beide überstrichen den Raum vor ihnen mit ihren Pistolen. Sie hielten ihre Waffen mit beiden Händen und starrten in die Finsternis.

Die Umrisse in dem Raum vor ihnen rührten sich nicht. Stehende und kauernde Schatten: Sie schienen ihrerseits die beiden zu beobachten.

»Licht an«, flüsterte D'Annunzio.

McGee zog sich ein Stück zurück, bis er den Wandschalter erreichte. Dann flammten die Lichter auf und blendeten alle drei. Sie blinzelten, behielten die Pistolen im Anschlag.

Aber sie sahen vor sich nichts anderes als Möbel. Einen Tisch, zwei Sofas, ein paar Klappstühle. Der Holzfußboden schimmerte hell unter der Deckenbeleuchtung. An einigen

Stellen hatte er seine Farbe verändert, als sei dort vor kurzem ein Teppich entfernt worden.

D'Annunzio schob sich weiter vorwärts, wobei er pfeifend atmete. Skeeter und McGee verteilten sich hinter ihm zu beiden Seiten.

Sie entdeckten in der rechten Wand eine Tür. D'Annunzio wies mit einer Kopfbewegung darauf. Skeeter huschte hin. Er war noch ziemlich jung, und seine Augen waren sehr groß und sehr weiß. Er trug schäbige Kleidung und hatte einen Drei-Tage-Bart im Gesicht. Er hatte als Undercover-Agent im Grand Central Terminal gearbeitet, wo McGee ihn aufgelesen hatte.

Skeeter stieß die Tür mit den Fingerspitzen auf. Dann stürmte er hindurch und verschwand in dem Zimmer dahinter. D'Annunzio und McGee warteten.

Dann rief Skeeter: »Alles leer!«

D'Annunzio verstaute sofort seine Waffe im Halfter. McGee bewegte sich etwas langsamer. Er ließ noch einmal einen Blick durch den Raum schweifen, ehe er die Pistole unter seinem Sweatshirt vor seinem Bauchnabel verstaute. Er war ebenfalls noch jung, doch er wirkte weitaus erfahrener und benahm sich sehr ruhig. Er hatte langes schwarzes Haar und einen Schnurrbart. Er trug Jeans und eine Khakiwindjacke. Er hatte gerade ein Taxi gefahren, als er per Funk die Aufforderung erhielt, Moran anzurufen.

Nachdem er seine Waffe weggesteckt hatte, entspannte McGee sein Gesicht und zupfte an seiner Nase. »Puuh«, sagte er. »Das stinkt wie abgestandene Fürze.«

D'Annunzio räusperte sich und schaute weg.

Bis jetzt war er sehr behutsam aufgetreten. Selbst nachdem er die Leiche von Billy Price gefunden hatte, war er bestrebt gewesen, daß nichts davon nach draußen drang. Er hatte Price' Apartment verlassen und war zu Plotkin zurückgekehrt. Dort hatte er Plotkins Telefon benutzt, um Moran anzurufen.

»Ich brauche zwei Leute, um einige Dinge zu überprüfen«, hatte er gesagt. »Keine Uniformen. Und erfahrene Leute. Ich weiß nicht, womit ich bei diesen Typen rechnen muß.« Er hatte nichts von dem Sinclair-Apartment erwähnt. Er wollte nicht, daß Moran mit lautem Trara am Ort des Geschehens erschien.

Nachdem er das Gespräch mit Moran beendet hatte, schaute D'Annunzio sich in der Nachbarschaft um. Er hielt ein kleines Schwätzchen mit dem Portier im Haus, wo die Sinclair gewohnt hatte. Solange D'Annunzio das Sinclair-Apartment nicht erwähnte, war der Portier ein ziemlich großer, hagerer Schwarzer mit schlechten Zähnen. Nachher war er ein ziemlich großer, hagerer grüner Mann, dem der Angstschweiß auf der Stirn stand.

»Ich habe keine Ahnung, was in der Bude los ist«, erklärte er. »Ich weiß nichts, und ich will nichts wissen. Und es ist mir auch scheißegal, klar? Denn das alles ist große Scheiße.«

»Ist im Augenblick jemand oben?« fragte D'Annunzio.

»Nein – und selbst wenn, war es mir scheißegal, haben Sie verstanden? Es ist mir scheißegal, was dort los ist, und wenn niemand da ist, dann ist es mir auch scheißegal. Wenn Sie mich fragen, ist alles eine große Scheiße.«

»Geben Sie mir den Schlüssel«, forderte D'Annunzio ihn auf.

»Scheiße«, sagte der Türsteher. »Ich gebe Ihnen den Schlüssel. Sie können das verdammte Ding gerne haben. Scheiß was drauf.«

D'Annunzio nahm den Schlüssel entgegen. In diesem Moment erschienen Skeeter und McGee mit einem Taxi. Dann gingen die drei nach oben, um die Wohnung zu überprüfen.

Als er nun in dem Apartment stand, begriff D'Annunzio, daß er wohl die Kavallerie rufen mußte. Der Gedanke verursachte ihm Magenschmerzen. Sobald Moran von dieser Sache Wind bekam, käme er angerauscht wie eine Mörsergranate. Dann kämen auch die Techniker und die hohen Dienstgrade und die eleganten Wichtigtuer der verschiedenen Spezialeinheiten. Und am Ende sogar die »Feds«, die Vertreter des FBI, die von allen am schlimmsten waren. D'Annunzio hatte nach dem Castellano-Mord mit dem FBI zusammengearbeitet. Sie ließen die Polizei die gesamte Dreckarbeit erledigen, damit sie sich ihre Finger nicht mit dem Abschaum der Straße schmutzig machten. Und als schließlich die ersten Pressekonferenzen einberufen wurden, war plötzlich jeder ein kleiner Efrem Zimbalist und FBI-Star. D'Annunzio schüttelte den Kopf und erschauerte leicht. Moran und die Feds und die ganze Bagage: sie waren wirklich das letzte, was er jetzt brauchte.

Auf der linken Seite hatte McGee die Tür eines kleinen Wandschranks geöffnet. Er hatte seinen Kopf hineingesteckt.

»Ein Haufen Kleider«, meldete er.

D'Annunzio schaute hinüber. Er erhaschte einen Blick auf einen Haufen schmutziger Wäsche auf dem Schrankboden. Ansonsten war der Schrank leer.

»Nichts anfassen!« rief er warnend.

Er ließ seine Blicke weiterwandern. Vor ihm, gleich vor den Glastüren, die auf den Balkon hinausführten, stand ein Segeltuchsessel. Während er auf ihn zuging, entdeckte D'Annunzio einen Feldstecher, der auf der Sitzfläche lag. Er bückte sich danach. So verharrte er, betrachtete das Glas, berührte es nicht, sondern schaute es einfach an. Es war ein gutes Fernglas, ein echtes Prachtstück. Es mußte einige hundert Dollar gekostet haben.

Während er seine Hose hochzog, bückte er sich noch tiefer, um es vom Sitz zu nehmen.

»Hey, D'Annunzio.«

Der dicke Mann richtete sich auf und fuhr herum. Skeeter kam gerade aus dem anderen Zimmer. Er hielt ein rosafarbenes Stofftier in der Hand. Er schaukelte es an dem Ohr, das er zwischen Daumen und Zeigefinger geklemmt hatte, hin und her.

»Das habe ich auf dem Bett gefunden. Es ist eine von den Ninja-Schildkröten. Mein Junge hat auch so eine.«

D'Annunzio nickte. »Ja, großartig, gut, legen Sie sie weg. Sonst versauen Sie den Jungs von der Technik noch alle Spuren.«

»Ja, das ist wahr«, sagte McGee und blickte aus seinem Schrank heraus. »Eine Flocke von dem Füllmaterial, und das Labor kann uns eindeutig mitteilen, wer der Vater ist und alles mögliche andere Zeug.«

Skeeter lachte. Er brachte das Stofftier zurück ins angrenzende Zimmer.

»Mal sehen, was wir hier haben«, sagte D'Annunzio leise.

Mit einem unterdrückten Stöhnen zog er erneut seine Hose hoch. Dann erst konnte er sich bücken und das Fernglas an sich nehmen.

Er hielt den Feldstecher vorsichtig mit zwei Fingern, doch die schwarze Tubusumhüllung war genarbt; er wußte, daß darauf keine Fingerabdrücke zurückblieben. Er hob das Ding an die Augen und blickte damit durch die Scheiben der Balkontüren.

»Mann-o-mann«, sagte er. »Sind diese verdammten Dinger aber stark.«

Er stellte fest, daß er genau in das Apartment der Conrads sah. Er wußte, daß es sich um das Apartment der Conrads handelte, weil er die Adresse auf einem Briefumschlag lesen konnte, der auf der Fensterbank stand. Indem er immer noch vorsichtig das Fernglas festhielt, schwenkte er es etwas nach rechts.

»Okay«, murmelte er vor sich hin. »Okay. Mrs. Conrad, nehme ich an, stimmt's?«

Durch ihr Schlafzimmer hindurch sah er sie draußen in der Diele stehen. Sie befand sich in der Türöffnung des Badezimmers. Wahrscheinlich wartete sie darauf, daß er zurückkam und sich weiter mit ihr durch das Heizungsrohr unterhielt, dachte er.

Sie hatte einen Arm erhoben und stützte sich mit der Hand am Türrahmen ab. Ihr Kopf war gesenkt; das rote Haar hing in verschwitzten Strähnen herab und verbarg ihr Gesicht.

D'Annunzio schürzte die Lippen, während er sie betrachtete.

»Hübsche Titten«, sagte er.

Skeeter kam eilig aus dem Schlafzimmer. »Was? Wo?«

McGee tauchte aus dem Schrank auf und kam ebenfalls auf D'Annunzio zu. »Laßt mich auch mal gucken«, sagte er.

Gespenst

Aggie hatte nicht mit dem Erklingen des Türsummers gerechnet. Sie hatte in der Badezimmertür gestanden und darauf gewartet, daß D'Annunzio wieder durch den Heizungszug zu reden begann. Sie stand immer noch dort, als der Türsummer erklang. Sie hatte immer noch den Arm erhoben, und immer noch stützte sie sich mit der Hand gegen den Türrahmen. Ihr Kopf hing herab, und das Haar fiel ihr zerzaust ins Gesicht. Sie starrte auf die Türschwelle, weinte nicht mehr, starrte nur und fühlte sich wie ausgewrungen. Ihre Angst – diese ständige, schraubstockartige Umklammerung durch ihre Angst – hatte sie außen wie innen völlig zerquetscht und ausgepreßt. Sie konnte nicht mehr weinen. Sie konnte nur noch vor sich hinstarren, nur noch warten, während die Angst weiter in ihr herumbohrte. Und dann erklang der Türsummer.

Sie schloß bei dem Geräusch die Augen. Sie schüttelte den Kopf. Müde blinzelte sie und schlug die Augen wieder auf. Sie blickte hinauf zur oberen Ecke der Badezimmerwand, auf das Heizungsgitter, als wäre es der Himmel. Ihre Lippen bebten, aber die Augen blieben trocken.

Der Summer verstummte. Eine Faust schlug hart gegen die Tür. »Mrs. Conrad. Hier ist Detective D'Annunzio. Es ist alles in Ordnung. Sie können jetzt öffnen.«

Sie schluckte krampfhaft, aber das Ding in ihrem Hals wollte nicht weggehen. Ihr Herz hämmerte so schnell, daß sie glaubte, es brächte sie um. Sie straffte sich, ließ die Hand am Türpfosten herunterrutschen und strich sich die Haare aus der Stirn. Sie schaute sich mit einem Blick um, als wüßte sie überhaupt nicht, wo sie war. Dann verließ sie zögernd die Türöffnung und schlurfte durch die Diele.

D'Annunzio klopfte erneut. »Mrs. Conrad!« Er rief wiederholt ihren Namen. Er hatte dabei eine rauhe, polternde Stimme. Sie erkannte sie vom Heizungszug. Er rief immer wieder.

Aber sie zögerte trotzdem lange. Lange stand sie da und betrachtete die Tür, als sei sie ein besonders unangenehmer Widersacher. Wachsam fixierte sie sie.

D'Annunzio klopfte und rief: »Mrs. Conrad! Sie können aufmachen. Es ist alles in Ordnung.«

Erst nach einer Weile, und dann auch nur schleppend, hob sie die Hand. Sie betrachtete sie, verfolgte ihre Bewegung, als gehörte sie ihr gar nicht. Sie wollte ihr etwas zurufen, sie auffordern, sich ruhig zu verhalten, vorsichtig zu sein. Doch sie schwebte weiter und legte sich um den Türknauf.

Sie drehte den Knauf und zog. Die Tür schwang auf.

Sie sah vor sich einen Mann, einen Mann, der draußen auf dem Flur stand. Er war unförmig; übermäßig fett, so fett, als hätte er seinen Körper ständig mit Speisen vollgestopft, bis dieser sie nicht mehr halten konnte. Ein kariertes Hemd und eine blaue Hose blähten sich ihr ballonartig entgegen, als würden sie jeden Moment platzen. Sein Jackett hing an seinen Seiten herab, als sei es auseinandergesprengt worden.

Aggie sah ihn an. Sie blinzelte und kniff die Augen zusammen; ihr Mund klappte auf, während sie ihr Gesicht halb abwandte. Sie sah sein rundes, faltiges Gesicht mit den kleinen harten Augen. Sie roch ihn: seine Blähungen, seinen ungewaschenen Schweiß, seine Bestechlichkeit.

Der Mann stand völlig still, doch er atmete derart heftig, als wäre er ein weites Stück gerannt. Er hob einen fleischigen

Arm. Dabei hob sich auf der Seite auch sein Jackett. In der prankenähnlichen Hand hielt er eine Dienstmarke und einen Ausweis.

»Detective D'Annunzio, Mrs. Conrad«, sagte er. »Die Kidnapper haben das Sinclair-Apartment verlassen. Sie beobachten Sie nicht mehr. Sie können jetzt herauskommen.«

Aggie stand einfach nur da. Sie schaute ihn blinzelnd an. »Herauskommen?« fragte sie. Ihre Stimme klang schwach. Sehr schwach und sehr weit weg.

Der fette Mann nickte. Unsicher ging Aggie auf ihn zu. Sie trat über die Schwelle ihrer Wohnung. Sie wagte sich hinaus auf den Flur. Sie drehte den Kopf hin und her, ließ ihre Blicke durch den Korridor wandern. Sie sah die Reihe brauner Türen rechts von sich. Links die Fahrstuhltüren. Sie drehte sich wieder und fixierte den dicken Mann.

Sie war ihm jetzt sehr nahe. Der Geruch seines alten Schweißes und seiner alten Blähungen umgab sie wie eine Wolke. Sie roch seinen Atem. Er war heiß und säuerlich. Sie schaute in seine Augen. Sie wußte, daß er gemein und klein war.

Sie machte einen weiteren Schritt und lehnte ihren Kopf an seine Brust. Sein Geruch hüllte sie ein. Es war warm. Sie schloß die Augen.

Sie spürte D'Annunzios dicke Hand, als er ihr damit über den Hinterkopf strich.

Dann saß sie in einem Lehnsessel. Um sie herum drängten sich Männer, und die Luft war erfüllt von Männerstimmen. Sie hielt ein Glas Wasser in der Hand. Jemand hatte es ihr gegeben, und sie umklammerte es krampfhaft. Sie genoß das Gefühl der Kälte in ihrer Handfläche und wenn das Eis ihre Lippen berührte.

Sie lauschte dem Gemurmel der Männerstimmen. Die

Stimmen klangen tief und fest. Sie empfand sie als beruhigend. Sie erinnerten sie an ihre Kindheit, wenn sie im Wohnzimmer vor dem Fernseher saß und hörte, wie die Erwachsenen sich in der Küche unterhielten. Daddy und Mom und Onkel Barry und Tante Rose. Sie beobachtete Bugs Bunny und den Roadrunner, die über den Bildschirm jagten, und sie hörte dazu das leise Brummeln der Erwachsenenstimmen, und sie erahnte wichtige Ereignisse und schwelgte im Frieden ihrer eigenen Hilflosigkeit. Was immer es war, so wußte sie, sie würden sich schon darum kümmern ...

Sie trank ihr Wasser. Ihre Blicke wanderten zögernd über die Männer im Raum. Sie beobachtete sie, wie sie redeten. Sie verfolgte das Spiel ihrer Lippen und ihrer energischen Unterkiefer, und sie sah auf den Wangen die Schatten ihrer Tagesbärte. Zwei waren Streifenpolizisten in Uniform. Sie kamen herein und gingen wieder hinaus. Sie waren beide sehr jung, eigentlich noch halbe Jugendliche, doch sie sahen sehr grimmig und stark und entschlossen aus. Sie trugen schwere Utensiliengürtel um die Hüften, und auch ihre schweren Pistolen waren daran befestigt. Alle anderen Männer trugen Sakkos und Krawatten, worin sie richtig geschäftsmäßig und kompetent erschienen. Aggie drehte leicht den Kopf, als einer von ihnen seine Hand auf seine Hüfte legte und sein Jackett zurückschlug und die Pistole in seinem Gürtel entblößte.

Ihre Blicke landeten schließlich auf D'Annunzio. Er stand an der Tür zum Kinderzimmer. Einer seiner Hemdschöße war fast vollständig aus seiner Hose herausgerutscht. Aggie konnte einen Fleck weißer Haut dicht neben seinem Bauchnabel sehen. Seine goldfarbene Krawatte war gelockert und gab den Blick auf einen dicken, haarigen Hals frei. Aggie erinnerte sich an seinen Gestank und das heiße, feuchte Hemd an ihrer Wange. Was für ein Mensch war er? Ein Mann, der so roch – der es zuließ, daß er so roch? Sie beobachtete ihn und dachte: Er achtet nicht auf sich. Er lebte sicherlich allein, und er war mit niemandem befreundet, und es war ihm einfach egal. Sie stellte sich vor, daß er irgendwelche schmutzigen Dinge tat und sich nichts dabei dachte: mit Huren schlief oder Geld stahl. Oder gar jemanden tötete. Er würde jemanden töten und anschließend auf den Boden spucken, so dachte sie.

Sie hoffte, daß er sie nicht verließ. Sie wollte ihn weiterhin sehen können. Es vermittelte ihr ein Gefühl der Ruhe, ihn in ihrer Nähe zu wissen.

D'Annunzio unterhielt sich mit einem anderen Mann, einem hochgewachsenen Mann in einem schwarzen Anzug. Das war der Special Agent, wie sie sich erinnern konnte. Special Agent Calvin. Er hatte sich ihr vorgestellt und ein paar Fragen gestellt. Er war sehr intelligent und hart, aber er war ein wenig zu hübsch. Er hatte welliges blondes Haar und ein energisches Kinn mit Grübchen, das aussah wie aus Stein gemeißelt. D'Annunzio unterhielt sich mit ihm, und sie stellte sich vor, daß D'Annunzio ihn über den Stand der Dinge ins Bild setzte.

Und dann machte jemand im Kinderzimmer ein Foto. Ein Blitz flammte auf, während Aggie dorthin sah. Sie erkannte die Krümmung eines Regenbogens, den sie auf die Wand gemalt hatte, im grellen Lichtschein. Für einen kurzen Moment brach ihre Angst wieder durch. Sie spülte über sie hinweg. Sie drohte sie zu ersticken. Vielleicht beobachteten die Entführer sie noch immer, dachte sie. Vielleicht sahen sie, was sie getan hatte, daß die Polizei jetzt erschienen war ...

Sie beugte sich ein wenig vor und erschauerte und rang nach Luft.

Oh, Jessie. Oh, Nathan – unser armes Baby.

Sie atmete langsam aus. Sie hob ihr Wasserglas, setzte es an die Lippen. Der Rand stieß klirrend gegen ihre Zähne, weil ihre Hand zitterte. Sie trank das Wasser. Sie lauschte den Stimmen der Männer, ließ sich von dem dumpfen, kräftigen Gemurmel einhüllen, diesem stetigen Summen, das sich nur bruchstückhaft zu Worten entzerrte:

»... mit den bloßen Händen?«

»... so meinte der Arzt.«

»... das reinste Monster ...«

»... sah genauso aus wie im Sinclair-Fall. Ich erinnere mich, daß sie meinten ...«

»Sehen Sie mal, was wir gefunden haben.«

Der letzte Satz war etwas lauter als alles andere. Aggie suchte die Stimme. Ein junger Mann stand in der Tür. Er hielt eine kleine Plastiktüte hoch, in der sich irgend etwas befand.

»Es ist ein Sender. Er war unten im Kasten installiert«, sagte er. »Wurde das Telefon auf Fingerabdrücke untersucht? Versucht es mal.«

Einer der anderen Männer nahm den Hörer von Aggies Telefon. Er lauschte. »Ja, jetzt funktioniert es.«

»Man kann es nicht mal verfolgen«, sagte der Mann in der Tür. Er kicherte staunend und schüttelte den Kopf. Dann ging er durch die Diele und verschwand außer Sicht.

»Mrs. Conrad?«

Sie erkannte am säuerlichen Geruch, daß es D'Annunzio war. Sie sah ihn an und lächelte schwach.

Der fette Mann hatte Mühe, sich neben ihrem Sessel hinzuknien. Er keuchte von der Anstrengung. Schließlich befand sich sein Gesicht mit ihrem auf gleicher Höhe. Sie schaute in seine Falten und Runzeln. D'Annunzio hielt einen kleinen Notizblock aufgeschlagen in einer Hand. Er schaute darauf. Dabei bemerkte sie, wie seine marmorartigen Augen über ihre Brüste und gleich wieder weg huschten. Sie spürte, wie irgend etwas in ihrer Kehle hochstieg.

»Äh ... hören Sie mal, Ma'am«, sagte er. »Kennen Sie einen Arzt namens, äh, mal sehen: Jerald Sachs? Er ist der ... Direktor der Impellitteri Psychiatric Facility.«

Aggie nickte. »Ja. Nathan kannte ihn. Er kennt ihn. Warum?«

»Er war ein Freund Ihres Mannes.«

»Nein. Nein, Nathan mochte ... mag ihn nicht besonders. Er ist zu ... politisch, sagt er.«

»Wie steht es denn mit einer Frau namens ... da steht's: Elizabeth Burrows? Schon mal von ihr gehört?«

Sie schüttelte den Kopf.

»Eine Patientin bei Impellitteri.«

»Nein«, sagte sie. »Das heißt ... also, Nathan nennt mir eigentlich nie die Namen von Patienten. Aber er ... ich weiß nicht, er kommt mir irgendwie bekannt vor.«

»Ja. Wahrscheinlich haben Sie ihn in der Zeitung gelesen.«

»Stimmt. Richtig. In der Zeitung, es war ein Mord.«

D'Annunzio nickte. Er strich sich mit einer Hand über das Kinn und zog wieder sein Notizbuch zu Rate. »Ich habe keine Ahnung, was all das zu bedeuten hat, klar? Aber ich kann Ihnen erzählen, was bis jetzt passiert ist. Dr. Sachs wurde vor einer halben Stunde gefunden. Er lag gefesselt unter einem Bett in der Impellitteri-Klinik. Das Bett gehörte dieser Elizabeth Burrows, in der gerichtsmedizinischen Abteilung, wo sie die Gefangenen betreuen. Sachs wurde bewußtlos geschlagen, wie es aussieht, mit einem Stuhl. Und Ihr Mann wurde gesehen, wie er mit Elizabeth Burrows das Hospital verließ ...« Er drehte seinen Arm und schaute auf die Uhr, die sich an seinem dicken Handgelenk befand. »Es ist jetzt kurz nach elf, demnach geschah das vor zwei Stunden.«

Aggie schüttelte erneut den Kopf. »Nathan würde niemals jemand mit einem Stuhl niederschlagen. Er würde niemanden schlagen.«

»Na ja ... wissen Sie ... Also ... schön«, sagte D'Annunzio. Er klappte das Notizbuch zu. Er verstaute es in seiner Sakkotasche. Räusperte sich, fuhr sich durch die Haare. »Die Sache ist die, dieser Sachs weigert sich zu reden, er will uns verd ... äh, er will uns nichts sagen. Er ist zwar noch ziemlich mitgenommen, aber er hat sich bereits einen Anwalt besorgt, wissen Sie? Die Chance, daß wir noch heute viel aus ihm herausbekommen, ist nicht besonders groß. Sie begreifen, was ich damit sagen will? Ich glaube nicht ...«

Seine Stimme versiegte. Er schwieg einen Moment lang. Dann, mit einem tiefen Ächzen, hievte er sich wieder hoch in den Stand.

»Sie meinen, daß Nathan ihr bei der Flucht geholfen hat?« fragte Aggie plötzlich.

»Nun ja, wir ...«

»Sie meinen, sie haben sich Jessie geholt, damit Nathan einer Mörderin zur Flucht verhilft?«

D'Annunzio hob seine massigen Schultern. »Was soll ich dazu sagen? Möglich wäre es. Wir haben keine Ahnung.«

Aggie betrachtete ihn. Sie ertappte ihn wieder dabei, wie sein Blick zu ihrer Brust abirrte. Sie hielt seine Augen mit ihren fest, und er sah sie an. Er schaute, so dachte sie, als wüßte er etwas von ihr.

»Wissen Sie, er würde es tun«, gestand sie leise.

»Ma'am?«

»Einen Mann mit einem Stuhl niederschlagen«, sagte sie. »Wenn er es tun müßte. Er würde ihn töten, wenn es nötig wäre, oder sonst was. Er würde wohl alles tun.«

D'Annunzio nickte. »Ja, Ma'am«, sagte er.

»D'Annunzio.«

Es war Special Agent Calvin, der ihn von der Kinderzimmertür anrief. Seine Augen blickten hell und wach. Er winkte D'Annunzio zu sich. Der fette Mann watschelte hin.

Aggie wandte sich ab. Sie zog sich von ihm zurück und versenkte sich in sich selbst. Sie saß ganz still, versuchte, nicht zu erschauern, sich nicht von der Angst übermannen zu lassen. Sie umklammerte ihr Glas Wasser. Sie lauschte den Stimmen der Männer: unermüdlich, tief, hypnotisch.

»... der Hausverwalter um die Ecke ...«

»Ja, dem brach glatt der kalte Schweiß aus.«

»Stellt euch vor. Er sagt, ›Ich dachte, es wären nur Drogenhändler.‹«

»... ein armseliger Arsch, das sage ich euch ...«

»... Dr. Conrad helfen ...«

»... schon davon gehört ...?«

»... in der Stadt noch eine Leiche gefunden ...«

»... tatsächlich in der Stadt ...?«

»... gerade über Funk ...«

»... sie meinen, es stünde mit dieser Sache hier in Verbindung. Dieses Girl, die Patientin ...«

»Sie müssen Dr. Conrad helfen.«

»... und der Bursche weint, glaubt man so was ...?«

»... schlimm zugerichtet ...«

»... Dr. Conrad. Helfen Sie ihm.«

»... der Tote ...?«

»... unter einem Kipper ...«

»... wer sagt, dort gebe es eine Verbindung ...«

»Jemand muß Dr. Conrad helfen! Sie müssen ihm helfen! Bitte!«

Die Stimmen der Männer verstummten abrupt. Der schrille Schrei hing noch in der Luft. Es war der Schrei einer Frau. Er ließ Aggie aufschauen, herumfahren, erschrocken, zwischen den Männern suchen.

»Bitte«, rief die Frau ihnen erneut zu. »Bitte. Hören Sie doch zu. Jemand muß ihm helfen. Dr. Conrad. Sie haben seine Tochter mitgenommen. Und nun versuchen sie, meine Mutter herauszuholen. Bitte.«

Dann sah Aggie sie. Sie trat zwischen den Männern hervor wie ein Gespenst. Stolperte steifbeinig vorwärts, geisterhaft, Schritt für Schritt. Die Männer standen wie erstarrt, rührten sich nicht vom Fleck. Sie starrten sie an, als sie sich zwischen ihnen hindurchdrängte, als machten sie ihr Platz.

Die Frau hielt ihre Hände, als wären sie auf ihrem Rücken gefesselt, und ihre Augen waren so groß und weiß, daß sie fast ihr ganzes Gesicht auszufüllen schienen. Und da war Blut, Aggie sah es jetzt. Überall Blut an ihr. Es tränkte und verklebte das rosafarbene Kleid, das sie trug, es verschmierte ihre Wangen, hing in Klumpen in ihrem Haar.

»Sie müssen. Ihm helfen. Bitte. Irgend jemand – Sie müssen Dr. Conrad helfen. Es ist Terry. Es gibt ihn wirklich. Er will meine Mutter herausholen. Bitte.«

»Hey, Miss – verdammt – einen Moment mal.«

Das Kommando – der tiefe männliche Klang der Stimme – schien den Raum aus seiner Erstarrung zu wecken. Das Stimmengemurmel setzte wieder ein.

»Wo kommt die denn her?«

»Warten Sie mal, Miss.«

»Gebt acht. Jemand soll sich um sie kümmern.«

»Hey, Sie können nicht so einfach hereinkommen.«

Der Gang, der sich für die Frau geöffnet zu haben schien, schloß sich plötzlich. Männer tauchten neben ihr auf, ergriffen ihre nackten, blutbefleckten Arme. Die Hände immer noch auf dem Rücken haltend, wehrte sie sich gegen die Griffe. Aggie sah Handschellen um ihre Handgelenke.

Die Frau schrie auf. »Nein! Sie müssen zuhören! Sie müssen ihm helfen!«

»Schon gut, immer mit der Ruhe, Lady. Warten Sie.«

»Haltet Sie fest!«

»Bitte!« Der Schrei schien sich tief in ihrer Kehle loszureißen. Während ihre Arme rechts und links von Männern festgehalten wurden, warf sie den Kopf in den Nacken und schrie die Decke an. »Bitte!«

»Warten Sie!« Aggie versuchte, das Glas Wasser hinzustellen. Es kippte auf dem Beistelltisch um. Es rollte von der Tischplatte herunter, zerschellte auf dem Fußboden. »Hören Sie um Gottes willen auf!« verlangte sie. Sie war aufgesprungen. Sie hielt die Hand hoch. »Stopp!«

Der Klang ihrer Stimme, das zerschellende Glas, schien erneut alles in Lähmung fallen zu lassen. Im Raum wurde es still. Die Gesichter der Männer wandten sich ihr zu. Aggie spürte ihre forschenden Blicke auf sich. Sie sah zu D'Annunzio. Er beobachtete sie, abwartend.

Sie sah zu den anderen, ließ ihre Blicke über sie hinweggleiten. »Schön, lassen Sie sie reden«, meinte sie dann leise. »Lassen Sie sie los. Sie soll sprechen.«

Die Männer wandten ihre Aufmerksamkeit der anderen Frau zu. Langsam entspannten sich die zupackenden Hände an ihren Armen. Die Männer ließen sie los, wichen zurück. Die Frau stand schwankend da, hatte den Kopf immer noch im Nacken und starrte zur Decke empor.

Dann sank ihr Kinn herab. Ihr Gesicht tauchte auf. Sie sah durch die Männer hindurch. Ihr Blick fiel auf Agatha.

Agatha wischte sich das Haar aus dem Gesicht und musterte quer durch den Raum die fremde Frau. Diese hatte immer noch einen verwirrten Ausdruck im Gesicht; dann öffnete sie den Mund und schüttelte heftig den Kopf.

»Wer sind Sie?« fragte sie.

Agatha antwortete mit sanfter, beruhigender Stimme: »Ich bin seine Frau. Wer sind Sie?«

Die Frau schüttelte noch einmal den Kopf. Dann sagte sie: »Ich bin seine Elizabeth.«

Und brach zusammen.

Eddie der Trickser

Der Kreuzer der Strafvollzugsbehörde stieß gegen den Pier auf Hart Island. Sport stieg mit der Leine aus und zog das Boot hinter sich her. Der Maschinist kam an Deck. Er kletterte unbeholfen über die Reling. Als er neben Sport auf dem Pier stand, warf Sport die Leine zurück auf den Kreuzer. Der Wächter hinter dem Ruder winkte ihm. Er meinte mit einem heiseren Flüstern, an Sport gerichtet:

»Zehn nach elf spätestens. Dann muß ich zum Schichtwechsel zurück sein.«

Sport winkte ebenfalls. »Anderthalb Stunden. Ich bin da. Kein Problem.«

Der Kreuzer zog vom Kai weg. Er wendete im Wasser und schnurrte zurück nach City Island. Wenig später hüllte der Nebel ihn vollständig ein. Das Dröhnen des Motors verhallte.

Es war still auf der Insel bis auf das gelegentliche Plätschern der Wellen am Strand.

Sport holte eine Taschenlampe aus der Tasche seiner Windjacke. Er ließ den Lichtstrahl kurz über die nähere Umgebung wandern. In der Ferne, hinter einer Baumgruppe, konnte er vage die Silhouetten von Fertigbauten erkennen: alte graue Baracken hinter einem Stacheldrahtzaun. In früheren Zeiten, als Sport hier gewesen war, hatten die Häftlinge, die freiwillig auf der Insel arbeiteten, in diesen Gebäuden rund um die Uhr gelebt. Mittlerweile sparte die

Stadtverwaltung Geld, indem man sie jeden Tag von Rikers hierherbringen ließ.

Nun, bei Nacht, war Hart Island vollkommen verlassen.

Eine schmale Asphaltstraße schlängelte sich von dem Pier weg. Sport und der Maschinist machten sich auf den Weg. Herbstliche Bäume, deren letztes Laub im Wind raschelte, säumten die Straße mit zunehmender Dichte. Wuchtige alte Bauten, das Mauerwerk im Zustand des Verfalls, kauerten zwischen diesen Bäumen und waren stellenweise durch das dichte Astwerk zu erkennen. Sports Taschenlampenstrahl brach sich funkelnd an den gezackten Glasresten in den leeren Fensterhöhlen.

»Ganz schön unheimlich«, sagte er.

Der Maschinist sagte gar nichts.

Sie setzten ihren Weg unter den Bäumen fort.

Sport kannte den Weg zum Friedhof. Der Ort hatte sich in sein Gedächtnis eingeprägt – genauso wie seine Heimat, die Vorstadtstraßen von Jackson Heights. Die dschungelhafte Sommerhitze zwischen den Bäumen, der bitterkalte winterliche Wind vom Wasser – manchmal konnte er dies alles fühlen wie eine Erinnerung seines Fleisches. Er konnte den verhangenen Himmel sehen – dunstig und farblos bei Tag, sternenlos bei Nacht –; er sah ihn über den langen Gräben, den weißen Grabsteinen. Er konnte die Gefangenen sehen in ihrem grünen Drillich, wie sie von den Baracken herüberschlurften, um die nächste Ladung Särge am Pier in Empfang zu nehmen. Er konnte ihr Gelächter hören, womit sie ihrer Freude Ausdruck verliehen, sich draußen in der frischen Luft aufhalten zu können. Der Freude, Rikers und die Langeweile und den Schweißgestank und die Steinmauern hinter sich lassen zu können. Zur Hölle, sie waren ein privilegierter Haufen, diese Totengräber – man mußte mindestens ein Jahr im Bau gewesen sein und durfte sich nichts zuschulden kommen lassen, um einen solchen Platz zu ergattern. Ja, diese Burschen waren wirklich privilegiert, daß sie die Tannensärge vom Lastwagen in die Gräben heben durften; daß sie die Leichen verarmter Huren und obdachloser Säufer und Neugeborener aufstapeln durften, die es nicht geschafft hatten, weil ihre Mütter sich die Leiber voll Drogen gepumpt hatten ... Sie waren auserwählt und vom Schicksal begünstigt und glücklich und stolz, hier sein zu dürfen.

Aber das galt nicht für Sport. Sport empfand nichts von alledem.

Dies war der Tiefpunkt seines Lebens gewesen, dieser Ort. Dieser Ort und Rikers. Hier war er wirklich ganz unten gewesen. Ohne Ausbildung, nach Jahren, in denen er die Frank-Sinatra-Kassetten nachgesungen hatte, die er sich auf seinem Walkman vorspielte, war dies der einzige anständige Job, den er bekommen konnte. Und den bekam er auch nur, weil seine Mutter einen Freund hatte (diesen wandelnden Penis, der sie während der letzten fünf Jahre mit Geld für Fusel versorgt hatte), der bei der Strafvollzugsbehörde der Stadt arbeitete.

Und so war aus Sport, dem neuen Sinatra, dem neuen Julio Iglesias, im Alter von sechsundzwanzig Jahren ein Gefangenenwärter auf Rikers Island geworden. Ein Strafvollzugsbeamter, wie sie sich lieber nennen ließen. Und da er immer ein guter Junge gewesen war, hatte er sich schon bald zum Versorgungsdienst auf Hart Island in Potters Field versetzen lassen können. Er wurde eingesetzt, um, wie es laut behördlicher Vorschrift hieß, die »Armen und Namenlosen« zu beerdigen.

O ja, er erinnerte sich an diesen Ort; er würde sich immer daran erinnern. Es waren nicht nur die Toten, die hier begraben wurden. Hier draußen auf Hart Island hatte er eine Vision von einem Leben gehabt, welches sich in endloser Gleichförmigkeit vor ihm ausstreckte; von einem Leben, das direkt aus einer der Prophezeiungen seiner Mutter hätte stammen können. Hier draußen, zwischen den Gräbern, hatte Sport das Gelächter seiner Mutter gehört, wie es in alle Ewigkeit in seinen Ohren klang.

Und dann, sozusagen aus dem Nichts, rettete ihn der Unfall.

Es passierte rasend schnell. Er beaufsichtigte gerade die Arbeiten im Graben. Ein Gefangener befestigte einen Haken und eine Kette an der schweren Schutzwand, die dazu benutzt wurde, den Stapel Särge vom Vortag über Nacht zu stützen. Der zivile Maschinist hatte seinen Bagger so aufgestellt, daß er mühelos die Schutzwand hochziehen konnte. Zwei andere Gefangene arbeiteten unterdessen mit Rechen und Schaufel, um das Grundwasser zu verteilen, das sich ständig auf dem Grabengrund sammelte. Die übrigen Gefangenen befanden sich hinter Sport und schleppten Särge zum Graben.

An diesem Tag waren unter den Toten viele Kinder. Ihre Särge waren kaum größer als Schuhkartons. Die Häftlinge machten ihre Witze, während sie sie vom Kipplastwagen luden.

»Na endlich kommen meine Adidas-Schuhe. Es wurde auch bald Zeit.«

»Hey, Homes, hier ist die Stange Zigaretten, die du bestellt hast.«

»Das ist jetzt der letzte Fast-Food-Schrei: MacBaby im Karton.«

Und während einer der Männer sich umdrehte, um einem anderen etwas zuzurufen, ließ er seinen Sarg fallen. Er rutschte über die Grabenkante, klatschte in die Pfütze auf dem Grund und brach auf.

Die Kiste lag auf der Seite. Das kleine Brett, das den Deckel bildete, war abgesprungen. Ein weißer Plastikbeutel rollte heraus und blieb im schlammigen Grundwasser liegen.

Die Totengräber verstummten. Es war kein Laut zu hören bis auf das dumpfe Rumpeln des Baggermotors. Die Gefangenen am Rand des Grabens starrten hinunter auf den weißen Plastiksack. Er lag vor den Füßen des Jungen, der mit dem Rechen arbeitete.

»Na los«, rief jemand vom Grabenrand. »Steck es endlich rein, Homes, es kann nichts passieren. Es ist tot.«

Der Häftling im Graben schüttelte den Kopf. Er starrte auf den weißen Beutel. Und hörte nicht auf, den Kopf zu schütteln.

»Na mach schon, Nigger«, rief ein anderer Gefangener ihm zu.

»Das ist dein Freßpaket, Mann, nun heb's doch endlich auf«, meinte ein anderer.

Alle Gefangenen lachten jetzt und riefen dem Mann im Graben ihre Tips zu. Der Häftling im Graben rührte sich nicht vom Fleck, starrte nur nach unten und schüttelte den Kopf.

»Na los, Mann, beeil dich. Heb's auf und steck's zurück.«

»O verdammter Herrgott«, murmelte Sport schließlich.

Er sprang selbst in den Graben. Die Häftlinge applaudierten. »Sport, der Lebensretter. Na los, zeig's ihnen, Sporty.«

Sport bückte sich, wobei er knöcheltief im Wasser stand. Er hob den Plastikbeutel hoch. Er war so leicht; er schüttelte ihn hin und her, als wäre er voller Zweige. Er legte den Beutel in den Sarg. Dann setzte er den Deckel wieder auf und drückte den Nagel mit seiner Hand fest.

Während er das tat, hob der Bagger den Haken und die Kette; die Schutzwand wurde aus dem Graben gezogen. Der nasse Grabenboden gab nach, und der Stapel Särge vom Vortag kippte um.

Zusammengekauert, wie er gerade war, wurde Sport fast zerquetscht, als die Särge auf ihn stürzten. Er fiel auf die Erde, und die Kisten nagelten ihn im Schlamm fest.

Einen kurzen Moment spürte er nichts anderes als den Schlamm und das Wasser, die in seinen Mund strömten, glaubte er zu ersticken, fühlte er Panik in sich aufsteigen ...

Und dann explodierte der Schmerz in ihm, und er würgte und hustete und versuchte zu schreien.

Sein Blinddarm war gebrochen. Die Ärzte im Bronx Municipal meinten später, sie hätten ihn gerade noch rechtzeitig auf den Operationstisch bekommen.

Sport nahm sich sofort einen Anwalt, der laut lamentierte, daß die Stadt die Verantwortung für diesen Zwischenfall trage und eine zusätzliche Entschädigung gezahlt werden müsse. Die Stadtverwaltung reagierte, indem sie Sport eine einmalige Zahlung von dreißigtausend Dollar neben den üblichen Versicherungsleistungen anbot. Sport nahm das Angebot an und kündigte seinen Job sofort.

Er beschloß, einen Versuch im Showbusineß zu starten. Einen richtigen Versuch diesmal, keine halben Sachen. Nicht einmal die nächtlichen Telefonanrufe seiner Mutter konnten ihn von diesem Vorhaben abbringen. Er ließ neue Fotos von sich anfertigen. Er traf Vorbereitungen, ein Schallplattenstudio zu mieten.

Und dann hatte er seinen Genieblitz. Seine großartige Idee mit Eddie dem Trickser.

Drei Monate vor seinem Unfall hatte der versoffene Ex-Wärter und Ex-Häftling seine Geschichte in der Harbor Bar erzählt, wo Sport sich immer mit seinem Kollegen aus dem Strafvollzug traf. Die Geschichte blieb ständig gleich: Sie beschrieb, wie Eddie den Drogenhandel im städtischen Gefängnissystem organisiert hatte; wie er dabei über eine halbe Million Dollar in bar hatte abzweigen können; wie das FBI sich an seine Fersen geheftet und wie er sie ausgetrickst hatte, indem er für das Geld Diamanten besorgte und diese versteckte.

»Das liegt jetzt neun Jahre zurück«, sagte der alte Mann. »Die Ermittler rückten mir allmählich auf die Pelle. Aber ich hatte noch meine Diamanten. Für eine halbe Million – damals, und ich möchte nicht wissen, was sie heute wert sind.«

Er drehte dann den Kopf, so daß seine mit Leberflecken übersäte Glatze das gelbe Licht der Kneipe reflektierte. Er verzerrte sein Gesicht, bis sein riesiges rechtes Auge jeden Moment auf den Tisch zu springen schien. Und er sagte: »Ich arbeitete damals draußen bei den Potter's-Field-Leuten auf Hart Island. Und ich dachte bei mir: Wenn ich nur zwei Minuten mit einem der Särge dort allein sein könnte, dann würde ich die Kassette mit den Diamanten hineinstecken, und sie wären sicher und anständig vergraben, bis Gras über die Sache gewachsen wär. Und dann, eines Tages, ergab sich eine Gelegenheit, zu schön, zu perfekt, um sie ungenutzt verstreichen zu lassen. Ein kleines Mädchen versteckte sich auf dem Fleischtransporter. Jawohl. Sie wollte zusehen, wie ihre arme Mutter beerdigt wurde, dieses arme Ding; daher taten wir so, als sei eine dieser unbekannten Leichen ihre Mutter, und wir veranstalteten für sie eine kleine Begräbnisfeier. Es war richtig bewegend. Wirklich. Aber der Punkt ist der, der Punkt ist, während alle sich um das Kind kümmerten, kletterte ich auf den Lastwagen, öffnete den Sarg der Unbekannten und legte mein Paket hinein. Es wurde direkt vor den Augen aller begraben, und niemand ahnte etwas.«

Dann wies er mit einem Finger auf seinen kahlen Schädel,

zwinkerte mit seinem großen Auge und sagte: »Sobald ich alles vorbereitet habe, um die Sache durchzuziehen, grabe ich die Diamanten wieder aus. Das kann niemand sonst, versteht ihr, denn niemand kennt die Nummer auf dem Sarg außer mir.«

Und dann kicherte er gackernd und meinte: »Niemand außer mir und Elizabeth Burrows, heißt das. Niemand außer mir und dem kleinen Mädchen.«

Wann war der Augenblick gekommen, daß Sport angefangen hatte, diesen Quatsch zu glauben? Daran konnte er sich nicht mehr erinnern. Es war ihm plötzlich nur so vorgekommen, daß er sich in einer idealen Position befand, diese Diamanten aus der Erde zu holen, an ein richtiges Vermögen heranzukommen, den richtigen Start für seine Karriere zu inszenieren. Er hatte Geld, er hatte seine Beziehungen im Strafvollzug, und er wußte, nach welchem System in Potter's Field die Beerdigungen durchgeführt wurden.

Sobald er aus dem Krankenhaus herauskam, suchte er die Harbor Bar auf. Eddie war nicht mehr da. Er sei gestorben, sagte der Barkeeper. Während Sport im Krankenhaus lag, habe das Herz des alten Mannes gestreikt, und er sei in einem alten Hotel um die Ecke friedlich im Bett gestorben.

Sport hätte damals die Sache gleich vergessen können. Mein Gott, er wünschte sich, er hätte es wirklich getan. Aber nein. Er hatte Elizabeth Burrows im Telefonbuch gefunden – und dann hatte er sich von einem Freund einige Kopien von den Beerdigungsdaten des Jahres anfertigen lassen, in dem Eddie verhaftet worden war ...

Nun holte er diese Aufzeichnungen aus der Tasche seiner Windjacke. Er und der Maschinist hatten das Gräberfeld erreicht.

Sie befanden sich neben der Straße auf einem kleinen Feld schwarzer Erde. Kleine weiße Grabsteine, die sogar im mondlosen Dunst leuchteten, ragten in Abständen von rund zwanzig Metern aus der Erde. Am Ende des Feldes, direkt vor Sport, befand sich der neue Graben, eine offene Grube. An deren Rand standen unbenutzte Särge. In einem befanden sich die Grabwerkzeuge, wie Sport wußte. Ein Bagger stand ebenfalls am Grabenrand. Er sah, in der Dunkelheit, von weitem aus wie ein riesiges Tier, das zur Tränke gekommen war, um zu saufen.

Sport blieb für einen Moment stehen, wo er gerade war. Er zog die Schultern hoch und fröstelte. Hinter ihm blies der kalte Wind vom Meer herüber. Die Wellen rollten plätschernd auf den Strand und ließen die leeren Muschelschalen klirren. Der Wind zog weiter und rührte den Nebel auf, der auf dem Feld mit den Grabsteinen lag. Dann setzte der Wind seinen Weg fort, und am fernen Ende des Feldes knarrten und schwankten die kahlen Bäume.

»Okay«, flüsterte Sport.

Er ließ den Maschinisten auf der Straße stehen und ging hinaus auf das Feld.

Sport hatte schon früher Exhumierungen miterlebt. Es gab in jedem Jahr etwa hundert auf Hart Island. Da der raffinierte alte Eddie darauf geachtet hatte, daß seine Unbekannte möglichst weit oben lag, würde es diesmal ziemlich einfach sein, dachte er. Er mußte nur die richtige Stelle finden.

Sport wanderte langsam durch den Nebel, bückte sich in der Dunkelheit gelegentlich, um mit der Taschenlampe einen Grabstein anzuleuchten. Jeder Stein markierte einen Graben, und in jedem Graben lagen die sterblichen Überreste von hundertfünfzig armen Teufeln. Sie waren beerdigt in Gruppen von achtundvierzig, achtundvierzig und vierundfünfzig Särgen: Sie waren jeweils zu dritt aufgestapelt und bildeten Sechsereinheiten. Sport setzte seine Wanderung fort, und entfernte sich dabei immer weiter von der Straße hinter ihm und kam dem Wald vor ihm näher und näher.

Als er das andere Ende des Feldes erreicht hatte, hielt er inne. Der Wald mit seinem dichten Unterholz befand sich direkt neben ihm. Er hörte die welken Blätter in der Dunkelheit rascheln. Er ließ den Lampenstrahl über den Grabstein direkt vor ihm gleiten und sah die Zahl, die darauf stand. Er hatte gefunden, was er suchte.

Sport stellte sich vor dem Grabstein auf und begann eine bestimmte Entfernung abzuschreiten. Die Zahl, die Conrad ihm genannt hatte, paßte zu einer anderen Zahl in seinen kopierten Aufzeichnungen: 2-16. Der Sarg, auf den er es abgesehen hatte, war der sechzehnte in der zweiten Abteilung. Er begann zu zählen.

Als er die Stelle gefunden hatte, bückte er sich und zeichnete mit dem Finger ein X in den Staub. Er kehrte zur Straße und zu dem mürrischen Maschinisten zurück.

»Das X bezeichnet die genaue Stelle«, sagte er.

Der Maschinist nickte. Ohne ein weiteres Wort ging er hinüber zu dem Bagger am offenen Graben. Er kletterte in sein Führerhaus.

Sekunden später sprang der Motor des Baggers an. Sein Scheinwerfer flammte auf. Er entfernte sich rumpelnd von dem offenen Graben.

Sport ging zu den unbenutzten Särgen. Er ließ sich auf einem nieder und sah zu, wie der Bagger sich über das Feld bewegte.

Der Maschinist brachte das Fahrzeug an der Stelle in Position, die Sport für ihn markiert hatte. Sport hörte, wie die Schaufel der Maschine sich knirschend ins Erdreich bohrte.

Marshal Dillon

Conrad ging jetzt auf und ab, ignorierte den Schmerz in seinem Knie, starrte vor sich ins Leere und hielt dabei den Kassettenrecorder in der rechten Hand. Er könnte sich irren, sagte er sich immer wieder. Die Beschreibung paßte sicherlich auf eine Million Menschen. Er könnte eine völlig falsche Spur verfolgen ...

Doch während er ins Leere starrte, sah er vor sich Sports Gesicht. Das junge, attraktive Gesicht mit den Künstleraugen. Das gleiche Gesicht, das ihn angegrinst, das ihn verflucht und angespuckt hatte. Und er stürmte auf und ab, umklammerte den Recorder. Und er glaubte einfach nicht, daß er sich irrte.

Es mußte Sport gewesen sein. Die ganze Zeit, von Anfang an. Sport mußte Terry gewesen sein, der aufstrebende Schauspieler. Der Mann, der Elizabeth geküßt hatte. Der Mann, der den Rothaarigen, Robert Rostoff, in ihrem Apartment ermordet hatte. Das war es wohl, dachte er. Genau das mußte geschehen sein. Sie hatte angenommen, er wäre eine Halluzination gewesen, ihr Heimlicher Freund, doch er war real. Er war real und hatte versucht, sie zu verführen. Aber irgendwie, aus irgendeinem Grund, war der rothaarige Mann dazwischen geraten. Der rothaarige Mann hatte gewußt, daß Sport in ihre Wohnung kam. Er hatte sich dort versteckt, er hatte sich Elizabeth gepackt, hatte sie in ihrem Badezimmer eingesperrt. Er hatte versucht, sie von Sport fernzuhalten. Vielleicht hatte er sogar versucht, sie zu beschützen. Dann, während Elizabeth im Badezimmer eingeschlossen war, während sie verwirrt, hysterisch war, vielleicht sogar tatsächlich Halluzinationen hatte, mußte Sport eingedrungen sein und den rothaarigen Mann überwältigt haben. Er mußte die Person ermordet haben, die ihn gestört hatte, als er Elizabeth küßte, die das Mädchen abgeschreckt hatte, nachdem Sport es schaffen konnte, sie mit sich zu locken, sie mitzunehmen in ...

Conrad unterbrach seine Wanderung. Seine Augen weiteten sich. Er schaute auf den Kassettenrecorder in seiner Hand.

... in sein Apartment.

Sport hatte Elizabeth in sein Apartment mitgenommen. Das hatte sie ihm erzählt. Sie hatte ihm auch erzählt, wo es war. Er erinnerte sich ...

Er kehrte schnell zu seinem Sessel zurück. Setzte sich, hielt den Recorder zwischen den Knien fest. Er drückte auf die Vorlauftaste. Er klopfte ungeduldig mit dem Fuß auf den Fußboden, während das Band weitergespult wurde.

Er stoppte es. Drückte auf die Abspieltaste.

... *er sah richtig wütend aus. Er sagte, er würde mich am Eingang zum Center von der ...*

»Mist«, sagte Conrad.

Er ließ das Band ein Stück weiterlaufen. Und schaute dabei auf die Uhr. Fünf nach elf. Er spürte in seiner Magengrube, wie die Zeit drängte. Für eine Weile war dieser Druck nicht mehr vorhanden gewesen. Für einen kurzen Moment, hier, in diesem kleinen Raum, war es ihm so vorgekommen, als gäbe es keine Zeit – als hätte sie einfach aufgehört zu existieren. Doch nun bewegte sie sich wieder, bewegte sie sich viel zu schnell. Er spürte es, spürte, wie sie in ihm brannte.

Er betätigte die Abspieltaste.

... *mittlerweile ziemlich spät,* fuhr Elizabeths Stimme

fort. *Etwa elf Uhr. Und wir befanden uns in einer Gegend, die nicht sehr schön war.*

Das war es. Dort kam es. Er hörte weiter zu.

... blieben wir vor einem alten Sandsteinbau stehen, einen Block vom Hudson entfernt, in einer kleinen Straße namens Houses Street ...

»Houses Street«, flüsterte Conrad.

Er rollte auf dem Sessel zu seinem Schreibpult. Er fand einen Kugelschreiber. Er zog einen alten Briefumschlag aus dem Papierwust. Das Tonband lief noch.

Es gab keine Straßenbeleuchtung, und das Haus, vor dem wir standen, nämlich der Sandsteinbau, war das einzige, in dem ein Licht brannte ...

Ungeduldig streckte Conrad die Hand aus und betätigte den schnellen Vorlauf. Er ließ diesmal das Band lange abspulen. Zweimal mußte er es anhalten und hineinhören. Dann, beim dritten Mal, fand er, was er suchte.

Sie fuhren mich sogar hin. Sie zeigten es mir. Da ist das Sandsteinhaus, sagten sie. Nummer zwohundertzweiundzwanzig.

Conrad schaltete den Recorder aus. Er kritzelte die Adresse auf die Rückseite des alten Briefumschlags: 222 Houses Street.

Er rollte den Sessel vom Schreibpult weg. Und stand auf.

Es könnte durchaus falsch sein, dachte er.

Er legte den Kassettenrecorder auf das Schreibpult. Beugte sich über die Platte und suchte in dem Papierwust herum. Irgendwo hatte er einen Stadtplan. In einem der Fächer. Da war er. Ein Taschenatlas von der Stadt. Er zog ihn heraus und schlug ihn auf. Er fand das Straßenverzeichnis und fuhr mit dem Finger an den Straßennamen entlang.

»Ach!« Er mußte den Kopf schütteln, mußte die Augen schließen, um die roten Wolken davor zu vertreiben.

Er suchte weiter. Houses Street. Er schlug den Plan von Manhattan auf. Dort war es, unten in Tribeca. Über die Broadway-Strecke der U-Bahn käme er ziemlich nahe heran.

Aber es konnte genausogut falsch sein, er könnte sich irren. Hatte die Polizei das Gebäude nicht überprüft? Hatten sie Elizabeth nicht gezeigt, daß es verlassen war ...?

Er streckte sich. Wandte sich um. Blickte durch das Zimmer. Starrte auf das mit Läden verschlossene Fenster.

Gehen Sie nicht durch diese Tür, Marshal Dillon, denn wir haben Sie im Visier.

Er griff unter den Schirm seiner Schreibtischlampe. Er knipste sie aus. Er blickte zum Fenster.

Gehen Sie nicht durch diese Tür ...

Er ging zum Patientensessel. Schaltete die Lampe aus, die daneben stand. In seinem Kopf entstand ein pochender Schmerz, als vor seinen Augen rote Wolken vorbeitrieben. Er ging zur Tür, wollte zum Lichtschalter.

Alles könnte ein großer Irrtum sein, dachte er. Er wäre nicht in der Lage, die Polizei zu rufen, denn es konnte alles falsch sein, und falls Jessica nicht dort war, falls Sport sie sah, aber Jessica nicht dort wartete ...

Er legte den Schalter um. Das Behandlungszimmer wurde dunkel. Und sogar jetzt, in der Dunkelheit, trieben vor ihm rote Flecken dahin, breiteten sich aus und zogen sich wieder zusammen. Er schaute durch sie hindurch in Richtung Fenster.

Und wenn er sich irrte, würde er rechtzeitig zurück sein müssen. Wenn er sich täuschte, wenn alles ein Irrtum war, dann müßte er bis Mitternacht hingefahren und wieder hierher zurückgekehrt sein. Er mußte hinfahren und zurückkommen, ohne gesehen zu werden, und das rechtzeitig, um jene letzte, winzige Chance wahrzunehmen, daß die Entführer sie ihm tatsächlich zurückbrachten, wie sie es versprochen hatten. Und selbst wenn er mit seiner Vermutung recht hatte ... Nun ...

Wenn er recht hatte, wenn Sport Jessica dort festhielt, dann mußte Conrad sofort und auf dem schnellsten Weg hin. Er mußte sie erreichen, ehe Sport die Zahl überprüfen konnte, ehe Sport sich darüber klarwerden konnte, daß er nun keine Geisel mehr brauchte. Nur wenn er das tat, wenn er sie rechtzeitig fand, erst dann konnte er die Polizei benachrichtigen und endlich jemanden losschicken, der ihr half ...

Aber die Zeit verstrich, und sie brannte ihm unter den Nägeln, zerrte an ihm. Er mußte so oder so etwas unternehmen. Und es mußte schnell geschehen.

Er setzte sich in Bewegung. Indem er sein lädiertes Bein so gut wie möglich schonte, tastete er sich durch die Dunkelheit. Die roten Wolken vor seinem Auge wurden schwächer, durchsichtiger, sie lösten sich auf. Mit vorgestreckten Händen schob er sich durch die Finsternis. Er umrundete die Analysecouch. Seine Finger berührten die Wand, strichen daran entlang, bis sie auf die Holzläden des Fensters stießen.

Er entriegelte die Läden und klappte sie auf. Er sah hinaus in den Lichtschacht.

Auf diese Seite würden sie sicherlich nicht achten, dachte er. Wenn die Läden geschlossen blieben, bemerkten die meisten Leute nicht einmal, daß hier ein Fenster existierte.

Gehen Sie nicht durch diese Tür, Marshal Dillon.

Und selbst wenn sie es wußten, dann führte es nur auf einen Lichtschacht: einen rundum geschlossenen Hof zwischen diesem Gebäude und dem an der Ecke der Dreiundachtzigsten Straße. Die Mauer des benachbarten Gebäudes reichte hoch hinauf, mindestens zwanzig Stockwerke. Und während sich auch in dieser Wand kleine Fenster befanden, waren die unteren ebenfalls mit Läden dicht verschlossen. Keine leichte Sache. Allein sich durch dieses Fenster zu zwängen war ein mühevolles Unterfangen. Und dann, irgendwie eines der Fenster des Gebäudes nebenan aufzubrechen ... ohne dabei gesehen zu werden, ohne sich erwischen zu lassen ... Die Kidnapper würden sich niemals die Mühe machen, sagte er sich, etwas derartiges zu vereiteln, sich diesbezüglich abzusichern.

Er befeuchtete seine trockenen Lippen. In seinem Magen war ein Brennen. Er dachte an das Blut auf dem Beifahrersitz des Corsica. Elizabeths Blut. Bei dieser Gelegenheit hatte er auch nicht damit gerechnet, daß die Entführer ihn beobachteten.

Und so verharrte er am Fenster. Er bewegte sich nicht. Er atmete durch den Mund und blickte hinaus in den Lichtschacht.

Er konnte sich irren, ging es ihm wieder durch den Kopf.

Er stand im Dunkeln und fixierte den Schacht. Er sah Jessica vor sich. Er sah sie in ihrem bunt gemusterten Nachthemd auf dem Fußboden liegen. Er sah ihr Haar – das die gleiche Farbe hatte wie sein Haar – verschwitzt und zerzaust um ihr Gesicht. Er sah ihre glasigen Augen, die ihn zwischen den Strähnen ansahen.

Warum bist du nicht gekommen, Daddy?

Er dachte an Elizabeths Blut.

Daddy?

Conrad nickte. Er antwortete flüsternd: »Ich komme.«

Aggie und Elizabeth

Die Polizisten stürzten sich auf Elizabeth. Sie umringten sie. Aggie verlor sie in dem Gedränge aus den Augen. Sie ging langsam auf den sich schließenden Kreis aus dunklen Anzügen zu.

»Sorgt dafür, daß sie Luft bekommt«, meinte einer der Männer.

»Sie kommt wieder zu sich«, meinte ein anderer.

Aggie befand sich jetzt am Rand des Kreises. Männerrücken versperrten ihr den Weg. Gegenüber sah sie Männergesichter, ernst und mit zusammengepreßten Lippen. Sie riefen sich kurze Bemerkungen zu.

»Paß auf sie auf.«

»Vorsicht, daß sie sich nicht weh tut.«

Dann, mitten aus dem Kreis Männer und sich gegen ihre Stimmen durchsetzend, hörte Aggie die Stimme einer Frau. Zuerst leise, zaghaft. »Was? Wie? Bitte, bitte, ich ...«

»Bitte«, sagte auch Aggie. Sie streckte eine Hand aus und klopfte damit einem Mann auf die Schulter. Der Mann fuhr zu ihr herum, ein dunkelhäutiger Detective mit sorgfältig geföntem Haar. »Bitte«, sagte Aggie. Der Detective trat beiseite, um sie durchzulassen. Aggie drängte sich in den Kreis der Männer. Sie hörte, wie die Stimme der Frau lauter wurde.

»Ich kann nicht ... ich kann das nicht haben. Ich schaffe es nicht, bitte, es geht nicht, bitte ...«

Die Worte kamen nun schneller und schneller. Immer wieder das gleiche: »Ich schaffe es nicht, ich ertrag's nicht.« Aggie hörte, wie die Stimme schriller wurde, als Panik sich hineinschlich.

»Bitte«, sagte Aggie. »Sie machen ihr angst. Lassen Sie mich ...« Sie versuchte sich zwischen zwei Männern hindurchzudrängen und tiefer in die Menschentraube einzudringen.

Die Stimme der jungen Frau klang immer schriller. »O Gott, oh, bitte, ich hab' solche Angst, ich halte es nicht aus, bitte ... bitte ...«

Agatha stieß den Mann direkt vor ihr an. Er rückte zur Seite, und sie drang vor zum Mittelpunkt des Rings. Sie konnte die Frau jetzt sehen – Elizabeth, *seine* Elizabeth – sie konnte ihren Kopf erkennen, ihr goldenes Haar, dann einen Teil ihres Gesichts, ihre blutbefleckte Stirn. Sie warf sich hin und her, als wollte sie sich losreißen, befreien. Ihre Augen waren weit aufgerissen, zuckten hin und her, während die Männer immer noch auf sie eindrangen.

»Bitte«, sagte Agatha laut. »Bitte. Lassen Sie ihr doch etwas Platz. Sie machen ihr doch angst. Kann ihr denn niemand diese Handschellen abnehmen?«

Als sie schließlich zur Mitte der Männergruppe vorgedrungen war, sah Aggie die Frau vollständig. Sie kniete, wobei der Saum ihres Kleides sie umgab wie ein Rad. Männer hielten ihre Oberarme fest, und ihre Finger drückten sich in ihr Fleisch. Ihr Kopf peitschte in Panik wild hin und her. Ihr Haar wehte über ihre Wangen und Augen.

»Ich hab' jetzt solche Angst, ich schaffe es nicht, kann es nicht ertragen, ich kann nicht, bitte ...«, sagte sie ständig.

»Aber, um Gottes willen«, rief Agatha.

Sie kniete vor der Frau nieder. Ein Mann machte einen Schritt auf sie zu, als wollte er sie aufhalten. Ein anderer berührte ihre Schulter; dann ließ er seine Hand sinken.

»Bitte«, sagte Agatha. Und dann bekam ihre Stimme einen schärferen Unterton. »Bitte! Nehmen Sie ihr doch endlich die Handschellen ab!«

Die Polizisten sahen sich gegenseitig über den Kopf der sich wehrenden Frau an. Dann blickten sie über Agathas Kopf hinweg auf D'Annunzio. Dieser zuckte die Achseln.

Ein Streifenpolizist ging hinter der Frau in die Knie. Agatha hörte ein Klirren, als die Handschellen gelöst wurden. Andere Polizisten hielten die Arme der Frau fest. Sie hatte die Hände immer noch auf dem Rücken.

Nun griff Agatha nach der linken Schulter der Frau. Ein stämmiger Kriminalbeamter hatte seine Hände fest um den Oberarm der Frau gelegt. Agatha berührte seine Hände, drückte sanft die Finger weg. Der Beamte schaute auf sie herab. Sein Griff lockerte sich. Langsam kam der Arm der Frau frei, bis er an ihrer Seite zur Ruhe kam.

Elizabeths verzweifelter Kampf ließ allmählich nach. Sie gab einige ängstliche Laute von sich, ihre Augen flackerten.

Agatha drehte den Kopf und fixierte den Mann, der den rechten Arm der Frau festhielt. Es war einer der jungen Streifenbeamten. Er erwiderte ihren Blick.

»Bitte«, sagte Agatha.

Der Streifenpolizist sah zu den anderen Männern. Niemand sagte etwas. Der Beamte ließ den rechten Arm der Frau los. Die Frau zog ihn nach vorn. Sie ergriff mit der linken Hand ihr rechtes Handgelenk.

Sie hatte jetzt aufgehört, sich zu wehren. Sie atmete heftig. Ihre Brust hob und senkte sich. Ihr Kinn war nach unten gesunken. Das Gesicht war mit Haaren bedeckt. Sie zog die Schultern hoch und rieb ihr Handgelenk und saß still da.

Nach einer Weile suchten ihre Augen Agatha.

»Wir müssen ihm helfen«, flüsterte sie.

Ihr Gesicht verzerrte sich. Sie begann zu weinen.

Sie weinte wie ein Kind, das Gesicht voller Leid, den Mund weit offen. Sie jammerte laut, hielt ihr Handgelenk fest. Mein Gott, dachte Aggie. Sie legte ihre Arme um sie. Die junge Frau schluchzte tränenerstickt und lehnte sich an sie. Sie barg ihren Kopf an Agathas Brust. Aggie blickte zur Decke. Herrgott im Himmel, dachte sie, wo, zum Teufel, hast du denn die aufgelesen, Doc? Sie war fast noch ein Kind, ein Teenager.

Das Mädchen weinte, und Aggie hielt es fest. Die Männer umringten und beobachteten sie.

»Na schön«, sagte Agatha nach einem Moment. »Gut. Das reicht jetzt. Hören Sie. Hören Sie zu ...« Das Mädchen schniefte. Es lag zitternd in Aggies Armen, während es weinte. Agatha schüttelte den Kopf, strich dem Mädchen über das Haar. »Schon gut«, sagte sie sanft. »Hören Sie. Erzählen Sie mir von Dr. Conrad. Wie können wir ihm helfen? Versuchen Sie einfach, es zu erklären.«

Das Mädchen schluchzte. Sie versuchte, sich aufzurichten. Sie löste sich aus Agathas Umarmung. Ihr Gesicht war tränenfeucht und blutverschmiert. Es glänzte. Sie wedelte hektisch mit den Händen vor ihrem Gesicht herum.

»Sie müssen Terry finden«, rief sie. »Terry ist real. Dr. Conrad hat das gesagt. Ich hab' ihn gesehen.«

»Wer ist Terry?«

»Ich weiß es nicht. Er war der Heimliche Freund, aber er war's auch wieder nicht. Der Heimliche Freund war bei mir, aber Terry war real. Er war es, der die Zahl wissen wollte, genauso wie der rothaarige Mann es gesagt hatte. Aber er hatte nichts Geheimnisvolles, nichts Magisches. Nur der Heimliche Freund war magisch.«

O Junge, dachte Aggie. Sie sah hoch. Die Gesichter der Männer hingen über ihr. Sie drehten sich und sahen sich gegenseitig an. Dann schauten sie wieder zu ihr. O Junge.

»Na schön«, sagte Agatha. »Stehen Sie auf, Liebes. Sie heißen Elizabeth? Kommen Sie mal her, Elizabeth.«

Sie ergriff den Arm der jungen Frau. Sie half ihr hoch. Die Männer wichen etwas auseinander, als die beiden Frauen schließlich standen.

»Gestatten Sie«, sagte Agatha.

Sie führte die junge Frau zum Sofa. Die Männer machten Platz, um sie durchzulassen.

»Sehen Sie doch«, sagte Agatha leise, während sie mit der jungen Frau durch das Zimmer ging. »Sie sind ja voller Blut. Bluten Sie? Sind Sie verletzt?«

»Nein. Ich glaube nicht.«

»Haben Sie Hunger?«

»Nein. Nur Durst.«

»Sie sind ja völlig zerkratzt. Sehen Sie doch. Ein Kratzer neben dem anderen. Was ist mit Ihnen passiert?« Sie schaute hoch und entdeckte D'Annunzio. Er hatte die Hände in die Hosentaschen geschoben und beobachtete sie. Er stand neben Special Agent Calvin. »Würden Sie mir mal bitte einen feuchten Waschlappen holen?« bat sie ihn. »Und ein Glas Wasser?«

»Sie dürfen sie nicht waschen, Ma'am«, sagte Calvin. Er hatte eine scharfe, aufdringliche Stimme, die seltsam direkt klang. »Wir müssen Blutproben von ihrem Gesicht und ihrer Kleidung entnehmen. Dann muß einer unserer Techniker untersuchen, ob –«

»Schon gut, schon gut«, sagte Aggie. »Dann bringen Sie ihr wenigstens das Wasser.«

Calvin verstummte, und D'Annunzio verschwand.

Aggie nötigte die junge Frau, sich auf dem Sofa niederzulassen, und setzte sich neben sie. Die Frau blickte sie mit großen grünen Augen an. Aggie war sich nicht ganz sicher, ob sie überhaupt wußte, wo sie war.

Sie ergriff Elizabeths Hände. »Na schön«, sagte sie. »Erzählen Sie mal. Sie waren im Krankenhaus, nicht wahr?«

Sie nickte. »Ja. Das stimmt.«

»Und Sie haben das Krankenhaus mit Dr. Conrad verlassen.«

»Ja. Ja. Er hat Dr. Sachs mit einem Stuhl niedergeschlagen.«

Aggie hätte beinahe laut aufgelacht. Es war ein seltsames Gefühl. »Gut, gut«, sagte sie. »Wissen Sie, wo Dr. Conrad sich im Augenblick aufhält?«

Elizabeth schüttelte den Kopf. »Nein. Nein. Er ... Er bog um die Ecke. Er kam nicht zurück. Aber Terry erschien.«

»Terry?«

»Ja. Es gibt ihn wirklich. Er ist nicht der Heimliche Freund. Er hat Dr. Conrads Tochter, Ihre Tochter, mitgenommen, damit Dr. Conrad mich nach der Zahl fragt. Sie wußten, daß ich ihm die Zahl nennen würde, weil ich ... ich ihn kenne. Dr. Conrad. Wir ... ich kenne ihn.«

Aggie verengte die Augen. »Sie kennen ihn?«

D'Annunzio kam mit einem Glas Wasser zurück. Er reichte es Agatha. Agatha gab es an Elizabeth weiter.

»Trinken Sie langsam«, sagte sie.

Elizabeth setzte das Glas an die Lippen. Sie hob es schnell und nahm einen tiefen Schluck. Agatha mußte schließlich die Hand der jungen Frau nach unten drücken.

»Elizabeth«, sagte sie. »Wissen Sie, wo Terry im Augenblick ist?«

Sie nickte heftig. »Ja, ja. Er wollte meine Mutter herausholen. Nun kennt er die Zahl.«

Agatha nahm ihr das Wasserglas aus der Hand und stellte es auf den Couchtisch. Verdammt, dachte sie, während sie sich umdrehte. Sie konnte sich keinen Reim darauf machen. Das Mädchen war verrückt.

Verdammt noch mal, Doc. Was hast du getan? In was hast du uns hineingeritten?

Sie atmete tief durch, um den Knoten in ihrem Magen zu lockern. Als sie Elizabeth wieder ansah, bemühte sie sich, als sie weiterredete, um einen ruhigen und gelassenen Tonfall.

»Wo ist Ihre Mutter, Elizabeth?« fragte sie.

»Sie ist tot.«

»Sie ist tot?«

»Ja. Und Würmer kommen aus ihr heraus.«

»Und Terry will sie herausholen.«

»Ja. Ja.«

Agatha fixierte die ernst blickenden Augen des Mädchens. »Sie meinen, er möchte sie aus ihrem Grab holen«, sagte sie.

»Ja. Ja.«

»Warum, zum Teufel, will er das denn?« meldete D'Annunzio sich zu Wort. Er stand immer noch neben ihnen.

»Wie bitte?« Elizabeth schaute zu ihm hoch. Ließ den Blick zu Aggie zurückkehren. »Wie bitte? Warum ...? Ich meine, ich weiß nicht ... Was?«

»Es ist schon gut«, sagte Agatha. »Kümmern Sie sich nicht darum, ja?«

»Na schön«, sagte Elizabeth. Ihre Augen klammerten sich an Aggies Gesicht fest. »Es ist doch in Ordnung?«

»Psst«, sagte Aggie. Sie tätschelte die Hand der jungen Frau. »Es ist schon gut. Verraten Sie mir nur eins: Wissen Sie, wo das Grab Ihrer Mutter ist?«

»Ja. Es ist auf der Insel. Da, wo sie die armen Leute hinbringen.«

»Hart Island?« fragte D'Annunzio.

»Ja.«

»Die ist aber ziemlich groß«, sagte er. »An die hundert Morgen. Dort sind viele Leute beerdigt. Woher sollte er wissen, wo Ihre Mutter liegt?«

Elizabeth entzog Aggie ihre Hände. Sie machte damit hektische Bewegungen in der Luft. »Die Zahl!« rief sie. »Ich mußte Dr. Conrad die Zahl nennen!«

»Die Nummer vom Grab Ihrer Mutter«, sagte Aggie.

»Ja! Ja!«

Die anderen Männer im Zimmer waren immer näher gekommen. Sie umdrängten die Frauen auf dem Sofa. Sie verfolgten wie gebannt den Dialog.

»Demnach ist er unterwegs nach Hart Island, um Ihre Mutter aus dem Grab zu holen?« fragte Aggie.

»Ja«, sagte Elizabeth.

»Haben Sie ihn dorthin fahren sehen?«

»Nun ... ja. Ich meine, ich sah ihn weggehen. Er kam aus dem großen Gebäude mit der Uhr obendrauf. Ich versteckte mich. Ich wartete auf Dr. Conrad. Zuerst bog Dr. Conrad um die Ecke; und dann war da der Mann hinten im Wagen – er hielt mir ein Messer an den Hals ... Und dann, nachdem das vorbei war, nachdem der Mann ... verschwunden war, wollte ich ...« Sie schluckte. Sie redete schneller und bewegte dabei hektisch ihre Hände. »Nachdem der Mann verschwunden war, hatte ich Angst, und ich ging ebenfalls um die Ecke, um die auch Dr. Conrad gegangen war. Dort stand ein Gebäude. Ein großes Gebäude mit einer Uhr obendrauf, und ich sah Terry herauskommen. Ich versteckte mich hinter dem anderen Gebäude, dem großen schwarzen. Und ich beobachtete Terry. Ich sah ihn in einen Wagen steigen und wegfahren. Aber Dr. Conrad kam nicht. Er tauchte nicht auf.«

Aggie spürte, wie in ihrem Innern irgend etwas zerriß, stürzte, zerschellte. Sie mußte sich zusammenreißen, ehe sie weiterreden konnte.

»Wie sah ...?« begann D'Annunzio.

Aber Aggie hatte es schon ausgesprochen. »Wie sah der Wagen aus, Elizabeth?«

»Äh ...« Sie schaute zur Decke, überlegte. »Er war weiß. Ja, weiß, ein großer weißer Wagen mit vier Türen. Und er hatte an der Seite einen dicken langen Kratzer, und eines der Rücklichter, die roten Lampen hinten, war zerbrochen, zersplittert.«

»Geben Sie das über Funk durch«, sagte D'Annunzio.

Agatha verspürte ein leichtes Flattern, während die Männer hinter dem Sofa in Bewegung gerieten. Sie behielt Elizabeth im Auge. Die junge Frau sah sie erwartungsvoll an.

»Sie sagten, ein Mann hat Ihnen ein Messer an den Hals gehalten«, sagte Aggie.

»Ja«, antwortete sie und nickte.

»Wissen Sie, wo dieser Mann jetzt ist?«

»Er ... da war so ein großer ... einer von diesen Mülltransportern ...«

»Ein Kippwagen«, sagte D'Annunzio. »Himmel Herrgott!«

Elizabeth schaute zu ihm hoch. »Er hielt mir ein Messer an den Hals, und er sagte, er würde mich töten. Aber er hat mich nicht getötet, er ... stieg herüber in den Sitz, den Sitz neben mir, in Dr. Conrads Sitz. Er hatte ein Stück Papier, eine Notiz für Dr. Conrad. Er legte sie ... er legte sie vorne hin, auf das Armaturenbrett ... Und dann sagte er, er sagte: ›Jetzt, jetzt legen wir einfach den Sitz nach hinten und haben ein bißchen Spaß.‹« Sie nickte. »Und dann ... Er sagte das, und dann ... dann legte er seine Hand auf mich, auf meine Brust oder wohin auch immer.« Elizabeth schaute zu den Männern hoch, die hinter dem Sofa standen. Sie sah D'Annunzio an. Und schließlich senkte sie den Blick und wandte sich an Aggie. Sie schüttelte den Kopf – beinahe bedauernd, dachte Agatha.

»Das«, meinte sie dann leise, »machte den Heimlichen Freund wütend.«

Graben

Am Ende, als alles vorbei war, zeigte Sports Gesicht keine Spur von Emotion. Als der Kreuzer nach City Island zurückkehrte, stand er wieder am Heck, auf die Reling gestützt, und blickte hinaus auf die turbulente Meerenge. Seine Augen waren stumpf, der Mund schlaff. Seine Hände lagen auf der Reling und waren still.

Als der Maschinist die Arbeit mit seinem Bagger beendet hatte, war Sport mit Hacke und Schaufel zu der Stelle gegangen. Er hatte die Taschenlampe an den Rand des frisch ausgehobenen Erdlochs gelegt. Dann war er selbst ins Loch gestiegen und hatte zu graben begonnen.

Er hatte schnell, aber auch vorsichtig gegraben, indem er die Schaufel dazu benutzte, jeweils die oberste Erdschicht unter ihm abzuheben. Er hatte aufmerksam das Erdreich untersucht, während er es herausgeschaufelt hatte. Er hatte keinen Blick für die schwankenden Bäume übrig gehabt. Er hatte den Wind in den Ästen nicht gehört und auch nicht die Wellen, die auf den Strand leckten. Er hatte nur Ohren für das Kratzen und Schmatzen frischer Erde und kleiner Steinchen in dem frisch gegrabenen Loch. Das hatte er gehört, und er hatte die Stimme in seinem Kopf gehört, die ständig wiederholte: *All or nothing at all.* Alles oder nichts ... Alles oder gar nichts.

Schaufel für Schaufel hatte er die Erde entfernt. Er stieß sie hinein und drehte sie um. Von dem Tannensarg war sicherlich nichts mehr übrig, nicht nach neun Jahren. Sicherlich waren nur noch Knochen da. Er grub weiter.

Wie konntest du nur so verrückt sein? dachte er. *Du verrückter dämlicher Hund. Wie konntest du diesen Quatsch nur für bare Münze nehmen? Wie konntest du nur daran glauben, du hirnloser Idiot? Du dämliches Stück Schwachsinn. Du bist wirklich eine totale Null.*

Alles oder nichts. Alles für nichts.

Er grub sich tiefer in die Erde. Die Schaufel schmatzte und kratzte.

Du bist wirklich ein Nichts! Das bist du immer gewesen! Mr. Riesensuperstar, und du bist Scheiße, ein Niemand, ein Nichts, ein Toter, der in einer Totengrube herumzappelt.

Er grub. Das Loch war zwei Meter lang und gut einen halben Meter tief gewesen, als er zu graben begonnen hatte. Jetzt war er fast einen Meter tief vorgedrungen. Und die ganze Zeit dachte er:

Alles für nichts und wieder nichts.

Als der Kreuzer nach City Island zurückgekehrt war, betrat Sport die Hütte der Strafvollzugsbehörde. Er benutzte das kleine Badezimmer, um sich zu säubern und seine Kleidung zu wechseln. Er wusch sich den Schmutz von den Händen und stopfte seine alten Sachen in einen Müllsack. Dafür zog er eine Jeansjacke, ein blau-weiß gestreiftes T-Shirt und frische Jeans an. Er kämmte sich sorgfältig die Haare und benutzte ein Deodorant. Nur ein winziger Hauch von Erde in den Linien seiner Fingerspitzen verriet, daß er gegraben hatte.

Als er aus der Hütte trat, traf er den Wächter und den Maschinisten, die auf dem Pier warteten. Er übergab jedem einen Briefumschlag mit eintausend Dollar darin. Jeder drückte ihm feierlich die Hand.

»Mach's gut, Sporty-Boy«, sagte der Wärter. »Hoffentlich hast du gefunden, was du gesucht hast.«

Der Maschinist sagte gar nichts.

Sport ließ sie stehen, verließ das Behördengelände und ging zur Fordham Street. Sein weißer Chevy war dort gleich hinter dem Zaun geparkt. Er packte seine Sachen in den Wagen und schob sich hinter das Lenkrad. Er fuhr bis zur Ecke und bog in die City Island Avenue ein.

Der Chevy rollte langsam über die Hauptverkehrsstraße. Sport betrachtete durch die Windschutzscheibe die Bootswerften, die Fischrestaurants, die Holzhäuser der Seeleute. Alle dunkel, säumten sie die Straße. Die roten und grünen Lichter der Verkehrsampeln schienen vor ihm extrem hell zu leuchten. Er sah sie mit leerem Blick an und hatte dabei den Mund halb offen.

»Himmel Herrgott«, flüsterte er nach einer Weile. »Jesus Christus.«

In ein Meter Tiefe stieß die Schaufel auf Knochen. Es gab einen kratzigen, dumpfen Laut, und die Erde schien plötzlich hart zu sein. Schon bald holte Sport zerbrochene Teile schmutzigen Elfenbeins heraus; unkenntliche Scherben; etwas ragte aus dem schwarzen Erdreich und schien hin und her zu wackeln.

Verdammte Gebeine. Sport schwitzte. Der Schweiß zeichnete helle Spuren in die Schmutzschicht auf seinem Gesicht. Die Schaufel bohrte sich weiterhin in die Erde, kratzte sie heraus. Sport dachte: Alles für nichts und wieder nichts ...

Und dann stieß die Schaufel gegen etwas, das nicht nachgeben wollte.

Sport hielt inne und blickte nach unten. Im Schein der Taschenlampe brannten seine Augen. Er führte die Schaufel um den harten Gegenstand herum und legte ihn frei.

Dann grub er wie ein Wilder weiter, stöhnend vor Anstrengung.

Sieh doch, dachte er. Sieh doch, sieh, sieh dir das mal an!

Die Schaufel schob sich unter den Gegenstand, hebelte ihn hoch, und plötzlich sprang ein grinsender Totenschädel aus der Erde. Ein menschlicher Kopf, voller Erde, auf dem Tausendfüßler wimmelten.

»Aaah!« schrie Sport auf.

Der Schädel rollte von der Schaufel herunter. Fiel zu Boden. Dort bewegte er sich noch einmal. Dann blieb er reglos liegen, während die Würmer sich unter ihm hervorringelten.

Ein Stück voraus entdeckte Sport eine Sunoco-Tankstelle. Am Rand des freien Parkplatzes, unweit der Straße, stand ein Münzfernsprecher.

Sport lenkte den Chevy in die Tankstelle und parkte direkt neben dem Telefon. Er schaltete den Motor aus und blieb still im Wagen sitzen. Er starrte durch die Windschutzscheibe. Sein Gesicht war völlig ausdruckslos.

Nach einigen Sekunden bückte er sich. Er griff unter den Wagensitz und bekam eine Kassette zu fassen. Er hob sie hoch und setzte sie auf seinen Schoß.

»Mein Gott«, sagte er wieder leise. »Verdammter Himmel.«

Er hatte die Kassette gleich unter dem Schädel gefunden. Sie war das nächste, wogegen seine Schaufel stieß, als er sie, vor Enttäuschung und Wut, erneut ins Erdreich gestoßen hatte. Das metallische Klirren, das ihm von unten geantwortet hatte, ließ ihn den Schaufelstiel loslassen, als stünde er unter Strom. Das Werkzeug war zur Seite gekippt und am Rand des Erdlochs stehengeblieben. Sport, beinahe gelähmt vor Verblüffung, hatte sich hingekniet und die Kassette mit seinen nackten Händen herausgescharrt.

Für eine halbe Million Dollar – damals. Und ich möchte nicht wissen, was sie heute wert sind.

Es war eine billige Kassette. Eddie der Trickser hätte sie in jedem Bürofachhandel kaufen können. Mit zitternden Händen knackte Sport das Schloß mit der Schaufelklinge. Er klappte den Deckel auf und sah hinein.

Sogar in der Dunkelheit, lediglich im fahlen Schein der Taschenlampe, glitzerten die Diamanten. Sie rollten auf dem Boden der Kassette hin und her und funkelten in den sternenlosen Dunst. Es waren so viele. So viele ...

Sport hatte den Deckel schnell zugeklappt. Er war schnell aufgestanden und hatte dem Maschinisten, der am Straßenrand auf einem unbenutzten Sarg saß und eine Zigarette rauchte, ein Zeichen gegeben.

»Sie können das Loch jetzt wieder zumachen«, hatte er gerufen.

Der Maschinist hatte sich träge erhoben und war wortlos zu seinem Bagger zurückgegangen.

Nun, während er in seinem Chevy auf dem Parkplatz saß, streichelte Sport die Stahlkassette mit einer Hand.

»Herr Jesus Christus«, flüsterte er mit ausdruckslosem Gesicht. »Verdammter Herrgott im Himmel.«

Er stieg aus dem Wagen. Er trug die Kassette zum Heck, öffnete den Kofferraum und stellte sie hinein und verbarg sie unter der Abdeckung für das Reserverad. Dann ging er zum Münzfernsprecher.

Er wählte die Nummer des tragbaren Apparats. Ein Computer mit einer Frauenstimme wies ihn an, vierzig Cents für die ersten fünf Minuten in den Münzschlitz zu stecken. Sport folgte der Aufforderung Münze für Münze. Er wischte sich den Schweiß vom Mund, während am anderen Ende das Telefon klingelte.

»Yeah?« Es war Maxwell.

»Maxie«, sagte Sport. Er mußte sich räuspern und noch einmal anfangen: »Max?«

»Jaa, Sport. Jaa.«

»Ich hab's, Buddy.«

Eine Pause trat ein. Dann ertönte ein abgehacktes Lachen. »Hah. Du hast es?«

»Ja. Ja.« Sport wischte sich wieder den Schweiß vom Mund. »Okay«, fuhr er fort. »Erledige das Kind, und verschwinde dort. Klar? Du triffst mich und Dolenko am Port Authority, wie wir's verabredet haben. Und, Maxie ...«

»Ja, Sport, was?«

»Mach es kurz, und hau sofort ab, klar? Erledige sie und verschwinde. Jetzt ist nicht die Zeit für Spielchen. Hast du verstanden?«

Zuerst kam keine Antwort.

»Hast du mich gehört, Bursche?« fragte Sport. Seine Stimme drohte jeden Moment überzukippen.

Nach langem Warten antwortete Maxwell schließlich: »Jaa, Sport. Ich hör' dich. Jaa.«

»Braver Junge«, sagte Sport. »Beeil dich.«

Er legte den Hörer auf. Und drehte sich um.

Hinter ihm war ein Streifenwagen in die Tankstelle gerollt.

Das dumme Chloroform

Maxwell legte den Hörer auf. Sein kleines, quadratisches Gesicht war angespannt und ernst. Unter der niedrigen Stirn zuckten seine Augen nervös hin und her. Was sollte er jetzt tun, fragte er sich.

Mach es kurz. Das hatte Sport gesagt. *Erledige sie und verschwinde.*

Maxwell ging zur Matratze an der Wand. Das Mädchen lag darauf und schlief. Maxwell betrachtete sie. Er hielt sich eine große Hand vor den Mund.

Das Problem war, daß sie nicht aufwachen wollte. Das war das Ärgerliche. Seit fast einer Stunde versuchte er schon, sie in die Gegenwart zurückzuholen. Aber sie lag einfach dort. Auf der Seite. Die Beine ragten nackt aus dem warmen Flanell ihres Nachthemdes. Ihre Hände waren mit Klebeband auf dem Rücken gefesselt. Der Mund war zugeklebt. Ihre Augen war beinahe vollständig geschlossen. Er konnte eine winzige Spur vom Augapfel sehen, der wie mattes Glas zwischen den Lidern hervorblinkte. Sie atmete flach und hechelnd.

Maxwell bückte sich und stieß mit einem dicken Finger gegen ihre Schulter. Das Mädchen schaukelte leicht hin und her. Aber ansonsten rührte sie sich nicht, und sie wachte nicht auf.

Während er auf seiner Unterlippe kaute, entfernte Maxwell sich von ihr. Er fuhr sich mit der Hand durchs Haar. Er suchte den Segeltuchsessel in der Zimmerecke auf. Er setzte sich, ließ seine massigen Arme zwischen seinen Beinen herabhängen.

Er saß da und starrte das Mädchen an.

Zuviel von dem dummen Chloroform, dachte er. Zu blöd, dachte er, du hast ihr zuviel von dem Zeug gegeben.

Nun, das war ein Unfall gewesen. Er konnte nichts dafür. Er hatte das Mädchen den weiten Weg vom Sinclair-Apartment bis hierher bringen müssen, und er hatte Angst gehabt, mehr nicht. Er hatte sie den ganzen Weg in einem Segeltuchsack schleppen müssen, vorbei am Portier und in einem Taxi bis in die Stadt. Er hatte befürchtet, daß sie auf dem Weg aufwachen würde. Daher ... daher hatte er das Tuch reichlich mit dem Zeug getränkt, ehe er es der Kleinen auf den Mund gelegt hatte. Es war nur ein Mißgeschick, mehr nicht.

Maxwell rieb sich die Stirn. Er haßte es, wenn er sich so fühlte, innendrin wie gelähmt und verwirrt.

Der Punkt war, das Problem war, dachte er ... Während er das Chloroform ausschüttete, als er das Schlafzimmer betreten hatte, wo das kleine Mädchen war ... Nun, wie sie ausgesehen hatte ... Sie hatte zusammengerollt auf der Seite im Bett gelegen. Sie hatte an ihrem Daumen gelutscht und auf den Fernseher geblickt. Sie hatte fast friedlich, fast verträumt ausgesehen. So als läge sie zu Hause und würde dort das Fernsehen verfolgen, wie jedes andere kleine Mädchen. Und da waren diese schwarzen Blutergüsse auf ihren beiden Wangen, wohin Sport sie geschlagen hatte, als sie zu fliehen versucht hatte. Die sahen wirklich gut aus. Maxwell gefielen sie.

Als Max mit dem Chloroformlappen auf sie zugegangen war, hatte sie zu weinen begonnen. Aber sie hatte nicht versucht, zurückzuweichen oder wegzulaufen. Sie lag nur da auf dem Bett, und ihr Gesicht hatte sich total verzerrt. Sie hatte geweint, und sie hatte auch gezittert. Maxwell hatte heftig geatmet, als er sich neben sie auf das Bett gesetzt hatte. Dann hatte er ihre Haare gepackt ...

Maxwell rutschte in seinem Segeltuchsessel hin und her. Die Erinnerung daran – wie er sie gepackt hatte – war zuviel für seinen kleinen Penis, um ruhig zu bleiben.

Er erinnerte sich: Er hatte sie gepackt. Er hatte sie gepackt, und das kleine Mädchen hatte geweint und leise gesagt: »Nein.« Matt hatte sie versucht, ihr Gesicht von dem Lappen abzuwenden. Doch Maxwell hatte ihr den Lappen auf den Mund gedrückt. Das war sehr gut. Er hatte ihren Körper betrachtet, warm und sich hin und her windend, wie ein kleines Tier ...

Nun starrte er das gefesselte Kind auf der Matratze an. Seine Erektion preßte sich hart gegen seine Khakihose. Er legte seine Hand darauf. Er rieb sie mit der Handfläche, starrte weiterhin das Mädchen an. Er erinnerte sich:

Er hatte den Lappen auf ihrem Gesicht festgehalten. Er hatte ihn nicht bewegt, hatte ihn liegenlassen. Zu lange. Das war das Problem. Sogar nachdem sie aufgehört hatte, sich aufzubäumen und sich zu wehren, hatte er ihn festgehalten. Er hatte ihr Haar gepackt und das Gewicht ihres Körpers in seinen Händen gespürt, und er hatte sie so festgehalten. Deshalb schaffte er es jetzt nicht, sie zu wecken.

Er sah sie an. Wie sie dort lag. Ihr Gesicht war beinahe grau.

Erledige sie. Jetzt ist nicht die Zeit für Spielchen.

Maxwell saß im Segeltuchsessel und rieb sich den Schwanz und starrte das kleine Mädchen an. Er wußte, daß er tun mußte, was Sport befohlen hatte. Er hatte ihm gesagt, er solle es bald erledigen. Er wußte es.

Aber es wäre nicht gut, wenn sie nicht wenigstens vorher aufwachte.

Er blieb im Sessel sitzen und beobachtete sie.

Hier stinkt es furchtbar, dachte Maxwell nach einiger Zeit. Es tat ihm leid, daß er hierher hatte zurückkehren müssen. Es stank, und es war schmutzig. Und es war dunkel. Es gab hier nur die eine einzige Lampe, die Dolenko angeschlossen hatte. Sie stand in der Ecke. Sie verbreitete einen schwachen gelben Schein. In diesem Schein konnte Maxwell die rissigen Wände, die alten, verfaulten Bodenbretter, die beiden schmutzigen Fenster in der Wand gegenüber der Matratze erkennen. Er konnte dicht unter der Decke und in der Zimmerecke Kakerlaken beobachten. Und gleich unter dem Fenster sah er eine Wasserwanze, fast so groß wie seine Hand.

Nachdem sie den Freak getötet hatten, hatten Sport und Maxwell sämtliche Möbel oben versteckt. Aber als Maxwell das Mädchen hergebracht hatte, hatte er die Matratze und den Segeltuchsessel und die Lampe wieder heruntergeholt. Er saß nun in dem Sessel und betrachtete verdrießlich das Mädchen auf der Matratze. Ihr Gesicht hatte wirklich eine ungesunde Farbe. Irgendwie grau, aber gleichzeitig auch wieder kreideweiß. Und vorhin, als er sie hergebracht hatte, war ihr Atem so seltsam gegangen. Und für längere Augenblicke atmete sie überhaupt nicht. Und dann versteifte sich ihr ganzer Körper, und sie atmete plötzlich und abrupt tief ein. Sie mußte es durch die Nase tun wegen des Klebestreifens auf ihrem Mund.

Erledige sie. Mach es kurz, und hau sofort ab, klar?

Aber Maxwell saß da. Er betrachtete sie. Er klopfte mit dem Fuß auf den Fußboden. Er mußte tun, was Sport sagte, dachte er. Er wollte auch tun, was Sport verlangte. Sport würde ihm viel Geld geben, damit er tun konnte, was er wollte. Er könne Jungen und Mädchen haben, sagte Sport, und er brauche keine Angst zu haben, wieder ins Gefängnis zu müssen. Nie mehr. Das einzig Gute, was ihm im Gefängnis widerfahren war, war die Tatsache, daß er Sport kennengelernt hatte.

Er klopfte hektisch mit dem Fuß auf den Boden, und er trommelte mit den Händen auf seine Knie. Vielleicht wacht sie ja bald auf, dachte er. Vielleicht brauchte er nur noch kurz zu warten, und sie würde erwachen. Sie atmete bereits besser und freier als vorher. Sie machte zwar noch immer diese kurzen, schnellen Atemzüge, aber sie hörte wenigstens nicht mehr völlig auf, wie sie es zu Beginn getan hatte. Sie atmete regelmäßig.

Vielleicht sollte er das Klebeband von ihrem Mund nehmen, dachte Maxwell. Vielleicht half das.

Aber nein. Das wollte er doch lieber nicht. Auch wenn das Gebäude leerstand, wollte er nicht, daß sie plötzlich zu schreien begann. Nicht bevor es endlich soweit war.

Maxwell klopfte mit dem Fuß und schlug auf sein Knie, und dann nickte er mit dem Kopf zu diesem schnellen Rhythmus.

Genau, das würde er tun, dachte er. Er würde noch eine kleine Weile warten. Sehen, ob sie aufwachte. Sehen, ob sie zu sich kam.

Er hätte noch etwas Zeit, eine kleine Weile.

VIERTER TEIL

Ausbruch

Von Conrads Praxis bis hinunter auf den Grund des Lichtschachts betrug die Entfernung ungefähr drei Meter. Von seinem Standort am Fenster konnte Conrad kaum das Pflaster unten erkennen. Licht aus den Apartments in seinem Gebäude und dem Gebäude nebenan fiel in scharfumgrenzten Flecken auf die kleine Gasse. Der Rest lag in tiefem Schatten. Einige der Fenster des ersten Stocks – allesamt dunkel – schimmerten in den dunklen Zonen.

»Na schön«, flüsterte Conrad.

Er schloß die Augen und verdrängte das Bild von seiner Tochter, wie sie tot vor ihm lag. Er schüttelte auch die Erinnerung an Elizabeths Blut auf seinem Autositz ab. Er schlug die Augen auf. Er entriegelte das kleine Fenster und schob es nach oben.

Feuchte Luft blies ihm ins Gesicht.

Und wenn sie aufpassen? Wenn sie da draußen irgendwo warten?

Auch diesen Gedanken schüttelte er ab. Er mußte etwas tun. Es war zehn nach elf. Wenn er sich geirrt hatte, dann müßte er den Hin- und Rückweg bis Mitternacht geschafft haben. Er mußte sich beeilen. Also los.

Er schob sich durch das Fenster.

Es war eng. Er mußte sich hinausschlängeln, zuerst einen Arm, dann den Kopf, dann den anderen Arm. Es war kein Platz mehr vorhanden, auch das Bein hinterherzuziehen. Er drehte sich um, bis er nach oben blickte. Er stemmte sich gegen den Fenstersims. Der Metallrahmen scheuerte an seinen Seiten entlang, aber er paßte hindurch. Seine Hüften hingen fest. Er zog und zerrte und stemmte, keuchte dabei verzweifelt. Schließlich konnte er sich auf der Fensterbank ausruhen und sich am Sims festklammern. Er bugsierte sein rechtes Bein heraus, bis er rittlings auf der Fensterbank saß. Er versuchte sein linkes Bein nachzuziehen.

»Jesus!«

Er rutschte ab. Er hing mit den Fingerspitzen am Sims. Seine Beine baumelten unter ihm. Dann fiel er.

Das Pflaster des Lichtschachts fiel zum Rinnstein ab. Seine Füße landeten verkantet. Er spürte einen schneidenden Schmerz, der durch sein rechtes Knie zuckte. Das Knie gab nach, und Conrad sank zusammen und stützte sich mit der Hand an der Mauer ab.

Im Rinnstein stand Wasser, alter Regen. Er spürte, wie es durch sein Hosenbein drang, als er sich hineinkniete. Mit mühsamen und rasselnden Atemzügen kämpfte er sich hoch, wobei er sich mit der Hand gegen die Mauer abstützte.

Er legte den Kopf in den Nacken und blickte hoch und in die Runde. Und ein schluchzendes Lachen drang über seine Lippen.

Gut gemacht, Schwachkopf. Du hast für uns das Spiel verloren.

Sein eigenes Fenster befand sich hoch über ihm. Die anderen Fenster waren alle dunkel, alle geschlossen. Er kam nicht an sie heran, an kein einziges!

Gut gemacht, Schwachkopf!

Er schluchzte erneut, doch das Lachen blieb in seiner Kehle stecken. Eine alte Übelkeit überschwemmte ihn, ein altes Gefühl der Panik. Wie damals, als er gerade neun Jahre alt war, sich im Linksfeld herumdrückte und um ein einfaches, harmloses Spielende betete. Und dann sah er den langen Ball, wie er auf ihn zusegelte; er hörte die Rufe »Zurück! Geh zurück!«, und er erlebte wieder diese beklemmende Angst davor, in diesem schmalschultrigen, stolpernden Körper gefangen zu sein, der so sicher war, den Ball zu erreichen, um am Ende spüren zu müssen, wie er gegen seinen Handschuh prallte und schlapp ins Gras fiel.

Gut gemacht, Schwachkopf. Du hast für uns das Spiel verloren.

Gütiger Himmel, er würde die ganze restliche Nacht hier verbringen. Gefangen in diesem verdammten Lichtschacht. Darin hin und her rennend wie eine verdammte Ratte im Käfig, während seine Tochter ...

Gut gemacht, Daddy.

»O Gott ...« Es war ein leises Stöhnen. Er hob die Hand und wischte sich den traurigen Laut vom Mund. Er zwang sich, von der Mauer zurückzutreten. Er blickte zu den Fenstern des benachbarten Gebäudes hoch.

Alles dunkel, alles zu. Mindestens drei Meter vom Erdboden entfernt, kaum in Reichweite seiner Finger. Mit schmerzverzerrtem Gesicht humpelte er durch die Gasse, bis er unter einem Fenster stand.

Er reckte sich hoch, bekam die Fensterbank zu fassen. Erhob sich auf die Zehenspitzen. Schob seine Finger unter den Rahmen und drückte. Das Fenster klapperte nur, als es gegen die Verriegelung stieß. Er ging weiter und versuchte sein Glück bei einem anderen. Es war ebenfalls verriegelt. Nun ja, was sonst? Es waren schließlich Büros: Arztpraxen, Zahnarzträume, die Büros anderer Psychiater. Sie wären allesamt verschlossen. Conrad lehnte sich gegen die Mauer und preßte seine Wange gegen den kalten Stein. Seine Lippen zitterten. Das schwache Licht in der Gasse verschwamm vor ihm.

Gut gemacht, Schwachkopf.

Er dachte: Etwas. Er mußte etwas tun. Egal was. Er schaute zu dem Fenster direkt über seinem Kopf empor. Er fluchte.

Er bückte sich, hob einen Fuß hoch und zog den Schuh aus. Er verzog angewidert das Gesicht, als er seinen bestrumpften Fuß in das kalte Gossenwasser stellte.

Er stülpte sich den Schuh über die Hand. Er reckte sich, so hoch er konnte.

Er stieß den Arm hoch und drückte ihn mit dem Schuh durch das Fenster.

Bis zu diesem Moment hatte er nur daran gedacht, irgendwie durch das Fenster zu gelangen. Niemand, so hatte er gedacht, würde das Zerbrechen des Glases hören. Dies war New York: niemand, der Glas zerschellen hörte, scherte sich darum.

Bis zu dem Moment, als er tatsächlich den Schuh durch die Scheibe stieß, hatte er auch nicht entfernt an die Möglichkeit eines Alarms gedacht.

Es gab trotz allem in seiner eigenen Praxis keine Alarmanlage. Er brauchte keine; es gab nichts von Wert außer vielleicht seinem Rezeptblock. Aber andere Ärzte besaßen natürlich eine teure Einrichtung oder bewahrten Drogen in ihren Praxisräumen auf. Er hatte noch nicht einmal das bedacht, bis zu dem Moment, als das Glas klirrend zersprang.

Dann jedoch war der Gedanke so etwas wie eine explodierende Granate in seinem Bewußtsein. Die Welt schien in seinem Geist aufzuplatzen. Da war das Glas, das Glas, das mit einem heftigen, aggressiven Klang zerschellte; da waren die Scherben, die gefährlich im Halbdämmer aufblitzten, als sie wie ein Dolchregen auf ihn herabrieselten; und im gleichen Moment überfiel ihn der Gedanke: *Mein Gott, eine Alarm-*

anlage, wenn es so etwas gibt, mein Gott, es muß doch eine Alarmanlage geben, einen Alarm!

Und dann setzte das Klingeln der Alarmglocke ein.

Die Glocke schlug auf ihn ein wie ein besonders schriller Preßlufthammer. Die ganze Nacht vibrierte davon. Sein Verstand, seine Gedanken wurden in Stücke geschlagen, und er stand unten in der Gasse, gaffte nur und dachte: *Glocke! Alarm! Alarm!*

Lichter gingen in den Fenstern über ihm an. Fenster, die bereits erleuchtet waren, wurden polternd geöffnet.

Alarm! O Jesus! O Gott!

Die Luft war mit Lärm erfüllt.

Schnell zog Conrad sich seinen Schuh wieder über den Fuß. Dann kauerte er sich hin und blickte zu dem Fenster über ihm. Scharfkantige Glasscherben lagen auf dem Sims, ragten aus dem Rahmen. Conrad sprang darauf zu.

Er streckte sich und bekam den Fensterrahmen zu fassen. Das Glas bohrte sich in seine Handfläche. Die Glocke, die nimmermüde Glocke, sie kreischte in seinen Ohren.

Er zog sich hoch. Seine Zähne knirschten, seine Augen waren geschlossen, als der Schmerz wie Feuer durch seine Hände raste. Er warf den Arm über den Sims, spürte, wie das Glas das weiche Fleisch ritzte. Er zog sich hoch, schlängelte seinen Oberkörper hindurch, kämpfte sich in die Dunkelheit auf der anderen Seite. Das Glas attackierte ihn wie ein mit Klauen bewehrtes Raubtier; es zerfetzte sein Hemd, sein Fleisch. Er spürte sein heißes Blut an den Armen, am Bauch. Die Glocke kreischte ihn wütend an.

Und dann war er hindurch. Er taumelte mit dem Kopf voraus in die Dunkelheit. Landete heftig auf dem Fußboden, hatte die Hände vorgestreckt, während seine Füße hinterherkamen. Sein Körper schmerzte und blutete. Der Schmerz in seinem Knie schien sich immer tiefer in ihn hineinzufressen.

Er lag auf dem Boden; die roten Blitze zerplatzten vor seinen Augen; das Hämmern seines Herzens deckte alles andere zu.

Und dann war da wieder die Glocke. Die Glocke erhob sich über alles, auch über sein Herz. Er mußte handeln. Die Glocke schrie ihn an. Er mußte hochkommen, verschwinden, fliehen, ehe sie kamen.

Er griff nach oben ins Schwarze. Spürte etwas – eine Schrankkante. Er hielt sich daran fest. Stöhnend hievte er sich daran hoch. Er faßte sich an die Seite, ertastete das feuchte Blut durch sein Hemd. Seitlich einknickend vor Schmerzen, stolperte er los, preßte eine Hand auf seinen Bauch, hatte die andere ausgestreckt, um sich tastend seinen Weg zu suchen.

Er taumelte durch den Raum. Stieß gegen eine Wand, wich davor zurück. Prallte gegen ein Gerätetablett und hörte es klappern und klirren, als es zurückrollte. Er tastete sich durch die Tür, in einen Korridor. Indem er die Augen zusammenkniff, erkannte er die Tür – das Licht von draußen stanzte das Türrechteck aus der Dunkelheit. Er humpelte hin, streckte die Hand nach dem Knauf aus.

Die Glocke hämmerte auf ihn ein. Conrad näherte sich der Tür. Und nun, unter dem Lärm der Glocke, hörte er andere Geräusche. Eine tiefe, dröhnende Stimme, die etwas rief. Ein Schlüsselklirren. Das Rattern des Türknaufs.

Er hielt inne, starrte. Jemand war da und kam näher. Wahrscheinlich ein Portier. Ein Hausmeister. Nicht die Polizei, noch nicht. Aber irgend jemand ...

Die Tür schwang auf. Ein Lichtbalken fiel vor ihm in den Flur.

Conrad warf sich zurück, preßte sich an die Wand. Der Lichtbalken wurde breiter und breiter. Er vergrößerte sich wie ein gelber Fleck auf der Wand vor ihm, glitt auf den Fußboden, kroch auf seine Füße zu.

Die Tür öffnete sich weiter, und Conrad sah den Schatten eines Mannes.

Es war ein großer Mann. Hochgewachsen, breite Schultern. Ein Schwarzer in einer roten Portiersuniform.

Schmerzgepeinigt und blutend preßte Conrad sich an die Wand, während der Portier vorsichtig in den Korridor schaute. Der Portier drückte die Tür noch ein kleines Stück weiter auf. Der Lichtfleck erreichte Conrads Füße, verharrte einen Zentimeter vor seinen Schuhspitzen Die Alarmglocke hallte durch die Schatten. Der Portier trat in den Flur.

Conrad sah seine vage Silhouette, als er langsam näherkam. Er sah, wie er mit den Händen über die gegenüberliegende Wand glitt und nach dem Lichtschalter suchte. Ein weiterer Schritt, und der Portier stand direkt vor ihm. Wenn Conrad ausgeatmet hätte, dann hätte der Portier es auf seiner Wange gespürt.

Dann machte der Portier einen weiteren Schritt und war an ihm vorbei. Unter dem ständigen Geklingel hörte Conrad ihn sagen: »Da ist er ja.«

Conrad ergriff die Flucht. Er rannte zur Tür. Der Portier legte den Schalter um. Das Licht im Büro flammte auf. Doch mittlerweile war Conrad durch die Tür und um die Ecke und stolperte und rannte durch den Hausflur. Hinter ihm ertönte die Glocke in einem fort. Der Portier drehte sich noch nicht einmal um. Er sah ihn nicht davonrennen.

Er war eine wilde Erscheinung; sein Haar war zerzaust, seine Augen blickten irr. Sein orangenes Hemd war an den Ärmeln voller Blut. Das Blut tropfte von seinen Händen. Blut lief an seinen Fingerspitzen entlang. Er kam um die Ecke und bog humpelnd und rennend in die Halle ein. Es war eine großzügige Lobby. Mit Spiegeln an den Wänden. Ein Kronleuchter hing von einer hohen Decke herab. Der Eingang, eine Drehtür, befand sich links von ihm. Er humpelte darauf zu.

»Hey!«

Er drehte sich um. An der Wand rechts von ihm befanden sich zwei Fahrstühle mit goldenen Türen. Eine dieser Türen war aufgeglitten. Ein Mann hatte soeben die Kabine verlassen und rannte auf ihn zu. Es war ein kleiner, stämmiger Latino in Khakikleidung, dessen runder Bauch die Hemdknöpfe beinahe abspringen ließ. Der Hausmeister.

»Hey!« wiederholte er und zeigte auf Conrad.

Conrad blieb stehen. »Schnell«, sagte er. Er wies in den Korridor, durch den er gekommen war. »In der Praxis direkt neben meiner. Schnell. Beeilen Sie sich. Der Portier ...«

Die Augen des Mannes verengten sich entschlossen. Er änderte seinen Kurs, raste tapfer an Nathan vorbei und den Gang hinunter.

Nathan humpelte zur Drehtür. Er schob sie an. Stolperte auf den Gehsteig und stand schwankend da und blinzelte benommen in den nächtlichen Nebel.

Er befand sich in der Dreiundachtzigsten Straße. Central Park West lag rechts von ihm. Dort waren sie, dachte er. Die Kidnapper. Sie beobachteten den Ausgang seines Gebäudes um die Ecke. Sie würden diese Straße, diese Tür nicht überwachen. Ganz gewiß nicht, hämmerte er sich ein.

Er keuchte. Jeder Atemzug verursachte ihm heftige Bauchschmerzen. Er legte seine Hand auf die blutende Stelle. Er stöhnte vor Schmerz, Schmerz an dieser Stelle, Schmerz in seinem Knie.

Mach, daß sie nicht da sind, dachte er. Bitte, bitte. Mach, daß sie mich nicht sehen.

Er wandte sich ab in Richtung Columbus Avenue. Er schrie erstickt und schmerzerfüllt auf, als er zu rennen begann.

Im Kinderzimmer

Als die Polizei den Gefangenen brachte, waren Aggie und Elizabeth gerade im Kinderzimmer.

»Die Sterne«, sagte Elizabeth. »Haben Sie die Sterne gemalt?«

Die beiden Frauen waren in Jessicas Zimmer allein. Die Polizisten hielten sich draußen im Wohnzimmer auf. Elizabeth blickte mit leicht geöffnetem Mund zur Decke.

»Haben Sie die Sterne gemalt?« fragte sie wieder.

Aggie nickte nur. Ihr fiel es schwer, über Jessies Sterne zu reden. »Ja«, brachte sie schließlich heraus.

»Sie sind wunderschön«, sagte Elizabeth.

»Danke ...« Aber Aggie konnte den Satz nicht beenden.

Elizabeth betrachtete die ältere Frau. Zögernd legte sie eine Hand auf Aggies Schulter. Dann ließ sie die Hand schnell wieder sinken.

»Es wird alles gut«, sagte sie mit gesenktem Blick. »Sie kommt zurück. Ich weiß es.«

Aggie nickte und versuchte zu lächeln.

Elizabeth machte eine halbe Drehung und ließ den Blick durch den Raum schweifen. Sie sah die Sterne an der Decke, den Regenbogen auf der himmelblauen Wand, das Kristallschloß inmitten dahinschwebender Wolken.

»Ganz bestimmt kommt sie zurück«, fügte sie noch einmal bekräftigend hinzu. »Sie hat doch so ein schönes Zimmer.«

Elizabeth trug jetzt eins von Aggies alten Kleidern. Die Techniker der Polizei hatten ihr anderes, das blutige, mitgenommen, verpackt in einem Plastikbeutel. Sie hatten außerdem eingetrocknetes Blut von Elizabeths Wangen abgenommen und unter ihren Fingernägeln andere Proben zusammengekratzt. Sie hatten dazu das Schlafzimmer benutzt, während D'Annunzio und Special Agent Calvin ihr Fragen stellten.

Aggie war ebenfalls zugegen gewesen. Elizabeth hatte sie gebeten, bei ihr zu bleiben. Aggie hatte auf dem Bett neben Elizabeth gesessen und ihre Hand gehalten. Sie hatte sich Elizabeths Geschichte von dem Mann im Auto mit dem Messer angehört. Sie hatte dabei gedacht: *Mein Gott, sie hat ihn getötet. Ist es wirklich wahr, was sie da sagt? Ja, sie hat ihn getötet. Mit bloßen Händen ...*

In diesem Moment hatte sie aufgehört, die schlanke Hand der jungen Frau zu streicheln. Sie hatte sie einfach nur angestarrt. Sie hatte sie betrachtet, und ein Bild vom Gesicht ihres kleinen Mädchens tauchte vor ihr auf: Jessie, mit zitternden Lippen und angsterfüllten blauen Augen.

Aggie hatte heftig schlucken müssen, hatte die aufsteigende Übelkeit verdrängt und den Blick nicht von Elizabeths Hand lösen können.

Aggie nötigte die Polizisten, das Zimmer zu verlassen, ehe Elizabeth ihr Kleid auszog. Dann reichte sie das Kleid einem der Beamten durch die Tür. Sie hatte ein altes Kleid aus ihrem Schrank ausgesucht, ein cremefarbenes, das mit einem bunten Blumenmuster bedruckt war. Elizabeth brauchte einen Gürtel, damit es richtig saß, und der Saum endete über ihren Knien, aber ansonsten paßte es recht gut.

Dann war Aggie mit der jungen Frau im Badezimmer verschwunden. Sie ließ sie auf dem Toilettensitz Platz nehmen und säuberte ihr Gesicht mit einem Waschlappen. Sie wischte über Wangen und Augen, rieb vorsichtig das Blut ab, während Elizabeth zu ihr aufsah. Aggie dachte daran, wie es war, wenn sie Jessicas Gesicht wusch. Jessica hörte nicht auf zu reden und stellte ständig neue Fragen: »Was soll ich heute tun? Kommt Daddy nach Hause, ehe ich ins Bett muß? Darf ich nach der Schule fernsehen?« Manchmal verlor Aggie die Geduld. »Jess-i-ca! Wie kann ich dir das Gesicht waschen, wenn du es dauernd bewegst?« Dann kicherte Jessica, und das machte alles nur noch schlimmer.

Aber Elizabeth Burrows redete oder bewegte sich nicht, während Aggie ihr Gesicht reinigte. Sie saß sehr still, betont aufrecht und hatte die Hände im Schoß gefaltet. Und sie blickte zu Aggie hoch. Sie fixierte sie aufmerksam mit großen grünen Augen und leicht geöffneten Lippen. Aggie wollte sagen: »Lassen Sie das.« Doch sie tat es nicht. Und Elizabeth blickte sie weiterhin an.

Als Aggie fertig war, legte sie den Lappen ins Waschbecken. Elizabeth ließ sie nicht aus den Augen und legte den Kopf dabei etwas schräg.

Aggie konnte nun erkennen, wie schön sie war. Wie jemand aus einem Gemälde. Wie die Venus von Botticelli. Mein Gott, ertappte Aggie sich bei dem Gedanken, was hätte aus ihr werden können, wenn ... Sie stand am Waschbecken und betrachtete Elizabeth. Elizabeth, den Kopf auf die Seite gelegt, sah zu ihr hoch.

Sie mußte den Mann mit bloßen Händen zerfetzt haben, dachte Aggie.

»Kommen Sie, wir gehen ins Schlafzimmer«, sagte sie leise.

»Nein ...« Elizabeth blinzelte, als ob Aggies Stimme sie aus einer Trance geweckt hätte. »Ich meine ... ich möchte ... Dürfte ich mal ihr Zimmer sehen?«

»Ihr ...?«

»Ja, das Ihrer Tochter.«

Nun stand sie neben Jessicas Hochbett und betrachtete mit dem gleichen dummen Staunen die gemalten Sterne, das Kristallschloß, den gemalten Regenbogen und die Wolken. Sie entfernte sich von Aggie, ging verträumt ein paar Schritte hinüber zu Jessicas Spielzeugregal in der hinteren Ecke. Sie berührte dort die kleine Musikbox, ein winziges Karussell. Sie streichelte die Pferde darauf, die kleinen Fähnchen aus Tuch, die an goldenen Fahnenstangen hingen.

Aggie beobachtete sie. Sie sah, wie sie die buntbemalten Pferde anlächelte. Durch die Wände konnte sie das halblaute Gemurmel der Männer hören.

»Ich habe oft an dieses Zimmer gedacht«, meinte Elizabeth plötzlich. »An das Zimmer Ihrer Tochter. Ich wollte immer mal herkommen.«

»Tatsächlich?« fragte Aggie. Sie fröstelte ein wenig. Die Vorstellung, daß diese Frau, diese Wahnsinnige, in einem Irrenhaus saß und dort über das Zimmer ihrer Tochter nachdachte ...

Mein Gott. Nathan! Erzählst du immer alles von uns?

»Ja«, sagte Elizabeth. »Nach dem Mann ... da war der Mann mit dem Messer, und dann ... und dann die Polizisten. Sie fanden mich bei ihm, als er ... Nachdem er gestorben war, wissen Sie, wegen des Heimlichen Freundes ... Und die Polizisten setzten mich in ihren Wagen, und ich meinte zu ihnen, ich sagte: ›Sie müssen Dr. Conrad helfen. Suchen Sie ihn!‹ Und das sagte ich, und dann sprachen sie in ihr Funkgerät, und sie sagten, sie würden mich herbringen, und ich ... ich hatte Angst. Ich hatte Angst, aber ich dachte ... ich dachte: ›Jetzt werde ich ihr Zimmer sehen.‹ Das sagte ich mir, damit ich keine Angst hatte. ›Jetzt werde ich sehen, wie ihr Zimmer aussieht.‹ Das sagte ich zu mir.«

Aggie reagierte mit einem freundlichen Lächeln, während sie ein neuerliches Erschauern unterdrückte. »Ich verstehe«, sagte sie.

»Und dann dachte ich ...«, begann Elizabeth. Doch sie verstummte. »Oh«, meinte sie schließlich und stieß einen langen, tiefen Seufzer aus. »Sehen Sie doch.« Ihre Augen leuchteten jetzt, die Lippen öffneten sich, und die Mundwinkel wanderten nach oben. Sie schaute in Jessicas Wandschrank. »Sehen Sie doch. Sie hat so viele ... Sie wissen schon ...« Sie streckte die Hände aus. »Tiere. Spielsachen und Tiere.«

»Sie bezeichnet sie als ihre Freunde«, sagte Aggie. Und ihre Stimme wurde wieder heiser.

»Freunde«, wiederholte Elizabeth. »Sie sind so süß.« Sie betrat den Schrank.

Aggie zögerte. Sie glaubte, sie könne nicht noch einmal in den Schrank blicken. Als sie darauf zuging, fühlte sie sich wie von einer bleiernen Last niedergedrückt; sie spürte sie in ihrer Kehle, in ihrer Brust, in ihrem Magen. Wuchtig und schwer.

Sie kam zur Schranktür und schaute hinein.

Elizabeth war dort drin mit den Tieren. Sie kniete, und die Tiere umringten sie. Die Krokodile und die Marsianer; Goofy und Miss Piggy und Kermit der Frosch.

Aber natürlich, im Arm hielt sie Schneeflocke, den alten Teddybären. Sie drückte ihn an ihre Brust und hatte die Arme fest um ihn geschlungen.

Mein Gott, dachte Aggie und hielt nur mit Mühe die Tränen zurück. Daß sie ausgerechnet ihn ausgesucht hatte.

Indem sie den Teddybären drückte, sah Elizabeth zu ihr hoch. »Ich verschwinde gleich«, sagte sie leise. Ihre Stimme klang seltsam klar, seltsam stark. »Hat Dr. Conrad Ihnen das erzählt?«

»Nein«, konnte Aggie nur mühsam antworten. »Nein. Natürlich nicht.«

»Nun ja, es stimmt«, sagte Elizabeth traurig. »Ich weiß, daß es so ist.« Sie wiegte Schneeflocke in ihren Armen. »Wissen Sie, ich bin hier, hänge sozusagen fest. Mit all diesen Freunden. Und ... die Freunde unterhalten sich hier drin, und ich ... muß ihnen zuhören. Ich muß zuhören, und dann, langsam, ganz langsam ... verschwinde ich einfach.« Sie sah Aggie an. Und Aggie erkannte, wie tief ihre Augen waren, wie klar. »Ich habe sie so gesehen, wissen Sie. Diejenigen, die verschwunden sind. In den Krankenhäusern. Sie sitzen dort herum. Sie starren ins Leere. Sie blicken die Mauern an.« Sie erschauerte. »Man kann es beinahe sehen, man kann ihnen in die Augen schauen und es erkennen. Es ist wie ein Begräbnis: Der Raum drinnen ist voll mit den Freunden der betreffenden Person, doch die Person selbst ist nicht mehr da. Nur die Freunde sind vorhanden, und sie reden und leben darin. Doch die Person ist einfach ... weg.« Sie lächelte schwach und preßte den Teddybären noch fester an sich. »Es ist schlimmer als ein Begräbnis«, sagte sie. »Ich glaube, es ist sogar noch schlimmer als Sterben.«

»Sagen Sie das nicht.« Aggie trat auf sie zu.

Elizabeth rieb ihre Wange an dem Teddybären. Ihre Augen wurden feucht, und die Lippen stülpten sich vor, und sie platzte heraus: »Das ist so ein schönes Zimmer! Ich wünschte, ich hätte auch so eins!«

»O nein«, stöhnte Aggie. Auch in ihren Augen glänzten jetzt Tränen. Sie machte einen Schritt vorwärts, bückte sich zu dem Mädchen hinab, streichelte ihre Wange.

Doch in diesem Moment brachten sie den Gefangenen herein.

Die beiden Frauen konnten ihn hören, als er durch die Wohnungstür kam. Er brüllte herum.

»Ihr Scheißtypen! Ihr Wichser! Das ist verdammt noch mal ungesetzlich. Das ist doch kaum zu glauben, diese Scheiße. Ihr Arschlöcher. Was denkt ihr euch eigentlich? Glaubt ihr, daß ihr damit durchkommt? Dann erwartet euch aber eine verdammt große Überraschung. Scheißkerle! Arschlöcher! Ihr habt mir nicht mal meine Rechte vorgelesen«, grölte er. »Euch gehen eure fetten blauen Ärsche bald auf Grundeis. Hey. Hey! Nehmt eure Wichsfinger von mir! Ihr brutalen Säue! Scheißkerle. Finger weg!«

»O mein Gott«, flüsterte Aggie.

Dann lief sie aus dem Kinderzimmer hinaus. Ins Wohnzimmer. Sie stürzte sich in das Gewimmel von Männern in Zivil und in Uniform. Die Männer wichen auseinander und bildeten nach der Tür eine Art Korridor. Und Aggie blickte durch diesen Korridor und sah den Gefangenen.

Es war der Mann, der sich als Detective D'Annunzio ausgegeben hatte. Er hing zwischen zwei Streifenpolizisten. Sie hielten ihn an den Armen fest. Seine Hände waren auf dem Rücken gefesselt – mit Handschellen, wie sie sehen konnte, als er sich hin und her wand. Seine braunen Haare flogen herum, als er sich gegen den Griff der Streifenbeamten wehrte. Seine Augen leuchteten, und er lachte, so daß seine weißen Zähne im Schein der Deckenbeleuchtung blitzten. Er lachte wie irr. Seine Stimme kippte über, als er wieder zu schimpfen begann.

»Ihr seid ja so beschissen. Ihr seid so beschissen, daß ihr überhaupt nichts begreift, ihr Wichser. Wenn Schwachsinn weh täte, würdet ihr den ganzen Tag vor Schmerzen schreien! Arschlöcher. Niemand hat mir meine Rechte vorgelesen, niemand hat mir gesagt, was überhaupt los ist, sie haben einfach ...«

Und dann, ehe Aggie sich überhaupt bewußt wurde, was geschah, stürzte sie sich auf ihn. Sie zerrte an seiner Jacke, riß daran, umklammerte seinen Hals, krallte die Hände in seine Haare. Die Tränen rannen über ihre Wangen; sie waren heiß, sie brannten sich in ihre Haut. Ihre Stimme war nur noch ein heiseres Heulen. Sie erkannte sie selbst kaum wieder. Sie begriff gar nicht, daß sie dem Mann ins erschrockene Gesicht schrie.

»Wo ist sie? Bitte, bitte, sagen Sie mir, wo mein Baby ist! O bitte, mein Gott, Sie müssen mir sagen, wo sie ist, bitte, bitte, ich beschwöre Sie, ich tue alles, was Sie wollen ...«

Undeutlich spürte sie, wie Hände nach ihr griffen, an den Armen zogen, die sie um den Hals des Gefangenen geschlungen hatte. Undeutlich hörte sie tiefe, dunkle Stimmen rufen: »Mrs. Conrad!« Und sie spürte die Kraft, mit der sie an ihren Schultern, an ihrer Taille zerrten.

Aber sie hielt weiterhin den Gefangenen umklammert. Sie wollte nicht loslassen und schrie: »Bitte. O bitte, im Namen Gottes, im Namen Jesu Christi, bitte sagen Sie es mir, sagen Sie mir, daß sie lebt, mehr nicht, nur daß sie lebt ...«

Und dann hatten sie sie, die Polizisten, sie hatten sie richtig gepackt, und sie zogen sie zurück, zogen sie von ihm weg, und er hatte es nicht gesagt, er hatte es ihr nicht verraten. Agatha kämpfte gegen die Hände, die sie festhielten, bäumte sich auf, wollte sich erneut auf ihn stürzen.

»Bitte!« Sie schrie, sie kreischte es. »Bringen Sie ihn zum Reden, bitte, er soll es sagen, sorgen Sie dafür, daß er spricht ...«

Doch nun zogen sie den Gefangenen weg. Jemand bellte einen Befehl. »Bringt ihn ins Schlafzimmer.« Aggie konnte ihr eigenes heiseres Schluchzen hören. Die Laute klangen weit entfernt und furchtbar, als stammten sie von jemand anderem. Von den kräftigen Händen der Männer zurückgehalten, schaute sie hoch und sah, daß der Gefangene durch die Diele geschleift wurde. Er lachte wieder; die Haare fielen ihm dabei in die Augen. Er drehte sich nach ihr um und lachte.

»Hey, tut mir leid, Herzchen«, rief er ihr zu. »Tut mir aufrichtig leid, Baby, daß deine Freunde soviel Mist gebaut haben. Sie haben den falschen Burschen erwischt. Ich hab' keine Ahnung von gestohlenen Babys. Ich will nur meinen Anwalt, hörst du? Warum sagst du nicht auch zu deinen Freunden: Holt lieber Mr. McIlvaines Anwalt her, Leute.«

Aggie wurde in den Händen der Männer schlaff. »Bitte«, sagte sie. Sie schluchzte hilflos.

Während die Männer im Schlafzimmer verschwanden, spürte sie, wie man sie wieder losließ. Die Polizisten setzten sie behutsam auf den Fußboden. Sie sank auf die Knie, ließ den Kopf hängen. Ihre Haare verdeckten ihr Gesicht wie ein verfilzter Vorhang.

»Bitte. Bringen Sie ihn zum Reden.« Sie hörte sich weinen. »Er soll mir sagen, wo mein Baby ist. Bitte.«

Dann, einen Moment später, spürte sie warme Arme um sich, die sie festhielten. Sie spürte weiche Hände in ihrem Haar, die sie streichelten. Sie hörte dicht an ihrem Ohr ein leises, rauchiges Murmeln.

»Es ist schon gut. Wirklich, es ist alles in Ordnung. Jetzt wird alles gut werden.«

Weinend legte Aggie ihren Kopf an Elizabeths Brust.

»Es wird alles gut«, sagte Elizabeth wieder. »Jeder kann ihn jetzt sehen. Verstehen Sie mich? Sie können ihn alle sehen. Und alles wird gut.«

222 Houses Street

Der U-Bahn-Waggon war grell erleuchtet. Er ratterte laut, schaukelte hin und her, als er seinen Weg Richtung Stadt nahm. Vier Leute saßen darin. In einer Nische vorne unterhielt sich leise ein Paar: ein junger Schwarzer in einer Lederjacke und eine junge Frau mit blondgefärbten Haaren. Etwa in der Mitte des Wagens saß ein Bauarbeiter und las die *News:* ein untersetzter schwarzer Mann in seinem Arbeitsoverall, der seinen Schutzhelm auf dem Oberschenkel balancierte.

Und schließlich war da noch ein Mann, der allein in der hinteren Ecke kauerte. Sein Kopf hing nach vorne. Die große kahle Stelle auf seinem Schädel glänzte im Licht der Leuchtstoffröhren. Die Arme hatte er auf dem Schoß verschränkt, wobei die Hände die Unterarme umklammerten, als müsse er sich selbst zusammenhalten. Sein Hemd war zerrissen, und Blutflecken befanden sich darauf. Blutspritzer befanden sich auch unter ihm auf dem Linoleum, wo es zwischen seinen Füßen hinabgetropft war.

Der U-Bahn-Zug verlangsamte die Fahrt, als er sich der Haltestelle Canal Street näherte. Der Bauarbeiter faltete seine Zeitung zusammen und stand auf. Er hatte seinen Schutzhelm unter den Arm geklemmt, als er zur hinteren Tür ging. Während er sich mit der freien Hand an der Stahlstange festhielt, schaute er auf die zusammengekauerte, blutende Gestalt.

»Brauchen Sie Hilfe?« fragte er leise.

Der blutende Mann blickte nicht hoch. Er schüttelte den Kopf. Die dunklen Fenster des Zuges hellten sich auf, als die U-Bahn in die Station rollte. Die vergilbten Wandfliesen der Station huschten verschwimmend vorbei; dann nahmen sie festumrissene Gestalt an, als der Zug schließlich stehenblieb.

»Sie sollten in ein Krankenhaus gehen«, murmelte der Arbeiter.

Der Mann, der blutete, sah ihn an. »Ich bin in Ordnung«, sagte er.

Der Bauarbeiter zuckte die Achseln und seufzte. »Sie müssen es wissen.«

Die Zugtüren glitten auf. Der Bauarbeiter stieg aus. Die Türen schlossen sich. Der Zug fuhr weiter, ratternd, hin und her schaukelnd.

Conrad hob den Kopf, schaute aus dem Fenster und versuchte den Bauarbeiter zu finden. War er zum Ausgang gegangen? War er bei einem Telefon stehengeblieben, um die anderen Entführer anzurufen? Conrad sah ihn nicht.

Dann, für einen kurzen Moment, entdeckte er den Arbeiter, wie er auf dem Bahnsteig stand und sich suchend umsah. Doch schon tauchte der Zug in den Tunnel. Die Fenster verdunkelten sich. Der Mann war nicht mehr zu sehen.

Vornübergebeugt, die Arme um den Oberkörper geschlungen, machte Conrad einen schmerzhaften Atemzug. Er warf einen verstohlenen Blick auf das Paar in der gegenüberliegenden Ecke. Rote Lichtreflexe verdeckten sie. Er blinzelte, bis seine Sicht sich wieder klärte. Er sah, wie das Mädchen ins Ohr des Mannes flüsterte und mit einem Finger über seine Wange strich. Der junge Mann blickte starr geradeaus und lächelte versonnen.

Conrad beugte sich wieder nach vorn. »Sie haben mich nicht gesehen«, flüsterte er. Die Worte wurden vom Getöse der U-Bahn übertönt. »Ich bin ihnen entflohen. Bitte, mach, daß ich sie abgeschüttelt habe. Bitte.« Er umklammerte seine Unterarme, rieb mit den Handflächen über seine Ärmel, um das Blut abzuwischen. Er glaubte, immer noch die Glasscherben zu spüren, die sich in sein Fleisch gefressen hatten.

Der U-Bahn-Zug rollte in die Station Franklin Street. Conrad machte Anstalten, aufzustehen.

Elf Uhr vierzig jetzt. Keine Chance mehr, dachte er. Keine Chance, bis zwölf Uhr in seine Praxis zurückzukehren. Es blieb nur noch eine Chance, ihr zu helfen: die Chance, daß sie tatsächlich dort war, daß man sie in die Houses Street Nr. 222 gebracht hatte und dort festhielt.

Er humpelte und stolperte durch eine kleine Straße, eine kleine, verlassene nächtliche Straße in Tribeca. Langgestreckte hohe Gebäude hingen vor dem dunstgrauen Himmel über ihm.

In der Ferne loderte ein Feuer aus einer Mülltonne heraus. Er sah die Schatten zusammengekauerter Männer, die sich darum drängten und ihre Hände vorstreckten, um sie zu wärmen. Er spürte die Kälte, die eisige Kälte der Nacht, die über seine Haut kroch.

Er humpelte weiter und kämpfte gegen die Schmerzbarriere an. Jetzt konnte ihn alles mögliche aufhalten, dachte er. Ein Mann von der Heilsarmee; ein Cop; ein Straßenräuber konnte ihn überfallen und auf der Straße liegen lassen. Er hustete und humpelte schneller.

Er hätte auf sie warten sollen, dachte er. Er hätte tun sollen, was sie verlangt hatten, nämlich bis Mitternacht warten. Er hätte die Polizei rufen sollen, als er aus seiner Praxis hatte verschwinden können. Er hätte dem Bauarbeiter vertrauen sollen, ihn bitten sollen, Hilfe zu holen ... Er hätte irgend etwas tun sollen ...

Gut gemacht, Schwachkopf.

... etwas anderes als das. Diesen letzten, furchtbaren Fehler.

Houses Street. Greenwich und Houses Street. Er sah sich um, und da war es. Er konnte sich kaum daran erinnern, wie er hingefunden hatte.

Er stand an der Ecke unter einer Straßenlaterne. Er sah blinzelnd zu dem kleinen Schild hoch. Er drehte sich um, sah die Straße entlang. Zwei kurze, dunkle Blocks. Die unregelmäßige Reihe von Gebäuden im Nebel, kein Licht in den Fenstern. Am Ende der Hudson River und die Schnellstraße. Er konnte dort die Automobile vorbeijagen sehen. Er konnte auch den schwarzen Fluß erkennen, in dessen Fluten sich die Lichter am Ufer widerspiegelten.

Er hatte es geschafft.

Er bog in die Straße ein und ließ den Lichtschein der Straßenlampe hinter sich.

Er ging jetzt schneller. Er stöhnte bei jedem Schritt. Sein rechtes Knie war völlig steif. Sein Bein fühlte sich an wie ein Brett. Während die Straßenlampe hinter ihm zurückblieb, schloß die Dunkelheit der Straße sich um ihn wie die Hand eines Jungen um eine Motte. Eine Chance, dachte er.

Er eilte weiter, zog sein Bein nach. Eine Chance, daß sie dort ist. Sie muß dort sein. Jessie. Der Nebel war neben ihm, die Dunkelheit vor ihm. Er humpelte.

Vorbei an einem freien Grundstück, das mit Unkraut zugewuchert war. Es tauchte aus dem Nebel auf, als er sich ihm näherte. Zwischen dem Unkraut blitzten leere Getränkedosen und Schutt und Papierfetzen, die im eisigen Wind vom Fluß auf der Erde herumflatterten. Keuchend eilte er daran vorbei; gelangte zum nächsten Gebäude, einer aufragenden Silhouette: ein Haufen braunen Sandsteins, der nach vornüber geneigt zu sein schien, als würde er jeden Moment zusammenstürzen und auf der Straße zu Staub zerschellen.

Er erreichte das Haus. Blieb keuchend davor stehen. Er blinzelte durch die Nacht, durch die roten Lichtblitze und Wolkenfetzen vor seinen Augen. Und er konnte die Zahl auf dem fleckigen Schild lesen: 222. Er ließ seinen Blick ein Stück höher wandern.

»Oh«, sagte er leise.

Im Fenster im zweiten Stock brannte Licht.

Das hatte sie doch gesagt, nicht wahr?

Das Apartment befand sich im zweiten Stock.

Hatte Elizabeth es nicht so erzählt? Ja. Ja, er war sich dessen sicher. Das Apartment befand sich im zweiten Stock. Und das Gesicht des rothaarigen Mannes war am Fenster aufgetaucht. Es hatte geisterhaft dort gehangen, vor dem Fenster, wie ein Phantom, wie ihr Heimlicher Freund.

Aber es war nicht ihr Heimlicher Freund. Es war ein Mann. Es war Robert Rostoff, der Mann, den Sport getötet hatte. Und wenn Robert Rostoff durch ein Fenster im zweiten Stock geblickt hatte, dann war dort so etwas wie ...

»Eine Feuertreppe«, krächzte er.

Er humpelte zu dem freien Grundstück zurück.

Vom Rand des Grundstücks aus konnte er die Feuertreppe erkennen, wie sie im Zickzack an der Gebäudeseite nach oben führte. Sie lief unter dem erleuchteten Fenster im zweiten Stock vorbei.

Er trat ins Unkraut. Die Gewächse waren etwa kniehoch. Er schaute nach unten, als seine Füße dazwischen verschwanden. Er machte einen weiteren Schritt – und das Unkrautdickicht um ihn herum wurde schlagartig lebendig.

Er blieb stehen. Das Unkraut raschelte und schwankte.

Ratten – er konnte sie sehen – ein Dutzend Ratten – huschten vor ihm davon und verschwanden im Gras.

Conrad setzte humpelnd seinen Weg fort. Er machte langsame Schritte. Er achtete auf seine Füße.

Verdammte Ratten, dachte er.

Er erschauerte. Er schaute von seinen Füßen für einen Moment zu dem Sandsteinhaus empor. Er trat auf etwas …

Mein Gott, Scheiße, eine Schlange.

… etwas lag im Unkraut. Ihm stockte der Atem, er machte einen Satz rückwärts. Er blickte nach unten – und sah etwas Langes, Dünnes auf dem Boden liegen.

… *Schlange* …

Aber das Etwas rührte sich nicht, war wie tot. Er bückte sich danach. Es war keine Schlange. Es war ein Besenstiel, der in der Mitte entzweigebrochen war. Ein Ende war rund und glatt. Das andere Ende, das abgebrochene, hatte eine scharfe Spitze.

Conrad bückte sich und hob den Stiel auf. Er wog ihn in der Hand. Er packte ihn fester. Er atmete zischend aus, als seine Finger sich darum legten, als das rauhe Holz an seiner lädierten Handfläche scheuerte.

Er humpelte auf den Sandsteinbau zu. Nun trug er den Besenstiel.

Eine Chance, dachte er. Eine Chance, Jessica.

Die Feuerleiter war bereits heruntergelassen. Conrad legte die Hand auf die Sprosse in Augenhöhe. Das rostige Eisen schien sich in seine Hand zu fressen. Er hielt den Besenstiel fest, legte die andere Hand auf die Sprosse und stützte sein Handgelenk dagegen. Das fühlte sich schon besser an. Er setzte den linken Fuß auf die unterste Sprosse. Zog das rechte Bein mühsam nach, bis beide Füße nebeneinander standen. Und so kletterte er hoch, immer eine einzige

Sprosse nehmend, zuerst den linken Fuß, dann den rechten daneben. Eine Chance. Eine Chance.

Er gelangte zum ersten Absatz, zog sich hoch, kroch auf allen vieren weiter. Pfeifend fuhr die Luft durch seinen offenen Mund. Rein und raus. Der Schnitt in seiner Seite schmerzte, doch er konnte spüren, daß die Blutung aufgehört hatte. Nichts Lebenswichtiges wurde verletzt, dachte er, keine Gefahr zu verbluten. Indem er sich an dem dünnen Geländer festhielt, nahm er die Stufen zum zweiten Absatz in Angriff. Er schaute hinauf zu dem erleuchteten Fenster. Sogar das matte Licht verursachte seinen Augen Schmerzen, als er sich ihm näherte. Die roten Wolken brachen wieder vor seinen Augen hervor, breiteten sich aus, deckten alles zu. Er gelangte auf den Absatz vor dem Fenster.

Er schob den Kopf durch die Bodenöffnung des Absatzes. Kroch auf den kleinen Platz. Er kauerte sich hin, ruhte sich auf allen vieren aus, hustete und keuchte. Nachdem er einmal den Kopf geschüttelt hatte, blickte er hoch, sah durch das Fenster, versuchte, durch die schmutzige Scheibe etwas zu erkennen.

Und er sah sie.

»Jessica.«

Sie war dort. Keine sechs Meter von ihm entfernt. Sie lag auf einer Matratze auf dem Fußboden. Sie lag auf der Seite, und das Nachthemd mit den Gutenachtwünschen bauschte sich um ihre Knie. Zuerst dachte er, sie sei tot. Sie war so steif, so still. Er spürte, wie alles in ihm erstarb. Er starrte sie durch das Fenster an, wagte nicht zu atmen.

Irgendwie waren ihre Hände auf dem Rücken gefesselt. Ein Streifen weißen Klebebandes war brutal über ihren Mund gespannt. Ihr Haar – ihr schönes, lockiges, hellblondes Haar, das die gleiche Farbe wie das ihres Vaters hatte – war verfilzt und verschwitzt und umrahmte ihr kreideweißes Gesicht.

Durch den Haarvorhang schauten ihre Augen, weit aufgerissen und leer, in einen Teil des Raums, den er nicht erkennen konnte. Und sie war so bleich, so furchtbar bleich …

O Gott, dachte er. Tot? War sie so gestorben? Mit starrem Blick? Erstickt? In namenlosem Entsetzen?

Auf ihren Daddy wartend.

Er richtete sich auf den Knien ein wenig auf, um mehr sehen zu können. Er fixierte sie, achtete nicht auf seine Schmerzen, auf alles.

»Baby?« flüsterte er tonlos. »Liebling?«

Seine Augen füllten sich mit Tränen, während er sie betrachtete. Seine Hand zitterte, als er sie hob, sie gegen das Fenster legte. Er versuchte, den Schmutz wegzuwischen, doch das Blut an seinen Fingern verschmierte das Glas.

»Jessie …?«

Und dann bewegte sich seine Tochter.

Es geschah unvermittelt. Eine plötzliche, ruckartige Bewegung, mit der ihr ganzer Körper lebendig wurde. Sie schlängelte sich auf der Matratze zurück, rutschte immer weiter nach hinten, bis sie sich nur noch an die Wand pressen konnte. Sie richtete sich auf, kam auf die Füße, stemmte sich verzweifelt gegen die Matratze, um noch weiter zurückzuweichen. Und ihre Augen wurden noch größer, Tränen quollen daraus hervor. Und sie schüttelte den Kopf: nein, nein, nein. Er sah, wie ihr Mund sich hinter dem Klebeband bewegte … Er konnte geradezu spüren, wie sie schrie.

Sie lebte. Er mußte Hilfe holen … Sie war noch am Leben. Er mußte sofort wieder runterklettern, die Polizei alarmieren. Lebendig. Jessica. Sie war …

Und dann tauchte am Rand seines Gesichtsfeldes ein Schatten auf, und er sah …

»O Scheiße, o heilige Scheiße, o Gott. Mein Gott.«

Er sah Maxwell, der auf sie zuging.

Lewis McIlvaine und seine verfassungsmäßigen Rechte

»Also, Mr. McIlvaine ... Lewis ... es kann für Sie harmlos werden, es kann aber auch sehr hart werden«, sagte Special Agent Calvin. »Verstehen wir uns?«

Der Gefangene, dessen Name Lewis McIlvaine lautete, saß auf dem Bett. Seine Hände waren noch immer mit Handschellen auf dem Rücken gefesselt. Er blickte zu Special Agent Calvin hoch und nickte.

»Gut«, sagte Special Agent Calvin. Er stand vor McIlvaine, beugte sich zu ihm vor und zeigte mit seinem wie gemeißelt wirkenden Kinn auf ihn. »Ich will, daß Sie mir jetzt alles erzählen«, fuhr er fort. »Was genau haben Sie mit dem kleinen Mädchen der Conrads gemacht?«

Lewis McIlvaine lächelte. Er antwortete ruhig: »Special Agent Calvin. Special Agent, das heißt soviel wie Arschloch. Zum hundertsten Mal, ich möchte gerne meinen Anwalt sprechen, bitte. Ich werde kein Wort sagen, ehe ich nicht meinen Anwalt um Rat gefragt habe. Und wenn ich mit meinem Anwalt rede, dann werde ich sagen: ›Oh, Mr. Anwalt, bitte bringen Sie mir die Eier von Special Agent Calvin auf einem Silbertablett.‹ Alles klar?«

Detective D'Annunzio seufzte schwer. Er lehnte an der Schlafzimmerwand, lehnte auf seinen Händen, ließ seinen voluminösen Hintern gegen seine Knöchel federn. Er zog eine Hand – die linke – hinter seinem Körper hervor. Er schaute auf die Uhr. Es war Viertel vor zwölf. D'Annunzio schaute wieder hoch und verfolgte, wie Calvin vor dem Verdächtigen stand. Calvin machte in seinem maßgeschneiderten Anzug einen schneidigen und entschlossenen Eindruck.

D'Annunzio betrachtete ihn und dachte an Mrs. Conrad. Er dachte an ihre weichen, klugen, verweinten blauen Augen. Er dachte an die Konturen ihrer Brüste unter ihrem Sweatshirt. Als sie ihn umarmt hatte – als er das erste Mal hergekommen und sie in seine Arme gefallen war –, da hatte er gespürt, wie diese großen Brüste sich an ihn preßten. Dieser Dr. Conrad, dachte er mit einem inneren traurigen Seufzer; das ist ein glücklicher Mann. Wie mochte es wohl sein, eine Frau wie diese unter sich zu haben? Eine sinnliche intelligente Frau wie sie, schreiend und sich aufbäumend, und dazu mit solchen Brüsten und nackt?

»Lewis«, sagte Calvin gerade. »Lewis, sicherlich begreifen Sie, daß die Zeit in diesem Fall von besonderer Bedeutung ist. Falls diesem kleinen Mädchen irgend etwas zustoßen sollte, wird Ihnen wohl kein Anwalt der Welt mehr helfen können, verstehen Sie? Meinen Sie nicht, es wäre besser, Sie reden sich alles von der Seele?«

McIlvaine sog schnüffelnd die Luft ein. »Hat hier gerade jemand gefurzt?« Er wandte sich an D'Annunzio. »He, Sie Fettsack. Schon wieder Bohnen gefressen? Ist das etwa eine neue Verhörtechnik?«

Special Agent Calvin verdrehte die Augen. Langsam, wobei er den Kopf schüttelte, schlenderte er zu D'Annunzio hinüber, der noch immer an der Wand lehnte. Er redete leise, aus dem Mundwinkel, damit McIlvaine ihn nicht verstehen konnte.

»Ich denke, wir sollten Mrs. Conrad herholen«, sagte er.

»Wie bitte?« D'Annunzio tauchte blinzelnd aus seinem Traum auf. »Äh ... ich meine, weshalb?«

»Na ja, um an ihn zu appellieren, an seine Anständigkeit«, flüsterte Calvin. »Um ihn persönlich zu bitten.«

D'Annunzio musterte den FBI-Mann wortlos. Er wußte nicht, was er dazu sagen sollte.

Special Agent Calvin nickte zuversichtlich. »Na los«, sagte er. »Gehen Sie schon. Holen Sie sie her.«

Mrs. Conrad hielt sich im Wohnzimmer auf. Sie kniete noch immer auf dem Fußboden und sah hilflos und verlassen aus. Elizabeth kniete neben ihr, tätschelte ihre Schulter. Als D'Annunzio hereingewatschelt kam, sah Mrs. Conrad zu ihm hoch. In ihren Augen lag ein Hoffnungsschimmer. Der Ausdruck dieser vertrauensseligen blauen Augen ließ auf D'Annunzios Rücken eine Gänsehaut entstehen.

»Hat er was gesagt?« fragte sie. Ihre Stimme war noch immer tränenschwer. Sie zitterte. »Hat er irgend etwas verraten?«

D'Annunzio holte tief Luft. »Nein, Ma'am«, erwiderte er. »Special Agent Calvin meint, es könnte hilfreich sein, wenn Sie noch einmal mitkämen und mit ihm redeten. Ihn noch einmal um Hilfe bäten.« Es klang irgendwie töricht, als er es sagte.

Doch die Frau nickte unsicher. Vertrauensvoll. D'Annunzios Blicke glitten automatisch auf ihr Sweatshirt herab. Wie mochte es wohl sein, dachte er; eine solche Frau.

Er bückte sich und ergriff den Oberarm der Frau. Er spürte das straffe Fleisch unter seinen Fingern, während er ihr beim Aufstehen half.

Als D'Annunzio Mrs. Conrad ins Zimmer führte, sah der Gefangene ihr vom Bett entgegen. Er grinste.

»Hallo, Schätzchen, wie geht's denn so«, sagte er. »Wissen Sie, an Ihrer Stelle würde ich nicht reinkommen. Der Fettsack da hat die ganze Bude vollgefurzt.«

D'Annunzio spürte, wie sein Gesicht sich erhitzte. Er

reichte Mrs. Conrad schnell an Special Agent Calvin weiter. Er kehrte zu seinem Platz an der Wand zurück und lehnte sich wieder dagegen. Von der Wand aus betrachtete er McIlvaine: seine belustigten Augen; sein zähneblitzendes Lächeln.

D'Annunzio verfolgte, wie Special Agent Calvin Mrs. Conrad zu McIlvaine führte.

»Also, Lewis«, sagte Special Agent Calvin leise. »Dies ist die Mutter des kleinen Mädchens, von dem wir reden. Ich möchte nur, daß Sie sich anhören, was sie zu sagen hat, okay?«

Lewis McIlvaine grinste sie dämlich an.

Mrs. Conrad sah ihn eine Sekunde lang an, ohne zu reden. Sie mußte sich offensichtlich zusammenreißen, um nicht in Tränen auszubrechen.

McIlvaine grinste weiter und hüpfte auf dem Bett herum wie ein Spielzeugaffe.

D'Annunzio starrte auf seine Fußspitzen. Herrgott im Himmel, dachte er.

»Bitte, Mr. McIlvaine«, sagte die Frau dann. Ihre Stimme schwankte heftig. »Bitte. Wenn Sie uns sagen, wo meine Tochter ist, dann schwöre ich ... daß ich alles tun werde ... und ich bin sicher, daß ich Ihren Richter überzeugen kann ... oder ich sage für Sie bei der Verhandlung aus ... Wenn Sie doch nur ...«

McIlvaine reagierte mit einem schrillen Gelächter. Er ließ sich auf dem Bett nach hinten fallen und wälzte sich ausgelassen darauf herum. »Aber, aber, Schätzchen, es wird gar keine Verhandlung geben«, sagte er. »Hörst du denn nicht zu, Herzchen? Sie haben Mist gebaut. Siehst du? Sie haben mir nicht meine Rechte vorgelesen. Sie haben mir nicht erlaubt, einen Anwalt anzurufen. Zuckerhäschen ... ich habe nichts zu befürchten, ich gehe hier als freier Mann raus!«

Mrs. Conrad ließ den Kopf hängen. Sie konnte nicht weiterreden. Special Agent Calvin bedachte McIlvaine wirklich mit harten, drohenden Blicken.

Schweratmend stieß Detective D'Annunzio sich von der Wand ab. Sich laut räuspernd kam er zum Bett herüber. Er spürte, wie die Blähungen in seinem Bauch rumorten, doch er hielt damit an sich. Er wollte sich in Mrs. Conrads Gegenwart nicht gehen lassen.

»Detective?« meinte Special Agent Calvin fragend.

»Ich werde dem Gefangenen jetzt seine Rechte vorlesen«, sagte Detective D'Annunzio. Er schaute schnell zu Mrs. Conrad. Sie sah zu ihm auf. Eine einzelne Träne rann über ihre Wange.

D'Annunzio drehte sich nun zu McIlvaine um. Er bückte sich und ergriff McIlvaines Arm. Mit einem schnellen, harten Ruck hievte er den Gefangenen auf die Füße.

»Detective ...«, warnte Special Agent Calvin.

McIlvaine grinste unbehaglich. »Vorsichtig, Mr. Fettblase«, sagte er. »Sie wollen doch nicht noch mehr Schwierigkeiten, als Sie jetzt schon haben, oder? Nur meine Rechte, wenn es Ihnen nichts ausmacht.«

D'Annunzio nickte lange. »Sie haben das Recht, sich zu verbeugen und ›uff‹ zu sagen«, meinte er.

McIlvaine lachte. »Was, zum Teu ...?«

D'Annunzio zog seine Hand zurück; dann stieß er sie nach vorne und bohrte zwei steife Finger in McIlvaines Solarplexus.

McIlvaine verbeugte sich ruckartig. »Uff«, sagte er.

»Detective!« rief Special Agent Calvin. »Detective ...«

McIlvaine hatte sich so tief gebückt, daß D'Annunzio die Handschellen hinter seinem Rücken sehen konnte.

»Sie haben das Recht, zu Boden zu gehen wie ein Sack Kartoffeln«, erklärte D'Annunzio.

Er hob die Faust über den Kopf und ließ sie nach unten sausen wie einen Hammer. Sie erwischte McIlvaine genau im Nacken. McIlvaine sank zu Boden wie ein Sack Kartoffeln. Seine Beine schienen sich unter ihm einfach in zerkochte Spaghetti zu verwandeln, und rumms, schon war er unten.

»Detective!« brüllte Special Agent Calvin auf. Seine Stimme kippte über, als er es wiederholte. »Detective! Detective!«

Detective D'Annunzio griff nach hinten zu seinem Rükken. Sein Dienstrevolver befand sich dort in seinem Halfter. Er zog ihn heraus. Er wirkte in seiner mächtigen Pranke geradezu zierlich.

»Detective! Mein Gott ... oh ... Detective!« rief Special Agent Calvin.

Bei Calvins Ruf schaute McIlvaine hoch. Während er auf dem Fußboden lag, wandte er den Kopf und schaute benommen zu D'Annunzio. Sein Gesicht war grau geworden, und seine Lippen waren schneeweiß. Seine Augen bewegten sich seltsam, als hätten sie sich in seinem Schädel gelockert.

Dann gewahrte er die Pistole. Seine Augen hörten auf, sich zu bewegen. Sie weiteten sich. Sie starrten in den Pistolenlauf.

»Das reicht!« sagte Special Agent Calvin. Er trat auf D'Annunzio zu.

Aber im gleichen Moment hatte Mrs. Conrad sich zwischen sie geschoben. Sie stand zwischen Calvin und D'Annunzio. Sie hatte die Hände erhoben und auf Calvins Schultern gelegt. Sie hatte die Revers seines schwarzen Anzugs ergriffen.

»Nein!« sagte sie.

Der junge Agent schaute auf sie herab. Sein Mund bewegte sich, als wollte er etwas sagen. Aber er sagte nichts.

»Nein«, sagte Mrs. Conrad erneut sehr klar und deutlich. »Nein.«

Sie wandte sich um und sah über die Schulter zu D'Annunzio.

Und D'Annunzio sah in ihre Augen. Blau und verweint, groß und tief. Er lächelte ein wenig.

Dann, während Special Agent Calvin ihnen entsetzt zusah, kniete D'Annunzio sich direkt neben McIlvaine auf den Fußboden. Dabei hielt er die Waffe in seiner Pranke fest.

Das Hinknien, das war nicht so leicht. Er mußte die Hosenbeine an seinen stämmigen Beinen hochziehen. Er mußte vorsichtig heruntergehen. Er atmete schwer von dieser Anstrengung. Doch schließlich kniete er auf dem Fußboden vor McIlvaine. McIlvaine glotzte ihn an, glotzte auf seinen Revolver.

D'Annunzio preßte den Lauf der Waffe gegen McIlvaines linkes Knie.

»Sie haben das Recht, vor unerträglicher Qual zu schreien«, sagte er. »Und sich auf dem Boden herumzuwälzen und zu winden.«

Er spannte den Hammer des Revolvers.

»Zwo-zwoundzwanzig ... Houses Street«, sagte McIlvaine. Er redete mit dumpfer Stimme, die tief aus ihm heraushallte. »Zwo-zwoundzwanzig Houses Street.«

Es war jetzt fünf Minuten vor Mitternacht.

Maxwell

In genau diesem Moment wachte das kleine Mädchen schließlich auf.

Maxwell saß im Segeltuchsessel und schaute ihr zu.

Zuerst hoben sich ihre Augenlider, doch ihre Augen waren weiß. Sie schnaubte. Ihr Körper versteifte sich wieder. Maxwell leckte sich die Lippen. Er beugte sich im Sessel vor, gespannt, was nun geschehen würde.

Schließlich hatten die Augen des Kindes sich flatternd geschlossen und abrupt wieder geöffnet. Ihre blauen Pupillen starrten auf nichts Bestimmtes.

Maxwell lächelte. Er veränderte seine Lage im Sessel, schickte sich an aufzustehen. Doch nach einem kurzen Moment schlief das kleine Mädchen wieder ein. Ihre Augen verdrehten sich, so daß nur noch das Weiße zu sehen war. Ihre Lider schlossen sich flatternd.

Maxwell ließ sich wieder in den Sessel zurücksinken und wartete. Er hatte seine Arme auf die Armlehnen des Sessels gelegt. Er hatte Mühe zu schlucken. Seine Kehle war vor Erregung wie zugeschnürt.

Das Mädchen schlug die Augen auf. Es schaute auf nichts. Diesmal wartete Maxwell lange. Eine Minute, vielleicht sogar zwei. Ihm kam es sehr lange vor. Die Augen des Mädchens wanderten weiter. Sie starrten auf Maxwell. Das Mädchen starrte ihn an, aber es rührte sich nicht und reagierte auch nicht. Es schien, dachte Maxwell, einfach durch ihn hindurchzuschauen.

Daher wartete Maxwell. Nur um ganz sicher zu gehen. Um ihr die Chance zu geben, völlig zu sich zu kommen. Der Mann und das Mädchen starrten sich gegenseitig durch den düsteren kleinen Raum an. Die Luft um sie herum war dick und roch nach Staub.

Die Kleine machte einen tiefen Atemzug durch die Nase. Dann einen weiteren. Sie schloß die Augen nicht. Sie lag auf der Matratze und starrte ihn dumpf an. Nach ungefähr einer weiteren Minute nickte Maxwell. Sie war jetzt endgültig wach. Er stand auf.

O-oh, das gefiel ihr nicht, dachte er.

Als er aufstand, drehte sie durch. Sie warf sich auf der Matratze herum. Trat mit ihren kleinen Beinen nach ihm. Zog sich zurück und drückte sich gegen die Wand, stieß unter dem Klebeband erstickte Laute hervor. Oh, oh, oh.

Maxwell war zuerst erschrocken – nur durch die Plötzlichkeit dieser Reaktion. Aber dann war es gut. Sein Penis rührte sich wieder. Er begann auf sie zuzugehen.

Das Mädchen schrie hinter ihrem Knebel auf. Sie trat mit den nackten Beinen. Ihr Nachthemd rutschte bis zu den Oberschenkeln hoch. Maxwell konnte ihr Ding sehen, ihre Spalte. Sein Atem wurde rasselnd. Er berührte sein Glied durch die Hose.

Er ließ sich auf der Matratze nieder. Er setzte sich neben das Mädchen. Tränen rannen über ihre runden Babybacken.

Maxwell streckte die Hand aus und ergriff eins ihrer austretenden Beine. Er legte seine Hand um den weichen Schenkel. Er spürte die Wärme. Er zog sie zu sich herüber.

»Mph, mph ...«, sagte das Mädchen hinter dem Klebeband. Ihre Brust hob und senkte sich. Tränen liefen über ihre Wangen.

Während er mit der einen Hand ihr Bein festhielt, legte Maxwell die andere auf das Klebeband auf ihrem Mund.

»Alles ist gut«, beruhigte er sie mit seiner ausdruckslosen Stimme. »Alles ist gut.«

Mit einer einzigen schnellen Geste riß er ihr das Band vom Mund. Das Mädchen sog gierig die Luft ein. Sie hustete. Sie wich auf dem Bett vor Maxwell zurück und gab Würgelaute von sich.

Seine Finger massierten ihr Bein, während er sie beobachtete. Seine Augen leuchteten.

Nach einem Moment ließ das Würgen des Mädchens nach. Sie drehte sich um und schaute zu Maxwell hoch. Sie weinte jetzt heftig. Ein krankes Rot färbte nun ihre Wangen unter den schwarzen Blutergüssen. Sie schüttelte ständig den Kopf – nein –, wobei ihr hellblondes Haar hin und her flatterte. Der ganze Körper erzitterte von dem Weinen. Maxwell beobachtete diese Reaktion mit wachen Augen.

»Bitte ...?« brachte das Mädchen flüsternd hervor.

Maxwell stöhnte dumpf. Er ließ ihr Bein los. Er berührte sein Glied mit einer Hand. Er legte die andere Hand um den Hals des Mädchens. Er spürte ihren Puls. Er schien direkt in seiner Hand zu schlagen, in seinem Arm, bis hinauf in sein Herz. Er sog zischend die Luft ein.

Hinter ihm zerbarst klirrend das Fenster.

Maxwell schwang auf seinem Platz herum. Eine Stimme in seinem Kopf kreischte los wie eine Sirene.

Polizei. Polizei. Sie bringen dich ins Gefängnis ich hätte nicht will die Polizei nicht Gefängnis ...

Das Fenster sprang ihm in einem funkelnden Scherbenregen entgegen. Der Körper eines Mannes flog hindurch. Das Glas, der Mann schienen explosionsartig in das Zimmer hineinzufliegen und blieben vor Maxwells entsetzten Blicken für eine Sekunde in der Luft hängen. Dann regnete das Glas auf den Fußboden. Und der Mann stürzte.

Er stürzte mit einem dumpfen Laut. Er lag auf dem Fußboden. Er rührte sich nicht. Sein Hemd war voller Blut. Glasscherben funkelten darauf. Sie glitzerten auch in seinem schütteren, hellblonden Haar.

Polizei, Po ... nicht ins Gefängnis nein das darf nicht ...

Die Stimme in Maxwells Kopf wurde schwächer. Sie ließ allmählich nach.

Langsam, mühsam, bewegte der Mann auf dem Fußboden sich. Er war nur ein kleiner Mann, das sah Maxwell jetzt. Es war nur er, dieser kleine Mann.

Der kleine Mann hob den Kopf vom Boden hoch und schaute zu Maxwell.

Moment mal, das ist, das ist doch, dieser Bursche, der Bursche ...

Er hörte ein Geräusch hinter sich. Er fuhr herum, und sein Blick fiel auf das kleine Mädchen.

Die Kleine hatte sich auf die Seite gedreht. Sie schaute zu dem Mann auf dem Fußboden. Sie sah ihn verträumt an. Ihre Lippen öffneten sich. Tränen sickerten über ihre Wangen, aber sie schluchzte nicht mehr. Sie leckte sich die Lippen. Sie schüttelte den Kopf, als könnte sie nicht fassen, was sie sah.

Und dann, vor Maxwells Augen, lächelte sie matt.

»Daddy?« flüsterte sie.

Maxwell drehte sich wieder um. Er schaute auf den kleinen Mann, der auf dem Fußboden lag. Der kleine Mann starrte zu ihm hoch. Seine Beine und Hände bewegten sich in den Glasscherben. Er sah aus wie ein Säugling, der zu krabbeln versuchte.

Maxwell lachte rauh, und seine Schultern hoben und senkten sich dabei.

Dann stand er auf.

Mitternacht

O Gott, dachte Conrad, das Monster steht auf.

Hektisch wühlte er mit den Händen in den Glasscherben herum.

Der Besenstiel ...

Er hatte seine Waffe, den Besenstiel, bei dem Sturz verloren. Er tastete mit den Händen über den Boden, suchte ihn verzweifelt. Dabei versuchte er zwischen den roten Flecken und Streifen, die sich vor seine Sicht schoben, etwas zu erkennen.

Das Ding, diese Kreatur, erhob sich von der Matratze wie eine Rauchsäule: höher und höher stieg ihr Schatten an der Wand empor.

»Mist«, flüsterte Conrad.

Vergiß den Besenstiel.

Er mußte hochkommen.

Steh sofort auf!

In seinem Bein loderte der Schmerz, als er es anwinkelte, während er versuchte, sich auf Hände und Knie hochzukämpfen.

O mein Gott, dachte er verzweifelt, wenn das überstanden ist, bloß keine Fenster mehr.

Stöhnend gelang es ihm, sich auf die Knie zu wälzen. Er stützte sich mit den Händen auf den Fußboden und stemmte sich hoch.

»Daddy!«

Bei dem heiseren Schrei seiner Tochter sah er wieder

hoch. Das Ding schwebte über ihm; die schwarze Säule verschluckte den matten Lichtschein. Der Schatten bewegte sich auf ihn zu.

Conrad setzte den linken Fuß auf den Fußboden, drückte sich von seinem Knie ab. Schwankend kam er vollends hoch.

Und dann packte ihn das Ungeheuer am Hals.

Conrad hatte die Leiche von Billy Price nicht gesehen. Er hatte nicht gesehen, wie sein Hals zusammengequetscht worden war, als sei er in eine Dampfpresse geraten. Hätte er es gewußt, dann wäre er wahrscheinlich von diesem unmenschlichen, maschinengleichen Druck nicht so geschockt gewesen, der ihn nun zu erdrosseln begann. Ein schwarzer, alles erstickender Schleier legte sich mit einer solchen Plötzlichkeit auf ihn, daß seine Glieder schlagartig erlahmten und sogar seine Gedärme erschlafften, ehe er überhaupt begriff, wie ihm geschah.

»Daddy Daddydaddy Daddydaddy ...«

Jessicas hysterischer Schrei stach in sein Gehirn wie ein Dolch – aber nur für einen kurzen Moment. Dann schien er in der unermeßlichen Stille zu vergehen, die von den Grenzen des Raums auf ihn zuwallte. Alles schien in dieser Stille zu versinken, in der Dunkelheit zu verschwinden, die sie begleitete. Alles – bis auf das abnorm kleine, quadratische Gesicht dieser Bestie vor ihm. Dieses Gesicht – es füllte Conrads Gesichtsfeld aus, als Maxwell ihn vom Erdboden hochhob. Als Conrads Beine in der Luft baumelten und austraten. Da war nichts als Stille und Dunkelheit um ihn – und dieses Gesicht, ein heller Fleck im Mittelpunkt der sich schließenden Öffnung: das Gesicht mit seinem trägen, verträumten Lächeln, seiner wulstigen Stirn, den tiefen hellen Augen ...

... helle Augen ...

Conrad hob einen seiner schlaffen Arme. Er zuckte hoch

wie der Arm einer Marionette. Er zielte damit auf eines dieser Augen. Zwei Finger fanden ihr Ziel.

»Au!« sagte Maxwell.

Seine Hand öffnete sich. Conrad rutschte auf den Fußboden.

Der Psychiater versuchte, auf den Füßen zu bleiben. Doch er konnte seine Füße nicht finden. Seine Füße, der Fußboden, die Welt – er fand überhaupt nichts mehr. Diese Stille, diese Dunkelheit drangen immer noch auf ihn ein, während er dort hilflos auf dem Boden zappelte. Dann drang ein einzelner Ton überlaut zu ihm durch.

»Daddydaddydaddyneinneinneinnein ...«

Jessie ...? Baby ...? Baby ...?

Er sah sie, gefesselt auf der Matratze. Im Schein der einzelnen Glühbirne in der Ecke. Er sah sie durch die roten Wolken, die vor seinen Augen vorbeitrieben und explodierten. Und dann war sie verschwunden.

Sie wurde regelrecht weggewischt. Auch alles andere verschwand, ausgelöscht durch diesen Riesen, dieses Ungeheuer, das wieder vor ihm erschien.

Maxwell hielt seine Hand vors Auge. Seine fleischigen Lippen waren zu einer wütenden Grimasse verzogen.

»Das hat weh getan«, sagte er. Und er schlug Conrad nieder.

Es war ein einziger wilder Hieb, in rasender Wut ausgeführt. Maxwells amboßschwere Faust krachte mit voller Wucht in Conrads Gesicht. Conrads Kopf flog nach hinten. Er taumelte rückwärts, und seine Arme ruderten haltsuchend durch die Luft.

»Daddydaddy ... OneinneinneintumeinemDaddynichtweh ...«

Conrad hörte, wie der Schrei seiner Tochter zu einem wilden, unartikulierten Heulen wurde. Dann prallte er gegen die Wand. Pfeifend wurde die Luft aus seinem Körper gepreßt. Irgend etwas schwoll in seinem Kopf, blähte sich auf: er spürte, daß dieses Etwas durch seine Augen hervorbrechen würde.

»DaddyhelftmeinemDaddybittebittebitte ...«

Jess ...

Ein Brüllen erklang. Das Brüllen eines wilden Tiers. Und während Conrad, benommen von dem Schlag, seinen Blick wandern ließ, entdeckte er Maxwell, der durch das Zimmer auf ihn zustampfte. Das massige Ungeheuer bewegte sich dabei mit einem unheimlichen Tempo. Ehe Conrad sich auch nur halb aufrichten konnte, ehe er in der Lage war, seinen Kopf etwas zu klären, hatte das Monster ihn erreicht.

»Scheißkerl!« brüllte Maxwell.

Er schlug mit den Fäusten auf Conrads Gesicht ein. Er schwang sie wie Trommelschlegel hin und her. Der erste Treffer warf Conrad um. Ehe er zu Boden sinken konnte, erwischte der zweite Treffer ihn im Gesicht. Er spürte, wie sein Kiefer brach. Seine Nase ebenfalls. Er schmeckte einen dicken Blutschwall in der Kehle. Die Fäuste hämmerten auf ihn nieder, während er auf dem Fußboden landete.

»Aaaaaaaaah ...« Das fünfjährige Mädchen kreischte wortlos auf ihrer Matratze. Und erneut verschwand der Schrei aus Conrads Bewußtsein. Das Bewußtsein selbst begann zu verblassen. Undeutlich, durch einen Nebel, durch einen Traum von Nebel, sah er die massige Gestalt des Ungeheuers von ihm wegstampfen.

Jessica kreischte in einem fort.

Baby ... dachte Conrad schwach.

»Halt verdammt noch mal die Klappe!« brüllte Maxwell.

Und er stampfte durch den Raum, um sie zum Schweigen zu bringen.

Treppe

D'Annunzio packte McIlvaine bei den Jackenaufschlägen. Er zog ihn vom Fußboden hoch und stellte ihn auf die Füße. McIlvaines Beine drohten jeden Augenblick nachzugeben. D'Annunzio hielt ihn aufrecht. Er brachte sein verwittertes Gesicht dicht an das des Gefangenen heran.

»Es gibt Räume auf Rikers Island, die noch kein Anwalt je von innen gesehen hat«, knurrte er in McIlvaines Augen. »Ich kenne sie. Und ich bringe dich dorthin, wenn du mich jetzt angelogen hast.«

»Zwo-zwoundzwanzig Houses Street«, wiederholte McIlvaine hastig. »Ich schwöre es. Im zweiten Stock. Er bringt sie um. Er ist verrückt. Er wird sie töten.«

»O mein Gott«, schrie Aggie Conrad auf.

D'Annunzio sah Special Agent Calvin an. »Dann mal los«, sagte er.

Der fette Detective stürmte laut brüllend ins Wohnzimmer.

»Wir brauchen zwei Wagen in der 222 Houses Street in Tribeca. Sie sollen vorsichtig sein, es ist möglich, daß wir es dort mit einer Geiselnahme im zweiten Stock zu tun haben, und der Kerl, um den es geht, ist bewaffnet und gefährlich.« Er winkte einem Streifenpolizisten, als er an ihm vorbeiging. Er wies auf das Schlafzimmer. »Nehmen Sie den Verdächtigen mit, damit ich ihm die Eier abreißen kann, wenn er gelogen hat.«

»In Ordnung«, sagte der Streifenpolizist.

Ja, dachte D'Annunzio. Ja. Er fühlte sich gut. Wie ein D-Zug. Wie eine Dampfwalze. Jetzt würde er sich seinen Mann holen. Jawohl, Sir. Er spürte Aggie Conrad hinter sich. Sie folgte ihm wie ein verirrtes Hündchen.

Er drehte sich um, und tatsächlich, da war sie wirklich. Lief hinter ihm her, daß ihre Brüste unter ihrem Sweatshirt hüpften. Das war wundervoll.

»Sie können mitkommen«, sagte er.

Sie nickte und blieb ihm auf den Fersen.

D'Annunzio marschierte zügig durch den Flur, den Kopf hocherhoben, den Bauch vorgestreckt. Er ächzte und schnaufte bei jedem Schritt. Ihm folgte eine kleine Prozession von Leuten. Aggie Conrad war dabei. Ebenso Elizabeth Burrows. Special Agent Calvin versuchte, mit allen Schritt zu halten. Und der Streifenbeamte, der sich ebenfalls Mühe gab, nicht zurückzubleiben, schleifte Lewis McIlvaine mit sich.

D'Annunzio führte die Kavalkade voller Stolz an. Er ächzte dabei so stark, als müßte er die anderen an einem Seil hinter sich her schleppen.

Er erreichte die Fahrstühle. Beide Türen waren geschlossen. Die Polizei hatte einen für sich beansprucht und reserviert, doch irgend jemand vom kriminaltechnischen Dienst war gerade damit nach unten gefahren. D'Annunzio blieb stehen. Er fluchte. Er war schon im Begriff, die Hand auszustrecken und auf den Rufknopf zu drücken.

Doch er spürte Mrs. Conrads Blicke auf sich. Er räusperte sich.

»Okay«, bellte er atemlos. »Dann müssen wir eben die Treppe nehmen.«

Mein Gott, dachte er.

Und er ging voraus zur Treppenhaustür.

Besenstiel

»Daddydaddydaddydaddyaaaaaaaaah ...« Das lange, verzweifelte Heulen drang in Conrads Dunkelheit.

... Baby ...?

Das Heulen schien endlos, atemlos anzudauern. Conrad konnte nicht entscheiden, ob es aus der Welt draußen hereindrang oder ob es seinen Ursprung irgendwo in ihm selbst hatte. Er stemmte sich vom Fußboden hoch. Er blickte durch einen dunklen, sich windenden Tunnel.

... Baby ...

Er sah den massigen Bären von einem Mann auf dem Boden neben seiner Tochter niederknien.

Er sah seine Tochter ...

Oh ... oh ... oh ... mein Baby ...

Das Mädchen war ganz an die Wand gerutscht, preßte sich dagegen, saß dort wie erstarrt. Ihr Gesicht war tiefrot. Ihr Mund stand weit offen, während sie verzweifelt weinte und schrie ...

Conrad blinzelte die roten Wolken und den schwarzen Nebel für einen kurzen Moment weg. Und in diesem Moment entdeckte er den Besenstiel.

Er lag auf dem Fußboden. Das dünne, längliche Etwas. Es lag inmitten der funkelnden Glasscherben, gar nicht weit von ihm entfernt. Er konnte hinrutschen, konnte an ihn herankommen.

»Sei still! Halt die verdammte Klappe!« hörte er Maxwell brüllen.

Conrad begann sich über den Fußboden zu ziehen.

Er bewegte sich mit den Händen vorwärts. Er versuchte auch, mit seinen Beinen nachzuhelfen. Der elektrisierende Schmerz in seinem Knie schoß durch seinen Oberschenkel hoch, in seinen Schoß, in seine Hoden. Der Schmerz weckte ihn, und als er vollends zu sich kam, wurde er sich seines gebrochenen Kiefers, der furchtbaren Qual bewußt; sie füllte seinen Schädel aus. Sein Kopf fühlte sich an, als wäre er ein einziges, offenes Nervenbündel. Er spürte plötzlich, wie Blut aus seinem offenen Mund quoll, an seinem Kinn herablief. Da war Glas, das in seinen Bauch schnitt. Die Wunde in seiner Seite öffnete sich wieder, begann erneut zu bluten. Er zog sich vorwärts. Und er streckte die Hand aus ...

Und er erreichte ihn. Seine Hand schloß sich um das rauhe, zersplitterte Holz.

Ich muß aufstehen ... muß sofort ...

»Komm her!« brüllte Maxwell wütend. Er schnappte sich Jessicas Bein. Packte ihren Fußknöchel. Zog sie auf sich zu.

»Bitte neeiin«, jammerte sie.

Conrad stand auf.

In einer einzigen mühsamen Bewegung stemmte er sich auf ein Knie hoch und stieß sich ab. Er stolperte auf Maxwell zu, den Besenstiel fest umklammernd.

Maxwell war nur halb abgewendet. Er gewahrte Conrads Bewegung aus dem Augenwinkel. Er ließ Jessica los und wirbelte herum. Er schoß hoch auf die Füße ... Mein Gott, wie ein Teufel, der aus der Erde herausfährt. Ehe Conrad ihn angreifen konnte, rammte ihn das gesamte Gewicht des Mannes mit voller Wucht. Der Besenstiel flog aus Conrads Hand heraus und landete scheppernd in der Zimmerecke. Conrad selbst wurde nach hinten geschleudert und krachte auf den Fußboden. Wie ein Sack schlug er auf. Und dann stürzte Maxwell sich auf ihn, schlug auf ihn ein, und die wilden Schreie seiner Tochter gellten in seinen Ohren, füllten sein Bewußtsein aus, und dann war da nichts mehr außer der Stimme seiner Tochter und Maxwells tierhaftem Gebrüll und Maxwells schrecklichen Fäusten …

Conrad wurde in den Magen getroffen. Er knickte nach vorne ein; sein Mageninhalt schoß hoch in seinen Mund, vermischte sich mit Blut. Eine Faust krachte zwischen seine Beine. Er kippte auf die Seite und rollte sich zu einer zitternden Kugel zusammen. Dann bekam er einen Treffer ins Gesicht und noch einen. Er wurde auf den Rücken geschleudert. Dort lag er, alle viere von sich streckend, schlaff.

Jessica jammerte und schrie ohne Unterlaß.

Maxwell brüllte. Er stand auf, hieb mit einer Faust wild in die Luft und trommelte sich mit der anderen auf der Brust herum. Sein Mund war wutverzerrt, auf seinen Lippen stand weißer Schaum. Seine Augen rollten irr. Er brüllte, und seine heisere Stimme übertönte Jessicas Heulen.

»Scheißkerl!« brüllte er. »Hurensohn!«

Er trat Conrad wuchtig in die Seite. Der Körper des Doktors wurde etwas angehoben, rutschte ein Stück über den Fußboden. Doch Conrad spürte den Treffer gar nicht. Er hörte auch nichts von dem Gebrüll. Er lag auf dem Rücken und trieb dahin in einer warmen Schwärze, einem grundlosen Nichts.

»Sei still, du Biest!« kreischte Maxwell. Er wandte sich wieder dem Kind zu.

»Nein! Bitte! Mommy! Mommy! Mommy! Biiitte!« schrie Jessica.

Conrad lag noch immer auf dem Rücken, hatte Arme und Beine ausgestreckt.

»Biiiitte …«

… *Baby* …

Ho Sungs
Chinesisches Feinschmeckerparadies

Als D'Annunzio seinen alten Pontiac erreichte, rang er keuchend nach Luft. Er hustete heftig, und zäher Schleim sammelte sich in seiner Kehle. Aggie Conrad und Elizabeth Burrows waren noch immer hinter ihm. Die anderen – Calvin, der Streifenpolizist mit McIlvaine – waren verschwunden. Sie waren in andere Fahrzeuge gestiegen, ihre eigenen, um zum Einsatzort zu fahren.

D'Annunzio schloß zuerst die Fahrertür auf. Er zwängte seinen massigen Körper hinter das Lenkrad. Er steckte den Zündschlüssel ins Loch und ließ den Motor an. Erst dann beugte er sich zur Seite – wobei er laut stöhnte und ächzte –, um die Beifahrertür zu entriegeln.

Aggie Conrad setzte sich neben ihn. Sie öffnete die hintere Tür. Elizabeth Burrows setzte sich auf den Rücksitz. Unterdessen drehte D'Annunzio die Lautstärke des Funkgeräts unter dem Armaturenbrett hoch.

Er hörte, wie Aggie Conrads Tür mit einem dumpfen Knall zufiel.

»Na schön«, sagte er.

Er drehte das Lenkrad nach rechts. Er hörte auch die hintere Tür zuschlagen. Er gab Gas.

Die Reifen des Pontiac quietschten, als das große Schiff aus seiner Parktasche herausschoß. Bereits ein Stück vor ihm fädelte sich ein blau-weißer Streifenwagen in den Verkehr in der Sechsunddreißigsten Straße ein. Seine Sirene jaulte; die roten Blinklichter rotierten. Ein amtlicher schwarzer Wagen – Calvins – folgte ihm, ebenfalls mit einer roten Blinkleuchte auf dem Armaturenbrett. D'Annunzio griff unter seinen Sitz und holte seine eigene Leuchte heraus. Er stellte sie auf das Armaturenbrett und betätigte den Schalter für die Sirene.

Die Taxis auf der Straße bremsten und fuhren an den rechten Fahrbahnrand. Der blau-weiße Streifenwagen jagte an ihnen vorbei, Calvins schwarzer Wagen folgte, dann kam D'Annunzios. Sie rasten an der Morgan-Bibliothek entlang, deren Marmor in der Dunkelheit schimmerte und deren Scheinwerfer die roten Lichtblitze der Polizeifahrzeuge verschluckten. Dann, mit einem häßlichen Kreischen der Reifen, bog der Pontiac in die Park Avenue. Er jagte in Richtung Stadt und schlängelte sich zügig durch den Verkehr vor ihm.

D'Annunzio betrachtete Aggie Conrad flüchtig von der Seite. Sie hatte einen Arm um ihren Oberkörper geschlungen, stützte den anderen darauf, hatte die Hand auf den Mund gelegt. Sie starrte durch die Windschutzscheibe.

»Aus der Stadt sind sicherlich längst die ersten Wagen dort«, sagte er zu ihr.

Sie nickte, wandte aber nicht den Kopf. Sie rieb ihre Lippen.

Ein Knistern drang aus dem Radio. Die Bruchstücke einer Meldung.

»Zentrale ... wir sehen hier nichts von einer Geiselnahme, Ende.«

D'Annunzio sah zu Mrs. Conrad. Sie hatte sich umgedreht und fixierte jetzt das Sprechfunkgerät.

Ein weiteres Knistern. »... Bestätigung ...«

»Irrtum ausgeschlossen, Zentrale ... Zweiter Stock in der zwei-zweiundzwanzig Houston ist Ho Sungs Chinesisches Feinschmeckerparadies. Hervorragende Sauer-

Scharf-Suppe, Zentrale, aber ganz bestimmt keine Geiseln, Ende.«

Mit einem geknurrten Fluch griff D'Annunzio nach unten und schnappte sich das Mikrofon. Er hielt es sich vor den Mund, drückte auf den Knopf und brüllte hinein. »Zentrale, Sie Idiot, hier ist D'Annunzio, geben Sie an alle Einheiten durch, daß die Geiselnahme in der zwei-zweiundzwanzig *Houses* Street ist. Nicht *Houston.* Zwei-zweiundzwanzig Houses Street.«

Eine kurze Pause trat ein. D'Annunzio starrte durch die Windschutzscheibe. Der Pontiac näherte sich einer roten Ampel. Die Zivilfahrzeuge vor ihm wollten nicht Platz machen. Zwei von ihnen versuchten, die Polizeisirene zu nutzen und sich über die Kreuzung zu stehlen. Hupen ertönten aus den Querstraßen. Bremsen quietschten. D'Annunzio lenkte mit einer Hand und folgte Calvins schwarzem Chevy durch eine Lücke in dem zum Stillstand gekommenen Verkehrsstrom. Der Pontiac schaffte es und jagte weiter.

Erneutes Knistern aus dem Funkgerät.

»Alle Einheiten wurden zur falschen Adresse geschickt ...«

Knistern und Rauschen. »Äh ... Scheiße, Zentrale.«

»Wir hören, Zentrale ...«

Erneutes Rauschen. »Wo, zum Teufel, ist die Houses Street?«

»Houses Street?«

D'Annunzio klemmte das Mikrofon wieder in die Halterung. Er sah erneut zu Aggie Conrad.

Die Frau sah zu ihm auf, hatte den Mund leicht geöffnet.

»Keine Sorge ... Ma'am«, sagte er.

Aggie Conrad lachte bitter. Sie schlang die Arme fester um sich. Sie fröstelte.

Tod

Conrad sah nichts, wußte nichts. Er schwamm auf dem Rücken in diesem schwarzen Meer. Er tanzte auf den Wellen und trieb dahin.

Es war ein Ort, an dem sich nichts veränderte, der keinen Horizont hatte. Es gab nur das Element selbst, das Plätschern des Elements, das unter ihm stieg und fiel, das auch in ihm stieg und fiel.

»Mom-my. Mom-my. Mom-my.«

Der Klang schwoll an, ließ nach, schwoll wieder an. Er schien ihm ein Teil seiner selbst zu sein. Er war das Element, in dem er schwamm, das Element eines Schreis:

»Mom-my!«

Zwei verzweifelte Silben, die schluchzend aus der Brust seiner Tochter drangen:

»Mom-my. Mom-my. Mom-my. Mom-my.«

... *Baby* ...

Conrad spürte den gedankenlosen Schrecken in diesem Schrei. Er spürte sein Pulsieren in sich selbst, das den Schrei begleitete.

»Mom-my ...«

Er fühlte auch die Verwirrung darin, die letzte, die im Sterben durchlebte Verwirrung. Er spürte geradezu, wie sie sich verzweifelt fragte, was mit ihr geschah. Warum? Warum war sie nicht bei ihrer Mutter, wurde sie von ihr nicht im Arm gehalten?

»Maaaamaaaa ...«

… *Baby* …, dachte Conrad.

Und er stand auf.

Er war sich zuerst nicht sicher, daß er das wirklich tat. Er spürte, wie er in der Schwärze seine Lage veränderte. Er empfand eine unerträgliche Last von Schmerz; er hatte das Gefühl, als versuchte er dieses unermeßliche Gewicht des Schmerzes mit Armen zu heben, die aus Papier bestanden, mit Beinen, die aus Sand waren.

Baby … Baby … mein …

Jessicas Jammern wurde zu einem langen Schrei des Grauens. »Neeeiiiin …«

Und das schäbige Zimmer drehte sich um Conrad. Er war auf den Füßen. Stolperte vorwärts. Das Zimmer taumelte, wurde scharf und verschwamm in schnellem Wechsel. Und da war Maxwell, hoch wie ein Wolkenkratzer, und dann wieder nur ein winziger schwarzer Punkt.

»Neeiiin … Mammiiiii …«

Da war Maxwell, auf Händen und Knien, und kroch auf seine Tochter zu … Und Jessica drückte sich an die Wand, kauerte dort, und Maxwell schob sich über die Matratze auf sie zu …

Conrad stolperte vorwärts. Das Zimmer tanzte und schien wegzukippen. Vornübergebeugt, mit baumelnden Armen, schaffte Conrad die letzten wenigen Schritte durch das Zimmer. Er fiel auf Maxwell. Er schlang die Arme um Maxwells Hals.

»Verdammt!« fluchte Maxwell.

Er erhob sich. Conrad klammerte sich an ihn, hatte seine Arme um seinen Hals verschränkt. Er stieg auf Maxwells Rücken nach oben. Die riesige, brüllende Bestie packte ihn, schlug auf ihn ein. Conrad blieb an ihm hängen, während er über dem Fußboden dahinschwebte und das Zimmer sich verzerrte und wild zu drehen begann.

»Scheißkerl! Scheißkerl!« kreischte Maxwell.

Er griff nach hinten und bekam Conrads Hals zu fassen. Er schnappte auch einen Arm, den linken. Das war alles, was er brauchte. Mit einem wortlosen Schrei riß er den kleinen Mann von sich weg. Er schleuderte ihn auf den Boden.

Sogar beim Heulen des Kindes, bei seinem eigenen tierhaften Knurren, hörte Maxwell das Knacken, als Conrads Arm brach. Conrad stieß einen einzigen grellen Schrei aus. Sein Körper versteifte sich, dann wurde er schlaff.

Maxwell stand über ihm. Er brüllte Flüche in sein Gesicht. Schaumflocken flogen von seinen Lippen. Er raufte sich die Haare.

»Wie gefällt dir das? Wie findest du das, du Scheißer, du Wichser! Jetzt bist du tot, endlich tot. Häh? Häh?«

Seine Augen verdrehten sich so heftig, daß für einen kurzen Moment nur das Weiße unter der wulstigen Stirn zu sehen war.

Und dann bückte Maxwell sich und packte Conrads Hals und drückte zu. Er griff nach seinem Gürtel und hob ihn hoch. Conrad machte die Bewegung mit wie eine Puppe. Seine Arme federten in der Luft, sein gebrochener Arm schlug unkontrolliert herum. Maxwell hob ihn höher und legte ihn sich auf die Schulter. Blut quoll in einem dicken Schwall aus Conrads Mund.

»Jetzt bist du tot!« brüllte Maxwell. Und er schleuderte den kleinen Körper des Doktors durch den Raum.

Conrad flog durch die Luft wie eine Lumpenpuppe. Seine Tochter verfolgte das Geschehen mit einem Ausdruck wilder Furcht. Sie kreischte in einem fort. Ihr Vater prallte gegen die Wand und stürzte mit dem Gesicht voraus zu Boden. Das Blut breitete sich unter seinem Kopf zu einer großen Pfütze aus. Er lag mit angewinkelten Beinen da, den linken Arm in einem grotesken Winkel über seinen Körper drapiert.

Er bewegte sich nicht mehr. Er sah nichts. Er hörte nichts. Er hörte nicht die Schreie seiner Tochter. Er hörte auch nicht Maxwells Lachen oder sah, wie er sich umwandte. Er hob nicht den Kopf, als der Riese sich in Bewegung setzte, nun viel ruhiger, und zur Matratze, zu dem kleinen Mädchen ging.

Maxwell kniete neben ihr nieder. Er packte ihr Fußgelenk, während sie verzweifelt nach ihrer Mutter rief. Er lachte wieder, schweratmend, als er eine Hand um ihren Hals legte. Er begann zuzudrücken. Langsam. Beinahe zärtlich.

Jessica stieß einen letzten Schrei aus.

Ein Landstreicher im Hauseingang

Ein Landstreicher in einem Hauseingang in der Houses Street hörte sie. Diesen letzten abgerissenen Schrei: »Mommy, Mom-my, Mom-my!« Er drang ihm unter die Haut wie ein Schwarm lästiger Insekten. Er schreckte in dem Hauseingang, in dem er schlafen wollte, hoch.

Er hob den Kopf, sah sich um. Er fröstelte und murmelte: »Ah, Scheiße. Was war'n das?«

Der Landstreicher war ein langer, dünner Mann um die vierzig. Er trug einen schmuddeligen Mantel über schmuddeligen Lumpen. Er lag in dem Hauseingang gegenüber dem Haus Nummer 222. Er lehnte sich mit dem Rücken gegen die eine Wand und stemmte die Füße gegen die andere. Er hatte fest geschlafen, bis der Schrei ihn geweckt hatte. Er hatte eigentlich einen Rausch von einer ganzen Flasche billigen Bourbons ausgeschlafen.

Er hatte lange und schwer für diesen Bourbon gearbeitet. Nun ja, nicht lange, aber schwer genug, meinte er. Er hatte den größten Teil der Mittagszeit mit Betteln auf dem Broadway zugebracht, vor dem Broadway Audio. Er verfocht die Theorie, daß die Leute ein schlechtes Gewissen hatten, wenn sie besonders teure und luxuriöse Einkäufe machten. Er glaubte, daß sie dann viel freigebiger waren.

Heute hatte diese Strategie sich ausgezahlt. Zwischen halb eins und zwei Uhr hatte er fünfundzwanzig Dollar in Vierteldollars und Dollarscheinen verdient. Er machte schließlich Feierabend und belohnte sich für seinen Fleiß mit einer

Flasche Kentucky Best. Während der Rush Hour saß er mit einigen Freunden auf einer gemütlichen Bank in der U-Bahn-Station Spring Street und diskutierte mit ihnen über den Text des Songs »*What Kind of Fool Am I*«. Kurz nach Einbruch der Nacht lag er allein am Rand des Bahnsteigs und erbrach sich auf die Gleise.

Es war spät – nach zehn –, ehe er sich auf den Weg zu seinem Hauseingang machte und sich schlafen legte. Er hatte die Absicht, hier die ganze restliche Nacht zu verbringen. Ganz bestimmt wollte er jetzt nicht gestört werden.

Aber Jessicas letzter Schrei hatte ihn geweckt. Er setzte sich auf. Er lauschte. Hatte er es geträumt? Natürlich hatte er das, aber ...

Aber das Gespenstische dieses Schreis blieb in seinem Bewußtsein haften. Es arbeitete unter seiner Haut, bohrte sich tiefer und tiefer.

Er spitzte die Ohren und lauschte den Geräuschen der Stadt: dem Summen des Verkehrs, dem Pochen und Wummern der U-Bahn-Tunnel und -Drähte ...

Und dann, zuerst von weit her, ertönte ein weiterer Schrei. Näher, lauter. Ein weiterer Schrei, der sich über den Pulsschlag der City erhob und dort ansetzte, wo der andere abgebrochen war. Näher. Lauter, bis er es genauer hören konnte: es war kein Schrei ...

Sirenen, dachte er. Polizei. Scheiße.

Er stützte sich an der Seitenwand des Hauseingangs ab. Keuchend und spuckend kämpfte er sich auf die Füße.

Cops. Verdammte Cops.

Die ersten rot-weißen Blinklichter schickten ihren zuckenden Lichtschein um die Ecke. Die Sirenen wurden lauter, stürmten auf ihn ein, attackierten seine Ohren. Weitere Wagen erschienen, weitere Blinklichter, eine ganze Armee dieser rotierenden Lichtblitze.

»Aua«, sagte der Landstreicher.

Er setzte sich wieder in Bewegung, humpelte zum Fluß, so schnell er konnte, den Rücken gebeugt und mit krummen Beinen. Er winkte mit der Hand den heranrasenden Streifenwagen zu.

»Aua«, murmelte er wieder ungehalten. »Was, zur Hölle, soll das? Verdammt, was wollen die?«

Noch einmal Maxwell

D'Annunzios Wagen nahm schnell die letzte Ecke. Er landete in einer Nacht, die von rotierenden Rotlichtern zerhackt wurde.

Aggie saß stocksteif da, gelähmt durch eine schreckliche Vorahnung. Für einen kurzen Moment schloß sie die Augen und hielt die Luft an. Die Blinklichter pulsierten hinter ihren Lidern wie rote Wolken. Sie fühlte, wie die Sirenen auf ihre Schläfen einhämmerten wie der Pulsschlag, der ihre Kehle verstopfte.

Der Pontiac kam quietschend zum Stehen. Aggie schlug die Augen wieder auf. Überall in der kleinen Straße standen Polizeiwagen. Streifenwagen und neutrale Fahrzeuge mit Blinklichtern hinter den Windschutzscheiben. Männer strömten heraus: Männer in Uniform, Männer in Straßenanzügen und Krawatten. Alle duckten sich. Alle hatten Pistolen in den Händen. Und alle blickten an ein und demselben Gebäude hoch.

Aggie schaute ebenfalls hinüber. Das Haus stand dunkel im weißen Licht eines Polizeischeinwerfers. Es war ein brauner Sandsteinbau, der allein neben einem freien Grundstück stand. Schief und dem Verfall preisgegeben, starrten seine dunklen Fenster blind in die Nacht. Seine geborstenen und zerbröckelnden Steine, die ramponierte Tür, die schiefe Eingangstreppe – diese ganze Aura des Verfalls – verliehen ihm die häßliche Bedrohlichkeit eines menschlichen Totenschädels.

Aggie atmete zitternd aus.

»Warten Sie hier«, sagte D'Annunzio.

Er stieß die Tür auf. Er ächzte, als er sich nach draußen kämpfte.

Aber Aggie wartete nur einen Moment. Sie wartete, um einen Blick über die Schulter auf den Rücksitz zu werfen. Elizabeth saß da, benommen, wie es schien, völlig entgeistert. Sie betrachtete die blinkenden roten Lichter, betrachtete sie ganz verträumt. Als Aggie sich umdrehte, blinzelte Elizabeth und sah sie an. Sie lächelte – freundlich, geistesabwesend.

Aggie versuchte, das Lächeln zu erwidern. Dann stieß sie die Tür auf ihrer Seite auf. Sie trat hinaus in die blinkende Nacht.

Sie zitterte. Ihre Beine waren schwach. Sie wollte nicht, daß dies geschah. Sie wünschte es sich so sehr. Sie wollte mit ihrer Familie zu Hause sein, zusammen mit ihrem Mann und ihrem Kind, und sie wollte nicht, daß dies hier geschah ... Gestern hatte es angefangen, erst gestern ... Sie stützte sich mit einer Hand gegen D'Annunzios Wagen, als sie die Szene betrachtete.

Die anderen Wagen, die sie sah, standen unregelmäßig verstreut auf dem Pflaster vor ihr. Ein weiterer Streifenwagen war soeben zu der Flotte hinzugestoßen, und für einen Moment blendete sie sein rotes Blinklicht. Sie überschattete mit der Hand ihre Augen. Unter der Hand gewahrte sie die Schatten von Männern. Sie waren überall, rannten nach vorn, kauerten sich hinter ihre Wagen, schauten über ihre Waffen hinweg in die Runde.

Aggie duckte sich nicht. Sie stand neben D'Annunzios Wagen. Sie sah von den Männern zu dem ausgestorbenen Wohnhaus.

Oh, dachte sie. *Oh, Jessie ...*

D'Annunzios massiger Körper schob sich vor ihr vorbei. Er duckte sich wie die anderen so gut er konnte. Er ging zum Fenster des Streifenwagens vor ihr.

»Ist es das?« fragte er.

Aggie sah McIlvaines Gesicht im Fenster des Streifenwagens auftauchen. Sie sah, wie er angsterfüllt zu D'Annunzio aufsah. Er nickte.

»Ja, ja, ja«, sagte er schnell. »Aber er ist verrückt, ich sag's Ihnen. Er hat sie vielleicht schon getötet, und wenn, dann hätte niemand ihn daran hindern können. Das können Sie mir glauben.«

Nun sah Aggie Special Agent Calvin neben D'Annunzio auftauchen. Er hatte ein Megaphon in der Hand.

»Wir rufen ihn an«, sagte er entschlossen. Aber es war eigentlich eher eine Frage.

D'Annunzio sah ihn an und nickte. »Ja«, sagte er. »Versuchen Sie, ihn zu rufen.« Er sah wieder McIlvaine an. »Wie lautet sein Name?«

»Maxwell. Maxwell Duvall«, sagte McIlvaine.

D'Annunzio sah Calvin an und nickte: Fangen Sie an.

Calvin nickte nervös. Er blickte über die Wagen, über die Blinklichter, an dem Haus empor. Er hob das Megaphon an die Lippen.

Doch ehe er etwas sagen konnte, öffnete sich langsam die Tür des Wohnhauses.

Niemand rührte sich. Die Polizisten standen starr auf ihren Positionen, die Waffen im Anschlag. Ihre Augen funkelten im Licht der Polizeischeinwerfer. Die Waffen waren auf die Tür des Wohnhauses gerichtet. Die Tür öffnete sich weiter.

Aggie stand stocksteif da, starrte auf die Tür. Ihre Lippen bewegten sich stumm. *Gegrüßet seist du Maria, voll der Gnaden, gegrüßet seist du Maria, voll der Gnaden, gegrüßet seist du Maria, voll der Gnaden ...* Die Welt schien seltsam klar jenseits des betäubenden Hämmerns ihres Herzschlags, der nebelhaften Qual ihrer Angst.

Die schwere Holztür schwang vollends auf, und ins grelle Licht der Scheinwerfer trat, vor Aggies Augen, ein Monster.

Er war riesig. Blinzelnd und dumm und gigantisch. Seine Arme hingen schwer an seinen Seiten herab, während er auf säulengleichen Beinen vorwärtsschlurfte. Seine Schultern schienen den Türrahmen zu beiden Seiten zu streifen, als er auf die Vortreppe trat.

Hinter ihm fiel die Tür zu. Er blieb stehen, wo er war. Er schaute auf sie herab, schien jeden von ihnen anzusehen. Sein kleines, quadratisches Gesicht verzog sich, als könnte er nicht ganz fassen, wer sie alle waren oder warum sie gekommen waren. Er stand da und starrte sie aus kleinen harten Augen an, die von einer wulstigen Stirn beschirmt wurden. Und dann machte er wieder einen Schritt vorwärts.

»Stop!« rief jemand.

Und ein weiterer Ruf ertönte: »Halt! Stehenbleiben!«

Die Männer standen hinter den Fahrzeugen auf, stützten ihre Pistolen auf Wagendächer, kamen hinter den Wagen hervor und knieten sich hin und visierten mit ihren Waffen auf den sich langsam nähernden Mann.

»Stehenbleiben!«

»Hände über den Kopf.«

McIlvaines Stimme drang plappernd aus dem Wagen vor Aggie.

»Seht doch, er hat's getan! Ich konnte ihn nicht aufhalten. Niemand kann ihn aufhalten! Er ist es, er ist verrückt, ich schwöre, ich habe nicht ...«

Aggie betrachtete den Mann auf den Stufen. Bis zu diesem Moment hatte sie kaum gewußt, daß sie sich noch einen letzten Rest Hoffnung bewahrt gehabt hatte – bis zu diesem Moment, heißt das, als alles in ihr zusammenbrach und jede Hoffnung erlosch. Während sie hinter der Phalanx von Männern und Waffen stand und über die Wagendächer zu der Eingangstreppe blickte und dieses Ungeheuer sah, hatte sie das Gefühl, als würde ihr Körper sich mit einem Schrei abrupt öffnen, als gäbe es für sie von diesem Moment an nichts anderes als einen langen, unvorstellbaren Schrei schwärzester Trauer.

Sie gab keinen Laut von sich. Ihre Hände sanken herab, legten sich auf ihren Bauch. Sie drückte sanft darauf. Sie starrte den Mann auf der Eingangstreppe an.

Der Mann auf der Treppe schaute auf die Lichter hinunter, auf die Polizisten und ihre Pistolen, die auf ihn zielten. Er lächelte sie verträumt an. Er nickte und lachte heiser und grinste.

Und dann schwankte er. Und schließlich, ohne einen weiteren Schritt zu tun, kippte er nach vorn wie ein gefällter Baum – fiel in voller Länge auf die Steinstufen vor ihm – und blieb tot liegen.

Und immer noch, für einige lange Sekunden, bewegte sich niemand. Für einige lange Sekunden begriffen sie nicht, was sie sahen. Aggie verstand es nicht. Sie starrte weiterhin auf die Eingangstreppe. Sie schüttelte in einem fort den Kopf und starrte.

Vor einem Moment war der Mann da – eine massige, kraftvolle Erscheinung, die dort stand, der fast über all die Lichter und Männer und Waffen zu spotten schien. Und nun, einen Moment später, lag er ausgebreitet auf der Treppe, mit dem Kopf nach unten in Richtung Gehsteig, die Arme schlaff, aber immer noch an seinen Seiten liegend –

und die Rückseite seines Hemdes, von den Scheinwerfern beleuchtet, durchnäßt von schwarzem Blut.

Aggie sah ihn an. Die Polizei musterte ihn unbeweglich.

Und dann öffnete die Tür des Wohnhauses sich erneut.

Diesmal ruckweise, erst ein bißchen, dann ein bißchen mehr. Überall in der hellerleuchteten Straße spannten die Polizisten sich innerlich an. Sie hoben erneut ihre Waffen, richteten sie auf die Tür. Die Tür öffnete sich ein wenig weiter, und noch ein Stück. Aggie beobachtete sie, schüttelte den Kopf, verstand nichts mehr.

Die Tür ruckte weiter, und ein angeschlagener kleiner Mann stolperte hindurch und in die Nacht.

Zuerst erkannte Aggie ihn nicht. Die untere Hälfte seines Gesichts war zerschmettert. Sein Mund war ein kantiges Loch, seine Nase war total plattgedrückt. Seine Augen starrten stumpf und weiß aus einer Maske von Blut heraus; von der Stirn bis zum Kinn war er blutüberströmt. Und sein Hemd und seine Hose waren dunkel davon; es war ihre einzige Farbe.

»Aiieee …?«

Seine Stimme drang bis zu ihr. Sie war tief und hohl. Sie schien aus ihm herauszuhallen wie aus einem tiefen Schacht.

»Aiieee …?«

Er starrte blind in den Scheinwerferstrahl. Er hob eine Hand, als müßte er sich seinen Weg ertasten. Sein anderer Arm baumelte verdreht an seiner Seite.

»Aiieee …« rief er wieder.

Und nun nahm Agatha die Hand von ihrem Bauch, streckte sie zitternd aus. Ihr Mund öffnete sich.

»Aiieee …«

»Nathan?« schrie sie verzweifelt. »Nathan, hier bin ich!«

»Aiieee …«

»Ich bin hier, Nathan! O mein Gott!«

Sie machte einen stolpernden Schritt vorwärts.

Plötzlich, um sie herum, ertönten weitere Rufe: kehlige Kommentare von einem Polizisten zum anderen. Über allen vernahm sie D'Annunzios Baß.

»Weg mit den Waffen, die Pistolen runter, um Gottes willen, er hat sie, weg mit den Eisen, nicht schießen, stop, nicht schießen ...«

Dann schnappte er sich das Megaphon von Calvin. Seine Stimme hallte nun dröhnend über sie hinweg, als käme sie von überallher.

»Nicht schießen, nicht schießen, er hat das Kind, steckt die Pistolen weg ...«

Mit leicht geöffnetem Mund und vorgestreckten Händen sah Aggie nach unten und gewahrte die kleine Gestalt neben Nathan. Das Kind klammerte sich an seine blutige Hose, drückte sich dagegen; es hatte die Wange an sein Bein gelegt und blickte mit hellen verwirrten Augen in das grelle Licht.

»Jessie?« flüsterte Agatha. »Jessie?« Sie machte einige schnelle Schritte. »Jessie?« rief sie.

Das Kind blinzelte. Die Lippen vorgestülpt, klein und zitternd, beugte sie sich ein wenig vor. »Mommy?«

Agatha rannte zwischen den Wagen hindurch. An den Männern vorbei.

»Jessie!« rief sie, und ihre Stimme versagte.

Während sie sich mit einem Arm an das Bein ihres Vaters klammerte, streckte sie die andere Hand den Scheinwerfern entgegen.

»Mommy!«

Aggie lief auf sie zu.

Conrad erinnert sich

Später fragten sie Conrad, was geschehen war. D'Annunzio, der an seinem Bett im Krankenhaus saß, einen aufgeschlagenen Notizblock in seiner fetten Pranke, fragte ihn mehrmals: Wie ist es passiert, was genau haben Sie getan? Das wollten auch andere Detectives aus dem Büro des Staatsanwalts wissen, Anwälte ebenfalls und die Krankenhausärzte – um eine Erklärung für seine Verletzungen zu finden, anfangs zumindest; dann, später, so meinte Conrad, nur noch, um die eigene Neugier zu befriedigen. Selbst Frank Saperstein, ein alter Freund und Arzt, der ihn mehr oder weniger vollständig wieder zusammenflickte, bestand darauf, daß er sich an jene letzten Augenblicke erinnerte. Und er versuchte es. Er versuchte es, so gut es ging. Aber sie waren verschwunden; total weg. Schmerz und Schock hatten sie ausgelöscht. Sein Geist hatte sie als Geheimnis vor ihm selbst weggeschlossen.

»Was ich wissen möchte«, sagte Saperstein später, »ist, woher du zu diesem Zeitpunkt noch die Kraft hattest, um dem Mann den Besenstiel in die Nieren zu rammen.«

»Was ich gerne wissen möchte«, entgegnete Conrad und hatte Mühe, sich mit seinem verdrahteten gebrochenen Kiefer verständlich zu machen, »ist, woher ich wußte, wo die Nieren sind.«

Saperstein lachte. »Das weiß doch jeder kleine Student im ersten Jahr auf der Uni ...«, sagte er.

Und Conrad nickte einfach und versuchte, nicht zu viel

zu lächeln. Das war alles, was er zu diesem Thema zu sagen hatte. Er hatte alles vergessen.

Oder nicht alles. Nicht ganz. Da war ein kleiner Moment, an den er sich erinnerte, an den er sich immer erinnern würde.

Am Ende, im Zimmer bei Maxwell, war er über alles Denken hinaus gewesen. Er hatte bewußtlos dagelegen, wo Maxwell ihn hingeworfen hatte, und spürte, daß seine Tochter starb. Er fühlte es in sich. Es war so wie das Gegenteil einer Schwangerschaft: etwas im Bauch – etwas, das er liebte – wurde allmählich zerquetscht, in Nichts, in Leblosigkeit verwandelt. Er mußte das aufhalten, versuchen, es aufzuhalten. Es tat so weh, viel zu weh. Daher war Conrad noch ein einziges Mal aufgestanden.

Er begriff nicht, daß er in eine Ecke des Raumes geworfen worden war – dorthin, wo auch der Besenstiel lag. Er berührte den Stiel, als er sich auf dem Fußboden bewegte, und dann befand er sich in seiner Hand. Er bäumte sich auf gegen die schreiende Schwäche seines einen heilen Arms und seines steifen Beins. Er glaubte, er würde gleich wieder zu Boden stürzen, doch das Sterben seiner Tochter in ihm schien ihm zu helfen. Er schien tatsächlich weiter hochzukommen, nachdem seine physische Kraft versagt hatte.

Trotzdem schaffte er es kaum bis auf die Füße. Nur beinahe. Aber weit genug, um den Weg durch den Raum zu überwinden. Wenn Maxwell bereits gestanden hätte, hätte er ihn nicht wirkungsvoll angreifen können. Doch der Riese befand sich auf den Knien, über die Matratze gebeugt, hatte mit der einen Hand Jessicas Bein gepackt und streckte die andere nach ihrer Kehle aus, um sie zu würgen. Conrad fiel einfach auf ihn. Er holte mit dem Stiel aus wie mit einem Dolch. Und er traf mit chirurgischer Genauigkeit.

Maxwell hätte eigentlich sofort zusammenbrechen müssen. Der Stich hätte ihn töten müssen. Statt dessen erhob er sich vom Bett wie eine Brandungswelle, brüllend, tobend. Conrad rollte herunter auf die Matratze. Er tastete nach seiner Tochter, fand sie, hielt sie fest ...

... *Baby ... Baby ...*

... während Max über ihm hochwuchs und vor Wut raste. Jessica schrie nicht mehr. Sie lehnte sich gegen die Brust ihres Vaters und schaute zu dem Schauspiel hoch und weinte.

Maxwell schlug kreuz und quer mit den Händen durch die Luft, um das Ding zu verscheuchen, das ihn erwischt hatte. Er reckte sein Gesicht zur Decke und schrie auf, und Schaum und Speichel regneten von seinen Lippen. Schließlich griff er nach hinten, zu seinem Rücken. Conrad hörte ein nasses, schmatzendes Geräusch. Maxwell würgte vor Schmerzen, als er den Besenstiel aus seinem Fleisch zog.

... *stirb* ..., dachte Conrad.

Maxwell mußte sterben. Es gab keine Möglichkeit mehr, wie er am Leben bleiben könnte, nicht nachdem der Stiel herausgezogen worden war.

Conrad schlang seinen heilen Arm fest um seine Tochter, drückte sie an seine Brust ...

... *Baby* ...

... und starrte zu dem tobenden Mann hoch.

... *stirb* ...

Und der Mann stand immer noch. Er schleuderte den Besenstiel gegen die Wand. Er heulte. Er blickte auf die blutige Gestalt auf der Matratze zu seinen Füßen: auf die blutige Gestalt und das kleine Mädchen, das unter ihrem Arm kauerte.

... *Baby* ..., dachte Conrad, drückte sie an sich und sah Maxwell an.

Maxwell betrachtete ihn noch für einige Sekunden und schüttelte traurig den Kopf. Und dann machte er kehrt. Stumm schleppte er sich von ihnen weg. Mit schlurfenden Füßen ging er zur Tür.

Conrad und Jessica lagen auf der Matratze und schauten ihm nach. Sie sahen das dunkle Blut, das an seinem Hemd hochstieg, sich ausbreitete und seine Hose tränkte. Maxwell erreichte die Tür und riß sie auf. Zog den Kopf ein und ging hindurch, hinaus in den Flur. Und war verschwunden.

Conrad wußte nicht, wie er das Klebeband von den Handgelenken und den Fußknöcheln seiner Tochter herunterbekam. Wie er aus dem Zimmer gelangte, durch den Flur und zur Haustür. Er wußte nur, daß er irgendwie raus mußte, daß er Jessica festhalten und fliehen mußte. Aggie suchen. Er mußte seine Frau suchen; das war das Wichtigste.

... *Frau* ...

Sie würde ihnen helfen. Sie würde sich um sie kümmern.

Er stolperte durch den Flur, während das Kind sich an sein Hosenbein klammerte, während seine blutige Hand ihr Haar streichelte, ihr Gesicht an seine Hüfte drückte. Dann, unvermittelt, stand er draußen auf den Eingangstreppen, und überall war Licht. Helles, weißes Licht und blinkendes rotes Licht, das mit den roten Wolken zu verschmelzen schien, die vor ihm tanzten und dahintrieben.

... *Frau* ..., dachte Conrad, während er auf den Stufen stand.

Er rief nach ihr, aber es war ihm nicht bewußt. Er wußte nur, daß er stehenbleiben mußte. Daß er auf den Füßen bleiben mußte. Daß er mit Jessica weitergehen mußte, bis er Aggie fand.

... *Frau* ..., dachte er.

»Hier bin ich, Nathan!«

… *Frau* …

»Mommy!«

Nathan schloß die Augen, schüttelte den Kopf. Er spürte, wie die Welt um ihn herum schwankte.

… *ich muß* …

Stehen. Er mußte auf den Füßen bleiben, mußte stehen. Er zwang sich, die Augen zu öffnen, und starrte ins Licht. Blickte die Stufen hinunter. Dann sah er es: Maxwells Körper, der dort lag. Maxwells Körper und …

… *Frau* …

Aggie. Aggie kam auf sie zugelaufen, streckte ihre Arme nach ihnen aus. Und dann das Kind, das Mädchen, es war von seiner Seite verschwunden, rannte die Stufen hinunter, vorbei an dem riesigen Körper des toten Mannes. Sie rannte zum Gehsteigrand, und da war Aggie, Aggie, die vor ihr auf die Knie sank, die sie in die Arme nahm und sie an sich zog …

Conrad, der auf den Stufen heftig schwankte, nickte langsam.

… *Frau* …, dachte er. … *Baby* … *Frau* …

Und es war vorbei.

Er wußte nun, daß er sich gehen lassen konnte. Er wußte, daß er nun beigeben durfte.

Er entließ sich selbst in die Dunkelheit zu seinen Füßen. Aber er stürzte noch nicht. Sein Körper gab noch nicht nach. Da waren Leute um ihn herum. Leute, die ihn festhielten. Die nach seinem Arm griffen. Ihm ins Ohr brüllten.

»Es ist alles in Ordnung. Wir haben Sie, Kumpel. Sie kommen wieder auf die Beine.«

… *Mann* …, dachte Conrad. … *Fetter stinkender Mann* …

Die Stimme des fetten stinkenden Mannes dröhnte in seinem Ohr. »Sie schaffen es schon, Freundchen. Sie kommen wieder hoch. Sie sind gerettet, halten Sie noch kurze Zeit durch.«

Und das war der Moment, an den Conrad sich erinnerte. Dieser eine. Kurz bevor er endgültig in dem Meer von Dunkelheit versank. Da war ein kurzer Moment des Verstehens, des hellen, kristallklaren Begreifens.

Er sah alles: die Polizisten, die auf ihn zurannten, die Fahrzeuge in der Straße, die Lichter überall, den toten Mann zu seinen Füßen auf den Stufen, seine Frau, die auf dem Gehsteig kniete und seine Tochter umarmte. Er sah alles in allen Einzelheiten vor dem Hintergrund der Nacht.

Und er dachte: Ich werde leben.

Mit vollkommer Klarheit dachte er: *Ich werde leben und meine Enkelkinder sehen.*

Das Ende

»Wird Daddy wieder gesund?«

»Ich hoffe es«, sagte Mommy. Mommy weinte. »Ich denke schon, Liebling.«

Sie hatten Daddy in einem Krankenwagen ins Krankenhaus gebracht. Nun mußte sie auch ins Krankenhaus gehen, aber sie ging mit Mommy hin. Mommy hielt sie an der Schulter fest. Sie gingen zusammen über die Straße. Auf der anderen Seite der Straße stand ein alter marineblauer Wagen. Damit würden sie hinfahren.

Jessica fühlte sich ganz seltsam. Irgendwie benommen und ganz weit weg. Ihr Bauch tat weh, und ihre Füße waren kalt und kribbelten. Sie wünschte, sie brauchte nicht ins Krankenhaus zu gehen. Sie wünschte, sie könnte nach Hause gehen und sich ins Bett legen.

»Ist Dr. Saperstein auch im Krankenhaus?« fragte sie.

»Ja«, sagte ihre Mutter. Sie wischte sich über die Augen.

»Er hat aber keine Lollys.«

Mommy lachte, obgleich sie weinte.

»Ich kauf' dir später einen Lolly, Liebling. Das verspreche ich dir.«

Während sie gingen, sah Jessica einen Polizisten zu dem blauen Wagen gehen. Er öffnete die Tür, und eine Frau stieg aus.

Es war eine wunderschöne Frau. Ihr Gesicht war so schön wie das Gesicht einer Prinzessin. Aber ihr Haar war schmutzig. Und sie trug eines von Mommys alten Kleidern, das mit den roten Blumen darauf. Es paßte nicht sehr gut; sie war zu groß und zu dünn.

Der Polizist hielt die Frau am Arm. Er ging mit ihr zu einem der Polizeiwagen in der Nähe. Er half ihr beim Einsteigen, dann schloß sich die Tür. Schließlich stieg der Polizist vorne in den Wagen und setzte sich hinter das Lenkrad.

Die Frau auf dem Rücksitz wandte sich um und sah aus dem Fenster. Sie blickte direkt zu Jessicas Mommy. Sie hob die Hand und preßte sie gegen die Glasscheibe.

Agatha blieb stehen. Sie hob ebenfalls die Hand und winkte zurück. Dann, kurz bevor der Wagen abfuhr, sah die schöne Frau auch zu Jessica.

Sie betrachtete sie mit einem seltsamen Ausdruck. Es war ein trauriger Blick, aber auch ein sanfter. Es war der Blick, mit dem Jessica zum Beispiel Gabrielles Puppenhaus oder Laurens Kätzchen betrachtete – etwas, das sie sich sehnlichst wünschte, aber nicht bekommen konnte.

Dann, während die Frau sie immer noch ansah, setzte der Polizeiwagen zurück. Er wendete und rollte zur Straßenecke. Er bog ab, und die Frau war verschwunden.

»Wer war das, Mommy?« fragte Jessica.

Mommy schüttelte den Kopf. »Nur eine junge Frau. Eine von Daddys Patientinnen.«

Jessica wußte über Daddys Patienten Bescheid. »Ist sie traurig?«

»Ja. Ja, das ist sie.«

»Aber Daddy hilft ihr doch, oder?«

»Ich weiß es nicht. Ja. Er versucht es.«

Jessica dachte darüber nach. Sie setzten ihren Weg zum Wagen fort.

»Daddy hat mit dem bösen Mann gekämpft«, meinte Jessica schließlich.

»Ich weiß«, sagte ihre Mutter. Ihre Stimme klang seltsam; sie weinte wieder.

»Der böse Mann war ein Riese«, sagte Jessica.

»Ja, das war er, fast ein Riese.«

»Hat Daddy ihn getötet, Mommy?«

»Ja, Liebling.«

»Weil er es mußte.«

»Ja.«

Sie gelangten zum Wagen. Jessicas Mutter blieb stehen und schaute sich um.

»Ist Daddy der stärkste Mann der ganzen Welt, Mommy?« fragte Jessica sie.

Mommy lachte. »Ich weiß es nicht.« Sie machte eine vage Geste. Dann nickte sie und lachte. »Wahrscheinlich«, sagte sie. Sie wischte sich mit der Hand über die Nase.

Jessie stand neben ihrer Mutter und sah sich ebenfalls um. Viele von den Wagen in der Straße fuhren jetzt los, rollten zur nächsten Ecke, um abzubiegen und zu verschwinden. Einige von ihnen – einige der Polizeiwagen – hatten immer noch ihre roten Warnlichter eingeschaltet.

»Warum fahren wir nicht?« erkundigte Jessica sich.

»Wir müssen auf den Detective warten«, sagte ihre Mommy. Sie zeigte auf ihn. »Er fährt uns.«

»Dieser dicke Mann?«

»Psst, Liebling. Ja.«

Jessica betrachtete den dicken Detective. Er stand halb gebückt neben einem Polizeiwagen. Nach einer Sekunde richtete er sich auf. Er kam zu ihnen herüber. Er schaute auf das kleine Mädchen.

»Hallo«, sagte er zu ihr.

Jessica rückte näher an ihre Mutter heran. Der dicke Detective lächelte. Er hatte ein rauhes Gesicht. Es sah seltsam aus, wenn er lächelte. Er sah Agatha an.

»Also …«, sagte er.

»Vielen Dank«, fing Agatha an – aber sie konnte nicht weiterreden. Sie ließ den Kopf sinken und weinte.

Das Lächeln des dicken Mannes wurde noch breiter. »Na, na, ist doch schon gut, ja?« sagte er. »Was soll das denn?«

Der Polizeiwagen in ihrer Nähe rollte zurück. Er wendete. Während er drehte, zog er auch ein Stück vorwärts. Er blieb direkt vor Jessica stehen. Jessicas Augen weiteten sich.

»Mommy!« rief sie.

Sie drückte sich ganz fest an das Bein ihrer Mutter. Sie starrte auf das Fenster des Polizeiwagens. Das Fenster war offen, und dort war der böse Mann und schaute heraus, der Mann namens Sport. Er sah aus dem Fenster und ihr direkt in die Augen.

»Was ist?« fragte Jessicas Mutter.

»Sieh doch, Mommy«, rief Jessica. »Das ist der böse Mann.«

»Oh …« Ihre Mommy drückte sie fest an sich. »Es ist schon gut«, sagte sie. »Er geht jetzt ins Gefängnis. Er kann dir nichts mehr tun. Komm jetzt.«

Sie versuchte, Jessica zu dem blauen Wagen zu ziehen. Aber Jessica wollte nicht. Sie schaute in das faltige Gesicht des dicken Detectives.

»Das ist der, der allen immer gesagt hat, was sie tun sollen«, sagte Jessie.

Der dicke Detective neigte den Kopf. Dann wandte er sich um und grinste den bösen Mann breit an. »Also, das ist interessant«, knurrte er. »Darüber werden wir beide uns sicherlich lange unterhalten, okay?«

»Okay«, sagte Jessica unsicher.

»Nun komm jetzt, Liebling«, sagte ihre Mutter erneut. »Steig in den Wagen, wir fahren zu Daddy.«

Ihre Mutter drehte sich zur offenen Wagentür um, doch

noch einmal, für einen weiteren kurzen Moment, blieb Jessie wo sie war. Sie stand sehr still und betrachtete das Gesicht des bösen Mannes namens Sport.

Der Mann namens Sport erwiderte ihren Blick. Seine Lippen kräuselten sich. Er schnaubte.

Das kleine Mädchen schüttelte den Kopf und sah ihn fast traurig an. »Ich hab' es dir doch gesagt«, meinte sie. »Ich hab' dir doch gesagt, daß mein Daddy mich holen kommt.«